在喀什噶尔的日子

陆佳若题

陆屹 著

In the Days of Kashgar

上海三联书店

▲ 同心兄弟：产业组全体成员在喀什人民广场合影

▲ 在2016年喀交会现场协调沟通

▲我的扶贫结对家庭：
喀什市色满乡5村沙比尔亚森一家

◀给亚森家的孩子们送上新书包

▲我的维吾尔族朋友：高台民居土陶非遗传承人吾麦提

▲硕果累累

▲巴音布鲁克大草原：我爱我家

▲乌鲁木齐上海大厦前的全家福

▲冰山之父：慕士塔格峰

▲我国最高的边防口岸：红其拉甫

▲巴楚曲尔盖胡杨

◀ 喀什老城静谧小巷

▼ 南疆姐妹花

◀ 大西洋的最后一滴眼泪：赛里木湖

▼ 赛里木湖之秋

▲ 乌鲁木齐南山牧场

▲ 日落巴莎高速

自 序

人生境遇就是如此奇妙。在不经意中脱离了原有的轨迹，遇到一些难忘的伙伴，走过一段难忘的经历，形成铭刻于心的难忘记忆，在灵魂与性格的深处，打下难以磨灭的鲜明烙印。

比如我。2014 年 2 月 22 日，作为上海市商务委选派的援疆干部，我随上海市第八批援疆干部人才来到祖国西北边陲的新疆喀什，开始了为期三年的援疆岁月。沪喀之间，相隔万里。从此，我们 159 名来自浦江之畔的援疆兄弟，就在祖国天山之南、帕米尔高原之东、昆仑山之北、塔克拉玛干大沙漠之西的西域故地喀什噶尔（喀什古称喀什噶尔，玉石集散之地的的意思），与当地各族干部群众齐心协力，为曾经的古丝绸之路重镇重焕光彩，挥洒智慧和汗水。三年里，我们在喀什噶尔共同度过 1000 多个日日夜夜，在这'里工作、生活，牵手沪喀两地，搭建合作平台，促进交流交融，人来人往、桩桩件件，宛如昨日重现、难以忘怀。三年援疆路，一世兄弟情。这本集子记录的那些人与事，是我们共同的援疆记忆。

进疆之初，离家万里，思念不可抑止，父母妻儿放不下的牵挂。于是突发奇想，在新浪开设博客，每晚写博，记录所作所为、所见所闻、所思所想，记录援疆日子的点点滴滴、方方面面，与万里之外的家人亲友共同分享，以飨牵挂。三年来，每天上网读博，已成家中父母妻儿必备功课。若有博客更新延迟，则必来电关切询问，是否安好。有此鞭策，只要身在喀什一日，便会每晚撰写博文一篇，如此累积40余万字，集编成书。三年援疆路，最难是家人。在本可安享晚年的日子里，儿子远赴边疆；在本可互相支撑的日子里，丈夫离家远行；在本可谆谆教诲的日子里，老爸相隔万里……

谨以此书，献给所有的援疆兄弟。

谨以此书，献给亲爱的父母妻儿。

2016年11月于新疆喀什

目　录

第一编　工　作

第二编　生　活

第三编　人 物

第四编　思 念

第五编　行 游

第六编　随 想

第一编

工　作

1. 招商引资篇

即将满月

2014—03—20　22:50:07

时间真是奇怪的东西。当你在忙忙碌碌中过了一天又一天，某日猛然惊醒时发现时间过得真快啊；但当你思念万里之遥远方的亲人时，不禁感叹怎么时间过得这么慢。对我而言，时间过得最慢的时候，就是每天晚饭后与上海家里视频结束，总是想离年底回家还有多久，越想越心惊，原来还有那么遥远的日子要熬哪……

2 月 22 日进疆到喀什，到本周六 3 月 22 日就满月了。3 年援疆路，36 个月，156 周，1095 天，才走过了 1 个月，4 周，28 天。何其漫漫修远啊！

细细回想，其实进疆一月间，收获也是挺大的。周边共同援疆的兄弟们逐渐熟悉了，相互之间了解逐渐加深，感情也日益醇厚，那真是一条战壕里纯真无私的兄弟之情，是可以放心地把后背交出的战友之情。在物欲横流的社会里，弥足珍贵。

上周组里兄弟们一道下对口的 4 县调研，7 个人，2 辆丰田霸道越野车，4 天，总里程近 1300 公里，看了巴楚的工业园、胡杨海，叶城的商贸市场、粮库改造、畜牧基地、锡提亚迷城，莎车的隆基水泥、图文展示中心，泽普的工业园。深感南疆喀什地区产业基础的薄弱、招商引资的艰难、社会民生的艰辛，援疆任务任重道远，实际情况比我们原来设想更复杂、更困难。在泽普工业园遇到了上海来投资设厂的民营企业同济钢构，董事长老肖，风尘满面，紫外线晒得黑黑的满是褶皱的脸庞，活脱一副当地土生土长的汉人形象，而一开口居然操标准的沪语方言，令人诧异吃惊。2010 年将设在苏州的工厂搬到泽普，几年下来，5 个股东走了 4 个，只有他一人坚持着。没办法，身家性命都押在新疆项目上了，再难也要坚持，否则就是倾家荡产……老肖把老伴、儿子都带到了泽普，吃住工作都在厂里。当地市场保护主义严重，泽普地方小，市场小，去周边的莎车、叶城接单很难，不是当地人，根本拿不到单子。真不易啊！

进疆第二周，地委组织部统一安排援疆干部去疏勒县党校集训，也很有意思。在上海这样的大城市过惯了舒服日子的兄弟们，睡不惯硬板床，受不了公共蹲厕，不习惯排队吃饭，有兄弟居然憋了 4 天不洗澡，尽量不上厕所……

喀什，新丝绸之路的今天、明天

2014—03—26　00:12:18

今天下午，我们组里组织统一去看了位于喀什的三个产业项目：喀什开发区综合保税物流区、八一钢铁制品公司、天枢别克 4S 店。

紧邻喀什国际机场北部的喀什保税物流园区是国家级喀什经济开发区的重要组成部分，东部临近规划中的中巴铁路和中吉乌铁路交会点的铁路编组站，地理位置优越，政策条件优惠。园区周边已圈围封闭，道路、卡口、保税仓库、海关商检办公设施、查验设施等都在紧锣密鼓施工中，力争今年 9 月通过海关总署等国家部委的验收，封关运作。看了规划图、鸟瞰图，感到的确是一块投资贸易的热土。喀什需要这样的园区，以此构建面向中亚、南亚，辐射西亚、中东甚至欧洲的新丝绸之路。灿烂美好的明天令人鼓舞。但如果冷静的思考，作为一个保税物流园区，虽然这里临近机场、铁路站点，但两条战略铁路通道还在规划论证、政策协调中，国际机场目前其实只有一条国际航线，每周一次往返巴基斯坦伊斯兰堡，能有多少货运量？而且，一般机场保税区适合体积小、重量轻、附加值高的电子信息产品分拨、加工，而电子加工产业在本地几乎是空白，更不论电子加工产业对工人素质和技能的要求也比较高，当地的人力资源能支撑这类产业的发展吗？而这，就是喀什迈上新丝绸之路建设面临的现状，还是很艰难的，所以一定要设法找到一条适合当地区位优势、地理环境、人力资源、政策导向的发展道路。不易啊。

新疆八一钢铁是自治区最大的钢铁企业，前几年在全国钢铁行业的兼并重组浪潮中被宝钢收购了。这也是上海第7批援疆的重大成果。八钢在喀什开了一家金属制品工厂，生产冷轧钢管和钢筋，主要满足南疆地州的建材市场需要，少量出口周边中亚国家。全厂有400多名工人，当地招工比例高达九成，收入也不错，基本在每月2500到4000元，厂里给每个工人交社保五金，有统一食宿安排，每天伙食费标准20元，工人们都感到条件不错，很珍惜工作机会，也较少发生南疆这里常见的工人无故旷工的情况。这样的企业是当地需要的，能大量解决就业，还能产生不错的经济效益。

天枢4S店是个有意思的项目。在喀什卖别克，在当地还是有些名气的。其实这家店的上级公司就是新疆广汇集团。广汇在上海浦东设立了汽车事业总部，然后通过浦东总部又回到喀什开了这家4S店。这样算起来，也算是援疆企业了。这样的路径，很容易让人联想到很多中国企业先到美国开子公司，再通过美国公司回国投资，就摇身一变成了外资企业。

总体感觉，美好的明天，需要立足今天的实际，脚踏实地去推动、发展。套用一句老话：前途是光明的，道路是曲折的。

银行的困惑

2014—03—27　22:42:59

今天，浦发喀什分行的石总到组里来，聊了聊在南疆喀什开展银行业务的情况。

石总是乌鲁木齐人，被浦发乌鲁木齐分行派到喀什来负责喀什分行的业务。已经有2年多了，喀什分行业务经营总体还是不错的，每年盈利在5000万左右，这样的经营业绩在南疆喀什就属于很不错了。但是经营压力也很大，主要是两个问题：信贷投放的安全性、优质客户的稀缺。因为好项目少，所以有钱也投不出去，即使投出去了，也经常会提心吊胆，担心还贷安全。

据说，在莎车县有个面粉厂项目，是某个山西煤老板投资的，当初是拍脑袋凭感觉上项目的，反正有的是钱。看好当地面粉市场，说是维族人爱吃馕，但是当地面粉质量不行，如果能投资个面粉厂，生产高质量的面粉，还愁卖不掉吗？于是就跟当地政府谈投资面粉厂。政府表示好啊，能解决我这里的就业，还有税收，当然欢迎投资。经过协调，当时有银行（不是浦发）贷了2000万用于该项目，结果工厂造好投产、试运行一段时间后，面粉根本没有销路，卖不掉。因为本地人的口味已经习惯了原来的面粉，你说你的好，人家可没觉得好，人家关心的是价格，价钱要便宜。但是好的东西，价格怎么会比原来市场上的面粉低呢？更何况，你是外来户，在这个本地市场上，陌生面孔是很难进入主流渠道的。于是，项目经营不下去了，煤老板也牛，投资不要了，干脆卷铺盖一走了之……于是，银行成了苦主，寂苦无言，唯有泪千行……

石总讲了这个故事后，感慨在这里银行投资的风险真的很高。有时甚至更愿意放贷给当地的维族客户，不愿意给外来的内地老板，原因就是万一有什么事，当地维族老板本乡本土，不会逃的，起码还能找到人，内地老板呢，享受了政府的投资、税收优惠，得了贷款，能盈利最好，亏了干脆拍屁股跑路，人海茫茫，银行上哪里去找人？抵押的土地、厂房、设备，都远远无法还贷，除了坏账，还能怎样？

看来，在这里，有的人缺钱，有的人缺项目，资金方、项目方，还有政府，在这个博弈格局中，都不容易啊。

棉花产量数据

2014—04—17 00:19:32

下午，有三位客人来访，来咨询有关上海援疆的产业扶持政策情况。他们想在莎车县投资建设一个国家棉花储备库，总投资2亿，首期8000万，共需用地3000亩，首期用地1000亩。选址也有方案，靠近火车站旁边的工业园。前几日已经与县里招商局接触，实地查看了选址。来找我们主要是想看看了解还有些什么扶持或补贴的政策可以享受。

来者都是客。欢迎欢迎。

对方介绍了这个项目的大概情况，这个储备库主要面对南疆四县收储棉花（莎车、泽普、叶城、麦盖提），并且对方有把握能够从中储棉总公司拿到批文（这是最重要的资源），首期建成后收储能力12000批，每批42吨（186包），共50.4万吨棉花收储能力。然后说他们了解到莎车县棉花年产量是200万担，一担50公斤，共100万吨，再加上周边几个县，需求还是旺盛的，并且还能带动当地棉纺产业发展。

这里有问题，看出来了吗？

反正我没注意这个漏洞。栋林兄弟细心，看出来了：莎车县年产量算错了。200万担，每担50公斤，总数是10万吨，哪来100万吨？这下对方也有些发蒙，解释不清楚这个问题。

组长去拿了一本地区统计局编发的2012年统计数据汇编，查出来莎车县当年棉花产量是6.8万吨，南疆4县棉花总产量是15.9万吨。这个项目首期收储能力就达50万吨，远远超出当地棉花产量，差太多了吧？

扯了一番后，对方肯定地说，统计局的数据一定有问题，离实际棉产量差得太多，主要是因为政府对于棉花种植面积的统计远远小于实际种植面积，好多棉田都有意无意未进入统计口径，因为多报就要多交。我很疑惑，又不是收税，这也会多报多交？

一个投资上亿的棉花收储项目，居然在做可行性研究时，算错了当地棉产量？……

拜访地区商务局

2014—04—19　01:03:51

上午，和组里几个兄弟去拜访了地区商务局。商务局和招商局合署，两块牌子，一套班子。

地区商务局在行署大院里，28 个人，6 个科室。下乡驻村干部和抽调去参加群教活动的干部占了将近一半，现在局里留守岗位的也只有十几个人了。

局长曲连东，山东人，原是山东省选派的援疆干部，援疆结束后干脆把自己留在了当地，援疆变扎根新疆了。先后在地区多个部门工作过，之前也曾在叶城县当常务副县长，一个半月前刚调到地区商务局做局长。

我们就喀什地区的外贸、内贸、招商等情况进行了讨论，当中还穿插了对喀什产业发展、经济社会发展等热点问题的讨论。收获颇丰。曲局长思路活跃，谈锋很健，作为曾经的山东援疆干部，又在本地工作多年，比当地干部视野更宽、理念更新，比我们这些新来的援疆干部更熟悉当地情况。

总体来说，囿于客观条件，道路不通畅，周边邻国经济不发达，经贸受到国家间敏感的政治关系影响较大，外贸一直保持在 11 亿美元左右的规模，要再做大也很难。内贸主要是保供应，因本地市场容量有限，所以也是按部就班。真正花力气做的重点是招商引资。但也面临很多难题。曲局长认为，这里搞产业，目前只能是立足本地市场且可以销往内地市场、有能力消化较高物流成本的产业，或者是着眼全球布局、有意南亚中亚市场开拓的大公司。纯做外贸或出口型企业在这里会很艰难。

他认为，这里最有优势的产业应该是文化旅游产业。这一点和我们组里兄弟们的意见高度一致。

比如，叶城县，可以打造红色旅游特色，从解放军进藏路线最终和平解放西藏到中印自卫反击战，有很多题材；莎车县，可以打造古莎车国历史文化特色等等。地区层面应对所有旅游资源加强统筹，统一规划，让旅客来喀什旅游可以看一路、看一片，到处有故事、到处有风景。

今天的拜访，我终于明白了一点：永远不要想当然，特别当你面对一个陌生的环境的时候。因为我发现之前自己所思所想的一些工作思路，基本无法与当地实际合拍。比如，发展进出口、做大口岸，发展物流等等，受限条件太多，时机未到啊……

双满月

2014—04—23　00:02:57

今日 4 月 22 日。我们进疆双满月之日。

日子过得真快。想想 3 月 22 日满月之时，组里兄弟几个小聚，挥不去的浓浓思乡之情。看看今日双满月，似乎波澜不惊，颇有些云淡风轻的意思。

不是不想家了，而是大家学会了把思念深深掩藏在心底，逐步习惯了大院里的工作生活节奏和状态。

上午，宁波援疆前指的费总一行 5 人从阿克苏库车县来访，交流援疆工作的心得体会。一番座谈交流，发现来自东海之滨的兄弟省市在新疆面临的许多情况惊人相似。比如，宁波人和上海人特有的精明、细致和认真负责的契约精神，和南疆当地的粗犷豪放、大大咧咧的行事风格冲击碰撞，交织在一起，始终无法真正融合。比如，宁波援疆资金超过一半用于交钥匙工程，从立项、规划、设计、施工、监理等，全部由宁波方自己负责，落成后移交当地。但当地仍不领情，抱怨说，你们浙江人太精了，说是援疆资金，工程上用的全是你们自己的企业，资金又流回你们自己口袋里了……但如果把资金交给当地，很可能就会出现压低造价，节省的资金就可以挪用到别的地方了……唉，没办法，谁让要用钱的地方那么多呢？

产业援疆方面，宁波的援友们也很困惑，当地的产业发展条件实在太薄弱，不知该从哪里着手？

倒是陪他们一起来的浙江民企老板很有底气。他们在喀什成立了浙江商会，据说有 3 万多浙江商人在喀什经商，有的已经来发展 10 年以上了。今天有个李老板，在克州开了一家牦牛肉加工厂，销售不错，在疏勒县买了 1 万亩熟地，先种棉花，收益不错，后改种开心果，但没成功，现在准备种西梅……

看来，不管在世界哪个地方，浙江的民企老板都是最具勇气和开拓精神的群体。佩服。

双满月之日，今日无酒……

又到喀什八钢金属制品厂

2014—05—20 23:26:46

上午，陪着上海来的记者团，又去了一趟位于喀什中亚南亚工业园区的八钢金属制品厂。

刚到喀什时，曾随组里的兄弟们去调研过一次，留下了很好的印象。特别是在解决当地民众就业方面，这家企业可为标杆。

八一钢铁，是新疆当地最大的钢铁企业，前几年被宝钢通过资本运作手段成功收购。之后不久，在宝钢的决策运作下，八钢的南疆业务逐步拓展，并在喀什设立到了面向本地市场的金属制品厂，主要生产基本建设需要的各种规格钢筋、钢管。全厂有职工 400 余人，96%以上为维吾尔族，这在全疆国企中绝无仅有。

今天再到该厂，跟随记者们的深入采访，又有了一些新的认识和感悟。

由于市场原因，现在在职工人只有 200 余人，本地市场容量有限，竞争激烈，因此厂里开工不足，职工人数也少了。但是职工中维族仍占 96%以上。从市场的角度，从经济效益成本核算上，这样的企业可以说是不合时宜的。

但是，这家企业的标杆意义在于其对于当地维族群众就业的贡献，以及企业管理精神和理念对维族员工的组织纪律性、现代化生活方式的深远影响。企业为员工每月缴社保金，提供宿舍及一日三餐，工余时间还组织文体活动，同时制定了很严格的厂区生产和生活各项规章制度。记者们采访了两个维族员工，一个小伙子，喀什师范学院汉语专业本科毕业后，找不到工作，在家里赋闲了 2 年，期间曾到广告公司打临工，后来通过招聘进了八钢金属厂，因为汉语好，工作认真，很快就做到了安全员的岗位，不久前还成了家，老婆就是同厂同事，也是维族。这样的双职工，厂里已经有 5 对了，为此，厂里还在宿舍 4 楼专门开辟了家属房，最近还在帮助他们申请市里的公租房，一般单套在50平方，租金为4.5元每平方每月。夫妻俩月收入能有5000元，在喀什就属于很不错了。小伙子腼腆地告诉我们，一般每个月他们存银行2000元，给双方家里老人各补贴1000元，还有1000元小两口留着零花。什么是幸福，对于他来说，现在这样的生活就是幸福了。

厂里还在预留的二期用地上新建了一片标准金属制品加工作坊，每间在50平方左右，以优惠的租金和原料价格提供给正在拆迁的喀什远方金属制品市场的商户，目前已签约了130多户，都是做铁门、栅栏等钢铁制品的，按一个铺4—5人算，这里就可以解决500多人的创业。功德无量啊。

离开厂里的时候，在办公楼底楼大堂看到有个厂务公开栏，仔细一看，非常有意思，贴满了各种奖惩决定。有人因为醉酒在食堂大声喧闹扰乱秩序，被罚1000元，有人违反管理规定在外留宿，罚款500元，但也有人因为提出合理化建议，奖励200元—1000元不等。最有意思的是，有一栏上面贴了一张属于表扬级别的宿舍内务照片，下面贴了一张属于批评级别的宿舍内务照片……

在南疆，在喀什，这样的企业，还能仅仅使用产量、销量、盈利等指标来简单衡量其存在意义吗？这样的企业，与其说是一家企业，不如说是更是一个为当地维族民众认识现代工业、融入当代社会、追赶改革大潮、追求幸福生活的希望之窗……

路在何方

2014—06—21　23:20:50

这几天，计财组牵头要起草上海贯彻落实中央第二次新疆工作座谈会的实施方案。为了积累素材、征求建议，计财组负责起草的同志上午专门和我们产业组开了一个专题会，就援疆工作、喀什经济社会的发展、上海后方的支持等多个问题进行了讨论。

思想的碰撞还是很有必要的。比如，对产业引导资金的建立机制就产生了完全不同的观点。这个问题在我们组里也曾经讨论过，大家都认为，像现在这样撒胡椒面，无法真正发挥资金的效用，可以考虑建立一个类似的产业引导资金，采用类似股权投资的方式，通过市场化的手段进行运作，有意识地引导当地重点行业、龙头企业的发展，要有回报要求，这样就能不断做大资金的盘子，若干年后这个资金盘子全部留给当地国资部门。最好是有几家上海的大型国企牵头，各出一部分资金，建立资金池，然后设立一股权投资管理公司，任命经验丰富、能力较强的经理人管理，给予较高的年薪报酬，但要有严格的绩效考核。如果使用财政拨付的援疆资金，设立一个经营性的 PE，在资金用途和审计上会遇到很多问题。但如由几家国企牵头成立这样的 PE 公司，采用市场化的手段来运作，兼顾公益性和经营性，一方面是上海国企承担援疆政治责任的表现，另一方面可以灵活运作，走市场化道路，可持续发展，不断做大资金盘子，引导当地企业发展。这是真正的变输血为造血。

实际操作起来肯定还有很多细节、难题要克服，但这个思路是全新的，值得尝试。并且能够充分发挥上海国际金融中心的人才、资金优势，形成上海援疆的亮点。

喀什路在何方，援疆路在何方，至少在现在，个人感觉还是不很清晰……

城市旅游综合体

2014—07—07　00:12:40

喀什要建造一个融旅游、购物、休闲、美食、文化体验于一体的城市旅游综合体，集中展示南疆风景之壮美、风情之独特，文化之多样、美食之垂涎……

这个项目由喀什当地一家民企投资，老板是四川绵阳人，来喀投资房地产生意已有六年了，在喀什市和地区下面几个县都有房产投资，事业做得颇大。

这个项目的设计方案是请上海现代设计集团做的，一个非常具有未来感、线条圆润平滑的现代主义建筑样式。因为当地之前未做过类似的综合体项目,缺少相关的商业业态规划、布局的创意经验,为此特地请我们从上海邀请了一些业内专家来出谋划策。

下午,李平、宇飞和我同去机场接上海来喀的咨询专家。共有三人,旅游专家刘总是李平邀请的,友谊股份的钱总是宇飞邀请的,商业发展中心的齐主任是我请的。还有现代设计集团的两名设计师。

入驻月星锦江,现在这家酒店已经成为我们接待上海客人的首选之地。来自上海的客人,刚踏上南疆喀什的土地,甫见到月星锦江的招牌,浦江气息、上海味道、家乡记忆,顷刻就会涌上心头,冲淡了异乡的孤独与陌生。

晚餐是项目投资方在喀什市一家极具民族特点的维吾尔族餐馆宴请的。南疆的瓜果、老酸奶、拉面、手抓饭、烤串、烤鸽子、清汤炖羊肉,很是让我们的专家们体验了道地的新疆风情……

餐馆的装饰也很有特点,尤其是充满维吾尔传统风格的木雕梁柱、门套、吊顶,处处透出浓郁的南疆风情……

南疆喀什这块土地是多好的地方啊！在这里,有与内地迥然不同的文化,有独具一格的大漠戈壁和雪山冰峰,有能歌善舞、热情淳朴的民族群众,还有滋味独特、令人垂涎的美食……

光伏项目

2014—07—12　01:13:40

航天机电是上市公司,也是国内光伏行业的领头羊企业。这几天公司高层带领着新疆项目团队在喀什地区实地巡回考察,重点是上海对口支援的四个县。他们已经在莎车投资了一期光伏项目,得到了自治区发改委的路条(同意电能上网批文的俗称),近期应该就可以开工兴建了。一期项目总投资 20 亿元,是目前为止上海在南疆投资的最大制造业项目。

光伏发电项目是充分利用南疆光热水土资源、因地制宜发展的产业典型。这里光照时间长、雨水少、又有大量的戈壁荒地,当地又缺电,是发展光伏发电的绝佳之地。想想看，在漫无边际的戈壁滩上，一大片一大片亮闪闪、光晶晶的光伏面板组成的庞大阵列，整齐排列，仿若顶盔掼甲、接受检阅、整军待发的罗马军团，何等恢弘的气势……

随着美国和欧盟市场对我国出口光伏产品的双反，国内光伏产业产能明显过剩，整个行业面临生死攸关的境地。国家为此出台政策，鼓励国内发展光伏发电项目，扩大光伏产品内需。众多光伏厂商都不约而同看中了新疆……

目前，国家对取得上网批文的光伏发电给予补贴，一度电 0.95 元，主要是因为限于当前技术水平，每度电的光伏发电成本要高于上网电价。因此，现在在新疆，发改委的光伏上网批文热得烫手……

南疆需要光伏，需要绿色能源。但国家不能无限给予发电补贴，这是当前光伏项目在这里发展的主要矛盾。

如果光伏技术能取得重大突破，大幅度降低发电成本，能够将成本控制得比上网电价更低时，光伏项目的春天就真正到来了。

唯一遗憾的是，光伏发电项目属于高科技项目，对于带动当地劳动力就业作用有限。比如航天机电在莎车的项目，那么大的投资额，二十多个职工就足够运作了，且主要工种还是清洁面板和保安……

光彩事业南疆行

2014—08—12 23:59:06

光彩事业是统战部工商联组织民营企业家无偿捐款献爱心的活动。今年，全国工商联为响应第二次中央新疆工作座谈会的召开，把光彩事业捐献活动放到了南疆喀什举办，各省市工商联都组织了企业家代表团随行。今年的南疆行活动共发动组织了 500 名企业家到喀什来，总捐款额高达 3 亿多元。

上海市工商联也组织了庞大的代表团来喀什，由市委统战部副部长、市工商联党组书记带队，均瑶集团、月星集团等知名企业的当家人都来了，济济一堂，很是热闹。尤其在今晚指挥部一楼餐厅宴请时，气氛热烈，这些身价惊人的企业家们纷纷献歌献舞，有些居然还有相当的专业水准，比如多年来一直在南疆地区致力于推广维汉双语教学软件的韬图动漫董事长于小央女士，随着青藏高原的歌声跳起民族舞，还真有点藏羌韵味……

对工商联选派的馨哥而言，今天是个大日子，工商联主要领导在座谈会上把他称为“工商联少有的热闹人，业务熟，跟企业熟，开拓性强”……估计心里美滋滋、美滋滋的……

到新疆喀什来的，都不容易、不容易啊……

维吾尔族空姐？这个可以有

2014—08—14　22:42:00

此次工商联光彩事业南疆行的成果之一，就是吉祥航空准备在喀什地区招聘12名维吾尔族空姐，服务于上海到乌鲁木齐往返航班。

也许在不久的将来，搭乘吉祥航空往返于上海和乌鲁木齐之间的乘客们就可以见到这些来自喀什、带着浓郁维吾尔风情的空姐了。虽然人数不多，但象征意义深远。当这些维吾尔空姐在航班上服务时，首次进疆的乘客可体会到与以往经验完全不同的感受，而维吾尔族乘客也将体会到亲切熟悉的回家感受。通过这些训练有素的漂亮空姐，内地游客可以近距离感受新疆、感受喀什、感受维吾尔民族风韵，这对于拉近内地民众与新疆维吾尔族的距离，促进民族交流、交往、交融具有很重要的意义。即使只有12名维吾尔空姐，但她们将成为内地观察、体会、感受新疆、观察喀什、体验风情的绝佳窗口。她们每个人都可以称为促进民族交流的使者。

吉祥航空已经在着手制定招聘方案。馨哥作为上海工商联在指挥部的选派干部，可以作为面试考官参加选拔面试。想想吧，那么多漂亮的维吾尔族古丽，不会挑花眼吧……

无论多漂亮，有一个条件是硬杠杠：必须会说普通话。通过这次选拔，要明确地传递出就业导向，那就是维吾尔族同胞，只要学好了国语普通话，才可能找到工作、找好工作。如果还能够说英语或其他外语，就更好了。上次在莎车木卡姆剧院，我们就遇到过一个古丽，除了维汉双语，还会说阿拉伯语、土耳其语、英语。作为突厥语族的一支，维语与土耳其语非常相似，与阿拉伯语也相近，她们学习这些语言有先天优势。

拭目以待吧……

地区旅游局

2014—08—18 23:29:44

晚上，指挥部领导宴请地区旅游局的同志。李平在地区旅游局兼职副局长，最近又在策划组织喀什地区参加9月份上海旅游节活动的宣传推广，同时还在向国家旅游局申请综合改革试点。一系列大动作，修内功、强基础，为那不知何时才能到来的南疆旅游大高潮做好准备。

喀什市旅游局和旁边疏附县、疏勒县旅游局也有领导来了。席间，说起了今年喀什地区的旅游形势，很萧条。去年底以来，频发的暴力事件，给南疆旅游蒙上了厚厚的阴影。在喀什市区的三大景点：香妃墓、清真寺、老城，基本都处于门可罗雀的状态。香妃墓那里，往往陪客人去的时候，整个景点就只有我们一个团队。

地区旅游局有位副局长，被地委行署抽调去了莎车县做7.28事件受害群众的善后工作，前些天刚刚回喀什。工作很辛苦，要换位思考，做好家属的思想工作，还要把握好政策，该多少就是多少，坚守政策底线。听他介绍，此次的暴徒非常凶残……

据说，其中还有不少是蒙着面纱的女暴徒。由于遮面，即使有监控，也看不清面孔。

所以，南疆旅游大高潮何时才能到来啊？……

上海国资的乌鲁木齐大项目

2014—09—01　01:24:01

参加今年第四届亚欧博览会的上海市政府代表团终于到乌鲁木齐了。上午随驻疆办的同志一道去接了机,并陪同实地考察了两个上海国资系统在乌鲁木齐投资的大项目。印象颇深。

一个是绿地集团在乌鲁木齐投资的地标项目:绿地中心。包含三栋独立的高层写字楼和两栋超高层大厦,力图打造乌鲁木齐乃至全疆顶级的高档商务区。规划做得非常漂亮,特别两栋超高层建筑、双子塔项目,很有些迪拜金融中心的感觉。地产的销售很好,据介绍,已经推出的一期三栋高层写字楼的预售预租非常火爆,基本上一抢而光,在地产不景气的今天属于异数了……

另一个是双钱集团(新疆)昆仑轮胎项目。2013 年底,上海国资化工巨头华谊集团下属双钱集团,出资 5.72 亿购得新疆昆仑轮胎集团 51%的股权。该项目主要在疆生产载重汽车用的全钢轮胎、斜交轮胎,利用上海方在技术、管理、资金上的优势,昆仑轮胎的产量、销售、利润以每年接近 20%多的速度增长,而能耗、成本则逐年下降,工厂已经步入良性循环的轨道。公司的管理团队仍然是以原昆仑轮胎的班子为主,双钱集团选派了一名常务副总和一些技术骨干来疆,项目成效显著,双方人员十分团结融洽,增添了企业的正能量。这才是产业援疆的典范,也得到了自治区国资委的高度肯定。如果我们能在喀什也引进这样的项目,就不虚这三年产业援疆的辛苦了。

可惜这样的项目实在太少……

妇女解放

2014—09—28　22:10:22

这两天接待了上海市妇联代表团,由市妇联主席带队,来喀什考察上海市妇联对口支援的刺绣培训项目。

全班有七十多名维吾尔族妇女，大多坚持完成了培训课目，并和市妇联选派的刺绣老师相处融洽，姐妹情深。

昨天在泽普考察了当地一个刺绣培训基地，是个类似农民合作社的组织，把当地妇女组织起来学习、制作传统刺绣、十字绣、民族服装设计与生产，织出的毛毯等工艺品也颇精致，并销往和田等地。这类项目意义重大：一是可以使维吾尔族妇女拥有劳动技能，从而经济自立，二是可以促进就业，提高家庭收入水平，三是可以通过弘扬传统刺绣文化，倡导世俗化生活，从而远离原教旨主义和极端主义的侵蚀。而一个热爱生活和生命的母亲，对子女的影响将是无比深远与巨大……

产业援疆

2014—10—28 01:35:16

上午组里开会，讨论今年产业援疆项目计划的执行情况和明年计划安排。

前些日子，自治区召开了各援疆指挥部领队工作会议，据说对上海援疆工作贴近群众的教育、医疗等民生方面给予肯定，而对于产业援疆引进项目落地、拉动当地就业以及富民安居房、定居兴牧房入住率偏低等方面提出了意见和希望。

于是，压力开始从指挥部领导逐层传递，直到我们每人感到肩上沉甸甸的……

作为产业发展组组长，老肖的压力最大，这几天颇有些心事重重。兄弟们也有些着急。其实大家心里都清楚地知道问题的关键在哪里：主要是由于沪喀两地产业结构差异过大造成的。相较山东等省，上海如今的产业结构已经发展为以三产为主的服务经济，制造业主要集中于技术和资金密集型的中高端产业，中低端且技术含量较低、劳动密集型的产业项目在前些年基本已经在上海逐步升高的商务成本挤压下向江浙皖一带转移，尤其是能够解决大量就业、技术含量不高的纺织服装、日用轻工等产业，在上海本地基本已经绝迹。恰恰是这类产业，是喀什地区最需要引进落户的……

就业是最大的民生。大量解决南疆民族群众的就业，对于社会稳定和谐具有重要意义。这个道理大家都懂，但上海这些产业已经完成梯度转移，除非有充足的理由，比如南疆市场或周边中亚国家市场有充分的容量和吸引力，则这些目前已转移到江浙皖乃至东南亚越南、印尼、马来西亚等国的工厂才有动力奔赴南疆。可惜，这样的形势目前并不具备，我们也是有力使不出……

上海的优势在于服务业，比如金融、商贸、物流、专业咨询等，但喀什地区这些行业的发展水平较低，市场容量较小，无法对上海服务企业构成足够的市场吸引力，要知道，企业来投资，总是按市场规律决策，以盈利为主要考量指标的，毕竟办企业不是做慈善……

难题已经在这里，如何破解、如何推进……

地区经济运行分析

2014—10—31　00:25:52

今天在办公室认真翻阅上周召开的今年三季度喀什地区经济运行分析会的材料。从各种数据、情况分析中细细梳理，还是能够得出很多判断，对于正确认识当地经济形势、发展目标、路径选择等方面很有启迪。

第一，当地经济发展的主要驱动力是投资，尤其是政府投资。在经济驱动的三驾马车中，消费和出口都非常弱，主要靠投资拉动。所以，会议十分强调各级政府一定要按照年初计划全力推进各项重点项目投资，以此保证全年经济增长目标。

第二，经济结构中，二产较弱，一产是传统产业，吸纳了大量农村就业，三产比例也不低，但主要是房地产及相关行业。从1—9月情况看，许多行业今年并不景气，包括纺织服装、建材等，在原材料、劳动力价格上涨和市场需求不振的上压下打之下举步维艰，企业经营情况不佳，亏损面进一步扩大。本地企业中规模以上企业较少，小而散、弱的情况比较突出。

第三，经济发展受社会稳定形势影响较大。最典型的就是莎车，全县的各项主要经济指标都呈现明显下降。再次证明了稳定是一切发展的必要条件，没有稳定，一定不会有发展。

第四，外贸进出口规模小、结构极不平衡，周边国家市场容量有限。1—9 月全地区外贸进出口全口径数额在 13 亿美元(含兵团)，其中超过 12 亿为出口，只有 1800 万美元为进口。主要贸易国别为塔吉克斯坦，约占贸易总额的 30%左右。出口商品结构出现较大变化，原来的主要出口商品日用消费品、纺织服装等下滑明显，而机电产品、家电等商品增长快速，特别是家电商品，增速极快，超过 100%。制约贸易的主要因素还是周边国家经济不够发达，市场购买力较弱，容量也较小，其次是道路交通条件有限，物流不畅。

第五，内地客商来喀什投资的项目，受到社会稳定、文化传统、人力资源、市场特点等因素影响，成功的太少，大部分处于惨淡经营境地，无法形成赚钱的示范效应。其中，相对来说，民企境况好一些，国企成功的例子更是凤毛麟角。

第六，产业援疆任务任重道远。援喀四省市中，山东产业援疆力度最大，效果最显著，特别是总投资 260 亿元的山东如意集团纺织服装项目，项目震动效应极大，可说是喀什地区有史以来最大的产业投资项目，但在一期项目 60 亿的项目推进中仍然困难重重，受到劳工招聘、社会稳定等因素的困扰。上海由于产业结构调整已经完成，纺织服装等劳动密集型产业早已转移内地二三线地区或境外如东南亚，与喀什地区产业结构存在衔接断层，难以转移承接。在中央及当地着重强调产业带动就业的大背景下，这也是我们面临的最大挑战。

第七……

还有很多可以思考总结……

创业大赛

2014—10—31 23:08:43

这两天老肖和栋林忙于首届喀什创业大赛的评委工作。这个比赛是深圳前指和喀什开发区组织的，最终得奖的项目可以得到主办方的创业资金扶持。比赛分为创新和创业两大类，创新类是主要针对已设立企业的，创业则是鼓励初创企业项目的。老肖是电子类项目的主评，栋林则是文化创意类项目的主评。

今天是初赛。昨晚栋林与我讨论文化创意类的创业项目，种类繁多。但总体感觉有新意同时又能脚踏实地、具有可操作性的项目不多。比如，有个四网合一的电商项目，其实就是帮助企业编写网上销售的程序，PC 网站、手机网站、微店、APP 等，并未做到真正的合一，只有编程服务，没有电商营销推广。还有一个智慧社区项目，设想运用物联网技术，将家用设备、小区安防等集成汇总，打造智能化的居家和社区环境，问题在于哪家开发商愿意为了这些功能增加投资、提高成本呢？即使有开发商愿意这么做，这样的小区或房产有消费者买账吗？增加的购房资金成本大多数消费者宁可多买几个平方或者调换到更好的楼层、更好的地段。

比较靠谱的还是两个传统农业养殖项目，一个种植菌菇的，一个养塔里木鸽的。都采用了养殖场或工厂带农民养殖户的模式，创业者都拥有核心养殖技术，可以传授养殖户，市场都是符合南疆当地需求的。具有较强可操作性。但是创意方面稍差了些……

金融援疆

2014—11—05 00:15:21

下午，组里兄弟们听卫峰讲了一课关于上海金融援疆的思考。这也是最近组里开展业务学习活动的一部分，要求每人根据各自熟悉的行业领域给大家讲讲对于援疆的思考和体会。

先前陈杰已经讲了关于农业援疆的思考，着眼点还是放在农业科技上，特别是设施农业推广，开展大棚种植、水肥一体，林果种植、水产养殖等等。

卫峰今天主要讲的是他前期随自治区金融办领导到莎车调研的情况和思考。实事求是地讲，喀什地区的金融行业基础较差，无论是金融机构的经营水平，还是普通百姓的金融意识都与内地差距太大。作为惠民支持农业发展的金融举措，近年来推行的安居富民贷款政策、农产品保险、贷款贴息、担保等等，在实际贯彻执行中都未能发挥预期的作用，有的甚至已经难以为继。比如，向农民发放的安居富民贷款，一户一般在5万左右，三年期限，目前第一批贷款已到期，但能正常还完贷款的农户很少，更多的农户因为贫穷无法还贷，只能违约，造成不良贷款，给贷款行造成了极大的压力。还有，为帮助农民种植户，推出的农产品保险补贴政策，由国家、自治区、地区和农民各出一点，投保农产品保险，摊到农民头上每户平均一亩就50元左右，即使这样愿意投保的农户还是寥寥无几。

所以，要因地制宜地设计上海援疆的金融支持政策，卫峰提出可以考虑设立一个面向农民的担保基金，可专用于农产品种植、牲畜养殖等，帮助农民可以向银行贷款，也帮助银行解决农民贷款缺少资产抵押从而放贷难的问题。关键是要设计好这笔资金的管理办法和使用程序，真正把实事做好。

金融是上海的优势行业，而上海援疆资金又是援喀四省市中最多的，有条件可以在发挥金融杠杆作用、带动产业发展、促进群众就业、维护社会稳定方面发挥强大作用……

在喀什的上海企业

2014—11—07　22:38:19

下午，组里召集在喀什地区的上海援疆企业召开了座谈会。来了12家企业，来自各行各业，酒店、矿业、建材、钢结构、服装、农产品加工等。时间长的，已经到喀什6年多了，时间短的，到这里落户才半年。

这是我们进疆以来,第一次召集上海援疆企业座谈会。大家都是上海企业,不远万里来到遥远的新疆喀什,除了希望抓住国家开放西部、开发新疆的商机,还承担了产业援疆、促进就业、维护稳定的社会责任。在喀什办企业,都是真正爱国商人。一样赚钱,不在内地投资设厂,来到喀什,满怀的都是爱国爱疆的淳朴感情啊……

大家都谈了各自企业的情况,也都反映了目前在喀什经营遇到的一些问题。最突出的问题主要是融资难。当地政府在招商引资时承诺的资金补贴距离兑现遥遥无期,本地银行惜贷现象严重,流动资金贷款非常困难。有的企业落户至今,几乎都靠的自有资金在支持运作,银行融资支持十分有限。有企业提出,可否借助喀什上海商会的力量,筹资成立一个担保机构或小额贷款公司,专门服务上海援疆企业,解决流动资金贷款难的问题。

还有个突出的问题就是当地民族员工的招聘与管理。具有熟练技能、符合要求的当地员工找不到,只能从内地招,但人工成本就大大提高了,比在内地起码要高一倍以上人家才愿意来喀什。从当地招聘的员工,流失严重。巴楚的金博纺织企业,开业之初培训的140名当地维族工人,如今只留下了13人,其他人全走了。对维族员工的管理也有问题,推行计件工资制阻力重重、维族员工技能差、纪律意识弱,管理难啊……

也有好消息。莎车的建材隆基水泥卢总,说他现在终于可以闻到钱的味道了。落户莎车近3年了,一直在和本地同行打价格战,恶性竞争,终于几败俱伤,都撑不下去了,大家开始心照不宣地停止内耗,水泥价格开始回升。莎车明年即将开工的三大项目:莎车机场、老城改造、水利工程,对于水泥、页岩砖等建材企业的利好是显而易见的……

冬天已经到了,春天还会远吗?

图木舒克

2014—11—13　23:45:34

图木舒克是农三师属下的市级行政区域,位于巴楚县东部,也是农三师唯一的辖市，是兵团贯彻中央、自治区要求“兵地合一”“融合融通”的要求。

早就听闻大名，今天终于有机会陪上海企业家来进行投资考察。果然是个整洁漂亮宁静的城市，人口不多，全市总人口不过 13 万，但社会经济各项指标在喀什地区遥遥领先。地处天山南麓南北疆交通要冲，充分发挥着“定海神针”“稳定器”的作用。

这里属于广东援建，广东派出东莞工作队对口支援农三师，广东优势结合兵团人特有的吃苦耐劳、坚忍不拔，相信一定会在这块塔里木盆地西北角的绿洲创造出新奇迹……

伽师县

2014—11—15 01:17:52

伽师瓜听说过吧？是种很甜、水分丰富、口感很好的哈密瓜，产自喀什市东部的伽师县。大部分人听说伽师，估计都是因为伽师瓜的缘故。

今天终于有机会到了这个名声在外的瓜果之乡。从巴楚上新建好的巴莎高速，在麦盖提县转向麦(盖提)喀(什)高速，从伽师出口下即可进入伽师县城。靠近高速出口的道路两旁就是县工业园区，落户企业一家挨着一家，还真不少。进入县城，出乎意料的热闹、整洁。这里属于广东援疆，广东前指派遣了一支来自佛山的工作队常驻伽师，共有 20 来人。这次我们陪同上海服装企业来伽师，就是通过广东前指联系的，主要是听说这里有家雅戈尔服装代工厂，也是做出口订单的，可以来看看，有什么值得借鉴之处……

佛山工作队的援友们非常热情地接待我们，他们的副领队竟然是位女同志，主管招商和旅游，原是佛山工商联的副主席。领着我们参观了雅戈尔代工厂，双方的企业家深入交流了意见。这个工厂目前有 500 多工人，主要做贴牌的针织 T 恤衫，工人都是维吾尔姑娘，基本每人一天可以做到 25 件，实行计件工资制，劳动生产率与内地熟练工相比大致差一半左右。工人工资每月少的在 1000 多一点，技术好的可以拿到 4000 多，差别还是比较大。女工的流动性也比较大，常有女工好不容易技能熟练了，家里父母就安排相亲结婚，成家以后一般就不上班了，只在家干家务。这样，员工的总体生产率总也无法大幅度提高。这在南疆，是个普遍的问题。

还有个普遍问题，就是由于地处偏远，原料和成品物流运输成本太高。雅戈尔工厂在伽师县享受了县里给的特殊扶持政策，除了厂房补贴、培训补贴、用工补贴、贴息补贴，还有运费补贴，每吨600元。工业区还给建造了配套的员工宿舍和办公楼，给予厂房5年回购期……

政策是不能再优惠了！

还看了其他几家企业，居然都是浙江民营老板，来这里抱团发展。有做袜子的、有做日用消费品的，甚至还有一家上海企业申新食品，来这里做学生营养餐……

都是以商招商招来的。据伽师工业园区党委书记介绍，今年县里落户了21家企业，广东引进只有6家。已经落户的企业中有10家提出了扩建要求，园区土地已经不够了，马上就要开发二期用地了……

喀什上海商会

2014—12—12　23:11:30

下午，组里兄弟们一起去月星酒店，参加喀什上海商会开业仪式。这是第二届了，第一届的上海商会从未开展过活动，基本属于有商会无组织状态。上月我们召集上海商会企业开了座谈会，来了10多家企业，纷纷吐槽啊……

今天第二届商会终于成立了，特地选了几名热心的企业老板当执行副会长、秘书长，但愿这一届的商会能把大家组织起来，真正发挥作用，毕竟，上海企业来到喀什，人地两生，安全形势又如此严峻，实在不容易，大家在一起抱团取暖，相互交流经营管理的经验教训，是非常有必要的。

可惜就是会员少了些，现有会员单位13家，今天来了11家。掰掰手指，在喀什地区落户并正常经营的上海企业，似乎也就这么多了……

援疆亮点

2014—12—15 21:33:40

下午，组里开了一个明年工作务虚会，疆办的方城副主任也带着疆办业务处的同志一起参加了会议。从农业、工业、商贸援疆开始，讨论了产业援疆问题。大家从近一年来的援疆工作认识和体会出发，谈了自己的工作设想。

农业领域，陈杰同志主要还是着眼于引进农业现代化技术引进、健全完善现有农业设施的运营管理机制、建立示范点以点带面等几个方面。喀什乃至南疆都是农业为主的地区，农业是无可置疑的第一产业、基础产业，吸纳了最多的就业，也是与民生、基层政权建设最息息相关的产业。

工业领域，栋林同志谈了三个尊重的援疆体会，提出要尊重市场、尊重企业、尊重当地，很有针对性。

商贸领域，我谈了自己的困惑，主要是感到自己直到现在也没搞明白在新丝绸之路经济带沿线的国际分工、产业定位、区位优势中，喀什和喀什开发区究竟有哪些独特禀赋资源，究竟应当如何准确定位？只有搞懂弄清楚了这个问题，喀什的现代服务业尤其是商贸行业才能明确发展的目标。我总结了自己一年来的援疆工作体会：在产销对接上，新疆农产品远销上海，主要遇到三大问题，即运输、品质管控、市场营销；在招商引资上，也有三大问题，即劳动力成本无优势、本地及周边市场容量有限、道路交通硬件建设滞后物流成本高。我提出我们产业组每个人应当在今后的援疆工作中当好四种角色：研究员，要研究政策、研究问题、提出建议；联络员，要当好联系喀什和上海后方沟通的桥梁纽带；宣传员，要积极向内地宣传新疆、宣传喀什的正能量，宣传国家战略的重要意义和各项优惠扶持政策；服务员，为已落户的企业和想落户的企业做好排忧解难的服务工作。

方主任评点时，指出在开发区对口合作领域，有条件做成上海第八批援疆的亮点所在。于是，本人顿感压力山大啊……

喀什的金融和旅游

2014—12—16　21:31:53

上午继续开会，讨论明年工作思路，今天轮到卫峰和李平，一个负责金融援疆，一个负责旅游援疆。

他们两个也是我们组里在当地部门挂职的四个人中的两个，平时去挂职单位也较多，特别是卫峰，基本是在地区金融办坐班，要负责日常运作的各类事项，一共就3个科，他分管两个。今年以来，主任去驻村了，金融办的工作基本就靠卫峰同志了。李平同志则是一直在指挥部和地区旅游局之间兜兜转转，常常是书记一个电话，就是一道召唤金牌，立时三刻就要赶往旅游局……

都是劳碌命啊……

金融是上海的产业特色和优势，上海金融援疆这是第一批，本地的基础较差，要补足的短板很多，有条件可以培养成为上海援疆的特色和亮点，无论是金融扶持政策、运作机制，还是培育上市公司、引进金融机构落户，都是可以大有作为的。

旅游则是最能发挥喀什地区天赋独特自然禀赋资源的产业，自然、人文、历史的各类旅游资源丰富多彩，但是这个行业有个致命弱点，就是受社会稳定形势影响太大，直接正相关，一有点风吹草动，游客就大幅度下降，今年尤其明显。再美的景色，也抵不上游客对安全的担忧啊……

纺织印染产业的是与非

2015—03—17　00:18:29

自中央第二次新疆工作座谈会以来，各级政府一直在积极鼓励倡导将内地的纺织服装产业转移到南疆，以解决南疆民族群众的就近就地就业问题，还可提升当地经济发展水平。但是考虑到纺织产业链中印染这个环节承上启下，并且需要消耗大量的水资源，工业废水的处理也需要投入严格规制，确保环境生态不受破坏。为此，自治区特批只在北疆的石河子、南疆的库尔勒、阿克苏三个地方可以上马印染产业。因此，许多在内地收到严格环保要求制约的印染企业在寻找新的替代工厂时，将目光投到了新疆大地。

问题在于新疆实在太大了。三个批准的印染产业点辐射实在有限，无法做到全疆覆盖。比如，在喀什莎车或泽普的纺织服装上下游企业，如需寻找印染或购进印染后产品的，最近的也要到阿克苏，而从莎车到阿克苏，即使全程高速，单程也要一天时间，往返就是两天，耗时不说，运费成本实在太高。由此带来的后果就是迄今为止，在喀什地区，除了山东如意那个尚不知结局如何的巨无霸项目外，作为纺织服装产业整体并没有得到长足发展。许多意向来喀什投资的客商，也由于这个问题，无法下定最后决心。

转机在于去年年底。自治区经信委派了了一个工作组，专程来喀什调研新设印染产业布局点的问题。实在是考虑到南疆民族群众的就业压力比较大、从而对纺织服装产业寄予厚望。初步考虑在喀什的莎车或泽普，改造利用现有的工业园区污水处理设施，建设高水平的印染废水处理设施。这样可将南疆喀什的所有印染产业圈进印染产业园区内，废水由园区统一处理，应可确保符合国家一级水的排放标准。

解决就业固然重要，也是好事。但喀什的生态环境特别是水环境实在太脆弱了，这里缺水，水资源的时空分配严重不均。一旦发生生产事故，也许是技术原因，也许是地震等自然原因，也许是政府监管不力，也许是其他什么原因……，那样会给这片土地带来怎样的灾难后果？需要付出怎样的代价治理？需要多少年才能消除影响？

感觉似乎是个潘多拉的盒子，充满诱惑，但谁知道打开以后会怎样呢？

援疆统筹项目推进会

2015—03—20　22∶51∶12

下午，指挥部召开了由地区各相关部门参加的本年度援疆资金统筹项目推进会。今年的统筹项目比往年抓得要早，并且要求各个项目承担单位年初就要上报立项材料及有关预算方案，之后要按照时间节点稳妥推进，确保当年资金当年使用。

产业发展大项里，我负责的是展会展销类别费用补贴。原本资金安排还是挺宽裕的，但今天仔细一盘算，发现还是挺紧的。主要是由于亚欧博览会经费补贴和上海旅游节花车制作费用补贴两块增加较多，去年编预算时没有排足。原本以为亚欧博览会的补贴费用还是以市商务委为主，却没想到今年是亚欧博览会小年，委里专项资金没有申请到，只能从援疆资金这里挤一些。还有今年的喀交会何时怎样举办，目前也不明朗，上海分会场是否要办也不确定，只能先排进额度。这样，东一摊、西一摊，林林总总，原本感觉富余的资金盘子居然不够了……

当地部门也多有使用援疆资金上项目的。但由于援疆资金使用规定的限制，上海的资金总盘子只能有5%左右的份额用于地区统筹，其他都必须用到上海对口支援的四个县。喀什地直部门对此颇有抱怨的，比如喀什电视台，设备条件比上海对口四县之一的叶城电视台的设备还不如，差得还挺多，真是眼红啊，但是没办法，喀什地区被四个援疆省市共同对口，大家都把重点放在了地区下面的对口县，反而地区部门没人顾及了，只能从各个省市援疆统筹盘子分点额度。眼看着自己属下的县里对口部门每年资金额度充足，作为上级却囊中羞涩，感觉忒没面子……

喀什旅游之殇

2015—03—21　19:33:22

中午与在地区党校学习的泽普县旅游局的毛书记碰了个头，在场的还有地区旅游局的老唐（旅游局的副调，是个老同志，刚刚从驻村工作队回局里）。一顿工作餐，席间话题完全围绕对喀什地区发展旅游文化产业的意见展开。

毛书记不容易，老唐也不容易，陪同的还有泽普旅游局的一位女副局长，都很不容易。大家都感叹在南疆喀什搞旅游产业的艰辛和不易，特别是在社会稳定形势面临严峻形势的环境中，发展旅游真是举步维艰。大量的资金，有援疆资金，有地区资金，投到旅游基础设施上，却没有游客，空空荡荡的金湖杨景区，每年都在亏损，如何能走上良性循环的轨道？

老唐也不易。作为地区旅游局的领导，手里没有专项资金，也没有什么事权、发个牌子、发个批文啥的，凭什么把下面12个县市旅游战线的同仁们凝聚起来，共创喀什旅游大品牌？按老唐自己的话讲，只能兢兢业业、做好为县市部门的服务，在各种县市领导在场的场合多呼吁、多鼓励……

都不易。社会稳定、人身安全是一个地区发展旅游的必要条件。即：不具备这一条件，发展旅游不可能。即使具备了这一条件，还需其他条件和天时地利人和，才能有力推动旅游的大发展。

所以，挥之不去的社会稳定之阴影，是喀什旅游发展之殇和永远的心痛……

一市两县

2015—03—23　22:57:59

从今天起，连续三天召开地区经济工作现场推进会，地委主要领导参加。每半天看一个县，连续要跑5个县市。到县上，先到项目现场观摩，往往一个县要安排5个以上的重点项目现场，然后开个简短的汇报会，请各地直部门点评、地委领导讲话。

今天上午看了喀什市，下午看了喀什市西边的疏附县。

马不停蹄地从一个工地奔向另一个工地，每个工地都是在现场架上效果图、规划图，有专人讲解，描绘美好蓝图。有几个点还是很不错的，比如喀什市新城区的行政服务中心、疏附县的中石油喀什油库、远方国际物流港、民族乐器村等，特色明显，效果也正在逐步显现。

地委主要领导刚从北京参加两会回来。多次在讲话中强调喀什要抓住三大战略机遇：丝绸之路经济带核心区建设、中巴战略通道廊桥、喀什经济开发区特殊政策，各县市特别是喀什市及东西两翼的疏勒、疏附两县，就是喀什地区打造“一带”南路核心区的重点承载地域，要找准自身战略定位，加快发展。

这是很明显的信号。如果说之前在讲到这三大战略机遇时，地委主要领导的思想务虚多过务实，这次再提出同样的命题，已经是务实为主了。领导已经意识到喀什地区其实目前并没有在国家“一带”战略中找到适合自己的位置，也并没有找到合适自身融入“一带”战略的切入点、抓手，所以反复强调这一点，并且已经提出了明确的要求。

去年年底在我们产业组内部工作研讨中，我也提出了相同的判断和观点。的确是这样。

知易行难，任重道远。

地区重点项目现场推进会

2015—03—25　23:17:01

从前天到今天，随同地区发改委组织的地区重点项目现场推进会队伍，走访了本地区 5 个县市：喀什市、疏附县、疏勒县、岳普湖县、伽师县，都是环绕喀什市周边较近的县，总共现场观摩了 31 个各类重点产业项目、民生项目、援疆项目。前两天，地委主要领导亲自带队、现场考察，并就喀什地区经济工作的指导思想、原则方针讲了自己的思考。

一路走来，去了很多从未去过的地方，看了很多从未看过的项目，听了领导很多原则性、方向性的讲话，还新认识了很多当地干部。收获还是很大的。

读万卷书，不如行万里路。这一路走来、看来、听来、想来，感触颇深，最深刻的有这样几条：

1. 尽管面临着很大的稳定压力，但地委主要领导和领导班子对于经济工作给与了高度重视。在稳定与发展的关系这个问题上，明确要求两手都要抓、两手都要硬。这是以前没有的。

2. 喀什地区各县市的经济形势有喜有忧。比如这次去的几个县,喀什市、疏勒、疏附基础条件好,但问题也不少、挑战不少,岳普湖、伽师条件一般,但主要领导抓工作思路清楚、措施得力,成果显著。虽然从全地区看,今年 1—2 月的各项主要经济数据疲软,但县市经济中还是有亮点的。

3. 地区领导反复强调、高度重视招商引资、大力发展工业,力推工业化。一个基本判断是:喀什地区目前正处于工业化初期,还需要固定资产投资拉动增长、增长速度不能掉,能够解决就业、增加税收的大项目是当地迫切需要的。要求着力推广中兴手套的“1 + x”产业模式,即:总部或核心工厂在工业园区、加工点设在乡村社区、街道。以方便民族群众特别是已婚妇女就近就地就业,对于维护社会稳定有重要意义。

4. 各级政府一定要营造亲商重商的投资环境,积极为企业落户、运营办实事、解难事,主动服务。岳普湖县甚至制定了企业投诉问责制度,如有企业投诉当地部门投资环境问题的,第一次诫勉谈话,第二次就调离岗位,力度惊人。

5. 地区领导要求喀什市及其两翼的疏附、疏勒两县要找准战略定位,思考如何融入新丝绸之路经济带南道的核心区、增长极。这个命题以前更多是说在口上,这次领导是动真格的。

6. 要求喀什经济开发区成为带动地区乃至南疆经济增长的引擎。

……

还有很多。总之,任重而道远。

这次参加会议的,很多是各县的常务副县长,主抓经济工作的。压力山大啊……

下乡记

2015—03—31　19:30:19

今天抽空和组里以及驻疆办的几个兄弟约好一起下乡调研,去实地看看几家重点企业,包括第一批在上海股权交易中心 Q 板挂牌的喀什知心食品公司。两辆别克商务车，一行七人，十点半离开指挥部大院，开始了今天深入乡村田间地头的“接地气”调研。

天气晴朗，气温回升。湛蓝的天空纯净清澈，路边处处盛开的杏花、桃花，点缀着喀什春日的乡间。在去往知心食品老厂区的荒地乡路边，随手拍了几张杏花照片，映衬着喀什蓝的天空，发到微信上，竟然引来大群的点赞。的确，相比于 APEC 蓝，喀什蓝更加纯粹、更加自然、更加真实。

先后实地走访了知心食品的牛羊屠宰老厂区、肉羊养殖加工基地和在英吉沙县的两座现代化工厂：屠宰加工基地和深加工基地。知心的老板是个维族大哥，大家都叫他“多总”，小时候得过小儿麻痹，走路还是有些残疾的。他创办的知心食品，现在已经成为喀什地区知名的牛羊肉生产、屠宰、加工一条龙、产业链完整的食品企业，去年年底经喀什开发区推荐，在上海股权交易中心 Q 板已经挂牌。英吉沙的两个现代化生产基地还正在建设中，现在需要融资 1000 万，只要资金问题解决，他就可以在年内完工并投入正式运营。多总的普通话说得非常好，一路走来，介绍自己的设想、面临的问题，思路清楚，也很有魄力。其中最有意思的一个商业模式是委托农户养羊：由公司把健康的小羊委托农户饲养，先称好小羊体重，一般在 15 公斤左右，然后交农户饲养，期间公司提供饲养咨询、防病防疫等服务，七八个月后公司再把已长成的羊收回，同样称好成年羊体重，按活羊的市场价（大约每公斤 25 元），扣除当初的小羊体重后向农户支付报酬，按成年羊体重每只 45 公斤算，一般每只羊农户可以赚 750 元左右，养 10 只羊就可以转 7500 元，这对于当地农户是笔可观的收入了。这个商业模式的好处是带动了当地群众就业，并且也降低了企业的养殖成本，可谓双赢。临走时，才得知多总是 72 年出生，原来与我一般大，但满面沧桑与坎坷却是无法相比了……

在知心食品英吉沙生产基地的旁边就是喀什神恋集团，一家主营红枣、核桃、杏子等农产品加工的农业龙头企业。在上海有分公司。我们与神恋的董事长老董也是老相识了，但老董没在厂里，去北京了，所以大家只是去神恋的生产车间转了一圈，因为不是红枣上市的季节，车间的生产线也没全开，只是有几个维吾尔族女工在分拣红枣等级。车间里飘荡着淡淡的枣香。

从神恋出来，沿着英吉沙到疏勒的老公路，颠簸前行，就到了喀什锦果园农林公司。这家企业的负责人是个西安小伙子，姓陈，西北林学院研究所毕业，在这里研究黑枸杞的种植技术多年，终于摸索出了自己的一整套黑枸杞种植、加工方法，他的黑枸杞中花青素含量大大高于其他品牌。现在在疏勒圈了近 1 万亩盐碱地，全部种植黑枸杞。目前地里只有扦插的枝条，光秃秃的，什么也看不出，据说到了 5 月，就是绿油油一大片，5 月 25 日就是每年开始采摘的日子。采摘后就在旁边的烘干房里烘干、包装，在上海每公斤可以卖到 1500 元。正好这个乡的乡长今天也在这里调研，当地也是把这个项目当成农业龙头项目，希望能带动当地群众致富、提高收入。

踏上回程之时，已经下午 6 点多了。今天一路走来，将近 300 公里的行程，绕着喀什市兜了一大圈。感觉收获多多。这几个企业，都是立足于喀什当地的资源、自然条件禀赋，发挥自身所长，努力开拓进取、甚至凭借一股“十年磨一剑”的精神，才走到今天。殊为不易。向这些企业家致敬！

真心希望咱们喀什的大地上能涌现出一批多总、老董、小陈这样的创业者！

地区农技中心

2015—04—07　22:37:53

喀什地区农业技术推广中心是地区农业局下属的事业单位，主要负责喀什地区农业生产技术、工艺等现代农业生产方式的试点、示范和推广。去年年底时，就听我们的农业专家陈杰讲起过，据说通过对接上海孙桥农业基地的先进设备和技术，在农技中心的示范大棚里培育的黄瓜产量得到极大提升，并且抗疫病能力显著增强。地委领导曾经实地考察并给予了高度评价。下午有机会与组里几个兄弟一起来到了这个农技中心，当然由在地委农办挂职副主任的陈杰老兄打头领路。车子在疏附、疏勒交界的七里桥乡间小路上七拐八转的，经过汽修一条街、一大片水稻田、一座水坝和几个村庄后，拐进了一条两旁种植无花果树和枣树的便道，这里便是地区农技中心了。

陈杰带着大家看了几个示范大棚。这里一共有10个大棚，是用深圳援疆资金建造的。去年经过牵线搭桥引进了孙桥农业提供的自丹麦进口智能水肥一体滴灌设备，对10个大棚进行了设施改造。所谓水肥一体滴灌技术，以我一个外行的理解来看，就是通过滴管的滴灌方式，将已经按比例要求调配好的营养液（主要由各类肥料与水混合而成）精准浇灌到盆栽的植株中。这属于一种精细化的现代化生产方式，可以有效提高产量、防止疫病，从而有效提高劳动生产率。去年试种的"抗番茄黄化卷叶"新品种番茄，在水肥一体智能滴灌技术的助推下，成效显著，每个大棚增收达4500元，得到地委领导的高度肯定，并要求在全地区推广。

大棚内是一片绿色的世界，生机勃勃。辣椒和番茄两个大棚已经果实累累，黄瓜和草莓大棚还在幼苗期。温暖而潮湿的气息，像极了江南初夏时节。植株都采用盆栽方式，盆中都是经过精心调配的营养基质沃土，插着一根类似温度计的细管子，管子的一头通过皮管连接着铺设在地基上的水肥一体营养液管道，通过控制中心精确控制着滴灌量和滴灌时间。

看来这种技术的关键就是这套进口设备。陈杰说这套设备核心部分30万元，但配套使用的种植盆每个20元，含有专利技术，据说底部通过特殊设计后可以保持植株根部的良好通风。每套设备可以支持150座大棚的运作。

大规模推广的难题在于两个：一个是资金，一个是劳动力转移。资金问题无须赘言，是个普遍问题，哪里都缺资金；劳动力转移问题的难点在于：这种现代化生产方式由于大大提高生产效率，可以大量解放农业劳动力，那么这些转移出来的劳动力该如何恰当引导和安置呢？

一个问题的解决，往往会连锁引发另一个问题。事情往往就是这样的。这时，发展路径的顶层设计和系统谋划就显得格外迫切了……

光伏与水泥

2015—04—17 21:28:09

光伏与水泥,两者差距太远了吧,不着边啊?

但在莎车县,光伏与水泥却是一对上海援疆兄弟企业,分别位于相邻的两个乡:光伏企业位于亚喀艾日格乡,水泥企业位于阿斯兰巴格乡。光伏是这两年的新客,而水泥已经是扎根落户四年的老户了。光伏企业是隶属上海航天机电的太阳能公司投资的,水泥企业是上海建材集团与当地企业家合资并控股的。

今天和宇飞、栋林及驻疆办的胡炜一起去莎车实地看了这两家上海援疆企业。

航天机电的莎车光伏项目所在之地是一大片无边无际的戈壁滩。车行在莎车乡间的道路上,两旁白杨林立,沟渠相伴,乡镇集市零星分布。绿油油的麦田中套种着行行列列整齐排列的巴旦姆果树。穿过林间绿洲边缘的最后一个维吾尔族村庄后,越过一个风化侵蚀已久的土台,进入戈壁滩。土台高处矗立着两座塔楼遗迹,据说是叶尔羌汗国时期的烽火台。沿戈壁碎石路蜿蜒前行 10 余分钟就来到了光伏基地。在光秃秃的戈壁滩上,突然有一大片行列整齐、面向南方的光伏面板矩阵映入眼帘,像极了列队等候检阅的仪仗队。航天机电在此总投资 20 亿元,建设 30 兆瓦的光伏电站,占地 1500 亩,共铺设了 12 万块光伏面板,项目已经拿到了自治区发改委的电力上网批文。凭此可以享受国家补贴,每度电价 0.95 元,其中国家补贴 0.7 元。目前项目已经完成了面板铺设,正在进行最后的线缆调试和 110 千伏变电站的建设,估计到 5 月底或 6 月初就可以并网发电了。

王晨小伙子是航天机电派驻到喀什莎车的项目经理,主要负责这个项目。今天也和我们一道来到了工地。听工人们反映,现在工地上主要问题是缺电缺水。主要是县电力公司没有及时把线路拉到工地上,据说是有一笔审图纸的 4 万多元费用没有缴纳，目前正在集团公司走审批程序。所以建设方的工人们只能用临时应急的柴油发电机晚上发电照明。因为在莎车，又地处荒凉戈壁，工人们吃住都在工地简易房内，安全防范面临的形势还是很严峻的。王晨的任务就是要尽快帮助解决这些问题。

离开了光伏基地，驱车又来到水泥企业——莎车上海建材隆基水泥公司。这家企业已经落户莎车多年了，目前有工人 400 多人，七成是维吾尔族工人，有两块主要业务：水泥和页岩砖生产。

刚进厂区大门，就看见有几十辆大型平板拖车等候在水泥装车区。我已经是第三次来到这家工厂了，这样的产销两旺的场景却是第一次看到。陪同我们前来的卢总(建材集团委派的公司总经理)也十分诧异。卢总在这里奋战了 4 年，从与当地企业合资谈判到业务整合上生产线，付出了巨大的心血。去年年底，卢总被调回上海总部另有任用，但明确他需仍兼管莎车项目。所以现在基本每隔段时间就要往返沪喀。

在水泥厂区和页岩砖厂区转了一圈，真心为他们高兴。水泥厂车水马龙自不必说，砖厂的装卸区也有不少卡车等候装车。厂区都在加速运转生产。他们的页岩砖属于南疆顶级品质建材，出厂价每块 0.47 元，已经成为莎车全县 50 余家砖厂的品质和定价标杆，开足马力每天生产 10 万块，还是供不应求。相较而言，水泥市场的竞争更加激烈，因为本地还有山东水泥、天山水泥等几家大型企业争夺市场，前些年相互之间大打价格战，水泥价格曾跌到每吨 220 元亏本贱卖。据说仅山水一家，在南疆去年就亏了两三个亿，隆基水泥也亏了 2000 多万。后来痛定思痛，三家逐步达成默契，确定了各自的市场范围，水泥价格目前已回涨到每吨 360 元了。莎车今年有叶尔羌河水利枢纽、莎车机场以及大量的公路、道路建设项目，市场需求巨大，企业很可能打翻身仗、扭亏为盈了……

真不容易。光伏不易，水泥不易。在莎车办企业更加不易。

这就是光伏与水泥，上海援疆两兄弟企业在莎车的故事。

申飞混凝土公司

2015—04—25 23:40:20

在喀什上海商会的会员企业中，申飞混凝土公司是最早来到喀什投资开业的。他们 2008 年就被预想中广阔的南疆和中亚南亚市场吸引，来到喀什投资寻找商机。当时，房地产的热潮正席卷全国，喀什也不例外，带动了水泥、混凝土等建材行业的景气度直线上升，而南疆地区由于地处偏远，经济发展落后，基础建设的市场更为广阔，为了抢占先机，这些来自黄浦江畔的企业家不远万里来到喀什，寻找新的市场、新的商机。

7 年过去了，在南疆喀什，经历了各种风雨洗礼，企业已经扎根当地，在当地市场上打出了自己的品牌。虽然与当初预想尚有差距，但 2300 万的总投资算是收回了，每年多少也总有盈利，尽管不多，起码能够维持运转。共有 90 多名职工，其中六成是维吾尔族。对员工的管理也摸索出了一些适合当地情况的经验做法，队伍还算稳定。总之，企业情况还算不错，行进在正确的轨道上。

头痛的事情仍有不少。最麻烦的是三角债。建材行业竞争激烈，货款回收周期长，公司目前已经沉淀了 3000 多万的应收款未收回，饱受流动资金匮乏的难题困扰。工地上的货款收不回，但员工工资、搅拌车的油费、水泥及黄沙石子的材料费、税收，这些样样都不能拖的。还有用工成本，每年都在提高，去年起，企业开始给员工交社保“五金”，人均每月 850 元，加上正常的工资及加班费、补贴费等，平均每个员工每个月的用工成本在 4000 元左右，员工本人实际拿到约 3000。如果待遇再低一些，那么就很难再市场上招到工人。

晚饭在公司自已的小食堂里吃的。共有 6 名上海过来的管理人员，包括董事长和一名副总。几样具有浓郁本帮菜风格的菜品，一看到就胃口大开：爆鱼、白斩鸡、白切猪肚、葱烤鲫鱼，特别还有一盘走油肉……

英吾斯塘乡招工记

2015—06—14　21:02:32

前天，馨弟和上海援疆企业东霞制衣的负责人去了趟巴楚县英吾斯塘乡，希望能再招录一些服装工人。东霞在喀什开发区的工厂里有 6 条生产线，总共需要近 300 名工人，但目前通过各种渠道招到的工人只有 40 多名，仅能维持一条生产线。

英吾斯塘乡在巴楚县靠近喀什市和麦盖提县的地方，有高速公路直达，交通还是很方便的。乡里对这次招工非常重视，组织了全乡近 700 名适龄劳动力参加在乡镇广场举行的招工说明会。

听馨弟讲，这个大会真是非常有民族特色、喀什特点，大开眼界。除了当地大型聚会必不可少的民族歌舞表演外，还有小品表演，把青年如何说服老人和家属，主动外出打工创造美好生活的故事活生生表演出来，演员都是本色出演，甚至还有两个人说对口相声的，讲的也是外出打工致富的故事。当然这些表演说得都是维吾尔语。最有感染力的压轴节目则是请已经在东霞打工的本乡工人现身说法，讲述在开发区打工生活的种种好处，吃在食堂，住在宿舍，工作在车间，开发区生活区还有广场，每天可以唱歌跳舞，有小卖部，可以买到各种生活用品……

台下的群众中不少当场就受到鼓舞，在报名点索要表格填写报名，有的则说要回去和家里人商量一下。一天下来，当场收到的报名表就有 40 多份了。别小看这 40 份报名表，已经是很大的成果了。以往到县里乡里的招工，可能一天下来 10 份表都没有。

乡里的干部也很高兴。他们专门选派了驻厂带队干部，带领本乡的群众到厂里打工，都会说普通话和维吾尔语，帮助厂方协调管理这些民族群众。现在，组织群众外出打工就业，在每个县乡村都是有考核指标的。

世俗化生活的吸引力对普通的民族群众仍然是无比巨大的。但需要我们把工作做深做细，使用群众喜闻乐见的方式，用他们听得懂的语言，讲给他们听。因为，无论在地球哪个角落，哪个民族，没有人会对提高自己和家人的生活水平、过上富足快乐的日子不心怀向往。

喀什上海周开幕

2015—06—16 00:21:45

今天是“喀什上海周”活动开幕第一天。这是上海援疆工作今年的重头戏。邀请喀什地区行署专员率领喀什党政代表团飞赴上海考察交流，进一步加深沪喀两地之间的联系，促进两地民众之间的交往交流。一个在天山之南，一个在东海之滨，东西牵手，共话“一带一路”下的机遇与挑战，同浇民族交流交往交融沟通的友谊之花。今夜的上海与喀什，虽远隔万里，却情牵一处、心系一方。

这次的活动，集成了产业推介、旅游宣传、文艺演出、农产品展销、摄影图片民俗展示、手拉手活动等多项内容，在黄浦江畔掀起了一股浓郁的西域民族风情，为上海市民展示了一幅喀什噶尔悠久历史、壮丽风光、独特风情、奋起腾飞的长卷。

今天由喀什飞往上海的东航航班上，就有赴上海参加文艺演出的地区文工团的古丽。在乌鲁木齐机场因流量管控延误等候之时，这些美丽的姑娘们抑制不住兴奋的心情，在机舱狭窄的过道上挑起了欢快的民族舞蹈，打破了等候的沉闷，赢得了旅客热烈的掌声。虽人还未到上海，却在赴上海的飞机上兴起了第一波浓郁的维吾尔风情。恰好有两个指挥部的兄弟同机回沪，用手机拍下了视频，发在了微信朋友圈中，顿时引来点赞无数……

大命题

2015—08—05 23:43:52

领导出题目了。一个很大的题目：“一带一路”背景下的沪喀合作。在这个大命题中，投资贸易是重中之重。近期，上海制定了贯彻实施“一带一路”战略的实施方案，提出了要与沿线省市加强合作，特别是新疆、云南等沿线对口支援地区的开发区、保税区加强合作，寻找切入点，共同发展。

太大了，大的有些不知从何入手。喀什也制定了贯彻实施“一带一路”战略的实施方案。与上海相比，喀什更多立足“一带”，而上海更多着眼“一路”。沪喀两地的领导讲到沪喀合作时，如今都喜欢把两地通过“一带”和“一路”联系起来。战略是清晰的，但贯彻实施这一战略却需要深入的思考和不懈的寻找探索。

主要原因是沪喀两地经济结构差异太大，所处的地理位置和社会环境差异太大。从第七批援疆开始至今，我们一直在探索寻找两地合作的新领域、新模式。有些事情说说是简单的，真要做是很难的。喀什需要抓住“一带一路”战略机遇实现跨越式发展，但仅凭借自身力量明显不够，需要借助国家和对口支援省市的力量。关键在于要帮助喀什找到一条在新的战略背景下适合自己发展的道路，而不是简单的复制、克隆内地其他省市的经验。当然，有些普遍性的经济发展规律是不得不遵守的，而还有一些阶段，却是可以跨越式发展的。难题在于，要分辨清楚哪些是不得不遵守的，哪些又是可以跨越的。对此，各人有各人的想法、观点，每人都根据自己的经验形成自己的判断，且相信自己一定是正确的。只有在经过激烈的思想碰撞和相互激发之后，才能早日凝聚社会对于今后发展道路的共识，以统一思想，调动有限的资源全力以赴去实现目标。

凝聚共识的过程是艰苦的，却不必漫长。在喀什，更是不能漫长。没有那么多时间耗费在争论中。

扩大开放实施意见

2015—09—01　21:03:49

上午临时接到通知，要我马上到行署三楼会议室开会。急急忙忙赶到了行署会议室，已经坐了满满一屋子人了，主管经济工作的行署副专员主持会议，我赶紧在上海前指席卡座位前入座。旁边就是广东前指产业处的雪光,悄悄问他这是开啥会,才知道这是一个讨论地区扩大开放实施意见的征求意见会。没看到过稿子,于是从雪光手里借了稿子粗粗翻了一下,开始在心里盘算如何发表意见……

专员已经开始点名请到会的各地直部门发言了。我一边听,一边已经有了大概的考量。总体上讲,这个稿子还是很全面的,基本上对外开放的方方面面都讲到了,政策举措也梳理得比较清楚。大家在发言中都没有什么颠覆性意见,只是从各自角度提了一些细节上的修改意见。

我主要讲了几条意见:一是关于扩大开放的格局问题,建议从外贸、外资、外经、外事四个方面逐项梳理,这样会更加清晰;二是关于国际市场开拓问题,建议列专节梳理汇总相关鼓励政策;三是关于金融合作领域建议增加积极争取亚投行、金砖银行等国际金融机构项目资金贷款的内容;四是建议增加推进喀什建设面向中亚南亚区域性国际购物中心的内容,这个项目事实上喀什发展集团已经在谋划了;五是建议要重视投资贸易软环境建设,增加知识产权保护、专业中介机构培育、引进知名仲裁机构等内容;六是建议增加有关人员出入境便利的落地签证、多次往返签证等有关内容。

其实这些意见基本都是参照过去上海推进对外开放进程中采取的具体举措,我感觉这些内容是具有普遍性的,在上海可以施行,在喀什也应该可以施行,不会因地域差异而不适应。我们援疆,就是要在对比两地发展道路的基础上,找到具有可复制、可推广的经验做法,帮助喀什找到适合自己的发展道路。

这个文件出台后,将成为引领喀什地区对外开放的纲领性文件,对促进喀什地区对外开放的水平起到决定性作用。而在这个过程中,上海和喀什两地,将可以找到更多可以深化合作、携手共进的领域和契机。

上海新疆商会

2015—09—06 00:30:48

下午陪领导接待了来访的上海新疆商会的企业家代表团,带头的是上海耶里夏丽餐饮企业的董事长。他们来到喀什，主要是去看望在带队在疏勒县农村驻村的新疆自治区政府驻上海办事处的副主任凯撒尔，既然来到了喀什，那么就顺道拜访上海援疆指挥部，毕竟他们都是在上海经商办企业，上海是他们的第二故乡。

上海新疆商会的会员规模比新疆上海商会更大，比喀什上海商会更是大多了，有100多名会员，都是在上海经商的新疆老乡。近年来在上海众多民族风格异域风情餐厅中声名鹊起的耶里夏丽新疆餐厅，共有14家连锁店，生意火爆，宾客盈门。他们的服务员、厨师、歌舞表演的演员，都是来自新疆各地的维吾尔族姑娘小伙。在远离家乡的浦江之畔，他们用自己的双手和汗水，用自己的勤恳与奋斗，追逐着自己的“中国梦”，如此近在咫尺，如此信心百倍。在上海的新疆企业，从事的行业多样，今天来访的企业中有做文化的，有做进出口贸易的，有做小额贷款的，有做农产品销售的，还有做产品包装设计的。他们是新上海人，就如同我们是新喀什人。顺便说一句，经过一年半喀什的工作生活，我已将喀什真正视作了自己的第二故乡，无论在上海或在新疆，我都会响当当的这样介绍自己：你好，我是喀什人，来自上海。

所以，当上海新疆商会的这些企业家，怀着对新疆家乡的眷念之情，怀着对上海故乡的感激之心，说：“我是上海人，来自新疆”之时，我深以为然。

上海人，新疆人，都是中国人。

开网捕虾喽

2015—09—12　19:12:04

终于等来了这一天。我们的农业专家陈杰老兄今年在喀什试点养殖的南美白对虾可以开网捕捞了。秋天原本就是收获的季节，在这个晴朗明媚的秋日上午，兄弟们一同奔赴位于吐曼河边的地区水产养殖技术推广中心，见证这奇迹的一刻。

养殖中心地处喀什北郊，座落在一片土屋村落之中。旁边的吐曼河水泛着浊黄的浪花奔腾而下。中心共有30多片水塘共100余亩，养殖的水产以鱼为主，这是第一次养虾。虾苗是陈杰联系的一位来自上海奉贤的水产养殖老板无偿提供的，从今年4月起分三次共投放了150万尾虾苗。上海的虾老板做事情还是很道地的，为了确保养殖成功，还特地派了一名技术员从4月起就常驻养殖中心，现场指导养殖。沪喀两地的水文环境差异太大，同样品种的白对虾，在上海养2个多月就可以有15公分以上，在这里，养了三个月目前最大的才有15公分不到一点。由于气温偏低，而白对虾要求水温在18度以上，所以4月在喀什投放的第一批虾苗基本全军覆没，现在捕捞出来的都是6月份第二批、7月份第三批投放的虾苗。

上海来的技术员小伙子换好防水裤下塘拉捕虾地笼，一点一点地收起，收到最后一看：呵，不少啊，归拢到一起有个十来斤，白虾翻腾蹦跳，丰收的喜悦涌上每个人的心头。

喀什的市场上，来自疆外的冷冻虾都要卖到300元一公斤，都是空运进来的，运费昂贵啊。这次试养的这些白对虾，在市场上批发价在60—80元每公斤，零售基本可以上150元。如果销量好，明年就可以扩大试点，为喀什各族群众的餐桌上提供新的选择，同时还可以增加养殖户的收入。据说此次在泽普还有一片水塘也试点养殖，那里的水质更好，白对虾个头更大、更肥。看来，也许不用多久，白对虾养殖产业在喀什就会兴起……

临走时，拎了一袋鲜活虾，说是要送到指挥部食堂请兄弟们尝尝农业援疆的最新成果……

文化旅游中心发展规划

2015—09—22 23:48:52

下午代表指挥部参加了喀什地区文化旅游中心发展规划的审查会议，本应是李平局长去参加的，但因他今日要代表地区旅游局赴西安开会出差，指挥部综合组临时叫我去顶一下。当李局长同志把手里厚厚一摞规划草案稿交到我手里时，不禁浑身打个激灵，毕竟隔行如隔山，不知在会上该讲些什么。所幸我们敬业的李局长同志在文稿空白处作了不少修改提示标记，增加了不少发言底气。

会议由地区行署分管旅游的副专员主持，地委分管领导出席，地直各部门、开发区、各县市、四前指都有人与会。这个文化旅游中心规划是为贯彻落实自治区的相关规划，按照地区提出的打造喀什丝路南道中心城市五大功能而提出的，请了国家发改委社会改革研究所承担调研起草任务。

会上各部门意见还是比较统一的，但各县市意见颇多微辞。这也难怪，规划通过后实施的主体主要是各县市，他们关心的是目标是否合理、道路是否明确、措施是否有力且要有操作性，大家都希望把自己区域内的景点景区纳入规划中，至少都要提到，这样有利于今后到地区争取资金、政策等方面的支持。大家的出发点和角度不同，观点就会有差异，看来无论在上海还是在喀什，都是一样的。

我代表指挥部谈了几条意见。除了李局长注明在稿子上的修改外，我着重谈了两个观点：一是关于文化与旅游的关系问题。既然是文化旅游中心规划，那就一定要注重文化与旅游的融合发展，而不能是文化一条线、旅游一条线。文化是旅游的内核，旅游的核心竞争力无非就是独特的自然风光或人文历史的体验。而对文化挖掘来讲，不能只关注传统文化挖掘，还要注重如何构建符合社会主义文化价值观的当代喀什文化内涵，毕竟这是面向未来的发展规划。这应当成为规划的引领。二是关于建设国际旅游集散地的问题。规划中重点讲到了境外居民入境旅游，却没有提到境内居民出境游，这是不全面的。对于喀什来讲，更重要的却是如何吸引内地游客来到喀什，在游览体验喀什特色的风光与文化之余，还能有机会到周边的巴基斯坦、塔吉克斯坦、吉尔吉斯斯坦等中亚、南亚国家出境游、边境游，就像现在云南、广西在与越南接壤的边境地区做得那样。如果能够梳理出几条统筹聚集周边国家边境景点景区的跨境旅游线路，精心包装营销，打造品牌，就一定可以对内地游客构成巨大的吸引力，从而将喀什作为前往巴基斯坦、塔吉克斯坦、吉尔吉斯斯坦等中亚、南亚国家的集散地、中转站，就可以增加喀什的人气，带动喀什的旅游和相关宾馆、酒店、餐饮、娱乐、交通、商业、演艺等配套行业的发展，真正实现旅游富民强区的目的。当然，这需要国家边境签证政策的支持，但在积极争取政策的同时，作为喀什必须要做好充分准备，因为时机只会青睐有准备的人。

无比盼望在我们援疆结束之前能有那么一天，去中巴边境巴基斯坦那边走走看看。每次当我上塔县，站在红其拉甫口岸的雄伟国门前，遥望对面近在咫尺的巴基斯坦境内，就会产生无比强烈的想去那边走走看看的愿望，据说那边有美丽的堰塞湖风光和对中国人无比友好热情的巴铁兄弟……

就业、就业、还是就业……

2015—09—27　00:17:10

近日分管新疆工作的中央领导在喀什考察调研，对口援疆省市的分管领导也陪同在喀。我们的分管市领导也来了，杨总一直陪同考察。中午，指挥部领导带回了中央领导对于以产业促就业的讲话精神，要求我们立刻汇总起草一份反映上海产业援疆促进就业的素材稿，供市领导汇报参阅。肖处恰好今日回沪了，于是任务就落到我身上。

好在肖处办公室电脑里有一份今年5月撰写的上海援疆产业促就业的稿件，已经总结了我们的基本思路和举措。以此为基础，再加入一些上海对口四县今年以来的就业基本情况数据，以及根据领导要求特地请莎车分指准备了莎车县产业带动就业的单篇材料，应该差不多把情况都说清楚了。材料完成后，杨总特地来办公室共同商量了一次，提了很多他的思考和观点，对于我们今后的产业援疆工作明确方向、开阔思路大有裨益。总体上讲，我感觉主要有以下几个要点：

第一，一切产业援疆工作必须紧紧围绕就业这个核心开展，所有招商引资、产业功能提升等工作的落脚点就是开拓了多少就业渠道、促进了多少人员就业。这也是中央领导最关心的，所以就业是我们在这里所有工作的出发点和落脚点。

第二，劳动密集型行业的大项目仍然要跟踪并全力推动，虽然上海的产业结构已经发展为以现代服务业为主，但在农业、食品、机械、建材等劳动密集行业中很多龙头企业总部是在上海的，在说服、吸引这些企业来喀什投资设厂这方面上海应当有所作为。这也是中央领导明确无误的要求。我理解，这是要求这些总部在上海的大型国企要承担相应的社会责任。

第三，在喀什地区上海对口支援四县解决就业问题，一定要因地制宜，尤其是要重视发挥现代农业的产业功能，提升能级，通过培育各县农业龙头企业和新型农业合作社等农业经营主体，带动扩大当地群众就地就近就业，帮助他们从传统农民转型为现代农业工人，增加收入，提高生活水平，从而促进稳定。而在农业科技、农业管理等方面，上海具有优势，可以有大作为。通过增加对农业设施、农业科技等硬环境的投入，以及帮助经营主体解决生产工艺、产品包装、市场销售、物流运输、小贷融资等软环境方面的问题，就可以吸引更多的群众从事农业生产。

第四，对于产业援疆促进就业要多总结、多思考，归纳出有上海特点的经验做法，扩大宣传，经验要大力推广。这也是指挥部去年要求的今年各项援疆工作不仅要“出成果”，还要“出经验”。

凡上种种，归根到底，就是“就业”。在南疆，在喀什，各项援疆工作的核心就是就业、就业、还是就业……

一号工程

2015—09—29　23:21:49

上午指挥部党委扩大会议传达了第五次全国对口援疆工作会议和中央领导在喀什考察慰问期间的讲话精神。南疆、喀什的对口支援工作受到了高度的关注，上海的对口援疆工作受到了高度的关注。长处在哪里，短板在哪里，领导已经在多个场合反复讲到了。今天会上，指挥部领导明确提出，明年的一号工程就是千方百计抓对口四县扩大就业，以产业援疆促进就业。

作为主要负责产业援疆的部门，我们产业组从此将站立在上海援疆工作的风口浪尖。当然，有了从中央领导到上海市委市政府领导、指挥部领导的高度重视，有了上海大后方的全力支持，没有什么难题是不能克服的。市领导明确说了，上海的援疆工作要始终走在全国前列。

医疗、卫生已经成为上海援疆的最亮点，看病救人、教书育人，真正为当地群众做好事、做实事，是真正的民心工程。产业援疆，却由于始终缺乏劳动密集型企业的大规模投资项目、从而带动大规模就业而缺乏亮点。与此形成对比的是，山东援疆项目中有总投资250亿元的如意纺织项目、探索采用了中心工厂+卫星工厂模式的中兴手套项目，都是属于纺织服装劳动密集行业的项目，尤其是后者，解决了当地群众可以就近就地就业的难题，甚至都上了央视的焦点访谈。中央领导在喀什明确提出，产业促进就业方面，上海要向山东学习。

其实仔细想想，我们在产业援疆上也做了不少有益探索的。比如，东霞制衣虽然工厂在喀什开发区，但重点到上海对口四县招工，其中来自巴楚的员工已经超过一半，这其实也是一种本地劳动力成建制到县域外转化就业的模式。还有，通过发挥上海金融市场功能，帮助当地企业解决融资难，扩大生产规模，又能解决多少人就业呢？这其实就是帮助当地优势企业进一步做大做强，培育龙头，增强其带动辐射作用，在其产业链上集聚的农业合作社、农民种植户又能解决多少就业、提高多少收入呢？有效解决就业问题，并不是只有在当地新设纺织服装类、农产品加工类大型工厂一条路。诸多事实证明，喀什当地企业，如果已有一定基础，发展潜力更大。通过帮助支持一家当地企业做大做强，对就业的拉动作用往往要高于外来企业。内地来南疆投资，面临太多的难题：地理距离遥远带来的原料和成品运输费用问题、民族员工的管理问题、民族员工的劳动技能问题、当地融资难问题、周边中南亚国家市场需求不足通道不畅问题、南疆本地市场不熟悉问题，等等。所以，我们产业援疆工作要取得突破，还是要从上海的特色优势和喀什四县的具体情况出发，实事求是，因地制宜，多管齐下，围绕就业总目标，一二三产业齐头并进，完全可以探索出一条新路子，形成我们自己的产业援疆促进就业的特色和亮点。

最后，加强宣传真得很重要，非常重要。我们有好的项目、好的例子，要用心归纳总结出好的经验、好的做法，然后形成好的文章、好的新闻报道，造成好的影响、好的效果。闷头苦干，固然值得钦佩，在信息化时代，却并不可取。好经验、好做法，就要扩大宣传，让大家都知道，一方面可以争取当地民心民意，另一方面可以让更多的兄弟援疆省市借鉴吸收，扩大覆盖，让更多的地区、更多的群众得到实惠。这是非常有意义的。

产业援疆的指导思想

2015—10—10　01:01:15

下午，肖健组长从上海返回了喀什。昨天，肖处在上海参加了由光辉副市长召集的加强产业援疆促进就业专题会议。领导对以产业促就业提出了新的要求，并要求市政府各相关部门和指挥部要加强协调配合，拿出切实可操作的有力举措。

我感觉产业援疆的指导思想又有变化了，重新回到了当初以劳动密集型企业设立落户带动就业的指导思想。其实这在第二次中央新疆工作座谈会上就已有明确要求，但由于各地的产业结构调整和经济社会发展程度不同，各援疆省市在具体贯彻落实中往往着眼发展自身特点和优势，或直接或间接促进受援地经济发展以带动就业。比如上海，劳动密集型产业早已完成转移，经济结构以现代服务业为主，所以我们更多的思考是如何通过帮助喀什发展现代服务业，完善丰富喀什的城市功能，以此来带动更多的当地群众就业。去年 7 月上海市与喀什行署签订的沪喀合作会议纪要的内容，主要也是依据这个指导思想确定合作领域的。

但这次正声主席国庆前夕来喀什慰问调研，要求非常明确，就是要求各援疆省市要直接引入纺织服装等劳动密集型产业，在工业化、信息化、城镇化的背景下促进民族群众就业，以企业现代工业化大生产的秩序和纪律来帮助当地群众转变观念、生产生活方式，融入现代社会，从而促进社会稳定和长治久安。对于上海对口支援的喀什四县，地处叶尔羌河流域，也是维稳重点地区，特别是莎车县。所以领导要求上海要向山东学习，加大工作力度，引入大规模的劳动密集型企业，以工业化带动城镇化，以就业促进稳定。

我认为，通过劳动密集型企业带动就业固然是个好办法，但同时仍然不能忽视通过发展现代农业和服务业的途径来促进当地经济社会发展。农业是喀什地区就业的第一大产业，在可预见的将来，要解决大量当地群众就业依然离不开现代农业，从传统农民转变为现代农业工人；而现代服务业则也能够吸纳大量就业，尤其是文化旅游行业，是可以大做文章的。南疆的就业问题，必须要多管齐下，仅靠大工厂就业，在现阶段困难和问题太多，独木难撑啊。

新疆金融中心建设规划座谈会

2015—10—11　22:31:03

卫峰还在上海未回，上午地区发改委组织了一个座谈会，主要是中国社科院金融所有个课题组，承接了自治区金融中心建设规划课题任务，今天来喀什座谈听意见。卫峰在地区金融办兼任副主任，主持日常工作，一年多来对喀什地区的金融行业现状和发展道路选择有了很深的认识。原本他来开会是最好的，而现在只好由我代会了。

这个课题很大，出席座谈会的各方人员挺多，喀什地区主要的金融监管部门和金融机构的负责人都到了，四个援疆指挥部也派了人。大家从各自角度发表了看法，总体上意见还是比较统一的，就是希望课题组在研究金融中心功能及区域布局时一定要把喀什作为次区域中心的定位来规划，以顺应国家一带一路战略推进的需要。特别是中巴经济走廊方向，如果能够确定喀什这样的定位，将对这一新丝路经济带样板项目的推进产生积极影响。

我根据之前与卫峰电话沟通的情况，主要谈了四条建议：从新疆的实际情况出发，适当借鉴上海国际金融中心建设的经验和做法，结合国家一带一路战略，科学规划布局；加强新疆当地金融机构的培育，包括各地州自己地方金融机构的培育；重视金融生态圈的培育，加强人才、服务、法制等要素支撑；鉴于南北疆的巨大差异，建议将喀什定位为金融次区域中心。最后，我还增加了一点自己的看法：建议将推进人民币国际化和跨境支付作为重点项目，率先在新疆、在喀什推进实施，以配合国家一带一路战略的实施贯彻。

这样的座谈会近来参加了不少。现在，只要参加这种会议，我就会非常自觉地把自己放在喀什的位置上讲话发言，尽量为喀什争取点什么，多讲正面，不讲或少讲负面，而不是站在一个旁观者的角度，讲些不痛不痒的场面话。刚来那会儿，开会时常常会这样的，多批评而少建议。而现在，我已经自觉成为喀什人了，来自上海的喀什人。

工业化、城镇化与就近就业

2015—10—13　22:07:53

前些日子肖处随指挥部领导去了一趟莎车调研，主题就是产业促就业。莎车处于叶尔羌河中游，历来是维护稳定的重点区域。自上海浦东新区对口支援莎车县以来，每年投入莎车的上海援疆资金都有七八亿元，教育、医疗、工业园区、设施农业等等各个方面都有大量资金投入，县城面貌有了很大的变化，但大规模的工业化和城镇化还是差距较大，在产业促就业上近年虽然做了不少工作，效果并不显著。

来喀什一年半多了，对产业促就业的认识也有了更深刻的认识。从各级政府出台的各类政策看，力度已经不小了，而之所以至今仍没有大规模的劳动密集型企业落户，主要障碍我认为还是在于当地劳动力的供给和有效管理。当地的维吾尔族群众世代以务农为主，生活习惯、思想观念和劳动技能等方面距离现代化的工业生产方式相差甚远。如果没有恰当的引导和培育，从传统农民到现代化产业工人的转变是很艰难的。如果考虑到南疆地区的宗教、民族因素的影响，那这个问题就更加复杂，需要各方密切配合，以长远目光脚踏实地打基础、谋发展。当前，最重要的就是当地政府需要进一步加强对劳动力的就业观念、纪律、技能、习俗等方面的引导教育，并建立长期稳定的劳动力储备机制，确保落户企业能招工、招得到工，招工后可以有效管理、留的下。

莎车有一些纺织服装工厂，就设在村镇旁边，据说工人队伍很稳定，收入也不低，平均每月每人能有近3000元的收入。原因就是工人都是从旁边的村里招的，工厂离家近，上下班方便，所以他们愿意到工厂上班赚工资。这样的布局模式，对于一些小规模企业或对技术设备要求不高的企业是值得尝试的，而如果是工艺较复杂、设备较先进、流程要求高的现代化生产企业来讲，集约化生产是必要条件，无法想象把相关加工环节拆分到各个不同地方的卫星工厂。如果这样，每个村都要设个工业区，又怎能体现工业化的规模效应、集聚效应并有效降低园区基建配套的成本呢？原本是要通过城镇化、工业化来带动就业，但这样的分拆是否符合工业化生产规律？是否可持续？是否意味着现代工业文明向传统农耕文明屈服呢？

谁知道呢。太复杂了。反正我是没有想明白。

市经信委领导的援疆思路

2015—10—28　22:06:34

市经信委领导带队来到喀什，调研上海产业援疆促进就业的情况。这也是根据市领导的要求开展的重要调研。今天中午，在指挥部进行了座谈，大家讨论了围绕就业开展产业援疆的情况。

代表团一行马不停蹄，实地考察了上海对口的莎车、泽普两个县的工业园区企业情况。在今天的座谈会上，领导提出了一些研判、举措、思路，扩大了眼界，开阔了思路。

比如，他提出，现在的援疆工作，正在从以往的大规模基础设施建设阶段转向项目建成后的运营维护和管理水平提升阶段。的确如此，这与俞正声主席在喀什考察是提出的要求提高援疆项目综合效益的观点完全契合。学校、电视台、医院、文化馆、体育馆等这些设施建成后，如何保障正常运营维护、提高管理水平、发挥项目效益是如今面临的大问题，许多项目事实上在建成后并未完全发挥应有的效益。

再如，他提出，要重视“一带一路”战略背景下的产业援疆思路创新，深入研究周边国家市场的情况、贸易投资结构、商品需求结构等问题，以贸易投资导向带动产业迁移。这个命题早些时候组里开会时我也提出过，在参加喀什当地一些规划研讨会时也提过这个观点，但困扰于缺乏足够的支持开展调研，所以一直停留在口头却没有转化为行动。

还有，他特别强调，做好已落户企业的服务工作是产业援疆招商引资的首要任务。从现在情况看，近年来上海落户喀什的援疆企业，基本都处于惨淡经营的境地，实现大发展、大飞跃、赚大钱的一个没有，工厂关停离疆的倒是有几家。承诺的优惠政策不兑现、招工难、民族员工管理难、本地市场需求不足、原材料与成品运费高昂等问题，困扰着所有的内地来投资的企业。

破解这些难题的过程就是探索闯出一条产业援疆新路径的过程。

招商新视野

2015—10—29　22:02:17

围绕产业带动就业的工作新要求，指挥部领导近期开展了一系列的专题调研。先下县摸情况，再拜访行署相关职能部门。今天上午，陪同领导拜访了地区招商局和地区人社局，深入讨论了喀什地区尤其是上海对口四县招商和就业的情况，深受启发。特别是在招商局的会谈，开拓了我们原有的招商视野。

地区招商局和地区商务局是合署办公的，平时与他们工作接触也比较多，曲局长和我也比较熟悉。这位局长原本是山东第六批援疆干部，援疆结束后就留了下来，干脆扎根喀什，在西部边陲的这方热土耕耘奉献。在我接触过的喀什当地干部中，曲局是为数不多的与我们观点一致或相近、工作思路清晰、且能干事干成事的领导干部。他曾在叶城当过常务副县长，一线基层工作经历使他对于招商工作规律有着深刻的认识。今天他讲的一些观点，都是多年从事招商工作的思考体会。

比如，一定要跳出地域限制的禁锢干招商。不是说上海对口的四县就只能到上海招商，也可以去广东、山东、浙江、江苏招商嘛，同理，山东、广东对口的县亦然。去哪里招商要看当地的产业规划布局和特点优势，寻找相对应的产业集聚省市。珠三角近年的许多纺织服装企业都在考虑工厂转移，那么已经将纺织服装作为重点发展的县如巴楚，就应该重点去珠三角宣讲。作为对口援疆省市，上海虽然纺织服装产业等劳动密集型产业早已完成迁移，但通过投入援疆资金建设工业园区、出台投资补贴政策支撑，优化当地的投资环境和服务能力，也是产业援疆的重要成果。此外，上海的产业援疆推介，可以立足上海，辐射长三角的江苏、浙江，苏浙两省还有很多劳动密集型产业需要迁移。

还有一条，就是产业援疆需要“一二三”产业全面推进。二产自不必说，从上到下一直在反复强调，但对于一、三产的招商似乎重视不够。但其实在南疆，当地群众世代以务农为主，转型为现代产业工人，各种困扰很多，而转型为新兴农业经营主体的农业工人，还是符合现阶段发展特点的。三产中的旅游、文化、餐饮、商业等行业可以吸收大量就业，对于劳动技能的要求也没有工业制造那么高，尤其是文化旅游，更适合歌舞传统的民族群众就业。

最重要的一条，曲局认为，由政府牵头以计划指令方式引进的大型制造业项目，往往伴随着各种违反市场规律的拉郎配现象，后遗症严重，反而会错失最重要的发展时间窗口，是一定要注意避免的。在尊重市场规律的基础上，政府应当进行精准有效的市场引导和政策支撑，才是正确的招商模式。

都说到我们心里去了，起码是我们产业组兄弟们的心里。

卫星工厂与乡镇企业

2015—10—31　21:35:42

山东援疆出了一个“中兴手套”模式，即中心工厂设在工业园区，而把一些简单粗加工业务分到位于各个乡镇的卫星工厂加工，这样可以使当地群众实现就进就地就业、离土不离乡就业。特别是农村的已婚妇女，可以不离开家，边照料家庭边打工，增加收入，员工队伍也稳定。

而我们引进的东霞制衣，因设备技术含量都较高，不适合这种分设卫星工厂的模式。由此引发的问题就是招工难、用工难。到巴楚去招录的40余名女工，如今只余20余名，其他人都因无法解决离家远、难以兼顾家务的原因，或家人反对或自己也不愿意，反正就是不干了。至于打工几个月的，也挣了几千块钱，可以花一阵子了，感觉自己可以放松享受，于是就不来了。这种现象在南疆工业园区的企业员工中非常普遍。也是企业落户当地最头疼的难题。没办法，当地群众的就业观念还需要逐步的引导、树立。

就像刚刚改革开放之初的东部沿海，那时如雨果春笋般的各类乡镇企业，遍布田间地头，同样的离土不离家方式，吸引了大量的当地村民从务农转为打工。当这些乡镇企业逐步发展起来之后，开始出现规模集中的工业园区，企业为节约各类基础设施建设成本，以及上下游产业配套便利，在政府引导下逐步迁入园区。而就是这个阶段，在南疆，我们帮助当地实现了跨越发展，直接跳过了当初的分散、粗加工、劳动密集的乡镇企业阶段，进入了讲求集约、规模的工业园区阶段。现在看来，发展阶段的跨越，并非何时何地都可以顺利推进的。我感觉，中兴手套卫星工厂模式，其实还是回到了乡镇企业发展阶段。现在看来，在现阶段，这个发展阶段更加契合当地群众的就业观念、社会发展和产业基础。

最适合的就是最好的。

为喀什农业把脉

2015—11—02　21:47:51

地委农办、地区农业局、地区林业局、地区畜牧局、地区水利局等几个农口部门的领导，下午到指挥部座谈，畅谈喀什地区的农业问题。虽然平时也跟陈杰常常聊起农业援疆，终究不如今天这么全面、这么面对面，直截了当，坦率讨论。对于我们来讲，对于喀什地区种植业、林果业、畜牧业、农村水利等各个方面都有了全面深入的了解，尤其是上海对口四县的农业情况，感到把握得更加准确了。

喀什地区的农业，种植业以冬小麦和棉花为主，林果业则是红枣、核桃、巴旦木、鲜杏等，畜牧业以“两头牛五头羊”为主，还有一些设施农业种植的经济作物，如万寿菊、色素辣椒等。

种植业主要解决粮食安全供应问题，需要确保本地区和周边克州、和田甚至西藏阿里等地区的群众和驻军的吃粮问题。因为距离内地路途遥远，内地调粮成本太高，所以政府要求吃饭问题必须要自给自足。但小麦和棉花种植的经济效益不高，所以现在政府一面确保粮食安全，小麦种植面积要确保，一面鼓励种植优质棉，减少棉花种植面积，腾出土地改种经济效益更好的林果或畜牧养殖。

林果业和畜牧业看来是喀什地区农业发展的主要方向。林果业来讲，全地区有林果种植面积600万亩，占全疆林果种植面积三分之一，红枣、核桃、巴旦木、杏子等林果产品已经成为农民增收的主要来源。泽普的红枣、叶城的核桃、莎车的巴旦木等已经具有了一定的规模和市场效应。畜牧业来讲，巴楚、叶城两县的碱性土壤养育出巴尔楚克羊和叶城羊两个著名品种，鲜美无膻。

泽普的农民年均收入已经超过了万元，红枣产业已经具有规模和美誉。巴楚人少地多，通过逐步减少棉花种植面积腾笼换鸟，发展林果和畜牧业增收必然可以收获斐然。难题主要集中在莎车和叶城。莎车的问题是人多地少，巴旦木种植效益不高，难以承载农民致富的重任，必须通过建设乡镇工厂的方式转移富余劳动力，以工促富，另外还要优化林果也结构，除巴旦木外还要选择一种重点林果扶持发展，比如核桃。叶城的问题是平原乡与山区乡的两元结构难题。平原乡发展已经步入正轨，以核桃、石榴为林果发展重点。但山区乡有5个约6万人，气候地理条件恶劣，不适于农业发展，只能考虑异地搬迁、进城打工、政府补贴或引进矿业开采企业解决就业，以此脱贫致富。无论哪种方式，都需要大量投入。

新型农业经营主体培育滞后，尤其在农业龙头企业和农民合作社方面，多年未能有效破题。目前地区只有一家国家级农业龙头企业（南达新农业），农民合作社的成功示范打造则几乎没有。农产品的销售渠道和市场开拓上也存在问题，高昂的运输费和缺乏冷链保鲜物流，进入内地商超市场等相关环节收费较高，抵消了成本优势，影响了销售。

细细盘算下来，问题不少。但换个角度，逐个解决这些问题，就会极大地促进喀什农业的发展。问题就是导向，起码今后工作的目标更加明确清晰了。

南疆工作会议

2015—11—04 21:36:51

昨今两日，自治区党委在喀什召开了建区 60 周年以来的第一次南疆工作会议。这也是根据中央第二次新疆工作座谈会提出的“加强南疆政策的顶层设计”要求而召开的。从地域上讲，南疆地区共包括巴音郭楞蒙古自治州、阿克苏地区、喀什地区、克孜勒苏柯尔克孜自治州、和田地区等五个地州，但从政策角度，现在一般只讲南疆四地州，将巴州排除在外，主要是因为巴州社会稳定、经济发展成果显著，与南疆其他四地州的发展差距较大。在各类政策设计中，南疆四地州始终是政策扶持力度最大的地区。

在南疆四地州中，喀什地处区域中心位置，北接阿克苏和克州，南连和田，又是维吾尔族聚居最集中之地。中央和自治区领导近年来反复强调，喀什稳则南疆稳，南疆稳则全区安。所以，南疆是新疆社会稳定和长治久安的棋眼，而喀什，又是南疆的关键。

根据目前得到的信息，这次南疆工作会议上，自治区领导就南疆工作进行了专题部署。主基调仍然是社会稳定和长治久安，在基层政权建设、民生、产业等方面作出具体部署。在产业方面，提出解决就业要以疆内就业为主，就进就地就业，大力发展纺织服装、农产品加工等劳动密集型产业。要求各方给予政策聚焦。

个人感觉，这个会议如果由中央新疆工作领导小组主持召开，力度将更大，意义将更加深远。南疆的顶层设计，许多政策仍然需要中央相关部委的政策突破，如财税、金融、国资、产业等扶持政策，重点放在抓中央决策部署的贯彻落实，否则依然只能囿于现今的政策框架，纸上谈兵，无法有效突破。

说句实话，中央历次新疆工作会议的要求已经非常明确，但在具体落实上与中央期望要求甚远。所以，南疆工作会议应当定位为一个抓落实、抓贯彻、抓部署的工作会议。

落实、落实、再落实，具体、具体、再具体，推进、推进、再推进，这些才是南疆四地州当前最需要的。

50个工人和50万平方米厂房

2015—11—06 21:48:30

先说50个工人。50人，这是现在还在喀什开发区深圳产业园的上海援疆企业东霞制衣的所有工人数。今年10月之前，东霞曾经有120名工人，如今只余半数不到了，而按照生产项目规划，东霞需要招收250名工人的。但目前，维持生产都殊为不易，遑论发展扩大。那些维吾尔族女工大多都是已成家的，家里丈夫、孩子、老人都需要照顾，离家到路途较远的工业区工作就只能住工厂宿舍，没法每天都回去，时间久了家庭矛盾就开始激化。为了丈夫和孩子，这些女工大部分只能选择辞工回家。还有些远程而来的农村打工者，没有住在园区的工人宿舍，而是在外面自己租房，每个月的租房费用、食用交通开支都是一笔不小的数目，每月打工收入扣除这些生活成本以后就所剩无几了。当地政府也看到了这一点，所以现在反复强调“就地就近就业”。我至今还比较纳闷的是，为什么当地民族群众出来打工的以女人居多，而男人就不愿意出来打工呢？因为是女人打工多，所以未婚的往往干不了多久就要回去嫁人，能坚持1—2年已经是非常罕见了。结婚后再想出来打工，往往要说服公婆、丈夫，还要放得下孩子，才能再次外出打工。如果是男人外出、女人留村，就像内地农民工，是否会好一些呢？

再说50万平方米厂房。50万平方米，这是今年年底喀什经济开发区深圳产业园二期标准厂房的竣工面积。按照每100平方米用工10人的标准，50万平方米可以容纳5万人就业。宏图如此，现实冷峻。问题的实质就是，如果连东霞250人的招工用工都无法保障，如何能奢望5万人就业呢？毕竟这是在喀什市，城市化相对发达，周边农村群众有着更多的就业选择，比如可以做小生意、摆摊、搞搞运输、餐饮什么的，要招工就要到更远的县里农村，那东霞面临的问题怎么破解？不是所有的行业和企业都适合“中兴模式”卫星工厂的。

大规模集约化工业生产，是制造业发展的必经之路。在工业园区，需要引进的就是具有一定技术含量、工艺要求的制造企业，代表的是当地的制造业发展水平。那么，当这样的企业有意在开发区落户时，我们应当怎样帮助企业招录到符合要求的工人并且有效管理他们呢？这个问题必须要放在重要位置予以考虑，否则招商工作将难以为继。

所以，现在最重要的，应当是建立能够持续且稳定提供人力资源保障的平台机制，需要动员各乡镇基层农村，建立可以且愿意外出打工的劳动力信息数据库，开展针对性的普通话培训和职业技能培训，培训合格的进入劳动力储备，需要招工时就从中筛选、招录。这是个系统工程，还要包括乡村的去极端化思想工作、转变就业观念等基础工作，还需要各县各乡各村与当地人社部门、工业区、落户企业之间的有效衔接和互动。涉及方方面面，有的是政府、有的是企业、有的是个人，还有的是家庭。

在这个体系里，各方都应有明确分工：村里、乡里负责做思想工作，说服、组织群众成建制出来打工；县里、地区要负责开展打工必需的普通话、职业技能培训；工业区要负责对接企业用工需求和人力资源市场的劳动力供应；企业也要负责建立适合当地习俗特点的工厂规章制度，采取有效的、符合当地群众思维方式的管理方法。

都不容易。

兵团与上海

2015—11—14　02:58:31

上午临时接到通知，让我陪同爱锋副总指挥下午去一趟莎车县，参加自治区生产建设兵团援疆办领导的调研活动。喀什到莎车单程200公里，好在已经是全程高速，大约2个小时可以到达。

虽然已经多次到过莎车，但这次来又有不同感受。县城更漂亮了，交通更有秩序了，工业区企业更热火了，未来更有盼头了。

在阿斯兰巴格重工业园区参观了生猪养殖基地、种禽养殖基地等项目，兵团援疆办的领导表示了高度的兴趣。尤其是种禽养殖基地项目，本是个烂尾项目，原来的投资者四川老板因资金链断裂无法继续经营，经过与当地政府的诉讼程序，已经确定县政府胜诉。当务之急是要引入新的投资者或经营者，把这个占地千亩的项目重新运作起来。兵团方对此表现了浓厚的兴趣，他们果然看得远，把眼光已经看到了将来中巴经济走廊打造成功后辐射周边中亚南亚禽类市场的潜力。据说巴基斯坦那边一天起码两顿饭主食是鸡肉……

莎车县委勇智书记原是喀什行署副专员，莎车出生长大，去年7.28事件以后重新回到莎车县挑起了南疆最重的担子。真不容易，天天都扑在工作上，不是维稳协调就是招商接待，真得非常辛苦。

比如今天，兵团援疆办领导亲自带队来莎车，探讨兵地合作建设产业园区的事宜。作为书记，他必须亲自出面全程陪同，代表的是当地党委政府的态度。

晚饭时，大家开始畅聊，才恍然发现很多在座的都是江南老乡。追根溯源之下，这才发现原来新疆的生产建设兵团竟然与上海有着如此深厚、千丝万缕的联系。想当年，上海知青参加兵团的太多了，全疆共有约10万人。有的本就是上海人，有的是上海女婿，有的是从小的老师是上海人或邻居是上海人，还有的是子女如今都在上海读书或工作。

不禁感慨：原来在我们来这里之前，早已有一批来自浦江之畔的上海人扎根边疆，为祖国、为民族团结、为卫国戍边已经付出如此的奉献……

四县归来

2015—11—21　00:35:04

从周二开始，我们全组兄弟们结伴下县，到叶城、泽普、莎车、巴楚四个对口县调研产业援疆工作，重点是今年项目资金计划完成情况和明年安排。根据指挥部领导“就业第一”指导思想，与各县分指的兄弟们讨论商量下一步的产业促进就业援疆工作。

四县这样紧锣密鼓跑一圈，紧赶慢赶的，也要整整4天时间。每天都要赶路，好在现在喀什的高速公路网建设已经初见成效，方便了许多。援疆工作，永远在路上。

地委领导强调，喀什地区当前最重要的工作有四项：就业、教育、脱贫、交流交往交融。援疆工作也要将此作为工作重点，予以扶持聚焦。对于上海对口四县来讲，任务是更重了，因为这四县无论从面积还是从人口、社会经济现状上讲，在喀什地区都是重头，任务最艰巨、矛盾最突出、情况最复杂的，都在其中。

在叶城，产业孵化园区的发展势头很好，已有一批劳动密集型企业进驻，有纺织服装、包装、食品加工、民族工艺品等，甚至还有一家与土耳其合资的地毯制作公司，采用维吾尔族传统方式手工织毯。明年准备还要再建一批标准厂房，供入驻企业免费使用。在泽普，近期新落户了一家服装企业，做出口中东国家阿拉伯袍子的，一期就可以解决600人的就业，还有以发展势头良好的金湖杨药业为龙头，带动毛驴等牲畜养殖、加工产业，可以带动大量农户、养殖户就业。在莎车，试点了政府开办乡镇企业，从事服装、电子产品加工等行业，工人从临近村里招募，目前情况不错，县政府准备进一步扩大试点，同时准备重点打造县城边上的工业园区，加强配套，吸引企业。在巴楚，通过电商拓展农产品销售渠道，鼓励青年投身“互联网+”创业大潮，推进电商下农村，已经进行了诸多尝试，明年开始还要启动位于喀什、阿克苏、巴楚公路交会处三岔口的物流港建设项目。

我原本考虑，明年商贸援疆工作的重点就放在电商和物流两个方面。现在看来，还是切合当前本地区实际的。尤其是电商，如今在喀什地区已经很热，企业和年轻人也有兴趣、意愿“触电、触网”，淘宝、京东等电商也没有遗漏这片西北偏远一隅的国土，先后来喀什举行大型项目推介活动。淘宝跟疏附广州商城的西部电商基地合作，要推“特色中国”项目平台，京东则与远方国际电商产业园合作，开展“双12”南疆特色商品大展销项目，希望吸引大量优质商家集聚。所以，明年我准备策划举办一期农村电商和电商创业的专题培训，助推已经兴起的本地区电商大潮。

物流的问题始终困扰本地区经济发展，尤其是农产品销售。在增加航班、完善高速公路、开通高铁国际通道等硬环境取得实质性改善之前，我们能做的非常有限。重点只能放在一些适合当前物流行业现状的平台打造上，比如上海新跃物流准备引进喀什的“物流汇”平台，已经准备与当地合作伙伴正式签约，落地后将为本地区广大中小货代、货运企业提供便利的业务与运营管理平台，将大大提升本地中小物流企业的竞争力，吸引物流行业的创业者集聚。

关键在行动。三年援疆，还有一年。做好以上的事情，已经不易了，如今在喀什开发区挂职，明年的分管任务肯定少不了，另外还有组织喀交会参展、亚欧博览会等其他一些日常工作任务，这援疆最后一年注定要在忙忙碌碌中度过了。

落户南疆的电动车

2015—11—22 21:20:21

早就听说有家内地的电动车生产企业落户在喀什旁边的克州阿图什产业园，并且有意到莎车县再设一个新的生产基地。今天上午，肖处与栋林和我一起去克州的这家工厂实地考察，想亲眼看看项目的实际运作情况。

这家公司名叫梅亿电动车，在内地的电动车行业中据说还是非常有名的。克州工厂落户在克州首府阿图什的重工业园区，租了两座标准厂房作为生产车间。在园区内还与阿图什政府合资准备开工建设自己的生产园区，一期包括冲压、喷涂、总装、测试四大车间，以及配套的办公大楼。其中冲压车间要求净高为15米，以便于大型冲压一体成型设备的安装，由企业自建，其他三个车间有当地政府使用江苏援疆资金建设，折成合资企业

30%的股份，估算下来援疆资金投入约在1亿以上。目前，冲压车间的钢结构正在搭建，其他三个车间还没动工，土地已经平整。

在租用的车间里终于见到了梅亿电动车实物。原来这个电动车并非使用锂电池的新能源电动车，而是仍然使用铅酸蓄电池驱动的电动汽车，一辆车装了9块蓄电池，以此为驱动系统，再配以转向系统、制动系统、仪表系统、空调系统等，就组装为一辆车。克州警方订购了50辆车，作为社区警务巡逻车，时速最高不超过过每小时50公里，单价5万元，充一次电最大续航里程约150公里。

阿图什重工业园距离喀什市非常近，高速公路车程约40分钟就到了。但即使如此，企业还是希望能到莎车县设厂，目标是喀什地区人口最多、地域最广的南四县，甚至还可以辐射到更西南的和田地区。莎车工厂一期准备租用已有的工业园区4栋标准厂房，二期还要准备开工建设5万平方米的厂房。与县政府的商谈也已经进入最后阶段，主要问题还在于政府给予的厂房补贴和设备补贴比例还需进一步确认。据厂方讲，莎车工厂的设备将是先进的自动化生产线。其实我倒觉得不用上很先进的自动化设备，多用点工人，也是政府希望的。

朵梅到喀什

2015—11—25　23:02:00

朵梅是我大学同班同学，大名叫做刘东民，江苏人氏，毕业后就在张家港做律师，熬到如今已是执业超过20年的资深律师了。今天他陪同他的法律顾问单位上海龙鹏科技的两位老总来到喀什，考察当地的投资环境，顺便看看我这个老同学。真得非常高兴。古人云：他乡遇故知，人生大喜之事啊！

东民是第一个到喀什来的大学同学。之前也曾有几人，在班级微信群里吵吵着要来，却无人成行的。今天在机场接机，看到东民，样子没怎么变，貌似20年的时光流逝在他身上几乎没怎么留下印迹，还是那样一副漫不经心的样子，反观我自己，肚腩有了，头发花白，岁月沧桑，显露无遗。

东民是注册在上海自贸区的龙鹏科技的法律顾问，这次来喀什的任务主要是陪同龙鹏的两位老总来喀什考察投资环境。龙鹏科技的母公司是一家英国的服装企业，主营西装的制作生产，从毛料、面料开始，直至最终西装成衣，手里掌握大量的美国和欧洲市场订单，且近期收购一家知名而没落的意大利西装品牌，市场前景广阔。他们计划在新疆建设自己的生产基地，规模很大，一期用地就需要上千亩，可以带动近千人的就业。

非常好的项目。也正是当地期望引进的项目。目前看来，主要的问题在于在这个项目的产业链上需要有印染工序，但根据自治区纺织服装产业规划布局，只有石河子、库尔勒、阿克苏三个地方才允许印染产业布点，喀什不在此列。还有物流成本和员工人力资源成本及充分供给问题，是企业最关心的、影响投资决策的关键因素。

真是一个好项目。面临的问题也很复杂。我反复向企业家们强调：第一，南疆是中央决策的国家纺织服装重要基地，各种补贴扶持政策力度极大，是其他地方无可比拟的；第二，物流成本控制和员工人力资源成本及招募管理问题，已经引起了各级政府的高度重视，在国内，政府高度重视的事情，还有什么做不成的；第三，作为上海企业，来到喀什投资就是上海援疆企业，可以依靠上海援疆指挥部作为坚强后盾，有任何问题都可以直接找指挥部帮助解决，在可预见的十几二十年内，上海对口支援新疆喀什的任务一定不会有变化，在喀什地区，上海前指的影响力可以作为企业落地的信誉保证。

毕竟是商业项目。我们该表达的都充分表达了，看得出两位老总已经明白了我们要极力表达的意思，但他们还是要从商业的角度、成本核算的角度充分考虑，而一旦下定决心，动作是极快的。因为这样规模的企业，来这里投资，看中的根本就不是那些投资补贴，而是相对其他地区（尤其是东南亚）的生产成本优势，如果他们觉得可行，动作也是极快的。

真心希望这个项目能落户喀什。

当天往返600公里的考察

2015—11—26 21:17:53

朵梅和他的企业家朋友此次来新疆考察投资环境，时间安排得极为紧张。昨天一大早乘6:45的飞机来喀什，下午15:50下了飞机就立刻马不停蹄地到机场附近的喀什经济开发区考察投资，直到晚上10点才进酒店休息。今天在喀什，仍然早早动身，8:30就出发前往距离喀什278公里之外的巴楚县实地考察。这里的八点半，相当于上海时间的早上六点的样子，天空还是漆黑一片，要到九点半才会渐渐亮起。他们要在最迟今天下午四点之前从赶回喀什机场，乘飞机前往库尔勒，继续下一站考察行程。一路往返600公里，真是千里走单骑、神行闯天涯的节奏。

援疆这些年来，南疆的基础设施建设的确有了巨大的变化。各个县城和地区中心城市都以接入四通八达的高速公路网。到巴楚时，正好是中午11点，单程走了两个半小时。立刻奔赴巴楚县的神鹿工业园，实地考察了两家已在园区落户的纺织服装企业，询问了有关原料配备、运输、员工薪酬、技能培训、土地厂房建设等方面的问题。同行之间的交流是最有效率的，基本上看看设备、看看员工动作手势、成品做工用料，就知道大概是怎么回事了。所以，以商招商的重要性真是怎么强调都不过分。如果已经落户的企业不满意本地营商环境，没有盈利，如何能奢望他能帮助掩饰掩盖呢？

简单用过午餐后，我们就一路狂奔赶往机场。下午一点踏上返程，15:40抵达喀什机场，赶飞机时间正好。

临走时，问他们对喀什的投资环境感觉如何，总体上还是喜忧参半。政策优惠、政府支持自不必说，远离内地和市场的地理劣势导致物流成本太高，员工招募管理和薪资水平在劳动生产率角度来讲也并不便宜，还有产业链不配套、各种辅料配件的置备供应能力不足，都需要从内地进货。问题真不少啊。

毕竟是几十亿的巨额投资，慎重是必须的。

再一次深深感到：最好的招商，就是以商招商。

对口联系工作组

2015—12—01 22:16:22

紧锣密鼓的节奏。上午，指挥部领导再次召开了产业促进就业专题工作会议，出席会议是产业组与驻疆办的同志们。自上次专题会议研究过后仅仅一周，再次听取汇报，可见领导对此项工作的重视。用总指挥自己的话说，现在每天那真是“日日想产业、夜夜思就业”，翻来覆去，脑子里想得就是“项目在哪儿、员工有多少”。其实，我们又何尝不是如此呢？

今天的会议上决定推出一项新的举措，设立四个对口联系喀什四县的工作组，产业组全体和驻疆办全体共同上阵，按照日常熟悉原则分为四组，每组三人，确定一名牵头负责人。我和栋林、吴亮归到泽普联系组，估计是考虑到我住在闵行，而吴亮是闵行古美街道选派干部，与泽普分指的正副指挥长和兄弟们都很熟悉。栋林的任务则主要帮助泽普的古丽绣培训基地做好包装和品牌设计对接，帮助提升工艺水平和开拓市场，他在上海文化创意行业中有很多资源可用。

会议进一步明确，今后每周由分管领导召集一次碰头会，通报研究四县的重点项目进展及需要协调解决的问题，每半月总指挥召集一次会议，听取工作进展汇报并研究部署需要重点解决的问题。

工作节奏陡然加速啊！问题在于我们多人还在当地部门有任职，有各自分管的工作，而我还在指挥部要参与“三严三实”专题教育活动、人事工作和工会工作。自己负责的商贸援疆工作中，除了这次新增加的这些任务，还有许多常规工作要负责，比如每年的喀交会和亚欧博览会，农产品销售平台建设，以及每年都要开展的专题培训项目，等等。看来，明年是我们第八批援疆最后一年，却毫无疑问一定是我们产业组兄弟们最忙碌、最承压、最辛苦的一年。

辛苦没什么，本来到这里就是干事业来的，只是希望我们的辛苦能得到相应的回报,能为当地的发展作出贡献,能在喀什树起上海援疆的口碑。

现在,我们在接待内地客商时,都习惯说“我们喀什……”。如果有人问:你们哪儿的?回答:我们是喀什人,来自上海。

功成不必在我。功成必须有我。

泽普的希望

2015—12—09 22:21:51

昨天在莎车开会,与四个分指讨论明年准备设立的产业扶持发展资金管理办法。晚上住在泽普县委宾馆。当晚在泽普分指与分指兄弟们一起吃晚饭,喝喝酒,吹吹牛,开心啊。

今天上午实地走访了泽普工业园、畜牧养殖园区和叶尔羌湿地公园。形势很好,能够明显感受到欣欣向荣的蓬勃朝气。张、唐两位分指挥长带着一帮援疆兄弟,招商成绩斐然。在落户服装电子产业园的伊蔓服饰已经开始大规模培训员工。宽大的生产车间里,500 多台工业缝纫机排列整齐,100 多名工人正在老师指导下练习加工技艺。气势宏伟,大工业、大生产的气息扑面而来。明年还将追加投资 8000 万,再招录 900 名工人,总数将达到 1000 人以上。这将是泽普规模最大的纺织服装企业。产品主要是出口西亚中东、中亚南亚的民族服饰,订单充足,如果能够充分好喀什的政策优势,控制好成本,项目前景一片光明。

泽普已经确定要打造喀什地区的畜牧养殖特色县。为此,重点规划建设县畜牧养殖园区,吸引企业和农村畜牧养殖合作社集聚,形成规模效应、品牌特色。牛、羊、马、骆驼、生猪、驴等,都有养殖,还规划了一大片牧草饲料养殖基地。其中计划养驴 2000 头,与泽普本地的医药企业金湖杨药业合作,这家企业主打驴皮阿胶产品,在业内已经小有名气了。以金湖杨药业为龙头企业,带动畜牧养殖基地、畜牧合作社、养殖户等产业链上的各类经营主体增收致富。这将成为又一种新的发展模式。

泽普的金湖杨景区是南疆第一家国家五 A 景区。旅游已经成为泽普的一张名片。除了金湖杨，县里还准备着力打造叶尔羌河湿地景区。大片的芦苇，岸边的胡杨林，成群的迁徙候鸟和定居水鸟，特色鲜明。但估计资金投入也少不了。景区建设就是一个资金密集的行业。

虽然全球经济仍然低迷，国内经济结构正在艰难调整转型，但在泽普，方向道路已明，曙光已经显现，希望冉冉升起。

纠　结

2015—12—12　22:13:30

招商引资最喜的就是有大项目上门洽谈，最怕的就是没人来、自己上门去也没人理睬。原来我一直是这么认为的，但今天发现其实远非如此简单。当大项目、超大项目上门来的时候，除了高兴，也会有纠结和担心。

最近我就碰到这样的事情。上次东民陪同来喀什投资考察的企业老总，对喀什很感兴趣。尤其当我向他大谈项目留在喀什的最大优势：上海对口支援喀什，意味着上海援疆指挥部就是上海援疆企业的坚强后盾，因此就不必害怕被当地政府“关门打狗”。对方深有同感，表示在中国，任何大项目投资都离不开政府的坚定支持和帮助。并且，我还向企业家朋友们描绘了一幅喀什发展的蓝图，并断言从国家推行“一带一路”战略和对喀什今后的发展战略定位看，这里 5 年以后、10 年以后一定会大变样、更美好。

估计他们对我所说的印象深刻。所以之后几日一直向我询问有关土地、用水、排污、劳工等问题，表现出了对喀什的投资兴趣，并且似乎兴趣有越来越浓的趋势。

于是我自己感到有点心里打鼓了。喀什没有排污许可？只要你们来，我们就可以请当地领导出面亲自去自治区申请印染排污许可（当然其实项目方会同步引进污水配套处理项目，处理好的污水达到灌溉用水要求）；大量工人招不到？不是问题，我们可以请当地政府出面用行政手段动员各乡村镇组织招工，并且派干部驻厂帮助管理；路太远运费高？没关系，我们可以帮助协调航空公司给予优惠，并且给予运费补贴……

领导出面就能争取到排污许可吗？每期都要用工万人以上，即使发动当地乡镇村政府，真能动员组织到这么多人吗？……现实情况是，落户当地的纺织服装企业，普遍在招工、用工上遇到了极大的困难。但这个话我如跟人家如实讲，估计这项目就肯定黄了。不敢啊……

东民是我同学，这家企业是外资企业，负责人董总跟东民又是十多年的老朋友，东民同时又是他们的常年法律顾问。感觉自己上次在陪同他们考察的过程中，大讲优势和好处，回避劣势和困难，尽管其实我心里对劣势和困难是非常清楚明白的。怎么感觉自己成了大忽悠呢？

不禁又想起了从江苏吴兴迁厂落户泽普的同济钢构的肖总，如今企业举步维艰，后悔莫及，但也只有打落牙齿往里咽，硬着头皮向前走。到指挥部来也不知要求了多少次请求给予支持，但我们又能怎样？真得帮到他什么了吗？

不敢想下去了。也许是独自胡思乱想，但焉知此类事情不会在这个项目上重演？

于是决定，一定要找个合适的机会，跟人家老总好好讲讲在喀什投资的劣势和可能遇到的问题困难，一定要让他有充分的预估。哪怕最终项目最终因此没有落户，也是对企业负责，对朋友负责。商业投资首要考虑的本就应该是收益与回报。如果投资环境和条件不适合，即使强行落户，最终成为烂尾项目的概率也会很大，到了那时候，头疼的就不仅是企业了，还有当地政府。山东钢铁在喀什投资的工厂就是一个典型的失败案例。

风险提示

2015—12—17　20:42:55

犹豫再三，终于还是决定要跟董总那边明确提示一下在喀什投资项目可能遇到的风险。这是对投资方负责，也是对喀什当地负责。任何项目投资不可能没有风险，但如今各地的招商中多的是吹嘘忽悠和关门打狗，缺的是实事求是和全面客观。很少有招商者能够从投资方的角度客观审视本地的投资环境，除了介绍本地的优势，还会主动讲本地的劣势(哪个地方又没有劣势呢)。只怕自己主动自曝其短，投资方就吓得逃之夭夭了。

所以自曝其短也要讲究方式方法。思虑再三，我决定采用间接方式向投资方提示风险。东民就是很合适的沟通桥梁。首先，他是投资方的法律顾问，本身职责就是要进行投资风险提示和防控，他的角度足够客观；其次，他是我大学同学，彼此相熟，可以把有些问题敞开谈，可以跟他讲可能遇到的最坏情况，不用担心把他吓跑，作为律师，他知道风险发生的概率；最后，他作为法律顾问肯定会深入参与项目的洽谈对接，全面掌握这里的各种情况，也有助于他形成自己的独立判断，可以为投资方决策提出有价值有分量的意见。我相信，只有建立在全面深入了解实情基础上才能作出真正客观、准确的投资环境评估，才能确保投资决策足够慎重和正确。毕竟这个毛纺服装项目投资额太大了，如果真能落户新疆，将是全疆规模最大的纺织服装生产项目。

下午就给东民办公室打了电话。作为一个在喀什工作生活两年的朋友，把项目落地中可能遇到各个风险点逐一提出，逐一分析，提出个人的观点判断，供他作为法律顾问参考。全盘托出，实事求是，不含糊其辞，不言过其实，有一说一。

东民明白了我的意思。他会以法律顾问的名义提示可能存在的投资风险。

这个电话打了近一个小时。当我放下电话时，如释重负，感到浑身轻松。即使因此这个项目最终未能落户，亦无反悔。因为我做了该做的事，符合自己的价值观，符合企业和当地的长远利益。

项目与政策

2015—12—23　22:41:10

这几天，每晚都和依格国际的董总在微信上畅聊他们的新疆项目。从政策探讨到商业模式，从用工到物流，从设备购置到厂房建造，我们谈了很多。谈得越多,政策扶持与投资项目之间的关系领悟得就更深刻了。

比如依格的这个超大型毛纺服装项目,投资决策时首先是考虑到公司的全球战略和商业模式发展需要,整合全球资源的需要,从款式设计到纺机创新,从品牌管理和市场渠道,从原料采购到成衣制作,每个环节都要摆放在全球范围内最有资源禀赋、最有成本优势、最适合的地方。生产制造基地的选择,他们看到了中国政府对于新疆发展纺织服装的支持,就想到可以来这里投资考察可行性。

所以从战略层面,作为外商投资企业,他们看中的是新疆的劳动力成本优势和国家提出"一带一路"战略的发展趋势。而从战术层面,他们依然看中国家和自治区及各地州的扶持政策,包括各类补贴、税后优惠等等。

因此,可以说,政策引导项目,项目需要政策。但项目本身不能仅仅瞄着政策,还需要项目自身的商业需要和市场价值衡量。后者不能代替前者。仅仅靠政策支撑的项目,必不具备市场竞争力,注定迟早会失败。而项目如果没有政策支撑,在新疆在喀什这样偏离主流市场的欠发达之地,也是注定将无法生存和发展的。

比如依格这个项目,如果没有用工补贴、运费补贴、设备补贴和所得税、增值税优惠等政策,综合工厂劳动生产率水平和地处偏远而产生的高额运费水平、产业不配套导致的辅料面料采购仓储备货水平等因素,内地企业在这里的运营成本与内地工厂相比并不具有优势,甚至会高于内地工厂水平。

随着生产体系的逐步健全完善和交通运输基础设施的改善、工人的熟练程度的提高,工厂的运营成本才会逐渐降低。而国家加大推进向西沿边开放的"一带一路"战略,将极大拓展周边中亚南亚市场,甚至直通西亚和欧洲腹地市场,此时,新疆和喀什的战略地位就凸显了。

但这个过程估计要十年以上的长期不懈努力。

而在此之前,在喀什发展纺织服装产业,扶持政策少不了。市场规律在这里需要进一步发育和生长。

务虚会和商会年会

2015—12—29　00:47:27

从早上到晚上，一直在开会。

先开务虚会，再开喀什上海商会年会，最后在指挥部食堂与受邀而来的喀什各大商会的企业家们工作晚餐会。餐会结束后，意犹未尽，兄弟们还在宿舍里自发开了若干个神仙聊天会。

收获还是很多的。务虚会上，大家进行了思想的碰撞，通过交换看法，开阔了视野，提升了眼界，拓宽了思路。晚餐会上，主动与企业家们交流交往交朋友，获得了许多招商信息，甚至还达成了合作意向。

比如有个安徽老板，是喀什安徽商会的秘书长，做酒店的，已经在莎车县城开了一家速八酒店，业务火爆。于是就想着扩大业务到周边的县里，首先想到泽普县城。光头馨弟牵线，把我介绍给了他，我又立刻把泽普分指的副指挥长唐兄介绍了他，情况一摆，一拍即合。经老唐的伶牙俐齿一番说道，原本准备加盟速八品牌的连锁酒店，改成了锦江之星连锁酒店，甚至连酒店在县城的选址都说好了。只是具体的产业扶持政策方面，还需要进一步详谈。后续还有许多联络协调对接，但大方向已经确定，细节问题需要时间一点一点去磨的。主要是该给人家企业的扶持政策梳理清楚，明白无误告诉人家，之后就是商业考量和决策了。

一个会，一顿饭，搞定一个项目，心里真是非常畅快！

大项目的选择

2016—01—05　00:52:34

晚上，和依格国际的董总又在微信上聊了许多。他告诉我，库尔勒方面非常重视他的项目，今天是工业园区主任带着招商局局长、财政局局长、环保局局长、规划建设局局长和园区设计院的总工，从新疆飞到上海，与依格方的专家团队逐项洽谈对接。巴州的分管州长稍后也会从新疆飞到上海，与投资方高管见面。库尔勒方面已经拿出了一整套非常详细的项目落户优惠政策及扶持措施的方案，很细致，甚至考虑到了前期培训业务骨干时要选优秀的到投资方内地代工厂学习时，差旅费的支持问题。

同时，董总告诉我一个消息，喀什方要求自治区纺织服装办同意引进这个项目配套印染的报告也已送达，主管部门开始分析研究此事了。

只有一声叹息了。库尔勒方面对这个庞大项目的重视和迅速行动，以及听说喀什方介入后立即采取的敏捷应对以加强项目洽谈进程的措施，相比之下，喀什的差距就比较大了。遗憾。

何况，库尔勒本就是自治区定点的三个可以上印染项目的产业基地。喀什却不在其列。

先天不足，就需要后天来补。

纵观世界，从来就没有哪个地方，可以仅仅依靠他人的帮扶而发展发达，关键还是要靠自身的努力和进取。毛主席说，外因要通过内因起作用。比如，二战后的以色列，建国之初，强敌环伺，危机四伏，尽管有美国给予大力支持，但最关键还是犹太民族自身的勤奋和智慧，一手打造出当今世界的高科技强国。日本也是这样，战后一片废墟，朝鲜战争中美军将日本作为后勤大本营，巨大的战争需求刺激了日本经济的腾飞，其中固然有当时国际形势发展的机遇，但最重要的仍然是日本民族勤奋进取的精神和始终感到处于危机边缘的民族心态，不奋斗就沉沦，不努力就淘汰。

喀什的发展需要这种奋发进取的创业精神，需要这种不努力就会被淘汰的危机意识。

泽普泽普，幸福幸福

2016—01—11　23:17:11

昨天中午接到指挥部通知，领导要赶在 13 日回沪之前再去县里实地调研走访一次，这次领导要去泽普。上次领导到上海对口四县调研时，到泽普时临时接到地委电话要求参加紧急会议,所以泽普的项目都没实地看过。这次也是应泽普领导的邀请,专程调研。我是指挥部确定的产业促进就业泽普联络组的负责人,陪同领导前往是分内之事。

泽普的面积是喀什地区十二个县市中面积最小的,社会发展水平也比较高。近年来泽普的产业援疆成绩显著,特别是 2015 年,成功引进了伊蔓服饰等一批纺织服装、电子加工企业,更可贵的是这些企业都是从上海闵行来到泽普投资的。第八批援疆以来,这样的例子绝无仅有。

泽普分指的指挥长张珺、副指挥长唐为群都与我很熟。说起来在上海时就已经有诸多渊源。到喀什以后,大家相处都很融洽。每次陪上海来的领导和企业家到泽普考察,总是接待最热情、心情最放松的。张唐两位也不拿我当外人,总是跟别人介绍:这位是前指领导,也是我们闵行人。

泽普的教育和卫生也很有特色。今天参观的泽普三中,是所民族学校,以维吾尔族学生为主。现在全县所有学校都在推行每天正式开课前先上“民族团结宣讲课”5 分钟,县里组织力量统一编写了教材,制定了教学计划。今天看了三中九一班的一堂民族团结课,讲的是泽普“法桐天堂”,学生们通过看短片、回答老师提问,思考体会国家、民族、新疆、喀什、泽普的美好,激发对国家、对家乡的热爱之情。这样的课程在喀什地区是首次尝试。

泽普还有一个塔吉克自治乡,85 年时从塔什库尔干帕米尔高原山区整体搬迁出来的。全乡共 2000 人,现在在泽普已经成为最富民族特色的乡。塔吉克风情浓郁,从广场鹰雕到塔吉克传统手工刺绣工艺,全乡居民的住宅、人均收入、城乡面貌都发生了极大的变化。经济社会正在步入全面发展的轨道。

前指领导对泽普的工作还是很满意的。提出希望在春节过后在泽普率先组织一个上海对口四县产业促进就业工作现场会,推广泽普在产业援疆方面的经验做法。

泽普泽普,幸福幸福!

地区招商工作现场会

2016—03—26　20:33:18

前昨两天参加了地区招商局组织的招商工作现场会。两天走了6个县,看了15家企业,总行程在1000公里以上。在新疆,这样的事情实在稀松平常,不值一提。倒是借此次机会走访了山东、广东对口支援的几个县,有机会看了一些兄弟省市的援疆项目,很具有印证借鉴意义。

比如,英吉沙县是山东对口的,在山东前指的帮助下,当地创造性地推出了以中兴手套为代表的“核心工厂+卫星工厂”的模式,较好地解决了民族群众就近就地就业的问题。将核心工厂放在工业园区,在各村镇设卫星工厂,分解生产任务。每个卫星工厂都有一名经过培训的经纪人负责,由总部下订单,提供原材料,经纪人在当地村镇政府帮助下组织劳动力生产,采用计件付酬制度。在卫星工厂旁边还会设个幼儿园,这样当地妇女可以把孩子送到幼儿园,自己就在旁边的工厂里打工,两不耽误。目前,县里引进的几家服装企业,全部才用了这种模式。

但这种模式不适合技术要求高一些的生产工厂,主要是技术先进的生产线一般都有集约化要求,难以将各环节分别切割到相距几十公里的不同地点,那将极大提高生产成本。但对于手套、帽子、袜子这样的产品,则是可行的。

伽师县是广东对口的,这两年招商引资的形势非常好。典型经验就是以商招商,为已经落户的存量企业服务好,通过发挥商会的作用,引进更多的产业链上的同行企业。以雅戈尔为代表的浙江纺织服装企业在当地已经形成了集群效应。广东援疆的大型国企广新纺织10万锭的纺纱项目也已正式投产。

岳普湖县也是山东对口的,招商工作一直在地区名列前茅。他们的诀窍在于营造亲商重商的投资软环境,来过岳普湖考察的企业,一般都对他们招商人员的服务感到满意,态度非常好,很诚恳。

我们对口的叶城、巴楚两县也有自己的特点。叶城的清真食品加工产业,已经初具规模,巴楚则充分发挥自身区位优势,在商贸物流、产城一体、融合发展方面走在地区的前列。

南疆大地，浓郁的春之气息扑面而来。

又要出发了

2016—03—27 23:37:54

上海在外商会西北片区企业考察团今天来到了喀什。由上海市政府驻西安办事处的领导率领，共有来自 8 家企业的 9 名企业家参加。他们都是今年 3 月初在参加了市合作交流办在西安举办的产业援疆带动就业推介会后，相应政府号召，来到喀什实地考察投资环境的。

明天他们就要去上海对口的莎车、泽普、叶城、巴楚四县考察，我与疆办的两位同志陪同。于是，继上周四、周五两天跑了六个县之后，明天又要开始一段三天走四县的漫漫行程。

今天进疆以来，招商引资工作陡然加速，永远在路上。

日子虽然过得紧张，却好在有兄弟们之间相互扶持、相互帮助。国锋从乌鲁木齐回喀什，带来了过完年回新疆时带上的大海参。上午特地拿到食堂请周师傅熬了一大砂锅海参土鸡汤，中午约好哥儿几个宿舍里品鲜。只可惜我当时正忙着接待准备工作，忘了到 317 宿舍喝汤的事情了。他们专门为李平和我两个没喝上的兄弟留了一大碗。等到忙完了，才匆匆赶到宿舍，用电炖锅稍热了一下，终于喝上了海参土鸡汤。味道真鲜啊！当时俺就在想，哥喝得不是汤，而是援疆兄弟情哪！

任何路总有终点。援疆路也亦然。唯一不变、没有终点的是援疆兄弟情谊。

人生何处不相逢

2016—03—31 01:41:02

终于又回到了喀什，回到了久违的指挥部大楼 315 宿舍。

这次陪同上海市政府驻西安办事处领导带领的上海在外商会西北片区企业代表团，用了 3 天时间走遍上海对口支援喀什四县，每天不是在路上，就是在考察和座谈。主要来自陕西、青海的企业家也都非常辛苦敬业，每到一处详细询问有关政策和已落户企业经营状况，其认真与执著颇与“西贝”汉子风格不符，倒有几分东部沿海江浙企业家的细致风格。再深一想，其实他们都是具有上海血统的企业，不过早些年就到西北地区打拼，经营风格上依然落下了深深的海派文化的烙印。

今天是他们在喀什的最后一晚，明天就要各自返回了。朝夕相处了两天多，今天才发现相互之间竟有如此之多的渊源，真真“人生何处不相逢”。

在今天从巴楚回喀什路上，大家谈起各自的人生经历，这才发现我与西安办事处邱主任竟然有过一段云南同乡缘：那是上世纪八十年代初，我家随军在云南楚雄禄丰县，属于总参三部系统，爸妈都参加过 79 年对越自卫还击战，而彼时邱主任就在离我们近在咫尺的元谋县，当时他属于空军，主要负责运送前线重伤员到后方及时治疗，被称为“空中医疗队”，也参加了自卫还击战。虽然当时都不知彼此的存在，但如今重温这段共和国历史的重要瞬间，突然发现了原来我们共同拥有同一段人生经历和深刻记忆，尽管那时他是军人，而我只是一个懵懂的小学生。

栋林也在今晚找到了自己的战友。他与西安办事处业务处的朱处竟然是同年转业，并参加了同一期军转干部培训，在一个教室里上过课。都是战友啊！

还有遍布天下的温州老乡。代表团中的顾总是温州人，与我们前指的规建组组长都是温州老乡，在遥远的喀什居然认识了，也是缘分哪。当然，对于温州商人来讲，这点距离不算啥，在地球另一端的非洲都聚集着众多的温州老乡，何况喀什呢！对于浙商尤其是温州商人的走南闯北和四海为家，我一向是无比钦佩的。

晏殊《金柅词》“一曲清歌满樽酒，人生何处不相逢”，而吴承恩《西游记》第四十回亦云“一叶浮萍归大海，人生何处不相逢”。

原来人生境遇就是如此奇妙。

来自上海的企业家们

2016—04—24 23:38:01

今天为市长明天来访喀什打前站的上海企业家代表团先期抵达。每日往返沪喀之间的只有两个航班,东航和南航的,MU5633 和 CZ6998,今日客满。

我负责去接 MU5633,有近 30 人。同去的还有宇飞、洪江、亮亮几个兄弟,大家合计好,分好工,出发去接机。来喀什两年多,接待这种事情的各个环节已经烂熟于胸,兄弟们都是久经沙场的,驾轻就熟,只要事前明确各自位置、职责,放手而为,稍微留点机动余地,定是全力以赴、力求圆满的。两年多来,我们上海前指“接待三组”的战斗力已经炉火纯青。

这次我们市商务委企业代表团共有 4 个合作协议需要签署。非常给力。代表团有徐局率领,有上海蔬菜集团、上农批、上海棉花国际交易中心、新疆闽龙达等企业的负责人组成。徐局 2014 年时曾来过喀什,做一个商业规划的培训课程,深受欢迎。时隔 2 年之后,再次重返喀什,唏嘘甚多。我们的老总们,也多是数次来到喀什了,经过多次的考察洽谈,终于等到了项目开花结果的一天。

类似的上海老总还有很多。共同点是怀着赤子之心,积极响应政府号召,不远万里来到此地,履行企业的社会责任。其中还有不少民营企业,比如上海东霞、伊蔓服饰,本不差这些钱,但为了产业援疆的共同目标,还是来到了喀什。正是应了习大大的那句话:到南疆投资,不仅要算经济账,还要算政治账、战略账。

月星已然如此了。如今,此道不孤,后来者众。众人拾柴火焰高。

今天最高兴者,就是经我牵线搭桥的上海国际棉花交易中心喀什分部项目的沪喀合作双方,相谈甚欢,颇为合拍。大家统一了下一步合作的设想,确定了稳步推进的原则,先从筛选条件合适的棉花种植合作社开展现货收购加价格保险的商业模式入手,及时总结,及时调整,适时推广,逐步深入。我认为，不以追求眼球轰动效应的商业合作，脚踏实地、扎扎实实推进，非常给力。

只愿明天签约的24个沪喀合作项目落地生根、开花结果。

书记的批示

2016—05—04　23:13:17

自治区招商局、地区商务局、驻疆办和我们上海援疆指挥部，围绕5月中下旬到上海举办一场招商推介会的工作方案已经讨论策划两个多月了。这次的活动，自治区招商局和喀什地区行署的领导都会出席，这是继去年6月沪喀两地联手在上海成功举办的喀什上海宣传周活动之后，将在今年5月再次在东海之滨卷起一阵产业投资的“喀什风”。

昨天到地区商务局联系电商培训工作时，就已经听曲局长提到此事可能有变，说是地委书记在上报的外出招商方案上作出批示，要求把重点放在上海、广东两地已签约合作项目的跟踪落实上，对于由地区领导再次赴沪招商似有不同意见。

今日终于见到了书记的亲笔批示。果然，书记的意思很明确，上海、广东的主要领导都已经来过喀什，并签署了诸多两地合作协议，关键要落实已签约项目，这次由地区领导带队的外出沪粤两地招商可以不去。分管招商的地区常务副专员即刻批示：请商务局速按书记批示调整落实。

根据这个批示，我们之前已经开展的准备工作就全部归零了。此事毋须再提了。第一感觉是太可惜了。

但仔细一想，其实书记的批示非常有道理。自去年下半年以来，粤、沪两地主要领导纷纷带领了庞大的企业代表团来喀什考察交流，签下了四五十份双边合作协议，如果都能落到实处，那将是多么巨大的推动喀什经济发展的力量。放着这些已经签署的协议不去认真跟踪落实，再花上一笔不菲的支出跑到万里之外去招商引资，是理智的选择么？再者说，仅仅时隔数月，到上海更是时隔才一个月，能有多少适合的项目呢？对喀什有兴趣的企业家群体，该来的相信都跟着省市领导来过了。在东部地区，对喀什这个遥远偏僻的西部边陲城市，又有多少人感兴趣呢？

所以，与其追逐一个未知的效果，莫如捕捉这些明确的成果。在喀什，类似这样的事情其实已经不少。比如，去年喀交会期间，上海仪电集团与喀什地区经信委签署了智慧城市建设战略合作协议，提出了智慧交通、智能路灯、智慧安保等近十个双方可以合作的项目领域，但自签约后却被束之高阁，至今没有切实推进落实甚为可惜。

书记的眼界和全局把握能力，果然高屋建瓴。

喀什之惑

2016—05—06　22∶43∶14

下午在办公室认真学习了近期地委印发的几份文件，其中涉及今年本地区经济工作要点和重要任务的内容，很有意思。特别提到了要加快发展面向周边中亚、南亚国家的出口加工商品制造基地，进一步扩大对外开放，推动中巴经济走廊喀什段陆路港建设等等。

甚至还有一点意外。在重点发展的产业中，排第一的居然是石油化工。

这应该是跟中巴经济走廊四大通道中包含油气通道有关。据说，这条油气通道建成后，每年来自巴基斯坦瓜达尔港的油气超过 2000 万吨，如能在喀什本地炼化，则将借助此契机将喀什打造成一座石油之城，就如同克拉玛依那样。

问题在于这是国家战略，喀什本身工业基础薄弱，且缺水，唯一的优势就是地理位置。在喀什发展石化，合适么？相信这些问题地委行署都十分明白，这样的决策应该是深思熟虑后作出的。但是否有偏颇之处？是否切合本地实际尤其是自然环境承载能力呢？有没有做过深入全面的决策咨询呢？

回过头来，还是那个以前就提到过的老问题：喀什地区缺乏一个强有力的智库机构，立足本地，面向国内外，尤其是重点面对巴基斯坦和周边中亚国家方向的政治、经济、社会等各方面开展针对性研究。

比如，要建设面向周边的出口商品生产基地，那么有人深入研究过周边国家市场需求和商品结构么？究竟应该生产哪些商品才是适合周边市场的呢？怎样把建设出口商品基地与招商引资结合呢？

诸如此类的问题，都应当有详细的数据分析作为支撑。只有在这样的基础上，才能做到战略目标明确、行动措施有力。

类似的情况还有许多。我统称为：喀什之惑。这些疑惑的解决，需要依靠引进、发掘智慧的头脑和长远的眼光，在一个恰当的可以进行充分冷静思考的运作机制下逐一寻找答案。而这，正是喀什建设丝路智库最需要的。

下县归来

016—07—18　00:06:21

自上周五起，从喀什出发，前指分管领导带着肖健、胡炜和我到泽普、莎车、巴楚三县转了一大圈。我们三人分别是指挥部对口这三个县的产业促进就业工作联络组组长，这次主要是去实地了解 4 月底杨雄市长率团来喀什时签约的 24 个沪喀合作项目的进展情况。

项目推进总体情况喜忧参半。既有顺利实施的，也有遇到困难的，还有干脆撤销的。真应了那句话：各家都有一本难念的经。分指的兄弟们都很努力，前后方联络一直没有停止，但部分项目先天不足，签约容易落实难。好在大部分项目还是不错的，都在实实在在推进中，想想也难免，林子大了什么鸟都有嘛。

除了谈工作，距我们第八批援疆期满还余下不足半年了。这次下县，与分指的兄弟们用餐说话，感觉都开始有了惜别的意味。一则惜别喀什，奋斗了几年，汗水与泪水齐流，心力和脑力并费，喀什已经是我们共同的第二故乡；二则惜别援疆兄弟，在如此复杂的工作环境中，相互扶持，共同面对，援疆情就是兄弟情、战友情，这三年是兄弟们所有人此生刻骨铭心的经历。

算算回家的日子，看看目前的工作，大家都有唏嘘感慨。还有好多事情需要去扎实推进、许多想法需要去梳理总结,时间很紧张啊。比如我自己手头的工作,除了 9 月的亚欧博览会组织筹备,还有上海国际棉花交易中心喀什项目的试点推进、巴楚电商发展经验的总结推广、喀什农产品扩大在上海市场的销售、泽普产业促进就业重点项目的跟踪协调、拟落户开发区的飞乐音响 LED 项目的推进联络,还有开发区那边不知何时就会布置的某项工作任务(俺在那边是挂职的副主任)……

这还没算上三年商务援疆工作的总结,跟下一批选派援疆骨干的压茬交接,指挥部人事小组和工会的各项工作……

在喀什噶尔最后的半年日子里,看来我依然很充实啊。

向前看向后看

2016—09—07 22:38:57

昨天下午和今天上午,指挥部连续召开了两个全体会议。一个是向前看,展望下一步工作,一个是向后看,总结过去 3 年的工作。前指各组、各分指、各工作队负责人都做了面面俱到的发言。还有一些同志做了自由发言,畅谈了自己的思考和体会,提出今后工作建议。会议时间很长,尤其是今天上午的向后看总结会,从上午 10:30 开到下午 15:30,整整五个小时,会议结束才吃午饭。也算是少有的长会了。

兄弟们的发言不乏许多亮点。将近 3 年时间,工作生活在喀什噶尔,其实每个人都有自己的体会和思考。只是有的可以在会上讲,有的只能私下说,还有的只能自己去想、只可意会不可言传。

宇飞的发言最有意思。他主要讲了这几年干招商引资的感受体会:招商就像谈恋爱,先是相面,邀请企业来喀什看看,实地考察,然后是约会,双方开始接触洽谈,相互试探,力争把对方看透,再就是领证结婚,办理工商、税务等注册登记,正式落户。期间谈得不好、不顺利时,可能还会擦肩而过,若干年后才发现“那人却在灯火阑珊处”,甚至还可能煮熟的鸭子飞走了。

真是如此。这样的例子,我们组里的兄弟这三年都遇到过。盘点下来,从相面到结婚，目前还算和谐的招商成功的企业，似乎也就落户喀什开发区的东霞制衣了。虽然已经正式运营一年多了，但疙疙瘩瘩、磕磕碰碰的事情还真不少，企业有抱怨，当地也有苦衷。没办法，人家挺漂亮的姑娘，嫁到边城喀什，家里穷，拿不出像样的嫁妆，有时候脾气还不好，说话不算话，承诺不落实，姑娘当然要另寻高枝了。

我坐在会场里，暗自思量，也来个向前看：前路漫漫……

东霞员工走进上海援疆

2016—09—08　23∶32∶50

下午，落户在喀什开发区的上海援疆企业东霞制衣的30余名维吾尔族员工，走进了上海援疆指挥部，这是上海援疆企业中第一家组织员工参观指挥部的。产业援疆除了招商引资，也需要这样交流互动，使援疆干部有机会与这些普通的民族员工姐妹兄弟面对面。

员工中大部分是妇女。都很内向拘谨。第一次来到指挥部，看得出甚至还有些敬畏。

先带她们参观了援疆工作成果展览，然后观看了产业援疆汇报专题片，其中就有东霞工厂车间的镜头，还有东霞员工接受采访。在屏幕上看到自己熟悉的工厂和同事，员工们都很新奇和高兴，开始窃窃私语起来。

座谈开始了。东霞的小邓厂长点了几个员工的名字，谈谈自己到厂里打工的感受体会。我问了一个问题：喜欢在厂里打工还是在家里务农？都很害羞，没有踊跃回答，又点了几个人问，都说还是喜欢在厂里。打工收入一般都是大部分给家里，自己只留一点零花钱。住在园区宿舍里，吃饭在食堂，买东西有小超市，工作之外的生活保障还是不错的。

不过，也有员工提了几个希望能改善的问题，很实在。比如，园区离喀什市区距离较远，周末休息日想去市区逛逛，公交车太少，等候时间长，不方便外出；离婚妇女来园区打工的，很多人留在就家中的小孩子没人带（本地习惯是老人不大愿意帮带第三代），最好园区里能统一建个幼托园，那样她们就可以带着孩子来打工;园区的医务室虽然有,但医生常常不在,有病时找不到人,不方便,等等。

其实这些事情我在开发区班子会议上都听到过,园区管理方也正在研究解决,但解决的速度似乎慢了些。问题归根结底还是资金不足,毕竟园区的规模不够,无论增加公交运力,还是开幼托、卫生室,没有足够的员工数量,很难形成良性循环。但换个角度,从园区功能的齐全配套上讲,应该着眼长远,即使目前员工数量不足,公交、卫生以及幼托这样的功能配套即使要补贴,也必须要搞。这是衡量园区管理运营水平的重要方面。相信这些问题会在不远的将来得到解决。

原来这些平时看上去不声不响的孩子们(大部分是不足20岁的古丽),心里竟还藏着这么多想法。却不知平时她们会不会、敢不敢去跟厂里或园区管理方主动提?有问题是正常的,但如果问题没有提出来并缺乏帮助解决的途径渠道,那才是真正的问题。

2. 商贸促进篇

五口通八国

2014—03—28　23:31:04

今天下午，花时间研究了一下喀什地区的口岸情况。自到这里以后，满耳听到的都是“五口通八国，一路连欧亚”。那么有哪五口、通哪八国、怎么通的呢？

现在清楚了。五口，指周边有5个通商开放口岸，并不都是在喀什地区的，但是位置毗邻，路程不远。其中有三个在高原口岸：红其拉甫口岸和卡拉苏口岸，平均海拔都在4300米以上，土尔尕特口岸，平均海拔3795米，这些高原口岸一般每年只开半年，从5月到11月。红其拉甫口岸通往巴基斯坦，卡拉苏口岸通塔吉克斯坦，土尔尕特口岸通吉尔吉斯斯坦，由于地处帕米尔高原，自然条件严酷，每年过人货通行量都不大，且绝大部分都是中国出口的纺织服装、日用消费品类，也有一些机电产品，主要是农机、工程机械等。海拔最低的是位于克州的伊尔克士坦口岸，通吉尔吉斯斯坦，也是国家级喀什经济开发区的口岸区域，条件最好，邻近的吉尔吉斯斯坦地区经济相对较发达，且该口岸地处吉尔吉斯斯坦、塔吉克斯坦、乌兹别克斯坦交界处，地理位置优势明显。最后一个口岸就是喀什国际空港口岸。但目前只有一条国际航线，通巴基斯坦伊斯兰堡的，每周一班，飞行时间才1小时就到，真是近！通八国，指中亚5国、巴基斯坦、印度、阿富汗。都不是富裕发达的大款。所以，如果要发展外贸，走深圳的路子，靠香港发展，在这边不现实，在这个区域，喀什就算发达地区了。人家还想靠你发展呢。

现在，国家看到了这里的战略价值，所以有了新丝绸之路经济带的构想。有了中巴铁路、中吉乌铁路、喀什国际空港的宏伟计划，如果这些基础设施条件都一一落实了，就给喀什乃至南疆插上了腾飞的翅膀。

现在，喀什要做的，就是要做好充分的准备，这样当机遇来临时，抓住机遇、跨越发展。而这一切的第一要件、首要前提就是一定要保持社会和谐稳定、长治久安。

我在宿舍的过道厅里挂了两幅地图，一幅中国、一幅世界。没事时我喜欢站在地图前琢磨。今天突然发现，如果只看中国地图，喀什真偏远，在公鸡尾部凸出一块，上下不沾，可换到世界地图，你看到什么？喀什的位置正是欧亚大陆的中心，从这里去欧亚大陆的东南西北，四通八达，距离都差不多，是天然的货运物流枢纽点(可惜道路设施滞后，辜负了这么优越的地理禀赋)。甚至如果有人去迪拜，从喀什出发，比从北京出发起码省一半路程。看来，相对于修建铁路通道，多开通一些通往中亚、南亚甚至西亚中东的国际航线，是现实的政策选择，且能在短期内带动旅游、商贸，聚集人气、财富、商机。

一孔之见，见笑见笑。

喀什离岸中心

2014—03—31　23:39:50

今天下午，组里开了个会，讨论、细化了今年的具体工作项目。分管领导也参加了会议，并且坦率了说了自己进疆以来的思考。实事求是，很理性，不好高骛远，不好大喜功，不设超高目标，踏踏实实的，反复强调产业援疆就要按市场的规律办，招商引资不要夸大其词，风险要充分提示，不强迫、不拒绝。讲到商贸行业时，领导给我出了个题目，看看能不能通过招商引税的方式，通过税收优惠，吸引一些内地的外贸企业入驻，但实际经营不必限定在喀什或新疆，仍可在疆外如东部沿海开展经营活动，这样每年除去奖励注册企业的留成地税(最多可达到地税收缴额的80%)，留在喀什剩余地税

(20%)可以由喀什市和上海对口援助4县分享。还有一个好处,就是由于公司注册在喀什,故其进出口业绩也可以纳入喀什地区外贸进出口的统计,从而做大地区外贸规模。一举多得。

我的第一感觉此事可行,但是不能完全确定。需要再找几个行家聊聊,听听意见。但如果此事果真可做,那么喀什开发区就可以充分利用国家给予的政策优势,吸引全国的服务企业入驻(不仅是贸易物流企业),做大做强。这使我立刻想到了全球知名的那些离岸中心,如开曼群岛、维尔京群岛,还有香港、新加坡,都是充分利用自由港的法律、税收优惠等优势,吸引全球企业注册,或为避税,或为规避母国或东道国的投资限制。想当初,台湾不允许企业赴大陆投资,大量台企就通过到维尔京群岛注册公司,再以维尔京公司名义到大陆投资。所以在90年代的后半期,上海吸收外资的来源国前三名为香港、日本、维尔京。

喀什,能否复制这种模式,打造成国内甚至中亚、南亚地区的服务业离岸中心吗?国家的特殊政策优势,是这里与内地相比为数不多的巨大优势所在。看到此文的兄弟姐妹们,都帮我出出主意,看这事可行吗?

喀交会

2014—04—09 23:52:23

今天下午,行署召开了今年第十届喀交会筹备会。今年喀交会较往年往后推迟了一个月,在7月底召开。这也是根据组内分工属于我负责对接联络的重要展会之一,重头戏。喀交会的路子还不熟悉,需要与当地主办方、后方的市合作办等各方面逐步磨合。

但是看了筹备工作方案后,感到喀交会虽已办到了第十个年头了,似乎也走入了一条惯性办展的轨道。基本上每年举办方式、活动等安排,都差不多。于是想到了喀什的大巴扎,交易习惯已经延续了近千年了。不禁感慨习惯的力量。很多事情,的确也很难每年都出新花样,但只要持之以恒,年复一年的重复习惯,久而久之,习惯也许就会沉淀之后升华为文化,融入当地的血液，再也割舍不开。大巴扎就是很好的范例。广交会的历史也可佐证。

希望喀交会也能融入喀什噶尔，成为西域商贸文化的一个标志。到那一天，还需要多少年呢？……

喀交会第二次筹备会

2014—06—04 23:29:05

下午 4 点半刚进办公室，实习生小杨告诉我刚接到行署电话通知，要求各援疆前方指挥部相关负责同志 5 点赶到行署二楼会议室开会，内容是关于今年喀交会筹备工作的。没有书面通知。

总算亲身领教了本地的工作风格。说好听，那是雷厉风行，说干就干。反正想着开会就开会了，没什么会议准备、书面通知，到场随口讲就行了。

好在指挥部离行署不远，车程 10 分钟以内。立即联系综合组派车，风风火火冲到楼下，上了一辆丰田霸道四驱越野车，赶往行署。总算在 4 点 55 分准时赶到会场。

会场里，已经到了几个部门的负责同志。特别是地区公安局的同志已经到了，一眼望去，满眼的疲惫。最近一段日子，他们的确辛苦了。举办这么大型的展会，他们安保组的压力最大。

各部门代表陆续进场。5 点 10 分，专员到了，正式开会。还行，挺准时。

各部门汇报筹备工作进展。专员不时插话问问题，点评几句。专员的风格很务实，讲话很直，不绕圈子，开门见山，三言两语，点评到位，就一个组一个组的过堂。没有虚话，没有套话。这样的会风，我感觉很好，值得内地很多地方政府学习。这种简单直接、直来直去的会风，效率高，能解决问题。

所以，我真正体会到了临走时，委领导的告诫：一定要保持谦虚谨慎，不要看不起当地干部，不要高高在上，颐指气使。

的确，尺有所短，寸有所长。边疆地区这种根植于沙漠戈壁、雪山高原所孕育的西域文化之中的会风，如同伊利老窖酒，简单、直接、冲鼻、辣口……

农产品销售平台

2014—06—11 01:09:05

昨天去了莎车，开了一个地区农产品产销企业座谈会，与设在上海常熟路巨鹿路口的对口支援地区农产品销售平台对接。这个平台是张江置业与援疆前方指挥部合作建设的，目的是为了推进上海对口支援地区的农产品进入上海市场。

会议结束较晚，指挥部有规定不允许夜间行车，所以无法当晚赶回喀什，只好在莎车县委宾馆住了一晚，今天上午返回喀什。县委宾馆条件较差，网络不畅，所以没有更新日志。

会议在莎车分指会议室召开。对口四县来了11家企业，有的已经在上海市场打拼多年，有的正在设法进入上海市场，有的则还没有类似打算。大家听了关于销售平台的介绍后，都表示很好，很有兴趣。但也有疑惑，主要是关于合作模式以及合作效果的。可以理解，新打造的平台，尚未形成规模、品牌，还需进一步的市场推广和营销策划。各家企业介绍了各自的情况，基本类似。主要问题还是在当地缺乏食品冷链物流的设施和运输企业。杏子等鲜果采摘后，如不能在几天内削掉，就会立刻腐烂变质，所以只能做成杏干，而杏干的口感、味道与鲜杏差太远。大家都反映如果能在当地建一些食品保鲜冷库，不需太大，有个200多立方的库容就行，就能延长储存期，并配以冷链物流运输车辆，设计好运输线路，集中多家企业的订单集拼装箱运输，就可以大大提高运输效率，降低成本。毕竟空运鲜果的成本太贵，基本上每公斤要4.4元，已经是最优惠的价格了。新疆的核桃、杏子、巴旦姆、红枣等东西，都是好东西，销售上不去，主要就在两个问题上：包装和物流。

这的确是一个值得好好研究的问题。

这次来开会，有个叶城县的乌恰巴士镇的副书记。这个镇在叶城的昆仑山里，特产一种黑叶杏和土豆。黑叶杏味道极美，可惜就是保鲜期极短，采摘下一个小时后皮色就由黄变褐，最适宜果园现场采摘品尝。也正是为此，无法销售到更远的区域。这里的土豆，生长在昆仑山区独特的气候地理环境下，又沙又糯，据说是专供中南海的，但由于品牌营销的原因，一直不为外界知晓。都是好东西啊。

还发现一个特点，四川人到南疆创业的特别多。这次来开会的民企老板，好几个是从巴蜀大地走出来的。吃苦耐劳，头脑灵活。莎车的一个老板，88 年来莎车打工，25 年在莎车创业，现在已经挣下一份不菲的家当了，家也安在莎车，有 2 个孩子，送到内地上学，已经完全落户扎根了。可还是一口四川口音，连新疆味的汉话也讲不来，维语更是不会了，正所谓：乡土可离，乡音难改啊。

地区工商联

2014—06—12 23:17:47

上午，抽空和孙馨去拜访了地区工商联。孙馨也算是找到了对接的地区职能部门。

工商联就在地委大院门口的小楼里，原来每天跑步都路过的，却始终不知。今天特意留心之下，才发现楼道门口挂着几块牌子，包括地区团委、工会、工商联。

整个工商联就一个大办公室，有两名副主席常驻负责日常工作，一名维族，一名汉族。汉族副主席姓丁，上次在行署开会时见过，而且就坐在我旁边的，一见之下就认出来了。维族副主席是名 50 多岁的女同志，叫玛纳斯，人称玛主席，近日到喀什市浩罕乡去驻村了，今天还特地从村里赶回来和我们碰头。工商联一共有 10 个编制，现在实有 6 人，除去下村的，在办公室坚守的也就三四个人了。

孙馨这兄弟是见面熟，跟什么人都几句话一说就成了朋友，并且还能套上交情，不愧是老海军、老江湖。先是大谈了一通前几年喀什地区工商联组织企业家去上海培训的事情，然后就转入为民营企业招商引资、架桥铺路的话题，结结实实地把几家希望在南疆开拓市场的上海企业捧上了天。两个主席果然爽快，答应通过地区工商联的会员关系帮助寻找合作伙伴，其中有家上海企业希望在南疆打开食用油销售渠道，丁主席痛快地答应给喀什地区最大的超市亿佳超市打招呼，促成双方协商对接。还有2个项目，一个制造销售锅炉的，一个养殖销售湖羊的，都各自找到了对接的对象。

我也有收获。从玛主席这里问到了出席喀交会的国外客商情况。据说，每年也就100多人，但来自50多个国家，最多的是吉尔吉斯斯坦、巴基斯坦、塔吉克斯坦，还有来自阿富汗、俄罗斯、伊朗、土耳其、阿联酋等国的。主要有三类：一是来招商引资，希望中国企业去投资的，二是来销售的，希望把货物、土特产销到喀什和南疆来的，三是来采购的，希望能找到满意的供应商的。第三种外商最受欢迎。

从交谈中，我发现这个维族大妈玛主席对周边的中亚国家市场和投资环境很熟悉，也有不少关系，一年之中也经常带团去周边出访。这种经验正是上海走出去企业缺乏的，特别是在中亚市场。于是，我提出，是否可以请地区工商联和上海的相关商协会对接，如有上海企业有志于开拓中亚市场，可以通过地区工商联收集、联系一些合作伙伴或投资信息，以帮助开拓周边中亚市场。建设新丝绸之路经济带，就需要发挥喀什的区位优势，走出去、引进来，以喀什为跳板，开拓周边市场。因为，喀什与周边国家有着悠久的贸易联系，最熟悉周边市场的莫过于喀什商界了。如能促成上海和喀什在走出去联手开拓中亚市场方面的合作，那是优势互补的好事。

至少值得尝试。

有朋自远方来

2014—06—28　00:45:30

下午，去喀什机场接机，迎接上海自贸区赴喀考察团。带队领导是自贸区管委会一位副主任，原来是商务委外资处处长，委里的老同事。今年2月底的时候,我随上海市第八批援疆干部来到喀什,他则到自贸区管委会任副主任。老同事,老领导了,在远在东海之滨万里之遥的喀什相见,感觉分外亲切。

他乡遇故知。人生幸事。虽说在委里时,由于工作关系,我们有过一些工作接触,但还不是很多,相互之间也不是非常熟悉,仅仅限于君子之交而已。但在喀什迎接来自家乡的老同事,心情还是很激动的。

从机场到酒店的一路上,话题不断。介绍了很多喀什的情况。

这次到喀什来,主要任务是和喀什经济开发区碰头,对接有关合作共建的有关事宜。上海的保税区运营已有几十年的经验,积累了一整套完整的运作模式和经验,而喀什开发区尚未有类似经验,继续引进有关的制度经验。这是上海的优势所在,也是喀什所缺乏。所以,我们前方指挥部要做的,就是把这里需求反馈给上海后方,请上海自贸区帮助,与喀什开发区合作共建。

这也是今天上午张总在学习中央第二次新疆工作座谈会上总结发言时所说,援疆工作之所以重要,不是因为我们这几十号人在喀什,而是因为我们这几十号人的后盾是整个上海市政府、上海人民。所以,我们的任务就是要对接喀什和上海,充分发挥上海后方产业发展和管理经验上优势,帮助当地发展。上海自贸区,无疑是当今上海最闪亮的名片。恰恰喀什经济开发区也需要这方面的管理经验。

看看其他还有还有什么地方可以发挥上海优势、援疆喀什的……

终于答应来了

2014—07—04　23:33:01

下午,货代协会的林海兄来了电话,告诉我他现在已经找了四五家物流企业愿意来喀什投资考察。

不容易啊!别小看这四五家,能在现在这个时候来新疆,尤其来南疆喀什,是颇需要鼓起勇气的。近年来频发的暴恐事件,已经给这个祖国西北边陲的广袤西域蒙上了厚厚的阴影。每一个到新疆、尤其到南疆的客人，无论是游客还是商人，都会不自禁担忧当地的安全形势。今年以来，新疆特别是南疆的旅游业，游客数量已经大幅减少。前些日子陪同上海来的考察团在喀什地区一路走来，所到景区门可罗雀，绝大部分景区偌大的地方，只有我们一个团组……

林海是多年的老朋友了，都是自己兄弟。年初进疆之前，他就答应我一定想办法找一些企业来喀什考察投资环境，算是对我工作的支持。经过他的努力，本已有些企业动心了，答应来喀，但上半年几件震惊全国的暴恐案发生，特别是乌鲁木齐公园爆炸案的发生，彻底寒了企业的心。是啊，钱可以少赚，命可只有一条。

这次，林海还是终于又找到了几家对喀什开发区税收优惠政策感兴趣的企业，说动他们择机来喀什考察。真心不容易啊！

展品模型

2014—07—23　01:04:27

本届喀交会A馆上海展示区入口最显眼的位置，留给了我们这批的四个交钥匙援疆项目的亚克力模型：莎车城南教育园区体育中心、泽普文化教育中心、叶城妇幼保健院、巴楚市民之家。

规建组委托喀什本地的广告公司做了两组项目模型，一组大的(1600×2000)，一组小的(1000×1200)。原本设想：小的一组放在指挥部一楼的展示厅，大的一组放在四县各个项目工地的“工地之家”作展示。看了设计效果图后，感觉很好，当时就决定把大的一组借放到本届喀交会上展示，作为上海对口援疆项目成果的展示。为此，特地关照展览公司留出了上海展区最好的位置。

后来发生的事情，证明了我们犯了严重的经验主义错误，尤其对当地广告行业的设计制作水平实在估计不足。当小的一组做好运到指挥部一楼展厅时，包括领导在内几乎所有的人都大跌眼镜：做工真的粗糙，实在粗糙。

然而最大的问题还不是粗糙，关键是沙盘中房屋建筑的比例实在太小，没有气势，怎么看都透着一股小家子气……

领导很生气：这不是给我们援疆交钥匙项目丢脸吗？

立刻叫制作方把模型运了回去。前几天，书记、市长来指挥部时，也没看到这几个模型。

规建组负责此事的老张很是郁闷了多日……

于是，我的难题来了：展会现场还为这四个模型留着最好的展位呢?!

经请示领导后，决定仍然按原方案借用大的一组模型。恰好今天上海经贸团的承办方合作交流中心的老宋到喀什了。没办法了，我只好赶到机场接了老宋后直奔展馆，再捎上在展馆现场布展的展览公司负责人小袁，径直去了制作方实地查看，想法补救。

制作方在喀什西郊的一个小院子里，铁门紧锁，院子里养了三条狼狗，瞪着凶狠狠的眼睛……

本届喀交会倒计时 2 天

2014—07—26　01:05:11

今日，距本届喀交会开幕倒计时 2 天。

组织筹备工作全部进入了白热化阶段，所有的重大活动筹备开始进入冲刺阶段。这几天连续去了四次场馆，每次都变化很大，唯一不变的只有馆内刺鼻的甲醛气味。A 馆上海展区的整体搭建进展还算顺利，那四个交钥匙沙盘模型总算在今天下午 5 点进了场。不容易啊！其间几经反复，泽普的项目模型还搞错了外墙颜色……

规建组的兄弟们昨晚在位于喀什西郊的广告公司蹲点了近 6 个小时，琢磨怎么改进，把错误的外墙颜色喷涂修改，总算赶在今天把模型送进了展馆。虽然还是显得粗糙，但在周边灯箱喷绘幕布项目效果图的衬托下，总算借到了几分气质。但是和隔走道布置的绿地集团从乌鲁木齐运来的地标建筑双子塔相比，高低立判……没办法，这是在喀什，也许粗犷就是此地的文化气质。

明天，大戏开始一幕一幕上演，直至 29 日，展销到 31 日结束。明天上午，大会新闻发布会，下午 16:45 月星上海分会场开幕式，上海党政代表团的领导和喀什地区领导都要出席。感谢李平兄弟，制作的分会场开幕式文案专业、细致，掐时间精确到分钟，各种细节均有周到考虑，突发事件也有预案应对。非常专业，非常认真，非常负责，体现了上海市旅游局筹备大型活动的高水准和丰富经验。

后天上午，展会最重头的大戏将开演：主会场开幕式和巡馆。这也是我心里最没底的。因为月星分会场是我们主办，可以做到掌控全局，而主会场开幕式我们只是参与方，很多信息不对称，往往协调一件事，要打上七八个电话，结果是转了一个大圈又回到原地……最常听到的一句话是：这件事我不太清楚，要不你问问李平秘书长？（此李平秘书长不是上面提到的援疆兄弟李平，而是位大嫂级别的女同志，是地区行署副秘书长、办公室主任，态度和蔼，待人客气，特别对援疆干部，但是日理万机，什么事都是“这事你还得问李平秘书长”，但是因为太忙了，往往很难打通电话……）

许多的活动安排都在变。往往前几分钟得到的信息已经不是最新的了，真真“千变万化”。按说大型活动组织工作中时有变化调整是常态，但在临近开幕几天时间内，大的变动、原则性变动是切忌不可以的，否则会引起整个筹备工作的混乱……

所以，这几天我很忙，很忙很忙，已经连续晚上到办公室加班快 1 个月了，之前是接待市主要领导的事情，现在则是喀交会。想到了今年 7 月在喀什会格外繁忙，却真得没料到这么忙……

感谢伟权兄弟，看到博客有 2 天没有更新，今天特地来了个电话，询问是否有什么事情，兄弟情深啊……

虽然我身在 5000 公里之外的喀什噶尔，但东海之滨的家人、兄弟都在时刻关心关注我在喀什噶尔的日子。海内存知己，天涯若比邻。感谢所有关注我博客的兄弟姐妹、同事朋友，所以今日我决定无论再忙，也要写上一段文字，以答谢朋友们的关心和厚爱……

倒计时 1 天

2014—07—26 23:57:10

明天第十届喀交会将正式开幕。今天召开了新闻发布会，下午位于喀什月星上海城的上海分会场也先期开幕。期间坎坷，意外插曲，贯穿始终，不一而足啊。

明天就开幕了。但是心里真得没底，不知明天上海党政代表团出席开幕式和巡馆，还会碰到什么意外之事……

晚饭后，拉着老肖、李平和卫峰去了一趟展览中心的新闻中心，看看明天开幕式的场地布置。总算对着名单，一一核对了有席卡的正局级领导名单。至于上海代表团的其他领导，只好坐在后面三列位置……

明早的重头戏是开幕式和巡馆。巡馆结束后，展商和百姓就可以开启欢乐的大幕了……

终于开幕了

2014—07—27 23:39:09

一早起来，匆匆在食堂吃了碗面，就赶往会展中心场馆新闻中心，为上海党政代表团参加开幕式打前站。一道去的还有组里的其他几个兄弟。

天公不作美，今晨的喀什居然又闷又热，颇有些江南梅雨季节的味道，甚至还下了一阵小雨。确实罕见。

新闻中心内已经把前两排领导座位排好。再三检查了几遍，领导名字无误，所有正局级领导名单没有遗漏。

十点开幕，九点四十分时上海党政代表团领导到达会场，但不知为何未从新闻中心正门进入，而是从旁门穿进会场，我们在门口等候领导，结果回头一看场内，领导已经从其他门内进来了，也不知是哪个引的路……

开幕式由地区专员主持，并最终宣布“……开幕”，精神十足，果然很有气势。

领导巡馆了。当各级各地区领导从会展中心主会场入口的大台阶上呈扇面走下，各地区候场干部纷纷上前，引导己方的领导到自家展区，于是主办方安排的统一巡馆路线荡然无存。上海驻疆办的方主任冲在最前，抢先引导市领导步入了上海展区，逐一介绍，逐一与展商握手交谈。

一时间，展管内人头攒动、气氛热烈，仿佛气温又上升了好几度。

闭幕了？紧急撤展！

2014—07—29 02:46:48

午夜2点已过，刚刚回到宿舍。仿佛刚撤下战场，颇有些精疲力竭。

正式开展了，本以为今日可以轻松些。上午还去展馆转了一圈，端着台单反相机，拍了不少展会场景，作为工作资料留存。

时至中午，风云突变。展馆内的展商间都开始流传展会要提早结束的消息，漫天传递，各种版本。据说原因是昨晚又有突发暴恐事件。而29日又是开斋节（穆斯林称为“肉孜节”，自这天起，信徒恢复白天进食），为确保安全，组委会决定提早结束今年的喀交会。

但正式的通知直到晚八点才确认，并且还是我们从其他渠道得到消息后主动向有关方面询问确认的。整个过程又是无比曲折……

上海经贸代表团根据最新情况，决策果断，行动迅速。我也在第一时间直奔他们的入驻酒店紧急协商，召开紧急会议研究对策。仅仅半小时，就确定了应对方案，决定今晚连夜撤展、明上午就装车启运返沪。同时，确定了后勤保障人员紧急与航空公司联系，调换机票、机型，争取明天大家都能返沪……

仓促之间的协调，现场需要大量事情要协调。22:30，我随展商们一同赶赴展馆。首要任务是确保撤展安全有序，安排对接好指挥部四个交钥匙项目模型的撤展……

紧接着又以援疆指挥部干部的身份帮市合作交流中心跟航空公司的高

管解释了半天，希望对方协助配合安排明天的航班机型，最好能换架大飞机来喀什……

航空公司终于答应协调。但要指挥部能给公司发份函件，说明情况。

于是，赶紧回到指挥部，草拟了一份便函，呈领导过目后在第一时间发出……

乌鲁木齐

2014—08—30　00:00:29

昨天从喀什来到乌鲁木齐。今年的亚欧博览会将于9月1日到6日在乌鲁木齐的新疆国际会展中心举行。

省会城市果然繁华。住在位于南湖南路的市政府驻疆办，条件挺好，进出方便。周边餐饮、超市、公园一应俱全。与住在喀什地委宾馆的指挥部大楼里相比，住在乌鲁木齐的驻疆办真是另一个世界，终于又有了久违的外出自由，可以随时逛超市、兜马路、去公园，最重要的，晚上可以有应酬、有社交活动了。

昨晚，与一家做室内装潢的上海企业新疆办事处的负责人一起吃了顿饭。世界真小，说来说去，这位仁兄居然和上海贸促会的陆韧兄弟是初中同班同学，小时候代表上海少年队踢足球，差点成了继李晓之后的上海队又一快马前锋，百米速度11秒4，是当时上海踢球的同龄人中最快的。可惜后来参加全国比赛时被后卫恶意犯规，踢伤了膝盖半月板，只能离开球场。论辈分只比范志毅小一拨。因为娶了个石河子的新疆老婆，被公司派到新疆开拓业务，也是属于有故事之人……

今天上午，去博览会秘书处领了开幕式的证件和标识。晚上，去机场接了上海来乌鲁木齐先期布展的委里同事，贸发处的庞春和老师和贸促会展览部的朱云部长，都是熟人了，也是我到新疆后首次在乌鲁木齐见面，分外难得。晚上就去乌鲁木齐最有名的清餐厅米拉吉吃晚饭，烤羊肉串和架子烤肉吃得都堵得慌了……

明天上午打算去展馆看看布展情况，下午去接机，指挥部的领导和兄弟们从喀什过来了……

亚欧博览会—布展

2014—08—31　00:20:41

今天主要任务有两个：去新疆国际会展中心查看上海中心展台的布展情况、到机场去迎接从喀什前指来乌鲁木齐的指挥部领导和兄弟们。

今年是我第一次参加亚欧博览会。下午到会展中心后直奔位于3号馆的上海中心展区。今年抓阄的位置不太理想，在展馆最北区域的角落里。面积也只有100平方，比起喀交会的495平方来是小多了。今天布展任务已经基本完成了。总体上采取具有海派文化特色的石库门造型，周围主要布设灯箱图文展示，主要内容是上海援疆成果、上海自贸区以及商飞项目等代表上海特色和水平的内容。中央位置放置了一个巨大的沙盘模型，是上海天矢投资在乌鲁木齐达坂城区总投资达48亿的风力发电场模型，按照1:3万的比例制作。总体上，感觉静态展示为主，少了些动态内容的展示，如果再能征集到一些实物或模型，比如商飞的大模型、机器人设备等，就更好了。

喀交会也好，亚欧博览会也罢，政府展的形象展示区真是一个烧钱的项目……据说今后亚欧博览会可能会有所改革，形象展改为每2年搞一次，企业展每年举办，展会功能要逐步以市场开拓、商品展示展销为主。形式主义整改之风，就从这里开始。

顺便又去看了看境外展区。全部都是商品展销摊位，没有一家做形象展示的。而且商品都是以手工艺品、玉石等为主，几乎没有工业品。参展国基本都是中亚、南亚国家，这一点与喀交会很像，不过韩国企业的展位也有不少，销售的主要是化妆品和服装。

还去看了喀什地区的展位，展示风格与喀交会如出一辙，图文展示之下设置展台，摆放陈设干果之类农产品……

再回喀什

2014—09—03 22:54:26

轻轻地，我挥挥手，作别天山北麓的乌鲁木齐……

轻轻地，我招招手，来到天山之南的喀什噶尔……

亚欧博览会还没结束，但是我的任务结束了。下午，和指挥部同赴乌鲁木齐参展参会的兄弟们终于再次回到了喀什，回到了指挥部大院。

掐指算来，这次是进疆以来第一次离开指挥部超过一周(回沪出差回家不算)，亦是首次出差到乌鲁木齐，首次在市政府驻疆办入住并且住了一周……

一周间，初步认识了乌鲁木齐这座城市。这是新疆最繁华的省会，这是天山南北汇聚的要冲，这是各族群众共同的家园。亚欧博览会的会场内，常见各种服饰的民族群众，操着不同的语言，做着各类生意，对幸福美好生活的向往是大家共同的语言。

任务完成的还比较顺利。到上海中心展台巡馆的上海领导、自治区领导都对上海展区的布展表示了高度肯定，自治区领导还特别对上海援疆工作低调务实、言诺必行的作风表示了高度肯定。在上海中心展台的 100 平方米面积里，居中摆放的上海天矢投资控股的总投资 48 亿元的乌鲁木齐达坂区风电场项目沙盘模型，气势庞大、细节逼真，突出体现了上海资金、技术与新疆当地的资源优势结合的产业援疆特点。图文展示区域中，援疆成果展示以民生为本、产业为重、规划为先、人才为要的市委市政府援疆工作总目标依次展开，多层次、多角度展示了近年来的援疆工作成果。

可惜的是今年上海展区的位置不太好，在场馆最北端，没有排进中央领导的巡馆线路。不过，看看北京展区就在旁边，也就心平了……

一周中，还认识了很多新的朋友。上海到新疆开拓市场的企业家、在新疆本地市场辛苦耕耘的当地企业家，还有从上海来参展参会的那些委里和贸促会的老朋友们、兄弟们，当然还有熟悉的领导们……

有朋自远方来

2014—09—11　23:51:42

货代协会物流企业代表团终于来了。

下午去接了机，入住月星锦江，在地委宾馆清餐厅晚餐。代表团一行七人，在这个时候来喀什，真是需要一点勇气的。

林海是协会秘书长，老朋友了，这次喀什行就是他牵头组织的。陈峥是协会副会长，自己开了一家物流企业、一家旅行社，认识也有多年了。春妹是原来委里服贸处的老同事，2000 年时下海做企业去了。还有四位新朋友，也是货代协会的会员企业。真应了老夫子语：有朋自远方来，不亦乐乎……

喀什的物流

2014—09—13　00:05:38

跟着货代协会物流考察团走了一天，对喀什地区的物流环境及行业发展水平有了一个大致的了解。

总体而言，本地区的物流发展远期潜力巨大，近期挑战艰巨。最典型的例子就是保税物流园区和远方国际物流港两个项目，前者是国企，后者为民营。喀什联通欧亚的区位优势，是此地发展物流的天然禀赋，但道路建设滞后太多，中巴、中吉乌两条战略铁路仍未开工，公路除通往伊尔克什坦口岸已建成高速外，通往红其拉甫、卡拉苏等口岸的路况仍较差，重载车辆无法通行，且由于地处帕米尔高原，这两个口岸只能开半年、关半年，属于典型的季节性口岸。空港口岸则只有一条往返伊斯兰堡的航线，每周一班，实在运能有限。

而本地进出口贸易每年只有 11 亿美元左右，大部分为出口，车辆运出的货物多，拉进的货物少，往往满车出、空车进，成本太高。只有等到铁路开通、公路升级、国际航班增加，这里的物流才能迎来大发展。毕竟，从喀什去伊斯兰堡及其他中亚国家首都，基本都在1000公里以内，航空在一小时左右，即使去欧洲，也不过六小时左右，如去西亚中东，比如迪拜，更加便捷……

他们回去了

2014—09—18 23:19:50

今天是货代协会代表团在喀什考察投资的最后一天。上午在市区内转了转，旅游购物总是需要的。一番兜兜转转，既买了伊利老窖、昆仑雪菊，也买了手镯、挂件等玉器，购物也是为喀什当地作出贡献。看着喀什几家大型玉石旅游购物商场内冷冷清清的场景，对本地旅游业今年的萧条算是有了深切的体会。据说今年的游客量只有去年同期的十分之一。社会稳定对于旅游业的发展具有决定意义，在这些玉器商场内体现得淋漓尽致。

在克孜都维路的金味德兰州牛肉拉面馆享受了汤浓面劲的兰州拉面，这是在喀什吃到的最好兰州牛肉拉面。

午饭后直奔喀什机场。看着这些老朋友、新朋友们通过安检步入候机厅，心里不禁感到有些空荡荡。那边就是安检门，过去就踏上回家的路，8个小时后就可以降落虹桥机场……

今天才体会到，原来在全程接团中，最艰难的时刻就是送机，因为那扇象征着回家的安检门实在是具有无比的诱惑……

农产品销售

2014—10—15 23:46:00

今年的核桃和红枣已经收成了，石榴也马上要上市了。随着入冬脚步的临近，鲜果季节基本进入尾声，干果加工开始忙碌起来。

昨天去了趟地委大院里的农办，听农办领导说今年喀什地区的农产品销售困难重重，主要原因还是受社会稳定形势的影响，真得很大。农产品销售不畅，将直接导致农民收入无法提高，生活水平无法改善，从而使失望、不满情绪存在孕育蔓延的土壤，反过来影响社会稳定，形成恶性循环。所以，从对南疆社会的影响而言，农产品销售的难题其实是个大问题，直接影响社会稳定和长治久安。

大家都在设法解决这个问题。包括国庆期间在喀什举办农博会、推出喀什地区十大地理标识农产品、扶持地区农产品龙头企业、给予农产品种植及销售政策扶持，等等。我们援疆省市目前能做的主要还是帮助当地企业拓展内地销售市场、加强营销力度，搭建销售平台，通过组织本地企业到内地参加相关展会，扩大品牌影响，加大销售力度，并给予适当的资金支持。

工作难度还是很大的，问题也有很多。主要难题在于本地的农产品生产销售企业质量控制、规模效应、集约化程度都比较低，龙头带动效应不明显，而远销内地的路途遥远，物流效率和成本太高，影响了销售定价，无法对内地市场形成有竞争力的价格优势。

难题总要破解。打通电商渠道也许是有效的方法之一。所以，昨天与农办领导商量如何组织本地企业去上海参加 11 月底的中国上海网络购物大会……

都不容易啊……

娘家来人

2014—10—20　00:32:08

下午去机场接机，迎接从上海飞来喀什的委里领导和处里同志。在这里，兄弟们把这情况称为“娘家来人了”。远在喀什，从上海自己单位来的同事，无论是领导还是同事，那都是“娘家人”，不容易啊……

这次由委里的内贸老专家徐局带队，处里派出艳雯副处长和钱荣随同前来。还有两名外聘专家明天到达喀什，一位是上海财大的教授，一位是浦东电商协会的秘书长，都是在行内声名赫赫的专家。这次来喀什，主要是对喀什地区商务系统的干部和企业开展商贸行业培训，更新理念、开拓思路、实地指导、出谋划策。这个培训项目也是列入今年上海市对口支援合作交流培训计划。

徐局目前还兼着商贸行业管理处处长，在内贸领域具有丰富的经验。今天陪他们拜访了指挥部，并在指挥部共进晚餐，请了红军、老戴和组里兄弟们作陪。乍见之下，发现这里还有很多熟面孔，没想到在喀什重逢……比如，艳雯和红军是同乘一部班车的车友，并且都是海军上海基地出身的转业干部；徐局在海军服役时的舰长就是孙馨在广州舰院上学时的院长；栋林和徐局在原市经委工作时办公室就在隔壁相邻的……

世界总是充满了惊奇和巧合，无巧不成书嘛……

广州新城

2014—10—21　00:39:13

上午陪同委里来喀什开展培训的同事们实地考察了广州新城。这是广东援疆的最大项目，在喀什西侧的疏附县连接喀什市区和西去塔县帕米尔高原的交通要道处，一座总占地6000亩的新城拔地而起。新城以商贸物流产业为引领，着力打造商务、宜居、休闲、购物等为一体的综合城区，总投资120亿。目前已建成的一期项目主要是沿着314国道展开，包括义乌小商品城、家居建材城、西部电商总部基地、边民互市贸易区等。建筑体量巨大，手笔规模宏伟，目前该区域已成为喀什地区商贸物流发展的重点核心区域。

在商务接待中心与来自义乌小商品城的几位老板聊聊情况。他们在义乌小商品城都已有商铺摊位，生意也不错。去年来到喀什，是跟着小商品城公司来到喀什的。小商品城公司在商户中作了宣传推介，以自愿为原则，组织了约60余户商户来喀什寻找商机。广州新城的开发商和广东援疆前指也在各种政策上给予了大力支持，比如：商铺租金优惠，租一年免两年、给予货物从内地运到喀什的运费补贴，按照前三年分别每年不超过5万、3万、2万给予补贴、每年给予每个商铺商户6张机票（从家乡来往喀什）报销……

政策果然非常优惠。但来了以后，商铺的经营情况还是不理想，买家太少，尤其是来自中亚、南亚的买家比预估的少了许多，所以只能想办法开拓喀什本地市场，以做批发为主，经营商品种类主要是服装、鞋帽、日用五金等轻工消费品。尽管目前情况不理想，但大家还是对喀什的未来寄予了极大的期望，盼望高速公路和铁路建设能够提速，希望南疆社会稳定和谐不再有暴恐……

商贸培训

2014—10—22　01:11:11

今天顺利完成了这次援疆商贸培训的大课培训。来自上海财经大学的孙教授讲授了商贸发展新趋势和上海自贸区制度创新和阶段性成果，来自浦东新区电商协会的孟教授讲授了电商背景下的商贸行业发展。虽然今天由于地区另有两个招商会的安排，昨天来参加培训的当地同志们有一部分去开会了，所以今天来参加培训的少了一些，但是他们都很认真，课后还要求老师把课程讲义电子文档拷贝优盘，说是回去以后再认真体会消化。

说实话，讲座的内容有些部分对于喀什地区来说过于超前了，目前还看不到几时可以适用于此地。比如自贸区、一些商业新业态新模式等，目前并不可能运用于喀什地区。这里上规模的综合性百货商店也不过 2 家，而综合性百货商店这种业态在上海已经是明日黄花、江河日下了，基本上沪上百货店都转型为多功能复合性的购物娱乐餐饮高度一体化的中心了。而体现社区商业特点的 24 小时便利店等业态更是空白。但是，不论哪一行，眼界总需要开阔，思路总需要拓展，这样才能高瞻远瞩、跨越发展……

培训项目

2014—11—06　22:05:36

这几天组里正在准备上报明年的援疆培训计划。与今年相比，明年的培训项目经费标准有了一定提高。组织喀什当地人员赴上海培训的项目增加到 33 万，组织上海专家来喀什授课培训项目提高到 10 万元。

今年我做了一个商贸行业培训，跟地区商务局合作开展的。情况还可以，但确实 7 万元的经费显得紧张了些。主要是因为喀什地区幅员辽阔，学员要来自地区下属 12 个市县，有些距离喀什市要 300 多公里，参加一次培训需要安排住宿、餐饮，办班费用就高了。今年好在地区商务局帮忙，发培训通知时明确住宿和往返交通费用由各单位自行承担，但培训期间的工作餐则由援疆培训经费承担，好在费用标准也不高，不过 2 万左右。如果上海来喀的专家组在 6 人以下，费用基本够用，如果超过 6 人，则往返机票费、住宿费等就要相应增加，那 7 万元是无论如何也不够的。除了专家来喀的一应费用开支，喀什这里还要支付场租费、工作餐费，据说有的团组当地还要求培训资金承担学员在喀什的住宿费和交通费，那就根本没法做了。

今年的培训项目经费总额是 1000 万。相对引进产业项目落地，办班搞培训其实还算相对简单容易。但要真正办好班、有成效，还是不太容易的。当地学员往往在听一段时间以后，发现听不懂或对老师讲的一知半解，离喀什的实际差得太远，就会玩手机或聊天，有的还会在会场睡觉。毫无对知识如饥似渴的学习要求。也许是老师讲的距离本地实际情况差得太远，但为什么事前与当地对口部门商量培训课程安排时，他们都提不出明确的授课要求呢？……

智力援疆，也是任重道远啊。

自贸区与开发区

2014—12—02　21∶43∶04

昨日刚从上海返回喀什，就接到通知，要参加今天上午指挥部讨论贯彻落实沪喀合作会议纪要专题工作会议的通知。昨晚匆忙整理了一个汇报稿，本想就按照这里思路汇报了……

上午在会上，各自负责推进的责任人汇报了各自进展情况。我亦然。但领导明显对于合作会议纪要8条内容的推进进度不满意，尤其对南疆新型医疗综合体、自贸区与喀什开发区合作平台等几个项目的进度感到太慢了，要求主动思考、主动联系、主动推进。自贸区与喀什开发区合作项目就是我负责的，目前正在协商双方互派骨干挂职锻炼，但听领导的意思，这条协议的落实，不能只是互派人员挂职那么简单。目前，上海方负责自贸区工作的市领导陈靖副秘书长就是上批的上海援疆总指挥，对喀什有很深的感情，肯定会大力支持，而喀什开发区这里正逢国家推行新丝绸之路经济带建设、加大南疆开放开发力度的关键时刻，上海自贸区多年来运作综合保税园区的流程、管理都非常成熟，完全有条件可复制、可推广到喀什来，而通过构建喀什的大通关平台，以贸易功能拉动本地区物流、金融、专业咨询等相关服务业的大发展，这是非常有特色的，有条件成为上海援疆工作的亮点和特色。

领导果然高屋建瓴，意图从复制上海30多年来开发区、保税区成功运作的经验为切入点，帮助当地发展目前仍十分薄弱的物流、金融等服务业，这个意义十分重大。这个思路，确实我之前从未想到的。原来只是从8条协议的文字表述出发，就事论事地提了一些贯彻落实意见，现在看来，距离领导的要求还是很大的。

于是，感到身上的担子和压力沉甸甸的……

思路谋划

2014—12—03　21:39:25

今天还是沉浸在如何推进上海自贸区与喀什开发区合作的思路举措上，这是个很大的课题，确需全篇布局、仔细谋划。

思来想去，重点还是要放在“移植”和“创新”上。

移植，就是要把上海外高桥保税区30多年来的运作管理、大通关的模式和经验复制到喀什经济开发区保税物流园区来。制度移植，不是简单拷贝，而应该在保留已有经验、行之有效做法的基础上，结合移植地的实际情况，作出适当的调整，以适应当地的环境。鉴于海关总署对于综合保税区的管理运作要求是有统一标准的，所以需要调整的应该只是一些具体操作的方式方法，而不会涉及指导思想、根本原则。相对来说，这是最具操作性的。

创新，就是要在引进移植的基础上，从当地实际情况出发，创造出的新的管理制度、管理办法、业务流程。比如，喀什地区外贸的特点是边贸，那么综合保税区如何促进边贸的发展，这就是创新。因为上海没有边贸，所以也没有这方面的现成经验模式可移植，只能通过创新来取得成果。还有，就是如何通过开展大通关，促进边贸的发展，拉动物流、金融、专业服务业的发展，毕竟在上海推进大通关工程时，上海本地的物流、金融、贸易、信息、法律、会计师等服务业已有相当基础，可以支撑大通关的开展，而在喀什，这些行业普遍发育不足，如何通过大通关带动相关服务业的发展，需要站在喀什的角度，用创新的思路去谋划……

新丝绸之路经济带与喀什

2014—12—10　00:42:05

这两天一直在修改沪喀合作会议纪要第七条贯彻落实的工作方案，满脑子都是上海自贸区如何、喀什开发区如何……

反复思考，再三思量，个人感觉在推进沪喀两地开发区合作，特别是上海自贸区和喀什开发区合作的过程中，最大的困难来自于喀什的准确定位究竟在哪里，貌似目前还没人能够说清楚这个问题。喀什，是古代丝绸之路的十字路口，是重要的商品交会节点，更是世界四大古代文明碰撞交流之地。现在的问题是，在国家提出“一带一路”的今天，在新丝绸之路经济带的框架体系中，喀什又应该如何准确寻找自己的定位呢？喀什的特色和优势在哪里？如何充分发挥这种优势，与上海自贸区的成熟经验和扶持政策结合，从而开创出一种全新的西向开放新格局？

感觉对于喀什经济开发区的顶层设计方面，目前做得远远不够，现有的政策及发展模式，本质上还是在重复或者复制内地改革开放之初力推开发区的老旧经验，缺乏根植于喀什独特历史文化、区位优势、着眼于打造新丝绸之路经济带重要贸易投资节点城市的核心竞争力,可持续发展能力明显偏弱。

对于这个问题,我自己也没有满意的解答。

机遇如神,难遇易失……

在喀什网购

2014—12—17　23:08:54

这几天在天猫、京东、当当、亚马逊上网购了不少东西,从书籍到衣服、电子产品,样样都有,发货地从北京、上海、天津到广东、福建,以东部沿海地区为主。在喀什的网购体验绝对独特,与在上海网购不尽相同……

电网平台上的网购体验,最让消费者看中的就是方便,不用出门,只需轻点鼠标即可浏览众多同类商品的信息,从规格型号到价格性能。下单也很方便,支付也有多种选择,都非常便利。更要紧的是大部分情况下价格比实体店确实便宜……

沪喀两地网购最大的不同来自于地理位置的巨大差异。在上海,下单时无需询问是否要补运费,在喀什,则一定要讲清楚我在新疆的,并且是南疆喀什的,你们家需要补运费吗……很多卖家是不提供新疆送货服务的,也有的只送北疆不送南疆,或者可以送货但要补运费,因为实在太远了,运费太贵,卖家负担不起……还有,在上海,基本下单 3 天左右可以收货了,京东最快,隔天就能送货;在喀什,一般都要等 10 天以上,我遇到的最长一次,是在当当上买了些书,足足等了 1 个月才从天津快递到喀什……

百货商超物流园

2014—12—21　21:54:49

上午,和肖处、陈杰去临近机场的喀什开发区走访了一个百货商超物流园区项目。这是几个当地自然人老板和中航集团合资开发的一个集农产品深加工、包装、销售和为喀什地区百货超市物流配送提供一站式保姆服务的商贸物流项目。

老总姓权,喀什人,上半年曾经带着一个乌鲁木齐老板拜访过指挥部,当时想在莎车火车站周边拿地做一个国家棉花储备基地的项目。关键是要拿到国棉储备总公司的批文,现在还在争取中。

这次要搞的这个商贸物流项目,位于喀什北边城市环线快速路边上,毗邻机场,离铁路也不远,地理位置、交通条件是非常不错的。到了这里以后,我突然想起来去年 7 月底随委里的电子商务培训团到喀什来时,上一批我委援疆干部刘炜曾经带我来过这里,但当时是想在这里做一个辐射中亚南亚的农产品批发市场。问了权总,才知原来的项目做不出来,已经转手了,现在由权总他们接手了……

这个项目总投资在 2000 万元左右,分两大板块。一块位于喀什开发区产业园区,做当地特色农产品的加工包装销售,目前确定了三大重点:冻干特色鲜果、红枣酿酒、简单包装的特色干果商品。还有一块就在环线边原来的中亚南亚批发市场的原址,主要想做喀什百货商超的物流配送服务。据说喀什当地的商超基本都是自己做配送或供应商直接送货,没有统一整合的第三方物流配送服务,所以这个细分市场还是空白。利用批发市场这里现成的仓储库房和办公用房,正好可以帮助当地的百货商超提供一门式的仓储管理、物流配送保姆式服务,目前已经与上海新跃物流建立了合作关系,洽谈引进新跃的“物流汇”物流信息管理系统,建立业务流程。新跃在上海开发并运营的这个物流汇平台,专门针对中小物流企业的业务管理和信息汇聚,效果很好,看来应该是适合喀什物流实际情况的。

这个项目的关键在于权总能够说服当地的这些百货超市业态经营者,承揽下其物流配送业务,拿下订单的关键则是要一定要做仔细测算,使用第三方物流配送的成本将大大降低现有的物流配送模式,用数据说话,甚至可以先试用一段时间,成本测算确实降低后再签订正式合同。

物流配送外包,这是趋势,因为这样可以大大降低配送成本。要降低成本，就需要引入先进的信息管理技术、设计优化业务流程……

但愿这次能成功，喀什物流需要这样的项目……

2015 上班第一天

2015—01—04　21:53:56

今日是 2015 年上班第一天。

越来越习惯喀什晚睡晚起的节奏。今天上午睡醒睁眼一看，居然已是 10 点 10 分，这才想起今天其实是周日，手机闹钟设置时只设了周一到周五。

赶紧起床洗漱，早饭是没有了，打开手机浏览微信，看到李平同学留言：帮我带了早饭到办公室。真是有心人，谢谢啊！

10 点半组里开会，讨论今年要组织的喀什上海周活动总体策划方案，涉及旅游、文化、产业各个方面，是个庞大的系统工程，要在上海举办一系列的宣传推介活动。目的就是要促进上海喀什两地的交流交往交融，增进民族融合，推介喀什旅游、特色商品、产业投资、文化演艺。

下午去机场接宇飞同学回喀什。宇飞同学也不易啊。

疆办的那些兄弟们今天也从乌鲁木齐回喀什了。这下又热闹了。

喀什博览局

2015—01—08　22:02:38

今天得到消息，说是喀什地区新组建了一个机构，名为博览局，主要负责喀交会、亚欧博览会等大型展会组织筹备事宜。

这个思路明显是向自治区博览局学来的。自治区博览局的主要任务就是办好每年的亚欧博览会，从主题确定、总体方案、嘉宾邀请、组织策划等，都要牵头筹办。

喀什地区每年最重要的展会，如今只有一个喀交会，全称是：中国新疆喀什·中亚南亚商品交易会,由喀什行署主办。每年举办时间从6月到7月不定。2014年7月底的喀交会,正式开幕两天就遇到了7.28,匆匆收场。印象深刻啊……

原来的喀交会,主要是由地区商务局牵头组织筹备的,将展览展销与招商引资结合起来,立意还是不错的。今年的喀交会,据说时间还未最终确定,可能再恢复原来的6月底,也有可能延后到9月底,前接亚欧博览会,后续国庆假期推动喀什地区旅游发展……

喀交会是典型的政府展,整个会场就是一个超大的巴扎,各式商品象摆摊一样,济济一堂,摆门面的是由四个援疆省市和喀什地区各县、开发区搭建的形象展区,花费不菲啊……

如果博览局成立了,是否意味着喀什地区的会展行业终于有了自己的主管部门,可以得到长远规划、统筹协调发展的良机呢?比如,对现有的喀交会举办模式进行改革,确定主题,引入市场机制,或者根据当地市场和产业发展实际,找准定位,吸引观众和展商,组织举办一些小型专业化展会,而所有这些,都应该围绕打造丝绸之路经济带重要节点城市的要求策划展开。

喀什的大众4S店

2015—01—09　22:57:37

今晚,和喀什地区唯一的一家上海大众品牌4S店管理层共进工作晚餐。倒是了解了不少喀什地区汽车销售的情况,还是很有意思的。

在喀什,上海大众品牌还是挺响亮的。由于当地人均收入比内地毕竟要低一些,所以即使在内地作为普通品牌的大众车辆,在喀什是作为高端市场营销的。从当地市场占有率来讲,大众比日系的尼桑、丰田及韩系的现代、起亚,都差一些,主要原因是日韩车辆售价更便宜、外形更时尚。大众呢,典型的德国制造特征,包子有肉不在褶上,但当地市场特别是维吾尔兄弟们,相对于车辆钢板有多厚、发动机和离合器技术有多先进,他们更关心售价、折扣。我个人认为这几乎是喀什当地所有商品市场的最突出特点,从汽车到红枣，无一例外，对价格的敏感远远高于品质……

2014 年，通过牵线搭桥，我们在喀什市和上海对口的四个县推出了援疆干部和当地干部买车优惠的福利政策，凡上海援疆干部人才和上海对口四县的当地干部，需要购买上海大众品牌汽车的，都可以享受优惠政策，平均比出厂指导价便宜 1 万到 2 万元。如果是属意途观等市场热门车辆，那么这个优惠还是非常吸引人的，起码可以不交加急费……

这个福利，受到了对口四县干部的热烈欢迎，但上海来的援疆兄弟们似乎不太感冒，一方面是因为优惠有限，很多车型在上海的实际销售价格和这边以出厂价为基准的优惠价差不了多少，另一方面，在上海，选择的各种品牌车型更多、余地更大，不一定非上海大众车型不可……

喀什的汽车销售市场，过去的一年还是比较平淡的，各家销售商压力都比较大，尤其是回款速度，几乎成为影响盈利的决定因素。按石经理的话说，一辆大众车，如果运到喀什当月卖出，赚的最多，如果积压半年以上，基本上就只有亏本的份了……

他们也曾经尝试过边贸出口，想向周边中亚市场卖车，但关税高、市场容量有限，使出口到中亚市场的车辆与来自日韩的车辆相比，根本没有竞争力，而那些市场，恰恰与喀什市场一样，属于对价格敏感更甚于品质的敏感的地方，何况人家来自日韩的进口车品质比产自中国合资厂的车辆质量更高。

自治区商务工作电视电话会议

2015—01—16　22∶34∶33

下午，去喀什地区电信局参加了自治区商务工作电视电话会议。见到了地区商务局的连东局长、永胜副局长，还有广东、山东在地区商务局挂职副局长的两位同志。

会议总共两项议程：自治区商务厅和宜明厅长作工作报告，总结 2014 年、部署 2015 年全区商务工作；自治区党委常委尔肯江吐尔洪讲话。

会议为时共 2 个小时，作为一个年度工作会议，已经属于短会了。

这也是我第一次完整地了解了自治区的商务工作情况，以及自治区领导对工作的思考认识。总体感觉，新疆的商务工作，与内地相比，具有自己鲜明的特色：

1. 作为西向开放的前沿，新疆商务工作的重点就是围绕建设新丝绸之路经济带核心区展开，强调商贸先行、产业联动。全区上下将国家推进建设新丝绸之路经济带作为推动发展的绝好契机。

2. 工作重点放在建设商贸物流大通道、特色商品出口基地，以及电子商务、服务贸易等领域。从 2014 年工作看，这几条已经成为全区商务工作的亮点。

3. 新疆对周边中亚传统外贸市场的占有率在下降，受到了内地的强力挑战，这主要是亚欧铁路货运班列、渝新欧国际货运班列等多条货运通道的建设，使内地企业出口中亚更加便捷。

4. 在开拓海外新兴市场方面，对俄罗斯、伊朗、阿联酋的拓展非常成功，主要是由于抓住了俄罗斯、伊朗被西方经济制裁的机会，着力抢占当地市场。

5. 在中亚和俄罗斯，新疆企业在政府支持下，开办了多个产业园区，比如在俄罗斯车尔宾斯克州建造了一个南乌拉尔国际物流园，前景看好，在哈萨克斯坦与当地合作建了一个棉花产业上下游一体的产业园，效果也很好。在中亚和俄罗斯国内经济不振、货币贬值的大背景下，积极走出去，可以取得事半功倍的效果。

6. 在新疆，没有与稳定无关的工作，商务工作亦如此。在内贸工作方面，重点是县乡村集贸市场大巴扎建设，农副产品供应、肉菜供应、食品安全追溯，还有电子商务下农村等工作，都与民生息息相关。

最近几年，新疆的商务工作将面临困难与机遇并存的局面，社会稳定和周边国家政治经济形势变化带来的挑战需要冷静应对，关键是要做好新丝绸之路经济带核心区这篇大文章，全区商务工作就一定取得大突破、大成绩。

民生电子

2015—03—26　22:35:31

上午，宇飞约我和栋林一起去看了一家在喀什市开展蔬菜、食品配送服务的企业“喀什民生电子”。这家企业是去年12月经上海前指牵线搭桥在上海股权交易中心挂牌上市的6家喀什企业之一，注册资本300万元，主要经营喀什城市菜篮子的O2O配送服务，目前在全市开设了21家直营店，布点都是选择在人口密集的社区内，实行网店与实体店一体的销售模式。

负责人刘总，是个敦厚的西北汉子，曾在乌鲁木齐经商多年。近年到喀什创业，根据喀什地区实际，选择了菜篮子配送、统一采购、实体店直销、网店经营的模式，希望能惠民、便民，填补本地区商业服务的空白点。的确，我个人的感觉，喀什市区的大型超市布局不甚合理，数量少，且相对集中，不方便大型住宅区居民购买，而社区商业发展严重滞后，便利店、连锁店业态几乎没有，是个空白。菜市场稍多些，但管理、购物环境等方面都比较差。民生电子这种商业模式，运用了互联网手段，采用线上线下互动的模式，通过在大型居住区布设直营店、配送点，方便居民生活，特别是菜篮子的要求。商品采购由公司统一按照严格的品质管控标准从有合作关系的周边种植基地、农业合作社进货，经配送中心统一调度配送到各直营店，价格比超市便宜，有的类别如青菜，可以比超市便宜三分之一多。如果是网店或微信店订单，可以在价格上更加优惠，并于下单次日配送到家。但由于公司是去年9月刚刚开始运营的，而网店平台真正开始运营更是去年12月才真正启动，所以目前还是实体店销售为主渠道。

在喀什地区，类似商业模式只有民生电子一家。实际就是连锁社区店和电商的结合的一种商业模式。一个社区店的开办成本在12万多，每天营业额一般在2000—3000元左右，社区店负责人都是公司员工承包经营，公司收8%管理费，员工自己的工资、奖金都要靠自己店里挣出来，多劳多得。原来是采用公司统一发工资模式的，但后来发现生鲜菜的损耗率太高，居然要到 30%—50%，原因就是每个店的营销收入与员工收入没挂钩，后来采用现在的模式后，损耗率和营收额都有不同程度改善。

很佩服这些在喀什创业的企业家。在这样的条件下，看准了社区便利店缺乏这个城市商业布局软肋，看到了在维稳形势下居民更愿意到离家近、价格便宜的小型便利店买菜，而不是去人员密集的大型超市的心理，推出了这种在当地来说是崭新的商业模式。

创新在民间，智慧在群众。这些草根，才是社会稳定和发展的真正驱动力。向他们致敬！

风从八方来

2015—03—30　22:23:30

似乎一夜之间，风平浪静的日子到头了。今年的援疆任务进入了全面铺开阶段：仅仅在下午两个小时不到的时间里，我对口的商贸援疆工作就已有多项锁定了日期节点：4 月中旬前完成产业援疆十三五规划商贸部分的起草；5 月底举办今年的开发区经营管理人员和招商人员培训班；6 月中旬有在上海举办“上海喀什周”活动任务；6 月底组织上海代表团参加今年的喀交会，同期还邀请了一批来自新加坡、马来西亚等东南亚国家的客商组团来喀什参加喀交会并开展投资考察；7 月中旬要协调帮助地区商务局组织当地部门及企业赴上海学习考察电商行业；8 月中旬要组织上海代表谈赴乌鲁木齐参加今年的亚欧博览会……估计要等到 8 月底可以稍稍歇口气了。

太阳已经升起，风从八方来，喀什的天空将伸开宽阔的臂膀，欢迎来自各方的朋友……

喀交会，路在何方

2015—04—08　23:01:44

上午在地委老楼会议室召开了今年喀交会第一次工作会议。去年喀交会的惊心动魄还历历在目。根据今年的展会总体方案,时间仍旧恢复到了6月底,赶在穆斯林斋月之前举办。与去年相比,今年喀交会明显采用了"展览瘦身、提升论坛"的策略,展览部分仍然设形象展示和实物展示展销两大块。论坛部分主题更加鲜明、突出,以"喀什在丝绸之路经济带中的战略地位"为论坛主题,力争把论坛办成喀交会乃至喀什地区的一张品牌名片,以高水平、高档次的论坛提升展会档次、集聚人气。历经十年的风风雨雨,喀交会今年再次寻求突破。

在喀什办大型展览会,与在内地、在上海办展相比,面临着更薄弱的额基础和更复杂的局面,尤其是社会稳定形势,一直是困扰喀交会多年的阿喀琉斯之踵。也因如此,喀什地区的会展业始终无法大发展、大跨越。从去年展会现场看,喀交会的商品展示展销方式还停留在内地改革开放之初的水平,感觉非常类似内地的节庆庙会,虽然挺热闹,但专业性、技术性明显不够,难以对专业观众和高端客商产生足够的吸引力。所以,喀交会必须要找到一条适合自己市场定位和文化传统的发展道路。

去年年底,喀什地区成立喀什国际博览中心,专责组织承办每年的喀交会。这是一个信号,一个良好的变革开端,从完全由政府主办逐步转向政府指导、专业机构承办、引入市场机制。如果能找准喀交会的市场定位、充分挖掘其市场价值,围绕喀什地区当期面临的三大战略机遇(丝绸之路经济带核心区结合点和增长极、中巴经济走廊廊桥、喀什特区大开发)打造喀交会的核心竞争力,则这个喀什地区每年最大的展会就找到了自己的发展道路。

而要回答上述问题,首先要回答的便是喀什地区应当在丝绸之路经济带战略中如何准确定位、在周边市场及产业布局与产业链分工中处于何种位置。这不是一两句漂亮的口号就可以说清的,而是需要结合自身的历史地理、文化传统、产业结构、人口特点等各种实际因素,结合国家战略、周边市场机遇挑战等战略考量后才能找到正确答案。

喀交会,路在何方?

十三五商贸援疆规划

2015—04—17 01:20:48

这几天一直忙于草拟“十三五”产业援疆规划的商贸部分。这次的十三五援疆规划，由一个综合规划和若干个专项规划组成，我们产业组的任务是编制产业援疆专项规划。根据任务要求，哥儿几个按照各自负责的产业领域作了分工，每人撰写一块自己对口负责的行业专项规划内容，最后交我们组里的规划专家宇飞同志汇总(宇飞是上海市国资委规划发展处副处长)。

相关资料的整理已经两天了。再一次仔细翻阅了上一批我委援疆的刘炜兄留下的素材，感受颇深。刘兄亦擅长编制规划，章节体例、目标任务、条件环境、项目举措等方方面面思虑周全。虽然今年已是十二五最后一年，但貌似当前商贸发展面临的基础环境和条件与刘兄当初拟写十二五规划是并无本质改变，最大的变化在于喀什地区当前面临的三大战略发展机遇是当初不具备的，即：丝绸之路经济带战略、中巴经济走廊战略、喀什经济开发区发展战略。宏观面更加有利，然而微观面却似乎并无太大改观，例如：高速公路、铁路、航空等交通运输基础设施依然不足，难以支撑商贸快速发展、周边地区与国家市场购买力及容量也无太大增长、喀什当地的产业发展水平进步还不够显著等等。

细想之下也难怪。主要原因还是社会稳定形势影响了经济发展的步伐。在南疆、在喀什，可以真切地感受到这一点。所以，一个稳定和谐的社会环境，对于喀什是太重要了。虽然当地领导常说：短期的发展靠稳定，但长期的稳定要靠发展，但问题在于频发的稳定事件严重影响了短期的稳定，而如果短期稳定无法保证，如何保证短期的发展，没有短期发展的积累，又怎能实现长期的发展，没有长期的发展，又如何实现长期的稳定？

听上去像绕口令，却是当前南疆喀什社会现状的真实写照。

思来想去，还是确定了十三五期间商贸援疆的几个主要方向在于现代市场体系建设、农产品销售平台搭建、电子商务发展促进、周边市场开拓、与喀什开发区联动发展等几个方面。这个思路既有对刘炜兄“十二五”商贸援疆思路的继承，也有对于当前国家推进丝绸之路经济带战略和中巴经济走廊战略的顺应和发展，感觉还是切合当前喀什社会经济发展实际的。

唯愿有朝一日喀什能够真正成为西部明珠、深圳第二乃至中亚迪拜……

广汇汽车

2015—04—19　22:23:20

今晚应约和喀什广汇汽车旗下几个4S品牌店的老总会面。

他们来了4个老总，分别负责经营别克、一汽丰田、广汽丰田、奔驰等四个品牌，其中负责喀什奔驰项目的负责人还是个维吾尔族老总，名叫吐尔洪江·木明，出生于乌鲁木齐，毕业于大连理工学院，普通话说得非常好，甚至带点京片子。

尽管广汇集团是新疆企业，但广汇集团旗下的广汇汽车公司注册在上海浦东，在喀什设立这些品牌店都属于广汇汽车的，所以，从资产纽带关系上讲，这些企业都属于上海援疆企业。

李小虎是喀什广汇别克店的老总，去年筹办喀交会上海分会场时就认识了。年纪不大，为人却老到。问起去年别克品牌在喀什地区的销量，只能苦笑，全年也就卖掉了400辆车不到，基本一天只能卖掉一辆车。最畅销的还是凯越等低端车型。只愿今年市场趋势好转，能卖掉个500—600辆就心满意足了。这个销售数字和上海的别克4S店相比，简直是……

毕竟这里是喀什。你懂的。

虽然如此，广汇汽车依然看好喀什汽车市场的明天，继续加大投资力度。今年，在喀什又开了两家新店：一家奔驰4S店，一家一汽丰田4S店，另准备投资开办一家喀什地区最大的二手车交易市场。不为别的，只为国家新丝绸之路经济带战略的成功实施，坚信喀什终会迎来和谐团结、繁荣发达的未来。

向广汇这样投资喀什未来的企业致敬！

愿广汇这样投资喀什未来的企业获得丰厚的回报！

沪喀双城记

2015—04—23　22:42:16

今天，在上海，第三届中国（上海）国际技术进出口交易会正式开幕。作为曾经投身参与到第一届上交会的组织策划筹备的过来人，如今虽然身在祖国西陲的喀什，却无法不将注目的焦点对准今日的上海世博展览中心。网络上、电视上，特别是微信朋友圈里，都是满满的展会现场见闻。感觉非常遥远却又非常亲切。想起当初一起奋战在无数个周末和夜晚的兄弟姐妹们，他们中如今还有多人仍然坚守在自己的岗位，还有的命运曲折、兜兜转转，从第一届的展会举办者到本届的参展商代表，始终也没有离开上交会的引力圈……在上海倾力打造全球科技创新中心的今天，上交会已经被赋予了更加深刻的战略意义。

今天，在喀什，美国骑士集团召开电子商务考察座谈会。这是一家注册在纽约的美国公司，从事投资管理、电商、物流、贸易等业务。亚太营运总部设在深圳，经深圳前指引进到喀什开发区，成为喀什经济开发区的战略合作伙伴。企业在喀什提出了一个宏大的发展战略"三个一工程"：发展一个产业（电子商务）、创立一个基金（喀什创业投资基金）、设计一套政策（贸易金融），以搭建一个跨境电商平台和一个内贸电商平台为项目抓手，带动喀什地区电子商务产业发展。为此，提出希望喀什地区能够尽早争取国家跨境电商电子口岸试点城市资格，抓紧完成综合保税区电子口岸建设，以便于跨境电商业务的顺利开展。为帮助提升喀什地区招商引资成效，企业还带来两份基于大数据技术开发的招商工具：全国企业全息信息快速查询系统和企业管理一体化通信系统，率先免费提供地区招商部门和开发区落户企业试用。

上海--喀什，一个在东海之滨，一个在天山之南，两个城市都在按着各自的脉动行走奔跑在前进的道路上……

喀交会的节奏

2015—04—24　22:40:20

上午接到通知,要求下午四点半到行署三楼会议室召开今年喀交会招商招展组织筹备会议。

四点从指挥部出发,四点十分就到了行署。地区商务局的小聂已经到了会场,正在准备会务材料。本想早点到会场,如能遇到商务局的曲局长,正好有几件事情需要跟他再沟通的。但直到会议临近开始,曲局长才匆匆赶来。这段时间他们实在是忙碌,除抽调去驻村工作队的人员外,就只有十来号人了,还要负责局务日常工作,最近有喀交会、西洽会、招商小分队人员抽调培训等大量事务,真是忙得不可开交。

今年行署分管喀交会的领导改为从自治区发改委调来的一位新的副专员陈志江,年纪不大,作风很干练,风格简洁明快,不兜圈子。领导水平和业务能力都是很强的。在他的主持下,今年的喀交会组织筹备工作有了许多变化。最明显的是,组委会下设各组的职责更加明确,人员更加精简,开会也更加实效,以往那种动辄把12县市、各地直部门全召集在一起开会的做法没有了,现在一般是要解决哪个方面的问题,就找与这个方面相关的部门来开会具体研究讨论,明确后抓紧操作落实。比如今天,讨论的就是由地委相关领导带队外出赴对口援疆四省市招商推介的问题。

恰巧今年6月中旬指挥部和喀什当地要在上海举办"喀什上海周"系列宣传活动,其中就包含举办一场重量级产业发展论坛暨推介的议程,正好可以结合起来。但今天领导要求,招商活动都要细化,要有分有合,除了召开一场推介会,还要开展有针对性、实效性的招商活动,比如拜访一些目标企业、小型座谈会等等。看来,我们原来的上海周方案里有关产业推介的部分还需要进一步细化。

所有这些外出招商任务明确都由地区商务局统筹协调。在我看来,在地直相关部门中，曲局已经是一个能力强、业务硬的领导干部了，从未听到他有什么抱怨，但今天终于听到他忍不住诉苦：人员少，任务集中，实在腾挪不开。没办法，领导也只能多加勉励、苦笑以对。在喀什当干部，承受着稳定和发展的双重压力，这种负重前行的感觉是内地领导干部难以想象的。

在同一个会议室，去年也是这个季节差不多的时候，召开了数次喀交会筹备会。当时，各路大员济济一堂，各方面工作领导逐一询问，细致周密，会议时间超长……

今年今日此地，开了一个全然不同风格的筹备会。预示着终于要完全进入喀交会节奏了……

奔驰在喀什

2015—04—26 22:40:20

上午应邀去参加了梅赛德斯奔驰在喀什地区的首家 4S 店喀什华驰的开业典礼。

喀什华驰属于新疆广汇集团旗下的企业，广汇集团的汽车事业总部广汇汽车设在上海，所以也可算是上海援疆企业。广汇汽车通过设在乌鲁木齐的新疆天汇汽车在疆内广泛布局，在喀什一地目前已经开了 3 家 4S 店，分别经营别克、一汽丰田、广汽等品牌，今天的奔驰就是天汇在喀什的第四家 4S 店，也是布局最高端的一家店。年内，天汇还计划在喀什开设一家当地规模最大的二手车交易市场。

一般来讲，在喀什的这些品牌 4S 店，定位稍低如丰田、本田等日本车，年销量可以上千，稍高端的如别克、大众等，年销量在 600—800 左右，奔驰这样的高端品牌，年销量也就在 100 辆左右。华驰目前的年销售指标是 120 辆，平均每月 10 辆。相对于喀什地区 400 万人口而言，市场容量还有进一步爆发的空间，但这需要政策、社会稳定形势等各方面因素的催化激发。

华驰店位于天山东路，紧邻与其同属天汇汽车的兄弟店天枢别克店。东边不远就是喀什火车站和客运站，但由于火车站人流稀少、客运站还在建设中，所以此地人气弱了些。但后期应当向好，前提是这两个交通客运中心要真正做起来、发挥作用。

华驰的展厅非常漂亮，内部布局、装修等与内地高档品牌店相比亦毫不逊色。车型以进口奔驰为主，约占70%，还有30%是北京奔驰的产品。整栋建筑采用钢结构搭建，玻璃幕墙，通透光亮，奔驰的各类样车济济一堂，到处都闪耀着奔驰那熠熠生光的三叉戟星徽。

地区相关部门也来了不少领导。喀什汽车圈子的头面人物也有不少。华驰的老总吐尔洪江是个毕业于大连理工的维吾尔族汉子，普通话非常好，今天也是容光焕发。在开业典礼上载歌载舞的都是店里的维吾尔族员工，随着麦西来甫的欢快节奏旋转跳起民族舞蹈，演绎出浓郁的喀什风情……

物流汇

2015—05—05　23∶21∶31

物流汇，是上海新跃物流开发运营的面向广大中小物流商家的网络平台系统，在上海已经成功上线运行数年，云集了上千家中小物流企业，通过物流汇平台开展业务。这是一家已经在上海取得了成功经验的物流企业公共服务平台。如今，新跃物流希望能够将在上海取得成功的经验和模式复制到喀什，帮助促进喀什地区物流行业的跨越式发展。

去年下半年，新跃物流在喀什经济开发区找到了当地的合作伙伴，这就是位于喀什开发区中亚南亚工业园的喀什中航商超百货物流园，老总姓权。这家企业是中航集团与喀什几位当地的企业家合资成立的，主要从事仓储配送、物流信息等业务。由于地理位置优越，靠近机场、高速公路，交通便捷，园区面积近300亩，仓储、办公设施比较齐全，企业也希望能够打造一个面向喀什地区广大中小物流企业的物流公共服务平台，同时兼营为当地商超百货提供仓储、分拨、配送的业务。经过几次接触，双方确定了合作关系。新跃决定将旗下“物流汇”平台引进到喀什中航百货商超物流园。

今年年初时曾经来这家物流园看过一次，当时感觉权总讲的都是设想，比较虚，商户入驻几乎没有，园区的发展定位、运营模式还不清晰。今天上午第二次再到园区时，听权总介绍，已经有 60 多家货代、物流中介服务公司签约入驻了，并且与自治区供销社下属供销超市草签了深度合作意向，由物流园负责供销超市在南疆喀什地区所有门店的商品仓储库存管理、分拨配送服务，据说去年在仅在莎车一县供销超市就开了 30 家门店，都是直接开设在乡镇、村庄的，销售日用百货的听同时，还承担了收购当地农产品的职责，属于自治区政府确定的年度重点民生工程之一。而新跃物流也成功在喀什开发区注册成立了喀什新跃物流汇信息技术公司，为将来建设运营维护“物流汇”平台提供技术保障。

问题也有。就是物流汇平台的运营维护，还需要工商、税务、交管等当地职能部门的支持和配合。由于这种新型商业模式在喀什首次亮相，所以还需要向这些相关部门解释说明，争取支持。权总希望能在上半年由喀什经济开发区牵头，组织这些相关部门同志到上海去实地考察物流汇平台的后台运作，增加感性认识，争取支持。而新跃作为技术提供方，也已经开始制定喀什“物流汇”平台的技术实施方案。

短短数月，变化很到。道路是曲折的，前途是光明的。等到“物流汇”在喀什正式开通上线运营的时候，喀什地区物流行业的大发展也许就拉开了序幕……

信息丝绸之路与喀什“智慧城市”

2015—05—07　00:05:18

今年的喀交会组委会要求四个援疆前指各自在喀交会期间举办一场论坛，围绕“喀什在丝绸之路经济带核心区的战略地位”主题展开，根据各自省市的优势和特点，确定分论坛的主题，邀请嘉宾，力争能够对喀什地区经济社会的跨越式发展提供有价值的意见建议。

明天的前指党委会讨论议题有一项就是论坛筹备情况。今天下午在办公室准备汇报材料时，和我们来自国资委规划发展处的宇飞博士深入讨论一番。本来组委会论坛组给出的一个建议主题是“一带一路下的喀什与自贸区”，但我们感觉喀什综合保税区才在今年 4 月 20 日正式封关运作，且面积只有区区 3.56 平方公里，入驻企业更是了了，距离自贸区的定位似乎太遥远了些。从喀什地区的实际出发，为了抢抓一带一路和中巴经济走廊的战略发展机遇，喀什在一些新兴产业领域可以发挥后发优势、争取弯道超车，从而实现跨越式发展。这主要是由于在一些新兴的产业领域，各地的发展起点相对更加均等，而不必过于倚重传统产业基础。那么，哪些属于喀什可以弯道超车的新兴产业领域呢？

我们认为信息技术服务业应当是其中之一。以互联网互联互通为主要特征的信息产业属于新兴产业，克强总理提出了各行业发展应当遵循“互联网 + ”的理念，同样，喀什的城市建设和经济发展，也应当抢抓“互联网 + ”，这是打造喀什在周边区域城市核心竞争力的关键和胜负手，对于喀什确立在一带一路和中巴经济走廊中的战略地位具有重要意义。尽管喀什地区目前的信息技术产业基础较为薄弱，但由于喀什独特的区位优势，在一带一路和中巴经济走廊战略中处于重要节点，所以完全有条件、有机会通过政策聚焦营造一个同时吸引全国乃至全球信息技术服务重量级企业来喀布点设局和鼓励各地人才来喀大众创业、万众创新的发展环境，看准机遇，实现突破，增强自身辐射周边的能级水平，确立喀什在丝路南道的重要枢纽地位。所以，信息技术服务业，理应成为喀什地区重点扶持发展的产业选项之一。而这，也是上海以现代服务业为主的产业结构中具有成功经验和优势的部分，有能力为喀什提供支持和帮助。

于是，我们在方案中建议将分论坛主题确定为：推进信息丝绸之路，打造喀什智慧城市。

邀请外商的困扰

2015—05—08 01:58:05

喀交会已经进入第十一个年头。作为一个国际展,想必已经在邀请外商参展参会方面形成一套分类管理、流程清晰、职责明确的规章制度和运作体系。乃至今日,突然发现事实并非如此。事实再次教育我:做工作决不能凭想当然。

上午我专程去了位于行署的喀交会组委会大会办,有几项工作需要进一步询问明确。其中有一项工作涉及需要为有意向来喀什参加喀交会的3名东南亚外商办理邀请参会手续。他们分别来自新加坡、印度等国,都属于一个名为HALAL的国际清真组织,具体从事国际清真用品标准的认证、咨询、推广等商务活动。今年年初回沪过年时,经朋友介绍,我认识了这几位外商,谈起新疆喀什,他们都非常有兴趣,感到他们的业务在穆斯林聚集的南疆具有开拓的潜力。于是我顺势向他们介绍了喀交会,他们也表示愿意届时到喀参会。

当时没觉得有什么复杂,办了这么多年的国际展会,对于向有意参会的外商办理邀请、证件等手续一定驾轻就熟。而喀交会在一带一路的战略背景下举办,更加需要国际化和国际影响力,往年都是来自喀什周边中亚、南亚国家外商居多,东南亚的并不多,欧美的就更少了。能够为喀交会的国际化尽一份力,我感到非常荣幸。

当我回到喀什以后,就开始与组委会相关部门联系办理邀请手续的事宜。令我大跌眼镜的是,事实绝不是我想象那样简单。以往的外商邀请都是通过官方渠道办理的,像这样未经官方渠道作为普通外商有意来喀什参会的情况极少,少到了甚至连相关部门都说不清楚应当按照怎样规定办理手续。

我先去了距离指挥部最近的地区工商联,在展会工作方案中,外商邀请接待由地区工商联、外侨办等相关部门办理,但地区工商联去年底刚刚调换了新领导,工作人员也变化较大,原来处理喀交会事务的人员今年年初下县驻村去了，现在的同志不清楚如何办理。他们倒是很爽快的答应我届时可以帮助组织一场与当地喀什噶尔商会的维吾尔族企业家座谈推介的活动。办理手续之事他们建议我直接找大会办。

然后我就与大会办开始联系。大会办的小伙子很热情，但也是今年才从行署办抽调来办展的，也不太清楚此事该如何办理，也没有已经形成的固定制度做法。经我反复解释这几名外商的背景和他们从事的商务活动后，小伙子就向大会办领导请示如何办理。

若干天过去了，大会办没有回音。于是今天我就专程去了大会办，准备当面把这个情况搞清楚。小伙子依旧很热情，但告诉我此事仍没有回音，看来要找地区外侨办问问，并当场向地区外侨办一名科长电话询问。我在一旁，听到小伙子已经把这几名外商希望来喀什参会的来龙去脉说得很清楚了，但电话那头的科长似乎仍没完全明白，只是反复重复了他们现有的按照官方渠道邀请具有官方背景的外宾嘉宾的程序，貌似这就是他们邀请外商的唯一办事程序。

放下电话，小伙子很不好意思地告诉我，他也感觉这个流程不太对，但对方就是这么讲的，没办法。

于是，我也没办法了。

最后，我想出了一个办法，向小伙子要了地区外侨办科长的联系方式，准备请这家清真组织企业上海代表处的工作人员直接向地区外侨办联系，就说我是新加坡企业商人，希望来喀什参加喀交会，没有官方身份，手续应该怎么办。希望能藉此促使组委会定出一套为普通外商参展参会的工作流程，这将对展会的国际化具有重要意义。

喀交会国际化，任重道远。

喀交会论坛

2015—05—21　22:12:06

今年的喀交会论坛受到了地区领导的格外重视，特别要求要汇聚各方资源,把论坛办出影响、办响品牌。于是,组委会论坛组提出了一个“1＋4”的论坛架构方案,及一个主论坛,由喀什开发区和地区援疆办主办;四个分论坛,分别由广东、山东、上海、深圳四个援疆指挥部负责。其中,主论坛要请四个前方指挥部各邀请一名在本地区有影响的专家作为演讲嘉宾。这一招够绝,感觉今年的喀交会论坛在某种意义上已经变成了四个前指 PK 的舞台了,并且在四前指之间引入了竞争机制,迫使各家都不敢掉以轻心。

任务布置下来了,就要全力以赴地去推进落实。按照要求,我们已经落实了分论坛的具体承办单位,准备请上海仪电集团负责筹办,主题就定为:建设喀什信息丝绸之路,打造南疆中心枢纽城市。主论坛的演讲嘉宾也已经有了意向人选。但还存在诸多难题,特别是论坛举办经费问题,组委会还未最终落实,心里实在有些忐忑……

关键是俺们这里也没钱。所有援疆资金项目都是年初已经根据当时的情况作出计划安排的。而论坛的任务是今年 4 月才提出来的,项目资金都是一个萝卜一个坑的,没有多余的额度了。

届时四个前指同时各自举办分论坛的场地和观众组织也是个问题。本地能够容纳 200—300 人的大型室内场地有限,本想把我们的分论坛场地放在上海援疆企业月星锦江酒店,但今天一打听,才知道已经有人家早在大半年前都已经预定了大厅会场,要摆 50 桌婚宴酒席,很多客人还是从内地老家赶来的,飞机票都买好了,无论如何不愿意更改日期。其他场地要么太小,要么不平整,不适合办论坛。所以从月星酒店一出来,干脆就直奔喀什噶尔宾馆,那里属于行署的定点招待宾馆,类似上海的西郊宾馆。所幸他们家的会议大厅档期还空着,赶紧先挂号预定抢档期。

心下越来越忐忑了。

千头万绪的六月

2015—06—02　22:58:02

喀什的六月,就已经是流火的季节了。仿佛与这阳光灿烂的天气遥相呼应，今年六月的各项工作也是热得烫手，千头万绪，已经快捧握不住了。

喀什上海周，喀交会，还有几个今年的援疆培训项目，来喀考察投资洽谈企业的接待安排，从上周起组里的各位兄弟已经开始忙得脚不沾地了。

我这里，今年的援疆培训项目已经顺利完成了，效果还不错。马上进入了喀交会组织筹备的节奏，本以为有了去年的经验，今年应该更顺利一些。不想已经进入六月了，许多事情仍然进展缓慢，比如论坛组织。经费、观众组织都没有落实，时间已经所剩无几了。没有落实的原因错综复杂，难以言表，只能在艰难中前行，不断摸索推进。

年初排今年工作计划时，已经预料到今年的六月将是一个忙碌的季节，却没料到同时还会是一个困难重重、诸多不顺，需要攻坚克难的季节。

急急如律令

2015—06—08　21:14:50

想当初，宋高宗连发12道金牌急招岳飞退兵回京，引得岳武穆悲愤莫名，只能仰天长啸一曲“满江红”。

今年的喀交会组委会大会办，看来亦深谙此道，今日半日之间连发三函外加一个紧急电话，催要各种筹备工作进展情况材料，且时间节点斩钉截铁：明日12点之前先通过电子邮箱反馈，再送纸质材料至大会办。当然俺不是岳武穆，大会办的同志更不是宋高宗，但如此紧急迫切的要求，却与高宗皇帝发金牌时的心情好有一拼了。

于是想起了道教先圣太上老君常念的咒语：急急如律令……

好在我早有准备，动作也够迅速，在令牌高悬之下，充分发挥主观能动性，巧干大干，紧抓慢赶，总算按要求完成了任务，等明天上午领导审阅同意后即可送交，同时正好可以参加明天下午的筹备工作推进会。

今年的大会办，完全不同以往，各种通知发出的频率和对各种材料的催要，已经令人感到应接不暇了。貌似去年大会办总共也就发了三四个文件，今年截止今天，已经有二十多个了。

文件发得多其实也是好事,说明工作部署周到细致,比如有一个文件要求各部门报送各项工作联系人名单、电话、邮箱、传真等信息,其中最后一项工作是文件收发工作联系人……如此细致周到,真是令人感慨。

关键在抓落实。发文件还是务虚为主的,虽然几乎每份文件中都会反复强调“抓落实”,但真正的“抓落实”,要去一刀一枪干出来的。

该做的工作都是要做的。把自己的事情做好,只要对喀什好,对喀什的各族群众好,我们什么都愿意去做……

货运通行证

2015—06—19 00:25:05

上午,来自上海的四辆货运卡车,满载着参加今年喀交会的展品和布展材料风尘仆仆抵达喀什。在进入喀什市区的最后一公里被交警拦下,因没有货运车辆通行证无法进入市区。

早在上周组委会召开筹备会时就已经提出了这个问题,当时未作明确规定,只是要求场馆方向喀什市公安局协调此事,之后就没有消息了。为以防万一,我当时就打电话要求上海后方负责布展的项目经理小袁把来喀什的车牌号、驾驶员姓名、身份证号、手机号全部收集好,汇总后分别转发给了牵头大会安保工作的地区公安局治安支队领导和大会办布展组。布展组这里倒是挺快就有了回应,要求再补充驾驶员所在单位的信息,说是喀什市公安局交警队的办证要求。没问题,我们快速按要求补报了信息。昨晚,布展组又来电话,说是办证还需要车辆行驶证和驾驶员驾照复印件,也是交警的要求。

欲哭无泪了。为啥不早说呢?两证都是驾驶员随车携带的,这是上路必需的。现在车子马上就要到了,问我们要两证复印件,让驾驶员上哪里找复印机、传真机去?有人给出主意说可以让驾驶员拍照发微信过来。但是这些货车驾驶员都是很节俭的,用的手机都不是大屏智能机,只是打电话、接电话、收发短信用的,没法拍照发微信啊……

所以，当车抵达喀什市区的最后一公里，被拦住了，交警认证不认车，要求车辆返回(回哪里去？回上海么?)。电话打到我这里，我只能直接找到国际博览中心主任，说明情况，请他协调市公安局尽快办证。过了一会儿，电话来了，说是车辆已经被放行了，进市区了，现在已经进了展览中心，准备卸货了……

原来没证也可以进来的嘛，只要事先报备车号信息不就行了么。不知为何要搞得这么复杂。交警按职责规章办事，没有错；驾驶员按指令行事，也没有错；场馆布展组积极协调，很辛苦；国际博览中心作为大会承办单位，有效解决了问题……都没错，那么谁错了？

也许谁都有错。如果主动踏前一步，这种问题本就可以避免。当各部门职责划分出现灰色地带时，一定要有个部门兜底负责解决问题的。在组委会，这个部门就应该是大会办。在这个意义上，所有没人负责的事情，都是大会办负责，所有没人负的责任，都是大会办的责任……

喀什婚博会

2015—06—20　19:37:50

今年喀交会在喀什月星上海城的分会场，以“婚庆习俗”为特点，组织有关店家商品展示展销，比如婚纱、摄影、婚居家具等。重头戏是有一场百对新婚夫妇参加的集体婚礼，各族都有，体现民族大团结、人民一家亲。喀什市民政局和喀什月星上海城为此进行了精心的组织筹备。

能歌善舞一向是维吾尔民族的特点和传统。但不知从何时起，婚礼上愉悦的歌舞没有了，美丽的艾德莱斯绸没有了，甚至连欢笑都没有了。取而代之的是沉默、黑色、静谧，空气仿佛凝固，生命的活力被生生抑制……

原教旨主义和极端思想的幽灵飘荡在南疆大地，一遇合适的土壤，就会落地生根发芽。这也是南疆社会最大的不稳定根源。

思想文化的阵地，我们不占领，就会被他们占领。在这个意义上，喀交会期间的这场婚博会，这场百人集体婚礼，载歌载舞，热情澎湃，亮丽的民族服装争相斗艳，就是对群众最好的教育，就是以实际行动鼓励各族群众过美好的世俗生活，远离原教旨主义的幽灵。这是对付他们最好的办法。

上午，应邀前往喀什月星上海城出席“2015 喀什首届婚博会”开幕式。最引人注目的是有 40 对新人将在月星锦江国际酒店举行百人集体婚礼。这项活动是喀什市主办、月星上海城承办的，上海前指作为指导单位，也属于今年喀交会活动的组成部分。

12 点零六分，四十对新人集体步入月星酒店大堂。在婚礼司仪的引导下，完成了相互赠送玫瑰、互致敬礼、领导致辞、集体摄影等环节。这是第一次在喀什观摩集体婚礼，40 对新人中 4 对是汉族，其余为维吾尔族，甚至还有一位维吾尔族新娘似乎腿脚又残疾，步行不便。维吾尔族的新娘身披婚纱，梳妆之后更显异域风情。小伙子们戴着传统的绿花帽，也是精神抖擞。脸上洋溢着幸福的笑容，发自心底的笑容。

仪式简短而隆重。这样的活动对于喀什具有特殊的重要意义。民族的交流交往交融，需要这样的形式。我们的民族同胞，大多都是期盼美好的世俗生活，喜欢音乐和舞蹈，喜欢时尚的现代化酒店。在去极端化的斗争中，就是要多举办这样的活动，让各族群众欢聚一堂、同欢共喜，弹起欢快的都塔尔，跳起热烈的麦西热甫，尽情享受美好的现代化生活。生活方式的变化，将使他们真正远离“三股势力”。

月星上海城的商业中心一楼今日也特别热闹。相较于去年的一楼汽车展，今年的婚庆产业展明显更有人气，婚纱摄影、房产职业、旅游度假、婚庆礼品等等各种企业林林总总，构成一条完整的婚庆产业链。如果月星能以“婚庆习俗”为特色，吸引这些产业链上企业入驻商业中心，深耕喀什本地婚庆市场，应该有条件做成喀什最具规模和最为现代化的婚庆市场。这里，商机无限。

最忙碌的接待

2015—06—24　01:59:21

刚刚回到宿舍。一整天都在讨论来喀什的上海党政代表团、各区县、各委办局团组的接待安排计划，貌似办个喀交会，主要任务就是接待。洽谈项目、投资考察反倒没有时间去考虑了。

除了市领导带队的上海市代表团，今天统计下来还有 11 路各部门、区县的团组。活动内容有分有合。从抵达喀什的接机、车辆、用餐、住宿、参加展览会各项重要活动、下县考察等等各个方面都要照顾到。分分合合的行程中，还要照顾到各路零星来喀的嘉宾，不能遗漏。实在是艰巨的考验。

进入喀交会 2 天倒计时……

冲刺中

2015—06—25　00:40:42

这两天已经进入展览会的全力冲刺阶段了。各种繁杂的筹备工作事项纷至沓来，千头万绪，应接不暇。

也算是见识过大型展览会的老人儿了，反正就是一件事一件事去做，排出轻重缓急。难题在于要知道哪方面的事情要找哪个人，那个人还要是能管事的。去年喀交会时，到最后阶段所有兜底的事情，都是一句“问李平秘书长”，今年李平秘书长调地区政协工委任副主任了，少了这位和蔼可亲的大妈级秘书长，今年的工作似乎章法颇乱。于是无比怀念那位热心的“李平秘书长”。

一路披荆斩棘，解决一个又一个问题，总是不断有新的问题冒出来……

根据经验，这种状态一般要延续到大会正式开始才会有所好转。好在明天是开幕前最后一天了……

开幕式、论坛与巡馆

2015—06—26　23:59:05

今天上午，第十一届新疆中亚南亚国际商品交易会正式开幕，并随即举办了“中巴经济走廊与喀什”主论坛。遗憾的是忙活了半天，我却没有机会进入开幕式和论坛会场。今年的论坛实行了各代表团限额制，上海代表团和上海前指陪同人员一共才分到了25个进场名额，而代表团就有20人，留给前指陪同的名额只有5名，只能是领导和两位组长陪同出席。

一早我就到了喀什噶尔宾馆，负责上海代表团参加开幕式和论坛的车辆保障工作。在昨天的协调会上，大会办原本只安排了1辆考斯特面包车，经我强烈要求，终于又增加了一辆考斯特车，这样可以乘坐更宽松些。

昨晚商量协调今天代表团的行程安排，直到今天凌晨才最终确定。临时变化的行程需要很复杂的协调，包括跟大会办、驻地宾馆、安保等部门的沟通衔接。没办法，只能编了数条长长的短信，分别发送有关部门联络人告知。在喀交会而言名，这是工作常态。因为很多变化，是随着本地各种形式气候的变化而变化的，具有很强的不可预测性，唯一的应对之策就是随机应变。

随便说一句，喀什的气候这两天真是反常。昨天居然阴雨连绵一整天，路上虽然不至于“看海”，起码也可以“看河”了。入疆一年半，这是第一次遇上。

虽然无缘参加论坛，但也听说论坛演讲嘉宾中最出彩的就是上海前指邀请的专家，上海社科院经济研究所副所长张兆安研究员，言简意赅，言之有物，切合喀什实际。

论坛结束后，领导们开始巡馆。这种政府展会的巡馆，一如既往的充满变数。虽然有引导员引领，但领导们在进入展馆后，还是被各地热情的展商邀请到自家展区参观，这次又是上海形象展区拔得头筹。着要归功于竖立在展区入口的智能路灯杆，集照明、监控、广播、数据采集处理、应急报警、充电桩等各种功能于一体的路灯设施，非常吸引眼球，光荣成为了领导驻足观看的第一站。之后还有100寸的高清激光电视、飞行模拟机等实物展示，也都非常吸引眼球。我上飞行模拟机试飞了一回，机型是美军最先进的F35B隐形战机，仅仅几分钟后就坠落在陆地上了，原来是天地上下搞反了……

上海企业展区颇多老面孔，比如九百和开开，100元三件的衬衫，非常实惠，感觉在上海也没有卖这么便宜，还有蜂花香皂和美加净牙膏，也是喀什各族群众喜爱的日常用品……

意外永远存在

2015—06—28　01:50:48

第十一届喀交会进入第二天。今天的日程安排还是很紧凑的，上午要参加由我们上海前指主办的展会分论坛“建设信息丝绸之路，打造南疆中心城市”，下午则要参加大会办组织的项目签约仪式。

分论坛还是比较顺利的。这也是指挥部第一次主办喀交会分论坛。在上海仪电集团的大力支持下，以喀什智慧城市建设为主题的分论坛邀请了六位演讲嘉宾，围绕喀什在信息丝绸之路建设和智慧城市建设的话题展开论述。很投入，很到位，很精彩，很深刻。反正我是仔细认真听了各位嘉宾的演讲，了解了很多信息，知晓了很多观点，启发了很多思考。一句话，很有裨益。

下午陪同领导出席大会办举办的签约仪式。今年来自上海的签约项目比去年总算有量的提高，共有 4 个项目，总金额将近 8 亿元。相当不容易了。

正当准备松一口气时，接到电话，浦东展区的展商有个姑娘在前往乘坐往返宾馆和酒店的交通班车的途中不幸踏空，右脚划破了一道长达 6 公分、深约 3 公分的伤口，当场连皮带肉撕下一块，简直要痛晕过去。同行的同伴们赶紧将她送到上海对口支援的第二人民医院急诊，正巧同时老宋(上海企业代表团负责展览的领导)在二院看病，准备挂水治疗许久未愈的上呼吸道感染症状，赶紧帮忙联系之前我提供的二院援疆医生联系人，挂急诊，上麻醉，清创口，缝合好。伤者情绪比较激动，只能请同行的浦东代表团陪同人员多关心疏导。下午我完成签约仪式后，急忙赶赴二院了解情况。同时启动展会期间医疗应急保障机制，通知我们在地区卫生局挂职的兄弟和二院的援疆医生联系人，给予特别关照，并立刻向领导报告此事进展情况……

意外总在不经意间发生。昨天如此，貌似今天也是如此。

这个展会不太冷

2015—06—28 20:23:48

上午抽空又去了一趟国际会展中心。会展中心门前的大马路已经在开幕那天就封路了,大量的参展群众从路口两端涌入会场,安检入口处排起了长队,甚至用绳子分隔了往复的回廊,令我不由自主想起了世博会日子里那些排队的时光。

展馆里人流分布很不均匀。在疆内展区、兄弟州展区和国外展区,人流汹涌,滚滚热浪夹杂着南疆特有的味道,冲入鼻腔。商品仍以日用消费品为主,买卖双方高涨的热情,更加提升了馆内本已发烫的温度。来到这里,就可以真正体会什么叫做没有卖不掉的货品,只有卖不掉的价格。

援疆省市企业商品展销区就比较冷清一些。主要是因为路途太过遥远,展商带来的商品都不会很多,卖光就散了。山东展区的许多企业展位空空荡荡,除了几块简单的展板就没啥实物销售了。上海展区前两日火爆的九百和开开摊位,服装已经全部销完,摊位明显人气不旺。今年新到喀什的东霞实业的服装销售摊位还是一如既往的火爆。厂家销售的出口美国和欧洲的羽绒背心、轻薄羽绒服和冲锋衣,质量非常不错,价格便宜的惊人,最高的也不过200元,羽绒背心甚至只卖50元。问了上海企业展区的负责人,说是这两天基本上每天上海企业总销售额在7—8万左右,三天也就20多万总销售额,从经济成本角度讲,连来喀什的往返机票差旅费都没赚回来,如果不是政府有参展补贴,实在是亏本买卖。尽管如此,从讲政治、讲大局的角度,该来的还是每年都来,比如九百和开开,还有上海家化。

在严密的安保护卫下,喀交会下午终于顺利闭幕。短短三天,所有人的神经都紧绷了三天。但喀什的群众估计还没过足购物的瘾,刚刚开始大买特买,展览就结束了。

这个季节火热，这个展会不太冷。

深夜来电

2015—06—29　22:22:15

凌晨12点半，手机响了，一看，是负责布展搭建的小袁打来的。心里立刻“咯噔”一下：这么晚了来电话，莫不是有搭建工人出事了？生病了？……

忐忑之中接听了电话，还好，人都没问题，只是晚上负责运输展品回上海的卡车在进市区的路口被交警拦下了，说是不能进市区，如果要进，需要请喀什市公安局交警支队的领导给卡口上的交警来个电话命令放行的电话就行。小袁也算是来喀什办展多次的老人了，跟大会办布展组的人还算是比较熟络，但是由于电话联系不上，卡车又在路口等着放行，没办法，只好来找我了。

搞明白了事情，一颗扑通扑通跳的小心脏终于恢复正常。于是立即联系了大会办的负责人，电话打过去，对方明显是已经入睡，这几天也被折腾的够呛。赶紧打个招呼说声不好意思，送上几顶高帽，然后说有个事情请您帮助协调一下。对方倒也爽快，说你发个车牌号信息过来吧，然后抱怨说这事情早就在协调会上有定论，晚上11点以后应该就放行各省市运输展品的卡车进入市区，怎么喀什市方面都不落实呢？

不一会儿，小袁来电，说是找到了布展组的负责人，同时也是喀什市经信委的主任，已经在协调卡车进城的事情了，应该没有问题了。

尘埃落定。回想起来，这几天，我的手机始终保持24小时开机状态，不敢丝毫懈怠，只怕有什么突发事件要应急处理。尤其怕这种半夜零点之后打来的电话，听到手机嗡嗡的震动声就一阵心惊肉跳。

在喀什，办喀交会，这是必然的经历。去年如此，今年如此，明年仍然如此。

马不停蹄地总结

2015—06—30 22:09:49

今天是六月的最后一天。参加喀交会的上海经贸企业代表团终于顺利返沪。今年的喀交会总算顺利结束,大家都松了一口气。在喀什现在还有22个负责布展搭建的展览公司工人,在处理最后的撤展清理工作。他们要明天回上海。须得等到他们全部安全返沪以后,才敢真正地放松。

今天,在指挥部开了一整天会议。今年援疆工作的重头戏都在6月,前半月是上海喀什宣传周活动,下半月是喀交会。这"一周一会"两大活动都是我们产业组牵头,总算效果不错,反响良好,领导满意,没有白白辛苦劳累。上周李平刚回喀什没几天,实在撑不住了,居然扁桃体发炎感染高烧了两天,这几天才算逐步恢复。

上午的会议就是指挥部总结"一周一会"的工作会议,全体同志参加。昨天下午之前我抓紧完成了今年喀交会上海代表团参展参会的总结稿,发给组长汇总。总体上,领导对这两大活动中产业组的表现给予了肯定,要求大家在工作中都要积极思考、主动作为。

下午的会议是指挥部纪委要求各支部书记、纪委委员的述职述廉评议会议。领导们抓工作抓得真紧啊……整整开了近4个小时……

马不停蹄地开会,马不停蹄地总结,马不停蹄地……

歇口气

2015—07—01 21:12:50

今天"七一",建党94周年。终于可以歇口气了,上海来喀什负责布展搭建的最后一批工人也离开喀什返沪了。今年的喀交会参展参会工作完全结束了。

大戏落幕,还是感到有些疲倦的。今年的喀交会,紧接着上海喀什周的活动，指挥部大部分同志都回上海去忙碌了，所以喀交会的很多事情只能全靠我自己一个人拳打脚踢全力应对了，好在宇飞帮我承担了大量的分论坛联络协调工作，使我大部分精力可以腾出来应付组委会大会办发来各种各样的任务、要求、方案、名单……

文武之道，一张一弛。现在开始筹划家人 7 月中旬来新疆的行程安排……

喀交会表彰大会

2015—07—07　21:51:32

今天下午地委行署在新宾馆 7 号楼二楼大会议厅召开今年喀交会总结表彰大会。要求所有与会者着白色长袖衬衫和深色长裤，并且要在上午 12 点到现场参加彩排。

本不想去参加彩排了，后来还是去了，主要是想提前了解一下座位安排的情况。新宾馆 7 号楼二楼的大厅是本地区召开干部大会常用的会场，可容纳两三百人。彩排现场已经有不少人了，但似乎缺少主办方，显得颇忙乱。有几个身披绶带的大学生志愿者帮助维持秩序，但似乎业务也不熟，茫然的样子……

下午正式开会。先上台领奖，都是集体表彰的，个人表彰的就不一一上台了，在会场门口签到时就发一本奖状证书给你。没有奖金，没有奖品。然后就是领导总结点评今年喀交会的情况，惯常的路子。

卫建有些郁闷。他也是受表彰的个人之一，在喀交会期间承担了大量的接待工作。他接到今天的会议通知后，翻箱倒柜，发现没有长袖白衬衫，于是自己花钱专门去买了一件，原本盼望着能发些奖金，结果除了一本红本本啥都没有，核算之下自己还倒贴钱买了件衬衫……

农副产品销售的难题

2015—08—19　22:25:37

在沪喀合作各项领域中，帮助喀什农副产品进入上海市场始终是两地重点关注的领域,也是一个难题。经过2010年上海对口支援喀什以来,上一批的援友兄弟们在这方面已经开展了大量工作。最明显的效果是,如今上海的诸多超市、批发市场,甚至社区商业中,可以随处可见销售新疆农产品的商家或摊位。红枣、核桃等干果为主,应季的苹果、香梨、葡萄、哈密瓜、鲜杏等鲜果时常出现,甚至还有近年来很火热的玛卡、黑枸杞等保健品的身影。上海市民对与来自新疆的这些绿色食品还是非常欢迎的。

但问题仍然存在。如果说以前我们基本解决了上海市场上喀什农副商品的有无问题,现在面临的就是如何卖得更好、更便利、让百姓得实惠的问题。私下里问过几家在上海有业务的喀什企业,基本上都反应通过上海商超渠道的销售盈利薄的可怜,主要是进场费、条码费等费用较高,而沪喀两地相距遥远,运费上相较于其他地区的商品高出一头,所以总的销售成本太高,终端售价又不敢定得太高,那样会影响销量,所以只好想着薄利多销,先把自家的品牌打出去、在市场上占有一席之地。而品牌、营销、包装这些方面喀什企业并无优势,由此造成薄利却无法多销。年底盘点下来,也就"多收了三五斗"。也找机会问过几家经营喀什农产品的上海渠道商,有电商有实体店,他们也有抱怨,主要是喀什农产品的持续供应量无法保证,品质管控不严格,品牌弱,包装差,上海市场卖得好的商品都要讲究"卖相的",恰恰这方面是喀什商品的短板。懂行的市民知道东西好,可以不在乎外在品相,但大部分并不了解喀什的市民是不会去选购这些看上去"土得掉渣"的农副产品的。

这个问题需要解决。因为提高喀什农产品在上海的销售能力,就可增加农民种植户的收入,提高他们的生活水平,帮助他们摆脱贫困,远离"三股势力",促进社会和谐稳定。另一方面对于上海市民来讲,可以丰富市场供应,有更多的选择,有机会品尝到来自祖国遥远西北边陲喀什、具有浓郁异域风味的农副产品,当然,如果能便宜些就更好了。通过降低成本,真正做到薄利多销,两地民众都得利。

为此,我们准备牵头组织一个沪喀两地农副产品产销对接联盟,汇集两地从事喀什农产品生产、加工、销售以及为此提供仓储、物流、检测、包装、营销服务的专业服务企业,沟通信息,对接洽谈,促进交易,搭建一个大平台,提供交易便利。

好事要做好。看来这就是今年下半年我和陈杰兄的主要任务了。

电子商务培训

2015—11—09 21:23:09

早在2013年7月,在当时还是第七批援疆期间,在委里电商处和上海援疆指挥部的支持下,我带队到喀什组织举办了一期电子商务培训班。当时电商概念在喀什尚处萌芽扫盲阶段,请几位上海专家来授课,效果并不如预期,主要原因是当时喀什有关部门和企业虽然对电商很感兴趣,但缺乏直接的感性认识,对于电商销售的巨大冲击力没有切身体会,所以学习、实践的愿望并不强烈。

时光荏苒,物转星移,两年多过去了,神奇的命运安排我自己来到喀什援疆。在这过去的两年里,电商大潮如风卷残云,横扫华夏大地,西域喀什亦在其中。近两年,不停地听到有某某村通过开设淘宝网店将原本低价销售的红枣、核桃等农产品卖出了量价齐升的好局面,这些身边活生生的电商增收致富实例,在今年李总理提出“互联网+”战略和电子商务进农村战略后,仿佛星星之火,忽然燎原,点燃了此地政府、企业的电商热情。问题是仅靠热情是无法创业致富的,还需要专业的知识技能,特别是电商这样一个以烧钱闻名的行业,以正确的理念、正确的方式做正确的事情,是极为重要的。

于是,今天编报明年的援疆培训项目时,我感到火候到了,应当再安排一期电商培训,重点针对农村电商开展和培育支持电商创业两大主题,帮助当地农产品企业、农业合作社运用电商渠道销售喀什农产品,帮助当地青年学习电商创业、政府给予有效支持、以创业带动就业,针对性比2013年那次更强,重在实践操作,培训同时促进成熟电商平台与喀什当地农业合作社、农产品企业的对接洽谈,一举数得。

地区商务局的曲局长也非常支持我的想法。作为地区电商发展的主管部门,商务局的支持是必不可少的。曲局也一直在设法推进当地的电商发展，但苦于缺乏专业人才，难以破题。希望这次的培训项目能够对喀什的电商产业发展提供有益的支持和借鉴。而这，正是上海经济中最有活力和特色的元素。

出没沙尘里

2016—03—12 22:09:48

3 月起，南疆就进入了沙尘模式。据说北疆大雪之时，就是南疆沙尘之日。天山南北的大气环流就是这么神奇。上空仿佛加了一个大罩子，尘土封闭其中，凝滞不动，视野朦胧，口鼻在尘土遍布的空气中艰难呼吸，喷嚏连连。喀什人对此早已习以为常，马路上行人戴口罩的很少。相较之下，上海人在雾霾天满大街的口罩男女，似乎有些矫情了。当然，雾霾颗粒比沙尘小多了，有的甚至可以渗入肺中，戴口罩是必须的防护手段。沙尘颗粒大，反而容易被口鼻遮掩。有人说在喀什每年吸进的尘土相当于吃了一块砖，那今年估计我们要吃两块砖了。

沙尘漫天的日子里，我们仍然奔波在喀什往莎车、泽普、叶城、巴楚的各条道路上。知道今年任务重，却没料到一回喀什就是冲刺的节奏。先是去西安参加上海在外商会西北片区招商会，回来后就马上投入市领导率领的庞大代表团来喀什的接待安排。今天下午，送走了委里来喀什的最后一批考察团，明天终于可以休息一天了。这些日子，忙碌指数已经爆表，如同今日的沙尘指数。甚至连每天的博客也无暇顾及了，已经连续多天没更新了。

昨天在泽普，陪着委领导带领的商务委考察团考察，还开了一个农产品产销对接座谈会，会议结束时已经是晚上八点半了。效果不错。于我而言，农产品销售是个新领域，以前并未深入接触过，这次随代表团来的都是上海农产品市场流通的大咖，上海市民每天 7 万吨的主副食品供应保障，超过七成是通过他们完成的。边走边聊，学了很多东西，非常有收获。伴随而来的，就是前后方领导又给新任务了，题目就是搭建两地农产品产销合作的崭新平台，目的是帮助喀什增加就业，提高农民收入，让上海市民也可以享受到喀什优质农产品的独特味道。这种合作是以市场需求为导向,以产业链合作为纽带,加强两地间农产品市场信息、营销策划、人才培训等全方位的合作。概念设想已经出来了,但领导要求固化为具体的项目,按照项目化推进的要求推进实施。

新任务,新挑战。援疆的最后一年,注定将是披荆斩棘、负重前行的一年。

农产品产销合作联盟

2016—04—11　21:30:20

为推进喀什地区农产品在上海市场的销售,从去年年底起,我们就酝酿策划成立一个横跨沪喀两地的农产品产销合作联盟,搭建一个包括上海的农产品批发市场、商超等采购商、渠道商和喀什的农产品龙头企业、规模合作社的大平台,开展信息交流、业务洽谈、参展参会、市场协调等活动。

这个联盟是个松散组织,在沪喀两地各设一个秘书长单位,上海方由上海蔬菜食用菌行业协会担任,喀什方由地区农产品销售办公室担任,分别负责两地的组织协调工作。

4 月初,联盟虽然尚未正式成立,但已经开始了试运转。今天,从上海传来好消息,由指挥部组织,上海蔬菜集团承办的上海对口支援喀什四县农产品营销专题培训在上海顺利结束。在五天时间里,来自喀什的农产品生产者们既接受了农产品营销的实务培训,尤其在商品分级和包装上做了重点宣讲,更大的收获在于借此契机,与上海蔬菜集团下属各批发市场、超市等洽谈签下了总价 3.72 亿元的农产品购销合同,共 22 份合同、总重 1.72 万吨。打响了头炮,一个漂亮的开门红。

今天,陈杰和我都很高兴。虽然坎坷不断,但看到我们的辛苦努力没有白费,真有一种收获果实的成就感和幸福感。

这样实实在在的项目,越多越好。

电子商务示范点建设

2016—04—18 02:04:41

本周泽普县的电子商务培训终于落下帷幕。也是今年上海援疆电商培训系列计划的延续。之前，巴楚县的电商创业培训已经成功举办两年，得到了地委行署领导的高度肯定。这次在泽普的培训，得到了喀什地区电信局的大力支持，辅以电信114电商平台的渠道优势，有望在上海对口支援的泽普县打造一个农村电商的示范点。

今晚和来喀授课的上海电商圈的诸位重量级大佬以及喀什电信的中层业务骨干济济一堂，畅谈喀什地区的电商发展前景，感觉酣畅淋漓。借着伊犁老窖的强劲力道，俺居然发表了一通激情洋溢的演讲，主题是关于喀什电商产业发展的商机和美好前景，引发无数共鸣。这才发现，原来本人有这样出色的演讲天才，尤其在几杯小老窖下肚后，半醉半醒之间，发挥竟然如此之好，甚至连上海的来的电商培训专家们都不禁拍手称赞。

喀什地区的电子商务如今已经到了万事俱备、只欠东风的时候了。从地委书记到县乡各级领导都高度重视，这次泽普的电商培训项目，我跟泽普分指的天华兄弟讲，不能只把这次培训作为一个普通援疆培训项目，一定要把培训跟具体实在的农村电商项目培训推进相结合，争取培训完毕后留下一个实实在在的项目成果。天华认真而忠实地履行了这一要求，将泽普的八乡作为示范点，协调各方，集聚各方资源，打造上海援疆的农村示范点，初有成效。今晚听他讲一周来培训的实际成果，受到鼓舞非凡。

这次的泽普八乡电商示范点建设，主要依托中国电信的114农村电商发展项目计划。几乎就是为西部地区量身定做的电商发展渠道。感谢委里电商处晓明处长，给我出了这么一个好主意，并且帮助联系了总部在上海的电信网络电商公司。孙勇兄弟作为上海电商圈的老克勒，发挥了充分穿针引线作用，勤勤恳恳、任劳任怨，精心策划了培训课程和八乡示范点项目运作，非常给力。真的非常感谢他。

如果泽普八乡的试点可以出成果、出经验、出模式，那将意味着喀什乃至南疆迎来了农村电商快速发展壮大的春天。

真的希望那一天早些到来。

农村电商运动

2016—04—18 22:11:12

忽如一夜春风来，千树万树梨花开。这话用在今年以来的喀什地区农村电商领域，真是太贴切了。

其实从去年下半年就开始有迹象显现了。催化剂是今年年初喀什地委书记在北京参加全国人大小组讨论期间，提了两件大事：一是希望国家加快修建乌鲁木齐到喀什的高铁，二是加快发展喀什地区的电子商务。于是，各地直部门、各县市在今年工作开局中都把推进电子商务建设作为重点来抓。一时间，各类电商创业园区、孵化基地如雨后春笋，冒出在南疆广袤的城镇乡村之间。轰轰烈烈、红红火火，掀起了一场互联网+农产品的运动浪潮。

比如我们对口的莎车、泽普、叶城、巴楚四县，前两年还只有巴楚一直在苦苦探索适合自身特点的电商发展道路，直至今年年初，终于小有所成，并且还得到了地委主要领导的肯定和表扬。而其他三县的县委主要领导，在今年年初就主动向指挥部领导提出要求帮助当地发展各自的电商产业。2月底我们返回喀什以后，突然发现各县都已经有了实质性动作，提出了各自区域的电商园区发展计划，但进展不一，有的还停留在纸面之上，有的已经初步建成，还有的从培训入手，开始积累集聚发展能量。各自选择的电商发展模式也不一样，百花齐放的局面已经初步形成。

在喀什地区发展电商，最需要的就是农村电商。一则是为村民购买日用品提供便利，比如家电下乡，此为下行；二则是为村民销售红枣、苹果、核桃等特色农产品提供便利，卖得数量更多、价格更高些，此为上行。只是在目前而言，双向都做得比较成功的农村电商模式几乎没有。

难题在于物流配送体系和采购管控体系的整合建立。如果不能有效降低物流成本、确保采购商品品质标准控制，将举步维艰。这方面的教训已经有很多了。

依我所看，破解之道在于确定合理的分工，让专业的人做专业的事。当地急需培养懂得农产品线下采购、管理的人才。这也应该是我们今年做电商培训的重点，帮助当地培养出足够的熟悉线下从采购到物流各环节操作实务的人才。

于此而言，热度虽高，仍需精准发力。

喀什地区的电子商务

2016—05—09　23:42:58

今天，喀什地区2016年电子商务培训班正式开班。这是上海援疆指挥部、喀什地区商务局、上海市商务委三方合作的援疆培训项目，地区商务局非常重视，曲局长亲自到会，并做了开班动员。

学员几乎爆棚，地区所辖12县市以及地直部门、电商企业报名参加的有140多人，实际到会的将近100人。我已经连续办了3届援疆培训了，这是学员最多、最热烈的一次。

培训主题围绕农村电商和青年电商创业展开，以实务为主，深入浅出，结合喀什地区实际，受到了学院的普遍欢迎。最明显的迹象是今天的培训课上居然有学员主动提问了。在南疆，这是非常难得的。今天济济一堂坐在教室里的，维吾尔族青年超过一半。令我非常受鼓舞。看来，我们的维吾尔族兄弟对互联网和电子商务真是从心底感兴趣。这次的培训对上路子了。

上午由来自东华大学的汤教授主讲县域电子商务的发展规划和路径选择，着重介绍了他梳理总结的目前国内八大农村电商发展模式，非常具有借鉴意义。下午由来自崇明岛的农村领军人才高总主讲农村电商的难点和破冰，最后请我们巴楚分指的援疆干部、县商经委副主任严布衣介绍了巴楚县在政府主导下发展农村电商的经验，非常接地气，反响热烈。是啊，巴楚可以这样做，大家同处南疆喀什，为什么其他县不可以这么做呢？

晓明是我委电子商务处处长，也是我兄弟，这次终于带队来喀什，委里工作那么忙，不容易的。他多年从事电子商务政府管理服务，对电商发展有深刻、清醒而独特的认识。跟他聊了聊喀什地区的跨境电商发展路径选择，晓明向我介绍了黑龙江绥芬河发展对俄罗斯的边贸电商模式，非常受启发。趁热打铁，我赶紧向曲局长做了介绍，曲局长也非常感兴趣，琢磨着在合适的时候去绥芬河实地考察一番，借鉴移植到喀什来，把本地区的跨境电商出口先试点做起来。

援疆培训就应该是这个样子。开眼界、拓思路、接地气，理论结合实际，上海连接喀什。

喀什四县的电子商务

2016—05—14　22:23:11

忙活了整整一周，今天终于返回喀什。周一周二的地区电商培训课程结束后，我陪着来自上海、北京的电商培训专家到上海对口支援喀什四县跑了一圈，对各县的电商发展做了一次深入的考察调研，有了比较深刻的认识。

四县中，莎车的惠农电商服务中心尚在谋划阶段，虽然有场地，也有一些设想，但没有实质启动。泽普借助今年 4 月的本县电商人才培训项目，初步确立了自己的目标和发展路径，并且在培训专家的帮助下与电信公司建立了合作意向，准备在 8 乡建立一个农村电商示范点，而计划用于整合销售泽普各类优质商品的线上平台“湲泽庄园”在电信 114MALL 和微店均已开设。叶城则委托一家民营企业设立了县电商服务中心，先期整合本县优质特色商品资源已经初见成效，核桃、石榴、清真食品等均有涉及，甚至还有本县特产的乔戈里峰矿泉水，水源地来自世界第二高峰乔戈里峰，绿色环保是无疑的。巴楚是四县电商发展状况最好的，已经建立了功能比较齐全的县电商服务中心，有了一支以维吾尔族青年为主的本地运营团队，可以为本县的电商创业者提供培训、开网店、物流、营销等服务，在乡镇一级的服务站布设也已全面展开，而最基层的村级服务点今年也准备通过电子商务培训下乡的“大篷车”计划逐步展开。

总体上，感觉四县的共同点在于当地主要领导都高度重视电商，重点要求发展农村电商，尤其是农产品进城的上线业务。各县的路径选择也有不同之处：巴楚重点建设县域电商服务中心，培养本地运营团队，效果显著；泽普则通过借助电信渠道资源，选择了一个相对条件较好的乡做农村电商示范点，试点取得经验后再复制推广；叶城却是找了一家有志于投身电商领域的民企，先从整合本县线下资源着手，再支持其到1号店“特产中国”平台开设叶城馆，打造自身的网上品牌；莎车的路径与叶城相似，不同的是叶城选择的是本地企业，莎车则是通过招商引进了一家北疆企业来运作。

百花齐放才是春。各种模式都值得尝试。每个县的情况都有所不同。鼓励各县勇敢探索，帮助他们解决遇到的实际问题，重点是帮助导入优质的线上平台资源，开展有效的线上线下对接，通过专业培训提升从业者的视野、拓宽思路、明确目标、选定路径、少走弯路、少交学费，这是我们电商援疆的主要任务。

唯愿南疆喀什借助电子商务的翅膀，飞越莽莽大漠和皑皑雪山，东联西出，重现丝路璀璨辉煌。

我们都面临大考

2016—06—14　21:48:36

6月中旬，孩儿在上海迎来了预初年级的期末考试，而我在喀什也遇到了三年来最火爆的喀交会。相隔万里，我们同时进入各自的大考节奏。

晚上抽空给家里打了个电话，女儿正在努力作业和复习。在班级QQ群里我也看到了老师要求各个孩子自定的期末考试目标，甚至还有自己选定的赶超伙伴。很有意思，孩子们选择自己的竞争目标时都很实际，不会坐在地上，看着天上，大家各自捉对比拼，对手之间水平基本都在伯仲之间，颇有些“兵对兵、将对将”的意思。比如，鉴于孩儿期中考试表现出色，进入了班级前十名，一下子引来了数位同学的目标瞄准。孩儿自己却仍然一如既往淡定，把自己的目标定位在保持当前名次上，非常实际，甚合我意。如今的孩子，都是荣誉感很强的，尤其是女孩儿，面皮都薄，自己已经给自己施压不小了，当父母的应该要相信她们，帮她们减压、放松才是道理。

在喀什，今年的喀交会筹备工作也进入了冲刺状态。或许是南疆稳定的社会形势终于开始发酵，吸引内地企业纷纷来喀什寻找商机。一带一路是国家战略，西向开放是必然趋势。抢占市场份额宜早不宜迟。今天，上海后方来电话，要求增加办理参展代表证，又有不少企业报名来喀什。预定的入住酒店喀什月星锦江已经笑不动了，仅上海来喀的参展企业预定入住已经超过200间房，而全酒店一共才300多间。离开幕还有两周不到的时间，可以断言，今年喀交会必定成为这三年来最火爆的一届，而将于本月下旬来喀的上海代表团规模也将创下今年之最。

挑战巨大啊。所幸已经做了两届了，很多路数已经熟悉了，与当地部门的工作关系也有了基础，兄弟们之间也很配合、团结。尽管任务艰巨，完成信心还是很足的。

孩儿是否也这样如此有信心呢？

不知道，但我只知道自己对孩儿有信心。这就够了。

陡然加速

2016—06—15　21:17:45

忙活了一整天。喀交会的筹备工作节奏今天陡然加速，各方电话、传真、邮件纷至沓来，各种会议、汇报、协调、联络马不停蹄。一天内，往返与前指和行署老楼喀交会大会办之间已经不知几次了。所幸有喀什大学的实习生小胡帮忙，有些送文件、取证件的事情就交给她去做了。

虽然今年已经是我们进疆以来第三次经历喀交会，当地政府的工作风格、人脉关系、筹备路数、关键环节基本都已心中有数,但今年还是颇感吃力。身体累不怕,心累是真累。外部的、内部的,左边的、右边的,上面的、下面的,各种关系都要照顾到,只怕哪里有疏漏。心疲脑累。

距离正式开幕还有10天。如今正是最忙乱之时。展会、论坛之类的大型活动也参与筹办了不少,套路已经熟稔,此时之忙累亦属惯常。而恰逢今年欧洲杯酣战之时,晚上常忍不住看球呐喊,重温绿茵激情,工作生活两重浪叠加,就有点儿吃力了。

乐此不疲吧。在喀什参与筹办的最后一届喀交会,力争完美谢幕、不留遗憾。

进入冲刺节奏

2016—06—19 00:48:24

晚上八点半接到通知,明天上午召开指挥长办公会,需要汇报即将开幕的喀交会筹备工作情况。赶紧回到办公室开始加班夜战,准备汇报材料。一条条、一项项都要梳理清楚,参展布展、论坛筹备、团组情况、重大活动、组织保障、工作建议,每个板块都要把情况说清楚,有问题的要把问题提出来,提了问题还好提建议,供领导决策参考。

刚回到宿舍。人在喀什,住在援疆楼,一楼吃饭,二楼工作,三楼宿舍,没有了上下班往返路途的烦恼,真是方便。尤其是加班,就是楼上楼下的距离。累了,上楼道宿舍里歇会儿;恢复了,下楼到办公室做会儿。这样的加班,倒是很容易产生节奏感。

今年是我参与的最后一届喀交会。没想到上海后方竟然如此热情高涨,方方面面的团组来了300多人,创下历届上海团组之最。喀什,真成为一方“热土”了,这个明显较往年炎热的6月,喀什这个位于亚欧大陆腹地、祖国西北边陲的昔日古丝路重镇,迎来了最火热的经贸浪潮。

唯愿大潮退却之时,能为喀什留下点什么。无论是什么,只有符合当地需要的就好。

喀交会前夕随想

2016—06—23 22:14:02

距离喀交会开幕只有1天了。关于展会的各类重大活动安排许多仍然没有定论，真真急煞人。所幸在喀什已经不是初来乍到的新兵蛋子了，两年多的沉淀也积累了不少工作关系。充分发挥自身主观能动性，四处出击，到处打听，一天下来还是收获大大的。

也不能埋怨咱们喀什当地部门。他们也已经很辛苦了，近一个月来几乎是天天白加黑，周周五加二，大会开幕在即，大家都已经是非常疲惫了，只靠一口气硬撑着、坚持着。

毕竟是在喀什，举办这样一个展览会，比内地要考虑更多的因素，比如安全保卫等。地委和行署是以举全地区之力办展办会，力争要喀交会打造成喀什一张亮丽的城市名片，不仅要传播到内地省市，还要辐射到周边中亚南亚。立意是很高的。

但是喀什还是举办这样的大型活动太少，一年也就这一次，经验比较缺乏。所以四个援疆省市就帮助喀什承担了大量的创意策划、组织协调工作。去年以来，除了惯常的组织内地企业来喀参展外，每个指挥部都要承担一场喀交会分论坛活动，自己选题，自己组织，当地只负责组织观众，基本就类似于高端培训讲座了。来自上海的月星集团还自告奋勇，每年都要在月星锦江国际酒店同期举办分会场活动，以时尚为主题，引领喀什地区的时尚风潮。倒也颇受喀什群众的欢迎，来参观的、购物的、体验的，人流不息，人气高涨。

其实这些参展和分会场活动，如果仅从市场角度核算，必定是亏本的，仅仅是许多从内地运输而来的展品运费，就居高不下，而喀什当地消费水平决定了又不能卖高价门票，所以成本都覆盖不了。但从社会大局角度算大账，这样的活动，丰富了喀什地区人民群众的生活，为他们带来了实惠，开阔了眼界，接触了新思潮、新理念、新技术，弘扬了五彩的世俗生活，对于抵抗伊斯兰极端主义的侵袭具有重要的意义。

所以，喀交会对喀什太重要了。这是一块思想文化阵地，我们必须坚守并主动出击，才能确保本地区的长治久安。为此，多付出一点金钱、时间、精力，都是值得的。

往事如烟

2016—06—25　02:22:42

今年带领上海党政代表团来参加喀交会的，是我原来在商务委工作时的老领导，如今已是市委常委、统战部长。领导离开商务委以后，已经有几年没见过了，却在远离上海万里之外的喀什见面，亦是缘分。领导的模样基本没变，只是头发较当年白了许多。有意思的是，领导今天刚见到我时也说："你怎么也头发白了这么多"。

随领导来喀什的秘书也是原来市商务委的老同事。多年未见了，喀什相遇，感慨颇多。时光荏苒，日月如梭，往事如烟，浮上心头。

夜深了，忙活完今天的事情，回到宿舍。忽然想起了很多往年旧事。那一年，市政府机构改革，撤二建一，成立商务委，领导是第一任委主任，我已经调到了干部处，第一件大事就是编制机构三定方案，然后是干部调配，定原则、立规矩……有几次甚至晚上十点多了，还跟着处长去领导在市政府大厦的办公室汇报干部选拔工作方案。

想起了当年的老处长，如今已经退休在家了。去年年底家庭遭遇变故，女儿英年早逝，留下一个外孙，令人唏嘘。我了解处长的性格，这种时刻他最需要的是清静，外人不要打扰，让不停流逝的分分秒秒慢慢愈合心灵的创伤。不敢打扰他，不愿让他不断重复这些悲伤与哀痛，不敢打电话给他，只是发了慰问短信。如今已有半年，也不知他走出这段悲伤的境地么？

往事如烟。一件件、一桩桩，如电影般一幕幕浮现在眼前……

走走走走走啊走

2016—06—25　22:38:41

第十二届喀交会今天终于盛大开幕。上午开幕式、巡馆，下午主论坛，晚上招待会、文艺晚会。今天的日程是为期五天的展览会中最密集和最重要的，各方主要领导都汇聚一堂，形成事实上喀什每年一次的高峰会议。

安保级别也已提高到最高级别。道路交通管制、进城车辆检查都非常严格，进入展馆的安检措施也极严，甚至不允许携带背包进场。前两年是允许的，今年却不允许了。搞得我还闹了回乌龙。在大会办印发的重大活动安排表上的注意事项栏内，每项活动都列了七八项内容，其中开幕式、论坛、文艺晚会等几档活动都列有不允许携带提包进场的规定。我并没有在意。结果上午进场时企业团那边来电话，说不让带包进场，我还很诧异。后来证实这条其实是今年的新规矩，大会办没有特别提醒，我也疏忽了，经验主义害死人啊。结果只能让每个企业团组留下一个人送包回酒店，其他人空手进场。

车辆即使有展会A证，今天上午也进不了内场。从石榴大转盘走到安检门，要10分钟。进门后再进到馆里，之后就一直在馆里走来走去，兜兜转转，等待领导巡馆。从早上九点到12点，一直处于步行或站立状态。近1点回到指挥部，稍微歇口气。

下午3点半继续，出发去月星。在月星分会场、三楼上海厅(明天的金融论坛会场)之间来回走动。6点半后就一直在论坛里分拣、摆放席卡，来回走动，反复走动。等到摆放完毕，感觉双腿很是沉重，颇有跑一千米时最后100米的感觉。

今天的主旋律就是走，走走，走走，走啊走，一直在走。倒是挺锻炼身体的，不过也真是挺累的。

累些不怕，累得有效果就值得。累，并快乐着。

有些吃不消了

2016—07—01 22:51:40

今天,随着最有一批来自上海的布展搭建工人踏上返沪航班,此次喀交会上海参展参会的300余人终于全部离喀返沪。终于可以松一口气了,全节奏、满负荷运转了近两个月,天天忙碌时倒不觉得什么,如今任务顺利完成,原本屏住的一口气松下来以后,反而感觉疲惫和劳累。

周末了,明后天总算可以用不着加班,好好歇口气了。听说今日和田那边的玉龙喀什河已经进入枯水期,许多人涌去河床边淘宝挖玉了。那样这个周末的玉石巴扎上肯定好货不少,可以去碰碰运气,说不定还能拣个漏。援疆还有最后半年,总得给自己和家里人留点什么念想的宝贝吧,可在喀什,除了玉石,还能有什么呢?

晚饭过后,正与几个兄弟在院子里散步。电话响了,通知我明早10点参加一个研讨会,还要准备发言,讲讲如何通过产业援疆促进就业、精准扶贫。然后又收到一条短信,通知全体人员明天下午17点参加指挥部庆祝建党95周年表彰座谈会……

杯具啊!咋就不能让俺喘口气呢?

下周一,上海国际棉花交易中心的考察团队要来喀什了,他们是来推动棉交中心喀什项目的。本来29日就要来,跟我联系时,我冲口而出:喀交会29号才结束,你们就过来了,能不能容我喘口气啊?

今年以来,后方不知为何,对于新疆、对于喀什突然热情大增、火爆异常,来考察投资的,来实地调研的,来看望慰问的,甚至来旅游观光的,真真是络绎不绝。组里几个兄弟基本上都没停过,一直在接待、接待、接待……

好事,大好事。后方给力,前方努力,精准发力,援疆才能出成果。只是,后方的各位亲们,谢谢你们的给力支持,但能不能给我们也留一点调整的时间,稍稍悠着点、别那么一窝蜂好么?兄弟们都说,真是有点吃不消了……

棉花保价服务的喀什模式

2016—07—05　23:31:12

上午，在指挥部二楼中会议室召开了一个专题研讨会，内容是关于上海国际棉花交易中心准备在喀什推行的棉花保价服务试点方案，地区发改委、地区金融办等主管部门，以及六家棉花企业、期货、保险公司的代表，出席了会议。上海棉交中心的邱总在会上做了一个详细的方案介绍，常务副总姬总作了操作实例演示，引起了与会各方的极大兴趣。

目前的国家棉花价格补贴政策今年已是最后一年，今年底即将面临政策调整的方向性选择。相较于当前这种目标价格直补的模式，国家背负的包袱非常沉重，效果却不尽人意，而棉交中心此次推出的棉花保价服务试点方案，通过引入保险、期货等金融机构，利用市场机制中对冲风险，锁定棉农和棉企的价格波动风险，只需支付少量的保费，就可以规避风险、获取较高收益。这样就将原本国家背负的沉重棉花补贴负担，转移给市场各方参与者分担了，同时又能保证棉农、棉企的利益，正是棉花补贴政策追求多年的多赢格局。

在这个意义上，如果在喀什能够试点成功，那么，试点成功的经验、模式将会影响国家的棉花补贴政策顶层设计，将会对我国的棉花产业、棉花市场、棉花从业各方产生深远的革命性影响。

喀什是全疆重要的棉花产区，近年来也饱受棉花生产销售难题的困扰。去年，全地区棉花补贴共发放了 38 亿元，按照种植面积发放给农户，钱花了不少，效果却不理想。若能成功推行棉花保价模式，将现货市场与期货市场连接联动，一则可以帮助棉农、棉企拜托棉价波动风险的难题，二则将为国家政策调整提供极有价值的试验田，出经验、出模式。

如此，则充分利用市场机制的棉花补贴政策“喀什模式”将复制推广全国，成为喀什为国家作出的重大贡献。

如此，则今日在援疆指挥部二楼召开的这次会议，将记入国家棉花补贴政策改革的历史,具有里程碑式的意义。

很高兴能够亲身参与并推动此项沪喀合作。说起来,上海国际棉花交易中心和喀什发展集团结成合作伙伴,还是我当红娘牵线搭的桥。

真心祝愿合作成功!这样的援疆,以上海在市场和金融产业的优势,链接喀什独有的棉花资源优势和区位优势,携手共进,为国家作贡献,为棉农解难题,意义非凡。哪怕苦些累些,心里透着高兴,浑身充满干劲,套用许三多同志的名言:有意义啊。

喀什地区金融办

2016—07—06　23:26:16

这次喀交会由上海援疆指挥部承办的分论坛沪喀金融发展论坛非常成功。卫峰是地区金融办副主任,又是这次金融分论坛的主要负责人,一直琢磨着要做东感谢给予大力支持和帮助的地区部门领导和兄弟们。相约不如巧遇,就约在今晚办个答谢宴兼庆功宴,对地区金融办、人民银行及其他相关方面的支持表示感谢。

地区金融系统的两个大佬:金融办周主任和人民银行王行长都出席了。第一次与他们深入谈起喀什的金融形势和援疆工作,心有戚戚。地区金融主管部门和央行分支机构之间的密切合作和良好互动关心,实在令人羡慕。同时也感慨卫峰兄弟援疆期间遇到了这么好的领导和工作环境,可以充分施展自己的抱负和设想。

金融办周主任态度非常明确,要给援疆干部提供施展才华的平台,该他出面的他要出面,而该由主要领导给他站台撑腰的绝不含糊,几次下来,下面的同志们就明白了:原来郭卫峰主任说的事情就是周世伟主任关心的,是必须要贯彻落实好的。

这就是最给力的支持。所有的援疆干部都期望的。兄弟们都怀着满腔的报复和成就一番事业的雄心壮志来到喀什,关键在于当地要给予足够的支持。

最怕的就是听到这样的话:这事情很好,我支持,你去大胆干。但事实往往是真遇到阻力了,基本上就指望不上他了,而自己又在当地人生地不熟,无所适从。

金融办的周主任却真是“有事情我来”的典范。凡有卫峰主任摆不平、搞不定的事情,跟他汇报后必定是他会出面协调,依靠多年的工作关系和威望,帮助我们的援疆干部郭卫峰副主任摆平这些事。仗着周世伟主任的面子,地区人民银行的王行长对金融办的工作高度支持,全力贡献,才有这次金融分论坛的圆满成功。王晓东行长作为喀什地区的金融专家,在论坛做了主旨发言,赢得了与会各方的高度肯定和赞扬。

我始终认为,全中国对中亚、南亚市场最有研究和发言权的地方就该是喀什。金融领域亦不例外。很难想象北京和上海的专家会有人关心中巴经济走廊和中亚南亚市场。

接地气的专家才是最受欢迎的。上海代表团的沙海林部长已经向论坛演讲嘉宾们表明了自己的态度。

感谢卫峰和站在他背后的地区金融办的领导和同事们。正是由于他们的大力支持,我们的喀交会分论坛才如此精彩难忘,成为地区金融发展的里程碑。

再次加力

2016—07—18　23:40:07

上午指挥部领导再次召开产业促进就业专题会议,听取近期重点产业项目的进展情况。我重点汇报了上海国际棉花交易中心喀什项目和农产品销售平台两项工作,领导非常感兴趣,并且要求把这两项工作作为下一步重点推进的项目。

早有预料了。援疆最后半年,领导再次加力,吹响了冲刺的号角。

行百里者半九十。目前看来,任务不轻松。几项重点工作,都需要大量的前后方协调联络沟通,不是轻而易举就可以取得成果的。有时候甚至暗想,这些事如果要进疆第一年就开始启动,到现在就应该是出成果的时候了。比如棉花交易中心的“保价服务”试点,已经吸引了各方的关注,如果能够成功,将对明年开始的国家下一轮棉花补贴政策调整改革提供实验和示范意义。喀什地区,在时机风云变换之际,竟然被推上了国家农产品重大政策改革的最前沿。或许在不远的将来,棉花保价服务的“喀什模式”将形成示范经验,复制推广到全国。这样的工作是非常有意义的。只可惜目前此事才刚刚启动,在年底结束援疆之前肯定是没法看到“复制推广”了。

抓铁有痕,踏石留印。若能在喀什这块土地上,留下属于自己的痕迹,则一切努力和付出都是值得的。痛,并快乐着;干,并期待着。

永远在路上

2016—10—19　23:25:58

刚刚下县归来,办公室里还没坐上一刻钟,泡好的茶尚未喝上一口,第二个任务就布置下来了:明天去阿克苏,见见几位从上海到阿克苏参加苹果展销会的批发商,邀请他们到喀什来考察,看看是否能请他们帮助喀什销售苹果、红枣等农产品。据说这些批发商能量很大,近年在上海市场销售的阿克苏苹果都是来自这几家大批发商。

之前陪同下县的是来自上海松江1560电商产业园的颜总、毛总。他们受指挥部领导邀请,来喀什实地考察今年的红枣、核桃、羊肉的市场状况,希望能找到优质的供应商,建立长期的供销合作关系。作为“互联网+分销”这一领域的先行者,他们自主研发了一套云分销的供应链管理系统,可以联结生产商、批发商、销售渠道终端以及银行、物流等相关服务商,具有非常美好的应用前景。而他们自身也与诸多电商二级批发商和各大超市建立了长期的供销关系,渠道资源很丰富。这次,他们分别各找了一家叶城的核桃合作社、泽普的红枣合作社和苹果合作社、喀什市的肉业公司以及莎车县的电商服务中心,达成了初步的合作意向,准备先试着开展合作,若效果好,就逐步扩大规模。如果合作顺利,他们集中采购的喀什红枣、核桃、巴旦木和苹果，就可以大量地出现在淘宝天猫的诸多网店以及上海的各大超市网点了。

今天一早刚把两位老总送上回沪的航班。等着他们回去以后传来大量采购下单的好消息。

喀什很大，下县很远，这样转一圈回来以后，其实还是挺累的。不过，想起美好的期待，也就不觉得累了。

明天和肖健一道去阿克苏，邀请那几位来自上海的大批发商来喀什。此时，我们已经不再仅仅是上海人，更是喀什人了。喀什到阿克苏，全程500公里，车程在5 个小时以上。早上9点出发，估计要下午2点以后才到。碰头后在当地住一晚，然后返回喀什。两天时间，往返超过1000公里，这可真需要发扬“红军不怕远征难”的精神了。

当然我们比红军长征还是幸福太多了。越野车行驶在高速公路上，没有敌人，不需战斗；吃喝不愁，丰衣足食；目标明确，路径清晰，如何能与长征途中的艰难困苦相比！

然而长征精神却需要永远流传，援疆尤其需要。为了喀什的社会稳定和长治久安，我们从浦江之畔来到天山脚下，沪喀相隔万里，一次往返的飞行距离也超过2万里了，仅从空间距离而言，差不多也就是万里长征了。形似还需神似，长征的精神实质也应当浸透在上海援疆的骨子里，成为鲜明的标识，引领一批又一批援疆兄弟全身心投入喀什和谐稳定发展的大业。

援疆工作，永远在路上。

3. 喀什开发区篇

政策需求

2015—01—14 00:34:26

自治区援疆办发了个通知，要求各援疆指挥部提出可向中央申请的促进当地经济社会发展政策需求。组里要求大家结合各自工作领域思考提出有关政策建议。

我草拟了两条，一条是关于提升喀什经济开发区能级水平的，一条是关于推进喀什国际机场空港口岸建设的。我认为，这两条是目前条件下可以选择的重大政策突破口。

喀什经济开发区成立至今，虽然也取得了不小的发展成果，但与位于北疆伊犁的另一国家级开发区霍尔果斯比起来，步伐明显慢了。霍尔果斯已经找到了自身在西向开放和新丝绸之路经济带中的准确定位，发展目标方向明确，路径明确。但喀什开发区这里似乎仍没有寻找到自身在新丝绸之路经济带和亚欧腹地国家地区产业分工中的准确定位，基本走的还是内地80年代初开发区发展的老路，缺乏鲜明的自身特色，也没有很好地结合自身的优势。

所以，喀什开发区需要加强顶层设计，从国家层面对喀什地区乃至南疆的经济发展和处于国际分工中的位置，进行针对性的有效引领和扶持。目前可做的，就是在西部开发、沿边开放和推进"一带一路"战略时，设立以喀什保税区为基础的喀什自贸区，一方面引进复制推广内地自贸区试点取得的成功经验，另一方面根据本地特点和周边市场需求进行功能设计和试点，以此带动喀什地区和南疆经济的发展，使喀什开发区真正成为推动本地经济发展的强力引擎。

加大开发开放力度，就必须与周边国家和地区加强交流交往。喀什地处南疆，四面为高大山脉围绕，盆地中部为广袤的大沙漠，故虽地处亚欧大陆腹地的十字路口，但陆路交通条件具有先天不足。国家提出的中巴、中吉乌等陆地战略通道建设，耗时长，不可能一蹴而就。因此，在短期内能够使喀什与世界紧密联系的交通方式只有空运。所以，在国家航空管理部门的统筹协调下，应当逐步多开设一些喀什往返西亚、中亚、南亚及俄罗斯甚至欧洲重要航空枢纽的国际航班，比如喀什往返德黑兰、迪拜、伊斯坦布尔……

喀什综合保税区

2015—03—13　22:25:50

今天上午去喀什国际会展中心参加了喀什综合保税区政策说明会。喀什综合保税区是新疆第二个、南疆第一个综合保税区，政策优势十分明显。

上午的会上，喀什综合保税区管委会的领导和地区海关、检验检疫、外汇管理和税务部门的有关同志分别作了介绍。听下来总体感觉比较泛，政策优势主要还是相比较于境内区外而言比较明显，但相对于其他综合保税区特别是北疆的霍尔果斯综合保税区而言，并没有特别显著的特色和优势。

由此带来的思考就是如何在新丝绸之路经济带建设中，准确找到南疆、喀什的优势和定位，在横贯亚欧大陆腹地的“一带”战略中依托发挥喀什的禀赋特色找到在国际产业链中的角色分工，比如改革开放初期广东通过发展加工贸易代工制造找到了自己的位置、上海及周边长三角地区通过发展电子加工产业找到了在全球信息产业大发展中的角色定位，喀什在国家推进“一带”战略中应当采用何种形式着重发展哪类产业、从而找到符合自身具体情况的定位呢？这其实是事关喀什战略发展的根本问题。

至少目前感觉这个战略并不清晰。

前途是光明的，道路是曲折的。

喀什特区之梦

2015—04—16 00:02:47

这几天指挥部从各组抽调人手准备着手研究喀什地区产城融合发展的重点课题。这也是指挥部领导确定的今年重点研究课题。产城融合，在喀什这是一个久已有之的梦想。听说有关框架设计方案多年之前就已有论证。当时的喀什甚至打出了“东有深圳、西有喀什”、“西部深圳”等城市宣传口号。对于国家来说，如果在西北边疆的南疆喀什再造一个“深圳”奇迹，那将具有极其重要的战略意义，将是稳定西北的定海神针和胜负手。

宇飞也参与了这个课题研究组。今天跟他聊起这个话题，还是非常震惊于设想的宏大手笔。比如，建议在行政区划设置上将喀什地区改为喀什市（地级市），设立地级人大和政协等相关机构，可以拥有相应的地方立法权和重大事项决策权，将喀什市区的范围从现在的喀什市扩展到喀什市、疏附、疏勒“一市两县”的“大喀什”范围；在喀什市区设立喀什特区，以喀什经济技术开发区为基础，进一步加大城市核心功能构建拓展，给予财政、税收、金融、外汇、投资贸易、人员出入境等各方面特殊政策，吸引企业集聚，主动对接周边中亚市场，打造丝绸之路经济带上的重要节点，成为带动全地区乃至南疆五地州经济发展的强力引擎；同时在莎车县设立喀什市政府派出机构，加强社会治理和政策扶持，接受喀什特区辐射，带动经济发展，稳住莎车，也就稳住了南疆稳定的大局……

宏伟的设想。在南疆的今天，还有什么是不敢想的呢？

期待着那一天。如果真有那一天，也许我会第一批冲到喀什东湖边买房置业……

喀什的执行力

2015—05—20　23:37:47

今天再次领教了新疆当地干部超强的执行力。

本周六，今年由我负责安排的上海援疆培训项目—喀什地区开发区运营管理和招商引资人员培训的上海专家团队将到喀什，下周一、周二两天集中课堂培训。今天上午，我花了一个小时时间，先后拜访了喀什经济开发区、地区商务局、地区经信委三个地直部门，分别提出了请求当地帮助组织培训学员的要求，并且在中午12点向他们发送了代拟的培训通知。然后，下午5点半我就收到了来自疏勒县的第一份参加培训的回执名单，之后陆续有各县市工业园区、招商部门的参加培训回执反馈到邮箱。考虑到新疆喀什当地政府部门的作息时间，午休时间从下午2点到4点，今天地区招商局和经信委下发培训通知的速度真的非常非常迅速。这当然是由于前期与这些部门的主要领导顺利沟通、取得支持的结果，但鲜明地体现了喀什当地部门在执行领导工作决策部署上超强的执行力。

到喀什一年半了，喀什当地干部身上的这个特点似乎特别突出，实在令人印象深刻。但有个前提条件，就是这件事情或这项工作一定要得到主要领导的重视和支持，并且对下属发出了明确的工作指令，态度好不含糊，那他们立刻就会调动手边一切资源贯彻落实。这种风格，带有军事化管理的鲜明特点，形成了一种喀什作风、喀什风格。

在面临“一带一路”重要发展机遇的今天，喀什干部的这种作风传统的重要性显得格外重要。西部地区追赶东部经济发达地区的“弯道超车”过程中，就需要这样的超强执行力，集中力量办大事，心往一处想，劲往一处使。只要目标清晰、路径正确，就一定能够到达胜利的彼岸。

在这一点上，我们需要向喀什当地干部学习。

在喀什做培训

2015—05—22 21:20:36

周日,今年我负责的喀什地区开发区运营管理与招商引资人员培训项目的上海专家组就要来喀了,下周一就将正式开班。

自本周二回喀什以来,就一直忙于此事。看来成效还是显著的。从今天下班截止的学员报名回执看,各县市招商部门和工业园区部门报名还是挺踊跃的,其中巴楚一个县就报了5人,疏附县也有4人,目前汇总统计各县市已有35人参加。喀什经济开发区也帮助组织了包括当地兵团招商部门在内的60多名相关人员参加培训,还有请喀什市工商联帮助下发的十几个商协会负责人,总计培训学员已经接近100人了,这可是我办过的三期援疆培训项目中人数最多的一次。这次通过联系开发区、招商局、经信委、工商联组织学员,虽然协调工作增加不少,但效果还是很好的。

从这几年做过的援疆培训项目实际情况来看,只要选对题、切合喀什当地实际,当地有关部门还是非常有热情的,在帮助组织学员、场地安排、实地考察等方面能够发挥很大的作用。当地干部,特别是从事经济工作的干部,对于学习招商引资、发展经济的技能和经验也非常积极。如果能够保持这种旺盛的学习热情,相信他们的水平和能力一定可以得到有效地提高。干部的素质,是推动当地经济社会发展的必要条件,任何事业的成功,都需要人去脚踏实地、具体操作落实推进的。

作为组织这类援疆培训项目的主办方来讲,由于上海产业经济结构与喀什产业经济结构的差异较大,直接推进产业转移对接困难较大,所以在推动大型工业项目落户上相比山东等兄弟省市差距较大。但上海毕竟也曾经经历过这样的工业化发展阶段,有着丰富的发展经验和实践举措,这些对于正处于工业化初期发展阶段的喀什来讲,具有很好的示范和借鉴意义。任何地区的发展道路选择,都应当是普遍规律结合当地实际的结果。上海如此,喀什也定是如此。上海模式和上海经验,不一定能够完全契合喀什实际，但可以为喀什寻找喀什模式提供有价值的借鉴。如能如此，则功德无量。

祝愿这个培训项目能够取得实效。

专家来了

2015—05—24　23:19:24

下午去机场接机，今年的开发区培训项目的上海授课专家抵达喀什。精干的4人小组，分别来自商务委、漕河泾开发区、自贸区管委会。

漕河泾开发区的陈总是上海开发区建设发展的老前辈，经验丰富，亲身经历了改革开放以来上海各级各类开发区发展的各个阶段。勤于思考总结，前些年退休后就专注于漕河泾开发区产业转移促进中心的建设，帮助在东部沿海开发区和中西部内陆开发区之间搭建产业梯度转移的通道，曾经多次到上海对口支援地区讲授开发区运营管理课程，广受欢迎。这次的培训项目，陈总的课安排在培训第一课，是培训项目的重点课程。3年前，他曾到过喀什，去过上海对口的四个县，对本地的情况比较了解，这次来也算是二进喀什了。

来自上海市商务委的蒋红霞处长，多年从事利用外资工作，具有丰富的外商投资促进工作经验，参加过上海世博会的组织筹备，世博会结束后回到委里，仍然从事投资促进工作，是名副其实的上海“老外资”。这次她将讲授上海利用外资工作的路径回顾和经验总结，介绍上海的几个国家级开发区的情况，希望能够对喀什地区开发区建设发展提供“他山之石”的借鉴。

小谢是个八〇后，小伙子斯斯文文，武汉大学金融学硕士，今年年初从浦东新区金融服务局调到自贸区综合协调局工作。长期跟踪金融改革创新动态，思维活跃。他将负责讲授上海自贸区发展情况和自贸区内海关特殊监管区的发展思路和路径举措。这块内容是新鲜出炉的。喀什经济开发区目前也正在申报自贸区方案，希望能够吸收上海自贸区的成熟做法和经验，结合喀什实际，提出有竞争力的顶层设计方案。

李鹜是俺娘家上海市商务委干部处的，也是这次培训的具体联系承办人。多年的校友加兄弟加同事，也是第一次来喀什。非常高兴在喀什见到咱处里的同事。

期待拉开明天的培训大幕……

开发区培训第一讲

2015—05—25 21:57:54

培训项目终于正式开幕。上午，在喀什开发区的安排下，来自上海的授课专家一行实地走访考察了喀什综合保税区、深圳产业园、深喀科技创新基地和城东金融贸易区。这些区域都是喀什开发区的精华部分，建设发展日新月异。虽然已经去过多次，但今年进疆以来我还是第一次实地走访，切身感觉到了喀什速度、特区速度。综合保税区的卡口已经正式运作，去年年底我们引进的上海东霞服装已经在深圳产业园正式落户，设备生产线已经到位，并且开始着手培训员工，深喀科技创新基地也有 30 多家企业入驻孵化，而城东新区的市民办事中心已经开始运作，喀什市的部分政府办事窗口已经入驻，仅仅 1 个半月以前，办事大厅还只是个框架结构，外立面及内装修都未完工……今天看来，原来喀什速度并不逊色于内地的特区速度。

来自漕河泾开发区的陈总也非常感慨。他两年前也曾来过喀什，到过上海对口四县，今天看了喀什开发区的实际发展，同样感到非常振奋。下午，在简短的开班式过后，陈总就开始了他的讲课。非常全面，将漕河泾开发区的发展历程娓娓道来，穿插着他对开发区发展道路和发展规律的思考总结，并对喀什开发区的发展提出自己的看法，尤其将漕河泾开发区当年推动微电子产业和鼓励科技创新的实践经验分析的十分透彻，始终强调：服务是开发区永恒的主题。由于各地情况不同，自然禀赋条件差异很大，上海的经验未必就能适应喀什，但可以提供有益的借鉴，其中有普遍性的规律可以复制推广，个性的做法可以借鉴，开拓工作思路。喀什的发展，喀什经济开发区的发展道路选择，最终还是要依靠喀什本地干部和群众的智慧和汗水。

参加培训的人员有 80 多人，是我组织援疆培训项目以来最多的一次。并且大家都十分认真，认真听讲，认真记笔记，还有积极提问，中途基本无人退场。这次培训的第一课相信一定给当地干部留下了许多观点、引发了许多思考，真正做到了传播知识、传播经验。

培训第二天

2015—05—26 23:40:12

今天进入开发区人员培训项目第二天。上午由来自上海自贸区的小谢讲自贸区及海关特殊监管区的情况，下午由市商务委的蒋处讲上海利用外资和上海的国家级开发区情况。

今天来参加培训的学员稍少了些，但仍有 50 多人。大家依然非常认真，记笔记，提问题。关于上海自贸区政策情况介绍的内容，相对于喀什本地实际情况来说可能遥远了些，但大家还是很认真地听讲。因为，大家都希望，也都相信：上海自贸区的今天可以也能够成为喀什的明天。

下午蒋处讲的上海利用外资的经验和做法，其实距离喀什也比较遥远。在这里，外资项目和外资企业属于非常稀少。但上海发展的经验表明，一地的跨越式发展，需要利用好国内国外两个市场、两种资源。外资对于上海的发展起到了举足轻重的作用。所以，喀什开发区和喀什地区要实现大发展，一定要学会如何吸引外资、利用外资，今天没有，不等于明天不需要。特别在一带一路战略的大背景下，引进来和走出去是喀什经济发展的必然选择。作为当地经济最精华的开发区部门和招商部门工作人员，应当学习掌握这种技能。

课程结束后，许多学员都找老师拷贝讲义课件，说是带回去认真学习体会。希望上海曾经的发展经验和走过的道路，能够对喀什开发区和各县市开发区提供有益的借鉴。

换挡加速

2015—05—31　01:16:59

上午送培训专家组返沪,今年的援疆培训项目——开发区运营管理人员和招商引资人员培训计划顺利完成。效果超出预料,来自喀什经济开发区和地区各县市的 80 多名学员参加了培训,即使到最后一课时课堂仍有 50 多名学员听讲。这次参加培训的学员是我组织过的三次援疆培训项目中最认真的一次,有三大亮点:一是课堂无人打瞌睡,二是认真记笔记,三是有人提问题。对于来自上海的开发区管理运营专家,在实地考察了喀什经济开发区并与这些来自喀什招商第一线的学员们个别交流后,也对喀什地区的经济发展和开发区建设情况有了更深刻的认识,并且与学员们建立了良好的沟通联络机制。第一次大课结束后,疏勒县齐鲁工业园的同志就主动邀请来自漕河泾开发区的陈总去他们园区考察座谈,帮助他们申报国家高新技术园区提供了非常有价值的专家咨询意见。总之,今年的这个援疆培训项目,沪喀双方都比较满意。

忙碌了一周,今天下午稍事休息半天。明天起就要把全副精力投入今年第十一届喀交会的组织筹备工作中。任务还是很重的,头绪也比较多,从组织上海企业参展参会、招商招展、援疆成果资料收集、展板设计、布展搭建、论坛筹备、来宾接待、领导讲稿等等方面,都要动脑筋花心思。路是一步一步走的,饭是一口一口吃的,工作是一件一件做的,今年最忙碌的季节到来了,如同一辆汽车,现在就要换挡加速了……

川渝商会总部大厦

2015—06—01　02:12:27

喀什经济开发区的布局中有一块是总部经济区,位于喀什东部的城东金融贸易区内,目标是要打造一个具有影响力的总部经济区。规划建造 18

座总部大楼，成为喀什的CBD。

上午，我代表上海前指到此地参加了总部经济区首座商务楼宇——川渝商会总部大厦的落成典礼。作为第一座落成的总部大楼，川渝商会获得了喀什市和开发区奖励的300万元资金补贴。这也是当时总部经济区招商时承诺的优惠政策。第二名落成的奖励200万，第三名则100万。

这是一栋高24层的商务楼宇，大理石与玻璃幕墙相间的外立面，造型颇为别致。在西域阳光的强烈照射下闪闪发光。

落成典礼在楼前广场举行。喀什市和开发区的相关领导都有出席。在艳阳和大风的交相作用下，沙粒时常会飞扑而来，需要不时拂拍。会场的温度与阳光下的气温一样灼热，川渝商会的领导、会员企业和喀什当地政府官员都发表了热情洋溢的致辞，对建设功臣进行了表彰，并举行了一系列协议签约、企业入驻仪式。此时此刻，我再次感受到了喀什大地上滚烫的温度，不仅是气温，还有发展的迫切和对未来的渴望。

自贸区来人

2015—07—30　22:05:13

历经一年多的反复沟通、协商、联络，上海自贸区选派来喀什援疆两名干部终于到位了。今日去喀什经济开发区综合保税区管委会正式报到。这也是贯彻落实去年7月韩正书记、杨雄市长率领的上海代表团来喀什学习考察期间签订的沪喀合作会议纪要的重要举措。自贸区是上海的名片，是全国新一轮改革开放的排头兵和先行者，喀什方期望通过与上海自贸区的对接联动，能够快速提升自身功能，实现跨越式发展。为此，从双方互派骨干挂职、培训做起，加强沟通交流，搭建合作平台，是题中应有之义。

按照昨天市领导在援疆干部座谈会上的要求，上海的援疆工作一定要走在全国的前列，充分发挥上海的特色和优势，运用市场的力量，调动社会各方资源，做出援疆的品牌和特色。在民生领域，无论是教育或医疗，还是安居富民工程，上海已经赢得了当地干部群众的良好口碑；在产业领域，上海也应当有所作为，上海的产业发展、结构调整都领先全国，在喀什可以大有作为，所以，不能单方面认为由于产业结构的差异，造成了产业援疆成为上海援疆的短板，上海没有短板，只要勇于探索、敢于创新，就能创出新路、取得成绩。

自贸区就是上海如今最亮丽的经济名片。但在客观上，沪喀两地的发展差距实在太大了，虽然市领导的鼓励话语是很有感染力的，但到了我们这个具体操作层面，如何将领导的要求转化为实实在在的行动，真是需要费思量的。

理想与现实的差距

2015—08—06 22:36:02

今天和自贸区选派来喀什援疆的两位兄弟聊了聊，发现喀什综保区的理想和现实是差距挺大的。这两位兄弟，都是7月底刚来喀什的，一个在综保区管委会任副主任，一个在综保区开发公司任副总经理。到喀没几天，代表综保区开的会已经不少了。

目前综保区卡口的联合办公楼里海关和检验检疫都没有入驻。据说主要还是由于办公经费的问题，关检两家要进驻，办公设备、网络、人员费用等都是要有开销的，现在大家都经费有限，没法自己解决，所以要求喀什开发区帮助解决，比如海关就需要280万，经费到位就可以进驻了。现在这些经费申请的报告还在领导们圈阅中。

综保区面积不大，3.56平方公里，项目还是不少的。但由于海关和商检尚未进驻，有关业务的通关作业流程也没有制定出来，所以，大部分项目都没法开展实际运营，只是“圈地运动”，大家纷纷租赁或购买保税区内的仓库或地皮，等待日后正式经营或土地升值。据说来看地、看仓库的企业络绎不绝，就是在区内正式开展经营活动的企业目前还是空白。

相对于喀什地区领导和开发区领导对综保区的高度期望值，这样的现实状态实在距离领导的要求相距甚远。不由想起了那句老话：理想很丰满，现实很骨感啊……

喀什综保区调研报告

2015—08—25　22:42:47

顾洪江和金勇是上海自贸区选派的援疆干部，对口支援喀什综合保税区。洪江在综保区管委会兼职副主任，金勇在综保区开发公司兼职副总经理。他们两人自7月底来到喀什后，很快就进入角色，每天一早就去综保区上班，晚上下班回来，在指挥部办公室待的时间不多，大部分时间都是在综保区办公室度过。这和我们组里的其他几个在当地兼职的兄弟不太一样，除了卫峰，要主持地区金融办的工作，每天有大量事务性工作要处理，只能天天上班，别的兄弟一般都是单位有事情来电话叫了再去，平时就在指挥部办公室忙活各自领域援疆项目和工作的联络协调。

洪江他们两人最近完成了关于喀什综保区的调研报告，昨晚发给我。今天上午认真拜读了一遍，启发甚大。他们对综保区的现状和存在的问题做了深入全面的分析和总结，我感觉还是讲得挺准的，主要矛盾也梳理得很清楚，对策建议部分也很有针对性，措施很全面。以这个调研报告为基础，我们就可以进一步归纳提炼出下一步如何加强沪喀两地开发区合作共建的具体举措，形成工作思路和具体贯彻实施、项目化推进的工作计划方案。印象最深的有两条，一是提出喀什综保区要尽快形成自身的造血功能，真正实现滚动开发、良性循环，摆脱“烧钱”状态，二是要归纳梳理在综保区内可开展各种经营模式，分类管理，确定相应的关检管理流程和园区服务模式。这两条非常重要，是综保区步入正轨发展的必要条件。

开发区对口合作已经纳入了今后上海援疆工作的重点领域，指挥部领导对此寄予重望，希望能将此打造成上海援疆的特色和亮点，出成果、出经验、出品牌。虽然不易，却非不可能，大家共同努力吧。

任职履新

2015—08—30　02:39:57

去年进疆之初，指挥部有在喀什当地任职的干部大约一半。我们产业组八人，四人当地任职，四人是前指专职党政干部。当时我属于专职干部，并未安排我到当地对口部门任职，虽然其实在工作中我与地区商务局已经建立了良好的工作关系。有任职的四人中，卫峰是最投入的一个，几乎天天要到地区金融办上班，没办法，地区金融办主任驻村去了，只有他一个副主任，相当于主持工作副主任，每天要处理大量的事务性工作，不去都不行。还有三人，有的是因为任职单位地方小，无法安排办公室，所以平时就在指挥部，有事情单位里再打电话通知，比如开会、商量工作什么的；有的是因为单位没明确具体的分管工作，去了也没啥事，所以去过几次以后也就不去了，一周去1—2次露个脸也就差不多了；还有的任职单位主要领导比较体谅援疆干部，知道我们还要承担指挥部的对口援疆工作任务，所以任职部门就尽量不压担子了，有事情了具体再商量。

但今年以来自治区组织部对援疆干部的使用管理有了新的要求。其中一条是要求各地援疆干部在当地任职安排要做到全覆盖。这样，我们这些原来是专职的援疆干部，就也需要在当地对应部门任职了。原本按照对口关系，我应该到地区商务局任职的，但考虑到沪喀合作会议纪要中将上海开发区与喀什开发区的对口合作提到了重要的位置，所以领导就有意把我调整到了喀什经济开发区的岗位，以加强这方面的对口支援工作。今天，组织部通知我到位于喀什市委的大会议室开会，在市委四套班子及经济开发区领导班子的会议上正式宣布了任职决定，与我共同履新的还有三人，其中两人是当地干部，一名是从巴楚县法院院长转任喀什市法院院长，一名是喀什市住建局局长兼任开发区规划建设服务中心副主任，还有两名援疆干部，我任开发区管委会副主任、党工委委员，还有一名山东援疆干部，任开发区服务中心副主任。

地委组织部领导宣布完之后，履新的同志依次作了表态发言。

压力还是挺大的，喀什经济开发区是当地众所瞩目的焦点，当地领导将开发区视为喀什当前面临的三大战略发展机遇之一，提出要将开发区打造成带动喀什乃至南疆经济发展的火车头。而鉴于多方面的客观条件所限，目前开发区现状距离领导的要求还是差距较大的。在国家推进“一带一路”的大背景下，如何充分发挥上海的特点和优势，结合喀什开发区的实际，寻找到沪喀两地开发区对口合作的切入点，切实有效地项目化推进，真正帮助喀什开发区提升功能，是摆在我面前的一道难题。需要思考，需要破解，需要推进。

任务就在那里，问题就在那里，需要的只是努力去解决、去跨越、去突破、去创新……

月度例会

2015—08—31　21:47:11

上午第一次参加了喀什市委的月度工作例会，以周六刚宣布的喀什经济开发区管委会副主任的身份出席。会议从十点半开始，一点半结束。全市各个乡镇、街道、委办局、开发区的负责同志均到会，主席台上就座的是市委领导班子成员。

被市委书记点到名的每个乡镇主要领导都要对本地上周工作情况作汇报，主要是关于维稳工作各项措施的贯彻落实情况，存在的主要问题和下一步准备采取的主要措施。开发区财政局和发促局以及市政府发改委、经信委、商务局、教育局等相关部门的领导也作了发言。最后由分管社会综合治理、组织党建、经济工作、教育工作、农村工作的几个市委领导分别点评和部署工作，市委书记作总结讲话。基本就是这个路子，出席会议的有100多人，场面很大，工作涉及方方面面，很全面，也很细致。

喀什当地的干部真不易。特别是乡镇街道的这些领导，大量的时间精力都用在维稳上，挖盖子、拔钉子，与收押人员家属谈心，与宗教人士谈心，摸清各村人员情况底数，及时排摸问题，同时还要部署各项日常工作，比如，现在就要开始冬播小麦的准备工作，农村水利的整治，组织富余劳动力外出打工就业，安排值守夜班等等。压力大，担子重，几乎就没有休息日。

时间精力总是有限的，在维稳上用得多了，在发展上就用得少了。没办法，现阶段这里的主要矛盾还是稳定。乱不起，也乱不得啊！

向这些工作战斗在喀什基层第一线的同志们学习致敬。

经济工作周例会

2015—09—09 00:24:55

上午去喀什市委办公室参加了本周的经济工作周例会，这是喀什市委和喀什开发区的例会制度之一。一般每周会召开经济工作例会，而每月的第一周会召开稳定工作和经济工作的例会，参加的范围更广，各乡镇街道负责人都会出席。上周在国际会展中心新闻发布厅召开的就是后一种大例会，而今天召开的则属于第一种小例会。

区别在于小例会没有各乡镇街道参加，出席的都是市委市政府及开发区领导班子成员及相关职能部门负责人。会议由书记主持，先由开发区及市政府各相关部门简要汇报上周工作进展、存在问题及本周工作计划，书记会不停插话询问，之后就直接点名请哪个领导或哪个部门会同哪些部门解决，同时明确时间节点和工作要求。各部门汇报完后，就由各分管市领导简要汇报重点工作推进情况，最后由两位主要领导：常务副市长和书记分别作工作部署和提要求。这种会议，一般都在 3 小时左右。

其实这就是主要领导的办公会。但与上海类似会议不同的是，上海各级政府这样的办公会，一般都会实现明确主要议程事项，由主要归口职能部门或处室主汇报，只有相关的部门才列席，不相关的则不出席，一般也不需要每个部门或处室都要在会上作汇报。

存在的就是合理的。在喀什，例会就是这么开，最大的好处是主要领导可以密切掌控重点工作和面上各项工作的进展情况，当着各位班子成员和职能部门负责人，明确职责，作出针对性安排部署，这样可以有效的减少扯皮、提高效率。但如果在上海也这么开办公会，则会议将不知要开多久了，主要是因为上海处于改革开放前沿，遇到的各类问题挑战更多、更复杂，且人员密集，一举一动都影响广泛，领导需要关注的方方面面实在太多，所以领导只能把有限的时间精力用于最重要、最复杂的问题上。

这样的例会参加过后，就会很佩服喀什的领导。他们真的很辛苦，事无巨细，都要牵挂在心上，事必躬亲，抓落实，在现阶段，也许这是最有效的政府运作方式。

霍尔果斯与喀什

2015—09—22　02:20:57

16日到21日，与组里几个在综保区挂职的兄弟又到伊犁学习考察。伊犁州在新疆西部，毗邻哈萨克斯坦，是丝绸之路北线的最重要通道。伊犁河两岸水土肥沃，风景秀丽，自古就是新疆地理条件最佳、气候环境最适宜的区域。自国家提出向西开放、推进新丝路经济带建设以来，伊犁得天独厚的区位环境价值引起了各方的重视，霍尔果斯开发区与喀什开发区同时获得国务院批准。这次到伊犁，主要就是抱着学习兄弟开发区的经验，促进相互交流，携手共同在天山南北大步前进，成为国家向西开放的两个重要支点和辐射中心。

这是我今年以来第二次到伊犁，第一次是7月底陪同家人来此游览。匆匆数日，脚不沾地，走马观花而已。当时印象就很不错。这次又到伊犁，路经赛里木湖、果子沟大桥，故地重游，更见壮丽美景。又在当地同行的安排下，完整、仔细地实地考察了解了霍尔果斯开发区的各个部分，尤其是全国唯一的跨境合作区建设，非常有启发，但又多少可以借鉴到喀什开发区来却仍需斟酌，毕竟区位不同、政策差异、禀赋特征各有千秋。但有一种感觉是非常清晰的，那就是霍尔果斯开发区已经找到了自己的发展道路，明确了围绕中哈两国跨境合作区建设展开功能拓展作为自身的核心竞争力，独一无二，前景广阔。喀什开发区也需要找到自己的核心竞争力所在。

霍尔果斯口岸设施的建设明显更加完善。铁路、公路线路布局合理，已经逐步形成枢纽节点，货运物流目前已步入了快速发展时期。口岸配套区的政策条件与综保区相同，今年也拿到了整车进口的政策，将着重打造一个辐射广大西部省市的整车进口口岸。同步发展的边境旅游，可以带动免税购物，繁荣商业，还计划建设会展中心，充分利用跨境合作区政策，举办国际展会，吸引要素集聚。在金融上，则主推中亚地区离岸人民币中心和人民币跨境支付系统建设。还有中哈石油天然气管道进入中国境内的起始计量站，分送中东部广大区域，上海人民使用的天然气就是来自遥远的土库曼斯坦，通过管道在霍尔果斯进入国境……

感觉从经济互补性、有效衔接性上讲，上海与伊犁霍尔果斯之间有着更加广阔的合作空间，贸易、物流、金融、商业、能源、会展等等这些领域都是上海经济机构中最具活力的部分，依托跨境合作区的特殊机制，可以与上海自贸区东西互动，携手打造东进西出、西来东去的重要大通道。

喀什呢？喀什开发区呢？

还需细细斟酌思考……

劳动密集型企业的难题

2015—10—09　00:01:20

上午参加了喀什市委和开发区班子的周例会，集体学习春贤书记近期的重要讲话，讨论开发区制定的吸引金融贸易企业总部和劳动密集型企业的政策措施。

总部政策其实就是恢复去年曾短暂执行了一段时间的开发区现代服务业先行先试试验区的优惠政策，后来国税总局要求全国清理各地自行出台的财政税收优惠，试行政策就戛然而止了。如今，招商引资压力很大，必须要进一步加大政策支持力度。总部政策的本质其实就是财税优惠，税收奖励返还，让利于企业。如果再拥有本地市场或临近周边大市场的区位优势，或拥有高素质的专业人才，都能对企业形成极高的诱惑力。

对劳动密集型企业的优惠政策则更加简单直接，给予原料进疆和产品出疆的运输补贴，给予厂房租金和物业费、暖气费等费用的减免补贴。而判断劳动密集型企业的标准只有一个：厂房使用率，即每百平方厂房面积容纳的工人数量，不得低于100平方米10人的标准。如果达到15人以上，则基本可以全部减免厂房租金、物业费和冬天供暖费。运费补贴也是按此标准超额累进，百平米15人以上可享受每吨800元的运费补贴，10人的也可有600元的补贴。

感觉政策设计还是非常好的。但目前劳动密集型企业在喀什遇到的主要问题，除了因距离内地市场遥远而运费高昂之外，更要面临招工难和民族员工管理难的问题。包括东霞制衣在内，许多企业都受到了这两个问题的严重困扰。东霞现有6条生产线，可以吸纳250人就业，但迄今费了九牛二虎之力才招到120人。今年九月底古尔邦节放假过后，回来复工上班的工人竟然只有60人，其他人都留家里不愿意来了，真是令人惊得眼珠都掉下了……据说，这种情况在产业园里并不止东霞一家，几乎每家都遇到过这种情况。即便经历千辛万苦招到了足够的工人，因为这里是民族地区，基本以维吾尔族员工为主，语言、习俗、观念、技能都与内地相差极大，内地工厂的管理模式、管理经验很难复制推广到喀什工厂，造成了工厂对员工的管理难题。去年年初落户巴楚工业园的上海援疆企业金博针织，就因员工流失率太高、管理不协调、劳资矛盾突出，如今已经关厂走人、设备也迁回内地了。

招工难和民族员工管理难两个难题，仅靠内地企业自身是无法解决的，只能由落户所在地的政府及相关服务机构帮助解决，政府需要建立一个常态化、能够稳定持续提供大量劳动力的人力资源培训、储备及招工(就业)服务机制，比如招工(就业)中心；一个能够帮助企业管理、联系民族员工，及时发现并有效沟通协调劳资矛盾的服务机制，比如工会服务中心。没有这两个服务机制，内地企业即使来投资设厂，也会面临重重困难，甚至因水土不服而关厂走人。

只有解决了这两个问题，入驻喀什的劳动密集型企业才能真正落得下、可发展，吸纳就业，发挥社会稳定器的作用。

开发区班子的工作总结

2015—12—03　21:27:48

上午接到通知,到开发区参加今年领导班子工作总结的讨论会。

根据地位组织部的要求,近日要对开发区领导班子和领导干部进行年度考核。在喀什,年度考核是每年年底的头等大事。考核程序的严格、考核要求的细致,都比内地严格许多。地直机关、各县班子、还有像开发区这样的计划单列部门,被考核对象范围十分广泛,每年地委组织部都要从各单位临时抽调人员,分成若干个考核组,分头开展考核工作。对于喀什地委组织部来讲,年底的考核任务是非常繁重的。

开发区班子工作总结的名称叫做"述职述德述廉报告",除了讲工作实绩,还要讲政治学习、廉政建设等内容。篇幅要求不超过 5000 字。我看了一下,感觉材料已经总结的比较完整到位了,数字也比较翔实,就是对于援疆省市给予开发区的支持帮助仅仅提了一下,分量轻了些。结果还没等到我提出意见,深圳援疆在开发区任职的同志已经讲了这个意思,负责汇总起草稿子的党政办主任马上吸收了修改意见,同时举一反三,不仅列举了深圳援疆的作用,还对上海援疆给予开发区帮助的内容给与了较全面的肯定。

根据中央部署,对口支援喀什开发区的是深圳,所以深圳前指选派了大量干部组成深圳前指对口支援喀什经济开发区工作队,到开发区相关部门任职,发挥着重要的作用,每年投入了大笔的援疆资金开展项目建设。上海对口喀什开发区,还是去年 8 月市领导来访喀什期间与当地签署了沪喀合作会议纪要之后的事情。当时考虑上海的产业结构在喀什地区如果寻找衔接对象,只有开发区比较适合,主要以助力开展大通关建设和金融援建为主。所以,才有了之后选派我及上海自贸区的两位同志到开发区任职的事情。所以,在开发区工作,除了要注意处理好与当地干部的关系,还要处理好与深圳援疆干部的关系,既不能越位,也不能推诿。

低调。谨言。多做少说。想清楚自己要做什么。不求高大上,唯愿干实事。

开发区的年度考核

2015—12—04　20:35:52

地委组织部年度考核工作小组上午来对开发区领导班子和领导干部进行考核。开发区所有副县级(这里习惯称"正县级""副县级",在上海一般称"正处级""副处级")及以上的干部都是被考核对象,出席考核会议的则是开发区班子全体成员以及所有科级干部,总数也要三四十人。

考核组由地委组织部一位维吾尔族领导带队,共有 10 人,谈话时两人一组,分为五组,要对所有与会人员作个别访谈。

考核程序也非常标准,与上海市委组织部对局级领导班子和领导干部的考核相同。先由考核组领导作动员并介绍考核程序及要求,之后管委会主要领导进行领导班子总结和主要领导个人总结,随后所有出席人员填表测评。最后是工作组进行个别访谈。整个过程大约一个半小时。

测评表格有一摞。对班子和领导干部的民主评议、民主测评,对本年度工作的绩效测评,对符合职级晋升副县级和正县级干部的民主推荐,还有对县处级试用期干部试用期满的测评。填表直填到手酸。

个别访谈的进度很快。主要是询问对于班子和班子成员有什么意见建议,要求对熟悉的每个人都要点评,还一定要讲不足。

与在上海工作时,市委组织部对市管班子和干部的考核相比,这套程序完全一致。这就是中组部对于干部年度考核的标准程序。甚至在某些方面,这里更加细致和认真。

这也是我第一次参加当地的年度考核。去年的考核是在指挥部参加的。今年亲身经历过才知道,至少在年度考核这项工作上,这里丝毫不差。

创业孵化

2015—12—13 20:58:13

李明是上海市科委选派的援疆干部,进疆以来就担任在乌鲁木齐的申新科技创新创业孵化基地的总经理,但他的日常工作还是以在指挥部为主,乌鲁木齐那边主要还是依靠其他几位基地领导为主经营管理。那个基地是上海市科委与乌鲁木齐水磨沟区政府四年前合资成立的,上海方是控股股东,目前经营情况很不错,已经有几十家中小企业入驻,并且成功孵化了几家做大做强的企业。上次指挥部领导去参观时,给予了高度肯定,并提出希望把这种沪喀合作的创业孵化模式辐射到喀什来。

近期李明兄就一直在忙着张罗此事。现在已经初步有了些眉目,地区科技局很感兴趣,已经主动提出要参与此事,开始在做具体方案了。上海方准备就以申新创业孵化基地参股,沪喀合作在喀什搞一个创新创业的孵化器。在明年的援疆资金统筹项目里准备排 400 万元,作为这个项目的专项。

今天上午闲来无事,李明兄的宿舍就在我宿舍斜对门,正好聊了聊这件事。我建议他可以考虑把喀什基地注册在喀什开发区,就能享受开发区的优惠政策。但是开发区位于东部新城的金融贸易区虽然刚刚竣工了 5 栋办公楼,但周边配套的餐饮、银行、超市、交通等条件还比较差,难以对入驻企业提供充分的创业环境支撑。从上海来喀什进行专项考察的专家团队已经看中了在地委对面的嘉和商务楼,也是刚刚竣工,地段在市中心,周边的交通、超市、餐饮、银行甚至公园休闲等各方面的环境条件都非常成熟。初期可以考虑租 3000 平方米,大约 5 层楼,一年租金也并不贵,30 万左右。唯一的问题就是这栋楼不在开发区内,如果注册在这里,就无法享受开发区政策。但如果注册在开发区,实际办公楼放在这里,则开发区这里不太情愿,下半年他们正在努力劝先前注册在区内而实际经营办公在区外的那些公司迁入东部金融贸易区。所以估计很难。

还是条块分割，各自为政的问题。没办法，全国都有这类现象，喀什也不例外。

负面清单

2015—12—29　22:06:54

开发区交给我一个任务，要求我会同管委会发促局的同志们一起制定喀什地区首个负面清单。

说实话，虽然在上海时，我们委里牵头制定了全国第一张外商投资市场准入负面清单，但已经时过境迁，今年的全国四大自贸区负面清单是由国家商务部和发改委牵头制定，报国务院审议通过后统一对外发布的，明确只适用于四个自贸区范围内，全国其他地方仍然实行原有的外商投资审批政策。

但喀什经济开发区要的并不是这张外商投资的负面清单。一是这张清单已经是四个自贸区统一适用的了，今后早晚是全国统一适用的，何时放开需听中央统一部署，二是来喀什投资的外商非常少，实际需求也不迫切。这项工作是作为喀什特区优化投资软环境建设的一项重要举措，根据地委领导要求制定“三个清单”的，目的是希望能够通过管理理念、体制机制创新，优化投资环境，吸引更多的境内外投资。

问题在于，国务院今年10月已经发布了关于实行市场准入负面清单制度意见的文件，明确了由国务院统一制定发布，地方政府需调整的，由省级人民政府报国务院批准。文件同时还明确将在全国范围内选择若干试点省市进行试点，争取2018年起在全国统一实施。

但领导提出能否根据当地实际情况，进行一些尝试和探索，通过负面清单管理模式，适当突破一些政策限制，要有亮点。

怎么办？

真的是太难了。需要仔细想想、再想想……

2015 最后的日子

2016—01—01 02:30:51

今天是 2015 年最后的日子。其实确切按时间算,现在已经是 2016 年凌晨两点多了。指挥部迎新暨集体生日的晚宴早已结束。兄弟们又自发在宿舍里玩了 N 多圈的微信发红包抢红包游戏,真是乐趣无穷!

孙馨和王星两位兄弟就要结束援疆日程、返回上海了。今晚也是送别他们的一场聚会。潸然泪下的情形是少不了的,即使平日大大咧咧如光头孙馨般的人物,也不禁红了眼眶。

上午又一次到开发区开了个会,向领导汇报了喀什地区首张负面清单的制定思路,领导基本认可,总算可以按此框架进一步操作下去。在这个艰巨任务的漫漫长路上总算跨出了关键的一步,而更艰巨的挑战还在后面。慢慢来吧,急不得的。不过,元旦节日加班是肯定的了。

下午参加了落户开发区的上海援疆企业东霞制衣的员工迎新联欢会。印象深刻。维吾尔族员工们自编自导自演了十多个节目,有歌舞,有小品,还有抽奖,表彰优秀员工,场面热闹,东霞的古丽和巴郎们脸上都洋溢着开心的笑容,载歌载舞,有几个节目水平真不错,甚至指挥部领导都建议可以考虑推荐上明年喀什电视台的大型选秀节目"喀什我最牛"。的确,姑娘和小伙们舞蹈时那种发自内心的欢乐和喜悦是无法用语言形容的。产业援疆,促进就业,在现代化工业的熏陶下逐渐改善民族群众的观念、生活方式,倡导世俗化的生活方式,把群众吸引到五彩缤纷的现实生活中,远离宗教原教旨主义,促进交流交往交融,在东霞今天的这场联欢会上体现得淋漓尽致。

晚上是迎新宴会暨今年最后一次集体生日。由规建组首次主持,非常成功。晓青兄弟主持风格充满了建设者的激情澎湃。节目编排也很精心。2000 多公里之外的克拉玛依分指的兄弟们也首次来到喀什,和我们共庆新年。

祝上海的亲人们和朋友们2016健康平安、顺心如意！

政策在哪里

2016—01—03　21∶28∶55

下午到开发区开会，跟发促局的同志们共同讨论负面清单和今年要重点争取的政策突破点。

负面清单的框架大致有了一个。难点在于其中的内容，究竟突破点在哪里？清单列什么、怎么列？在国家法律法规的规定和开发区的实际工作、需要的政策之间兜兜转转，似乎看到了一个模模糊糊的影子，但看不清、看不透。我又提了可以根据项目需求适当引进一些技术先进、能够填补本地区纺织服装产业链空白、大量带动就业的印染项目，积极向自治区有关部门争取"一事一议"。此外，我总感觉喀什开发区的金融贸易区应当在吸引各类非银行金融机构入驻上制定一些有吸引力的政策，比如对股权投资企业、融资租赁企业等税收、外汇、资金调拨等方面的优惠、许可或便利。特别要主动对接推进建设中巴经济走廊国家重大战略，把开发区打造成巴基斯坦企业、商人到中国投资贸易的窗口，中国企业走出去到巴基斯坦投资贸易的跳板。这样，才能体现喀什开发区的区位优势、政策优势，形成自己的特色。

梳理政策突破点时，发促局的同志非常细心地把国家和自治区下发的两个最重要的关于推进喀什开发区建设文件中的政策要点逐一列表，国家给予的政策对照目前落实情况，已落实和未落实的，需要突破的。一条一条讨论下来，突然发现其实大部分都没有落实。文件中所谓"鼓励""支持"的诸多提法表述，都没有下文，相关职能部门都没有出台相配套的实施措施，政策仅仅停留在文件上，没有真正落地。所以，说起来，国家、自治区的确都给了很多的政策，但真正口惠而实至的，寥寥无几。

貌似国内许多其他领域、地区的政策，也有许多这样的情况。

根据上海的经验，政策要落实，其实关键取决于需要这些政策的地方自己的努力。从来就没有什么从天而降的政策，每一条都要自己主动去跑要的。人家职能部门不会主动给你,也是有道理的,因为政策从文件到落实需要大量的调研、讨论和评估,只有用政策的单位自己最知道最需要什么、要来以后怎么用。自己有了初步操作方案,就要去跑要,征求意见,逐步修改、逐步完善,最终得到有关各方认可了,政策就落地了。

喀什还需要更加主动。

负面清单初稿上报

2016—01—05 21:26:30

今天 1 月 5 日,是开发区领导要求拿出负面清单初稿的日期。自接下牵头起草喀什地区第一个负面清单的任务后,晚上就几乎没有睡过一个好觉,真真是“日思夜想”“冥思苦想”,天天脑子里转来转去都是“负面”“清单”,突破口在哪里,亮点在哪里……

开发区发促局的同志们也与我一起奋战了数个昼夜。元旦假日期间也没有休息,还在开会讨论思路、方案。经历了“否定之否定”的痛苦过程,几经磨合反复,终于在今天下班前形成初稿上报开发区领导审阅了。

细细回味这几天完全沉浸在“负面清单”工作中的日子,真有一种爬雪山、过草地、历经坎坷之后的唏嘘感慨。在这喀什特区首版负面清单中,我确定了三个突破点:纺织服装产业中的印染项目许可(当然要选择对于完善当地产业链有重大意义、污水处理技术先进、符合本地水资源自然环境承载能力的项目)、我国与巴基斯坦双向投资便利化措施(争取自治区主管部门授权,实行快速审批或核准备案)、探索建立喀什开发区企业不良信用数据库(即“黑名单”)制度。如能真正推进落实,将对本地投资软环境的改善发挥重大作用。

负面清单,不仅仅是发布一纸清单,更重要的是管理理念的更新和相关配套行政管理制度的改革改进,放宽市场准入门槛,采用信用管理等多种方式手段,加强事中事后监管。全国 2018 年起将统一实行市场准入负面清单制度,开发区也要为迎接这一重大制度改革创新做好准备和铺垫。

不易啊。

喀什国际空港的机遇

2016—01—06 22:40:01

晚上,卫建约了喀什机场贵宾室及安检部门的朋友们吃晚饭,叫了每晚一起喝茶聊天的“贤话”群里的兄弟作陪。早就听说机场贵宾室的几个服务员姑娘很漂亮,所以栋林特地去理了发,换上西装行头,戴上秀气的金丝边框眼镜,早早便等在指挥部楼下大厅。

我是下午从开发区开完会回来后才得知此事的。抱着多认识一些新朋友的念头参加活动。喀什机场是全疆仅次于乌鲁木齐的第二个国际机场(新疆目前一共就两个国际机场),虽然现在只有两个国际包机航线(一条飞巴基斯坦伊斯兰堡,一条飞阿联酋沙迦酋长国,沙迦就在迪拜边上,只有20多公里,这条航线刚刚开通),但毕竟已经属于国际空港口岸。入冬以来因大雪或雾霾等天气原因无法降落乌鲁木齐机场的国际航班,都备降到喀什机场来了。

从地理位置上讲,喀什的区位优势得天独厚,正处欧亚大陆的腹地中心,是真正的“十字路口”。在高速公路、高铁建设仍处于预备期的今天,喀什国际空港承载着喀什经济社会发展腾飞的希望。因此,南疆唯一的国家综合保税区喀什综保区就座落在机场北边,与机场紧密相邻。最近,喀什临空经济发展规划也得到了自治区的正式批复,描绘了一幅依托空港发展现代产业的美好蓝图。

规划和蓝图毕竟停留在纸面上,真正落实到行动和现实中,还要付出巨大的艰巨努力。首先,机场的航线要大大增加。对国内主要城市的航班,应当直飞往返,而无需再经停乌鲁木齐(当然前提是有足够的客流和货源);对国际航班,需要大力开拓直飞周边中亚、南亚各国的定期航班,简化入境签证手续,强化机场服务配套。空港繁荣,带来巨大的客流和物流,就可以带动周边临空经济产业的发展,充分发挥喀什综保区的政策优势,使喀什经济融入全球主要经济圈的脉动节奏中。

我感觉,在可预见的将来,这是喀什打造面向中亚南亚中心城市、实现经济社会发展腾飞的可行路径,也是喀什经济开发区发挥地区经济引领带动作用的驱动力之源。

忙碌的愚人节

2016—04—01 21:51:55

今天是愚人节。在喀什,既没有愚人,也没有被人愚。平静如常。忙碌如常。

昨晚 11 点半,刚到宇飞宿舍坐下准备喝茶畅聊,接到电话通知,今天上午 10 点半到市委开会,汇报开发区首个负面清单的起草工作。这是我到开发区任职以后,上级交给我的第一项重要任务。自去年年底起,我与开发区发促局的同志们一同奋战了近一个月,终于拿出了喀什地区历史上第一个负面清单,之后我返沪过年,发促局和党政办的同志们则召开了大量的座谈会,征求意见,完善修改。如今,到了正式拿出成果的时刻了。

党政办的陈斌主任自己打电话给我,建议由我来汇报负面清单的起草工作,由于这是我主要牵头完成的成果,过程和细节我最清楚。陈斌比我大几岁,我视为在开发区共事的大哥,人很好,可能是由于大嫂是浦东川沙人的缘故,对上海和上海援疆干部特别亲近,到喀什开发区工作之前是在泽普做乡镇书记的,基层工作经验非常丰富。去年我们回沪过年之前和今年我们返疆之后,他都自掏腰包请所有在开发区任职的援疆兄弟们小聚,非常有人情味儿。

上午的会议从 10 点半开始,一直开到 2 点。整整三个半小时,但汇报负面清单只有 10 分钟。其他时间都是在汇报讨论喀什市今年的各个专项资金和 PPP 项目的情况,非常详细。书记逐一过问,现场办公。实质上就成为了市委书记每周一次的办公会。类似会议我在去年下半年已经深有体会。说句实话,我是无比钦佩的书记的,那是真正的“日理万机”,有时自问如果我坐在那个岗位上，估计已经晕头转向了，无他，头绪实在太多，转频道都来不及。

等到回到前指时，食堂午餐时间已经结束。没办法，只好回到宿舍里自己煮了些速冻小馄饨垫吧垫吧。味道还不错，偶尔为之，挺好吃。

然后就忙着打电话、发邮件，下周有个在上海举办的农产品营销专题培训，喀什四县挑选了11名骨干赴沪参训。今天必须要把名单催要上来，汇总后发到上海后方，便于安排。

总算可以歇歇了，一看时间，要吃晚饭了。去食堂之前，遇到老戴，还讨论一下清明组织兄弟们外出活动的事情。根据指挥部领导要求，只能在对口四县及喀什市周边组织，所以老戴提出了去叶城坡垅森林公园的计划，但响应者寥寥，似乎大伙儿都不想动，提不起兴趣。倒是对于明天就开始的美式九球桌球比赛，大家倒是很踊跃。

都不容易啊。

复制推广与喀什特色

2016—04—15　21:27:38

来喀什久了，在工作中渐渐发现有一些微妙有趣的细节，事情不大，却足以折射身处沪喀两地不同角度产生的思维差异。如果不掌握、不了解这种差异，就会阻碍工作推进，有时甚至会造成不必要的干扰和困惑。

比如，站在上海的角度，我们最喜欢说的一句话就是：在喀什复制推广上海的成功经验和做法。从大方向、大道理上讲，这样讲无可厚非，但实际上喀什当地更希望或者说喜欢听到上海的同志这么说：将上海的成功经验和做法与喀什的实际情况相结合，探索具有喀什特色的新路子。

也就是说，上海已经取得成功的经验和做法，并非放之四海而皆准的真理，上海这么做可以取得成功，在喀什则不一定，成功经验可以借鉴，然而发展道路和模式却不是简单复制推广就可以解决，而是需要从本地实际出发探索尝试，带有鲜明的本地区特色。

现在越来越感受到这一点。初到喀什时，我们都有很多想法，感觉可以做的事情很多，只需把上海经验、上海做法搬来喀什即可，上海可以做成的，喀什没道理做不成。两年多来，这样的事情都是策划了不少，想法提出了很多，真正落地并受到喀什当地欢迎的却并不多。究其原因，就是我们都或多或少犯了刻舟求剑的错误，沪喀两地自然人文环境，社会经济发展差异极大，成功的上海模式真的未必能在喀什开花结果。

比如，新跃物流的"物流汇"平台，为广大中小陆路运输企业提供了优良的企业经营生态，从道路运输资质许可、税务处理、财务记账、网上小额贷款、业务信息共享、人力资源培养等方面提供优质服务，使小企业可以专注于业务拓展，做大做强。来到喀什后，本以为这样的模式应当可以成功复制，哪知一年多了，项目进展缓慢，遇到了很多意想不到的困难。

扪心自问，或许我们高看了自己，低看了喀什，总以为自己是从发达地区来的，见多识广，到喀什来援疆那是牛刀小试，手到擒来。其实，我们在上海，还真的没面临过类似喀什如今的形势，没处理过类似喀什如今遇到的问题。对喀什当地而言，他们更需要的是我们能帮助他们找到一条量身定制的、具有喀什特色的发展道路。

挑战是巨大的。任务是艰巨的。使命是光荣的。

自贸区与喀什

2016—06—02　23:13:25

喀什一直梦想能追随上海自贸区的脚步，试点经验先行复制推广，借助上海自贸区的资源、渠道、区位优势东西联动，携手共进。

喀什一直梦想能获批设立中国喀什自由贸易试验区，成为我国向西沿边开放的先行者和辐射源。

是否能够得偿所愿尚未可知，但喀什开发区对上海自贸区的期盼是如此炽烈、如此渴望。

所以有了选派我、洪江、金勇去喀什开发区任职，有了选派喀什方业务骨干去上海挂职锻炼，如今已经有 10 人先后在上海自贸区“留学”了。他们回到喀什后，都已成为各自部门的绝对骨干。他们是种子，肩负着振兴喀什的时代重任。

所以有了今天的自贸区业务与通关管理专题培训。七位来自上海自贸区各部门及自贸区海关、检验检疫的领导、专家给喀什的同志们详细介绍了上海自贸的发展历程、经验、模式、思考、建议。

大家都听得非常认真。作为培训主持人，我一直在注意观察学员们的反应。他们非常专注，然而又带着些许迷惘、疑惑。但当询问有什么问题可以提问时，却没有人主动站起说出自己的想法，跟老师沟通交流，而课间休息时可常见他们围着老师问这问那。

在喀什办培训，这是常态。毕竟两地市情不一样，喀什就如同二十多年前的上海，经济社会发展开始上路，却还看不到明确的方向、目标和路径，而前进的滚滚车轮却已经启动，势不可挡。

期待着喀什的明天。期待着喀什经济开发区的明天。

总部经济区

2016—06—03　23:41:01

在喀什市区东部有一片新城区，是喀什新城和喀什经济开发区的金融贸易区所在，是喀什城市规划中产城一体的样板。一条宽阔的十车道公路深喀大道贯通东西，两边依次铺开住宅、行政、商业、医院、学校、公园、体育中心等各类功能建筑。在接近深喀大道最东段的两边，则已经有数栋高楼大厦矗立，这就是喀什经济开发区的总部经济区。

这个总部经济区共规划了 10 栋大厦，现已有 4 栋封顶投入使用。开发区希望能在今年年底之前通过招商引资把这 4 栋大楼填满入驻企业，形成初步的人气。

下午陪同上海自贸区的领导深入陕西商会大厦调研。大厦很漂亮，内装修也正在收尾，目前已有 20 多家企业入驻。办公楼层内部隔断、办公家具配置都很完备,餐饮、停车场等配套也很周到,外围绿化正在布置。房价租金确定为每月每平方25元,包含开发商提供的办公座椅等家具设施。这样的设施标准和租金价格,应该具有足够的吸引力了。

关键还是区位。这块区域在喀什市区西南,地处城乡结合部。新城已经初具模样,但如同全国其他地方的大部分新城一样,面临着人气清冷的"滞胀"。最大的问题是距离市区相对较远,周边配套尤其居住、交通等尚不完善,对于入驻企业而言还将面临诸多不便。

所以,开发区制定了一系列政策,鼓励、引导甚至强制企业入驻总部经济区,包括不允许在同一地址注册多家企业,不鼓励虚拟注册,实际实施过程中却因此而流失了一些投资者。位于上海金山的新跃物流本想将其非常成功的"物流汇"平台引入喀什,却因此而无法落地,因为这里不允许在同意地址注册多家企业。但作为物流信息平台型的互联网+物流商业模式,入驻"物流汇"的企业大都注册在平台所在地址,税收、行政监管的职责也落在平台所在地的职能部门。不允许虚拟注册,就等于封杀了物流汇的运作空间。

总部经济区的未来,仍需更加开放和宽容。

4. 综合、党务篇

全家援疆?

2014—03—24　23:45:18

今天上午,前指召开了群众路线教育实践活动动员大会,张总在会上作了动员讲话,里面颇有些有意思的桥段。比如,据说有人跟领导建议,说为了表示对援疆工作的支持,家属表示愿意一道到喀什来工作生活,甚至把孩子也带来,全家援疆。初闻此言,我惊诧不已,真是太有才了!居然想出了这样的法子,而立意又是那么高大全!领导回应的也很有意思,说很钦佩家属的勇敢无畏,很赞赏家属的深情厚谊,但可惜现在政策、纪律都不允许啊,所以还是请家属在上海做好后方工作,毕竟前后方还是有分别的。

下午,组里还开了个会议,分管领导也参加了。每人讲了自己进疆一个月以来通过学习、调研形成的工作思路和工作打算。大家有洋洋洒洒的,结合自己了解到的当地实际情况,提了很多想法。尤其是农业领域,各种设想很多,从种草养羊,温室大棚,到种畜培育、畜牧产业后道深加工等等。相比之下,我负责的商贸领域几块工作就比较平了,主要是一些已经明确的规定动作(比如重大展会、援疆资金支持的商贸项目跟踪等)。不过也难怪,农业是本地最大的产业,也是事情、任务最多的行业。当地商贸行业基础较薄弱,怎样帮助当地发展商贸物流,确是一个值得深思的重大问题。简单地从上海移植一些现成的经验做法,不一定适合当地的实际情况。怎样克服可能的水土不服，是所有产业援疆的兄弟们需要深思的问题。

青年干部座谈会

2014—04—02　23:35:00

根据群教活动的要求，今天下午，张总代表前指党委召开了部分青年干部人才座谈会，来自四县分指、二院、师院工作队和前指各业务组的青年代表纷纷发言，谈了进疆一个多月的感受体会，也从各自工作出发，提了一些工作建议。最后，张总也说了说他自己的工作体会，特别是和当地干部打交道需要注意的事项，也给大家提了些要求。

会上的有些信息很有意思，也值得引起思考。

比如，大家都感到，与当地干部的工作接触中，明显感到不适应，主要是节奏的快慢、会议风格等，一开始真还不太适应。这边节奏比较慢，开会经常马拉松，据说有的县开个常务会议或办公会议，能开 10 个小时，而且基本上是听书记一个人唱独角戏，别人听，陪会，真是难以想象。

喀什师院的老师吐槽最狠。回到前指，总算找到组织了，师院援疆老师共有 9 名授课老师，院方给安排了 14 门课，同时还要负责 32 个专业实验室的建设，从备课到学科建设，院方把每个老师都当成了孙悟空，全能选手。其中有个土木工程专业，一个师资也没有，但院方决定今年 9 月要首次招生，所以要求援疆的老师带着学院人事干部到西北五省巡回一圈，招聘专业老师。一个专业就一个老师，就敢招生？

还有人说现在正是最难受的时候，想家啊。在这里，每天过得都一样，周六、周日跟平时也没区别，空下来更想家，休息日唯一能做的就是睡觉，睡着了就不想家了。

总之，还是慢慢熬吧，用三年熬出的体验、感受、思想、作风、情感，都是菁华，都是财富，都是回味无穷、享用不尽的人生滋味。

你们可来了

2014—04—03　23:14:19

上午,组里几个要在地直部门挂职的兄弟突然接到地委组织部电话,通知下午就安排去各部门宣布任命。于是一阵兵荒马乱,分管领导、组长都不在,少了领导的保驾护航,小心肝儿颤颤的,心里实在没谱。虽然之前前指领导已经明确给了指令:所有在地直部门挂职的同志,工作还是以指挥部援疆工作为主,适当兼顾当地部门工作。但这话自己是不好说的,一定要陪同去参加宣布任命的领导说才够力道。可今天,领导恰恰不在,没主心骨了……

快下班时,几个兄弟陆续回来了,颇有些惊魂未定的样子。

据说到场宣布任命的组织部领导说了,起码要保证50%的时间和精力放在当地任职部门,要求在4月10日之前各部门上报班子成员的工作分工,年底也要参加当地挂职部门的考核。如果不能保证工作时间和精力,自己也可以申请不在地直部门挂职。这话可说得很硬啊。

然后各个地直部门的负责同志拉着哥儿几个的手,一脸期盼道:你们可来了……自治区20万干部下乡后,部门里一下子下去了三分之一,多的甚至一半,正缺壮劳力呐,同志哥你就来了,我们太高兴了……你看看,你的办公室已经准备好了,这是钥匙,你的分工我们也考虑了,准备让你分管最重要的……以后一定要多来啊……

几个兄弟脸儿都绿了,手里拿着钥匙,感觉那叫一个沉甸甸哪……

群教活动学习交流会

2014—04—11　23:30:33

上午,前指召开了一次群教活动学习交流会。组里兄弟们推我做代表去发言。于是我讲了些自己的心里话,信不信由你,但说的是真的都是自己所思所想。全文如下：

3月24日，前指召开了群众路线教育实践活动动员大会，部署群众路线教育实践活动，张总作了动员讲话。会后，按照前指群教办的统一部署和要求，通过支部集体学习和个人自学方式，认真学习了张总的重要讲话，进一步认识到在援疆全体干部人才中开展群众路线教育实践活动的重要意义，并引发对自身存在问题的反思、反省，对加强队伍建设、作风改进、党性修养有重要现实意义。结合自身实际，谈谈自己的学习体会，与大家交流探讨：

1. 活动的重要性。在进疆之前，援疆干部中部分在市级机关工作的同志，已经按照市委的统一部署和要求，在选派单位参加了第一批群众路线教育实践活动。进疆之后，按照前指党委的要求，仍然要参加第二批的群教活动，在思想上就有所松懈，存在再按原样走一遍过场的想法，反正第一批活动时所有的环节都过一遍了。学习了张总动员讲话后，才真正明白理解了前指党委和主要领导的苦心用意。参加过第一批活动的同志，都是在上海的选派单位参加的，而这次第二批的群教活动，是在大家进疆以后开展的。两批活动面对的岗位、职责、环境、任务、团队，都完全不同，没有可比性。而在进疆1月有余的时候开展群教活动，对于大家更好地适应援疆工作要求、改进自身作风等问题上，提供了一个非常好的契机，使大家有机会能照照镜子、正正衣冠，从而达到洗澡治病的目的。这对于我们能以全新的精神面貌、良好的工作作风迎接今后三年援疆工作的新挑战。正如张总所说的："充分利用这3年好好地从理想信念、工作作风、思想情操乃至生活习惯上，锤炼自己，力争三年后回到原单位时，真正能让人觉得耳目一新、刮目相看，以不负三年的背井离乡和艰苦卓绝，不负自己的愿望、家人的期望和组织的重托"。所以，我深刻认识到，在喀什再参加一次群教活动，有重要的现实意义，也是为今后三年的援疆工作打下一个扎实、良好的思想作风基础。

2. 问题的警示性。张总在动员讲话中，列举了6个方面寻在的问题，有工作上的，也有生活上的，有思想上的，也有行为上的。真是不说不知道，一说吓一跳。虽说有些问题可能只是苗头性的，但如不能及时发觉整改，可能会发展成突出的问题。仔细反思对照，其实这些问题或多或少在自己身上都有存在，特别是一些作风松懈、工作不够扎实、生活上不够节俭等问题，有的问题还比较顽固，早已存在，但至今仍未完全根绝。目前我们刚进疆一个多月，正处于工作、生活各方面逐渐适应的关键时期，在新环境中新的工作作风、新的生活习惯也在逐步形成，这时能有机会给大家敲一敲警钟，提个醒，对援疆工作作风培养、生活习惯形成有极大裨益。

3. 成果的实效性。张总在讲话中要求，要把开展群教活动成果体现到提高援疆工作成效上来，最终要体现在上海援疆工作水平是否得到提升，援疆资金使用效率和工作成效是否得到提高，活动效果要通过援疆成果体现来检验。由此，我认识到，这一次参加群教活动，不仅仅是一次思想教育活动，而是要结合各自的援疆具体工作实际，做到两不误、两促进。这就要求我们在学习、听取意见、查摆问题、整改等各个环节都要结合援疆工作实际，多为群众办实事，多为基层解难事。在产业援疆工作中，除了要输血，力争引进更多的疆外企业落户喀什、扎根喀什外，同时还要注意造血，多扶持当地有潜力、有前途的企业，鼓励创业。以产业发展带动就业，把优质企业留在喀什，让各族群众得实惠。

这就是前线

2014—05—24　00:49:06

上午，前指又召开了安全情况通报会，这是本周内第二次安全通报会了。

大家真正感受到了“前方”的感觉。的确，相对于上海，这里就是反恐维稳的前线。下午，送老肖去机场返沪，一路戒备森严，行人稀少。近期频发的暴恐案件对城市的运行、群众的生活还是有很大影响的。在这样的氛围下，难免人人自危，时间久了，社会就会逐渐失去活力。一个地区，当安全成为关注的主要问题时，什么经济发展、社会进步、生活富裕基本就无暇顾及了。

进疆至今，现在已是面临安全形势最严峻的时候了。在上午的会上，领导要求我们思考援疆工作如何与社会稳定、长治久安结合。可是从产业援疆的角度，我真的不知这该怎么结合，因为社会稳定、安全保障本就是产业发展的根本前提、必要条件。在一个不知何时何地会发生何事的陌生地域，有哪个投资者会来投资兴业呢？除非是当年美国西部淘金潮的年代或一本万利种植贩卖毒品的金三角地带，但这两种情况在这里都是不存在的。

前线。这里就是前线。我们就是战士。起码在自己心里要把自己当成战士。

压力山大

2014—05—26 23:10:48

在喀什，就算是关在地委大院这一亩三分地的院子里，也会压力山大啊……

这几天，老肖回上海对接工作了，临走时关照我多关心一下组里的事情，从工作到生活。哥儿几个开玩笑，说我升职为“代理组长”了。乐呵乐呵，^_^，想想从学生时代开始，直到参加工作，乃至进疆之前，我倒是也有过不少的任职经历，偏偏这个“代理组长”(为期 12 天)还真没当过，此次权当填补个空白了。

下午，计财组召集了今年援疆资金统筹项目推进会，我和陈杰代表产业组参加了会议。由于种种原因，今年的统筹项目总体推进情况不甚理想，进度有些脱节，领导和计财组都有些着急，对各组组长都压了不小的担子，要求抓紧梳理，该调整的调整，该拨款的拨款，有问题的赶紧协调，协调不下的赶紧上报……统筹项目里，民生组和产业组是大头，组长的压力很大啊……向老肖致敬！

晚饭时，姜总特地关照我这几天要带好组里的兄弟，没事情别出去，外面风声正紧，如有人违反纪律，我则是第一责任人，同时要求自明天起至老肖回喀什，用餐时叫我坐到领导和组长的餐桌去，便于随时沟通情况。

于是，我感到压力山大啊……

明晚卫峰回喀什，我们要去机场接他。于是，有人就在群里一本正经告诉他：领导不让外出，如果我们明晚去接你，就犯了纪律，如果不接你，又好像对不住你，为了兄弟情谊，你看怎么办？搞得卫峰一脸为难。关键时刻，咱挺身而出，斩钉截铁地说：我去接你，然后回来就地免职，咱们一块儿推陈杰当“代理组长”，一个个轮轮呗……^_^

原来上面的经都是这么被下面念歪的……

转回正题，这段时间，虽然不让外出，工作压力和安全压力真的是蛮大的。我自己手里就有好几件事：喀交会筹备联络千头万绪、群教活动深入开展费心费力、绩效考核办法的草拟不知该从何处入手……

还有我那命运多舛的上门牙修复工程……

随时悬在头顶的安全达摩克利斯之剑……

绩效考核办法

2014—06—22　22:35:41

早餐后，约戴老师一道去地委大院的小树林里散步。兜兜转转间，谈谈工作，聊聊时局，议议人事，发发牢骚，讲讲哲学……回到宿舍后，一看手机计步器，居然溜达了 8.5 公里，一万多步。

感觉这样的散步，还是很惬意的。

午睡起来后，干脆在宿舍里开始加班，开始草拟已经拖了许久未动手的党政干部考核办法。感谢干部处的兄弟姐妹，给我提供了足够的参考资料……

边写边改。绩效考核，大的规矩和框架是不变的，难处在于要根据援疆工作实际增加一些新的内容，需要动些脑筋。

专心致志干工作的时候，时间就在不知不觉间流逝。楼里很安静，兄弟们有的在睡觉，有的出去打球了，有的在屋里看书、看电视……院子里很安静，偶尔有几声鸟叫……

最忙碌的一天

2014—06—26　00:35:06

现在是零点二十分了。刚刚从办公室结束加班回到宿舍。老肖还在办公室继续加班……

周末,自贸区领导带队要来与喀什保税区对接,工商联有个企业团也要来实地考察,办公厅来人为七月市领导来喀慰问考察踩点,7 月中旬,市领导要来,7 月下旬,喀交会开幕……

今天是我进疆以来最忙碌的一天。简要纪录之:

9:00　起床。

9:30　早饭。

10:00　陪同组织部电教中心摄制组赴喀什师范学院取景、拍摄素材。

10:15　到达师院。开始拍摄。

14:30　在喀什师院午饭。民族餐。

15:15　离开师院赶赴喀什第二人民医院,补拍素材。

15:30　到达二院。开始补拍。

19:30　回到前指。食堂晚饭。

20:00　根据拍摄需要,参加前指读书兴趣小组活动,讲述读书心得。

20:30　回到二楼办公室开始加班,按轻重缓急要求撰写近期要交的各种材料。

注:辛苦了戴老师,晚上把陪同摄制组采访、再次到二院补拍援疆医生合唱镜头的任务留给了戴老师。明天一早,本要和戴老师一道陪同摄制组下四县拍素材的,但本周组里任务实在繁多,分身乏术,只好请戴老师谅解了……

24:00　完成两份材料,回到三楼宿舍。

老肖和馨哥一直和我一起在办公室加班。在我们最忙碌时,宇飞来探望了我们,表示了慰问……

忙碌季节

2014—07—03　00:32:50

进入援疆三年的第一个七月，注定是一个忙碌的季节。

中旬，上海主要领导来喀考察访问；月底，喀交会举办；8 月中旬，光彩事业南疆行活动在喀什举办；9 月初，第四届亚欧博览会在乌鲁木齐举办……

要到 9 月中旬之后，才能稍稍喘口气。

在这个忙碌的季节里，还将有大量的来喀考察投资环境的企业、投资者需要安排陪同接待，项目对接，商务洽谈……

忙中偷闲，哥儿几个还想在 8 月抽空安排家属子女到北疆休假探亲……

昨天刚送走上海工商联的企业家代表团，今天卫峰和孙馨又迎来了来自北京的一家商贸物流企业考察团，希望了解喀什开发区现代服务业先行先试试验园的税收优惠政策，考察和接待日常排得满满的。后天他们也要上塔县了……

已经有好几天未见到农业专家陈杰了，这兄弟现在成了地区农办的会议代表，到处开会，一周起码有 4 天在代表农办开会。这次又是代表农办参加地区一个学习焦裕禄精神的学习会，居然要开三天，最后一天还要安排下县考察学习……

宇飞近期也很忙。他还兼着我们分管领导的秘书，除了要帮领导处理每天的公务文件、日程安排，还参与了协调安排市领导中旬来喀视察的工作组，在瞬息万变的各类信息中真得要“宇飞”了……

卫峰还是隔三差五去地区金融办上班。谁让他兼着金融办副主任呢，主任下乡参加工作队了，金融办一共 3 个科，卫峰分管两个。金融办事情很多，事无巨细，人家都要请示他。真是日理万机。这几天，还要接待他联系来喀考察的企业代表，同时还要抽空完成一楼小展厅的重新布置……

李平近期有两大任务：组织邀请上海专家来喀为喀什旅游综合体项目出谋划策，专家人员已确定，周日就要来了，下周就组织咨询论证；启动组织喀什地区参加9月上海旅游节的组织工作，其中要制作一辆花车，展示喀什风情，推介南疆旅游……

还有栋林。终身大事也许就在这几天要敲定……

最后还有我们的组长老肖。说是老肖，其实比我还年轻3岁。老肖是忠厚之人，工作勤恳敬业，思路清楚，属于任劳任怨的老黄牛劳模类型。组里的每件事情最后都要汇总到他这里，这几天我看他已经是分身乏术了……

忙碌、忙碌、忙碌

2014—07—08 01:18:11

今天又刷新了进疆以来忙碌的记录了。刚从二楼办公室回到三楼宿舍……

刚刚进入流火七月，仿佛人人也都着了火，个个忙得脚不沾地。组里兄弟没一个闲着的，每人都有一张长长的任务单。市领导来考察、喀交会筹备、上海企业来喀考察、群众路线教育实践活动，还有放暑假了，开始有家属来喀探亲了……

老肖的爱人石老师从上海来探亲了。石老师是上海音乐学院的民乐老师，专业是二胡，家学渊源。放暑假了，她是组里第一个来喀探亲的家属，打算在指挥部住一个月。可是因为最近组里工作忙，这几天又是连着三个投资考察团组来喀要接待，还有喀交会和安排市领导考察的筹备工作，忙得老肖团团转。今晚也在办公室共同加班，把老婆冷落在宿舍里……

馨哥又邀请来了一批上海民企，都是富二代，不过看上去这些孩子们都挺低调，一点不张扬，走在马路上也看不出身家上亿。明天又要上塔县了，这次要在县城住宿一晚，第二天上红其拉甫口岸看国门，对这些孩子们，这将是一次难忘的爱国主义教育之旅。本来要叫我也陪着一道去的，但我这几天实在事情多，没办法，走不开啊……

李平在接待上海来的旅游和商业规划专家团队，为城市旅游综合体出谋划策；宇飞要对接航天机电老总来喀协商后续投资事宜；卫峰在忙着重新布展指挥部一楼展厅；陈杰一直在外面忙着给农办代会，偶尔帮哥儿几个也代个会……

老戴随摄制组回了上海，补拍汇报片镜头，组织后期制作，到时候要放给领导看的……

于是，教育实践活动的活儿就基本压到我这里了……可我现在正是喀交会筹备最忙的时候，上海那边运输展品的卡车 11 日要出发了，这两天必须确定展板内容了，分指和工作队还在不断提出修改意见，这个当口上，月星又提出要开分会场，经贸团在喀住宿的问题还没落实，援疆医疗队想在展会期间办个系列健康知识讲座……突然又通知我要参加市领导来喀的陪同接待工作，据说是负责信息汇总，是不是写简报啊，我还没搞清楚……

晚饭后，就到办公室加班了，坐在电脑前一刻没停……

守　门

2014—07—10　22:35:35

已经当了两天守门员。守的是产业组的门。兄弟们都陪团组下县对接项目去了。

坐在往日热闹的办公室里，丝毫也感觉不到寂寞。原因是我自己也有一堆工作要做……

接待是工作。开会也是，写稿也是，每天还有大量的电话、邮件……自 6 月底以来，兄弟们个个都是连轴转。

没啥说的。工作就是做出来的，忙的时候虽然累，但是感到充实。闲的时候虽然空，但是感到无聊。

今晚，栋林要回来了。我和李平准备去接机。这样，守门的兄弟又多了一个……

物资采购组

2014—07—15 00:06:15

过几天,上海的领导要来喀什了。这是第二次中央新疆工作座谈会后领导首次进疆,也是我们第八批援疆干部来喀后领导首次探访慰问。近一个月来,上上下下都在忙这件事。

今天下午再次召开了筹备工作会议,把每个人都动员起来了,每人都有任务。综合组的兄弟罗列了一张庞大无比的项目推进鱼骨图。其中分配给我的任务是物资保障,共有三人,还有一个喀什师院的实习生,一个张江置业在喀什常驻的业务经理(可惜他目前正身在上海,帮不上忙)。原来派给我的任务是信息收集,也就是会议记录、摆放录音笔啥的。但今天会上最新的任务分工中我转为物资采购了。

仔细想来,去年在技术进出口中心筹办上交会时我负责综合组的工作中也有物资保障。不同的是,那会儿手下有几个得力助手,都很能干,我只需把握方向和进度就行,具体操作采买又他们办理。但今日今时,在喀什,同样的任务,我却只有孤身一人,带着一个大学三年级的实习学生,要采买各类物资商品,真是无比想念在技术中心综合组的那些兄弟姐妹们……

晚饭后,综合组负责后勤保障的卫建兄弟打电话给我,约我一起去超市采买。同行的还有正需要去超市自购用品的宇飞、馨哥等几个人。卫建原在金山公安分局时就是负责警务保障的,是采购专家,到了喀什,他是前指事实上的大管家,专门负责后勤保障。这次接待,分给他的任务是餐饮和车辆调度,但其实物资采购这事他最合适。

按照负责安排住宿的住宿组的要求,我们找来超市的值班经理,列出了采购清单,主要是领导下县里慰问建筑工人和住宿当地需要的毛巾、牙刷、牙膏、沐浴露、洗发精、香皂,统一装在洗漱袋中,共要 200 份。明天下午 4 点送到指挥部。超市的促销员忙不迭地点头记录……

原来当采购商的感觉有这么爽的,哈哈……

明后天还有些给孩子的本子、笔、尺、橡皮、文具盒等物品要采购……

采购的难题

2014—07—15 23:43:03

刚当上采购员,第一天就遇到了难题。

上午收到后方提出的需求,要给领导准备下县考察长途乘车使用的靠垫和毛毯。原本以为小事一桩,只要给昨晚采购洗漱包的超市经理打个电话就搞定。后来想想不太放心,还是和馨哥一道去了趟超市,想实地看看一下考点的款式花色和毛毯的质地花色厚薄。到了超市,经理小孟热情地带我们去了货架。看中的靠垫式样只剩样品,没有足够的数量,数量足够的又看不上款式花样,毛毯也是这样,要么太厚,要么太大,要么太卡通,总之没有中意的。

无奈只得和馨哥赶赴喀什最高档的商场环疆新世界,直奔七楼家居、床上用品部,兜了一大圈,都跟超市一个样,看中的货量不够,货量够的款式花色又不妥……

只好向月星锦江酒店的老李询问,本地还有哪些地方买得到靠垫和毛毯,就像飞机上配的那种靠腰垫和薄毛毯。老李是月星锦江办公室主任,到喀什已经近 20 年了,近来由于喀交会和接待上海客人的原因,大家关系很熟了。老李想了半天,说环疆这里已经是最好的店了,要么就只好去大巴扎淘货了。

大巴扎相当于内地的自由市场,在那里给领导置办用品似乎不太合适……

于是,跟馨哥一商量,还是在环疆商场下单吧,总算是大商场、有品牌的商品,数量不够就只买两套,底限需求。但就是只买两套,也还是凑不出两套一样花色、尺寸的靠垫和绒毯(注意,是绒毯,根本没有毛毯)……

拎着两个大包回到指挥部时,已经 2 点半了,午饭时间已过,幸得组里兄弟关照食堂留了饭……

喀什噶尔宾馆

2014—07—16　23:26:16

明天领导就要来了。今天,所有的准备工作都进入了白热化状态。

有关工作任务的分工再次作了调整,物资采购组和车辆餐饮组合并。我和卫建、文悦、馨哥几个人负责。反正有事情大家一起做,一起商量。今天的事情真的很多,卫建原本就是管车、管采购的,今天更是电话没停过。从餐桌位次排列、车辆调度安排、慰问品采购、证件办理等各个方面,都有一大堆千头万绪的事情。

下午我们带了指挥部的五辆越野车、三辆考斯特、两辆别克商务车,一路浩浩荡荡进了喀什的西郊宾馆——喀什噶尔宾馆。地委向我们征集车辆,用于领导下县交通安排。总共十辆车,连带10名车辆驾驶员,自今天下午起就全部关进了喀什噶尔宾馆,不准外出,直至接待任务结束。

整个下午,在喀什噶尔宾馆,到处看见携带各种装备的武警、特警,进行地毯式的安保检查……

晚上,我们接到任务,去喀什噶尔宾馆陪同上海市委警卫局先期来喀勘察的先遣队用餐。到了宾馆门口,没有通行证,已无法进入了。后来向警卫部门报了车号,等了好一会儿才放行进入。

明天上午还会有一阵最后的忙乱、调整,直到明晚领导抵达,正戏开场……

领导来了

2014—07—18　00:00:13

刚从喀什噶尔宾馆回指挥部。市领导终于来了。

就如同每场精彩的演出,后台总是混乱不堪,这次的考察接待和安排,由于层级高、规模大,指挥部领导高度重视,在一稿又一稿的接待计划方案中，几乎每个人都安排了岗位和任务。每一档、每个点的接待安排，都依次确定牵头领导、出席领导、联络、信息收集、安保协调、医疗、摄影，乃至行李员、应急收容、当地联络人、迎候员、讲解员等等，庞大无比。

我的任务从最初的信息收集，现在变为物资车辆保障，还有餐饮。反正听从统一安排吧。

晚上九点多，接机车队抵达宾馆。领导依次进入，在队伍的中间看见了尚玉英主任也在其中。赶紧上前跟领导打招呼，领导有些惊讶，简单问候后就随大队进入餐厅。前指今天特别强调了纪律，不允许在住地个别拜访领导。因为没有被排进晚餐陪同名单，所以也只有等候在宾馆大厅候命。

十点多，晚餐结束。领导们三三两两步出大厅，或散步，或聊天……

明早7点半，还要随保障组来宾馆检查早餐安排情况……

今天是接待第一天。

领导回了

2014—07—20　22:59:30

昨晚是进疆以来最热闹的一个晚上。书记和市长带着党政代表团来指挥部与大家一起共进晚餐。一楼食堂布置得真是“济济一堂”，综合组很贴心地把每个援疆干部的座位安排在本单位领导身边，方便交流。

气氛非常热烈。特别是我们还准备了几个即兴的小节目，每个都非常精彩。先是肖处的爱人石老师表演二胡演奏，专业级的表演，完美无暇。之后是我们老郭同志的拿手节目新疆舞，随着动感的麦西来甫节奏，旋转舞动，气氛一下就调动起来，并有领导和来宾不断加入舞蹈。恰巧来喀什探亲的民生组三家人，全家上场，表演《爸爸去哪儿》，由孩子纯真的童声唱出的歌声，也许有些走调，但是感情真挚，打动了在场的领导和每位来宾。表演结束后，书记和市长特地和孩子们合影留念。还有二院和浦发银行准备的民族舞，风情浓郁，甚至给领导们每人献了一顶维吾尔族的传统花帽（带绿色条纹装饰的，是维吾尔族给尊贵的客人和有威信的人士专用的）。

酒是肯定喝了不少的。我坐在尚玉英主任旁边，借机汇报了进疆以来的工作生活及自己援疆的体会。晚餐前，我陪领导到我们办公室看看……

晚餐前，书记和市长也到我们的生活区和办公区实地查看，在我们产业组办公室，还特地停留了几分钟，一一握手慰问。

今天上午，我们到喀什噶尔宾馆参加了援疆工作座谈会。书记对上海的援建工作提出了新的要求和希望……

会后，代表团去了月星上海城，查看喀交会上海分会场，之后就直奔机场返沪了。

三年援疆，也许这样规模、层级的党政代表团来访，只有这一次。真的很难忘，也很受鼓舞……

一波又起

2014—07—22 01:02:39

喀交会将于7月27日正式开幕。

刚刚送走书记和市长，喀什地区一年中最重要的展会又要闪亮登场了。这次，由市委副书记带领上海代表团来喀参展参会。其中，经贸代表团的参展企业有60家，参展人员210人。在今年以来维稳形势严峻的大背景下，这样的规模尤为难得。

从上海开出的三辆装载展览物品的卡车已经抵达喀什，这两天正在紧张的布展。参展大部队将于24、25、26日陆续抵达。26日、27日重要活动密集，29日还有项目签约仪式……

群众路线教育实践活动也在紧锣密鼓进行中。现在还需要重新撰写修改个人对照检查材料，要求结合援疆工作特点展开……

今天晚饭后，从八点半加班到12点，总有写不完的材料，处理不完的各类事务。展会开幕之前，总有很多事情需要协调，需要落实……

一波刚平，一波又起。波涛相连，绵绵不绝……

又是一级响应

2014—08—26　22:29:48

昨天指挥部又发布了一级响应通知。一级响应是和地区联动发布的，这次估计与即将举行的亚欧博览会有关，属于预防性措施。一年三百六十五天，几乎三分之一属于一级响应，其他时间都是二级响应。如果办个大型展会就要发布一级响应，此地如何发展商贸啊？

一个地区，稳定是前提，无稳定则无发展。那种“稳定中发展、发展中稳定”的说法，只是美好愿景罢了。比如，有再好的机会，你愿意去阿富汗、伊拉克做生意吗？在财富与生命之间，保命比赚钱更重要。

纪检培训

2014—09—04　23:22:13

回喀什第一天，就参加了前指党委纪委的纪检工作培训，为期一天。

在委里时，与监察室打交道很多，干部工作和纪检工作天然联系紧密，但是这么系统、如此近距离地观察学习纪检业务，这是第一次。如果之前都是在组织人事工作的角度看纪检工作，这次则是第一次从党支部纪检委员角度看待纪检工作。

在当下的权力运行体系中，纪检部门和纪检人员已经成为众所瞩目的焦点，也是群众和外界观察判断国家未来走势的窗口。所有人都认为，只有运用铁腕剜除健康机体上的腐肉，才能确保国家在强国之路上走得更远、更快。然而下手的时机和力度极为讲究，失血过多也是会休克甚至死亡的。所以，这真是一门技术活儿。

指挥部党委纪委今年的工作重点非常明确，要求也非常明确。预防在前，制度保障。从党风廉政建设责任制、请示报告制度、工作职责，到编制廉政风险防范责任书，都体现了这一原则。虽说一直担任所在支部的支部委员，但从来没有当过纪检工作任务分量这么重的支部纪检委员。

一切都是为了163个援疆兄弟，安全地来，安全地回。不仅人身要安全，政治上也必须确保安全。

一切事物的发生、发展，离不开外因内因的共同作用。在纪检监察领域，内因就是干部自身防腐拒变的自觉意识，外因就是严密严格的制度约束。内因解决"不想做"问题，外因解决"不敢做、无法做"问题。

想到了香港廉政公署。在这里，我们需要自己的廉政公署……

工会选举

2014—12—05 21∶11∶56

下午，来自前指、各分指、各工作队的30多名援疆干部人才工会代表，来到指挥部大楼大会议室，参加上海第八批援疆干部工会选举大会。

我们一共有168人在喀什，包括5名上海市政府驻疆办的干部。分成了7个工会小组，每个小组选出工会代表。由工会筹备组提出了工会委员会、工会委员会经费审查委员的候选人名单，筹备组负责人还专门作了筹备工作情况的报告。虽然人不多，但大家还是非常认真地听取汇报、勾选选票……

感谢大家的信任，先是把我选入工会委员会，在稍后的工会委员会会议上又选我为副主席。主席是来自上海纪检委的老戴同志，他同时还是我们的纪委副书记。在选举经费审查委员会时还出了个小插曲，居然出现了同票，我和来自上海人保局的王铮宇同为19票。于是，按照之前通过的选举办法，大家还认认真真地又再次投票，最终铮宇入选经费审查委员会。估计是大家觉得我已经入选工会委员会，没必要1人占两个岗位吧……多个人，多份力量，对此我倒是非常高兴……

工会工作难度还是很大的。特别在喀什，大家伙儿的期望、诉求还是很多的，有的问题还挺高，而指挥部的资源、能力都不是无限的，无法全部满足，工会就是要在两者之间搭建沟通的桥梁，按照我们新当选的戴主席的说法，就是要在群众和领导之间寻找利益平衡点。工会要代表大家争取利益，谋福利，同时工会也要帮助党委联系群众，教育群众，争取群众理解。这是开展群众工作的舞台，学问很深那……

总　结

2014—12—11　01:03:09

又进入年终考核总结的节奏了。今年是援疆第一年，也是参加援疆考核第一年，所以，今年的考核注定会与往年不一样。

现在已经明确的是，今年我们都要参加两次考核、两次测评：一次是喀什当地组织部门对援疆干部的专项考核，另一次是指挥部自己组织的年度考核。两次考核，两个考核结果，都要向上海后方选派单位报送。

今天，坐在办公室电脑边开始撰写年度工作总结。一桩桩、一件件，像过电影一样，把今年进疆以来做过的工作、经历过的事情，重新梳理、归纳、总结……之后发现其实自己在2014年里拥有很多难忘的经历，特别是喀交会举办期间发生7.28暴恐事件，紧急撤馆、紧急联系东航调换大飞机安排上海参展企业返沪，在29日上海企业回沪后的第二天喀什又发生7.30清真寺大毛拉被刺事件，步步惊心、想想后怕啊……

一年时间里，多次下县，到对口的莎车、泽普、叶城、巴楚四县，走访调研，谈心交流，现在闭着眼都能想象从喀什一路南下的戈壁公路情景。两上高原，陪同考察团领略帕米尔高原莽莽昆仑的雄峻和慕士塔格晶莹冰透的雪山，矗立高山之巅的红其拉甫国门。在泽普金湖杨知青大院里遥想插队岁月，在巴楚曲儿盖惊叹蓝天下满目金黄的胡杨海，在喀什老城蜿蜒幽长的街巷中漫步感受源远流长，在艾体尕尔清真寺宽大的殿堂里见证穆斯林虔诚地叩拜……

喀什一年，经历无限……

年终测评表

2014—12—19 21:36:17

下周就要组织今年的年终述职测评了。每年年底都是考核季,机关、企业都是这样。据说今年委里的考核任务也很重,处里在这段时间里要组织或协助组织近10项各类考核……

本以为新疆喀什这里的年终考核可能会简易一些、方便一些。不过,现在看来,程序和要求未见得就比在上海时简便,起码我们在这里需要参加当地组织部门和指挥部两个系统的考核和测评。

今天在办公室准备各类指挥部测评的表格。根据前些日子指挥部印发的考核办法,共有3大类9种测评表,三类测评分为年终考核测评、“德”专项测评、“德”反向测评(现在都特别注重对干部“德”的评价),每类测评表还需要区分为指挥部领导填写的A表、各组组长和分指正副指挥长、工作队领队填写的B表、其他前指党政干部填写的C表,各种表格共有36张样表,参加述职测评的人分别填写不同的表格,每人都要填写3类12张表格,想想都要晕过去了……

这里还不包括地委组织部组织的当地考核,共有涉及班子评价、维稳、计生、民宗等12张表格,如果也是每人要填的,那就意味着每人在今年的年终测评中共要填写24张各类测评表。这似乎不太符合对会议文件、繁文缛节要精简的中央文件要求……

工作调研

2014—12—20 23:15:21

原本在今年年初的工作计划中,组里每个人都要结合各自工作岗位完成一篇调研报告。截至目前,似乎只有卫峰、陈杰已经按计划完成,李平正在努力进行中,估计年底前也能完成。卫峰的那篇关于金融如何支持当地农业发展的调研报告还得到了地区和指挥部领导的好评。指挥部领导更是要求大家向卫峰同志学习，开展调研，多动脑、多动手。

结合前阶段召开的落实推进沪喀合作会议纪要工作会议上领导提的要求，顿时感到压力很大。时至年底，仔细回想，到喀什来这一年间，虽然一直忙忙碌碌，各种事情做了不少，但在主动下基层走访企业、县里这方面，做得还真不够。跟地区相关几个部门已经初步建立打了工作联系，但这对于了解真实全面的实际情况、集思广益，提炼出确有价值的工作思路、措施方面是远远不够的。我自己负责的商贸援疆工作领域，扪心自问，对于上海对口四个县的商贸市场建设、农产品销售情况、物流和电商等现代服务业发展、外贸进出口情况等，有多少深入全面真实的掌握呢？

在指挥部群众路线教育实践活动中，组里兄弟们都把这个问题作为四风中的突出问题摆在首位，但现在看来，各人的整改力度还是有差别的。

喀什一年间，对当地的经济社会发展情况有了一定了解，在当地也积累了一定的人脉关系，有条件可以开展一些针对性的调研。现在需要的厘定命题、确定目标、拟定计划、逐步实施，援疆三年，总要留下一些有价值的工作思考、工作建议，留给当地对口部门和后来的援疆兄弟……

务虚会

2014—12—26　00:51:43

下午，指挥部召开了务虚会，请对口四县分指的正副指挥长们也一道参加。主要是大家坐在一起，谈谈今年的工作体会，酝酿、讨论明年的工作思路。很多思想的火花就是这样碰撞出来的。

四县的分指挥长们都各自谈了自己一年来的工作体会和明年思路。四县情况不尽相同，四个分指领导的工作着力点也各有不同，莎车着眼运用大数据建设平安莎车，泽普要打造援疆项目品牌，叶城提出要加强教育医疗就业等民生建设，巴楚则重点推进文化援疆与民族和谐。八仙过海，各有神通啊……

在自由发言阶段，卫峰谈了金融援疆的设想，特别是为解决当地融资难问题提出设立各县的融资担保基金建议；爱国则谈了十三五规划编制的要求和建议；老戴还是一如既往地犀利亮剑，提出要大胆运用援疆资金，加强基层政权阵地建设；光辉、国剑也从各自角度谈了想法，特别是国剑谈到的NGO非政府组织和社工队伍建设对于喀什社会发展、民族融合的重要意义很有启发……来自分指的几个兄弟也结合各自工作实际讲了自己的体会和设想……

我没有要求发言，但其实也是有些想法的，主要是一年来关于从事援疆工作的角色定位问题，自己觉得主要要做好四个员：研究员，多开展调研研究，多提出有价值、切合实际的工作建议；联络员，当好上海后方和喀什当地对口部门行业沟通的桥梁，用好后方的支持和优势；宣传员，多宣传南疆喀什的正能量，讲清楚新疆向西开放和推进一带一路战略的重要意义；服务员，多为当地企业和已经落户南疆的援疆企业排忧解难……

务虚与考评

2014—12—27　03：21：06

今天很忙。上午继续务虚，下午年终考评。连轴转的节奏啊……

上午的务虚会继续召开，张总出席。在听了5名组长的发言后，张总作了总结。首先，领导提出大家似乎还不习惯务虚会这种形式，谈具体工作的多，谈思路、谈目标、谈方法的少，思想火花碰撞少。然后，领导谈了自己的体会和对明年工作的要求。归总到一句话，就是要充分发挥上海在经济社会领域的各项优势，帮助喀什当地解决实际问题，在第七批援疆成果的基础上，要谋创新和突破，要有新亮点，形成第八批援疆的特色。按领导的话讲，就是工作总是要不断向前推进，不能停滞不前，沿用上一批的老做法、老思路，简单延续，没有提升、突破……

工作要求还是很高的。经过第一年，困难、问题都摆在那里，要紧的是如何去解决、去推动……

下午的考评，先述职，后测评及访谈。在上海时年年考评，已经是熟悉的节奏了，来到喀什，却没想到这个考评的节奏是如此的复杂。今年参加考评的前指干部及四个分指正副指挥长和两个工作队领队共47人，要细分为三个层面的考评：自治区党委组织部对姜总的考核测评（姜总是指挥部领导中唯一未在当地兼职的厅级干部，按干部管理权限，应由自治区党委组织部管理）；前指专职处级援疆干部的考核测评（共14人，我也在其中，按干部管理权限由喀什地委组织部组织考核）；前指在当地有兼职的援疆干部及处以下专职援疆干部，按照指挥部自己的考核规定，要参加由指挥部自己组织考核测评，其中，在当地兼职的干部其实已经参加过当地兼职部门的考核了，但还需要再参加一次指挥部自己的考评……

对以上三类干部的测评表还需要区分A、B、C三种，A表由局级领导填写，B表由各组组长和各分指挥长填写，C表由其他干部填写。这样就便于了解不同层级干部对某位援疆干部的评价情况分布……

够复杂。为了这些测评表，作为人事小组成员，我已经忙碌了快一周了，也不知变了几次。人事工作，多变是正常的，唯一不变的就是变化本身，都已经习惯了……

巴莎高速的故事

2014—12—27　19:18:09

巴莎高速公路，即从莎车到巴楚的高速公路，省道215线的组成部分，其间穿越喀什南北莎车、麦盖提、巴楚三县，双向4车道，全长233公路，沿塔克拉玛干大沙漠西缘而建，一路穿越绿洲、戈壁、沙漠，总造价190多亿，是国内首条大面积利用风积沙填筑技术的高速公路，由上海代建，今年10月通过验收正式通车。这条公路是上海建设行业职业精神、专业水准、敬业作风的最佳体现。由于采用风积沙填筑新技术，总造价帮助业主方节省了20亿元，并且施工质量高，附属设施考虑周到，路况美观，可以毫不夸张地说，这是迄今为止新疆历史上最好的一条路。

过总就是巴莎高速代建指挥部的指挥长，来自上海建管委，是路桥专业的教授级高工，身材魁梧，性格爽朗，带有一股西北汉子的气势，其实却是道地的无锡人。自 2010 年进疆，已经 4 年了，4 年只为一条路，今年底就将完成任务凯旋回沪了。

完成公路交接后，过总就一直住在了指挥部。虽然年龄比我们大部分人都大，但过总为人直爽，在这里 4 年，遇到的事情也多，所以晚上经常我们一起喝茶聊天，听他讲在戈壁沙漠修路的故事。

4 年来，与公路沿线的各个县乡、民族群众打交道太多了，对南疆基层的真实情况也有切实的了解。听他讲的这些情况，我们都认为其实现今南疆基层政权建设的问题就是最大的问题。而打着宗教外衣的别有用心者，通过一些小恩小惠，办地下讲经，笼络人心、培养骨干，但有合适机会变蛰伏而出……虽然也有刘国忠那样的好村官，但太少了，真的太少了……

花了 4 年，付出无数心血修的这样一条高品质高等级高速公路，虽然现在已经交接，但目前仍处于无人管理、随意通行的状态。据说是因为当地接收部门不积极，缺乏资金、人员，统一联网的收费系统还没建好，所以只能免费开放使用。何时布设好收费系统还不得而知沿线已经完成的那些功能完善、外观漂亮的休息站、加油站何时能真正入驻、发挥功能，更不知要到几时了……

过总说，其实早在一年前就提醒过当地有关部门了，公路明年要造好了，运营收费的问题你们要考虑了……

沿线群众是乐于免费通行的，非常乐意。问题是当那么多重载卡车超载而来，呼啸而去，日夜往复，损害了路面，最终坑坑洼洼的时候，无人管理、无钱修复，受损的是所有通行的车辆……

过总很无奈，但他很看得开，我是修路的，路已经修好，已经通过验收交接，我的任务已经完成了，至于后面的事情，该说的都说过了，再有问题也鞭长莫及了，相信总有别人会挺身而出的……

最后，要向战斗在风沙漫天的大沙漠之西 4 年的过总和巴莎高速代建指挥部所有兄弟们致敬！你们筑起的不仅仅是一条高速公路，更是一座体现上海精神、上海气质、上海水平的丰碑!

复杂的年度考核

2014—12—29　23:09:52

从事干部人事工作多年,今年的年度考核确是迄今遇到的最为复杂的一次。

下午专门去了一趟地委组织部援疆办,专门负责与我我们对接联络的部门。把该填的表格、该走的程序、对应的不同考核对象、时间节点的诸般事宜终于算是搞明白了。

与在上海本单位的年度考核相比,当地对援疆干部的考核材料,除了年度考核登记表,还多了另两种:一是年度述职报告,二是年度工作鉴定。其实年度述职报告的主要内容在考核登记表的主体部分都已经填写了,而年度工作鉴定材料有点像干部考核材料的写法,要对每个干部的年度工作情况作出评价意见。

这里还要区分援疆干部中的处级干部和处以下干部。处级干部中要区分在当地部门兼职和不兼职的,参加当地组织部门考核的渠道是不一样的,兼职的随兼职部门一道接受考核,不兼职的需要在指挥部专门接受当地组织部门考核测评,指挥部的处以下干部在当地一般都是不兼职的,按照干部管理权限,地委组织部是不管的,只需参加指挥部自已组织的考核的就行。而所有处级干部,无论是否当地兼职,都还需要参加指挥部自已的年度考核,所以每人要填两张年度考核登记表……

像绕口令,估计不熟悉干部人事工作的人已经晕头转向了……

考核反馈

2015—01—15　01:06:25

今天忙了一天,给援疆兄弟们草拟、打印向各自选派单位反馈 2014 年度考核结果的函件。全部上海市第八批援疆干部人才 163 人,足足忙碌了一整天。

考核结果:优秀。补充一句:全部优秀。无论是喀什当地考核还是指挥部党委考核,全部优秀。

在喀什一年真不容易。经历了那么多风风雨雨,艰难前行,守望相助,抛开其他不讲,仅一年来往返对口四县调研、招商、会议的里程,估计就顶上在上海好几年了。从喀什出发,南下莎车、泽普、叶城,北上巴楚,最后返回喀什前方指挥部,总里程在 1200 公里以上,基本相当于上海到北京的路程,而这样的巡回,许多人经常是 1 个月内有多次。

辛苦自知啊。

开工日

2015—03—10 01:20:43

今天是周一,兄弟们到喀什后的第一个工作日,也是大家二年级援疆的开工日。

今天其实挺忙的。上午一上班,先到办公室整理收拾文件,然后参加了前指工会委员会碰头会,商量了今年工会申请工会经费的有关事务,大家集思广益,出了不少点子,总之争取为兄弟们多谋些福利。都出门在外,家里都是上有老下有小的,不容易啊,感谢上海市总工会,还牵挂着我们这些在喀什的上海干部,给予大力支持,从家属慰问到兴趣小组活动经费,都表态可以支持。

下午按照组长的要求,准备汇总了春节回上海期间对接工作的情况汇报,明天要开座谈会,各组组长参加。

晚上,又认识了几个喀什的新朋友,都是农办系统的,其中还几个还是原籍湖南的新疆二代,都不容易啊。

“十三五”援疆规划

2015—03—11　23:02:12

今天看了一遍由上海后方几个单位牵头起草的上海市“十三五”援疆综合规划草案。林林总总81页，涉及产业、教育、卫生、建设等各个方面。

重点琢磨了其中有关商贸物流产业援疆部分的内容，包括对十二五期间该方面工作的总结和十三五的工作目标及措施。

感觉这个规划草案还是很有水平的，分析存在问题比较精准、到位，提出的目标措施也比较实在。只在个别方面的措辞上有些不准确，稍提了些修改意见。主持起草这个规划草案的上海市信息中心主任文凯兄是我大学学长，交往多年，毕业后先后在体改委、发改委工作，理论和文字功底都是很厚实的。去年还特地带队来喀什开展规划调研，急匆匆间在办公室见了一面，交谈几句，就各忙各了。

上海援疆规划的编制一直是亮点，在地区乃至全自治区都是闻名的。规划编制不易，组织贯彻实施则更加不易，所谓“知易行难”啊！

开工喽

2015—03—17　21:05:27

上午，指挥部召开了上海援疆全体成员电视电话会议，动员部署今年的援疆工作。张总在最后讲话时提出，经历了一个春节长假，大家回到了喀什，人回来了，心也要回来，大伙儿都要收收心，今年的活儿任务还是很重的，今天的会就是开工会。新的一年援疆工作又开始了。

援疆三年，第二年最重要。为了第三年总结、提高，第二年就需要出工作出成果、出特色、出亮点。领导讲到，上海现代服务业发达，我们完全可以把现代服务业援疆做成产业援疆的亮点。这些特色、亮点要从沪喀合作会议纪要的8条协议内容中去寻找挖掘。大通关平台、纺织服装人才培养、智慧社区建设等都是很好的内容。

任重而道远啊。

忙碌的一天

2015—03—19 01:44:54

上午睡过头了,没来得及吃早饭,因为约好了要去地区旅游局为李平兄弟的副处长试用期满作个别访谈和测评,主要是拜访旅游局党组书记,听取对于李平一年旅游援疆工作的意见评价。匆忙间上车出发直奔行署大院。

旅游局在大院北侧的一座老楼内,貌似这楼原本是居民住宅楼,而不是办公写字楼。民政局等部门也在楼内。没想到辖地地域广袤的喀什地区旅游局,拥挤在这样小的空间办公,仿佛间回到了内地八十年代初的怀旧岁月中……在家的旅游局领导班子成员只有两人,其他的要么下乡驻村去了,要么出去开会了。对于李平一年来的工作领导们都给与了高度的评价。其实他们也挺不容易的,在这样的条件下开展工作,真的需要奉献和吃苦耐劳的老黄牛精神的,也许将来有人编写喀什地区旅游发展史,那么一定无法回避这座老楼和工作在楼里那些人们……

从旅游局出来,会合早已约好等在楼下的上海市政府驻疆办业务处长胡炜兄,直接去了大院南侧大楼的地区商务局,拜访连东局长,谈了谈今年的商贸援疆几项工作,需要商务局对接和支持的。连东局长也提了几项今年需要请上海前指协助的几项工作,特别是 7 月希望能够协助联系上海及周边一些电商企业、园区,安排喀什地区电商重点企业和管理人员学习考察。6 月的开发区管理及招商人员对口培训安排也有了眉目,连东局长答应牵头帮助组织培训学员、落实培训场地。去年的电商培训我们就合作得非常愉快。

下午,与肖处一起拜访了喀什经济开发区人力资源局,带去了同意喀什方选派干部赴上海自贸区挂职和培训的复函,请开发区及早安排相关人员工作交接、尽早赴沪。上海方已经做好准备。

晚饭后，想起今天还是女儿11周岁生日。赶紧视频，对她说声生日快乐，老爸虽然身在喀什，可还是时时刻刻把她放在心上的。时间过得真快啊，转眼间当初那个胖嘟嘟、肉乎乎的小孩儿已经长成身高1.64米的大姑娘了，与她妈挽手走在街上，从背影看仿若姐妹花……当然，如果从正面看过去，还是一张孩子面孔……

于是不禁发出感叹：时间都去哪儿啦……

做与说

2015—03—28　02:03:51

下午指挥部召开了年度信息工作表彰会。我也被通知需要参加，并且据说有奖可领。

信息工作，主要就是向综合组负责信息汇总编报的同志提供有关工作的简报、专报、调研报告等有关素材，整理汇编后根据各自不同的要求和渠道分别报送上海后方有关部门，专报可以直接报市领导。去年，有好几份专报都得到了市领导的批示意见。这往往就是推进工作的尚方宝剑，可以凭此协调有关部门，事半功倍。

我记得自己去年似乎报过4篇简报，一篇喀交会、一篇亚欧博览会、一篇货代协会来喀什考察投资、一篇上海专家来喀什开展商贸行业培训。组里其他兄弟们也报过多篇，所以我们产业组既得到了集体先进，也得到了个人先进(就是俺)。于是得到了一张烫金红皮证书、一个500G的移动硬盘。怎么都有种天上掉馅饼的感觉。

感觉还是有些心虚。一年才四篇，真心不能算多，只是可能比其他人稍多些罢了。质量也不能算高，都是工作动态类的简报信息，不需太费力。李平去年有一篇上塔县高原游慕士塔格峰的游记文章，发表在上海援疆微信平台上，很有文艺范儿，堪为塔县旅游推广的精品之作。今年指挥部修订了信息报送的奖励办法，除了报送工作动态、工作调研等政务信息外，还鼓励大家多写些文艺类作品，诗歌、散文、随笔，稿费从优，政务类每篇100元，文艺类每篇 200 元。估计二院和莎车分指的几个诗人骚客今年将迎来作品井喷之年。

报信息，做工作，就是说与做的关系。其实是非常辩证的。有的事情，需要先做再说；有的事情，却要先说再做；还有的事情，只能边做边说；甚至有的事情，做了也能说、说不出，或者是只能说说，却做不下去。正确把握做与说的关系，是门挺高深的学问，终极境界应当是：当做则做，当说则说，知行合一（是否有些“阳明心学”的意境）？

马不停蹄的一天

2015—04—27　22∶40∶20

现在终于可以停下来歇口气了。今天是援疆二年级以来最忙碌的一天，且公私兼顾、东奔西走，从一个场子赶到另一个场子……

早上十点到二院验血，遵医嘱服用降血脂药已经整一个月了，要求验血以观察药效如何，是否有药物副作用，以决定下一阶段的治疗方案。在援疆医生刘佳兄弟的帮助下，没有等待多久就办完了挂号、开单、缴费、抽血等一系列程序，结果要过 2 个小时才能出来。于是我就先回指挥部，准备下午来取或托刘佳帮我取一下。

刚回到指挥部办公室，就想起应当要去拜访隔壁地委大院里的地区工商联，联系今年春节在沪期间认识的东南亚客商参加今年喀交会的邀请事宜。原本熟悉的工商联领导今年驻村去了，新来的党委书记不太认识，所以觉得还是上门拜访比打电话咨询要好。来到工商联办公室，说明了情况，韩书记爽快答应了协助办理邀请和外商在喀什期间的组织座谈和考察安排事项。

再次回到办公室，已是午饭时间了。之后接到喀交会组委会大会办电话，要求下午 4 点到展馆看现场，确定各自展团位置。赶紧匆匆用餐后就回宿舍小憩片刻。

4 点，赶到展馆现场，我是第一个到达的。等了十分钟，大会办的肖主任来了,又等了半个多小时,负责布展的人员和喀什开发区的人员也来了,现场提出了今年的形象展示馆位置方案,共有两套方案,报地区领导审定后正式确定。无论哪套,与往年相比变化都挺大。所以即刻与组团参展的上海承办方联系,告诉可能有变数,预作准备。

在展馆门口的绿茵下等候了约半个小时,今天的喀什真心的热,仿佛进入了夏季烘烤季节。等到耐心逐渐耗光之时,红色的双龙越野车终于来了。鲜艳的古怪红色车身,据说全喀什这个型号的车子就两辆,所以辨识度极高。上了车从展馆出来,直奔二院取上午的验血报告。下午 6 点的医院大厅清静了不少,很快拿到单子,一看,药效明显,太明显了,胆固醇和低密度脂蛋白两个重要指标居然降到了正常值的最低标准以下。从手机相册里调出去年年底在华疗体检的验血单,发现沪喀两地医院规定的几项指标正常值范围居然不一样,喀什标准明显高于上海标准,难道这个还有地方标准?

又一次回到办公室,才喝了口水,又接到地区招商局电话,说喀交会邀请函印好了,请派人来取,有 1000 份。本想叫实习生小陈去行署跑一趟,又一想小陈不认识招商局办公地址,估计 1000 份印刷品分量也挺重的,小姑娘也搬不动的。所以还是我自已再跑一趟吧,带上小姑娘去认个门,以后还会有许多材料要来取的……

最后一次回到办公室,已经临近晚饭时间了。然后看到办公桌上又放了一份文件,是关于今年喀交会论坛工作方案的,要求四个援疆指挥部邀请嘉宾、每家再承办一个分论坛……

党委中心组学习扩大会议

2015—04—29　23:40:20

下午指挥部召开了今年第一次党委中心组学习扩大会,主题是关于“一带一路”背景下的喀什发展机遇与上海援疆工作。

包括几名组长在内共有 7 名同志谈了体会,指挥部三位领导也作了总结。总体感觉,大家思考得都很深,着眼点从大到小,既有站在国家战略层面的理解,也有立足喀什经济社会发展现状的体会。各种观点、各种想法纷至沓来,学习会变成了一场头脑风暴。许多新的视野、新的思路就在碰撞中产生火花、引发深思。

我也谈了自己的体会。主要有三条:一带一路是国家政经一体的宏伟战略,对于国家的战略空间拓展具有重要意义;喀什独特的区位优势,地处一带与一路的结合点,得天独厚,但也面临道路不畅、周边国家市场容量有限、经济发展水平不高等不利条件;上海的产业优势主要体现在现代服务业,而现代服务业中可考虑从三方面寻找突破:构建现代化市场体系,打造一批要素市场平台,如大宗商品现货交易市场,获取区域性资源商品及重要商品定价权,加强经济辐射力;大力发展电商特别是跨境电商,线上线下互动,开拓周边国际市场;推动物流产业发展,可先考虑从打造沟通东西的航空线路入手,比如尝试旺季时开通热门线路的货运包机业务,等等。

由于时间关系,其实还有许多内容没有来得及讲,比如对喀什综合保税区的功能拓展和定位,保税物流和保税加工的发展,以及如何发挥上海产业与金融全方位优势沪喀携手走出去开拓周边市场……

大胆设想,小心求证,明确目标,稳步推进。这是开展工作的基本法则。

领导也谈了体会,果然高屋建瓴,很深刻。特别是张总,讲到了喀什在一带一路战略推进中如何要避免成为仅仅一个通道、一扇大门的问题,如果仅仅是所谓"廊桥"、通道、走廊等等,没有把资源要素切实落在本地,并且通过市场机制在本地进行有效的资源配置,则喀什最多就是个过人、过货的驿站,不是我们所要追求的"重要节点""枢纽城市"目标。这个观点的确非常深刻。

今天的会议,值得细细思考、总结、回味。

喀什—上海:交错的时空

2015—06—09 23:34:12

东西相隔5000公里的两个城市,共同聆听北京时间的滴滴答答。而就在同一时间的维度内,空间节奏的差异是显而易见的。比如,每日太阳升起的时间，在上海是早上6点，在喀什却是早上8点，午饭的时间在上海是中午11:30，在喀什却是13:30，下午上班的时间在上海是下午13:30，在喀什却是16:30。

往返在沪喀两地之间，常常需要调整自己的时差节奏，虽然都是北京时间，上海的14点和喀什的14点对人的生物钟影响完全不一样。如果身在上海，按照北京时间上海节奏生活，没有问题；如果身在喀什，按照北京时间喀什节奏，也没有问题。若是身在喀什，在短短一天内，既要按北京时间上海节奏开会，又要按北京时间喀什节奏开会，那会是怎样的情形呢？

不幸的是今天我终于切身体会了一把。

——13:30午餐

——14点参加上海市合作交流系统“三严三实”视频专题会议。当会议进行到15点时实在撑不住眼皮的沉重，坐在椅子上进入昏沉盹睡状态……大约5分钟后突然惊醒，抬头望望身边坐着的兄弟们，都差不多啦……

——16点会议进入尾声。喀什会场的兄弟们开始清醒，逐渐开始有小声交谈声。看看手表，我只能请假离开会场，回办公室拿了材料下楼上车直奔行署老楼三楼会议室，要参加喀交会筹备工作推进会。

——16:15进入行署会议室，等待会议召开。

——16:30会议开始。各单位逐一汇报筹备工作进展情况……

——19:20会议结束。全程未再瞌睡，只因早已习惯了北京时间喀什节奏。乘车回指挥部晚餐。

回想起来，15点到16点之间是时空交错最混乱之时，恍恍惚惚之间感到无所适从……

留　守

2015—06—10　22:43:13

今年上海援疆的重头戏“喀什上海周”活动下周就要开幕了。这几日，兄弟们都先后回上海去对接联络各自对口的准备工作了。掐指一算，明晚留守指挥部的人员已经不足一半了。今天在食堂吃饭的人就明显少了许多。

茶话会微信群的兄弟们只留我一个留守喀什。晚饭后，没人一起喝茶聊天，只能独自坐在宿舍里看书、上网、看电视，伺弄花草虫鱼，但总是感觉有些孤单。这时，各种想念就会如同幽灵般悄悄爬上心头。驱散的唯一方法，就是想办法让自己忙起来，晚上去办公室多加加班，就没时间瞎琢磨了……

好在也就一周左右时间，大家也就要重新汇聚到喀什了。恰恰这段时间，也正是今年喀交会筹备工作最忙碌的一周。所以，我需要留守喀什。

留守，耐得住寂寞，也是一种经历，一种考验，一种担当……

往返泽普

2015—07—03 22:47:49

一早就和综合组长乘车赶赴泽普分指，考察了解分指干部人才队伍的情况。原本打算晚上就住泽普，明天再去莎车分指看看，开展谈心。未成想变化实在太快，原本下旬准备来喀什慰问考察的市领导，突然提前到下周就要来。有一大堆的计划方案、发言汇报、行程安排等事情需要准备处理，于是只能更改行程，在泽普匆匆谈完话就踏上了返回喀什的路途。

回到喀什的前指，已经是晚上九点半。好在新疆的夏夜天黑得晚，晚上九点半的天空，仍然是敞亮的。一天之内往返泽普，总路程超过400公里，这在入疆以来倒是第一次。

领导下周就要来。看来这个周末，注定又是个加班周末，自进入6月份以来，已经不记得这是第几个没有休息的周末了……

新老交接

2015—07—08 23:30:34

市委组织部部长今天来喀什了。下午指挥部召开了全体会议，最重要的议题就是部长宣布了市委的决定,仁良老总终于可以解甲归田,“回沪另有任用”,上海援疆工作由杨峥老总全面主持。

仁良老总在新疆工作3年另7个月,风风雨雨,与兄弟们共同渡过。分别的日子临近,兄弟们只有以热烈的掌声表达自己对老领导的深深敬意。这份敬重,发自内心,发自每人最真实的祝福。仁良老总不易啊,所以知悉他故事的人都这么说……在热烈的掌声中,他深深鞠躬,可以想象的是眼眶一定红了……

杨峥老总来自闵行,虽然和大家相处只有2月有余,但是他爽朗的性格、细致的观察、细腻的感情、认真的工作态度、明快的工作节奏已经给兄弟们留下深刻的印象。在他的一言一笑之间,都会不经意表达出某种特殊的涵义……

今天,是上海援疆新老两批掌舵人交接的重要时刻。我们无比怀念与仁良老总共同经历的岁月,无比期待与杨峥老总共同奋斗的日子……

走进上海援疆

2015—07—09 23:59:03

下午,我们前指援疆兄弟中从小出生在新疆叶城的老大哥郭光辉老师邀请我参加了“走进上海援疆”手拉手活动。这是个面向喀什中学生的一个交流活动。把这些喀什的维吾尔族孩子们请进我们上海援疆指挥部,参观援疆成果展览,观看援疆汇报片,召开座谈会交流,让孩子们知道上海援疆为什么、做了什么,做好援疆工作的“最后一公里”。

这些孩子们都是初二学生,有巴郎、有古丽,头戴小花帽,身穿民族风格的艾德莱丝绸服装,很多孩子都穿上了黄色的印有“沪喀手拉手”标语的T恤衫。他们的普通话都说得很好,稍带一些新疆味儿,倾听的样子聚精会神,很认真。

我代表前指的援疆干部跟孩子们讲了自己进疆一年半的感受和开展援疆工作的心得体会,讲了几个援疆工作中的小故事,让他们知道稳定对于经济社会发展的重要性，让他们知道只有通过学习、掌握知识技能才能改善自己和家庭的生活、让家乡变得更美好，鼓励他们一定要学好普通话，这是谋生创业的基础技能。

来自上海儿科医院的援疆医生王来栓和来自中国纺织大学的马承愚教授作为援疆医生和援疆教师的代表，也在会上作了发言，从各自角度说了自己的体会。孩子们听得都很认真专注。

走进上海援疆，是啊，我们在这里，所作所为，应当让这些孩子们知晓。要让他们知道，我们为什么来、来做什么，这是援疆工作的“最后一公里”，非常重要。做了的，还要说出来，让大家知道，这才更有意义。

上海市代表团来到喀什

2015—07—27　22:42:34

今天，上海市人大常委会主任率领上海市代表团一行来到了喀什。这是今年指挥部接待的规格最高、规模最大、行程最紧的政府代表团。领导除了看望慰问上海援疆干部，还要“上山下乡”，去上海对口支援的县和中巴经济走廊的口岸考察走访。

有了去年接待上海市委书记和市长带队的上海市党政代表团的经历后，指挥部的兄弟们对类似的接待工作都已经积累了不少的经验。全民总动员，几乎每人都有自己负责的接待任务，分工明确，职责分明，对于各种可能变数都做了充分预估，对可能遇到的各种细节问题、可能性都制定了相应预案。比如，文悦负责调度车辆，亮亮负责行李，宇飞负责宾馆入住，李平负责景区参观，就是我自己，也需要负责安排在指挥部的聚餐、宴请、夜宵等相关用餐事宜。

每次有这样的接待任务，卫建是最辛苦的一个。千头万绪的接待事项，条条都要归总到他这里。电话接了一个又一个，方案做了一稿又一稿，住宿、吃饭、用车、接机、送机、必需品的配备、考察线路的协调，还有在南疆最重要的安保、卫生等事项，真是足够让人晕头转向的。也就是卫建，反应快、动作快,能在最短的时间内把所有事情梳理得清清楚楚,并且在需要补位的地方,总能及时出现他的影子……

一个好汉三个帮,一个篱笆三个桩。卫建是自己兄弟,看到他忙成如此模样,兄弟们都不忍旁观。于是,大家撸起袖子一起上,帮着张罗做事,有什么问题赶紧互相补位。在一个团结的团队面前,就没有克服不了的困难,正所谓:兄弟齐心,其利断金。

漫长的一天

2015—08—01　00:10:05

这是今年进疆以来最漫长的一天。倒不是我个人从早忙到晚,忙得连喝水上厕所的时间都没有,而是全指挥部所有兄弟们在喀什最忙碌和漫长的一天。

市人大代表团领导一行昨天上了塔县,考察中巴经济走廊的两个重要口岸:卡拉苏和红其拉甫。由于人员较多,相应的陪同和服务人员也有不少,既有指挥部的,也有自治区和喀什地区的有关领导。

可惜天公不作美。今年入夏以来,喀什地区的气温明显高于往年,平地与山区的温度差异造成了水雾蒸腾的迷蒙环境。往日远远就能看到的慕士塔格雪峰,需要近到喀拉库勒湖边才能隐约显现那庞大的冰雪山体。蓝天和白云早已不见踪影,弥漫在山谷公路四周的是一团一团白蒙蒙的水汽,比迷雾天气能见度高,但对于我们习惯了帕米尔山区蓝天白云纯净天空雪山冰峰的眼睛而言,实在是反差太大。

即使领导来了,老天也不赏脸。前天下了一场雨,在进山上高原的公路部分路段造成了泥石流,经过抢通,昨天上山还算顺利。有的年岁较大的领导,在高原上还是出现了比较大的高原反应。所幸指挥部保障有力,考虑到了这一情况,携带了不少氧气瓶,经过吸氧,缓解了症状。今天下山,才是真正的考验。通过布伦口大坝后,有数段公路被泥石流冲毁,等待许久才抢通。一路争分夺秒下山,还要注意交通安全,终于在最后一刻抵达了喀什机场乘上了返沪的航班。当飞机腾空而起之时,指挥部所有参加保障和陪同的兄弟都长长松了一口气。他们昨晚忙碌到今天凌晨 2 点才睡,今早 6 点又早早起床收拾行李、安排早餐,昨晚才睡 4 个小时,并且是在海拔 3500 米的高原之上,前一天又是奔波了将近 500 公里的路程,疲倦可想而知。在这次保障接待工作的微信群里,前导车、行李车、指挥车各种车辆之间的信息沟通满满……这就是一场艰苦的长途奔袭行军!

难怪李平一回到办公室就几乎是瘫在了自己的座位上。他是前导车,负责协调联络与塔县当地的接待安排事宜,够折腾的……

晚上送完航班回到指挥部,还有一场重要的干部民主推荐会议要开。组织部来喀什前指民主推荐和考察下一任总指挥人选,仁良老总服务期满要回上海了。会前的各类名单、测评表、投票箱等各类准备工作只能由我一力承担了,没办法,大家都忙,干部推荐考察的套路在指挥部只有我最熟悉,这些年在上海干的就是这个……

知识产权保护:援疆工作新领域

2015—08—08 23:36:27

上海知识产权局的吕局长带队来到了喀什,受当地知识产权局之邀,开展知识产权保护相关的培训,协商沪喀两地知识产权保护领域的对口合作事宜。三年之前,在国家知识产权局的牵头下,广东、上海、山东、深圳四地的知识产权保护部门与喀什地区知识产权局签订了对口支援协议,在人才、培训、经费等方面开展合作。

随吕局长来到喀什的,还有 2011 年时一起奋斗在第一届上交会筹备工作第一线的琳峰兄弟。他乡遇故知,在中国的文化传统中从来就是一大幸事,今天亦是如此。

下午,吕局长一行拜访了指挥部,看了宣传片,谈了沪喀知识产权合作领域的对口援建。我陪同在旁,感到有一块新的对口援疆领域浮现在眼前。市领导要求对口援疆工作要充分发挥上海的特色和优势,结合喀什地区的实际需求，运用市场的力量，创造性的开展工作。知识产权保护工作近年来一直就是上海领先全国的领域，又有国家局的要求和大力支持，喀什地区的实际需求虽然目前看来不大，但随着知识产权保护意识和市场观念深入人心，这是一个很大的市场。别的不说，仅仅农产品一项，原产地保护标志、商标品牌的申请和保护，就蕴藏着很大的商机。毋庸讲还有像十二木卡姆、乐器、土陶等这些传承了数百上千年，完全可以纳入文化保护范畴的珍贵资源。只是喀什当地还没有人意识到这些都可以纳入知识产权保护，受到法律的保护而已。随着"一带一路"战略的实施，喀什要建成新丝路南道的重要枢纽节点，知识产权保护行业是必须具备的。而目前，全地区尚无一家知识产权代理机构，上海对口援疆完全可以帮助喀什填补这个空白。

以往从来没往这方面想过。这次借着吕局长到访的机会，思量一番，感觉这是全新的工作领域，值得细细琢磨，梳理思路，以项目为抓手，确定工作重点，跟踪推进，有效促进当地专业咨询服务业的发展。

援疆新征程

2015—08—21　22∶10∶13

下午指挥部党委召开"三严三实"专题学习讨论会。会议本身并无太多出彩，重头戏在于最后杨峥总指挥发表的关于当前援疆工作几点思考的讲话。这是杨总来到喀什接任总指挥以来，首次在全体上海援疆干部面前全面、深入地讲述了自己对上海援疆工作的思考，明确了今后努力的目标和方向，对各项重点任务进行部署、安排。个人感觉，这篇讲话，基本涵盖了领导今后开展工作的思路、重点目标、任务、举措。

所以，我得出一个结论：我们上海第八批援疆的新征程开始了。

自 2010 年 7 月中央重新调整对口援疆工作部署、明确上海对口支援喀什四县以来，上海援疆工作走过了两个阶段：第一阶段，是 2010 年 7 月到 2014 年 7 月，围绕上海市委提出的"四为"方针，从产业、民生、建设、人才等各方面展开援疆工作；第二阶段，始自 2014 年 7 月，以韩正书记和杨雄市长带领上海党政代表团访喀为标志，签署了沪喀深化合作会议纪要，共八条，主要涉及民生和产业领域。从去年下半年以来，我们在推进落实会议纪要八条方面做了许多工作，已经取得初步成效。以今年7月殷一璀主任、时光辉市长率领的上海代表团访喀为契机，市领导明确提出了：上海援疆工作要在原有基础上更进一步，始终保持走在全国援疆的前列，要求将沪喀两地合作放在国家“一带一路”战略大背景下规划布局，有效对接，携手共进。

在杨总的讲话中，将围绕喀什经济开发区的两地合作提高了前所未有的重要位置。在上海市贯彻实施“一带一路”行动方案中，已将此列入重点工作项目领域。但现实情况是喀什经济开发区的现状与两地领导的期望值相差甚远，要实现腾飞还有很长的路要走。上海模式也只是当时历史条件下探索总结的经验，不能完全套用到喀什，两地的地理、经济、社会、文化诸方面都相差太多，时代背景更是迥异。喀什模式只能放在国家推进“一带一路”战略大背景下，借鉴其他地方曾经的经验、教训，摸索前行。谈何容易。

任务从来就是艰巨的，道路从来就是曲折的，前途从来都是光明的，事业从来都是伟大的，奋斗从来都是光荣的。

金秋助学

2015—08—27　19:28:04

下午代表上海援疆前指工会参加了地区工会组织的上海—喀什工会“金秋助学”资金发放仪式。这个活动是上海市总工会每年与喀什地区工会组织的助学活动，通过捐助助学金，帮助家庭困难的喀什孩子圆自己的大学梦。因上海市总工会这次没有派人过来，就委托指挥部工会代表出席了。

地区工会在地区职工服务中心办公，这栋楼是广东援建的，就在解放南路地委斜对面，旁边就是文化宫。工会副书记、纪检组长、副主席老王是从巴楚县副县长任上调过来的，曾经参加过我们组织赴上海的农产品展销会，对上海印象很深。为了表示对助学活动的重视，地委委员、统战部长艾尼瓦尔也来了。

今天共有10个地直机关困难家庭的孩子拿到了助学金，本科的每人3000元，其中上海总工会出2000元，当地工会配套1000元，专科的每人2000元。今年上海市总工会共捐助了60万元，除了地直机关，还要发到地区12个县市的困难家庭的孩子们手里。困难家庭的认定是有条件的，凡符合条件的就进入电脑系统，能够查询到的就可以享受这个政策。

在发放仪式上，站在我面前的两个孩子，男孩是汉族的，塔里木大学四年级，女孩是维吾尔族，海南财经学院三年级，都是已经接受助学帮助好几年的对象。唯一希望他们毕业以后能够回喀什就业、工作，为建设自己的家乡作出自己的贡献。

艾委员最后作了讲话。由于下面来开会的大部分是维吾尔族群众，所以他先用维语讲了一遍，然后用普通话再说一遍。这倒是到喀什以后第一次碰到，也难怪，很多基层维吾尔族群众是听不懂、不会讲普通话的。所以地委组织部反复要求，今后提拔干部一定要求是会说双语的。

教育乃国之根本。金秋助学活动，帮助许多孩子进入了大学，掌握了求职就业的必需技能，这改变的不仅仅是这个孩子的命运，更是这个家庭今后的命运，利在长远啊。

建区60周年大庆

2015—09—30　22:40:47

今天上午地区举行国庆66周年暨自治区建区60周年大会。会场设在喀什国际会展中心的外广场，据说出席人员有近6000人，都是来自喀什地区各部门、学校、医院、乡镇等各个方面的代表。四个援疆指挥部也被要求各自选派15人出席。

深秋的喀什早晨，已经不能说凉爽，而是寒意嗖嗖了。根据地区要求，我们一大早就从指挥部出发来到会场，时间刚刚早上九点。在喀什，九点基本相当于内地的早上六点，太阳刚刚升起，还没来得及打个哈欠。地区要求，出席人员都要着正装。于是，大家个个拿出平时基本不穿的西装，打上领带，站在空旷的广场上甚至感到瑟瑟发抖的寒冷。在平时这个时刻，基本都是在宿舍里刚刚起床的时候。

艰难的等待。没有座位。随着时间流逝，广场上逐渐聚集了大片的人群。按照单位分类都站在各自的制定区域方格内。在人群当中的比较温暖，感谢外围的帮助挡住了冷风。我不幸站在了指挥部的最前排，为后面的兄弟遮风挡寒。据说是由于我的西装是传统式样三件套，比他们薄西装要厚些，而原本带队的老戴同志在西装外又加套了一件羽绒服，却也始终没脱下来，现场维持秩序的都来提意见了，所以只好把站在第二位的本人推上位了。

时间过得真慢。如此之久的站立已经多年未曾有过了。一个小时以后，我逐渐感到腰肌开始发酸，小腿肚开始发软。可刚才打听了，大会要到十一点才正式开始。咬牙坚持是唯一的选择。不禁想起了学生时代的军训，也不过如此。意志力这样东西真得很玄妙，真要坚持下去，你会发现自己的极限似乎永远在预期之外，总可以再坚持一下、再坚持一下的。

终于到了十一点。音乐响起，与我们一样等待了两个小时的艺术学校孩子们开始跳起欢快的舞蹈，领导们穿过舞动的人群，拾级而上，站在展馆正门的大台阶上。仪式正式开始。国旗班护旗升旗，领导宣布表彰决定，地委主要领导发表重要讲话，回顾六十年来喀什走过的光辉历程……

十一点五十分，会议结束。散场。我发现自己的小腿肚已经麻木了。所幸稍微活动一下之后还是很快恢复了。

真是一次难得的锻炼。

又到考核季

2015—11—28　01:25:33

昨天，开发区通知我需参加地委组织部对经济开发区区领导班子和领导干部的考核；今天，指挥部又通知我应该参加指挥部组织的年度考核。

这不矛盾。因为根据去年的考核办法，我们在当地任职的援疆干部都应该既参加当地部门的考核，也参加指挥部的考核，即：两次考核、两次测评。

但问题在于与我同样情况的共有6人，都是今年7月以后才到当地部门任职的。按照考核规定，在当地任职不满六个月的，应在指挥部参加考核，在当地任职期间的工作表现由任职部门出具任职期间工作现实表现材料，由指挥部党委统筹后决定当年考核等次。

这只是一个例子。如今又到年底，进入了一年中的考核季。各种情况层出不穷，决定了考核工作是一项备受关注（因其关系个人切身利益）、倍加多样（各种特殊情况都会涉及，因每个人的具体情况都不尽相同）、倍多繁琐（不同对象的各种测评表格）的工作。作为前指人事工作小组的成员，又做了多年的干部人事工作，年度考核工作基本就是我具体负责了：起草拟定考核办法和通知，制定各类考核和测评表格，组织述职测评会议，汇总收集考评表和测评结果汇总，直至最后的上会材料准备、公示、考核意见反馈。千头万绪，一样都不能出错。

原来在委里，年底就是这个节奏，反正也习惯了。不同的是，在这里都是自己一个人干，在委里时还有处里几个得力帮手打理。好在前指人员不算多，考核程序也相对委里简单些，还应付得过来。

在喀什，一年下来，兄弟们都付出了很多。考核是总结回顾的时候。能为援疆兄弟们在这个关键的时刻做些工作，虽然人挺累，心里却是很高兴的。

一大波会议袭来

2015—12—19　22:23:18

今天周六。从今天开始，到下周一，将有一大波会议密集袭来。今天上午，指挥部党委“三严三实”学习交流与总结会议；下午，前指工会委员会全体会议；明天上午，产业组年终考核述职会；后天上午，产业促进就业半月工作推进会。开发区那边还不知有哪些需要参加的会议，往往都是临时通知的，随叫就要随到，毕竟喀什市区地方小，东南西北方圆就这点地方，30分钟足以从全市任何一个偏远角落赶到会场了。

正是年底各项工作忙碌收尾的时刻。往年在上海此时也是最忙碌之时。在喀什，至少上班和生活就在一栋大楼里，开会、上班和吃饭、睡觉、喝茶、聊天仅隔数层楼板而已，没有上下班堵车的烦恼，也没有往来奔波各个委办局参加各类会议的辛苦，来来去去就是援疆楼和行署或开发区管委会，相互之间车程不会超过10分钟。辛苦的是下县，实在是新疆太大了，比如去泽普，作为刚刚确定的泽普产业援疆工作联络组组长，如果有空，我每周应该去一趟，实在忙碌，那每两周必须要去一次县里，实地了解有关项目的进展情况。每去一次，单程就要近3个小时。不过去多了也就习惯了，200多公里仿佛也不再感觉多遥远了。

各种会议参加多了，也就适应了此地的会议节奏。比起上海而言，感觉还是轻松了许多。所以，虽然一大波会议袭来，却依然可以泰然自若……

好多事

2015—12—21 23:09:20

已经通知大家可以预订回沪的机票了。掐指算来，今年留在喀什的日子不足3周了。事情却还有许多，桩桩件件，需要逐一落实。也许年终的节奏在全国哪里都是一样的，喀什也不能例外。

晒晒任务清单吧：

1. 产业组的本职工作还有6项：沪喀农产品产销合作联盟的章程和加入承诺书的起草以及发送、明年援疆统筹资金项目中商贸项目的立项确认、拜访地区商务局进一步明确明年电商培训项目的具体需求内容、作为泽普产业促进就业工作联络组负责人继续按照领导要求跟踪掌握项目动态、作为依格毛纺服装项目的联络人继续跟踪项目进展，汇总整理纺织服装政策，跟踪排污许可证申请进展情况。

2. 喀什经济开发区的工作还有2项：帮助开发区发促局制定开发区的

负面清单、约开发区领导做一次关于依格项目情况的专题汇报。如果有时间，最好到综保区实地调研一次，看看洪江和金勇半年来的工作进展成果。

3. 前指人事工作小组的工作有1项：组织完成今年年度考核，收集汇总各分指、工作队的测评表、评议表和考核表，召开考核测评会议，汇总测评和评议结果，报党委会审议，同时按要求将有关材料报地委人才援疆办。

4. 前指工会工作有2项：元旦的集体生日活动和聚餐、工会会员的生日蛋糕券的购买和分发。

5. 前指党委“三严三实”教育互动工作有1项：协助组织开展党章学习竞赛和演讲比赛。

哦，还有一项，差点忘了，已经通知我要准备在27日召开的指挥部务虚会上作一个关于产业促进就业的专题发言。务虚会上的发言，是要说对明年形势的判断和自己的思路思考的，最终还是要结合到具体工作和项目的。需要好好想想、再想想，总要说点与众不同的内容吧……

我们的2015：年终考评

2015—12—28 00:06:38

今天指挥部开了两个会。先开2015年度信息工作表彰会议，紧接着再开2015年度年终考评会。2015，我们援疆的第二个年头，今天迎来了收官的时刻。

考核程序一应如故，开大会，组长、分指挥长述职、填写测评和评议表。五个前指的组长、四个分指的指挥长、两个工作队的领队需要上台述职。指挥部领导和所有出席会议的其他同志都参与打分测评。

这里的年终考核与上海的年终考核最大的不同，就在于这里没有优秀比例限制。而根据公务员法，年终考核的优秀比例一般控制在总数的15%。援疆工作的特殊性，在这方面是享受特殊待遇的，也是党组织和政府对于远离家乡故土、在边陲边关辛苦工作生活一年的援疆干部的爱护和关照。没有优秀比例限制，考评过程和结果就没有太大的悬念，每人都可以得到一个优秀。但偶尔也会有出现意外，去年曾有过，但经过一番交涉，最终还是大家都得到了优秀。皆大欢喜。

说句实在话，在喀什工作生活一年间，哪个不是克服了各种困难在咬牙坚守？谁没有碰到过家里突发急事却只能鞭长莫及、回首空叹？这个优秀，不仅仅是给坚守西北边陲的我们，也是给坚守浦江之畔的家人。他们或她们比我们更加不容易。

午间休息时，看到卫峰在办公室整理进疆两年来拍摄的风光、风景、风情照片，准备着要明年结束援疆之后出一本摄影集，作为三年援疆的总结回顾。不愧是高级摄影师，相片的视觉冲击感非常强烈，老城、沙漠、胡杨、雪山、冰湖、清真寺，喀什噶尔的气息仿佛就鲜活跳动在眼前。

想想自进疆以来我记述援疆工作生活的博文，如今也已积累有30万字了。我只想把这些文字，作为援疆兄弟们共同的记忆，留在人生路途的风景里。年老以后，可以不时拿出来细细回味、慢慢咀嚼，还能够体会到那种激情、甘苦、内疚、快乐等等五味杂陈的感觉，那么鲜明，那么深刻，那么沉醉。

援疆二年级在喀什的最后一天

2016—01—12 21:48:46

明天指挥部统一安排回沪。今天是我们援疆二年级在喀什的最后一天。

依然忙碌。甚至比往常平日里更忙。最忙之人就是我们总指挥，这几天每天日程都排得满满的，甚至连中午午休也取消了，要赶在回沪之前完成一系列的谈话、调研、会议、部署。地委已经明确杨总分管教育和卫生工作，这本是上海援疆之长，而自中央领导到自治区领导、上海领导、喀什地委领导还对上海的产业促进就业工作寄予了厚望，这方面却是我们相比山东等省市欠缺之处。因此，领导的压力是最大的。

在领导的率先垂范下，产业组也很忙。比如今天，上午10:30，杨总召集产业组专题研究产业促进就业工作，重点是梳理部署回沪期间及返喀之后的工作安排。12:30会议结束。之后要接待两位来自上海的老同事和企业家朋友,他们是专程来看领导的,而凑巧的是其中一位是我在委里的老同事了,并且曾一同在青浦挂职锻炼。陪同朋友们参观了指挥部一楼的援疆成果展,到二楼办公室聊了聊喀什的情况。此时领导正在会见行署分管卫生工作的副专员,商量今年的卫生援疆工作。一直到2点会见结束后,大家才共同到一楼食堂吃午饭。在指挥部大楼前拍了几张合影之后,朋友们就要赶到机场去乌鲁木齐了。下午4点,我到行署老楼二楼会议室参加今年喀交会的第一次方案讨论会。6点会议结束回到指挥部。终于开始整理办公室各类材料,带回去的、留下的,一样样摆放妥当。拿个移动硬盘把电脑里的文件做个拷贝,带回上海,这样如果在沪期间临时接到什么任务,还可以查找资料。

晚上,在宿舍,开始收拾箱包。等待明天来临。

援疆二年级最后一篇记述。从今年3月8日进疆,至今日为止,从年头忙到年尾。回想过去的这些日日夜夜,平凡而生动,朴实而难忘。

重返远方的家:喀什

2016—02—28　22:03:26

早上6点离开上海家中,晚上6点到达远方的家:喀什。相距4960公里。在喀什噶尔援疆的日子进入了三年级。

虽然这是第八批援疆的最后一年,但兄弟们普遍感到肩上的担子更重了,许多想法还没来得及实行,许多工作也才刚刚摸准门道、正准备全力推进,还有许多问题还需要进一步研究、琢磨……

援疆三年,如今到了毕业季了。忆及过往,感慨不已。两年,时间不算长,亦不算短。来自上海的理念和热情,在喀什噶尔的广袤土地上不断碰撞、磨炼,慢慢地、逐渐地适应喀什噶尔的土壤,开始萌芽、生长,有那长得快的,已经开始开花、结果。

上海在民生援疆领域已经立起了响当当的品牌,尤其是卫生、教育,举上海全市之力帮助喀什提升本地公共服务提供能力，造福当地民众，赢得口碑。而中央对上海援疆工作提出了更高的要求，在民生援疆的基础上，更要着力做好产业促进就业援疆工作。而在沪喀两地产业结构落差巨大的今天，引进纺织服装、电子加工等劳动密集型企业落户喀什，难度可是真的不小啊！

援疆最后一年，重点、难点都在产业促进就业援疆工作上了。产业组的兄弟们将迎来援疆三年以来最艰巨的攻坚战。没有退路，唯有奋勇前行，闯出道路。

厚积薄发。前两年的积累，如今已到发力时刻了。

连轴转的节奏

2016—03—02　00:55:26

今日极忙。任务如暴雨，倾盆而下。分身乏术。临近子夜，奋战犹酣。

差不多了，该休息了。明日还有硬仗。

连轴转的节奏。虽早有准备，却仍始料未及。

草草几笔，拓印留痕。

任务、任务、任务

2016—03—17　01:40:49

上午开了碰头会，分管领导对兄弟们今年入疆以来的工作给予了高度肯定。尤其表扬了栋林，他这次可是挑大梁了。作为联系上海后方和喀什当地的总枢纽、总协调，责任最重、压力最大、任务最多，在最忙碌的临战前几日，几乎是每天坐在办公室里，不是打电话就是做各种方案、名单，所有的工作条线千丝万缕最后都归结到他一人身上。简直是不可开交、日理万机、焦头烂额，乃至于茶饭不思、夜不成寐，最终胡子拉碴、满面憔悴。

如今新任务又布置了。没办法，今年就是这个节奏。虽然有心里准备，却仍然超出了心里预期。辛勤和忙碌，已经成为产业组今年返喀以来的新常态。

上午的碰头会，明确了近期的重点工作。老肖归纳总结为五个一：一个接待方案（接待市领导来访的行程安排）、一批成果（此次秘书长来访取得的成果汇总）、一个会议（拟在泽普召开一个产业援疆带动就业现场会）、一些材料（包括近期相关工作成果简报、领导讲话、项目表等）、一张表格（重新梳理重点跟踪项目情况表）。任务又如暴风骤雨般纷纷落下。哪个任务都不轻松。

既来之，则干之。不来白不来，也不能白来，总要留下点什么吧。洒下一些汗水，浇灌一些心血，总能为喀什的发展固土培肥、添枝散叶作出自己的贡献。三年时光，弹指一挥间，如此短暂，如此难忘。来不及回首感慨，也来不及停留抱怨，能做的就是继续向前、向前、向前。

耕耘，总是快乐的。付出，总是快乐的。虽然总有痛苦，有艰难，有曲折，但与自我价值实现的快乐相比，一切都是值得的。

痛，并快乐着。

市长来到喀什

2016—04—26　02:35:09

上海市长今天来到了喀什，带来了上海市政府相关部门、区县的领导，算上昨天先期抵达的上海企业代表团，总数已经超过100人。这个庞大的代表团，为喀什带来了24份沪喀两地合作协议，有投资类有合作平台类的，涵盖农业、工业、服务业各个方面。

政府搭台，企业唱戏。下午召开产业援疆带动就业工作汇报会，上海市长和自治区主席都出席了会议。月星上海酒店的一个巴郎（维吾尔族小伙子，昨天博客专门讲了他的故事）和巴楚电子商务创业中心的一个古丽（维吾尔族姑娘），分别讲述了自己在上海援疆企业和上海援疆干部的帮助下，认真学习、努力工作，以自己辛勤劳动创造美好生活的亲身经历。非常生动，贴近生活，接地气，市长和主席听的频频颔首。

两地领导对于上海援疆工作都给予了高度的肯定，同时又提出了新的更高要求。新疆方提出，请上海充分发挥推进自贸区建设的经验，帮助新疆申请新一轮的自贸区试点。担子不轻啊。

今天市长一下飞机就马不停蹄到位于开发区的东霞制衣生产车间考察，这家上海援疆企业如今已成为喀什开发区诸多纺织服装企业中的产业标杆，生产的组织、工厂的管理、设备的配置，都是高标准的。想当年，我们来自工商联的光头馨哥为了东霞落户东奔西走，主动顶上一线，乌鲁木齐、喀什、上海之间多次穿梭往返，协调各方，终成正果。如今工厂逐渐步入正轨，光光兄弟却已完成援疆任务返回了上海。

是啊，在还有 8 个月不到的剩余援疆服务期里，还能为喀什当地做些什么？留下些什么？该交给第九批援疆的兄弟一个怎样的工作局面？

要好好想想。

老总们返沪了

2016—04—26　22:25:26

今天共有 20 多名上海企业老总踏上了匆匆返程。由于负责企业代表团接待的胡炜、宇飞两个兄弟各自另有任务要下县，所以送机任务就完全托付给了我。

最早一个航班是上海实业的两位老总。紧接着是锦江集团的老总。然后就是光明集团和仪电集团的大佬们。最后是我委领导带领的商务代表团的各位流通企业老总以及地产集团、建材集团的老总们。

自早上八点二十从指挥部出发前往月星锦江酒店，之后不断往返于酒店、机场之间，幸得卫建、金勇、洪江还有疆办小鲁等几位兄弟的帮助，终于顺利把今日所有返沪的老总都送上飞机。天气不错，所有航班都正常起飞。企业代表团的统一接待活动至此画上句号。

中午 1 点在月星锦江酒店等客人时，甚至还充当了一回神探，破了一个皮包遗失案件。昨日上台与锦江签约的泽普德隆酒店的孙总不小心遗失了随身皮包，内有现金及公司公章、合同章、财务专用章、空白委托书等重要物品，心急如焚，正在团团转没方向时候，恰好为我所见。简单问清楚情况后，孙总拿出了用手机拍下了酒店监控画面，我仔细分辨，竟然认出了其中一人是此次来访的蔬菜集团市场部某位经理，与我相识，于是迅即联系，一查果然是这个皮包。原来是在前台结账后因人数较多，皮包相似，以为是自己的包，随手取走，却是错拿的。真相大白之后，孙总赶紧联系上对方，立即驾车前往取回。总算有惊无险，没出大乱子。

所以，今天送机行程总体顺利，要谢天、谢地、谢人。

领导们也返沪了

2016—04—27　23:03:59

市长带领的党政代表团今天下午结束了为期三天的考察行程，登机返沪。在喀什的这 72 小时，安排极为紧凑。

抵达伊始，就去东霞制衣和喀什二院考察，随后召开沪喀两地产业援疆带动就业座谈会，会上签署了 24 个合作项目签约仪式。第二天便奔赴叶城、泽普、莎车三县实地走访考察。第三天从莎车返回喀什，到指挥部与援疆干部人才合影并共进工作午餐，用餐时间只有一小时不到。随即赶往机场踏上返程。

建交委主要领导也随同市长来了。惜乎匆匆三天，只有今天午餐这短短一个小时的见面时间，抓紧向领导汇报了今年以来开展的几项主要工作，谈了谈自己的最新体会。领导提了些新要求，表示了关心慰问。没有更多的时间了，因为此次我的任务主要是做好企业代表团的接待工作，工作岗位在喀什市，无法陪同下县。

兄弟们也都如此。有的因为有保障任务，随同领导一起下县，还有与我一样另有任务无法陪同、坚守岗位的。这次随市长来喀什的都是主要领导，在上海都是大忙人，每天都脚不沾地的，找领导汇报工作和思想也不是那么容易的。所以，能在喀什有这么一个小时的相处时间，已经很不错了。

帕米尔高原和东海之滨，一带与一路，携手共进，心手相连。

巴楚纪行

2016—04—29 21:34:49

巴楚位于喀什地区东北角，北与阿克苏接壤，西与克孜勒苏柯尔克孜族自治州相邻，东南则是气势庞大的塔克拉玛干大沙漠。从南疆和田、喀什等地北去乌鲁木齐，巴楚是必经之路。在临近县城的老国道路口，有个地方叫做“三岔口”，北去阿克苏，东去巴楚县城，南下喀什、和田，交通四方，实为南疆锁钥之地，也是古丝绸之路中道和南道的交会之处。西域驼铃，声声阵阵，回响在千年胡杨林间。

昨天随指挥部领导下县到巴楚调研援疆项目情况。深入乡村，访问贫困户，探望村养老院里的孤寡老人。巴楚乡村的贫困户，住宅院落却并不显贫困，一排砖瓦平房，葡萄架，几垄自留地，羊圈，甚至院中还有一辆农用拖拉机。贫困的原因在于儿子外出打工失联，大女儿出嫁，小女儿因病无法工作，家里只靠两位老人操持田地过活。因病致贫，因观念致贫，在这里是最常见的。脱贫之要，在于针对性帮助解决贫困根源，比如看病或教育转化就业观念。

村里的养老院是巴楚分指灵活运用安居富民房补贴政策，叠加县乡村三级关于养老补贴的政策，集中建造的。有 18 位村里的孤寡老人在这里安度晚年，无需支付任何费用，受到了村民的欢迎。

今天上午，在县政府参加了两个座谈会，一个关于今年的援疆项目进展情况，一个关于巴楚县发展电子商务的情况调研。这两年，巴楚分指通过不断摸索，逐步建立起一个由政府主导的县域促进电子商务发展的支撑体系，最初是培训，然后引入线上资源，接着帮助解决物流问题，最终在县里初步建立县乡村三级配送采购体系。来自静安区的严布衣兄弟单枪匹马，在分指挥部领导的支持下，创下这个局面着实不易。须知，这可是在南疆喀什。

每次到巴楚调研，还另有一样好处。此地为美食之都，羊肉尤其鲜美。

本地羊的品种叫做巴尔楚克羊，肉味极美，毫无膻味，只需加盐白煮即可。还有甜瓜，水分足、糖度高，口感细腻滑软，极好。在红海水库边的烤鱼，野外柴火烤制，香辣粗犷，带着一股浓浓的西域味道。还有生长于沙漠胡杨林中的巴楚蘑菇，柔韧十足，口感极佳。

又戴大红花

2016—05—10　22:03:37

上海市建交委和市总工会、团市委、市妇联等部门的领导来到喀什，带来了 2015 年上海市重大工程立功竞赛活动的表彰名单及证书、旗帜。各种等级、各个大口的各类表彰几乎都有了，长长的表彰名单，领导宣读时还读了好一段时间。

表彰分为集体和个人。最高级的都是五一劳动奖章，然后依次有建设功臣、优秀建设者，还有表彰青年的五四奖章、青年突击队、三八红旗手等，甚至还有表彰援疆干部人才家属的“贤内助”奖，其实就是市文明家庭奖。去年俺家就评上了这个奖，也有证书的。

因为获奖的集体和个人比较多，全部上台领奖时间较长，有的获奖者还恰巧回沪或出差了，所以只选择了部分获奖的上台领奖。

组里兄弟们抬爱，评我为建设功臣，荣誉很高。据说这类奖如果在上海参评，还是非常不容易的，一则只在建设交通系统内部评比，二则名额较少，竞争激烈。文悦兄弟说他在房管局干了这么多年，也就评上了一次优秀建设者，从没评上过建设功臣。

竟然如此不易啊。心下不仅惴惴然，原来这是市建交委对于援疆工作的大力支持，在援疆赛区放宽了评比范围和名额，却是沾了喀什的光了。不过扪心自问，去年一年自己也的确做了很多工作，成果也摆在那里，大伙儿都看在眼里的，也算不辱使命了。

今天穿了一件白短袖衬衫，到了会场一看，呵，上台领奖的竟然还要求别上一朵大大的大红花！上次与大红花亲密接触，还是两年半之前在上海市委党校统一出发进疆送别的时候。时间真快，如今已经两年半过去了。今日重见大红花，居然已经在这里的岗位上做出成绩接受表彰了。

上台领好奖，转身立定，手捧奖状证书，台下一片快门声。兄弟们给我抢了几张，发在群里，评头论足一番，感觉自己站在那里很严肃，稍紧张。

尤其胸前那朵大红花，真的红得好夸张。

大战前夕的宁静

2016—06—06　21:52:58

今日六月六，六六大顺。又见纯净喀什蓝，气温却陡然升高，往日习习微风不知躲在何处，灿烂得近乎炙烤的阳光火辣辣的。以往周一就是一周中最忙碌、最热闹的一天，各种工作会议安排在这一天的最多，比如各组的碰头会、指挥长办公会、专题工作研究会等等。趁着大家都在，把一周的工作统一部署安排、沟通协调，周二开始就各自忙碌了，有的要下县，有的要去乌鲁木齐，更多的要去当地的任职单位协调处理各种事务。

今天这个周一，却一片安谧宁静。甚至指挥部二楼的办公层都是静悄悄的。领导们有的出访，有的返沪，还有的去乌鲁木齐开会。各组的兄弟也多有下县或返沪的，办公室里三三两两的，实习生成为进进出出最忙碌的群体。

坐在办公室里，享受着难得的静谧周一。忽然心有所感，暗流涌动之时水面却波澜不惊，今日之平静实为繁忙六月来临前夕的平静，是为大战前夕的宁静，不久后即将扑面而来的将是今年上半年最忙碌的日子。

喀交会月底就要正式召开了。目前已经进入冲刺前的力量积蓄阶段。今年上海来喀什参展参会的人很多，气氛火热，相应地接待安排、组展布展、考察对接、后勤保障等工作也将更加繁忙，压力会较往年更大。这是指挥部及我们组里、我本人上半年最大、最复杂、也是最后的一项大任务了。

本周末，6 月 11 日，欧洲杯即将开战。四年一轮回，上次欧洲杯之时我尚在上海，如今却远在喀什，距离战火燃烧的欧洲球场在地理距离上却是更近了。这样的四年一次的大战，如何能轻易错过？

2016 年六月，注定将不会平静。今日，且享受着难得的平静吧。

昆仑山里的泥石流

2016—07—08 22:11:41

6 日是开斋节。鉴于以往的历史经验，本地区各级部门都保持了外松内紧的态势。本来我也要陪上海国际棉花交易中心代表团下县去巴楚、莎车两个产棉大县调研，但后来还是因有所顾虑放弃了原有计划，代表团也提前返回了上海。三天过去了，喀什地区依旧平稳如常，和谐安定，甚至连些许微澜都没有泛起。

本以为今年的开斋节就这么顺顺利利、平平安安过去了，挺好，对于喀什地区，稳定太重要了。

但事情往往不会那么顺利。昨晚忽然听说 6 日凌晨叶城县位于昆仑山区的科克亚乡 6 村遭遇了泥石流袭击，已经造成 35 死。进出村子的道路已经被冲毁，当地政府已经组织力量在全力抢通，地委、行署领导已经亲临一线抵近指挥，自治区有关领导也已经启程前往喀什。

听说此次泥石流灾害挺严重，新华社等各类媒体在第一时间都做了快速报道，甚至快得连叶城县政府都还没有来得及向喀什地区行署上报，结果自治区政府在媒体上都看到了消息快报，打电话过来询问，地区行署才恍悟叶城竟然出了这么大事。为此，行署受到了自治区的严厉批评，甚至还被责令作出深刻检讨。

这可真是有些顾此失彼的意思了。泥石流属于天灾，不可避免，然而应对不及时也会造成不良后果。看来，喀什地区的这个开斋节过得也不顺啊。在此地为官，真是要时时兢兢业业、小心谨慎，一刻都放松不得，心里始终绷紧了弦，要做好应对任何突发事件的准备。心累啊。

这场发生在叶城昆仑山里的泥石流，搅动了自治区、地区、县里、武警、受灾群众等方方面面多少人的心呐……

又一大波来袭

2016—08—22　23:07:14

看来在喀什的这最后四个月注定将不会轻松。嗯,这就是体育比赛中最后冲刺的节奏。又有一大波任务铺天盖地而来了。想起了若干年前红遍大江南北的植物大战僵尸游戏,那一波一波又一波的怪物怎么打也打不完,真是无穷无尽、无边无际,怪物的等级越来越高、越来越难打……

我们在喀什的工作似乎也越来越难了。也真应了那句话:知道的越多,了解的越深,想法就越多,事情就越多,难度就越大。

因为大家对工作的要求也越高了。

9 月,本就是下半年最忙碌的月份。这个 9 月,中旬恰逢古尔邦节和中秋节联袂而来,从 9 月 11 日放假直到 17 日,然后就是国庆黄金周长假。在新疆,假期是极好的,比内地还多了穆斯林的传统假日,俺们也沾光同享,而国定假日那是全国普遍适用的。所以,我们在喀什的假期比上海的兄弟姐妹们要多。不知引来多少羡慕吧,但在这里加起班来也是没日没夜的。今年 9 月,还有个第五届亚欧博览会,是今年列入展会补贴统筹项目的最后一个展会。隔在两个黄金周假期当中,倒是张弛有道。

还有明年项目的立项和计划编报,虽然操作有第九批的兄弟们,但已经明确编项目是我们的活儿。最后就是三年工作总结,指挥部已经每个人要认真回顾、全面评估,除了工作总结,还要讲讲自己援疆三年令人难忘的小故事。

啊噢,还忘了还有跟第九批的工作交接,这可也是大事呢……

变化是永恒的主题

2016—08—23　23:31:03

这两天忙着准备虹桥商务区代表团来喀什考察的行程安排。他们来喀的日子恰巧与上海市政协代表团冲突了。指挥部的大部分接待力量都安排到由市政协领导带领的政协团去了，也只剩下我一个人独自处理虹桥团的事务。

做接待工作，变化是永恒的主题。这是两年多来我在喀什做了这许多个后方团组接待工作的深刻体会。后方领导的行程有变化，而喀什当地领导及指挥部领导的日程安排也常会有变化。尤其当同时有数个代表团蜂拥而来之时，下面的具体接待团队可以同时凑出几支，但面上出头的领导就几个，实在是兜转不开。但没办法，很多时候，大家都有自己的工作日程，都排得满满的，动一发则动全身，只能在各种可能方案之间寻找最大公约数，挑拣出最恰当的那个。

比如，这次虹桥团的接待安排，已经变了两三次了。其中有一个座谈会，需要当地部门参加的，时间地点已经变了三次，并且每次变化都是我刚刚通知与会部门领导后被告知又要变了……

仔细想想，其实大到国事外交，小到朋友聚会，不都常常遇到这样的情况吗？本来都已经讲得好好的，突然又变了，推倒重来，刚安排好，又要变了，直到事情发生的那一刻真正到来之时，之前一切均有可能变化，不变是相对的，变化是绝对的。

在仔细想想，在喀什做后方团组的接待工作，其实是多么幸福的事情。只有来的团组多了，才会有日程冲突、才会有变化。门可罗雀的状况，是不需要什么变化的。

不断变化的深处，折射的是喀什热在上海的不断升温。而这，不正是我们所期望的么？

日出东方

2016—08—31　23:01:05

刚送走了虹桥商务区代表团，又迎来了东方证券董事长领衔而来的慰问团，明天还有上海市新疆商会代表团来访。这个八月的最后几日，来自东方明珠家乡的团组接踵而至，温暖、亲切的问候与鼓励，时时回荡在耳边。

增添力量，倍增勇气，奋力前行。

在这个远离东方大都市的西陲边远之地，最需要的就是来自后方的支持和鼓励。这种节奏的接待工作真的挺累身体，但心里却很高兴。因为在这一刻，每个援疆兄弟都能真切感受到来自上海大后方的力挺与支撑。工作更有底，心情更愉快，干劲也更足了。

东方证券是卫峰的“娘家”。今天董事长娓娓道来当初如何灵机一动想到选派郭卫峰同志援疆，卫峰又是如何表态，如今成果却是如此丰硕。话语之间，拳拳舐犊之意，溢于言表啊。

作为援疆兄弟，真为卫峰高兴，有这样支持和关心的董事长，还有不遗余力、大力支持的公司高管团队，金融援疆何愁不能硕果累累！

日出东方。东方总是寓意“希望”。喀什地处祖国西陲，太阳在我国国土之上每日总是最晚在喀什落下。东方日出，旭日东升，满怀希望；西方日落，夕阳西下，孕育希望。没有夕阳，何有旭日？在夕阳与旭日的周而复始中，天道循环，生生不息。天地至理。

西域边陲，喀什噶尔。东联华夏，西接中亚。日出东方，夕阳无限。携手共进，同谱华章。

肖氏三国

2016—09—26　23∶02∶01

晚上组里开会，交流工作情况，部署下一阶段工作。同时，按照指挥部党委要求，组长跟大家作了一次集体谈心。由于前面交流各自工作费时较多，开始支部集体谈心活动时已经接近零点了。兄弟们也开始感到疲倦了，大家只想着快点开完会回宿舍休息。

肖健组长非常认真，还准备了一份详细的谈心提纲。

开始娓娓道来。从研读三国演义感受体会入手，结合援疆工作和自己的感想思考，谈如何做好三年工作总结，如何加强自身修养、补短板、强内功，从思想上、作风上、生活上做好结束援疆任务返回上海工作的准备。随手拈来的三国典故轶事，结合我们的工作生活，举一反三、归纳总结。比如，讲到如何做好一个处室的领导、应该如何识人用人，以袁绍、曹操、刘备为例，详细分述各人的性格与得失，颇有易中天“易氏三国”的意味。

讲到各人应当要明知自己短板何在时，举了关羽的例子。云长智勇双全、名满天下，最大的短板就是太高傲、看不起人，甚至连东吴孙权都看不起，孙权提出将云长之女许配自己儿子，遭断然拒绝，还说出“虎女焉可嫁犬子”这样刺激别人的话语。孙权大怒，不堪其辱，兵发荆州，最终关羽败走麦城被杀。由此引出之后张飞急于为兄报仇、鞭打部下，引发叛变被杀，刘备盛怒之下以举国之兵伐吴，被陆逊火烧连营，兵败身亡的一系列严重后果，沉重打击了蜀汉。设若关羽不是这样的高傲，联姻东吴，北抗曹操，蜀汉局势将迥然不同。所以，即使自己有本事，也要明白自己的短板在哪里，以趋利避害，否则，即便强如关羽，也摆脱不了兵败身亡的命运，甚至还给国运带来重大的转折。

侃侃而谈足有一个多小时，已经凌晨 1 点了。小平平奋笔疾书，认真记录，听得津津有味，俺亦仔细聆听、笔记不断。原本稍有的倦意却是一扫而光了。

如此的支部集体谈心，真是第一次遇到。极好。

禁酒令

2016—10—10　01∶36∶08

从上海来喀什的朋友们，往往对南疆剽悍的酒文化心存畏惧。上至领导，下到群众，不分男女，招待酒水一律新疆特产的伊犁小老窖，46 度，一瓶半斤。席间各种敬酒花式博采全国各地之长，层出不穷，总目标就是要让在座的每位，无论主人客人，都要尽兴而归，发挥出最后的饮酒潜力。

中央发布八项规定以后，内地许多省市都开始限酒禁酒，但新疆属于少数民族地区，自有其民族习惯传统，所以据说中央首长来喀什调研时曾表示，在民族地区工作的同志可以适当喝点酒，有助于民族团结，也是工作需要。有了这个表态，内地来疆的朋友们，尤其是那些喜欢喝酒的，就可以彻底放下心来觥筹交错了。

在每年接待的高峰季节，团组很多，接待任务很重，但负担最重的就是喝酒了。家乡来的领导、同事、朋友，不远万里来喀什，总要备酒言欢、畅叙友情。往往开了头就刹不住车，小酌演变为痛饮。酒精烧灼之下的感情，更加炽烈、浓厚、持久、难忘。

但接待次数多了，兄弟们就都有些吃不消了。这真是大实话。不喝不行，喝一点也不行，唯有痛饮猛灌，方显情谊。中国的酒文化，自古以来就是这么个道理。

9 月中旬，晴天一声雷，自治区党委办公厅专门发了一个通知，要求各地各部门在公务接待中一律不准饮酒，无论地点、酒水种类、酒水来源，除非是外事接待或招商引资工作需要，可以适当饮酒，但绝不允许上高档酒。如有违反，查实后将按违纪予以严肃处理。

不禁长出一口气，新疆版的禁酒令终于颁布了！

感情深厚并非一定要通过酒量来衡量，但传统上、事实上往往国人就是把两者这样直接挂钩的。原来没有限制，少喝、不喝都不免令客人心生疑窦：什么意思，对我有意见？不欢迎我啊？如今有了红头文件，只要稍加解释，客人就明白了：啊噢，都发文件啦，看来真是不能喝了。

有朋自远方来，酒是助兴之物。适度饮酒，其乐融融，对于援疆工作，也是极有好处的。但凡事还有个度的把握，过头了就不好了，酒喝多了，也伤身体啊。

真心为禁酒令点赞！

接待

2016—10—13　23:30:15

援疆工作中，接待工作其实占了很大的分量。上至接待市委、市政府主要领导，下到接待来到喀什投资考察的各个企业代表团；公事来的要接待，私事(主要是旅游)来的也要接待。毕竟人家飞了5000公里那么远的距离来看你,已经一片赤诚,你再不拿出点真心实意,就算自己的良心也难过关哪。

一般而言,每年的6—10月是接待旺季,上海来的团组络绎不绝。今年例外,或许是因为这是第八批最后一年的缘故,今年从进疆伊始,来自上海后方的各类团组就一直不少,未见往常所谓的接待淡季。所以,今年的接待任务,真心说一句,挺重的。

他乡遇故知,人生一大幸事也。在祖国西部边陲的喀什,遇到上海的老朋友,认识家乡的新伙伴,同样是一大幸事。所以,接待虽然辛苦,却是快乐的,套用白岩松一句经典评论:痛并快乐着。

只是喝酒有些吃不消。国人传统习俗,喜庆之日,不喝点酒何以表心意。接待工作中常听得一句话:尽在不言中,先干为敬。

这就是中国传统的酒文化。传承千年,那时有深厚文化底蕴的。即便自治区前段日子发布了禁酒令,也没有一网打尽,一律禁酒,还是留了两个口子:外事接待或招商引资工作需要的,可以饮酒。

我们在喀什,接待的团组几乎个个都与招商引资有关,没办法,当地就需要这个啊! 于是,酒还是要喝滴,只是不如以往那么猛烈了。

即使如此,还是感到力不从心了。比如,截止今日,俺已经连续六晚参与接待了,意思就是连续六天喝酒表心意了,当然,心意是真诚的,酒也是真刀真枪的小老窖……

第二编

生 活

1. 春夏秋冬篇

喀什噶尔的春天来了

2014—03—26　23:41:46

今天午饭后，几个兄弟到大院里溜达。今天天气晴朗，蓝天白云，往日空气中弥漫的浮尘似乎也不见了踪影。漫步在地委大院的林荫道路，满眼都是树木嫩绿的新装，高天上白云轻轻淌过，微风荡漾的午后，轻轻的脚步，淡淡地熏然。

地委档案馆的门口，有两棵桃树。团团粉红的桃花，绽放在蔓延的枝头，背衬着纯净的蓝天，空气中仿佛还氤氲着微微的芳香。午后的大院，静静的，只有微风吹拂枝叶的哗哗轻声。

拍了几张照片，上传到了相册里。

是啊，喀什噶尔的春天真的来了……

起风了

2014—04—24　00:29:10

昨夜，刚刚入睡，耳中忽然听到窗外阵阵风声，隐隐然铺天盖地之势，仿若海中波涛层层叠叠。

起身拉开窗帘，楼前昏黄的路灯撑开一顶顶伞状的光芒，笔直高耸的一排白杨被大风吹得压弯了腰，夜空中似乎充满了爆炸的力量……

起风了。游走在塔里木盆地边缘地罡风，果然气势逼人。

今早得知，昨夜的大风居然卷起一大块泡沫塑料板，猛烈撞击停在楼前的一辆双龙越野车，打碎了车窗玻璃……

不知是否由于大风的原因，人也受到了潜移默化的影响。午饭时，有个兄弟打菜时随口嘟囔了一句：这菜太油了。不巧的是，此时张总恰在他身后，更不巧的是这一幕恰被炒菜大师傅看见了，于是，起风了……

大师傅感到无比憋屈，一个人坐在厨房一角抽烟生闷气，还不断抱怨……

那个随口一句评论的兄弟，终于也发现了问题。于是，主动找到大师傅打招呼，道声对不起，非有意为之，为无心之过。大师傅总算找着宣泄渠道了，大倒苦水，众口难调啊，讲到动情处竟然眼中含泪了……

最后，大家握手，相互理解，一阵大风终于吹过去了……

浮尘

2014—04—25　00:28:04

早上起床，如往常拉开窗帘……

哇！满目苍黄，浮尘黄沙笼罩在天地之间，往日炫目刺眼的阳光仿佛一夜之间失去了威力，只能有气无力地畏缩成一团昏黄。静止无风，楼前的白杨纹丝不动，沉默地伫立在漫天的沙尘中。

这是进疆以来最猛烈的一场浮尘。据说，今年的浮尘天已经较往年减少了许多。往年在 4 月到 6 月的季节里，这样的浮尘天气还是挺多的。难怪在上海市委党校参加进疆前培训时，张总就说，每年在喀什吃进嘴里的沙子累积可达一块砖，但这块砖是绿色环保的，无污染，因为此地基本没有大工业。

二楼的办公室里也弥漫这黄沙浮尘，刚开始真有些不适应。综合组从仓库里取了些口罩，发给大家，外出时佩戴防护。

下午又是预约去二院看牙的时间。戴上口罩去二院，继续我的门牙修复工程……

终于体会到了什么叫做小洞不补、大洞吃苦。今天换药时，超伦说已经蛀掉的左上门牙引起了严重的炎症，甚至已经在周边牙龈形成了瘘管，还需要继续消炎治疗，除了牙内换药，还要吃抗生素。只有炎症消掉了，才能进行下一步治疗。

其实多年前就发现了这两颗门牙蛀了。听说可能要抽牙神经，当时怕疼，没下决心处置。现在，终究还是躲不过了。如果当年就处理，估计炎症也就不会这么严重了。

其实，环境保护不也是这个道理吗？小洞不补，大洞吃苦……

暴　雨

2014—06—08　01:39:00

今晚晚餐是张江置业在指挥部食堂宴请前指全体人员。食堂仍是那个食堂，厨师仍是那些厨师，服务员仍是那些服务员。但是食材不同了，味道有变化了……

这次是真的体会了《舌尖上的中国》讲述的那些家乡味道、家常三餐的故事了。今晚，在喀什又见到了海螺、竹蛏……不禁想起了在家里常吃的竹蛏味道。食材、味道总是与特定的环境、特定的时间、特别的人连接的。当身在异乡时，尝到家乡的味道，那是一种幸福、一种怀念、一种记忆、一种感受。

夜已黑。大家正在大会议室看电影，突然，有人冲进来大喊：外面下暴雨了。紧接着，影片戛然而止，灯光骤灭。短短几秒后，应急电源启动，应急灯亮……

兄弟们冲到大厅门口。门外黑漆漆一片，瓢泼大雨从天而降，伴随阵阵狂风吹过，压弯了楼前一排白杨笔直的腰杆。整个大院漆黑一片。估计是输电总线出问题了。看着那风雨交加的黑夜，恍惚间竟感到身在上海台风季节热带风暴来袭的夜里……

喀什深夜的暴雨。进疆以来第一次遇到的暴雨。

喀什暴雨日

2014—06—18　23:27:15

上午,我和老肖去喀什国际会展中心的喀交会布展组开会,确定各援疆省市展位位置分布。A馆形象展示馆的展位是按年度轮换的,每年按规律轮转就行。但对于在E馆的企业团展位,为了公平,布展组采用了抓阄的方法来确定。我和老肖相互好一阵谦让,最后还是我代表上海前指选了一个纸团……

忐忑中打开一看:E馆2号展区,是靠后的一个展区,位置稍偏,不是意向中的1号展区。悲催……

赶紧给后方的合作办和合作交流中心打电话。他们^_^一笑,说这是抓阄得来的,天意啊。

中午,一直以来晴空万里的喀什居然开始阴云密布,颇有些"山雨欲来风满楼"的意味。难道要下雨?

正在午睡时,被一阵阵由远及近的"隆隆"声惊醒。仔细倾听,分辨出那是雷声在天边滚过。拉开窗帘,窗外飘起小雨。不一会儿,随着雷声渐近,雨点加大,噼里啪啦打在楼前的水泥地上,敲在灰尘满身的窗玻璃上。风起阵阵,涌过大院,吹弯了挺拔的白杨。风声、雨声、雷声,声声交织。屋顶的雨水排水管终于难得一见地喷出白龙水柱,大院水泥地面不久就开始积水,从一滩滩到一块块,最后变成一大片,亮晶晶、光闪闪的水面……

这是我在喀什经历的第二场雨,但却是第一场豪雨。

这是在南疆喀什。在欧亚大陆的十字路口,在塔克拉玛干沙漠的西向边缘,在帕米尔高原和天山的山脚之下……

但眼前的景象多熟悉啊。原来,无论在南疆,还是在江南,雷雨的日子都是一样一样的啊……

午后雷雨

2014—06—19　23:16:34

午后,阴云开始聚集。隆隆雷声又沉沉响起。不一会儿,雨点又开始砸向地面。淅淅沥沥,风雨交加……

继昨日雷雨之后,今日午后再次雷雨。自进疆以来的 4 个月里,真是绝无仅有的连续雨日。像极了夏季的江南。

晚饭后,照例去大院的小树林中散步。雨后的空气湿润清新。阳光透过绿叶间隙,斑驳洒落在林间小道。静谧的树林,偶尔几只小鸟叽喳,平添几分生趣。

不禁想起了小时候生活在云南山区的日子。同样的雷雨过后,提上一个小篮子,拄上一根棍子,随父母和妹妹去山上采蘑菇。那边的山林里,也是这般静谧,松涛阵阵,泥土的芬芳混杂着松脂的清香,自然清新的感受扑面而来。在松树下,山坡上,拨开厚厚的树叶松针,就能看到露出小小伞盖的蘑菇,纯天然野生菌,一窝窝地生长,一片片地采摘。回家后,只需简单煸炒,或煮汤,稍加些盐,那种天然的美味……

离开云南近 30 年了。自那以后,再也没有尝到过那样的美味。那是我心中"舌尖上的云南"……

今天在这喀什的小树林里,居然重又找到了那种云南山林间的气息。虽然这里没有山,也没有蘑菇,但是那种清新湿润的空气,静谧和谐的树林,不禁怀旧……

用手机拍了几张照片,放在相册里。致难以忘怀的云南楚雄禄丰县大西山,致喀什地委大院的静谧小树林。

浮尘天

2014—09—23　22:01:26

今天已经是连续第三天浮尘天气了。灰蒙蒙的天空,遮蔽了平日里火辣辣的阳光紫外线，但是空气依旧干燥，遍布的尘埃仍然笼罩四周。刚刚擦过的书桌、茶几，不一会儿就又蒙上一层细细的灰尘，甚至可以手指作画写字了。也不知有多少细沙被吸进了体内，难怪张总说在喀什一年吃进体内的沙子基本相当于一块砖头。

机场航班倒是还算正常。起码还可以保持起降，只是准点率较以往更低了。

原来觉得南疆的阳光太刺眼，太晒了。这三天下来，发现其实相比浮尘，大家还是更喜欢阳光，哪怕伴随着刺眼、灼人的紫外线，起码还可以采用一些防护措施，比如戴墨镜、涂防晒霜，都可以减低阳光紫外线的伤害，可是在无孔不入的浮尘侵袭面前，真真是毫无办法，也只有少开窗、勤擦桌而已。一年吃一块砖头的指标是谁都逃不了的……

乌　鸦

2014—10—29　23:31:12

晚饭后照例和几个兄弟到隔墙的地委大院散步。不经意间，抬头看见大群的乌鸦纷纷自西方飞越大院上空，停落在不远处的几座高层住宅楼顶。一大群紧接着一大群，黑压压的一大片，伴随着阵阵标志性的“丫丫”嘶哑鸣叫，飞过喀什傍晚的天空。

从没见过这么多的乌鸦。如此密集，如此众多……

在西方传说中，乌鸦是通神灵物，可以看见灵魂，洞悉上天的旨意。在亚欧大陆腹地的南疆，居然可以见到如此之多的乌鸦，是否也在预示着什么呢？

听当地人讲，其实每年这个季节，都有大群乌鸦从西面的塔县帕米尔高原飞至喀什市区，基本都是在八点左右的傍晚，为何会这样呢？原因其实非常简单，天冷了，乌鸦们要寻找一个晚上可以取暖的住所，还有什么比喀什市区那些拥有供暖条件的高层楼顶更温暖、更可以抵抗寒冷的地方呢？再不济，在市区的树林里，由于城市热岛效应，总也比寒风凛冽的高原山区的夜晚要舒适。据说,再过一段时间,就连地委大院的小树林也会成为来自山区的乌鸦们避寒过冬的暖窝。

自然是如此神奇。万物之灵的生物又是如此神奇。

冬日散步

2014—12—04　22:24:43

午饭后,正是北京时间正午2点。楼外阳光明媚,回喀什三天来久违的蓝天终于回归。因着寒而致的感冒也大有好转。忽然想到隔壁地委大院的白杨小树林里散步,透透气,顺便享受一下冬日暖阳照耀的感觉。回到宿舍穿上一件厚外套,就下楼出门而去。

室外果然寒冷,即使在正午阳光下,地面仍有少量的积水结冰,前几日下的雪也没有全部化完。没有风,但扑面而来的空气确是寒冷而清新,不禁连连深呼吸,当丝丝饱含新氧带着冬日气息吸入肺部后,顿觉神清气爽。相较于已经供暖的大楼内热烘烘的空气,那种昏然恹恹的感觉一扫而空。

白杨小树林里静悄悄,偶尔有两只乌鸦"嘎嘎"着飞过。一同来此散步的兄弟还有来自审计局的榕哥,一路散步,一路电话,在和老婆商量家里新购房子装修的事宜,千头万绪,一地鸡毛啊……

寒冷冬日

2014—12—11　21:42:09

下午又开始纷纷扬扬飘落雪花,不算大,但在灰色天空映衬下雪花片片飞舞,带来了喀什冬日凛冽的寒意。

室外在零下10度,室内在地暖的维持下可以达到20度左右。偶一开窗透气,扑面而来的寒冷空气忽然令人头脑清醒,精神一振……

天冷了以后,似乎水族箱的小鱼儿也开始惴惴不安。两天来,已经连续有两条红绿灯小鱼儿夭折了。今天白天夭折的第二条小鱼儿,鱼体已经被同伴们撕咬得七零八落，原来温顺的这些小鱼儿，为何入冬以后突然爆发如此猛烈的攻击性？

援疆第一年的冬天，在喀什，从人到鱼，似乎都需要进一步适应……

漫长的冬夜

2014—12—23 21:32:33

昨天冬至，是一年中白天最短、夜晚最长的一天。在高纬度的喀什，尤其显得冬夜漫长……

入冬以来，寒冷的漫漫冬夜里，在援疆楼内始终氤氲着温暖。自己动手，火锅涮肉；围炉品茶，喀什夜话；包饺子、包馄饨、下面条……家人不在，却不缺温暖；心系喀什，情牵上海；身在帕米尔高原之西，胸怀东海之滨……

冬夜似乎也不再如想象之中那么漫长、那么难熬……

援疆兄弟，相互支撑、相互扶持，在喀什战斗，在南疆奉献。抱团取暖，共克时艰，荣辱与共。

援疆指挥部，就是一座军营、一所大学、一个家庭……

屋里屋外

2015—01—11 22:02:18

这几日感觉大楼内的室内温度似乎越来越高了，同样着一件衬衫加薄毛衣，原来正好，现在却常常会微汗。

宿舍里的温度，今天查看了一下空调温控显示，居然已经达到了 25 度，而室内地暖我已经关闭快一个月了。那就只有一个原因了，就是其他上下左右房间室温较高，四处烘烤所致。

前段日子较少开窗，因为室外实在太冷，基本在零下 10 度左右徘徊。有两回曾稍打开了一点窗户缝隙，不多久室内温度就明显下降，寒意嗖嗖了。

今天晚饭后，突然想到好久没有出去散步了，非常想出去透透空气。于是穿戴整齐外出散步，就到以往常去的地委大院小树林中。

小寒刚过，正是寒冬腊月时节。室外还是非常冷冽，好在没风，虽然温度较低，却没有凛冽刀割的感觉。今日是休息日，地委大院里静悄悄的。天色已经擦黑，渐暗的空中大群的乌鸦依然嘎嘎着横过城市上空，这已成为喀什一景了。挺拔的白杨树依旧是那么潇洒笔直，没有了夏日繁茂树叶的遮蔽，就向空中尽力伸展依旧直挺的枝丫，向上向上向上。

快步行走，深深呼吸，侧耳静听……默默行走在林间，只有我一人，什么也不想，只有行走时衣服摩擦发出的沙沙声，此时此刻，仿佛在时间的静谧流逝中世界只有我一人。

喀什初春的黄昏

2015—03—19 22:52:45

这两天，喀什的空气质量明显好转。或许是停止了统一供暖，减少了煤炭消耗，或许是风向有了变化，吹散了笼罩的尘霾。微信朋友圈里方主任每日一发的空气质量预报中 PM2.5 和 PM10 数值明显下降。久违的蓝天白云重回南疆的天空，大院白杨树林的树木都换上了一身绿色的新装，嫩绿的叶芽随风摆动着婀娜的腰肢，林间小径铺满了历经一冬寒风雪雨而飘落的落叶残枝。大自然推陈出新、新陈代谢的力量无可阻挡。

晚饭后，与栋林、文悦一道快速步行穿行在树林间。晚霞染红了天边的云彩，落日前夕的天空显现出深邃的幽蓝，仿佛地中海情人深不见底的脉脉双瞳，飘逸着淡淡的神秘气息。空气温暖而干燥，相较于上海近日连绵雨日浸润的潮湿，别有一种天高地远、云淡风轻、恬静深远的韵味。

绚丽的晚霞在纯净的空气中更显鲜亮与清澈，带着一丝不食人间烟火的高傲与矜持。

喀什噶尔初春的黄昏，神秘而美丽。

喀什蓝

2015—04—02 22:37:18

早上起床,拉开窗帘,南疆灿烂的阳光直射眼帘。揉揉惺忪的睡眼,忽然望见窗外湛蓝的天空。蓝得那样纯粹,蓝得那样天然,蓝得那样清澈。

刚刚经历两周的雾霾爆表的艰苦日子,在每天都需要担忧呼吸的空气的时候,忍不住怨天尤人。从没想过喀什的空气居然比上海的雾霾天气更加变本加厉。就在慢慢煎熬中,突然迎来今天这样的晴空万里,天空仿佛一块最纯的调色板,扯开一张正蓝色的大幕,补偿前些日子在雾霾中困顿的人们。

空气依然干燥,依然稍稍夹带些许尘土的味道。这是喀什的味道,南疆的味道。弥漫在喀什蓝的天空之下。

相较于北京的 APEC 蓝,喀什蓝更加原始、更加自然、更加清纯。站在帕米尔之西、天山之南、塔克拉玛干之东、昆仑山之北的喀什噶尔绿洲,头顶着这一片喀什蓝,真切地领悟到原来在祖国的同一片蓝天苍穹之下,却还有这许多的风味斑斓。北京蓝、喀什蓝、浦江蓝……无论哪种都令人心醉、令人沉迷。

傍晚,照例快步行走在大院的白杨林间。夕阳西下,喀什蓝也慢慢转暗,呈现出一种深邃的幽蓝,仿佛深不见底的深海之蓝,神秘、幽深,散发出不可捉摸的诱惑。

一群值守地委的特警战士快速从我身边跑过,他们每天都在院子里训练体能,反复进行跑步前进、冲刺……这些小战士,约摸十八九岁的年纪,当同龄人在大学校园里读书、散步、赏花的时节,他们却在训练与值勤的交替反复中度过。在南疆当兵,在一线执勤的压力是外人难以想象的。这些特警战士,是喀什蓝的坚强守护者,是西域大地的忠实卫士。

愿喀什蓝永驻!

尘霾重现

2015—04—03 21:01:26

昨天刚刚享受了一把喀什蓝的赏心悦目,却没想到竟然是如此短暂。今天一早,室外已是尘霾笼罩,无处可逃。开了一小会儿窗户,写字台桌面上就落满了一层薄薄的浮尘。难道喀什的好天气就如安稳和谐的氛围一样,无法长时期持续吗?

打开手机一查,今天的空气质量指数又是爆表。PM2.5 和 PM10 都爆表。看来这是喀什春季的空气新常态了。

干燥、浮尘,无孔不入。这几天早上醒来,总感觉鼻腔干燥,有时洗脸时稍用力揉搓,居然就会淌出鼻血。估计是鼻腔内毛细血管因干燥而脆弱了,稍有外力影响便会破裂。搞得我这几天早上洗脸都要小心翼翼、轻手轻脚。后来干脆采用手捧水泼掩面、毛巾吸干的方式洗脸了。这个方法还是我隔壁的文悦兄最先琢磨出来的。

晚饭后,兄弟几个到院子里溜达散步,刚走了一圈就受不了了。嘴里似乎沙沙的,白杨林也湮没在蒙蒙尘霾的笼罩之中。

回到宿舍,打开加湿器,增加室内湿度,帮助应对这难熬的沙尘日子……

震后惊悚

2015—07—05 22:56:59

前天早上九时零七分,我刚刚睡醒,还躺在床上刷微信,忽然觉得身下的席梦思床垫似乎有些微微晃动,短短几秒,这种晃动的感觉愈加清晰了,可以肯定是在持续晃动中。难道地震了?我赶紧翻身起床,刚刚站立在窗边拉开窗帘,楼板传来一阵猛烈的摇晃抖动,一下、又一下、还有一下……大楼的颤抖令人心悸。我赶紧打开房门,只见在我们楼层打扫卫生的服务员已经吓得面如土色，其他房间里早起的兄弟们纷纷出来，面面相觑，感受着相互之间传递的恐惧之意。

微信上立刻就有了消息，原来是距离喀什将近 1000 公里的和田皮山县发生了里氏 6.5 级地震，震波传递到喀什，震感依然强烈。叶城、泽普、莎车三个分指的兄弟们也都感受了这惊魂一刻。

这是我遇到过的震感最强烈的一次地震。2008 年 5 月 12 日的汶川大地震发生时，我正在上海虹桥开发区的新虹桥大厦 19 楼办公室里，只是感到有些头晕，然后觉得人稍微有些摇晃，开始还以为是办公室通风不够，有些缺氧，后来才知道其实是地震波传递的作用。

无独有偶。上周的股市也经历了如此的强震，比自然界的地震更加猛烈。动辄下跌 5%、6%的幅度，瞬间蒸发了 2 万亿美元的市值，钱都去哪儿啦？……

天灾人祸中，天灾属于不可抗力，颇有些宿命的无奈，人祸却往往为害更烈，且属于自作自受，惊心动魄更甚于天灾。

天灾也罢，人祸也罢，劫难过后才能更深刻体会到惊悚、后怕……

秋凉遐思

2015—09—12 01:25:50

进入九月以后，喀什的天气明显转凉。晨昏时节已不止透凉，而是寒意嗖嗖了。这里地处亚欧大陆腹心之地，气候四季分明，大陆性特征十分鲜明，与东海之滨的浦江故乡相比，温差更大，也更加干燥。这样的气候，初来乍到时确有些不适，从湿润的江南来到干燥的西北，最常见的就是清晨起床鼻血丝丝了。但习惯了以后，就会感觉很舒适，就如西北汉子的直爽，热即是热，如一团火，热气扑面；凉即是凉，如一阵风，透衣而入。凉热分明，不含糊，不腻歪，干干脆脆，清清爽爽，就如同电脑二进制中的 0 和 1 那样，界限分明。

晚饭后到大院白杨树林中散步时，轻衣短袖已经无法抵抗阵阵袭来的秋凉。但如快行奔走,不一会儿就可全身微热,抵御寒凉。在这样的秋日傍晚散步,竟还有如此催促奔行妙用,实在是天意造化。

喀什的秋天,最美的是金色的胡杨。指挥部的院子里虽没有胡杨,却不妨碍我们展开无边的遐想,巴楚的沙漠胡杨、泽普的水生胡杨,在秋日里换上金色的秋装,各种金黄,深浅不一,浓淡不均,远近不同,美景无限。越过天山往北,在阿勒泰的喀纳斯,那里有更美的秋天,森林、湖泊、雪山、草甸,各种红、黄、绿,浓淡相宜,皆是大自然信手拈来的神奇之作,人间只能感叹:上帝不小心打翻了调色板……

这几日深夜入睡后已能明显感到丝丝寒凉侵入薄衾,仿佛提醒秋凉已至。今日请宿舍服务员帮忙换了厚被,隔断秋夜寒凉,拥抱温暖入眠,期待梦中那片美丽的金黄……

秋冬之际的喀什

2015—10—27　22:12:20

进入秋冬季节的喀什噶尔开始进入寒冷模式,距离寒意更甚的凛冽模式也为期不远了。

白杨树叶已经飘落殆尽,余下光秃秃的枝丫树杈,裸露出遒劲盘曲的线条,根根刺刺,指向因寒冷而清新纯净的蓝天。

每天傍晚,大群乌鸦终于告别已经度过整整一个夏季的帕米尔山区,如黑云般直扑市区温暖的高楼林间,栖息度过漫漫的寒冷冬夜。待到第二天冬日暖阳再次升起之时,它们又如黑云般飞离市区到山区捕食。

已经十月最后一周了,喀什地区还未开始供暖,据说就在这几天。室外温度已经降到5度左右,外出需要一件羽绒服保暖了。而在上海,此时还是20度左右,只需加一件外套即可。中国实在太大了,东西两端相隔万里,气候类型完全不同。从地理上讲,喀什属于典型的温带大陆性气候,而上海属于亚热带海洋性湿润气候。进疆至今,我已经非常习惯喀什的冬天,寒冷、干燥、清新,有时还带着丝丝凛冽刺骨,虽寒冷却清爽、干脆,更能使人清醒、冷静。相比之下，上海的冬天，潮湿过甚，虽然气温远比喀什高，但滴滴答答的冬雨和雾霭蒙蒙的天空太压抑、太黏糊，寒意丝丝透入骨髓，仿佛一张巨大的网，笼罩使你无处可逃。

突然意识到，这已经是我们进疆的第二个冬天了……

冷热之间

2015—11—03　21:38:08

进入冬季以来，指挥部大楼开始供暖。根据去年冬天的经验，供暖伊始的前几天地板会慢慢升温，大约三天后室内就会由温暖升级为炙烤，室温甚至可以高达近 30 度，说是挥汗如雨亦不为过。所以，当室内开始温暖的一天之后，就要及时把地暖关掉，仅仅依靠上下左右四面八方的温导就可以保持 20 度以上的室温。只有在大约 22 度左右的室温时，才是人体感觉最舒适的环境。如果由于开窗透气，导致室温下降较多，则就需要重新打开些许地暖开关，转动阀门 20 度左右足已。所谓小火温炖，即是如此了。冷热之间的微妙转换，就在自身一念之间。

沉浸于冷热之间的还不止于地暖温度。这几日正是上海家中佳茗孩儿期中考试的日子，这是进入初中以来的第一次大考，对于树立将来初中阶段学习的信心意义重大，尤其在上宝这样的牛娃遍地的学校里，信心弥足珍贵。当老爸的心里如同着了火，不停地热气升腾、煎熬炙烤，却不敢给家里打电话，只怕给孩子平添学业压力。孩子慢慢长大，自我意识逐渐形成，自我要求更加明确，自我加压普遍存在，当爸妈的如果再加压，只会引发逆反甚至崩溃。所以只有帮孩子适当减压，调整好心理状态，坦然、沉着面对种种不顺，勇于迎接挑战，积极设法去解决克服，付出最大的努力争取最好的结果，却要准备接受挑战失利的结局，还要不气馁，继续前行。这是影响孩子一生的品质，比单纯的挑战成功更有意义。无论孩子的学业事业成就可以到达怎样的高度，我们都要做好准备接受实际结果，只要付出了努力，所有的成果都是可以接受和值得尊重的。这样，才能培养出孩子受用一生的品格气质。

教育中的冷热微调，学问更深，影响更远，难度更高，意义更大。其中精义，存乎一心。

地震的感觉

2015—11—24 23:54:56

昨晚熄灯睡觉。迷蒙之中刚要入睡，忽然感觉床垫似乎在微微颤动，立刻惊醒。翻身坐起，细心体会，颤动感竟全然不见踪影。于是再次躺下，正要懵懂入眠之时，忽然又觉颤动，二次惊醒坐起，沉心静气之下依然一切如常。第三次躺下之时，即已折腾过度，迟迟无法入睡了。

今早在食堂早餐，遇到老戴同志，讲起此事，仍心有所感。未想老戴同志竟然与我同感，昨夜在沙发上看书之时也感受到了楼板的微微晃动，并且十分肯定那就是楼板在微颤。噢噢，难道昨夜又有地震了？

自上周起，不知是何缘故，喀什周边地区频发地震，在上周后半周几乎到了平均每天一次的频率，前所未见。上周在下四县调研期间，确实明显感受到了多次地震引起的轻微晃动。进疆已近两年，对于此类因远方地震引发的余波波及喀什而导致的楼晃晃，已经习以为常了。规建组的兄弟上半年刚刚对我们的援疆楼做了一个全面安全质量检测，号称此楼可抗烈度八级的强震。所以，对此类轻微余震，兄弟们早已见怪不怪。比如昨夜及前几日的轻微波动，楼道里一片寂静，连个走出来张望讲话的人都没有。

虽然已经习惯，但这种微微晃动的感觉却似乎生了根，挥之不去。即使静静地坐在沙发或是平躺在宿舍床铺上，总也似乎能感到微微的颤动。是不是都快神经质了？

从地震科学角度上讲，喀什地区所处的位置正是亚欧板块与印度板块冲撞碰击的边缘，是地质运动最为活跃的地区之一。高耸的帕米尔高原就是最明显的例证。在上世纪八十年代，在喀什的巴楚县曾经发生过一次强震，那时的房屋抗震性能差，县城几乎夷为平地。之后的几十年，本地区小震常有，而大震已经许久未遇了。但据说在本世纪初，有地震学家已经提醒喀什地区，要警惕小心较大能级的地震来袭，说是周边的地质活动又将进入一个活跃期。近期发生的地震，震中几乎都是在阿富汗、塔吉克斯坦、吉尔吉斯斯坦一线山区。境内则主要在和田的皮山、叶城的昆仑山区中较多发生。

微微颤动的感觉，就是地震的感觉，也是在喀什噶尔援疆日子里的众多感觉之一。独一无二。

行走在冬日林中

2015—11—29 21:02:39

喀什的最低气温已经降入零下，进入了南疆冬天模式。每日傍晚成群的乌鸦从山区返回市区，成为秋冬季节转换标志性的景象。室内地暖开启后，一件薄毛衫或衬衫足矣，室外则是寒风凛冽，外出需要套上一件厚外套。所以，入冬以后，到院里或旁边地委院子小树林中散步快走的几乎绝迹。我也许久没有去过那个熟悉的小林子了。今天下午，午休起来后突然非常想到室外走走，于是就换上冬日步行的运动外套，戴上耳机，伴随着“Heaven is the place nearby”的轻快歌声，来到了冬日的树林中。

静谧的大院，更加静谧的树林。乌鸦们返巢的时间还未到，没有了以往鸟儿们的叽叽喳喳，似乎少了许多盎然的生趣。挺拔的白杨树依然笔直地刺向天空，夏日的绿叶在秋日转为灿烂的金黄，冬日里已经掉落殆尽，尚有那大片金黄落叶散布在林间空地未及清扫，是这片肃杀荒凉世界中最暖人心的色彩。夏日傍晚散步时常见的那只黑猫没有了踪影，估计在大院哪个温暖的角落苦熬漫漫凛冬。

快步行走在冬日林中，呼吸着寒冷而清新的空气，步伐越走越轻松，心情越走越畅快，身体越走越发热，精神越走越健旺。在室外自然环境中快走，于我而言，是最适合的运动方式。从身体到心灵，松弛放飞，人与自然在动静之间构建了默契与和谐。人可以触摸自然的脉搏，自然可以轻拂人之灵魂。

不禁想起了《阿凡达》中潘多拉星球上土著纳威人与大地母亲通过精灵树的神秘联系,原来人与自然竟可如此和谐一体。

抗震修炼

2015—12—07 21:40:53

在喀什工作生活,抗震修炼是必需的。看来,选派下一批援疆干部的时候,市委组织部在出发前集中培训中一定要把抗震应急演练作为重要内容。而我们这些已经到这里两年的老喀什,早已在无数次楼晃晃的地震实践中修炼得足够镇定和坦然了。

今天下午 15:50,喀什西方距离大约 500 公里左右的塔吉克斯坦发生 7.2 级地震,喀什震感强烈。当时我正躺在床上午睡,迷糊之间忽然感到床在摇晃,初醒之后没动弹,继续躺倒,这时大楼摇晃得更加厉害了。房间里挂衣服的衣架开始发出"哐当咣当"的摇荡声,可以明显感到大楼的横向摇摆。于是赶紧起床,立刻跑到卫生间。因为卫生间空间跨度小,是地震紧急躲避时人在屋内的最佳选择。感到还在持续晃,幅度逐渐轻微。确定晃动停止以后,随即穿戴整齐步行从消防通道下楼梯出大楼。

等到楼下时,发现援疆楼前已有一大波兄弟集结。看到我此时才晃悠悠走出来,有人乐不可支,诧异为何能如此镇定自若。不害怕吗?

我自然有我的道理。所以镇静,因为心里有数。援疆楼今年上半年刚请上海建科院来做了抗震检查评估,结论是可抗地震烈度为八级的强震。如果我们的援疆楼都吃不住劲儿了,那估计全喀什 95% 以上的房子都倒了。真要到那程度,就要看天意了。一瞬间几秒就决定了生死选择,哪里还来得及让人跑出大楼哪?如果小震微震,那就根本不需要急急忙忙跑出来,反正也没事。

经历多了,应对此类地震也就从容了。比起初来乍到时面对震感强烈的惊慌失措,现在心理调节适应能力也强多了。一句话,习以为常。

说实话,今年以来,喀什及其周边地区明显进入了一个地震活跃期,地震不断,主要集中在周边的和田地区以及西边的塔吉克斯坦、阿富汗、巴基斯坦、吉尔吉斯斯坦等国家靠近我方边境一侧。以至于有时一个人坐在沙发上或平躺在床上时,总感觉似乎楼板在微微摇晃。问了几个兄弟,居然也有人跟我一样,总是感觉在晃、晃、晃……

凛冬将至

2015—12—10 21:29:25

今天的天空始终灰色。厚厚的云层笼盖四野,往日西北午时灿烂而温暖的阳光不见一丝踪迹。风力逐渐加大,开始有了割面如刀的感觉。卷起沙尘灰土,湮没了城市和农村。路上的行人明显少了许多,厚厚的羽绒服裹得严严实实,行色匆匆。秋日的金黄早已远去,光秃斑驳却依旧笔直挺立的白杨树林,已然成为冬日漫长寒夜里成群乌鸦的栖息之地。

一切都明白无误地传递着造物主发出的讯息:凛冬将至。

冬天已经到了,春天还会远吗?

雪漫天山

2015—12—11 21:39:07

一大波冷空气侵袭而来。喀什气象台已经多次发布下雪预报了,可惜次次爽约。直至今晚,期待中的洁白雪花漫天飞舞的情形也没有在喀什上演。天山及其北麓已经大雪漫盖,洁白得如同一大团棉花。乌鲁木齐机场已经近一周航班大面积延误或取消,往返沪喀两地的乘客大量滞留。李平昨日返沪参加沪喀旅游市场营销推广战略合作协议的签约仪式,早上九点就到了喀什机场,本想分两段行程:先搭乘任何一班可到乌鲁木齐的航班,再看情况选择未取消的航班回上海。结果直到下午近 5 点才等到合适航班……总算运气不错,今天凌晨终于抵达了上海。

室外已经非常寒冷了，气温在零下五度左右。每天饭后到援疆楼前稍稍透透气的习惯也取消了，兄弟们基本上饭毕就回房间窝冬了。楼道里安静了许多，也少了许多往日的喧闹。看书、看电视、上网是打发时光的主要方式，实在无聊了就找几个人聊天喝茶。亮去了乌鲁木齐，所以如果遇到栋林心情好，还可以 DIY 几样小菜，或者火锅，热乎一下对抗寒冷的身体和寂寞的小“心灵”。

今年年底与去年年底最大的不同，就是工作任务依然繁重。去年年底此时主要以务虚为主了，今年则还有许多具体的协调推进工作要做，指挥部领导每周都要听取进展汇报，虚实并重，任务反而比平时更重了。

做喜欢的事是幸福的。做不情愿的事是痛苦的。无事可做是空虚的。

2015 年 12 月，在喀什，幸福痛苦与我同在。

雪　夜

2015—12—18　21:29:13

这几日天空始终灰蒙蒙的，不时会飘落几片雪花。没有北疆那样的鹅毛大雪，也没有南方冬天常见的那种凝冻天气，在喀什，就是那几片雪，飘零而落，却绝不停止，也绝不猛烈。正午时分稍小，入夜之后稍大。晨起拉开窗帘，院子里一片白茫茫，是全天雪景最佳的时刻。

气温的下降，使宿舍地暖不再那样热气腾腾，稍稍有些凉意，才更有冬天的感觉。

冬至将近，黑夜愈加漫长了。飘雪的冬夜，或独坐沉思，或挑灯夜读，或闲聊畅谈，或围炉宵夜，虽偏居一隅，却也乐趣无穷。

地震发生在凌晨

2015—12—27　00:18:08

又是地震。上帝的游戏，玩腻了吧？谁知道呢，反正进疆这两年，这种情况遇到实在太多了。比我前半生在云南和上海生活遇到的地震次数总和还要多得多,因此历练成了面对地震的冷静和应对习惯动作。细细算来,这也是援疆以来的一大收获。

今天凌晨 3:14 分,阿富汗靠近塔吉克斯坦边境发生 6.2 级地震,喀什地区一如既往地震感强烈。我看电视晚了些,刚刚入睡,就在感觉模糊中清晰感到了床板的震动,听到了衣架因震动发出的“咣当咣当”声,于是立刻清醒地作出判断:地震了。

强烈的晃动持续了几秒钟。俺压根就没起床,只是习惯性拿起床头边的手机,刷了微信,不多时,援疆兄弟们就在群里纷纷发声了。地震的震中、各分指的影响都出来了。我住在三楼宿舍,楼道里一片寂静,就像什么都没发生。

微信上的信息显示,五楼的兄弟们纷纷出门打听情况。当然,因为我们的光光兄弟住在五楼,每次地震他都是反应最快的那一个。此次亦不例外。在五楼楼道里大呼小叫的光光兄弟,1 月初就要结束援疆回沪了,临走之前还遭遇了一把喀什特色的地震。想起今年暑假期间也曾遇到相似情形,光光一把抄起来探亲的儿子,光着膀子就往楼下避险,这一幕已经成为援疆楼应对地震的经典案例。

俺非常镇定。心里有数的。几秒钟的时间,哪里够下楼避险。真要大震来袭,俺早已制定了自己的应急预案:事先就在床头柜旁边预置了一桶矿泉水,真要强震来袭,危险降临(概率真的极小,我们的大楼可抗八级烈度的地震),就一个翻身滚下席梦思,缩身躲在大衣橱与床之间形成的三角地带,凭一桶 4 升装的农夫山泉,怎么着也可以撑一周到两周的时间……

真到那个时候,估计全喀什的楼房已经都塌了。

今年周边地震频率明显加剧。兄弟们心里其实都非常清楚。而在多次地震余波震荡历练中逐步修炼而成的镇定与冷静,将是我们援疆额外的收获,受益终生的体会和经验。

南疆之春

2016—03—21　22∶54∶14

今天天气极好。阳光灿烂，天空深蓝，沙尘无踪，绿意盎然。这是今年进疆以来天气最好的日子。勃勃生机，沛然而至。南疆大地抖落了冬日的残雪，终于步入了明媚的春天。白杨枝头绽出嫩绿的新芽，北返的鸟儿清脆的叫声重又回到了静谧依然的地委大院，而那些声音喑哑、如乌云般遮天蔽日的乌鸦也不知何时消失不见了，应该是重又回到了喀什之西帕米尔高原的莽莽群山中。

今日天空之蓝，深邃纯净，无一丝白云，仿佛一块巨大的蓝色水晶，光亮剔透，纤尘不染。经过了前些日黄沙漫天、尘土凝滞的日子，今日似乎猛然进入了另一个完全不同的天堂之境。

是日也，天朗气清，惠风和畅，仰观宇宙之大，俯察品类之盛。永和九年的那场聚会，留下的是千古绝唱。原来暮春之初的季节，确是如此美好，可引人感慨万千。漫漫寒冬洗礼之后，终迎来煦煦暖阳。那种厚积薄发、时来运转、生机勃发、劈波斩浪、奋勇向前的生命状态，只能属于春天。

南疆之春，不同于内地，不同于北疆，别有意境。唯愿春播夏种、秋收冬藏，生生不息。

南疆之春，飞花处处

2016—03—31　21∶49∶14

又到 4 月，南疆最美的春天。

南疆之春，美在遍布大地的果树之花。一团团，一簇簇，或成片连野，或零星点缀翠绿田间。杏花、巴旦木花最为常见，粉红嫩白，在清澈纯净的蓝天之下，如此花团锦簇，幽香暗浮，灿烂阳光将生机热力辐射大地，漫山遍野。身处花海，心渐沉醉，如梦似幻，恍惚间已无法分辨梦境与现实，南疆与江南,天堂与人间。

南疆之春,飞花处处。

2016 年第一场地震

2016—04—10　21:54:39

该来的终于还是来了。

自 3 月进疆以来,本已做好了重新回到摇晃的节奏,未想一月有余,却安稳如山、平静如常。偶尔会忽然想到,怎么如此平静呢?是不是该晃晃了?终于,今天大地轻轻地打了一个哈欠,引发了一阵强烈的摇摆,着实给我们这些生活在地面上的小生灵提了个醒儿。

今天周日。我在二楼办公室加班写材料,突然感到椅子在轻微地抖动,开始时还以为自己去年下半年拜南疆周边地震频发所赐的神经过敏重新发作,并未在意,然而猛然间大楼开始剧烈摇晃,发出“咣当咣当”的结构摩擦声,顿时醒悟这不是神经过敏,而是真的发生地震了。抄起手机,冲向房门,通过消防楼梯快速下楼,撤到楼外空地。在楼梯里,遇到了我们的楼层服务员,惊慌失措地往外跑。其实刚到一楼,晃动就已经停止了。但还是撤出楼外观望。

总指挥和其他几个领导恰好外出归来,尚未进楼,就遇上了地震。于是也在楼外一面停留观望,一面担心着楼内尚未撤出的兄弟们。

也许是早已习惯、遇震不惊了,没几人下楼的,看看四周,真正从楼里跑出来的也就栋林、国跃和我三个人,其他人有几个到窗口张望的,却再没有下来的了。事实上,去年 11 月曾有一次比这次更强烈的地震波袭来,大楼摇得让人担心会散架,也没有多少人跑出来。领导很担心,认为大家伙儿的抗震避险意识太薄弱,当场要求综合组在月底忙完市领导来访考察工作后立即组织一次抗震应急演练。

其实在上次强震过后,我就在宿舍床头处摆放了一桶矿泉水,以备不时之需。地震波有纵波和横波两种,纵波传播速度快,上下震动,一般幅度较小,对建筑的危害也小;横波传播速度慢一些,左右晃动,产生横向剪切力,对建筑的危害极大。我们感受到的明显晃动,其实都是横波的作用。为此,我们特地去请教负责上海拆房行业管理的文悦老兄,他曾负责过援疆楼的结构加固工作,按他所讲,我们的援疆楼设计要求是抗烈度为八级的强震,属于很高的标准了,如果我们这楼都扛不住,估计全喀什都要成废墟了。

2016 年的第一场地震来袭。时间:4 月 10 日 18 时 28 分;震中:阿富汗境内的兴都库什山脉,瓦罕走廊西端,东经 70.77°,北纬 36.56°;震级:7.3 级;深度 196 公里;距喀什 559 公里。

沙尘与柳絮

2016—04—12　21:12

傍晚时分,沙尘突降,仿佛瞬间被倒扣了一个巨大无比的沙尘空间,天空泛黄,土腥扑鼻,无风,已经绿意盎然的白杨枝梢笔直刺向天空,纹丝不动。昏黄昏黄的世界,不知本已黄昏抑或沙尘遮蔽。想起宿舍里还开着窗透气,赶紧跑回宿舍关窗闭户,其时临窗的书桌表面已经落下一层泛着白光的灰尘,随手一抹,留下一溜明显的擦痕。

时值 4 月,沙尘肆虐,本是常态。柳絮飞扬,亦在所料。

这几日,一团团、一簇簇的白色柳絮毛团,轻飘飘、空荡荡地浮游在周遭空气中,令人不敢大口呼吸,只怕一不小心就吸进肺里。午饭后,本想到院子里稍微散散步、消消食的,结果才走了几分钟就被迫回到宿舍楼里,关紧门窗。

喀什四月的飞絮,似乎往年都没有今年这样密集。

南疆之春,还是晴朗纯净的"喀什蓝"和淡粉翠绿的花海田野最美。或许大自然是公平的,在赐予美景之时亦附赠沙尘柳絮,好好坏坏,两相映照,以臻平衡之境。造物神奇,精妙如斯。

转念之间,世界万象,莫不如此。

蓝天与沙尘的变奏

2016—04—19　22:18:32

上午11点,我从指挥部出发,到月星锦江酒店,送一周前来喀什开展电子商务培训的上海专家到机场返沪。在地处喀什市西郊的月星酒店门口,阳光灿烂,纯净的喀什蓝无边无际,远处帕米尔高原的皑皑雪山清晰可辨,仿佛伸手可及。凉风习习,空气清新,带着丝丝缕缕、若有若无的淡淡果树花香,纯真而优雅。喀什之春,竟然如此令人沉醉与着迷。

中午12点半,送机后返回指挥部。车行在连接喀什市区和机场的迎宾大道上,道路正前方的高山雪峰依然近在咫尺,恍惚间觉得我们正生活在蓝天雪峰的秘境天堂。

下午2点,吃完午饭,从援疆楼食堂出来,如往常般在大楼门口稍息片刻。起风了,天色开始微微暗淡,甚至可以感受到空中飞舞的沙尘开始弥漫。午休过后,窗外的天空居然开始变为一大团浊黄混沌的气团,望之令人窒息。

早前那沉醉迷人的南疆春色早已无影无踪,不知悄悄躲到哪棵杏花树下去了。

喀什四月,属于蓝天与沙尘变奏,一遍又一遍回响在这夹存于帕米尔冰山雪峰和塔克拉玛干大沙漠缝隙间的绿洲天空之上。

五月,依然沙尘

2016—05—03　22:37:46

昏黄、迷蒙、污浊的空气,没有一丝微风,尘土仿佛凝滞在天地之间。浓重的土腥味。已是初夏的五月,气温开始上升。闷热与沙尘的天气组合,实在是令人窒息压抑并沮丧。

北疆若有大风大雨、暴雪极寒,南疆定会沙尘雾霾。据说是由于南疆独特的盆地地形导致的大气环流,易受冷锋倒灌影响。大沙漠有的是沙粒尘土，被懒洋洋的气流带到四处流散，进不进，退不退，上不上，下不下，终成南疆天象奇观。

掐指算来，自今年3月进疆以来，似乎沙尘就如附骨之蛆，挥之不去，阴魂不散。如今亦难以看到何时才能彻底还我纯净喀什蓝。偶有放晴见蓝之日，往往恰是后方领导来访之时。比如上周，市长来访，竟丝毫不见了沙尘的踪影。晴空朗朗，风和日丽，鸟语花香，一派人间盛景、西域风情。

冒着如此恼人的沙尘，今天下午外出奔波数小时，开会、踩点培训场地，新一轮忙碌季又要开始了……

不期而遇的地震

2016—06—27 02:11:54

今天是喀交会第二天，也是我们上海援疆指挥部最重要的一天。上午两场重头戏都是我们主办：沪喀金融发展论坛和喀交会月星分会场“特区喀什、时尚生活”开幕式，其中前一档是卫峰为主牵头，后一档是我为主牵头。感谢各方的配合和支持，一切进展顺利，没出大纰漏。在今年这种人多面广、事情复杂的情况下实属不易。

下午四点，送代表团领导离开月星酒店之后终于长长松了口气。绷紧了多日的脑力和心力也开始逐渐放松下来。今年喀交会的重头戏都过去了，之后就是一些零散、常规工作了。

仅仅三个多小时，一场不期而遇的地震来临了。下午19:17，我正在月星锦江酒店大堂与酒店的张总、万兴闲聊，突然感到有些头晕，以为是自己近日累着了，几秒钟后发现地板确实在晃动，于是反应过来：地震了。张总是今年4月刚从上海来喀什上任月星锦江总经理的，有些不太适应，愣神了。万兴和我却是老喀什了，这种情况遇到多了。非常淡定地步行走出酒店大门，站在楼外空旷处。眨眼间，住店客人如波浪般涌出，挤满了空旷场地。甚至有些客人穿着酒店的拖鞋、浴袍就出来了，满脸惊魂未定。此时此刻，作为一个已在喀什工作生活两年半的上海人，开始现身说法，安慰大家，尤其是那些从上海来喀什参加喀交会的展商们:喀什地震多发,这种情况很常见,不稀奇,不用紧张,不是个事,该干嘛干嘛。要相信上海施工的质量,如果月星酒店都倒了,喀什就全倒了。

赶紧使用地震速报APP查询,不到一分钟信息出来了,在吉尔吉斯斯坦靠近塔吉克斯坦和中国新疆边境地区发生6.7级地震,喀什、克州震感强烈。发到微信朋友圈,快报信息,简报平安,一时引来关注点评无数。虽然隔着那么远,大家都很关心,纷纷叫我要注意安全,还安慰说快回上海了,坚持一下就回来了。

挺感动的。非常谢谢大家的关心爱护。来喀什这些日子,别的不敢说,面对地震该当如何,却已是相当经验丰富了,起码能够保持一个淡定、从容、冷静的心态,也算是一大收获了。

沪喀两重天

2016—08—18 01:45:41

进入八月,上海依然流火炎炎,喀什却已凉意森森。上海气温始终徘徊在35度以上高烧不退时,喀什本周小雨零星,空气也不那么干燥,湿润而清新,高天湛蓝,云朵洁白,不超过30度的气温。入夜,凉风习习,空调已经无需启动了。凌晨,薄衾覆体,略感微寒。想起浦江之畔家中彻夜不停的“嗡嗡”空调,不禁感慨祖国地域之广、沪喀相隔之远、地理差异之大。

同是八月,沪喀两重天。与上海家中通电话时,听筒那头传来的话语和呼吸,仿佛还带着汗如雨下的淋漓,热得发烫,熏得发昏。位于喀什的前指宿舍里却是清凉透爽,舒适宜人。由是观之,喀什真乃避暑绝佳胜地。难怪暑期以来,自沪往喀的航班个个爆满,机票价格折扣全无。

援疆最后一个盛夏已近尾声。却开始有些担心明年该当如何熬过沪上炎炎盛夏。

夏末秋初

2016—09—02　21∶26∶43

进入九月，喀什的季节进入了夏末秋初。白天强烈的阳光渐渐柔和下来，夜晚习习凉风中寒意渐重。早晚时分，短袖已然不再，长袖外加薄外套成为标配。

今年的雨水极为丰沛，喀什亦然。内地城市夏季常见的“看海”模式，居然在远离沿海的亚欧腹地、大漠边缘的喀什上演，也算是一大奇观了。这几日，厚厚云层挥之不去，执拗地停留于喀什天空，时不时还要淌下几滴眼泪，偶尔还会泪水滂沱。习惯了只如洒水车般雨落的喀什人，突然发现生活中还有一件叫做“雨伞”的日常用品。

于我们而言，雨水带来的湿润空气却是如此熟悉，像极了江南之地。只是在喀什两年半以来，都已经习惯了喀什每日灿烂的阳光和干燥的气候，认定了喀什的天空就应当如此。忽然而至的潮湿湿润、雨水绵绵，虽然更像上海家乡，却是反而感到不甚习惯、别别扭扭了，总感觉失去了以往喀什的气息。

喀什的雨水，尤其是此时，带来的麻烦更甚于好处。生土夯造的高台民居，对应的是干燥气候，却不能适应雨水连绵，过多的雨水将对土屋土楼造成致命影响。棉花、红枣、苹果，这些或是正在挂果或是即将收获的作物，雨水过量亦将极大影响作物品质。还有城市基础设施，比如变压器、排水管，都是按照往年本地气候特征设计建造的，抗旱足够，防涝却十分脆弱。今年入夏以来，援疆大楼所在的地委宾馆大院，水管爆裂、变压器故障已经发生多次了。

下县途中，行驶在戈壁公路上，突然发现往日里一毛不拔的路边，竟然冒出了点点丝丝的绿意，仔细分辨，却是野草悄悄冒头，探寻着荒凉的戈壁大地。于是，不禁想起：如果雨水始终如此充沛，喀什噶尔会怎样呢？

当晚，在懵懵懂懂的睡梦中，似乎穿越到了一个世纪后的喀什噶尔。置身于一座被大片茂密翠绿的雨林覆盖的城市，宽阔的道路，林荫遮蔽烈日，立体的交通，天空地下上下穿梭。一大片碧波如镜的湖面，似曾相识。不远处，湖边坐落于高台之上的一片鳞次栉比的土黄屋舍，令我终于恍然大悟：那不就是喀喇汗王朝时期的高台民居么！这里竟然就是喀什噶尔……

沙尘与蓝天

2016—10—03　22:58:53

昨夜忽起大风，沙尘飞扬，一时间仿佛回到了四月风沙肆虐的季节。不过在秋季的南疆，这样的天气却是颇为少见的。

今日晨起，风止沙停。纯净的喀什蓝竟又重回，与昨夜风沙仿若两个世界。气温明显下降，寒意森森拂体。空气冷冽而清新。南疆深秋，本应如此。

前日有几位上海来的客人上了塔县，昨晚风起之时甚至有些担心，不知山上是否变天。待见到今日湛蓝晴空、万里无云，终可放心了。山中临冬，最怕的是大雪漫降，冰封高原。

天山南北，气候却迥然相异。北疆雨雪交加之时，往往就是南疆风沙肆虐之日。据说这是由于冷锋倒灌形成的。南疆本就是一个硕大的盆地，主体部分是广袤的大沙漠，起风必扬尘。而往往风沙过后老天就会还回来一个纯净深湛的蓝空。如同孩儿面般，变脸如此迅速，南疆的天气就是如此可恨可爱。

无论沙尘或是蓝天，塔里木盆地就是如此莫测，喀什噶尔就是如此神秘。

2. 舌尖美食篇

周末聚餐

2014—04—05　01:19:03

没想到上周末组里几个兄弟的自发聚会，居然成了引子，得到了组织的认可，并且定了制度。今后，凡要周末聚餐的，周三提交菜单，由食堂统一采购，周五晚上允许使用食堂设施烹饪，鼓励会做菜的积极参与。

栋林兄弟终于得到充分展示大厨风采的机会，周三就早早列出了八九个菜的采购清单，养生达人老戴同志还列了一个当归羊肉汤的秘方。大家都无比期待。

等到晚饭时分，一大桌菜上齐，真是丰盛，哥们的拿手菜酱鸡爪鸡翅、土豆茄子煲、干煸四季豆、白灼草虾、皮蛋豆腐、盐煮花生……还有一大锅养生汤"当归羊肉汤"……

聚餐的兄弟们不久就聚了10来个，还有已经在食堂吃过晚饭再来尝鲜的。真个不亦乐乎。

饭后，大厨栋林说，看到大家高兴，很享受做菜的乐趣，乐在其中啊，虽然他自已其实就吃了条黄瓜(平时这哥们不吃晚饭的，减肥)，然后乐呵呵地看着我们享用……

地委宾馆清餐厅

2014—07—08 23:47:01

我们所在的大院属于地委宾馆，与地委大院比邻而居。在地委工作的维族同志较多，大多回家吃饭，但有时由于加班或工作应酬，也要在地委宾馆用餐。地委宾馆的两个餐厅，清餐厅和汉餐厅就应运而生了。

清餐厅更有特色，毕竟是在喀什，维吾尔族人口占比达到92%。

这几天，上海来喀的代表团十分密集，我们组里已经连续接待了五六批了。从东海之滨来到西域边陲，我们一般都会在行程中安排一顿民族餐，让客人们体会与上海完全不同的民族风味和西域美食。同在一个大院，清餐厅往往就是我们最通常的选择。

昨天晚餐、今天午餐和晚餐，我居然已经在清餐厅连续三餐了。每次吃的菜式几乎都是雷同的：酸奶、烤肉串、缸子肉、拉面、大盘鸡，最后来几样蔬菜水果……

实在有些腻了。甚至感觉自己的肚腹似乎开始突出形成肚腩了，就像本地最常见的那种维族汉子的羊肉肚……于是开始担心忧心闹心……

最近工作忙，跑步锻炼也时有中断。今天洗完澡，特地秤了体重：66公斤，比前个月重了整1公斤……

繁忙的夏季刚刚开始，客人还有很多要来，清餐厅的陪同接待任务还任重道远……

来了新厨师

2014—08—08 01:53:08

最近，机管局调换了指挥部食堂的厨师团队。属于正常轮换，半年轮换一次。一支厨师团队，共有4人，一名主管，负责制定菜单和队伍管理，一名大厨，抡勺，一名切配外加采买，一名点心师。上海后方的后勤保障真是周到细致。

这次来喀什的厨师领队，和上一位一样，是个戴着眼镜的大叔，年近五十。他们有一个共同的职业习惯，就是每到用餐时刻，就会笑眯眯地站在厨房门口，或抽着烟，或抱着手，看着我们取菜用餐，然后留下“今天菜好”“味道真不错”之类的评价。

这次新来的厨师，菜式味道与上一批果然有很大不同，本帮菜味道更浓，比如：小碗炖的蛋羹、银耳甜品、红烧肉、红烧猪脚……

来自东海之滨、浦江岸边的味道浓郁，引发了遥远的思念和回味……

厨师们很辛苦。每天早上六点半就要起床做早饭，在此地，六点半基本等于上海的四点半，晚上如果有宴请，他们还要加班，直到宴请结束，打扫完毕才能回宿舍休息。辛苦的大师傅们……

伙　食

2014—09—06　02:02:56

这一批厨师的技艺水准已经得到了兄弟们的一致好评。参照在天猫或京东网购评价，那是五星，参照微信规则，那是点赞无数。

晚饭有蒜香骨、红烧鱼、白斩鸡、辣粉条、油麦菜……快吃完饭时又有惊喜：喀什噶尔宾馆送来了红柳烤肉串……

听管后勤的卫建说，上个月食堂总支出只有六万多，比之前每月八到九万的开支省了许多，且大家都感觉菜式品味不仅未降低反而更可口了，何况上个月来了那么多家属，吃饭的人比往常更多……于是，我的体重终于又增加了，已经逼近 69 公斤了，六月时还保持在 65 公斤……

火　锅

2014—10—27　01:04:53

栋林的媳妇儿从上海给他快递来了各种火锅底料，勾起了大家对于吃火锅的深刻怀念。进疆以来还没吃过火锅呢……

心动就要行动。于是,兄弟们就开始策划今天的火锅宴。去超市采购了火锅调料、老干妈辣酱、小磨香油、花生酱、芝麻酱、粉丝、米线、老豆腐、牛羊肉卷、菌类、金针菇、土豆、海带、午餐肉,当然少不了生菜、白菜、香菜、菠菜、豆苗等各种绿叶菜。甚至还带上了几坛米酒……

从地委宾馆汉餐厅借来了一个铝盆,用作涮锅。请指挥部食堂的师傅们吊了一大锅骨头汤当高汤,去食堂拿上各种大小碗筷餐具……

物品置备齐全了,还需要找一个隐秘临时的餐厅包房。最终找到了一间 4 楼的临时周转房,权当火锅宴包房。

从 1 点开始,大家开始动手,洗菜、摘菜、盛盘,摆放餐具……等到一切停当,可以开席时已经 1 点半多了。

边聊边吃,边吃边聊,天南地北,海阔天空,感觉生活如此美好啊! ……

牛羊肉这里吃过不少,已经不太感冒了,但在锅里涮绿叶菜、煮土豆、捞粉丝,还有午餐肉、金针菇、老豆腐,蘸上自己用麻油混合花生酱、芝麻酱、老干妈辣酱调制的调料,美食享受即是如此了。

这可是在南疆喀什的火锅! 地道的家乡味道。知己的三五兄弟,聚在一处,吃的是美食,感受的是兄弟之情……

食材买多了,中午一顿没吃完。于是,干脆约好晚饭继续火锅聚会……

玛　卡

2014—11—02　23:17:28

玛卡,是什么? 是人的姓名还是某个地方或者某种东西比如古乐器?

都不是。玛卡是种植物,原产于南美安第斯高原的秘鲁、墨西哥等地,据说具有非常好的提高免疫力、减轻疲劳、强身健体的效用,如同人参、虫草。玛卡最神奇的功能,据说与伟哥相仿,但这是纯天然、绿色的……

以前在上海时从没听说过玛卡,进疆之初就听喀什当地朋友介绍玛卡的神奇了,有些将信将疑,也未见过实物。

来喀什时间长了,慢慢对玛卡开始有所了解。其实玛卡就是一种具有保健功效的植物,远没有传说中那么神奇。中国引进玛卡种植也是近些年的事情,从秘鲁引进,目前在云南、新疆喀什西部的塔什库尔干帕米尔高原种植,但市场价格相差很大。据说云南玛卡只有每公斤五六百元,而塔县高原的玛卡可卖到每公斤五六千元。这里讲的是晒干后的玛卡,基本上从地里挖出的新鲜玛卡晒干后只有原来的五分之一分量。种植这货极其费土地的肥力,据说今年种过玛卡的地必须要休养生息2年后才能续种,否则地里长不出作物……

今天正好遇到两个在塔县高原承包土地种玛卡的四川人,顺便就买了3公斤刚从地里挖出来的新鲜玛卡。终于见到了传说中的神物了。非常普通,就像没长成的萝卜,形状有点像人参,也有很多须须。拗下一条根须尝尝,就跟萝卜一个味儿,但立刻有一股类似芥末的辛辣直冲鼻腔,好辣!……

下一步要准备水冲,把附带的泥土冲净,然后要摊开放置在宿舍里阴干……

在塔县那个蓝天白云、冰峰雪山、水源纯净、海拔高寒的地方种出来的东西,相信一定是好东西……

金味德

2014—11—04　01:28:45

金味德是喀什一家兰州牛肉面馆,就在指挥部附近的克孜都维路上,曾经去过两次,味道很不错。个人认为这家是全喀什味道最好的牛肉面。

在内地,一般说到牛肉面、拉面,基本都是指兰州牛肉拉面,一回事。但在喀什,牛肉面和拉面是两个概念,这里的拉面指的是维吾尔风味的拉条子,是一种混合了羊肉、番茄、洋葱、胡萝卜及其他一些配料的拌面。牛肉面,在这里则专指兰州牛肉面,是热汤面。

拉条子的味道还是不太习惯,对胃口的仍然是兰州牛肉面。

今天中午,兄弟几个约好一起到金味德尝个鲜。这家的面条按从粗到细分为裤带、韭叶、二细、毛细四种。今天点了韭叶,照常另点一盘牛肉,加上蒜叶、香菜、辣油,好大一碗热汤面,热气腾腾,呼噜呼噜下肚,鬓角额头开始冒汗,似乎全身每个毛孔都敞开散发着热气,爽气极了!

玛卡的功效

2014—11—10 00:37:46

栋林这些天总是拎着个造型非常艺术感、线条柔和优美的水瓶到处转悠。里面冲泡着塔县玛卡,前些日子新买的。玛卡泡水,不能用滚烫的开水,只能用40度左右的温水,据说这样才营养最好。

我也在喝玛卡泡水。不过我只在宿舍里冲泡,喝完水把玛卡切片嚼咽。仿佛就是萝卜和芥末的混合体,辣乎乎的,辛味直冲头顶。

还有其他几个人,也在泡玛卡水喝。这是一种会散发味道的食材,几天后,宿舍里一进门就可以闻到明显的玛卡味道。

不过,似乎没啥特别的功效。跟吃萝卜也没啥区别,也不知怎么当地人把玛卡的功效传得那么神奇……

总之肯定对身体有好处,慢慢泡着享用吧,提高免疫力、去疲劳也是好的……

健康饮食

2014—11—17 23:29:34

真是出乎意料,不知是逐步适应了喀什的气候水土环境,还是指挥部食堂的伙食实在搞得好,总之自下半年以来本人体重猛增,现已达到69公斤,创了自己体重新高。

原本没有感觉,但有一次换洗长裤时发觉从家里带出来两条休闲裤都需要吸腹屏气才能穿上,明显腰腹勒紧……

打靶那天有兄弟帮我拍了张射击成绩汇报照片,当看到照片时,我立刻发现似乎自己的脸有些变圆了。

于是，似乎原来离我很远的控制体重、加强锻炼问题要提上议事日程了。少吃多动，所有的控制体重措施归根结底就是这两条。贵在坚持，回想起来，自今年7月以来，锻炼真是减少了。刚来3个月，一直坚持跑步锻炼，或许是有生以来自己坚持锻炼最长的一次了。后来由于种种原因，没有坚持下来，非常可惜，现在需要重新建立日常锻炼节奏了……

上周末，有几个讲究养生的兄弟发起了周末辟谷一天养生活动，以保持适度饥饿感，适当减肥。积极报名参加是必须的。周六全天，早上喝一碗白米粥，稍微吃点黑木耳拌洋葱，中午也不饿，本不想吃午饭了，但想想还是去喝了一碗西红柿蛋汤，晚饭时感到稍有些饿，于是挑了些蔬菜水果，再加一碗砂锅汤。感觉挺好，很不错。

每周一次，贵在坚持。

鸽子汤

2014—11—18　23:59:43

光头馨哥果然神通，虽然来喀什是组里最晚的一个，但凭借出色的社交能力和孜孜不倦的好奇心，终成组里乃至整个指挥部最“海”的分子，光头亮亮，不同凡响哪。

晚饭时，以馨哥（其实比我小，该叫馨弟）为向导，叫上几个兄弟，品尝到了深藏喀什街区的美味——鸽子汤。

在齐尼瓦克路地区公安局斜对面，有家蓝鸽子汤店，维吾尔族老板开的，专吃鸽子，按照当地维族人喜欢的方式“鸽三吃”（本人自命名）：鸽汤、鸽肉鹰嘴豆、鸽汤细面。如喜欢，还可以点只羊蹄子，不过我就算了，实在不习惯……

店面不大，还算整洁。鸽汤鲜美无比，连喝两碗，意犹未尽；鸽肉酥嫩，豆子可口，三下五除二，整鸽下肚；鸽汤面细滑，面条用手拉细面，浸在汤中，味入面中。比起维族的拉条子干拌面，不知好吃多少倍……

令人奇异的是，这条街沿街面几乎全是清一色鸽子汤店……馨弟说维族人非常喜欢吃鸽子，本地养鸽户生意也做得很大，上海的很多肉鸽也是从新疆这里进的。

想想也是，羊肉再好吃，也需要别的调剂调剂，换换口味，鸽子看来就是一个很好的换口味品种……

勤劳的亮亮

2014—12—08　01:23:06

亮亮是市政府驻疆办的，上半年疆办从乌鲁木齐搬来喀什。来之前，亮是闵行古美街道综治科科长，以前还做过警察。胖胖的，很和善，须根浓密，如果几天不刮胡子，猛一看几乎都可以错认为维族人了。

哥儿几个吃火锅，最忙的就是亮了。到菜场采买、洗、切，一样样都弄得清清爽爽。刀功片出的牛羊肉片非常薄，极见功力。为了今晚的这顿火锅，亮从下午 2 点就开始忙碌，还剁了肉馅，包了馄饨，就像一只勤劳的小蜜蜂，忙里忙外的……

火锅涮得很爽，热火朝天，边吃边聊，边聊边看电视，室外是喀什寒冷的冬夜，屋内是暖暖的兄弟情……

暂　别

2015—01—07　22:16:39

明天，过总要下县，去莎车，到巴莎高速代建指挥部收拾行装，任务已经顺利完成，指挥部、莎车当地还有些事情该收尾要收尾，该告别的要告别。

后天，亮亮要去乌鲁木齐，陪上海来的区里领导，然后就在乌鲁木齐常驻善后，直至下旬返沪。

所以今晚，兄弟们就在地委宾馆汉餐厅聚餐，小火锅，暂时送别过总和亮亮。亮亮下午去菜市场，采购了牛羊肉、香菇、草菇、各类蔬菜、鱼头、昂刺鱼、豆腐等各类食材。过总拿出了 4 年前随同他一同进疆的水井坊。

小火锅是三鲜汤底，烫菜涮肉，非常适宜。

不知不觉间，酒菜见底，席间趣事连连，笑声阵阵，无忧而欢乐的日子。

庆生聚会

2015—03—16　00:13:54

今天是3.15，消费者权益保护日，我们指挥部火锅群的大厨亮亮也是今天生日，36岁，本命年。虽然没有家人陪伴，但有援疆兄弟一起热热闹闹，别有味道。

上午哥儿几个去买了生日蛋糕，还采购了牛肉、鱼头、黄辣丁、菌菇、蔬菜……，晚上先聚在一起饱餐一顿热乎乎的火锅，然后喝茶、吃蛋糕、看大片，丰富多彩的生日聚会啊！

亮是我们自力更生的大厨，虽然年纪在我们当中最小，但厨艺最好，从采买到洗摘、切配、烹饪，一条龙，并且动作麻利快速，厨房整理得干干净净，牛人呐……

喀什市场的鱼头很便宜，5块钱居然就可以装上4只大鱼头，每只切成两片，还有黄辣丁，一种非常类似昂刺鱼的小鱼，味道鲜美。但菌菇、蔬菜类食材就比内地贵多了……

兄弟，生日快乐！

包饺子

2015—06—22　23:56:11

栋栋昨天就很有感觉，下决心今天要包饺子给兄弟们尝鲜。

果然，上午早早起了床，去买了肉馅儿、芹菜，又去食堂请师傅发了一块面团。一个人开始辛苦忙碌起来。又是拌馅儿调味儿，又是揉面擀饺子皮，这个忙活儿……

临近午饭，响应栋栋的召唤，到宿舍里帮忙包饺子。老戴也一道来参加帮厨活动了。于是，栋栋擀饺子皮，我和老戴包饺子，两种馅儿：纯肉和芹菜肉。在家里时，我包馄饨还是比较拿手的，包饺子就不太熟练了，经我手包出的饺子都是躺下来的，立不起来，没精神。自从来了喀什，在栋栋大厨的亲手指点下，现在我包的饺子已经有模有样了，在饺子两边打上几个裙边褶，挤捏之后就显得精气神十足了。

文悦的宿舍就是我们聚餐的地方。他的屋子是大楼最南面，客厅有南窗，很敞亮。桌子、椅子、灶具、碗筷、调料一应俱全。我们的两位大厨，亮亮大厨在上海，要明天回喀什，栋栋大厨就要比较辛苦了。

文悦负责煮饺子。很快两大盆热气腾腾的饺子就端上桌来。尝尝看，味道真不错，大厨就是大厨啊。相比之下，芹菜肉馅儿的更加对胃口，纯肉馅儿的有些油腻了，缺少了菜的调味儿，肉似乎也少了鲜味。荤素搭配，口感好，还符合营养科学。

老戴也吃得很高兴，直说味道不错。栋栋大厨忙碌一上午的成果得到了我们的高度肯定。于是，赶紧拍照发微信，发朋友圈……

舌尖上的指挥部

2015—07—06　22:55:13

援疆楼前有片空地，原本长满杂草，后来不知是哪位领导出了个主意，说可以利用起来种点瓜果蔬菜，一则丰富食堂的烹饪食材，二则当暑假孩子们来探亲时可以采摘体验。于是，综合组联系了地委宾馆方面，请了几个职工帮助我们种植打理这片菜地。按照前指五个组和驻疆办共六个部门，划分了六块责任田。时间已过数月，当初种下的小苗现在已经长大结果，黄瓜、茄子、西红柿、辣椒、萝卜，还有向日葵和月季花，红红绿绿，果实累累，颇有些丰收的意味。

话又说回来，其实每日里辛苦劳作的是那几位地委宾馆职工，我们虽然都比较关心自家地作物的长势，却鲜有自己捋袖子挽裤腿下地除草、松土、打药、浇水的。每天饭后到田头兜一圈，看看情况，倒是很多人的保留节目。

即使是我们组里的农业专家、高级农艺师陈杰老兄，也不过如此。只是外行看热闹，内行看门道，我们看到挂果就觉得很好，他则还要评论一番松土施肥、田间管理的是非得失，下几句评语，诸如“品种不太好”“果子还可以”之类。专家的权威是毋庸置疑的。

已经7月初了，目前还只有光头馨弟的儿子来探亲了。一个孩子，没有小伙伴，每天只能被他光头老爸关在宿舍里做作业、看电视，晚上带着到院子里散散步，周末才能出去玩玩。也真难为孩子了。不过，孩子似乎对菜地也没有特殊的兴趣，至少目前是这样。

在地委宾馆大院里，这片菜园子是我们茶余饭后的乐趣所在，也是盼望等待孩子们来探亲时能找到的惊喜所在。

伙食的难题

2015—08—03　22:18:59

最近大家对食堂的伙食意见似乎比较大，并且还有越来越大的趋势。这一批大师傅是今年年初和我们一起进疆的，按惯例到本月月底就要轮换了。大伙儿就再坚持一个月罢，大师傅们也不容易，都是从上海来的，虽说烹饪水平确实有欠缺，那也是能力问题，不是态度问题。在一个离家5000公里之外的地方，大家就都相互包容谅解罢。

话说回来，这批厨师的技艺比上一批确实有不小的差异。不必说花样翻新做不到，即便是几样家常菜，也常常做得似是而非。比如，汤羹几乎不放盐，按鲁智深的话讲那就是“口里好似淡出个鸟来”，红烧肉火候不够，瘦的太硬，肥的太腻。几乎每天的大荤不是酱鸭，就是鸡翅，要么咸肉，雷打不动，基本一天隔一天重复的节奏。的确是有些受不了的。

亮亮前几日去了乌鲁木齐，陪家里人休假。亮不在，我们的小锅菜聚会就搞不起来，无他，别人打下手可以，大厨却唯有亮可以担任。

美食 DIY

2015—08—30 20:10:03

这个双休日,几乎就没去食堂吃饭。大师傅们反正就翻来覆去那几个菜,每天不是小块红烧肉就是烤鸡翅或鸡腿,实在是没啥新花样,没啥胃口。所以,还不如趁着休息日,自己动手,弄些自己喜欢吃的,美食嘛,总是 DIY 才有味道。

早饭是我自己用电炖锅熬好的小米粥,可是加了不少料的,除了小米,还有糯米、百合、红枣、枸杞、燕麦,甚至还有几块冰糖,味道清爽滑润。午饭、晚饭都是到栋林大厨房间里蹭饭。去了趟超市,买了些蘑菇、绿叶菜回来,按照西餐的做法,一人一盘,煎蘑菇、橄榄油煸荷兰豆、豆苗,还有番茄炒蛋,再来两块梅林午餐肉,几片吐司面包,真能吃出西餐的感觉。

舌尖上的指挥部,美食都是需要自己 DIY 的……

食堂换班了

2015—09—14 23:55:10

这两天食堂的伙食终于发生了翻天覆地的变化,来自上海的厨师团队半年轮换,老的团队回去了,新的团队过来了。这次领队的老周师傅,去年下半年也曾来过,赢得了大家交口一致的称赞。我记得自己去年下半年体重增加明显,以至于不得不开始限制饮食。今年年初轮换来的厨师团队与去年下半年的相比,差距明显。每天重复的菜式,不是烤鸡腿就是烤鸡翅,菜汤似乎不放盐,青菜重油而无味,包子的肉馅毫无鲜味,味同嚼蜡,最让人受不了的是食堂厨房的卫生实在堪忧,德国小蠊蟑螂嚣张地四处游荡。造成的直接后果就是许多兄弟和来探亲的家属都发生了腹泻症状,俺亦中招,直直过了两周多喝粥啃馕的艰苦日子。

老周师傅来了,我们就有了希望。果不其然,这几日食堂用餐又开始有了许多小盅、小盘，每样盘盅或清炖或红烧，色味俱全。总是看看这个菜不错，来点儿，那个菜也不错，再来点儿，其他菜也不错，就都来点儿吧，东来一点儿，西来一点儿，餐盘立刻就满满当当了。不若之前，看看这个菜不怎么样，那个菜也不怎么样，所有的菜都不怎么样，算了，就盛碗白米饭，打碗汤，汤太淡就自己加点盐、酱油，凑合吃一顿吧……

过去的这半年，真正领教了什么叫做：民以食为天。吃得不舒服，那是真的会影响队伍战斗力。每天吃饭都是边吃边抱怨，这饭吃得实在窝囊。我们要求也不高，家常菜式就可以，不要每天都千篇一律，总要有些变化吧。吃了那么久的烤鸡翅，搞得我现在看到烤鸡翅就立刻躲得远远的，看都不想看，不用说吃了。更让人受不了的是，拜托千万不要随便乱创新，烹饪创新也是有规律的，如果违反基本规律，那就不是创新而是乱来。比如，金山丁蹄是上海有名的美食，一般只要热一热切成块就可以吃了，但如果把丁蹄搁在菜汤里炖，炖成一锅烂肉了，还怎么吃啊？

吃饭问题，无论在上海还是在喀什，从来都是一个事关民生士气的大问题。

栋林大厨：舌尖上的美食

2015—10—10　22:09:58

近来栋林的烹饪兴致高昂。他本就是指挥部大楼里美食兄弟圈中的大厨，厨艺即使比起食堂的大师傅来亦不遑多让，甚至还有几样自己的拿手菜式，那是真正的美食，得到了兄弟们高度认可和评价。

比如酱鸡爪，那种甜辣鲜味儿只需一次就可使人难以忘怀。据他讲，诀窍在于烹饪过程中使用冰糖，还有八角、桂皮、杜仲等大量香料调味，再加长时间的文火慢炖，浓香醇厚的滋味深入食材，千回百转，令人流连。

比如小炒肉，就是两个字：辣、香。用青椒圈和肥瘦相间肉片（猪肉）热油爆炒，用猪油起油锅，旺火猛炒，五花肉片就会格外香脆，而青椒圈最好要辣一点的，与肉片混炒才会香辣交织、辣中藏香、香中见辣。

比如包饺子,纯肉馅儿的。栋大厨喜欢自己发面揉面擀皮儿,不喜用市场上买来的饺子皮,所以他的饺子更有味儿。尤其是煎锅贴之后,更受欢迎。

舌尖上的指挥部,美食在栋大厨的指间成就,美味在511宿舍氤氲。

寒夜品蟹

2015—12—02 21:37:03

夜已深。窗外冬夜漫漫,寒意刺骨。室内却是热气腾腾,看电视,谈天说地,品尝湖蟹。援疆的日子虽远离家人,却亦有许多趣事,温暖人心。

疆办胡炜兄的朋友从上海快递来的阳澄湖大闸蟹,个个痴肥壮大,空运飞机不远万里来到喀什,真是一片心意啊。叫上三五个要好兄弟,调好姜醋汁,架起电磁炉,隔水清蒸。

味道果然鲜美。每人两只,一雌一雄,透明公正。可惜栋林不吃螃蟹,只在一旁自顾自看电视,嗑瓜子,偶尔插话聊几句,也自得其乐。

卫建屋里还有一瓶12年的石库门黄酒,献出共享。酒浓蟹肥,最佳搭档。

喀什冬日寒夜的援疆楼里,一片温暖。

红枣与爱心

2015—12—06 22:22:16

今年的新红枣已经开始陆续上市了。今年行情不太好,收购价压得很低,主要原因是这些年红枣种植面积扩张太迅猛,供过于求了,市场规律开始发挥调节作用,价格就必然开始下降。在喀什,许多农民家里都种植红枣,卖不出好价,就意味着辛辛苦苦一年下来的主要收入打了折扣,心里不是滋味啊。

指挥部综合组的那个喀什大学实习生姑娘,家里就是边上疏勒县的,种了不少枣树。前些日子,把家里的枣拿了些过来,分给指挥部的同志们品尝。味道挺好的，就是没有清洗，没有分级。卖给我们只要 18 块一公斤，在大巴扎上分级并清洗过的灰枣一般都在 40 元一公斤左右。在喀什乡下的汉族农村家庭，供养一个大学生不容易，当时大家就想在她这里买些枣快递回上海，送送人。但后来，指挥部驾驶员阿亢也说他家里种红枣，如果有人要，他可以提供，卖我们只要 15 元每公斤，并且还是清洗过的。于是，在市场竞争机制的作用下，大家很快又转向了阿亢这里，我也预定了 100 公斤。

今天阿亢抽空回了趟家，发现自家的红枣已经卖光了，于是他就去旁边的麦盖提县乡下到田间地头收购了一些，装好箱就拉来了。等我们见到货物时，才知道这些原来并不是阿亢家里自种的，而是他去村里收来的。辛辛苦苦大半天不容易，也只好收了。说实话，这些枣子的品相比那个姑娘家的要差一些。并且也没有清洗过，加上包装箱的成本，价格也差不了多少了。

甚至有些后悔了，应该买那个姑娘家的枣。原本以为可以帮助消化一些阿亢家里的红枣存货，他家里也不容易，没想到的是他家的其实已经卖完了，他也没有告诉我们就自己去其他地方收货了。人家忙了一天，货都进了，再说不要这样的话也讲不出口，毕竟相互之间已经接触了 2 年，都很熟悉了。只是我们买枣并不仅仅是消费那样简单，我们还希望通过自己的行为，在力所能及的范围内帮帮这些在喀什这块土地上辛勤劳作一年的人们。

反正都是喀什的红枣。买谁的都是作贡献，都是献爱心。这么讲，感觉自己挺虚伪的。只恨自个儿没钱，不像扎克伯格那个家伙，女儿刚出生，就宣布捐出自己持有的 FACEBOOK 99%的股份做慈善。有心无力啊。

栋林的厨艺

2015—12—16　22:32:00

栋林的烹饪风格越来越呈现出以川渝风味为主，兼收并蓄各地之长的独特口味。他的代表作酱鸡爪、小炒肉，还有今天晚饭时给兄弟们奉献上的酱鸭掌，都是麻辣十足的风格，两口下去就开始额头冒汗，大口扒饭，在寒冬腊月中，格外酣畅利落。

还有吸收了东北菜风格的乱炖，吸收了本帮菜风格的西红柿炒鸡蛋，吸收了部队食堂风格的手幹饺子，吸收了西餐风格的橄榄油煎午餐肉或香肠……变化多样，推陈出新，各种创新层出不穷。有的点子和食材烹饪处理手法居然连食堂大厨老周都赞叹不已。

在市经信委都市产业处工作时，他的主要工作就是规划推进上海文化创意产业的发展。这就难怪了，人家把文化创意的思想精义引入了美食，科学创新，才形成了自己独特的烹饪风格。

我尤其喜欢小炒肉。青椒和五花肉片在滚油爆炒之下，辅以老抽、辣酱、花椒、白糖等各种调料，肉香、椒辣、味麻，极为下饭。特地请教烹饪诀窍，答曰：五花肉切成小片，不要太厚，姜片爆锅，爆炒，把肉中肥油逼出，盛出备用。再起锅炒青椒，选用尖条青椒，斜切成较厚的椒丝，油锅热后入锅翻炒，稍后混入炒好的五花肉，稍作翻炒后加入老抽若干，再稍加些水，继续翻炒，出锅前再稍加些白糖和老干妈辣酱。

说得倒是简单。若有机会时，我也很想自己亲手尝试一下。栋林在前，现在我感觉原来烹饪是如此有意思的一件事情。

最好吃的羊肉抓饭

2016—05—27　22:24:51

以栋林大厨挑剔的眼光和口味，称来自图木舒克的疆南牧业在喀什市新设的美食体验店的羊肉抓饭为“吃到过的最好的羊肉抓饭”，那这家的抓饭味道一定是出类拔萃的。

图木舒克市临近巴楚，是农三师的兵团城市，整洁漂亮，绿树成荫，扼守南北疆交通要冲，依靠着小海子水库的哺育滋润，图市的经济发展水平一直高于周边地区。疆南牧业是农三师在图市的企业，主营畜牧业，在上海援疆指挥部的牵线下，疆南牧业与巴楚县、上海湖羊研究所达成了三方合作协议，由上海湖羊研究所提供技术支持，帮助疆南牧业改良巴楚特有的巴尔楚克羊品种，主要是提高羔羊产量而不牺牲原有巴楚羊的鲜美口感，巴楚县则负责组织安排当地农户大规模养殖改良后的巴楚羊。

巴楚羊肉质细嫩，口感鲜美，只需水煮加盐，无需任何调料，竟能毫无腥膻，实为南疆羊肉美食之最。但是巴楚羊繁殖率低，母羊怀胎五月，只产单胎羔羊，亦即两年只得三胎，羊肉的消费速度甚至还跟不上羔羊的生产速度，所以至今无法大规模市场推广。如能与湖羊进行基因配种，优势互补，在保持巴楚羊既有口味的同时，又能把繁殖率提高数倍，则功莫大焉。

今天尝鲜的羊肉抓饭，就是三方合作的初步成果。羊肉来自湖羊与巴楚羊杂交的二代品种，口感依旧，繁殖率已经提高了一倍。为了推广改良的巴楚羊肉口味，疆南牧业在喀什市开了这家体验店，位置也很好，周边就是喀什地区规模最大的公务员小区，相信一定可以一炮而红。

最好吃的抓饭，来自巴尔楚克的鲜美羊肉。

援疆楼里的日料、西餐与火锅

2016—05—29　01:55:38

李平从上海回来了。带来了兄弟们翘首以待的美妙食材：三文鱼、北极贝、牡丹虾、和牛牛排，还有一大瓶日本清酒。托栋林大厨的福，这些都是来自日本的美味料理，是栋林在上海的朋友帮忙采购，请平平同学带回喀什的。此外，再加上宇飞同学前些天带回的童子鸡、鱼丸、牛肉丸，今天上午请栋大厨费心外出采购的各类蔬菜、香菇、金针菇，一顿丰盛的日料、西餐与火锅混搭风格的大餐，在亚欧大陆中心腹地的喀什噶尔上海援疆楼诞生了。

忙活坏了栋大厨。亮大厨远在乌鲁木齐，栋大厨就只能独自扛起所有的采购、洗摘、切配、烹饪工作。食材的新鲜度与特质都是顶级的，于是考验的就是大厨的创意和水准了。充分利用每种材料的特点，调出最适合的美味，还要保留自身最原始的自然味道，挑战艰巨。

然而却难不倒我们的栋大厨。根据食材特点，今晚这顿晚餐分为三大板块：日式料理、英式西餐和中华火锅，可谓东西合璧、亚欧一体，博采众长、百味齐生。

先是冷盆料理，当然是日式风格。鲜嫩牡丹虾、肥硕三文鱼、美味北极贝，佐以日料专配酱油与青芥，足足过了一把阔别许久的日料食瘾。尤以牡丹虾之鲜美滋味为最，体形巨大，肉质鲜嫩，在酱油青芥的调配之下舌尖绽开百般滋味，却全都殊途同归为两个字“鲜”“嫩”。恍然大悟，海鲜海鲜，原来这才是真正的海“鲜”原味呀。

再是香煎牛排，必然是英伦美味。牛排是日本和牛牛排，即使在上海餐厅，和牛牛排亦属顶级美食，一块香煎和牛牛排，开价不会低于七八百块。栋大厨用特地采购的希腊进口初榨橄榄油香煎牛排，配以口蘑，胡椒与盐稍许调味，两面稍加翻煎后即出锅。牛排大约五分熟的火候，却是入口即化、肥嫩多汁，细品慢尝、用心体会之余，禁不住大呼小叫、品头论足一番，惊为天下极品美食。

最后是火锅，却是典型中华味道。在食堂灶台上煨吊了一下午的鸡汤被注入太极阴阳分隔的鸳鸯火锅中，鲜辣与清汤，各取所需。各种火锅底料加入，随着火力的加强，香味开始氤氲。各类菜蔬、菌菇纷纷而入，汆烫后捞出沾料即食，顿时感觉全身每个毛孔都向外散发着清爽和通透，舒适之极。

如此贯通中西、欧亚同堂的饕餮大餐，在曾是古丝路驿道亚欧腹地重镇的喀什噶尔，因东西方文化本就在此碰撞交流最频繁、最直接，故应非奇事，但在当今喀什着力打造新丝路经济带核心区结合点、增长极之际，却仿佛冥冥天意、造化使然。

矿泉蒸汽石锅鱼

2016—06—05　00:22:16

唐城附近新开一家鱼火锅店，据说很有特色，矿泉水、蒸汽、石锅，是这家鲜明的特色。前次在广东前指兄弟的推荐下来到此处，感觉不错，故而趁着今天休息日，兄弟几个相约再次光临，细品鲜鱼美味。

老板娘来自四川，川音川味，在西域之地倍感亲切，甚至忍不住我自己点菜都要假模假样吆喝上一嗓子“幺妹儿,点菜喽……”

锁边鱼、花鲢、黄辣丁,配以椒麻或是酸菜、香辣、原味等各种锅底,是食客们的最爱。矿泉水来自四川都江堰,据说品质极佳。先用矿泉水蒸汽清洗锅底,然后倒入鲜鱼切片、配料等各种食材,再加泉水,草盔锅盖上盖,启动蒸汽加热。顿时气雾蒸腾,仿若桑拿,数分钟即停,开锅后鱼香漫溢,令人食指大动,垂涎欲滴。

本店另有一样绝味:馒头,或称白面馍。纯手工打造,浑圆挺白,温软暄腾,却又口感韧性足,实为在喀什遇到的最佳白面馒头。

时值周末,店家生意极好。包厢已经爆满,大堂亦无空位。喀什人都是喜好热闹的,敢于尝鲜,所以本地新开餐饮店家,只需稍具特色,一般在开业之初都会宾客满堂。

唯一不适的却是包房座椅。初进之时,看到如此高背座椅,竟小小地吃了一惊。马上联想起法庭里的法官座椅,亦是如此高背。威严足矣,放在这餐饮包厢却实在不伦不类。难不成来吃条鱼还要出庭打官司吗?何况包厢本就面积有限,如此高背实在令空间压抑,影响食欲。

貌似这个问题只有我等感到不适。喀什当地人却并未觉得不妥,他们依然很高兴地来,很尽兴地走,丝毫没感觉有何不适。

他们觉得好,就一切都好。毕竟这店开在喀什,好与不好,喀什人说了算。

其实,我们的援建项目不也是如此道理吗?

二院聚餐

2016—06—08 23:21:48

端午临近,喀什二院的吴韬院长邀请我们产业组兄弟们今晚聚餐,地点就在二院援疆医疗队食堂。到喀什两年半了,这可是第一次到二院食堂与我们的援疆医生们共进晚餐。

食堂就在医疗队宿舍楼旁边的一座平房里,屋子不大,四张圆桌,外加一张美式九球球桌。屋里很热闹,我们的医疗队共有 24 名队员,都是来自上海各个三甲医院的骨干医生。他们撑起了喀什二院各个科室诊疗、科研、管理的大旗,是二院近年来声名鹊起的力量之源。

其中好些医生兄弟早已熟识了,或因玉结缘,或因医相识,在远离上海的喀什相识相聚,那是需要前世多少修炼才得到的缘分呐!

食堂聚餐的菜式非常有特色。十三香小龙虾、三文鱼料理、鲍鱼、鸦片鱼,当然还有端午必不可少的粽子。端午前夕,感受到了浓浓的节日味道和上海风情。

吃啥不重要,重要的是和医生兄弟们的相聚。说笑之间,觥筹交错,援疆情深。

难忘的端午聚会。可爱的医生兄弟。美味的小龙虾和三文鱼料理。

3. 玉石宠物篇

宝玉石鉴定讲座

2014—07—13　00:04:22

为了丰富援疆干部的业余生活，地委援疆办特地推出周末讲堂，轮流讲述摄影和宝玉石鉴赏。今天上午，在深圳前指又有宝玉石鉴赏讲座了。我们上海前指宝玉石鉴赏协会的几个兄弟特地前往捧场。大家期待能学到些和田玉品鉴的窍门。这门学问很深，在这里是一门因地制宜的必修课……

深圳分指在喀什五里桥，邻近疏勒县，地理位置稍偏，但旁边就是深圳丽笙大酒店，五星级，刚刚试运营，也是他们的援疆项目。深圳分指有两栋楼，一栋宿舍楼，一栋工作楼。独门独院。大院进门两旁整齐地停满了两排防暴车、警戒车。据说是特地从乌鲁木齐请来的一个特警中队常驻担负保安执勤任务。刚进门，猛然见到这么多黑乎乎的各型特种防暴车辆，还以为自己进了特警队……

他们的多功能厅条件很好，比我们的好。只可惜请来的地区宝玉石鉴赏协会的专家实在乏善可陈，不知在说些什么，而且讲的不是我们感兴趣的玉石，而是红宝石、祖母绿、碧玺、蓝宝石之类的宝石。一上午时间，一直在喋喋不休地吹嘘帕米尔高原盛产宝石，宝石里有哪些元素，宝石有几类……就是不说怎样鉴别，真真急死人。

多功能厅边上就是他们的室内运动馆，有羽毛球、乒乓球，力量健身器械，非常好。好几个四五岁的小孩子在里面欢快地蹦跳玩耍，顿时感到生机盎然。是啊,暑假到了,孩子们跟随他们的妈妈来喀什探亲了,给平时单调的生活增添了一抹亮色。

回到上海前指时,已是午饭时间。匆忙吃了饭,得知规建组要去超市,赶紧搭车一道去。

在超市兜兜转转,买了一大堆东西,台灯、花洒、酸奶、面条、拌面酱、水果盘……

晚饭时,突然发现我们餐厅里也多了几个孩子。一个锅盖头的 3 岁多小男孩,坐在餐桌旁的椅子上,个头比桌子高不了多少。爸妈则去取自助餐了。原来是民生组国剑兄弟的老婆儿子来了。不一会儿,又进来一个八九岁的女孩,后面跟着爸爸妈妈,噢,原来是李明兄弟的老婆和女儿。上次他和我一起回上海时,讲起过一放假,家属就过来。他女儿跟佳茗同年,但小月生,所以下半年上四年级,个头也挺高。看着她,我无法不想到我的阿布基……

玉石鉴赏

2014—08—16 00:02:20

喀什,旧时全称喀什噶尔,意思是玉石集聚之地。在喀什,随处可见的是各种售卖玉石的商家、店铺,还有沿路兜售的商贩。

和田玉,是新疆玉石的代名词。温润油滑的触感,难以言表。和田玉分山料、籽料,颜色各异。山料是从昆仑山里直接开采出来的玉石,籽料是从山料上崩落进入河床,历经多年水流、河床冲刷打磨后的玉石。籽料价格远高于山料。几乎所有的商家,都号称自已卖的是和田玉籽料。在鱼龙混杂的市场上,真要淘到一块好的籽料,需要练就一双火眼金睛和察言观色、大刀阔斧地砍价。

指挥部里有一帮好于此道的兄弟,尤其以规建组的文悦为研究最深,还专门开设了玉石鉴赏微信群,时不时发些鉴赏的小帖子供大家学习。有时有机会外出,大家一道练眼练手。

我也是其中一员。虽然从微信上、从聊天中学到了不少书本知识，惜乎还没有机会实战一次。主要是由于外出机会少，且好的玉料价格也不菲，下不了决心落手。

7 月底的喀交会上，跟文悦又学了一些绿松石、青金石之类宝石的知识。价格比籽料便宜多了，但也没遇到好机会入手淘一个好料件。一则喀交会会期太短了，二则还是不够懂行，底气不足，不敢下手。文悦入手了几个绿松石手镯、一块青金石原石，性价比还是很高的。看过的兄弟认为不错，可惜大家再想去淘时展会已经结束了。

绿松石、青金石主要产自巴基斯坦、阿富汗山区。青金石是佛教徒最喜欢的宝石，做镯子、挂件、摆件都很好。

想不到，到喀什援疆，还可以学一些玉石鉴赏的诀窍。美妙奇异的玉石世界，帮我们打开了一扇新的观察自然、体验文化的窗口……

淘　宝

2014—09—08　00:33:15

这两天忙于淘宝。不是上淘宝天猫网购，是到喀什的和田玉交易中心和玉巴扎真正地淘宝。

收获颇丰。各色品种都有所斩获。昨天，淘到一件俄料籽料白玉挂件，10 克多点，雕成弥勒，玉科质地不错，就是雕工稍显粗糙，价格适中，1200 元，没有太便宜，却也不贵。

今天最高兴的是在玉巴扎和兄弟们溜达时，收了一块青金石，产自巴基斯坦，重 7.5 公斤，宝蓝色正，层次清楚，杂质少，密度大，关键价钱便宜，还到了 150 元每公斤，而市价一般要 200—250 一公斤。

顺便还和兄弟们团购了一根石榴石链条，颗粒大而饱满，光泽透润，价格稍高，400 元，但品质高，比在塔县高原上看到的都好。晚上指挥部聚餐，庆中秋，过集体生日，我也是寿星之一，现场气氛热烈，就像一个真正的大家庭过节那样……

鱼儿鱼儿

2014—10—10 00:26:51

今天终于开始了长假结束后的第一个工作日。上午开个短会，讨论群众路线教育实践活动下阶段工作安排，会后又急匆匆去花鸟市场补了三条霓虹灯、两对孔雀鱼，其中一对是给李平代买的。鱼老板在捞鱼时多捞了一条霓虹灯，算是送给老客户的。这下水族箱里热闹了，总共有 11 条霓虹灯、3 对共 6 条孔雀，一条清道夫。在 LED 灯光的柔和光辉下，霓虹闪烁，长尾飘飘，上上下下，左左右右，在青绿水草间倏忽穿行，生命动感，活力十足……看着这些快乐的鱼儿，境由心生，自己的心情也不由快乐起来。

下午去了一趟地区商务局，商量对接下旬上海商贸专家来喀什开展商贸培训的事情，落实了培训学员组织、会场、考察等事项。这个培训项目是列入今年合作交流对口支援培训计划的。

晚饭后，照例去地委小树林散步，突然感到天气已经转凉，晚风吹来，甚至感到了丝丝寒意。赶紧回宿舍加了件外套，与戴老师去树林里溜达了 45 分钟。戴老师刚从上海探亲返回，跟他说起长假后几日我开始养鱼的故事，同样深有感触，总结出了大道理：治大国若烹小鲜，也就是说，治国和养鱼的道理是相通的，就是不能折腾啊……

鱼儿虽小，道理却深……

天冷了

2014—10—12 21:56:09

仿佛一夜之间，喀什进入了深秋。早晚的冷风吹来，甚至有了些许寒风的凛冽。

昨天又和光头馨哥去花鸟市场买鱼了。鱼老板看到我们，第一反应：你们又来了，还买鱼啊？光头把我原来买的那个小鱼缸拿到他宿舍，但是鱼儿只剩两条霓虹灯了，想要再添几条。一番挑挑拣拣下来，又买了 5 条霓虹灯，一对红孔雀，外加一条清道夫。我也忍不住又挑了一对银孔雀，银裙洒金的长尾飘飘，与红孔雀火红火红的长尾相映成趣。

今早刚起床就接到了光头的电话，不幸的消息。他那缸鱼一夜之间全死了，除了那条清道夫！实在是太悲剧了，原来是想当鱼儿守护者的，却一不小心成了鱼儿杀手了……

我估计是小缸里鱼儿密度太高，缺氧所致。如果是鱼病，也不会一夜之间全玩完。或者是水温太高，配置在鱼缸里的加热器温控坏了，不断加热，变成煮鱼汤了……

为所有这些夭死在我们鱼缸里的小鱼儿们祈祷：安息吧，天堂里你们就自由了！

玉石市场

2015—01—10　21:38:11

下午和几个兄弟去了一趟距离指挥部不远的喀什和田玉交易中心，练手练眼，领领行情。

这个交易中心其实就是个玉石大巴扎，汇集了各方而来的玉石商人。来喀什一年，大家有空时也经常来这里逛逛，认识了几个摊位老板，其中有家在二楼楼梯口的，是个军嫂开的店，比较实诚，大家经常光顾。三楼则有个精品和田玉展示交易中心，都是品相价格顶级的玉石佳品，我们也常去，看看顶级的好东西，有利于锻炼自己的眼力劲儿。

先去了三楼精品馆，看看这些极品，那是真正的“温润如玉”，只可惜囊中羞涩啊……

后去了军嫂小刘的柜台，东看西瞧，选几样小东西拿出来仔细品鉴，用手电筒反复查看。流连许久，不好意思了，就买几样小东西，比如平安扣之类的，带回去当小礼物送送小孩子……

在喀什，玉石品鉴是生活中必不可少的乐趣。

玉石巴扎淘玉石

2015—01—19　01:27:41

在喀什市中心步行街商铺二楼有一个玉石巴扎，在当地还是非常有名的。每逢周六、周日，交易大厅里云集了来自喀什、和田、克州甚至巴基斯坦、阿富汗等地的玉石商人，在小矮桌上摆开各色玉石，就开始吆喝等待买家。

下午和几个兄弟去玉石巴扎逛了一圈。文悦兄是精于此道的好手，眼光毒、估价准。一圈兜下来，大家都有收获，我也淘到了 8 粒和田玉小籽料，又去找了一个手艺不错的维族小伙子店里打孔，再找了个边上的河南大姐摆的小摊上穿绳，于是一串和田籽料手链诞生了：八粒小籽料，肉质、油性都是不错的，有两颗还带少许皮色，感觉还是非常满意的，总价 1800 元（对方开价 2300），打孔费用 40 元，穿绳及小隔珠费用 20 元，共花了 1860 元搞定，性价比还是挺高的。宇飞也在同一个摊头上淘到了好料，8 粒更大些的籽料，品质更高一些，经过水磨一般的还价，2700 元搞定，也非常满意。据文悦讲这个老板以前没见过，新面孔，东西都是不错的。看样子是维族或塔吉克族，普通话也不熟练，需要边上几个摊主帮忙才能交流。我本来还看上了一块小料，皮色暗红，色彩分明，开价 2500 元，还到 800 不肯卖，摊主要把这块和另一块水线明显的青白料搭配卖，喊价 1500，说是他的进价都要 1100，不能只卖好的，否则差的那块卖不掉了。想想价钱贵了，算了，没成交。

还抽空去了巴基斯坦人艾莎那个位于步行街入口的店，又淘了一条紫牙乌的石榴石手链，小粒的，色泽、石质更纯净，唯一的问题是艾莎老板不肯还价，价格咬得死死的，2000 元成交，只是看在老顾客面子上去了点零头。

晚上，喝茶看电视，兄弟几个每人手里盘着一串手链或珠子啥的，那个惬意。

花与鱼

2015—03—10　22:56:12

40 多天离开喀什的日子实在漫长，尤其是对于兄弟们在宿舍里养的花儿和鱼儿而言。大部分的花儿们、鱼儿们没有熬过这个寒冷的喀什之冬，凋谢了。

习惯了屋里的绿色点缀和鱼儿游动的身姿，当花与鱼离我们远去的时候，忽然觉得原来在我们的援疆生活中花儿和鱼儿扮演了多么重要的角色。是它们一直默默陪伴着我们度过了一天又一天喀什噶尔的日子……

所以，上午和几个兄弟们再次去了花鸟市场。思前想后，最终还是选了 5 条锦鲤、1 条清道夫，外加一盆红掌、一盆文竹、一盆满天星。回到宿舍一番精心布置，顿时感觉春回大地、生机勃勃。

援疆日子延续以往的节奏和习惯，漫漫流淌流淌。

紫牙乌

2015—05—03　22:33:08

紫牙乌是石榴石特有的一种颜色品类，原产于巴西。塔什库尔干的帕米尔高原上出产的石榴石，以酒红色居多，却没有紫牙乌的。紫牙乌是一种比酒红更深、更透的颜色，颇有些"红得发紫"的意境。在石榴石品类等级中，紫牙乌属于顶级品类了。去年回家过年时，曾在步行街阿巴斯店里买了两条带回去，颇受欢迎。老婆当即就在手腕上绕了一条手链，被单位里小姐妹看见，立刻说下次也要带一条回来。

今天下午找文悦和李平一道去了趟步行街。目标就是紫牙乌石榴石手链。原来常去的巴基斯坦人阿巴斯店里的货品杂质太多，喊价也高得离谱，居然开到每克 70 元。另一家东北老板娘店里的东西品质纯净度还是不错的，颗粒稍小了些，不过价格只有每克 35 元，是阿巴斯店里的一半，而且老板娘选配饰串手链的功夫一流。于是当即就在这家店里挑了 3 条紫牙乌。想起一直以来都想给女儿佳茗同学送个有喀什特色的小礼品，今年她要升初中了，终于如愿以偿进了上宝，总算梦想成真，老爸总得有所表示吧。石榴石是女人石，活络气血，特别适合女性佩戴。所以，当即决定请老板娘选好配饰，当场为女儿穿好手链。用上红珊瑚、蜜蜡、银饰等各类隔珠后，整条手链顿时显得神采奕奕、生机勃勃。

回到宿舍，赶紧手机拍照用微信传给佳茗看，女儿非常喜欢，连点两个赞……

喜欢就好，喜欢就好。

文　竹

2015—06—03　20:34:01

文竹是种观赏性很强的植物，室内摆上一盆苍翠郁郁的文竹，平添几份雅致清幽。3 月回喀什后，我就到花鸟市场买回一盆文竹，想着能给宿舍添些清爽的绿意。

却未想文竹并不好养。先前不敢浇水，生怕烂根，只是用喷水壶在叶子上喷些水雾。逐渐有叶子开始发黄，问了住在对门的老张，他是植保专家，农学院毕业的，养花弄草极为在行。他说太干了，要浇水。于是就大胆浇水，但花盆太小，根系已经伸出盆底，水浇下后即刻就渗出花盆流到托盘中。土壤留不住水分，终于眼看着一盘文竹叶子发黄、茎干枯萎而死。

实在不甘心。上网百度，查询如何养好文竹。原来诀窍很简单：文竹喜欢半干半湿，土色发白就要浇水，浇水要浇透，不能放在阳光下曝晒，也不能没有阳光，最好放在室内有阳光散射的地方。

周日，又去了趟花鸟市场，再买一盆文竹，当场请花老板换了个大些的盆，使根系可以充分延展，不那么局促。放在室内橱柜上，晒不到太阳。第一次浇水，浇透至水渗出盆底流到托盘上。今天再看，发现有些叶子开始变色，不知是新叶的嫩绿还是泛黄的前兆。颇有些忐忑不安。

养花不易。养文竹不易。然乐在其中,趣味盎然。

水族箱中的生物规则

2015—06—16 23:11:05

今年 3 月进疆以来,我的水族箱里多了一群锦鲤鱼。这是我到花鸟市场去买来的。鉴于去年养热带鱼的惨痛教训,今年决定改养锦鲤,据说这是最好养的观赏鱼。

果然比热带鱼好养。鱼缸里的电加热管就不用了,鱼儿们很活跃,上上下下,摇头摆尾,一副悠然自得的样子。对鱼食的要求也不高,什么都吃。我种在缸里的几棵水草,三天内就被这些鱼儿啃食殆尽。有时伸手进缸里放置水草或观赏石,鱼儿们居然主动围过来啄我的手。难怪现在有种足浴是把脚泡在鱼池里,让鱼儿们来啄食脚上的死皮,据说效果很好。

这两天有些蹊跷。开始有几条鱼儿染上烂尾病,于是在缸里撒了鱼药黄粉,但效果不明显。仍有新的鱼儿受到感染。但那些烂尾的鱼儿似乎在缸内非常弱势,经常被几条身强力壮、体型较大的同伴追逐撕咬。刚开始时我以为是鱼儿之间相互嬉戏,但昨天看到有条健康的大鱼居然真的撕咬病鱼的烂尾,明显是把病鱼那溃烂的长尾当成美味的水草啃食了。可怜的病鱼,被追得满地乱窜,四处逃避。尤其是其中一条体型较大、体色白多红少的家伙,到处欺负病鱼,它游到哪里,哪里的鱼儿就赶紧躲远。

这怎么可以!这家伙严重扰乱了水族箱内原先平静的生活秩序,仗着自身身强力壮,为所欲为,欺负弱小。这明显违反了人类世界的价值观,在义愤填膺之下,我用渔网捞起了这个秩序破坏者,单独把它放在另一个小缸里,权作关禁闭,让它反思悔改。

进了小缸,这家伙老实了许多,静静趴在水底,也不游来游去了,似乎真的在面壁思过,反思自己的霸道行为。看它这么老实,我有点担心它庞大的体型在这个小缸里会憋气,水中含氧量不足。所以,关了一中午禁闭后,我重新把它放回了水族箱,回到了它的伙伴们中间。

重回同伴中间的鱼儿，果然老实了许多。但也就仅仅老实了一会儿，就又开始故伎重演，强行霸道，欺压弱小……

我终于明白了，水族箱里也有它自己的生物规则。弱肉强食，优胜劣汰，本就是自然界的不二法则。我有什么理由去指责那个强者呢？它也有它的权利。那些病鱼如果不能躲避它的攻击，那就只能被淘汰，那是宿命。作为饲养者，我可以帮病鱼治病，比如撒鱼药，却没有权利去干涉鱼儿世界的生物法则。该淘汰的只能被淘汰。这是为了整个族群的未来，只有最强者才有权利生存繁衍。

理智告诉我不能管，然而看到那些可怜的病鱼四处躲避，人类天生锄强扶弱的情感倾向却告诉我不能不管。特别是当你完全拥有这种可以轻易改变的能力时，你很难不用自己的价值观去衡量双眼看到的任何世界，包括这个小小的水族箱。

于是，我开始深刻地理解太平洋彼岸那些霸道的老美了……

援援与疆疆

2015—07—28　22:21:04

莎车城南体育中心是上海第八批援疆的交钥匙工程。工地上的工人们为了排遣工余的孤独寂寞，养了数只狗儿。前些日子，有只母狗生了一窝六只小狗，毛茸茸的，非常可爱。文悦到工地现场检查工作时，顺便捎了两只刚出生的小狗回喀什。一白一黑，白的纯白，像一团雪球；黑的纯黑，额头和脚爪处还有几缕金黄毛发，像一块黑金。一样的毛茸茸、憨乎乎，漆黑的小眼珠滴溜溜转动，神采斐然。

宇飞和胡炜各自领养了一只。小白取名“援援”，小黑取名“疆疆”。亮亮特地领着两个小家伙出去找宠物店彻彻底底洗了个澡，还剪发、吹风，洗剪吹一条龙，100 元。买了宠物笼子、狗食，两位动物爱好者开始驯养小狗狗们了。

任务还是很艰巨的。比如，要教会小狗到卫生间指定的托盘垫子上大小便，就是很困难的一件事。小狗是不懂的，要在人狗之间建立相互信任和沟通，需要找到合适的方法，不断磨合。起码现在两只小狗还是随心所欲的。前晚，小黑“疆疆”晚上叫了几嗓子，它主人就受不了了……

兄弟们聊天的时候都说，这两只小狗命好啊，从莎车工地来到了喀什援疆前指，那是从乡下进城，上天堂了。两位小狗主人甚至还戳着小狗儿的额头教训：你要是不听话，就把你再送回莎车去……

小白、小黑和小黄

2015—08—26 22:02:41

小白、小黑和小黄是我们喂养的三条宠物狗，来自莎车交钥匙项目工地。自到了喀什的前指援疆楼以后，大家都说这三只狗崽子是到了天堂，从莎车工地来到上海援疆指挥部大楼，有那么多人关心它们，无比的幸福啊。到喀什的第一天，马上就分别被三个爱狗的爸爸抱回了宿舍。

最近小白和小黑的爸爸分别回上海及去了乌鲁木齐，所以只好请别人代为照顾。小狗们已经逐步适应了新的环境，并且开始释放自己的本性。比如，喜欢自由，喜欢跟人玩儿，喜欢跟别的狗儿玩，喜欢吃好吃的火腿肠，高兴了还喜欢要嚎两嗓子。这可乖乖了不得了，别的都好说，拜托别嚎叫啊，搞得现在全指挥部都知道这三个家伙了。本来是悄悄地来到指挥部的，现在尽人皆知了，想低调都不成了。有喜欢狗的，就有不喜欢狗的，已经有人委婉地对在指挥部大楼里养狗表示异议了。

这三个惹事的玩意儿，不让人省心。晚上关进笼子，每天老早醒了以后就“呜呜”开始叫，要出来玩儿。我们去上班了，就要把它们放出笼子，它们在宿舍客厅、厨房、卫生间玩儿。偶尔听到外面走廊有人路过的声音，这些小玩意儿就会兴奋地“呜呜”，好像有人要来跟它们玩了，好高兴啊，也不想想是不是自己主人就乱叫唤，真是狗脑子。

三个爸爸训练了几周了，只有小白有了点大小便要到指定垫子上的意识，另两只还是我行我素。为此，小黑已经挨了好几回揍了，还是没记性。

在一起玩儿时，小黑最活跃，经常主动去挑逗另两个家伙，真开始打架了，小黑又最没用，被别人欺负得最狠。小黄平时不声不响的，真要打起来，那两个都不是对手，但要没人惹它时就很乖地缩在一旁角落里，眨眨滴溜溜的眼珠子看你们说话。小白最喜欢火腿肠，它只要撒尿在指定垫子上了，爸爸就会奖励它一小片，于是它就会欣喜非常，蹦跳欢呼，借它爸爸的话：就跟看到了毒品的瘾君子一样。明白了这个奖励的因果关系后，人家还是很聪明的，会跑到垫子上尿一点点，然后赶紧跑到爸爸那里摇头晃脑，拉着爸爸来看垫子的尿迹，意思是你该给我火腿肠了，什么玩意儿……

最后的鱼儿

2015—09—07　22:50:36

3 月初回喀什以后，重新到花鸟市场买了九条锦鲤放养在宿舍的水族箱里。如今已是九月初，整整半年过去了，那九条鱼儿已经大部分死伤殆尽。这段时间更是只剩下最后一条鱼儿孤独地徘徊在缸中了。

但是就连这仅存的最后一条鱼儿从昨日开始也情况不妙了，蔫蔫的，喂食也提不起兴致，不愿游动，惫懒地躲在缸中一块大石头旁边。最糟糕的是原本漂亮的长尾巴上开始出现了溃烂的症状，如其他先走的伙伴一样……

为了救回这些可爱的鱼儿精灵，我特地去鱼老板那里买了治烂尾的鱼药，每隔一段时间就向缸中投药，水体已经呈现出一种奇异的金黄。可惜依然没有挽回那些病鱼儿的生命，它们的活力在不断地流逝，终于一个一个离开了。首先是长长的鱼尾不再骄傲地挺起，逐渐耷拉下来，然后是神情委顿，不食不游，最后是无法控制自己的身体，鱼身侧翻，鱼尾蜷曲，鱼鳃过许久才鼓动一下，鱼眼神态涣散，失去了精灵的光彩。等到鱼体完全僵硬的时候，它们的灵魂就彻底升上了天堂。

我感到很悲哀。原本是想为它们提供一个快乐的天堂，岂知它们在我的水族箱里是否觉得进入了苦难的地狱。虽然我也关心它们，喂食、种植水草、三三两两的玉石装点，还有 24 小时不停的充气机，我为它们提供了所有想到的、可以为它们提供的条件，每次出差离开喀什，我还会请隔壁的兄弟或服务员帮忙喂食照顾它们，可是它们最终还是离我而去了。于是，我问自己：我为它们提供的，真是它们需要的或盼望的吗？

其实很多时候，我们都是在按照自己对事物的理解和想像做事，至于是否我们所思所想和所作所为符合对方的想法和需要，往往并不在意，所谓好心办坏事就是这样产生的。所以，换位思考、实事求是、及时沟通是非常重要的。

可惜鱼儿们无法听懂我的话语。所以当最后的鱼儿逝去后，我不打算再去花鸟市场补充新的鱼儿了。养久了就会对它们生出感情，当它们逐渐离我而去时，我都会很心痛，心境很悲凉，总觉得自己对不起它们。

谨以此文纪念2015年曾经快乐生活在喀什上海援疆前方指挥部大楼315房间水族箱里的锦鲤精灵。

有家难归的小黑

2015—09—09 22:36:45

小白和小黑两只来自莎车的小狗儿已经在指挥部生活一个多月了。为了这哥儿俩能在指挥部大楼愉快地生活，兄弟们可是付出了很多，金钱花费自不必说，时间精力也投入许多。每次当它们的主人出差离开喀什，就要把它们托管给留守的兄弟。如今随着狗儿慢慢长大，叫声也越来越响了，关在宿舍里也开始越来越不安分，经常把托管人宿舍里垫子、鞋子、毛巾甚至垃圾桶撕咬得满屋混乱。有时夜深人静的时候，这俩夯货不知哪根筋搭住了，还会“汪汪”几声，搞得几个养狗爱狗一族心惊胆战，只怕影响其他人休息、被领导知道后下达逐客令，那它们就只能回莎车去当一条喀什乡下的土狗了。

小白还好，比较听话，不太叫唤。小黑的性子有些桀骜的，特别是如果遇到屋里有生人进来，定会呈现狗儿的本色“汪汪”狂吠不止，它不爽的时候甚至看到我们这些爷叔进来都会吠叫。在屋里还随地大小便，一点不讲规矩,还以为是在它们莎车老家呢。

小黑其实也是很可怜的,人家也是有家难归啊。它主人胡炜老兄在收养它不到一周的时候就去了乌鲁木齐上海驻疆办常驻,一直到现在也没回过喀什。于是小黑只好这家带几天,那家带几天,吃百家饭,规矩也自然淡漠。前些日子,胡炜仍在乌市,但同屋永昌回到了喀什,刚进宿舍就被小黑一阵狂吠,吓了一大跳,自然不喜。所以,小黑只好寄居到李平爷叔的屋下。平叔待小黑极好,也开始逐渐教训它守一些必要的规矩。可惜好景不长,今日宿舍管理员到李平房间修电视,小黑故伎重演,"汪汪"不止,恰被领导碰见,甚为不喜,虽未下逐客令,但态度已经明确无疑。屋漏偏遭夜雨,平叔明日起要下县多日,小黑必须另找其他栖身之地,却再无人愿临时代养。原因有二:一是小黑主人的归期还遥遥无期呢,代养还不知要多久;二是小黑的性子喜动,比较调皮,还喜欢汪汪,生怕晚上发神经,影响隔壁其他人的休息,毕竟不是每个人都是爱狗之人。于我而言,还有一个原因,就是如果与小黑日夜相处时间久了,就会生出感情,待到胡炜回来物归原主时,定会依依不舍,所以索性不要代养,断了缘分。

兄弟们商量了许多办法,却都感到不妥。最后的解决方案:明天去找家喀什室内的宠物店,花点钱把小黑寄养在店里,等它主人回来再去领回来。呜呼,可怜的小黑要去孤儿院了……

从天堂坠入尘埃的狗儿们

2015—10—14 21:46:45

胡炜终于从乌鲁木齐回喀什了。昨天刚回,处理完手边的急事,今天下午稍得空就忍不住对小黑的想念,拽上栋林和我去看寄人篱下的两只小狗。

这两只来自莎车交钥匙项目工地的小家伙,一白一黑,出生没几天就被我们接到了指挥部大楼。在喀什市最高档的宠物店里洗澡、吹风、修毛发、剪指甲,体检打针;在喀什市最核心的机关大楼里溜达、睡觉、嬉闹;吃的是天猫网店里买来的高档美味狗粮,肉味儿十足,大小便有专门的尿垫,休息睡觉有舒适的狗笼窝铺，天热有空调，天冷有地暖，每天宿舍里还有阿姨来清扫卫生，每晚还会有好些爱狗人士来与它们嬉闹逗玩……

与那些同样出生在莎车工地上的狗儿兄弟姐妹们相比，小白和小黑这两个家伙是何等幸运。它们在喀什的生活条件，那就是狗儿的天堂。

可惜好景不长，随着狗儿们的慢慢长大，它们开始展露出狗儿本性，常常在宿舍里“汪汪”，无论那个陌生人是阿姨还是领导，只要它不认识就会狂吠不止。俗话说：祸从口出。对狗儿也是一样。有人提异议了，它们就只能离开指挥部的狗儿天堂，重新坠入尘埃，开始过起寄人篱下的日子。

寄养的地方在喀什近郊的一个建设项目工地，不大的院子里养了十多条狗，大大小小各种都有。白和黑哥儿俩被关在墙角一溜狗笼里，见到我们，立刻激动地摇头摆尾、狗吠阵阵。刚打开笼子，哥儿俩冲出笼子绕着我们转圈汪汪，喜悦之情溢于言表。在尘土飞扬的工地上，狗毛粘结成一缕一缕的，完全没有了以往的蓬松柔软。狗笼很粗糙，很脏，吃的都是工地食堂的剩饭剩菜。不过看起来，它们精神都很好，仍然很活跃，也看不出由奢入俭的痛苦与不适。

也许它们本就属于这样的世界。它们本就应过这样的生活。我们按照我们的标准和思想为它们做这做那，自已感觉已经对它们很好，它们应当很感激、很适应，回到原有的环境和生存状态中，它们肯定会不适应、会萎靡不振。殊不知，它们的父辈其实千百年来在这里本就是这样生活的。说不定，如果它们有思想、会说话，也许它们会告诉我们：其实你们给我们的，虽然很舒适，但并非无之不可，回到原来的生活也挺好，因为我们本就应该过这样的日子，虽然艰苦却更真实、更自在。

道理似乎非常深刻。

小　黑

2016—03—14　22：19：00

小黑是条小狗。出生在莎车体育中心我们的援疆交钥匙工地上。论血统,它并不是什么高贵纯种的名犬靓狗,就是莎车乡下的一条土狗。如果不是因为它的出生地是我们的援疆交钥匙工地,估计也不会与我们产生什么交集。终其一生,也就是流浪在莎车县城大街小巷的一条流浪狗而已,浑浑噩噩,了此一生。

命运就是这样的神奇。小黑出生才几日,恰好文悦到工地检查,见到了虎头虎脑的数只初生小狗,着实可爱,动了心思,就捎带了三只回到位于喀什的指挥部,一黑一白一黄,三兄弟的命运于是有了彻底的改变。一夜之间,它们从莎车那个偏远的南疆乡下工地,风风光光进了喀什城,摇身一变从工地土狗变成了援疆兄弟的宠物狗。可算是一步迈入了天堂。

小白给了宇飞,小黄被老潘领走了,小黑却让胡炜一眼相中。三兄弟各得其所,乐哉乐哉。从此,它们住的是主人购置的高级宠物狗笼,吃的是天猫宠物店里购买的高级狗粮,从饼干到肉罐头,一应俱全,每天洗澡,用的是宠物香波,澡后主人还会细心给它们的狗毛吹风。蓬松柔软的毛发,散发着淡淡的香味,摇头晃脑地在宿舍里跑来跑去,蹭蹭这个,挠挠那个。如果有人抱起它们,还会轻轻抚摸狗头狗背,它们就会眯起狗眼,顺从地轻轻拉伸头颈,一副享受的模样。黑白黄哥三每晚碰在一起,欢快地嬉闹厮咬,偶尔发出几声快乐幸福的犬吠,其乐融融。

惜乎好景不长。不是每个援疆楼的住户都是爱狗之人。有人怕狗,有人嫌吵,还有人对狗味、狗毛敏感。有一日,小黑对进屋维修的物业师傅狂吠不已,终于引起了他人的注意。管理后勤的综合组为此特地发了通知,不允许在援疆楼内养狗。彼时,小狗们与它们的主人已经有了深厚的感情,难以分离了。无奈之下,只能托人找了一处位于喀什东城新区的建筑工地寄养。

那个工地位置很偏。我随胡炜、吴亮曾专程去看望过它们一次。一个围墙围起的大院,在内墙根处排列着一溜露天狗窝。见到我们来了,黑白都兴奋不已,可劲儿“汪汪”表达自己的思念,一打开狗笼,就飞奔而出,围着我们不停转圈、奔跑。哥儿俩浑身上下都脏兮兮的,原本蓬松柔软的毛发纠结成一缕一缕。看见主人往饭碗里倒出美味的狗食肉罐头,迫不及待地上前大口吞食，连吃数罐，直到撑起肚皮明显鼓起才作罢。那一瞬间，仿佛仙女跌落尘世，重又恢复了工地土狗的本色。

即使这样的日子也难以为继了。终于在一次不知为何小黑发怒咬了工地喂食管理员后，它们在这里也不能呆了。胡炜还专门买了些礼品去看望那个倒霉的管理员，为小黑的少不更事给人家道歉。

有人说它们就是莎车土狗，算了，还是送它们回原籍吧。它们不适合在喀什城里，回莎车工地吧。可是大部分兄弟都舍不得，在不知不觉之间，黑和白，已经成为我们援疆生活中的重要一部分了。没有了它们，我们就总觉得少了些什么，多了份挂念，日子总是那样的单调，没有色彩，没有滋味。

最后下了决心，我们托人搭了辆顺风车，把黑白送到了位于乌鲁木齐南湖南路的驻疆办，疆办的兄弟们专门在底楼的车库给它们重新安了家，并特别关照门卫代为好好照料。

从此，黑白的命运又发生了巨大的转折。它们终于再次回到了天堂，这次更牛叉，从喀什来到了自治区首府，成了生活在省城的宠物狗，虽然它们没有省城狗证，但这并不妨碍它们享受省城的荣华富贵、纸醉金迷。

驻疆办大楼里还有数家在此办公的公司，其中有家公司的经理看中了小白，想收养。这个要求着实让我们为难了数日，再三斟酌，我们同意了交给他收养。也有在这楼里上班之人看中小黑的，也要收养，胡炜着实不舍得，婉拒了。于是，在疆办偌大的院子里，只留下了小黑形单影只的身影。但是它依然快活，吃香喝辣，集兄弟们万千宠爱于一身。

上周我去西安开会后返回喀什，途中因喀什沙尘暴航班取消，在乌鲁木齐疆办住了一晚。在胡炜的房里见到了小黑，体型明显大了许多，不再是小狗了。它明显依然记得我，汪汪几声后，就不声不响地蹭我的脚脖，绕着我转圈子。伸手抚摸它的头发时，仍然是那副享受的模样，还不时转过头来舔舐我的手掌。胡炜说，它认得你，喜欢你。

却未想那居然是我们的最后一面。

昨晚，国锋在微信群里突发噩耗，小黑在疆办外面的马路上被出租车撞了，奄奄一息。上了几张照片，它口吐白沫，侧躺在地，舌头伸出，已经出气多、进气少了。群里的兄弟们炸了锅，纷纷询问怎么回事，赶快抢救啊。国锋出去细细打听了一圈，说是听对面的保安讲，小黑私自溜出疆办大院，穿过马路去对面的市政府公园玩，和一只当地流浪狗高兴地玩耍，之后想再次穿马路回疆办时，在辅道上被一辆疾驶而来的出租车撞击弹飞，那辆车连停都没停就跑了。疆办的门卫只听到了一声惨烈的狗叫，就没了声音。过了一会儿，才发现竟然是小黑出事了。

小黑坚强地熬过了昨晚一整个晚上。宠物医院晚上不开门，没办法，今天一早国锋和吴亮送它去抢救，医生说出租车撞断了它的颈椎，颅内出血，已经没救了。望着可怜的、仍在细若游丝喘气的小黑，哥儿俩一商量，咬牙请医生对它施行安乐死，减少它的痛苦吧。医院最后会统一将这些宠物狗送去火化。

小黑结束了它短暂却跌宕起伏、命运多舛的一生。尘归尘，土归土。生在南疆莎车，逝于省城乌鲁木齐。

造化使然，让小黑陪伴我们这些兄弟走过了这一段援疆的日子，给我们带来快乐。它的命运因我们而改变，我们的援疆生活因它而多彩。它和它的白、黄兄弟，永远留在我们手机相册的记忆中，难以忘却。

天道有常，循环不息。缘来则聚，缘尽则散。悲欢离合，千里婵娟。狗命如此，人运又何尝不是如此呢？

玉石之缘

2016—05—29 22:46:54

喀什噶尔，古语原意就是“玉石集聚的地方”。来到喀什两年有余，跟着援疆兄弟中的几个玉石爱好者，逛逛玉石巴扎，兜兜玉石店家，淘宝物，摸原石，练眼光，聊估价，不亦乐乎。来新疆之前，由于工作关系，曾关心过一阵子钻石产业，却没有对玉石如此关注。未想到，玉石之缘最终缔结在古丝路重镇喀什噶尔，也算天意吧。

接触久了，愈加感觉玉石行业纷繁复杂、光怪陆离。青海料、俄料、和田料，碧玉、青玉、黄玉、白玉，山料、籽料、山流水，皮色、毛孔、结构、油性、肉质，原石与雕工，盘玩与养护……门门都有学问，要有理论知识，更要有实践经验，触摸、目视、光照，缺一不可。

这样一双火眼金睛，修炼不易，有时还会看走眼、交学费。道高一尺，往往魔高一丈。没办法，发源于昆仑山的玉龙喀什河、叶尔羌河流域已历经上千年的玉石挖掘采掏，高品质的玉料原石日益稀少，市场估价却越来越高。在如此高回报的诱惑之下，各种造假手段层出不穷，以次充好、以假充真，用核桃皮染料上色假冒籽料皮色，用滚筒打磨山料小块冒充籽料皮孔，诸如此类，一不小心就会着道，甚至老手也有马失前蹄的时候。曾有一位我们的援疆医生，2000 多元买了一个雕工很不错的玉石青蛙，皮色非常漂亮，后来听人说可以放开水里煮一煮看看皮色是不是真的，结果开水煮了不到半个小时，石头上的颜色全掉光了，一锅开水成了染料。有了这个教训，很多兄弟就把眼光转向了玉料原石，并且体积、重量愈加提高。国锋甚至收了一块重达将近 100 公斤的碧玉原石，一个人都搬不动，两人搬也非常吃力，结果在搬到淋浴房里想冲洗清洁之时，一个不小心把旁边的马桶给砸了……

喀什市区各类大大小小的玉店很多。比如清真寺旁边的百玉翔、展览中心对面的玉博园、西域大道的民族工艺品中心，还有离指挥部不远的和田玉交易中心，再加上步行街每个周末的玉石巴扎，这些都是我们常去的场所。日子久了，跟那些玉石老板也混熟了，经常聊玉侃玉，倒也学到了不少窍门。百玉翔的梁总就曾亲自给我们讲解示范如何判断俄料、青海料、和田料的白玉手镯，很实用的技巧。

很多兄弟的双休日都沉浸在玉石世界中了，乐此不疲。一沓沓人民币交出去，换回来一块块石头（每人都坚信自己这块石头是物有所值的美玉），心里还都美滋滋的。去年 7 月，上一批上海援疆医生服务期限届满返沪前夕，甚至将和田玉交易中心三楼的那些顶级玉石扫货一空，不禁令人瞠目。

可惜迄今为止我却还没有淘到满意的石头。玉石讲究的是缘分，可遇不可求，或许缘分未到吧。等待，亦是缘分。

温润如玉

2016—08—25 02:20:03

古人比喻君子的人品，常用“温润如玉”来表述。来喀什之前，对玉的认识基本来自书本、影视，美人如玉，君子如玉。人世间一切美好事物的具象表征，除玉无他。

及至进疆，喀什噶尔地名的维吾尔语本意就是“玉石集散的地方”。身边一帮兄弟都是玉友，空闲时常跟着一块儿逛逛玉巴扎、玉器店。两年多下来，喀什市里几个大的玉器商店的老板，跟兄弟们也都熟稔无比了。经常去看看，坐下喝喝茶，聊玉品玉，以玉会友，已经成为援疆日子里的一桩美事。

时光如梭，援疆的日子还剩下不到四个月。喀什长夜漫漫，夜深之时，常常盘玩手边玉器小件，遗憾的感觉暗自滋生。平时与兄弟们交流，经常说起来喀什三年，总得找机会觅一件品相、雕工、玉质，当然还有价格，各方俱佳的好东东。目前为止，好几个兄弟已经各有收获了，我却仍然无所斩获。

今天有机会跟李平、宇飞又去了一次清真寺边上的百玉翔。这是一家在喀什玉器圈子里颇有名气的玉店，负责销售的两个老板，文、梁两位老板，已经与我们非常相熟。前些日子，李平刚在店里收了一件关公手把件，玉质细腻，雕工精美，盘玩抚摸，手感极佳。

在店内精品展示间里，宇飞、李平帮着挑选了几件，大家一起赏玩品鉴。其中一件类似貔貅的瑞兽把件，质地、雕工都极好，当然价格也是极“好”的，标价已经是中六位数了。只是囊中羞涩，并无大佬们一掷千金的豪气和底气。向梁总询价，心下忐忑，稍稍犹豫之下，梁总报了一个相当折扣的实价，只是依然委实不少。难以决断。梁总答应可以先让我带回把玩数日，再做商议。

回到宿舍，手中就一直在不停把玩。手感真好。就是那种“温润如玉”的感觉。玉，讲求缘分，原来真不是说说而已的。比如这次，我分明就感到了自己与这只瑞兽把件的缘分。

此时，价格因素已经让位于缘分。不离谱就行。

步行街上的玉器店

2016—08—28 00:38:05

又一个周六。约了几个兄弟去了喀什市区步行街，逛逛玉石巴扎，会会几个老相识的玉店老板，喝喝茶，看看玉，谈谈价。抓紧留在喀什的最后数月时间，想着找机会觅几块好料，为自己的三年新疆之行留些美好的纪念。

今年形势大好。全疆旅游爆发式增长，喀什也不例外。有段日子没来步行街，今天发现街边玉器店新开了数家，还有许多家装修一新，来来往往的客人也多了起来，全然没有去年此时萧条冷清的模样。那时，周末的步行街上见到的，都是援疆兄弟，几乎没有游客。如今，人气明显已经开始集聚。喀什的旅游，只要社会保持稳定，客流还是恢复得非常迅猛的。

玉石巴扎里的好料不多，稍微看得上的，巴郎子开出的价都是离谱得令人咋舌。所以在这里逛真叫“淘宝”，首先要练就一双火眼金睛，能分辨真假、优劣，其次要能侃，就是砍价，必须狠狠地侃，最后要会磨，价格谈不拢时一定要坚定信心，软磨硬泡，磨掉对方的信心和耐心。如此，方能得偿所愿。不易啊，也是一门学问。

只是这门学问我学得还不行，最多属于刚刚入门而已。眼光不够毒，杀价不够狠，砍价没耐心。与几位资深级玉友兄弟相比，实在道行太浅。所以，一般都跟着这几个玉友后面看看有没有机会捡漏，看上什么货色了，也可以有人帮着把把关。

今天兜了一大圈，倒也颇有收获。在一家宇飞的福建老乡的玉店里看中了一块青花料的玉牌，质地不错，雕工也可以，就是价格上双方还没谈拢。老板很爽快地说先拿回去把玩几天，再考虑考虑，不急，不喜欢还可以送回来，没关系。

似乎这里卖玉的，对相熟的老顾客都有这样的习惯做法。这不，在过去的一周，我手里就已经这样留置了两块料，一块和田籽料把件，白玉但色泽偏青，糯性和密度都很好；另一块就是今天收回的这块青花料，黑白相衬，山水楼阁，一股浓浓的水墨山水意境与韵味。

价格也都是挺“好”的。属于那种可以负担、但需要咬牙跺脚下决心那种。

就看有没有玉缘了。

成　交

2016—08—28　23:14:12

续接昨日觅宝的故事。

今天又去了步行街和百玉翔。目标很明确，按照自己的预期价格，争取成交。两块料，一件是山水青花，淡淡的水墨韵味，极具中国传统文化精髓，另一件是和田白玉籽料瑞兽，油糯俱佳，雕工精细，旺财挡灾。两件玉器，均手感柔和，形神兼备，抚摸揉捏之间，感受人物一体、神游物外的独特意境。

先去步行街。运气不错，福建老板刚刚开了一块和田籽料，直到切了四分之一多后，才完全没有黑色斑点串浆杂质，余下部分玉质细腻、白度上佳，心情颇好。于是，趁热打铁，赶紧拿出事先备好的现金钱款，当即亮出底牌：很喜欢这块山水青花，心理价位就是这个价，今天现款都备好带来了，同意就成交，不同意就拉倒。老板还在一脸犹豫，反复说“真的亏本啦、没法做啦”。不管他的，按照文悦兄传授的交易规则，只要对方不收回东西，就不分青红皂白把钱款信封往老板手里一塞，东西拿回手里就算成交。OK，成交！

再去百玉翔。百玉翔的梁总更是老朋友了。如法炮制，厚着脸皮，拿出信用卡，往老板面前一推：“老朋友了，给个面子，东西我非常喜欢，给自己买的，就这一次，就这个价”，脸上需表现出一副义正词严、兄弟情深、死缠烂打、软磨硬泡的凛然模样。梁总骨子里是个实在人，挺讲义气，抹不开面子，一面唉声叹气“亏本了、没赚钱”，一面关照店里的服务员按这个价划卡结账。OK，成交！

虽然算下来花费了不少，但都是按照自己预期的价格成交，不易啊。援疆三年，在还剩下四个月的时间里，终于为自己挑选了两件极具意义的纪念品。于我而言，这两个物件，已经成为新疆、喀什的具象记忆，无论今后身处何地，睹物思疆、把玉念喀，那是一定的。

玉石集散之地

2016—10—06　22∶36∶35

喀什古称喀什噶尔，意思就是玉石集散之地。据说在古丝绸之路兴旺之前更早的历史时期，这条古商道就已存在，当时来来往往于路上的货物却是玉石，所以也叫做玉石之路。

喀什的大街小巷充斥着各色玉器店，喀什人中几乎每个人都能侃侃而谈如何鉴别、选购，几乎每个人手中都有几件品相上佳的玉件。这个城市，是一座真正的玉石之城，人们对于玉石的喜爱深入骨髓、沁入灵魂，就如那历经千万年河道水流撞击冲刷，千锤百炼浸润出毛孔皮色的籽料原石，已经成为喀什噶尔独有的标识。

如今，大名鼎鼎的和田玉在和田本地价格高昂，而喀什已经实质上成为南疆和田玉交易市场的核心。淘原石的，可以到周末的玉石巴扎；爱雕工的，可以到百玉翔等几家大型玉器店；想选些价廉物美的小挂件、小把件之类的，还可以去和田玉交易中心入驻的大量的中小玉器店碰碰运气。

国人爱玉，古已有之。君子温润如玉，一直是国学传统价值观崇尚的美德。虽说如今都21世纪了，但爱玉藏玉的传统得到了完美传承。品茗赏玉，水墨丹青，以书会友，骨子里透出的依然是中国传统文化意韵，带来的是浓浓的中国风味道。

在这样一个地方，西域之地的喀什噶尔，身边围绕着各类玉友，即便原本对此不甚知晓，也会情不自禁地融入其中，且乐此不疲、津津乐道。心中常想定需淘几件美玉佳品，以偿所愿……

玉之缘

2016—10—08　00:42:16

今天终于明白，收玉也需讲缘分。有缘无分之事，在主人与玉石之间屡见不鲜。以前只是听别人这样讲，当时并不以为然，如今自己有了亲身经历，只能感叹命运无常、缘来缘尽的冥冥之数了。

前些日陪着上海来的朋友到百玉翔挑选玉器，店里有一件精工巧雕的小挂件，鱼戏莲花，前后左右四个表面都有小片鲜艳的枣红皮沁色，圆润的三角造型，非常漂亮。有位上海客人看中了，但是价格没谈拢，只好放弃。旁观者如我，当时亦觉漂亮，想着过些日子再来谈谈价。隔日，店方来电话，邀请我再去谈谈，因平日里经常去，大家都很熟悉了，所以老板也说要让我们的上海客人满意而归。那一次，老板开出了颇具诱惑力的报价，感觉基本已经属于实实在在的友情价格了。当场我就打电话给那位相中此件的上海客人，但人家还是嫌贵，放弃了。于是，就想自己收了这个有着漂亮皮色的小挂件，给女儿或老婆，都是很好的饰品。只是当时心下还有不足，想把价格再往下压一些、压一些……

今天恰好陪兄弟的客人到百玉翔楼上的海尔巴格餐厅吃晚饭，趁着客人没到，这个国庆节假期里第三次走进了百玉翔。经过一天的思前想后，终于下决心出手了，价格再稍微谈谈，谈的下最好，谈不下就按昨天的报价成交。

可是货架上已经不见了那个精巧小件。原来今天下午已经被别的内地游客看中买走了！

颇有些懊悔的。缘来之时让我看到了它，时机转瞬即逝，缘尽之时却只能擦肩而过。人与人之间如此，人与玉之间亦是如此。玉友兄弟们劝我：有缘无分，天意呐，别太在意了。我心里想的却是：原来得不到的东西就是最好的，千古真理啊。

4. 运动健康篇

做点什么吧

2014—03—22　23:55:36

又到周六了。下午又可以去打羽毛球了。宝贵的放风时间，就算球打得不好，也要抓住机会出去透口气。羽毛球场馆就在喀什国际会展中心旁边，锻炼的人很多。相形之下，边上高大的会展中心，显得冷清而萧条。据说，这个展馆一年就办一个展会，就是喀交会，一年就热闹一周。感觉太可惜了，于是就想到能不能帮助当地多办几个有南疆特色的展会，比如旅游、民族文化、农特产品等。据说，展览行业对经济的贡献是1∶9，也就是说，在展会投入1元，当地的旅游、餐饮、住宿、零售等行业就能收入9元。这是我们贸发处的同志们一直挂在嘴边的。想到这里，很感振奋。但转念之间，不行，这事不好办哪，如果社会不稳定、安全无法确保，内地的展商、观众哪个愿意来喀什呢？于是，更深刻地体会到了稳定、和谐对喀什的无比重要。

一道去打球的还有来自上海航天机电的帅小伙小王，90后，被公司派到新疆负责莎车光伏项目的前期手续办理。他们要在莎车荒凉的戈壁上投资20亿，充分利用南疆光热资源，建一个大规模的光伏电站，批文已基本办成。小伙子很能干，公事进展顺利，私事也大踏步前进：在喀什当地认识了一个汉族姑娘，两厢情愿，就喜结连理了。2年后回沪，带着媳妇满载而归。

所以，既然来了喀什噶尔，就做点什么吧。工作任务也好，个人生活也好，总要留下印记的，只要是自认有意义的事情，在这里有充足的时间去实践，比如引进一个大项目、每天锻炼身体、有空练练书法、看看书、读几句英文，甚至写点博客……

今天看了牙医

2014—04—14 23:50:07

近期，右上槽牙旁一直肿痛，好好坏坏，不能用力咀嚼，吃饭都受影响。今天，终于下决心去上海援疆对口的二院，联系了九院援疆在口腔科工作的医生兄弟，这是生平第二次看牙医。第一次看牙医是在许多年前，也是找了高中同班后来毕业于二医大的兄弟，那次是洗牙。

指挥部就邻近二院。到了二院，找到了口腔科，来自九院的超伦兄弟正在指导当地的医生看门诊。见到我来后，亲自上台操作，还叫身边的几个医生来实地观摩。躺下后，灯光一照，小勺一伸，讲了句让我顿时毛骨悚然的话：这颗牙蛀了，要拔掉，怎样，今天拔吗？

啊？我还以为只是牙龈发炎，真要拔啊？今天能拔吗？痛不痛啊？

能拔，不痛的，很快的。

……

那早晚要拔，听你的喽，拔吧。

然后就清洁口腔，打麻药针，然后拔牙钳进了嘴……

果然快，轻摇几下，再稍用力拔出……

麻木中仍然感觉有东西从自己嘴里离开了身体……

当啷一声，蛀牙掉在了盘子里，我一看，四分之三已经蛀黑了。唉，小洞不补，大洞吃苦啊。对不起，我的大牙，是我的问题，没有照顾好你啊，现在你离开了我，才感觉你的可贵……

有生以来第一次拔牙。谨以此博文纪念我第一颗被拔掉的牙。

睡眠问题

2014—04—18　00:55:40

今天,兄弟们偶然聊起了到喀什以后的睡眠问题。这才发觉原来这个问题已经具有了普遍性。

因为与上海有时差,大概在2个半小时左右,所以到了喀什以后,大家都在调整自己的生物钟作息时间。正常时间晚上入睡应是在凌晨1点到2点之间,直到上午8点半、九点左右起床。

就我自己来说,基本上已经调整过来了,按照新疆时间作息。但有时也会睡不着,不知为什么,1点钟躺下后,翻来覆去,就是无法入睡,一般要折腾到3点半甚至4点才能沉沉睡去。

我的宿舍窗户朝东,不远处正是地委宾馆餐厅的鸡舍,圈养了十几只鸡,有好几只公鸡,每天早晨天刚露微光时就会高亢地打鸣,基本从6点半左右断续叫到9点。比闹钟还准。不知为什么,我对公鸡打鸣很敏感,那边一叫,这边我就在迷糊中听到了,把头蒙到被子里,再睡一会儿回笼觉……

如果没有这些可恶的公鸡,我应该可以一觉到8点半。

但比起组里其他几个兄弟,我就该知足了。栋林常常要辗转反复熬到凌晨5点多才能睡着,李平也时常熬到4点多才能睡着,陈杰也是一样,不过他更绝,睡不着干脆就起来看书、思考工作上的事情,越想越复杂,越想越睡不着……

甚至有时连宇飞、卫峰同学也出现睡眠问题。都是一个样,准时躺上床,但就是睡不着,于是有人起来看电视,有人看书,有人记笔记……

长夜漫漫。其实,在睡不着的背后,留下的是孤独、思乡、恋亲的心理感受。这些情绪,平日里被大家小心翼翼地隐藏在心底深处,但在万籁俱寂、夜深人静的时候很容易就会悄悄露头、快速滋生……于是,辗转反复,翻来覆去……

不由想起女儿今天参加社会实践活动,在实践基地过3天集体生活,今夜是第一晚,不知她睡得好吗……

在潜移默化中慢慢习惯

2014—04—19　22:05:25

周六。

准时去食堂吃早饭的，组里仍然只有我一人。其他兄弟贪睡。吃完早饭，回到宿舍，照例坐在书桌前看书上网。泡上一杯枸杞红枣水，调整到一个最舒服的坐姿，拿起 PAD 或是一本书，开始上网或看书或加班赶个材料……

倦了就站起来伸个懒腰，看看窗外。这两天有浮尘，天空灰蒙蒙的。但是楼前一排换了一身绿装的树木，还是很养眼的。

午饭后和李平去栋林屋里喝了几杯铁观音。之后李平去打羽毛球了，栋林去超市了。我回宿舍休息了一会儿，然后换了运动装，到一楼健身房跑步机上锻炼：先以每小时 6 公里速度走半公里，再以每小时 8.5 公里慢跑 4 公里，最后回到每小时 6 公里快走半公里恢复。总用时 45 分钟，总里程 5 公里。汗流浃背。

回宿舍洗澡，稍事休息后去吃晚饭。晚饭后和几个兄弟在大院里溜达几圈。

再次回到宿舍，打开电视，调到凤凰卫视资讯台，然后看书、上网……

这就是周六的一天。在这里，基本上每个周六都是这样度过。在不知不觉的潜移默化中，已经开始习惯这样的生活……

平静的周日

2014—04—20　22:01:49

周日。一如既往地平静。

除却一日三餐，绝大部分时间留在宿舍里看书、上网、看电视。中午稍事休息后到健身房慢跑 3 公里，快走 1 公里。

这个周末，平静而悠闲。动静两相宜。

忽然想到了在上海进入筹备冲刺阶段的第二届上交会，那些每天都忙碌到半夜的兄弟姐妹们……

二看牙医

2014—04—21　22:33:41

下午，依约又到二院找超伦兄弟看牙。与上次不同的是，在我的现身说法下，又有 4 个兄弟一道来看牙了。超伦兄的生意门庭若市啊……

上周拔了一颗蛀牙，吃饭果然爽利许多。按计划今天应当处理同样有蛀的两颗上门牙了。

先用牙钻钻掉蛀掉的部分，结果左上门牙的蛀坏较多，已涉及牙神经，一阵酸痛。超伦兄一如既往地果断：打麻药，抽牙神经！于是我又一阵心悸……

麻药后，开始抽牙神经，只感觉有个东西在门牙里捣来捣去，然后有根毛线状东西被拉了出来……只听到超伦兄说了一句：牙神经已经蛀得坏死了……

然后用双氧水反复清洗，用料填充，又拍了门牙 X 光照片，最后做了根管治疗。

抽牙神经，做根管治疗，又是有生以来第一次。我不禁感慨：在喀什二院口腔科的这间诊室里，我破了多少有生以来第一次的纪录啊……

治疗结束，到收费窗口付费时，等了许久。由于牙科临床名堂很多，收费员一项一项查找核对得很辛苦。幸好超伦早有预料，特地关照一名维族医生领着去付费，尽管这样，还是多算了 60 多元诊疗费，被维族医生发现，重新更改过来。这时，后面等候付费的人已经开始不耐烦了……

在上海医院看病，都是使用医保卡，医生开药、开治疗单子都使用电脑将信息存入医保卡内，交费时只需将卡在读卡器一插，各类诊疗、处方费用就出来了，收费处直接收费就行。

所以，今年援疆资金里排了二院医疗信息系统建设的项目，也许到下半年，开方、付费都会简单了。医生、病患都能受益。

今天，虽然二次看牙又吃了苦头，但心里还是很高兴，因为晚上跟家里视频时，女儿报喜了：参加全国小学生英语竞赛通过初赛进决赛了（全年级6名，班里就她1名）、参加学校里的汉语词语阅读理解竞赛得奖了（全班只两名，也属不易）……

OFD术

2014—06—07 00:40:28

专业吧，看不懂了吧？

这就是今天上午我再一次踏进喀什二院口腔科接受的手术名称，全称叫做：牙周清创翻瓣手术。光听名字就够吓人的，想想要把牙周的牙龈组织打开翻出，对牙根尖、牙骨牙床进行刮净治疗……

在忐忑不定中又躺在了口腔科的治疗椅上。打麻药、割龈翻瓣、刮净、清创、缝合……翻开后，果然发现在原来虫蛀的前门牙根尖部有炎症，并且已经在根尖部形成蛀洞，造成牙根瘘管和牙周炎症始终无法根除，好在不算太大，刮净后还可以自体生长补好，这样，总算把这颗牙保留下来，不用拔掉了。

麻药的作用真是厉害，整个上牙床连带上嘴唇都像不属于自己似的，漱口时居然嘴都抿不拢。

在喀什，我又创造了自己的再一个第一次：第一次接受牙科OFD手术。

前后用时约2个小时。心理上的冲击痛感远大于生理上的神经痛感。

感谢给我动手术的牙医超伦兄弟，在喀什二院，他已经是名声在外的牙博士了。

在进疆之前，从小到大，我只看过一次牙医，还是简单洗牙。一直以为自己的牙口还是不错的，直到五六年前，发现两颗前门牙部分蛀了，但不影响吃饭，也就没太在意。拖延至今，没想到，居然现在已经蛀坏到了如此的地步。

真正体会了什么叫做小洞不补，大洞吃苦。

世界杯时间开始

2014—06—13　22:00:45

今天凌晨,本届世界杯正式开幕了。揭幕战巴西3:1胜克罗地亚。

现在进入了世界杯时间。为期一个月。这是球迷的盛日,四年一轮回。

我已经许久未看过足球比赛了,或许真的是年纪大了,激情已经不再,热血已经冷却,或许是阅历多了,激情热血更加深沉,轻易不会激发。只有在世界杯的日子里,才会得到彻底的释放。

今年,在喀什遇到了世界杯季节,也是种缘分。援疆兄弟们球迷占多数,这么多兄弟聚在一起看球、议球,有气氛、热闹,日子过得快乐而充实。上一次这样看球,还是20年前念大学的日子……

但今天凌晨的开幕式和揭幕战我没看,一则今天有重要工作任务,陪着市合作办的同志向指挥部领导汇报喀交会筹备工作,然后要去行署拜访组委会,了解一些具体情况。二则感觉揭幕战对战双方并不十分吸引人,不是火星撞地球时的大佬对决。

幸亏今天去了行署拜访组委会,得到最新信息,展会撤展日往后顺延了2日,推迟到了7月31日。在此之前,所有的文件、信息都是到7月29日截止的。只在6月4日召开的组委会第二次筹备会上,喀什市提出是否可以延长两天,副专员口头表态同意,但要求企业自愿,做好后续工作,并未作出最后决定。后来,据说在行署党政扩大会上讨论了此事,作出了展销延长2日的决定,但会后既没有会议纪要,也没人通知我们有关延期信息。这就算作出最后决议了?……

想想后怕。上海团的准备工作,机票预订、酒店预订、展品装运全部都要改计划了……

也有收获。下午从行署大院出来后直接去了展馆现场,现场踏勘。先下手为强,把上海企业展区的位置先抢订了一块最好的区域,离形象展示馆上海展区的位置很近,由一条短通道直接相连。

今年的世界杯期间，也是喀交会筹备最忙的时间……

且看球且忙碌，且快乐且痛苦……

今天没吃早饭

2014—06—15 21:32:59

今天凌晨的比赛果然精彩。我看了第一场，哥伦比亚对希腊，不错，2点比赛结束，睡觉。6点起来继续看第三场，英格兰对意大利，欧洲世仇，火星撞地球式的碰撞，激情四射，意大利蓝衣军团赢得了胜利。比赛结束已经8点了，于是又倒头继续睡觉，这下就一觉睡到了10点半，没赶上吃早饭。这是进疆以来第一次睡了懒觉，没吃早饭。自我检讨一次。

不过在世界杯期间，偶尔一两次懒觉，无伤大雅。

本届开赛以来，目前为止没有一场平局，没有一场不进球，场场火爆，进球个个精彩……

下午去打了羽毛球，就在会展中心场馆。自上周做了牙龈手术以来，这是第一次恢复锻炼，出了身汗，全身轻快，感觉神清气爽。虽然打球水平不怎么样，但运动以后的感觉很是不错。

看看今晚有哪些值得看的比赛……

今晚世界杯决赛

2014—07—13 23:20:05

明天凌晨3点，本届世界杯决赛将在德国与阿根廷之间打响。为期一个多月的世界杯终将落幕。

对于我们而言，这届世界杯的独特在于这是一次在喀什观看的世界杯。由于时差的原因，每晚第一场比赛0点开始，2点结束，与我们在新疆的作息时间暗合，看完第一场比赛正好睡觉。休息看球两不误，这一条比起身在上海的球迷来实在是幸福太多了。

其实更好的看球时间还在四年后的俄罗斯世界杯,时差更小,在 2 小时左右,基本同步,简直享受了东道主球迷的待遇。但是,2018 年 6 月时我们已经回上海了,除非谁愿意留下再干一期……

除了时差,还有这许多的援疆兄弟一道看球。每到热点比赛时间,如果恰逢周末,食堂师傅会准备好黑啤、糟鸡爪、糟鸡翅、煮毛豆、黄瓜、小番茄等各样小菜,大家在一楼大会议室一溜坐开,两块大屏幕直播,热闹非凡,仿佛进了看球的酒吧……

我最喜好黄瓜,每次都要吃掉七八根,再啃上三五个鸡爪、鸡翅,喝上一瓶 500ml 装的新疆黑啤,边看球,边大呼小叫,不用担心吵着熟睡的父母妻儿,简直是爽极了……

今晚,决赛将上演。我一向支持德国队,特别是这支德国队,从 2012 年德国欧洲杯令人眼前一亮,到 2014 年南非世界杯青春风暴,乃至今年巴西世界杯的成熟稳重、酣畅淋漓,一步一个脚印,脚踏实地,朝着正确的目标,始终坚定地前进。4 年多来,始终是这个教练,始终是这些队员,从这支德国队的成长历程,我读到的是坚定、坚韧、坚强,确定一个目标,就制定计划,付诸行动,朝着目标始终前进,哪怕路途漫漫、挫折不断……

相较于球技,阿根廷的天才们更值得欣赏和赞叹,但我更钦佩的是这种德国式的风格和精神,这是德国足球的文化之魂,也是德意志民族之魂……

做梦都盼望我们的国足也能有这样的魂魄精髓……

体　重

2014—08—14　00:23:59

今晚忽然心血来潮,称了一下体重,体重秤显示:67 公斤……

创了自己体重新高。大学毕业后直到四十岁前,都没超过 62.5 公斤,这两年体重增加趋势明显。去年终于达到了 65 公斤重要指标线。进疆时还保持在这个水准,加强锻炼一段时间后稍有下降,7 月以来工作较忙,锻炼也少了，体重就这样悄悄、悄悄上来了，只是上来的速度与前几年比较似乎有些太快了……

锻炼还是不能停。健身房里增加了力量训练设施，跑步后做一段力量训练，如能练出几块刀切斧削的肌肉线条，那也可算是援疆的大收获了！

但愿吧……

羽毛球和牛肉面

2014—08—17 23:52:48

下午，时隔近1个多月后再次参加了双休日的羽毛球锻炼。近来我们又找到了一个比会展中心更好的球场。新场地在喀什市区西北的西安航天测控中心喀什地面站，远远地就可以看到三个巨大的锅状天线朝向天空。地面站的设施很完善，有专门的体育馆。比会展中心球场更透亮、更通气。室外还有篮球场。生活区、机要区，食堂、球场，道路、绿化，大门、警卫，这一切立刻使我想起了小时候在云南山区部队大院生活的日子，真是太像了……

先打羽毛球，再在外面的球场上投了几个篮。今天云层较厚，阳光辐射不太强烈，室外还有些微风，练习投篮还是很惬意的。

运动以后，很自然地有了一些饥饿感。有人提出回程路上去吃碗手抓饭或牛肉面，得到了大家的一致响应。于是，请司机师傅带队，到了一家据说味道不错的牛肉面馆，招牌号称“马氏牛肉面”。一人来了一碗清汤牛肉面，再从隔壁烤肉店点了羊肉串烧烤。感觉牛肉面味道的确很好，特别是面条，那真是现场拉出来的面条，很筋道。

吃完面条回到指挥部后，又在食堂吃了碗菜泡饭，还忍不住添了块蒜香排骨、炒蛋，外加两块哈密瓜……

似乎过量了，今天锻炼消耗的卡路里都补回了，并且似乎还有超出不少……

篮球赛

2014—09—24　22:32:55

有的时候有些事情在这里操作起来效率无比之高,比如组织由各地直部门、援疆指挥部参加的篮球赛。周五开会通知,周日就开打第一场小组赛了,我们上海前指队从组队到训练磨合、置备球衣球鞋,只有一天半时间。

就是这样一支临时拼凑的球队,仍然拥有强悍的战斗力,连胜两场小组赛。主要是由于我们找到了近期到喀什执勤巡逻的上海特警队,请他们派了三名强力队员加入球队,发挥着中流砥柱的作用。

首场比赛,我队总得分 46 分,来自特警队的内援主力张连长一人就得了 42 分……第二场比赛,更是三名特警内援全上,以大比分战胜对手……今天打第三场,对方是喀什行署代表队,饮恨而归,据称主要是由于裁判不公,偏向明显,对方无论怎样犯规,裁判总会视而不见,而我方的动作稍大些哨声总会立刻响起。

观众们起哄,对此表示了强烈的不满。到比赛最后阶段,进入白热化,双方倾情投入,火星四溅,甚至差点动手相向。激动的我方队员,愤怒地几乎要掀翻比赛监督的桌子……裁判长要求保持冷静,不然要报警了。于是立刻有若干张嘴冲他大吼:俺就是特警!……

援友情深

2014—10—01　00:52:38

这些天,指挥部大楼里似乎格外安静。

兄弟们也缺少了以往常见的嘻嘻哈哈。大家的心都揪着,牵挂着那位躺在二院看护病房的援友大哥。

他是在下县调研途中突发不适,胸闷气短,从当地县医院长途车行 200 多公里、历时三个多小时转诊喀什二院。经过详细检查及与上海中山医院权威教授的远程会诊,确诊病情,制定治疗方案。为帮助护士加强护理照顾,兄弟们排了一个值班陪护表,日夜不断。大家都在默默祝福,希望他病情稳住,能够顺利转诊上海……

也许诚心感人,这两天来病情逐渐稳定,血压也降到了正常水平。我们161名援疆兄弟,一个都不能少,不论是身在喀什,还是在沪治病,大家一起经历了这么多事情,我们已经被命运紧紧相连、无法分开了……

感冒季节

2014—10—13 22:55:19

组里一共8人,目前在上海1人,在喀什7人。自国庆节以来,已有5人正在忍受感冒困扰或刚刚感冒痊愈。看来,对于南疆喀什夏秋转换气候节奏的突然和猛烈,兄弟们还是准备不足,纷纷中招。只是各人的症状不一,有的只是鼻塞流涕,有的还伴有热度发烧,还有一些出现了咳嗽症状……

印象中这是到南疆以后组里兄弟们感冒最多的一次。

昨晚睡到今天凌晨,缩在薄被中感到了丝丝寒意侵入。早上起床后,赶紧跟宿舍服务员打个招呼,帮忙更换了厚被子。午睡时就感觉暖和了许多。

不知指挥部大楼的地暖何时开始供暖,当地一般是在11月15日到次年3月15日是供暖期。等到开始供暖时,房间里会立刻温暖如春,甚至如炎炎夏日,需要关几天地暖冷却,但同时也更加干燥了,往往要在房间里放一盆水或使用加湿器……

加湿器的使用也有很多的学问。比如,不能在卧室里使用加湿器,否则易得加湿器肺炎;使用加湿器的水质最好不要用硬质水,否则会将水中矿物质一道粉尘化,充斥于室内空气中……

在这里,由于地域和气候的差别,我们原有的东部沿海平原地区的生活经验都无法适用,所以也需要经常向当地群众学习防寒保暖保湿的方法,比如指挥部的驾驶员、服务员,他们长年生活在这片土地上,有丰富的当地生活经验,经常向他们请教一些生活小常识,会让你受益匪浅。毛主席确实伟大,早就断言:群众的智慧是无穷的。看来不光是生活上如此,援疆工作又何尝不是如此呢?

减肥和发胖

2014—10—14　23:05:11

李平今天穿了一条日韩版的瘦腿长裤,显得精神了许多。和他一样的,还有栋林,戴上眼镜,穿上黑色修身西装,一副帅哥做派。

渴望像他们一样的还有国跃。国跃的肚子或许是我们指挥部兄弟中最大的一个,常有人开玩笑:几个月了?……终于,国跃痛下决心,要减肥,目标就是栋林和李平,希望能够复制他们成功的经验。现在,他每天在跑步机上快走 2 个小时,晚饭只吃些蔬菜,尽量控制食量……

与他们反向而行的是我。昨天临睡前称体重,68 公斤,比起 6 月底的 65 公斤重了整整 3 公斤。今天下午要求着白衬衫和深色长裤,要和来喀什慰问的市总工会主席合影。我再次穿上年初从上海带来的藏青色休闲长裤时,明显感到腰身紧绷,不再宽松舒适。看来,加强锻炼已经迫在眉睫了……

和我们都不同的是肖健和卫峰。他们无论吃多少,或者是否坚持锻炼,锻炼量是否足够,永远保持着清瘦的体型……

宝贵的健康

2014—10—29　00:33:09

世事难料,天有不测风云,痛苦总与欢乐相伴,苦难总与幸福相随。

今天终于确认有一位援疆兄弟永远离开了我们。来自上海市路政局,与我们共同进疆,在巴莎高速公路指挥部工作,前些日刚刚回沪,并准备参加公务员调任考试后调到市建交委工作。就在人生十字路口,于前天中午在上海家中突发心梗，经送医抢救无效，永远离开了我们，年仅38岁。

下午，指挥部组织了自发捐款，兄弟们都献上了自己的一份心意。

晚上大家茶叙，仍在谈论此事。援疆兄弟，大都是这样的年龄段，上有老下有小，都是家中的顶梁柱，倒下以后家里该如何呢……

此时，才真真正正认识到：健康，是世上最宝贵、最重要的东西！

兄弟们，为了家庭，为了自己，珍惜生活的美好、珍惜宝贵的健康！

锻炼与健康

2015—04—01 23:24:05

上周六叶城分指的阿泰在踢球时突发心梗，所幸送治及时。在反复斟酌之后，家属和指挥部领导决定下周一送阿泰回上海进一步治疗。为此，还专派二院上海援疆医疗队中来自中山医院心内科的张峰医生随行陪同。听张医生讲，回沪后阿泰要接受冠状动脉造影治疗，估计还是要装心脏支架的。

上午，我和宇飞、文悦去了趟喀什二院，专程去探望阿泰。前期他在ICU时不允许探望，现在转到了12楼的特需病房，可以去看看了。感觉阿泰的面色明显比之前要好，气色也不错。急急从上海赶来的泰嫂在一旁照顾，言语中还残留着劫后余生的后怕，一个劲儿数落阿泰到了新疆以后，抽烟也厉害、喝酒也多了，熬夜也常有……在叶城那个海拔2000米的地方，那个通往西藏阿里的零公里起点之处，这样不健康的生活方式对身体的影响是非常大的，比在上海要大得多。

这件事发生以后，指挥部领导也心有余悸，经过检讨整件事的发生发展过程，现在领导要求大家一定要把握好锻炼的度，不锻炼不行，过度锻炼也不行。所以，羽毛球小组的锻炼频次现在减到了一周两次。由于突发心梗的不可预见性，我们的工会主席、纪委副书记、指挥部的自身健康顾问老戴同志正准备近期要请二院援疆医疗队的医生们来给大伙儿开个系列健康讲座，说说心梗等常见病、突发病的预防和应急处理。作为阿泰事件的教训之一，现在指挥部已经要求四个分指各自配备心梗等常见突发性疾病的有效救治药物，以备不时之需。

此事对于兄弟们的锻炼计划影响深远。根据自身具体情况，我联系并组织发起了一个健步行走小组，现在每晚 9 点就有 4—5 人一起去地委大院快步行走，大约维持每小时 6 公里左右的速度，持续 45 分钟左右，身体发热、微汗，脚步越走越轻盈，甩开手、迈开腿，越走越快，人也感觉越走越舒服。现在老戴同志也加入了健走行列，每天都准时与我们一起在大院里兜圈子。

我认为这是适合我们的健身锻炼方式。打球、跑步等过于剧烈了，我等兄弟几个都 40 好几了，不太适合过于剧烈的运动了……

意外频频

2015—04—06　19:28:45

悲剧再现，意外频频。如果要对今年以来兄弟们在喀什的日子作个回顾的话，我感觉这就是最真实的写照。

昨晚又传来令人不安的坏消息：泽普分指挥长张珺在下乡路上一脚踩空，右脚粉碎性骨折！

首先是震惊，其次是意外，最后是伤感。

震惊者，叶城分指的永泰因突发心梗尚在喀什二院入住，准备清明节后返沪继续治疗，大家刚刚经历了一次强烈的心理震惊侵袭，还未完全平复，泽普张珺兄就再次给大伙儿又一次猛烈的心理冲击。真真是一波未平、一波又起。

意外者，南疆乡间道路难行，大家都有深刻体会，无论是行车还是徒步，发生意外伤害的概率还是很高的。不想这次不幸落在了张珺兄身上，在清明节，竟然徒步中一脚踩空，导致右脚腓骨、胫骨、踝骨三处骨折，意外事件的伤害却如此可怕。

伤感者，自去年第八批援疆干部人才进疆以来，已经有 1 人猝死、2 人突发心血管疾病结束援疆提前返沪，1 人右脚骨折需回沪治疗。想想当初 159 名兄弟进疆，却不知明年底完成任务回到上海之前还会不会再有兄弟提前退出，不禁心生伤感。

张珺兄来自闵行，与我也是熟识，为人爽快，性格开朗、乐观，工作认真负责，带着泽普的兄弟们一路走来，趟过了多少坎坎坷坷，却不想发生如此意外，真是天意弄人。

在喀什噶尔远离家乡和亲人的日子里，兄弟们，大家保重！

血小板和 1 岁 12 个月

2015—08—07 21:17:12

喀什的 8 月，是个容易生病的季节。一进入 8 月，天气猛然凉爽下来，夜晚甚至还有些寒意。前些日子，晚上睡觉时还像今年流火 7 月时那样开着空调，结果半夜就感到寒意阵阵。第二天就开始拉肚子，自己吃了点止泻的药，稍有好转，但一天之后开始有低热，于是就只好老老实实去地区二院看病了。老戴非常热心，帮我联系了新近换班的新一轮上海援疆医疗队的援疆医生，全程陪同挂号、门诊、化验、处方、交费、取药。援疆兄弟的情谊果然深厚无比。

在验血时却插曲不断。就是一个血常规，没啥复杂的。来自瑞金医院门诊部、现在担任二院门诊部主任的孙医生陪同在旁。维吾尔族的小护士抽血水平很高，一点不疼，需要赞一个的。来自上海同济医院的援疆医生是二院的检验科主任，他也在检验室里，很热情。等待结果出来时，只看见检验科主任一脸严肃拿着报告，亲自过来，问我以前验血血小板有问题吗？我很惊诧，从来就没有出过血小板问题啊，并且刚才小护士出针以后，两根棉签挤压了一会儿就止血了。如果血小板低，哪有那么容易凝血哪。看着检验科主任严肃的神情，我突然想到，那个日本电视《血疑》里头女主角大岛幸子不就是血小板低的白血病吗？于是被自己惊出了一身冷汗。

检验科主任详细询问了我抽血的全过程，判断这是由于那个小护士在抽完血后没有充分摇匀试管内的标本所致，如果没有摇匀，那么血液标本就会很快凝集。为慎重起见，他请我再验一次。这是必须的。赶紧再让小护士扎了一针，这次主任就在旁边看着，亲自拿着标本试管充分摇匀。不一会儿，结果出来，血小板正常，白细胞高，明显的细菌感染。

一场虚惊。回到消化科上海援疆医生那里，把化验单递上，医生只看了一眼，就说，名字不对啊，怎么是个叫陈×州的人，年龄 1 岁 12 个月，是不是拿错了。不会吧，拿过来自己一看果然如此。孙医生赶紧联系检验科主任，一查，噢，原来标本没有搞错，但化验员在输入检验号时，应该是 10 号的，结果可能键盘老化或者是手指敲击不力，变成了 1 号。1 号就是那个姓陈的小朋友，还 1 岁 12 个月，却不说是 2 岁，估计正好 12 个月还没满月。于是，我就一下子小了 41 岁。真要有这种事，那我不就返老还童了吗？多开心啊。

这就是血小板和 1 岁 12 个月的故事。很有意思的一段看病插曲。只是血小板那段的情节有些瘆人，以后但愿再也不要碰上。

平安是福

2015—09—15　22∶19∶13

这两日连续有两位援疆兄弟突发疾病或伤病，牵动了前方后方、上海喀什多少人的心。

前日清晨，巴楚分指的一位援疆老师突然胸部不适，咳血满杯，吓坏了，赶紧送县医院，拍了片子没看出什么，但考虑到县医院设施条件有限，还是马上用救护车奔行三个多小时送到地区第二人民医院，请我们上海援疆医疗队的医生诊治。经仔细检查，所幸无甚大碍，只是左肺感染引发支气管毛细血管破裂，估计跟喀什的干燥气候及本人的虚热体质有关。

今日清晨，宇飞在宿舍里因卫生间地滑不小心扭伤左膝盖，疼痛难捱。当时已是午夜 12 点多了，他不想惊动兄弟们，只是自己一个人慢慢硬撑着躺到床上，没有告诉我们。昨晚我们出去散步回来后十点半分手回到各自宿舍，当时还一切安好。不幸往往在完全出乎意料之外的时候降临，毫无征兆。一个痛苦难眠的长夜,也不知他是怎么熬过来的。早上八点多,我还躺在床上时,接到了他的电话,声音很轻,只是说自己不小心扭了脚,动不了了,陪去医院看看吧。不巧我今天上午要去开发区开周例会,只能马上再找别的兄弟陪去医院。我赶紧起床,洗漱也顾不上,赶紧到他宿舍去。敲门过后,只听到里面一阵沉重的方凳挪动拖地的声音,好一会儿门开了,宇飞坐在一个方凳上,已经难以站立了。赶紧扶他在沙发上做好,才发现事态远比想象的更严重。马上找人,戴书记、文悦、李平、卫建,兄弟几个不一会儿就都来了。戴书记立刻联系二院医疗队,约好了时间。上午我要开会,卫建要送客人去机场,只好请文悦和李平,还有戴书记陪去二院检查诊治了。由于伤的是膝盖,行动十分不便,还请服务员从库房里找了一辆许久未用的轮椅,大伙儿推着宇飞去看病。

坐在会议室里,我一直想着宇飞在医院检查看病的事情。会议一结束,我就赶紧回到指挥部。宇飞已经回来了,诊断结果是左膝一根韧带断裂,需要手术,建议回上海做。于是,大家赶紧准备,栋林自告奋勇随行陪同,联系好上海六院,一下飞机后即可直接去六院接受治疗。卫建紧急联系了喀什机场,预定了机场的轮椅,协调航空公司解决了机票问题(本已售罄)。大伙儿一道送宇飞回沪治疗,直到目送他坐在轮椅上被推进安检口才返身而去。

不知是谁,说起去年 9 月 28 日沈总在喀什发病的事,时光荏苒,如今又到 9 月,这次却是宇飞被伤病击倒,而宇飞正是沈总的秘书。仿佛宿命一般的神秘,令人无可奈何,只有长吁短叹,感慨造化弄人、命运无常啊!

沪喀相隔万里。站在宿舍窗边,遥望喀什夜空中那轮已然浑圆的明月,心中虔诚祈祷:但愿人长久,千里共婵娟。

兜兜转转

2015—11—07 21:10:54

上午跟家里打了个电话,说是上海这两天闷湿,仿佛又回到了黄梅季。喀什今天天气倒是非常好,蓝天白云,气温已经明显进入下降通道,寒冷清新。午睡起来，感觉应该出去走走，就穿上外套出门转转。

本想去隔壁地委大院的小林子里转转，但又觉得冷清了些，于是临时决定去院外兜兜转转。从地委宾馆大门出发，左转沿解放南路向北直行到文化路左转向西，直行至克孜都维路再次左转向南，最后从克孜都维路转到解放南路回来。整整绕了一个圈，共用时 40 分钟。

不同于走在地委大院小林子里，走在喀什市中心区域的热闹马路上，充满了生活的气息，可以看到众多新鲜而各不相同的面孔，摆在机动三轮车上卖新鲜水果的小摊，擦身而过打着电话语速飞快的维吾尔族姑娘小伙儿，虽然听不懂，却感觉很真实，仿佛可以触摸到喀什实际跳动的脉搏。这样新鲜的步行体验是大院小树林无法给予的。

心为镜。欲求静心深思、平复心绪时，需要漫步在静谧林中；而静极思动、释放身心时，就需要快步行走在热闹的马路上。

走了一圈，回到宿舍，感觉好极了。

桌球游戏

2016—03—16　00:12:36

援疆楼地下室有个活动室，可以打乒乓、斯诺克、美式九球。自去年下半年起，打桌球的兄弟突然多了起来，似有发展为援疆楼全民运动的趋势。讲起来也真是无奈的选择，原本大家还是喜欢餐后或傍晚去隔壁院子小树林里散散步的，但似乎隔壁的作息时间与我们稍有差异，常有些闲言碎语飘过来，说我们散步的高谈阔论影响了他们的工作。也罢，咱不去还不行么。再说，在春季南疆沙尘漫天的日子里，室外运动也明显不适合。于是乎，桌球运动开始兴起。

受到这股热情风潮的感染，今天中午我也加入其中，开始挥动多年未碰的球杆，重操在大学时代经常参与的运动。当时打斯诺克被认为是时尚、流行和优雅、贵族的运动。活动室各有斯诺克和美式九球球台各一张。斯诺克有四个人分两对组合打，文悦和老虎哥一组，我和宇飞一组。九球有两人对打，老戴和爱国对打。

场面很热闹。球技有高下,开心却无差别。文悦爱热闹,每次击出好球或臭球,都会大呼小叫,指点评论,或加油打气,或惋惜后悔。老虎哥不改厚道本色,时常“嘿嘿”憨笑,最是热心拨弄记分牌上的指针,果然是审计本能,对数字有天生的喜好。宇飞嘴角挂着最神秘的微笑,淡然超脱,却往往会在对方击球关键之时冷不丁点评几句,寥寥数语,扰乱心神,威力无限。我则更愿意做一名旁观者,一面努力寻找往日击球的感觉,一面享受着游戏玩笑的快乐。

说句实话,其实大家水平都不怎么样。体现在本方得分主要靠对方罚分,自己打不进不要紧,对方时常会空杆、碰了不该碰到球或是母球 OFF,奇葩不已。其实指挥部里也有真正的高手,比如胡炜、卫建,只是人家自重身份,平时不轻易下场。还有卫峰,装备是一流的,今年还特地从上海带来自己的专用球杆,当然水平也是很好的。

遑论水平,只要开心就好。看看,隔壁九球台边,老戴和爱国就玩得非常开心。

老戴已经是十足的九球 fans 了。自去年下半年起,每天午饭、晚饭后,不拉上几个人去打他个几局,好像就少了些什么。原本经常散步的几个兄弟,现在已经彻底改成打桌球了。我是这个名单里的最后一个转变者。

援疆的日子,在喀什解放南路 264 号这个说大不大、说小不小的院子里,快乐需要自己去寻找。无论做什么,开心就好。无论玩什么,兄弟们都在一起就好。

健康讲座

2016—04—08 22:49:18

下午,指挥部工会组织了一场健康讲座,请二院医疗队的周健医生给大家讲讲内分泌疾病预防的有关内容。这是今年进疆以来的第三次健康讲座了。有意思的是,来听讲座的二院医生倒不少,反而最需要健康知识的广大工会会员们却不甚积极。

周医生来自上海第六人民医院,专研内分泌代谢疾病,比如糖尿病、心脑血管病、高血脂症等。在一个多小时时间里，他结合日常生活实际，讲得非常生动，既分析原理，也提出建议。这些内容，对于逐步进入中年或是已经中年的援疆兄弟们来讲，其实是非常必要的培训。

比如我自己，已经连续多年体检下来发现高血脂情况了，尤其是甘油三酯和胆固醇，都超出了正常范围上限，今年还发现了尿酸高。按医生的说法，这些都是与生活方式密切相关的疾病。通过改变生活方式，辅以一定的治疗手段，就可以治疗和预防。

突然想起应该再去二院找医生兄弟做个血液化验，跟年初的体检结果对比一下，再看看是否需要药物治疗，或是只需适当加强运动、控制饮食就可以了。

四十以后，总感觉精力不如以往，身体运动机能也明显下降。比如，膝盖弯曲时总感到骨关节“嘎嘣嘎嘣”的，据说这就是韧带软组织过度磨损的标志。跑步冲刺的节奏也拉不起来了，连俯卧撑也做不了几个了。

事实上，体育锻炼多年来已经几乎停止了。本来就不是像老美那样的运动狂人，工作以后的确事情也多，乐得以工作忙为借口为自己寻找不锻炼的理由。但随着年龄的增加，逐渐发现其实生活中还真少不了锻炼，一则是为了保持生理上的身体机能活力，二则也是为了保持心理上的健康活力。

找到一项自己喜欢的运动，坚持锻炼，受益终生。我感觉，还是快走比较适合自己。去年坚持得不错，在幽静而清新的树林里，戴上耳机，边听音乐或说书边快速行走，非常惬意。但今年运气不好，进疆伊始就遇上一个多月的沙尘暴，没法去旁边地委院子的小树林里快走。这两天倒是转晴了，前些天去走了几圈，发现小树林旁边居然在大兴土木拆房子，估计是要重造原来的办公楼，粉尘弥漫，不再幽静和空气清新，明显不适合快走了。

也许到援疆楼地下活动室打台球，美式九球或英式斯诺克，都是不错的选择。

午间惊魂

2016—04—30 21:42:16

五一假期第一天,起晚了,没吃早饭。一点半下楼到食堂吃午饭,路过一楼大厅时习惯性朝大门外扫了一眼,看见一个穿蓝色T恤衫的身影蹲在门口打电话,原来是栋林。

端着餐盘,刚在桌旁坐定,还没吃上几口,食堂女服务员急急忙忙跑过来,冲我们大喊:“吴栋林晕倒了,赶快去看看。”

围坐一桌正在吃饭的五六个兄弟立刻扔下碗筷,不约而同起身冲向门外。栋林直挺挺仰面躺在大门口的地垫上,恰在门口执勤的保安队长正在掐人中。我跑在前面,蹲下伸手探探他的额头,温温的,还好。再看看他的眼睛,睁着,无神,麻木,我说:“怎么样?有意识吗?听到我说话吗?听得到就眨眨眼。”然后看见他缓缓地眨了眨眼。看来,意识还有。

卫建赶紧打电话叫车,准备送二院看急诊。其他人也纷纷出主意,七嘴八舌。门口挤满了人,场面混乱。有的说,赶紧叫车送医院;有的说,估计是蹲得久了猛然站起来引起的供血不足;还有的说,肯定是没吃早饭,血糖低引起的,吃点东西就好了。

保安队长还是很冷静的。他率先发现了这一情况,第一时间冲出去扶着栋林掐人中,然后赶紧叫另一位值班保安拨打了120救护电话。等到我们都出来时,栋林已经清醒、恢复意识了,挣扎着要起身。

我们赶紧扶着他坐在大厅的接待区座位上。老戴立刻显现老中医本色,顺手开始给栋林切脉,倒也没发现什么异常。大家商量了一会儿,看他逐步恢复正常了,建议赶紧进食堂吃点东西。于是,有人扶他进去,有人帮忙盛了些饭菜。匆匆忙忙吃了一些之后,大门外救护车到了,想想还是应该仔细全面检查一下。宇飞陪着栋林上了车,直奔二院去做检查。我们几人因为中午还要去超市采购这两天指挥部工会组织球类比赛的奖品,所以没有一起陪去。

等到我们买好东西返回援疆楼时，正巧他们也从二院回来。询问之下，检查结果都正常，血糖正常，CT 扫描也正常，医生推测是由于蹲久了之后猛然起身造成的头部供血不足而引起的晕厥，跟没吃早饭、近日工作繁忙、自身比较虚弱也有关系，但应无大碍。

有惊无险。没事就好。总算松了一口气。还有最后八个月，平安是福，平安是福啊。

斯诺克

2016—05—03　01:07:36

今年进疆以来，似乎许多兄弟一下子迷上了斯诺克运动。援疆楼的地下室里有一张标准的斯诺克球桌，近来忽然热闹起来。围着球桌打上几杆的兄弟越来越多。甚至平日运动不多的文悦、榕榕、国锋，还有卫建、宇飞，都成了斯诺克常客。

追忆起来，上一次迷上这项运动还是在念大学的年代。那时，在华政校园的河西校区教工宿舍里有台斯诺克球桌，阿棍兄教我学了一些斯诺克的基础。对于这个需要冷静和精确的运动，我感觉十分适合自己。大学期间，没少去河东校园的那家斯诺克过瘾。跟着阿棍学了不少斯诺克的术语和打球路子。

作为一项具有深厚英伦传统的绅士运动，当时斯诺克运动在大陆刚刚兴起。丁俊晖也只是崭露头角，在世界斯诺克舞台上蜚声全球的是戴维斯、希金斯等斯诺克大家。

工作以后，就没有了那个环境，同学们各奔东西。阿棍去做了律师，是否依然热爱斯诺克运动不得而知，反正我是忙于应付各类日常工作，基本不去打球了。未曾想，毕业之后 20 年，居然在远离上海的喀什，有机缘重新回到斯诺克球台，拿起尘封多年的球杆，如同大学时代那样，开始满怀热情地投入这项运动。唯一不同的是，那时打球是出于纯粹的喜欢，而现在更多的是感觉需要这样的身体锻炼，打球本身已经不再是唯一的目的。

这两天，斯诺克世锦赛正在如火如荼进行。丁俊晖过关斩将，进入决赛，对阵世界排名第一的塞尔比。连续追了几天的比赛直播，颇有惊心动魄的感觉。两相印证之下，对于斯诺克有了更深的理解。

兄弟们打球的风格各异。很有意思。卫建准头非凡，越有难度打得越好，反而有些最简单的球失之交臂；宇飞稳健，该进的基本能确保成功；文悦上下起伏波动大，状态好时什么球都打得进，状态差时，近在咫尺也打不进；国锋则是算计颇多，击打之前总要算计一番，但往往母球走向差之远矣。而我，跟国锋的风格有些相似，算了半天，球不按构想的路径走，一切白搭，手顺时一打一个准，手不顺时，怎么打都打不进。

胜负在其次。斯诺克运动带来的快乐是最重要的。还有，在围绕球桌团团转寻找击球点和精神高度集中时，躬身、弯腰、抬头、出杆，本身就是一套标准的全身运动体操。按照文悦的话讲，打了斯诺克，对于颈椎的理疗作用非常有效。

援疆第三年，越来越多的兄弟迷上了斯诺克。

5. 假日活动篇

生日快乐

2014—05—01　01:26:33

晚上，前指组织了进疆以来首次集体生日聚会。

一楼的餐厅，被师院实习的大学生们装饰得焕然一新。二院和师院的兄弟们也都来了，济济一堂，热闹啊！

卫峰是主持人，可惜身旁少了一个美女主持，本来浦发喀什分行答应派个女主持来的，结果爽约了。于是，卫峰同志只好一个人唱起了独角戏。毕竟是团委书记出身，主持一档活动驾轻就熟，还是很有大家风范的。

第一个节目，就催泪无数。大屏幕上播放了从我们出发进疆的送别场景到在疆的工作生活片段，点点滴滴，唏嘘感慨啊！特别是在市委党校的送别镜头映现时，李平同志看到了自己的女儿，又忍不住潸然泪下了……

各组都准备了表演的节目，歌舞怡情。综合组老郭的新疆舞跳得真是有味儿，动静之间、旋转停顿中，浓郁的新疆风情扑面而来。在热烈的民族音乐渲染下，红军、肖健也起身随舞，还真不错，很有韵味。

热烈的祝酒、高亢的歌声，偶有兄弟偷偷拥抱抹泪……

在离家 5000 公里之远的喀什，我们沉醉在浓浓的兄弟情、深深的思念之中……

劳动节

2014—05—02　01:30:31

今天是五一劳动节,放假3天。前指组织大家去岳普湖县的达瓦昆沙漠景区观光。那是个位于塔克拉玛干大沙漠西缘的旅游区,以沙水相连的奇特风光为特点。一汪平静的咸水湖面,点缀着沙漠的沧桑无垠,间或片片芦苇水草,偶有几只水鸟低低地掠过水面,从这头飞到那头。景区的午餐点供应维吾尔风情浓郁的铁架子烤肉,好这口儿的喜欢得不得了。骑骆驼和沙漠越野车是仅有的两个旅游项目,体验一把也是很有意思的。

我没去。一则要加班赶两个材料,二则去年7月来喀什时去过了,该看的、该吃的、该体验的,一样没落下。感觉再去第二次,就没啥太大意思了。旅游局李平副局长也没去,理由与我相同。

于是,在劳动节,我在宿舍里加班了一天,终于完成了预定的工作任务。除了午饭和短暂的午休,基本坐在电脑前没停过。

晚上九点,当在键盘上敲完最后一个字,松了一口气。然后就看到微信群里宇飞又在召集看电影了,还是恐怖片,赶紧下楼去看电影,总算也在劳动节小小娱乐了一下。

11点半,又接到了国全同学的电话,刚从法院辞职下海,志得意满,满世界找赚钱的机会。赶紧抓住机会,向他推介了一番喀什的投资环境,特别提到了股权投资企业的税收优惠政策,热情邀请他带着投资团队来喀什实地考察……

六一快乐

2014—06—01　23:41:44

今天是六一节。明天是端午节。双节接踵而至。孩子们应该是最开心的。

于我们而言，不过又是封闭在大院里的三天假期。忽然想到，如果要类比，其实我们这些兄弟很像海军，到喀什基本就等同于出海执行任务了。日常活动空间只有地委宾馆院子这么大，估计与巡洋舰或两栖登陆舰相当吧，比航母要小多了，工作生活都在这个空间。偶尔外出，基本等同于停靠码头接受补给。真的很像诶！难怪栋林这两天老穿着一件黑色的海军护航舰队纪念亚丁湾护航的黑色短袖，心有戚戚焉……

为了排遣寂寞，晚饭安排了聚餐，请了二院和师院的兄弟们一道来。酒真是人类发明的最神奇的东西。饮酒到了一定的程度时，可以忘记思念、忘记忧愁、放下包袱、增进感情，肆意挥洒，感到直抒胸臆的淋漓和痛快。

李平兄弟今日填了一首极有造诣的词，情深意切。身在喀什，尤有同感。雨霖铃，本是伤感悲情、细腻动人的词牌，居然被平兄弟道出了丝丝豪迈与壮志的满江红味道，很应时势。

儿童节。祝佳茗和佳荫节日快乐！老爸(老舅)从喀什发出祝福！

给你们买的节日礼物，你们喜欢吗？

明日端午。想起屈原，想起楚国，想起汨罗江，想起壮志未酬的悲凉，想起报国无门的悲哀……

于是，更加珍惜在喀什噶尔的日子，更加珍惜与兄弟们异乡共度的岁月……

喀什噶尔的第一个端午节

2014—06—03　01:26:12

今天是端午节。同时也是我们在喀什噶尔度过的第一个端午节。

早饭时，特地吃了一个粽子，以示端午过节之意。然而出乎意料的是，那个粽子似乎是羊肉粽，清香的棕叶包裹着黏黏的糯米，入口后却明显尝到的分明是羊味……也好，端午美食居然也吃出清真的味道，似乎更暗合我们现在的处境……

午饭时，栋林煮了一大锅面，浇上自制的番茄鸡蛋辣椒酱，美食啊。面条是前天去超市买的龙须面，很细，很韧，很有江南风格，完全不同于西北风格的粗犷宽面……

晚饭时，吃到了各组兄弟们到食堂帮厨包的水饺。很鲜。吃着饺子，想着家里，不一样的味道，不一样的感受。很有些天涯共此时的感悟。

空余时间，一直在看《狼图腾》。今晚终于看完了。一个很深刻的故事。一个民族，一个国家，需要狼性中竞争、开拓、冒险、牺牲、桀骜、忍耐、团结、聪明等等游牧文化的精神特质。可惜汉民族的文化传统中，源自先秦的那点血性基因，在农耕文明的改造下，几乎已经丧失殆尽了。如果我们的民族性中多一点狼性，那会怎样？……

农耕文明并非一无是处，游牧文明也并非高大上。此书似乎过于贬农扬牧了。毕竟，从游牧到农耕，是社会发展的进步。不能简单地以一种文明否定另一种文明。然而，故事中讲到的不顾内蒙古草原生态实际，盲目垦荒，不尊重自然规律，造成草原荒漠化的恶果，与其说是农耕文明的破坏，不如说是特定年代国家社会体制的悲剧。

国民性，是个大命题。值得深刻思考。特别在南疆。

复归平静

2014—08—02 01:15:47

今日是建军节。在南疆喀什度过的第一个建军节。

似乎一切都复归平静了。市领导来访慰问后离开了，今年的喀交会结束了。这个于我来说十年来最忙碌的七月终于过去了。

今早起床后，真正感到了久违的轻松和平静。后续还有许多工作要去推进，却没有这么高强度的了。饭要一口一口吃，事情要一件一件去做，而在过去的七月，更多的时候只能三口并两口、大口扒饭，一则没时间，二则没心思，因为任务还没完成，在那里拼命冲你挥手，于是只能加班、加班、加班。在这里，唯一的好处就是加班实在方便，办公室到宿舍的距离就是一层楼面……

几乎所有的兄弟都度过了这样一个难忘的七月。前几天，开总结会时，领导说，来援疆，就是要到复杂环境下、艰苦条件中磨练自身的品质和能力，一定要有几次热锅上的蚂蚁的经历，让你更快地成长。如此说来，我可以欣慰了，因为在这个七月，我常能体会热锅上蚂蚁的经历，真是受锻炼了……

下午三点半，请综合组派了一辆霸道越野车，去机场接从乌鲁木齐开会返喀的李平兄弟。熟悉的马路上，行人明显少了，路经东湖时，更是没看到游客，倒是助动车在街上依然车水马龙。司机齐师傅在车上备了一根与棒球棍相仿的木棍，放在副驾驶座上，用途不言而喻……

毕竟仍然在一级响应时期。指挥部的司机们都得到了指示，要求外出执行任务时一定要提高警惕，尤其不允许中途招停，一旦发生突发事件，则必须立刻加大油门以最快速度驶离现场，即便超速、逆行等违章也无妨……

接到了李平。他搭乘的MU5633是唯一从上海飞往喀什的航班，以往乘客还是不少的，以商务客人居多。但是今天，李平说偌大一架飞机，才只有数十名乘客，身兼地区旅游局副局长的他，对今年喀什地区的旅游业已经不抱希望了……

中秋假日第一天

2014—09—07　00:40:33

假日第一天，仍然保持惯常作息习惯，吃早饭的人明显少了许多，估计都放松了、晚起了。

早饭后在院子里散步一小时。上午在宿舍里看书、吃水果，昨天指挥部可发了不少水果。午饭后与另两个兄弟约好去了趟和田玉交易市场，实践一下玉石鉴赏的知识技能，毕竟看微信文章和手握玉石实物的感觉是不一样的。

晚上和深圳前指的几个兄弟一道吃了顿饭……

博客网站又出问题了，网页登不上去。只能用手机端报个流水账……

喀什的中秋

2014—09—09　01:19:50

今日中秋。平静如常。食堂多加了几样海鲜,大受欢迎。下午应朋友之邀去了趟位于西域大道的民族工艺品中心,展销以毛毯及玉石为主。

受今年大形势影响,来喀什的游客大幅度减少,店里客人门可罗雀。店面有3000平方,每天的租金、人工、水电开销在一万左右。往年形势好时,每天要营业到凌晨二点,第二天一早店门一开就有旅游团上门,现在则是一天也没几拨人……

晚上九点多,喀什的中秋夜居然开始打雷闪电下雨,雨势很大,令人想起台风季的上海。

中秋月明

2014—09—10　01:02:37

今夜月圆。十五的月亮总是十六圆。

夜深人静时,独自上了指挥部楼顶天台。高高的夜空中悬着一轮皎洁的明月,远处隐隐起伏的山脉,是天山山脉和昆仑山脉汇聚的帕米尔高原。在喀什干燥明净的夜空中,圆月纯洁得令人沉醉。没有繁华都市炫目的霓虹和满目的灯火,喀什月夜的清冷,浅浅地沁入心田。

此景之中,暗自品味李白的《关山月》"明月出天山,苍茫云海间。长风几万里,吹度玉门关。汉下白登道,胡窥青海湾。由来征战地,不见有人还……"

假日前症候

2014—09—22　21:30:35

眼看着就要国庆长假了。对于我们远在喀什的援疆兄弟而言,假日前综合症又开始出现了……

不同的是，这是我们进疆以来第一个七天黄金周长假。之前最多不过三天、四天而已，现在有七天，不用上班，又不能外出，只能闷在指挥部大楼里、地委大院里，真真难以想象……

不过，我们还可以去去超市，买买东西，分指的兄弟们更艰苦了，他们没有超市可去，因为县里的超市实在没啥可买，而且卖的货物还很多假冒伪劣……

所以一定要给自己找些事情做，要给自己定个目标，比如读完两本书、看两部美剧或大片、健身房锻炼若干次、修剪几次花草、有机会再去淘几块籽料玉石，等等。

最后就是要好好睡几个懒觉，虽然年过四十，已经不太习惯睡懒觉了，但起码可以不用守着时间点上班了，虽然这里上班和宿舍只有一楼之隔……

长假第一天

2014—10—02　01∶11∶13

今天国庆，长假第一天。

兄弟们有的在医院值守，有的忙于接待上海来喀的第七批援友，有的奔波在今天开幕的喀什农博会现场，还有的陪同上海来探望的亲友，剩下的基本上都在宿舍里睡觉看电视看书上网。

栋林无疑是今天最高兴的一个，女朋友来喀什看他了，昨天起这兄弟就在动脑筋收拾布置房间，又去超市、水果店买了许多东西……

长假第二天

2014—10—02　23∶35∶59

今天很忙，甚至比上班还忙。

上午随李平、文悦陪市社联来喀什的朋友到步行街一家巴基斯坦宝石商店觅宝。一番挑挑拣拣和讨价还价之后，我买了两颗托帕石，在阳光照耀下流光溢彩，托帕石是养生宝石一种，产于巴基斯坦、阿富汗一带。老板名叫阿巴斯，巴基斯坦商人，来喀什经商 17 年了，说的一口普通话字正腔圆，甚至比大多数维吾尔族还标准。他的货都是直接从巴基斯坦进的，价钱便宜不少，托帕石每克拉 20 元。在上海同等货品基本上翻一倍以上。

午餐后送社联朋友去机场，遇到了护送援友病友回沪的小组。他们做好了充足的准备，顺利将援友兄弟担架架上东航班机。愿他们一路平安！愿他们安全抵沪！愿病友早日康复！

从机场回来后又马不停蹄去了花鸟市场，选好鱼缸，配上底泥和水草，挑了两大五小七条金鱼。之后又顺道去了阿巴斯的店，这次淘了一条酒红色的石榴石手链，价值 700 元，很漂亮。把东西送回指挥部，再次外出与文悦、李平去了百玉翔店，联系玉石鉴赏小组 6 日来店组织活动的事。晚饭在指挥部门口的金长城饭店参加栋林老战友安排的聚会……

长假第三天

2014—10—03　23:13:41

长假进入第三天。

昨天兜兜转转了一整天，今天有些累了，窝在指挥部大楼里。上午看看电视，看看书，侍弄一下昨天新买的金鱼，换了水，重新布置了水草的位置，琢磨了半天，还把一块绿松石丢进了鱼缸，一方面可以压住水草根部，让水草不会四处漂浮，另一方面可以增加鱼缸色彩。把鱼缸搬到窗台上，让鱼儿也晒晒太阳。看着鱼儿欢快地畅游在水草间，自已心里也无比舒畅。

不幸的事情也有发生，有一条体型稍大的鱼终于翻白肚皮了……

还有 1 大 5 小总共 6 条鱼。争取让鱼儿们有一个舒适的环境，让它们过好在这里的每一天，快快乐乐……

午休后去健身房锻炼了 1 个小时，这是自 7 月初进入忙季以来第一次正式恢复锻炼。跑步机上慢跑 2 公里,快走 2 公里,原本想跑 3 公里的,但许久未跑,实在有些吃力,慢慢恢复吧。再做了一些力量锻炼,包括哑铃、平推、脚蹬等。出身汗,感觉清爽通透了许多。

晚上组里请栋林和他媳妇吃饭,在清餐厅。巴楚蘑菇现在改为炖汤了,味道比干炒鲜美了许多。为表示庆祝,我带去了两瓶货代协会朋友空运过来的意大利冰酒,口感很好……

长假第四天

2014—10—04　21:32:51

长假第四天。

昨晚通知今天上午指挥部全体会议,传达中央领导对援疆工作的指示精神。上午 11 点,留守前指的 10 多个兄弟到中会议室,听张总传达了领导对上海志愿者扎根边疆和上海援疆工作的鼓励和指示。上一批上海大学生来喀什的志愿者中,有 5 人最终选择扎根边疆,其中还有 2 名女大学生,一个在莎车,一个在叶城,都已经成家生子,成了真正的新疆人家。对于这些新时代的知识青年,钦佩他们(她们)的勇气,赞叹他们(她们)的精神……

自养了鱼以后,细细观察、品味这些小精灵在水草间穿行、浮沉、沉静,成为生活中又一种无比的乐趣。在满室苍翠的绿色植物掩映中,深蓝的青金石和温润倔犟的阿富汗玉雕石牛分立鱼缸两旁,拱卫着这些身披红蓝彩衣的小鱼儿,平添了许多活泼生气……

长假第五天和第六天

2014—10—06　22:46:50

这两天很忙。比平时上班还忙。虽然在假日期间,事情还真不少。上午跟这几个兄弟聊聊,下午跟那几个朋友出去逛逛、淘淘,居然都没有时间午休了。

昨天是古尔邦节，穆斯林最盛大的节日。据有幸一早去艾提尕尔清真寺观礼的兄弟回来说，早上天蒙蒙亮时，戴着白帽子的穆斯林就从四面八方向清真寺广场汇聚，寺里人满后，大量人群就聚集在寺外的广场上，一大片一大片的白帽子，仿佛白色的海洋起伏波动……当清晨的阳光升起时，所有的穆斯林都虔诚地随清真寺大毛拉的诵经声伏地礼拜。当天大约有 3.5 万名信教群众在艾提尕尔礼拜、欢度节日……做完礼拜后，大家回到各自家中，盛大的节日就此展开。有条件的人家每家都会杀羊庆贺，所以古尔邦节也称为宰牲节，杀羊吃肉，是这天永恒的主题……

今天上午组里开了个会，大家互相交流了各自对中央领导援疆工作批示精神的理解，并谈了对当前援疆工作的理解和体会，也提了一些建议。主要还是围绕社会稳定和长治久安做文章，围绕加强基层政权建设做文章，围绕发展经济改善民生做文章……下午参加了指挥部玉石鉴赏小组的活动，在玉器店里请专家传授了玉石鉴别的一些实用技巧，并且现场对三块玉料估重、三个手镯估价。我两样都力拔末筹，真不容易啊！估重一项我估最轻，估值我估最便宜。兄弟们开玩笑说我才是真正的买家，因为这样才能买到真正便宜、物超所值的东西……

长假第七天

2014—10—07　22:43:25

长假第七天。颇郁闷的一天。颇伤感的一天。得到深刻教训的一天。

前天刚开始养的 7 条鱼，今天只有 4 条小鱼硕果仅存了，两天里有两条大鱼上了天堂，一条小鱼神秘失踪……

早上起床，边刷牙边欣赏漂亮的小鱼缸里那些跃动的小精灵。突然发现有一条小鱼的尾鳍、胸鳍上出现了一粒粒小白点，心里咯噔一下，赶紧百度搜资料，说是一种叫做白点病的金鱼病，病因是由于鱼儿抵抗力下降，被小瓜虫侵入肌体而发病的。原来如此，突发奇想：如果加点盐，是不是可以杀菌灭虫呢？试试吧，于是赶紧行动，朝鱼缸里加了些碘盐。等吃完早饭回来，再看鱼儿们，大鱼已经翻着肚皮沉到缸底。意识到自己犯了致命的错误：这些都是淡水鱼，怎能加盐呢？赶紧补救。换水，不敢多换，只换三分之一，急急忙忙之间换了水。怎么办？思来想去，还是要买鱼药治病。打电话问综合组要了车，直奔花鸟市场，找到卖鱼的那家水族馆。说了情况，在那个小伙子鱼老板手里又买了一瓶白点净鱼药。回到指挥部，下药。发现似乎有些不对劲，怎么小鱼只有 4 条了呢？还有 1 条去哪里了？用捕网细细拨拉水草和鱼缸的各个角落，那条小鱼还是在踪迹皆无。终于只能宣告失踪……

后来一想，小鱼很有可能是在换水时不小心被捞出去随旧水扔了……

养鱼第一天，我出于鱼缸拥挤的考虑分出一条大鱼到另一个水培绿萝的花瓶里。结果那条大鱼不出半天就沉底了，应该是花瓶里的老水含氧量不够，花瓶不够大，鱼儿憋死了。

小鱼生白点病，应该与昨天看到鱼缸老水有些浑，彻底把水换了有关。应该留三分之一老水的，哪怕有些浑浊。鱼缸环境的剧烈变化，使鱼儿抵抗力下降，小瓜虫便乘虚而入了……

于是得到深刻的教训：养鱼如治国、做人，不能折腾、经不起折腾啊……

长假第八天

2014—10—08　22∶41∶13

长假第八天。终于到了假期最后一天。这一天是新疆的福利，为穆斯林古尔邦节而特别增加的一天假期。上海的兄弟姐妹们今天已经上班上学了……

八天假期里，发生的事情真真不少。有援友兄弟因为急病被紧急送回上海治疗，还有千里迢迢从上海来喀什参加农展会的企业、逛了几趟超市和步行街、跑步健身、开始养鱼……

回想一下当初给自己定下的假期计划，发现原来计划的基本都没做，原来没计划的却做了好多，比如原本想看的书没看几章、原本想看的美剧也没看几集、原本没想过养金鱼却开始了……

今早终于发现了小金鱼失踪的奥秘:跳缸。早上又发现有条小鱼跳缸而出,死在地板上成了鱼干。想想不甘心,今天又去了次花鸟市场,看中了一个带有自动过滤系统和 LED 冷光灯照明的水族箱,狠下决心买回了家,叫鱼老板配了水草、配了电热棒,还挑了 7 条霓虹灯、2 对 4 条孔雀鱼,最后还捎带配了一条专责清理垃圾的清道夫鱼。坐在宿舍沙发上,喝着茶,看着身旁茶几上水族箱里的鱼儿们穿梭游行,惬意啊……

圣诞夜

2014—12—24　22:30:47

今日圣诞夜。在喀什的第一个圣诞节,第一个圣诞夜。远离东海之滨的亲人和朋友,在帕米尔高原之西、塔克拉玛干沙漠之东,和援疆兄弟和浦发喀什分行的兄弟姐妹一起……

今天指挥部聚餐,同时举行今年最后一个集体生日仪式。今天的活动也是指挥部援疆兄弟今年最后一次的集体生日,有 26 人,规模最庞大的一次……

工会成立以后,这是第一次组织大型集体活动。在大家的支持配合下,成功举办,闪亮出彩:

亮点一:主持人风格清新,感情充沛。小平平作为男主持首次亮相,满堂彩,文艺范儿的本色显露无遗……

亮点二:民族风情浓郁,舞蹈出彩。无论是充满南疆风情的麦西来甫,还是风靡天山南北的小苹果,热烈奔放,感染人心……

亮点三:助兴游戏欢乐无限,参与热烈。抢礼品的小游戏简单有趣,大家积极参与,你谦我让,硬生生把一个比谁下手快的游戏玩成了比谁更具谦谦君子风度的礼仪大赛……

亮点四:寿星队伍庞大,喀什上海一线牵,欢乐无限。26 名寿星,是今年集体生日寿星队伍之最,上海家人及时送上的生日和圣诞祝福视频,跨越沪喀之间千山万水，传递无限亲情与牵挂……

亮点五：……

难忘的2014圣诞之夜！

第二个五一集体生日聚会

2015—04—30 23:40:20

三年援疆路，三个五一节，三个五一集体生日聚会。

今天是第二个。有惊喜有亮点。

亮点一：初来乍到的杨峥副总指挥原来是位极其出色的节庆活动主持人，调动现场气氛的能力非常高，完全承担了聚会聚餐活动上半场庆生活动的主持客串，挥洒自如，谈笑风生，一派名角风度。

亮点二：新鲜出炉的援友"好声音"大赛六大歌手，人人献技，个个争先，风格各不相同。师院黄教授的"滚滚长江东逝水"曲惊四座，拔得头筹。肖处的"有一个美丽的传说"颇具民歌手神韵。所遗憾者，实力不凡的李平选了一支有些偏门的歌曲，不太熟悉的旋律，只有了解他以往故事背景的人才能细心体味其中深意，典型的曲高和寡，未能入围，很有些生不逢时的感慨。

亮点三：新晋主持人国剑，潇洒大方，一展风采。

亮点四：虽然只是4月底，已有援友家属来喀探亲，援嫂和孩子的身影出现在指挥部大楼，平添了许多生机和乐趣。

亮点五：援疆医疗队和教师工作队都是一年半服务期限，7月就要凯旋回沪了。今天先行送别，浊酒一杯，泪洒喀什。

难忘的日子……

民族一家亲

2015—06—07 01:50:07

今天有机会真正深入南疆乡村，结识了喀什最基层的干部、群众，有乡长、乡武装部长、村支书、村长，还有村里的阿吉和可爱的维吾尔族孩子们……

在一个鱼塘、果树环绕的院子里，我们与当地的维吾尔族干部群众真正打成一片。进疆一年半来，这也是第一次如此深入喀什的乡村。与乡长交谈未来的发展，与村里的孩子们玩笑取乐，与村里的宗教人士阿吉(注：阿吉是穆斯林对去过麦加朝圣的宗教人士的尊称，具有尊崇的地位)把手言欢。这一刻，真正感觉接触到了南疆最真实的脉动，最深入的体验。

果树环绕在鱼塘边，木架凉棚中围坐，树荫下凉风习习。盘腿坐在民族传统特色的土炕上，中间摆满了各色时鲜果蔬、烤肉、抓饭，刚下的鲜杏、西瓜、桑葚、老汉瓜，美味的野鸡肉抓饭、拉条子、老酸奶、烤羊肉，还有大碗盛上的伊犁老窖……

孩子们在一旁快乐玩耍，男孩儿、女孩儿，有维吾尔族、汉族，还有达斡尔族和汉族混血的孩子，没有隔阂，没有异样的眼光，用普通话交流，东奔西跑，尽情挥洒童年的快乐。不禁感慨：多美好的和谐乡村，多美好的民族一家亲！

但愿南疆乡村个个都是如此，天天都是如此！

端午前夕

2015—06—20　02:14:27

端午节前夕，地委领导和援疆办等部门对我们这些远离家乡的援疆干部还是非常关心的。上午，地委书记带着组织部长、地委办公室主任一行专程赴上海对口支援的喀什地区第二人民医院慰问，送上端午节礼，一份礼盒包装的粽子礼包和时鲜水果各色不等。只可惜事不凑巧，二院的援疆医生兄弟们有的回上海联系工作，有的赴北疆去交流讲学了，留守的只有三人。书记到了二院，参观了由我们援疆医生一手创建的肾脏血透病房、远程医疗会诊信息中心等设施，高度肯定了上海援疆医生的工作成果，并表示了节日的慰问。我们这些不是医生的前指各组的兄弟们也一道到了二院，参加了会见。

二院已经通过了三甲医院的评审，在喀什乃至南疆地区树立起了医疗服务的标杆。上海援疆医生的口碑和名声已经非常响亮，许多患者从和田、克州等地慕名而来求医问诊。地委行署的许多领导现在常到二院来看病，指明请上海援疆医生问诊。上海医疗品牌在喀什的大地上已经熠熠生辉。

晚上，指挥部聚餐欢迎端午。今年春节后新近加入援疆队伍的杨总，主持了聚餐仪式。热热闹闹，欢声笑语，共聚一堂。餐后在多功能厅嗨歌一把，尽兴而回。这个端午节，倒也欢快祥和。一大发现是原来杨总唱歌极具水准，一曲《天路》演绎得非常专业水准，引来满堂喝彩。

还有一大发现是原来我们的纪委领导戴书记酒量也很不错，具有“拎壶冲”的能力和水平，平时深藏不露，今日在领导的激将之下身先士卒了一把，引得后续兄弟们群起效仿……

抢机票

2015—06—21　21:34:33

暑假就要来了。指挥部即将迎来一年中最繁忙、最热闹、最欢快、最温馨的季节。家属们陆陆续续会赶来喀什，或旅游度假，或家庭团聚。孩子们清脆的笑声将再次回荡在地委大院里。

去年本已安排好家人来北疆旅游，临行前却碰到“7.28”事件，指挥部进入一级响应，取消了家属探亲休假。旅行社这里都已经安排好了，因这突发事件，全程计划都泡了汤，还白白损失了机票退票费3000多元。

但还是痴心不改啊。今年有计划安排家属来新疆，先北疆后南疆，领略完全不同于内地的雪山冰峰、森林草原、沙漠戈壁的壮美风光，还有浓郁的西域民族风情。所以，早些时候就与组里另两个兄弟做好了出游计划，准备7月中旬举家出游。感谢自治区党委组织部援疆办对广大援疆干部的关心，在北疆最美之地喀纳斯安排了度假中心，接待援疆干部家属一行。

今天一早，就开始上网查询疆内各景点的出行航班信息，想着要赶紧订机票。因为听人讲，每年一进入暑期，疆内各大景点之间航班的机票就非常紧张,一定要早下手预订。果不其然,现在预订 7 月中旬乌鲁木齐到喀纳斯往返机票,已经是非常紧俏了。原来看中的理想时段的航班已经只余数张头等舱机票,只能订较晚航班的票,到达喀纳斯已是晚上 23 点了。

新疆太大了。大到景点之间必须坐飞机,乘车则需要充裕的假期,而这对大多数人是奢侈的要求。

我考虑,在稍后填写指挥部请假单时,是否要特别注明:新疆那么大,我想去看看……

九月节假日模式开启

2015—09—23 21:38:51

今天 9 月 23 日,秋分,太阳直射赤道,之后将逐渐南移,直至南回归线。

自今日起,新疆开启近年以来最集中的节假日模式。相比内地,这里还要多一个假期,就是穆斯林传统的古尔邦节,即伊斯兰历法的新年,类似于内地的春节,是全球穆斯林世界最重要的节日。明天就是今年的古尔邦节,与中秋节紧密相连,自治区政府发文明确从 9 月 24 日放假直至 28 日,古尔邦节、中秋节两大节日假期衔接,之后 29、30 日两天上班,10 月 1 日起开始国庆假期直至 10 月 7 日。这样,从 9 月 24 日到 10 月 7 日的 14 天里,只有两天工作日,真是千载难逢。更须一提的是,今年国庆又恰逢自治区建区 60 周年大庆,双喜临门,注定了今年的 9 月对新疆、对喀什而言,必定是一个漫长、难忘、精彩的季节。

只是身在喀什,每到重大节庆时期,一般都要启动一级响应。所以,不能像在内地那样,随意外出旅游、观光、聚会。虽然是假期,也要求大家时刻保持警惕,严格遵守各项纪律制度。所以假期虽然漫长,却也比较寂寞,既不能安排出国旅游,也不能自驾车到周边观光散心。与家人相隔万里,又值中秋,守在指挥部院子里,望着南疆那一轮明月,只能暗自祈愿祝福:但愿人长久,千里共婵娟。

好在已经习惯了。进疆已经一年半有余,开始学会如何独自过节,重要的是调节好自己的心情。比如看看书、喝喝茶、聊聊天、做做饭、散散步、发发呆、想想事，总能给自己找一些事情。这样，时间就过得飞快了。

今天是古尔邦节

2015—09—24 21:27:48

今天是穆斯林的古尔邦节，与开斋节并为一年之中伊斯兰世界最盛大的节日。

在喀什，每年古尔邦节清晨在艾提尕尔清真寺广场都会云集众多的信众，白帽茫茫，虔诚会礼，场面宏伟。上万穆斯林群众在朝阳时升起时面朝圣城伏地礼拜，如浪奔潮涌，如醍醐灌顶，如天人合一。宗教仪轨之神圣肃穆，人生苦难之百折不挠，心灵安宁之幸福平静，均在那瞬间升腾，化为无上圣光，普照芸芸众生。

我无缘亲眼所见这一刻，亦能充分感受穆斯林此时此刻的心境胸怀。感谢援友兄弟，他们在微信圈里发出震撼的场景照片，光线完美，极强的视觉冲击力即刻轰然而至，充溢身周。重要的原因在于，身在喀什，艾提尕尔清真寺及其周边的街巷广场，已去过多次，熟稔于心，对于南疆穆斯林的虔诚肃穆，亦早有深刻体会，故而仅仅端详几张照片，就可感受如此之多。却不是无病呻吟或故作惊奇的哗众取宠。

突然生出一个强烈的愿望：明年的古尔邦节，一定要找机会去艾提尕尔清真寺周边身临其境，亲身感受这一神圣庄严、虔诚肃穆的大场面。

喀什的中秋夜

2015—09—28 02:07:33

这是第二次在喀什度过的中秋夜。月圆夜深，酒酣人寂。指挥部下半年的集体生日聚餐，热闹、简朴，气氛热烈。且还有第二场夜宵场，市领导风尘仆仆从莎车赶回与我们共度中秋佳节，传递了很多陪同中央领导考察的信息和援疆工作要求，压力山大啊……

就业，一切以就业为核心，一切为就业为标准，一切以就业为评价。

真的很难。上海与这里的产业落差太大，东霞落户至今，按计划可以招工 250 人，可费尽九牛二虎之力才招了 120 余人，就业难与招工难是一对奇异的矛盾存在，主要原因在于农村富余劳动力劳动技能、普通话交流能力不够，无法满足企业用工需求。有再多的工厂落户，招不到合适的产业工人，又有何用呢？

中秋夜，领导给我们的援疆工作提出了新的要求，新的课题，新的使命。困难就在那里，如何破解却是我们今后一年半援疆期间要花力气重点解决的。真心不容易，在上海的兄弟们是无法体会我们的心情和感受的。关键是差距太大，要找到沪喀两地产业衔接的结合点，真心不容易，这个挑战不亚于上海自贸区制度创新的难度。

今年中秋，注定难眠。

国庆出游计划

2015—09—28　22:27:34

今年国庆又到了，有 7 天假期。之前传得沸沸扬扬的出行计划这次看来终于动真格了，今天开始正式报名。我原本决定不去了，想利用这几天的假期安安静静留在指挥部大楼里，看看书、散散步、想想事，工作思路理一理，特别是自到开发区挂职以后，总要梳理自己的思路，想明白剩下的一年半时间里可以为这里做些什么事。

午饭时，兄弟们像往常一样围坐一桌，边吃边聊。留喀的兄弟几个都报名参加出游了，极力游说我一道去。禁不住栋林和文悦两人的唇枪舌剑、生拉硬拽，想想却也难得有机会出去饱览天山南北的美丽风光，虽然行程中大部分地方我都已经去过了，有的地方比如伊宁，今年以来我已经去过两次，再去就是第三次，当然我对伊宁印象很好，是个十分适合居住的城市，甚至可以说是全疆最适合居住的宜居城市。

那就报名吧。大伙儿一道出游，也是很有意思的乐事。

这次出游的行程很有意思。喀什—乌鲁木齐—吐鲁番—库尔勒、博斯腾湖—巴音布鲁克—那拉提—伊宁—乌鲁木齐—喀什，全程七天。如果能在地图上划出线路，就是绕着天山顺时针画了一个圈。很大很大的一个圈。

新疆那么大，天山那么远，秋天那么美，我想去看看……

平静的平安夜

2015—12—24 22:28:31

明天就是圣诞节，今晚是平安夜。

喀什的平安夜格外平静，如一池光滑镜面的池水。指挥部所在的地委宾馆院子依然宁静如故。院外的大街上车辆零星，偶有几个路人，行色匆匆。在南疆冬日寒冷的夜风中，没有戴着红帽子、留着白胡子的圣诞老人，没有七彩的霓虹和彩灯，也没有浑身裹在厚厚的羽绒服中却依然兴奋难抑的人群。如同任何一个普通的冬日夜晚，喀什的平安夜就是这么安静。

其实并不是因为这里地理遥远，也不是因为这里贫穷落后，而是因为这里是喀什，是南疆，是穆斯林聚居的地区。圣诞是基督教的传统，却不是伊斯兰教的。在一个穆斯林人口占据92%的地区，怎能期望会与西方城市那样热闹喧哗呢？

在喀什这个平静得令人寂寞的平安夜，想像在浦江之畔新天地和外滩的喧闹，想像纽约大都市满街的圣诞老人装扮，再联想到这个并不平静的年度全球频发的恐怖袭击，美国国土安全局近日发布的安全防范警示，只能感慨这个世界真的不平安、不平静、不平稳。

突发奇想，如果不考虑地球自转，太阳光芒被遮蔽，全球都处在黑夜中，则从国际空间站远望今晚的地球，一定非常有意思。从欧洲跨越大西洋到美洲大陆，横跨太平洋到东亚，定然灯火格外璀璨，光亮闪烁夺目，而从亚欧大陆的腹地中亚、南亚延伸直至西亚北非，则荧光点点，暗夜笼罩。地球仿佛分成了两个光暗分明的世界。

喀什端午

2016—06—10 03:14:04

今日端午。虽说喀什地区维吾尔族占92%,但作为国定假日单位都要放假的。今年穆斯林斋月恰巧在前些日已经开始,因此即使是在假日期间,喀什市区还是一如往常地平静安宁。白天街上的行人甚至还更少了些,貌似都宅在家里,休养生息。

地委、行署领导以及与援疆工作关系密切的一些地直部门都非常关心我们,特地上门慰问,送来了粽子。地区旅游局的维吾尔族女局长,亲自带着局里同志来到指挥部慰问,表感谢,送粽子,非常有心,也使我们的小平平同学很感动。

在喀什这样的民族地区,放假这件事比上海要开心。国定假日自不必说,穆斯林的开斋节、古尔邦节等节日则是本地特色,放假时都是一视同仁,也没有说穆斯林节日只放维吾尔族不放汉族,同样,端午这样的节日我们的民族同胞也同样享受。不分维汉,大家共度节日,其乐融融。多几天假期,看看书,逛逛街,散散步,聊聊天,总是惬意的。

粽子是端午最具符号意义的美食。即便在喀什,粽子却不少见。大街小巷的饭店餐厅,除了一些明显的民族餐厅,一般都有粽子供应。样式、味道都与内地一般无异,唯一的区别是没有大肉粽,主要以白米粽、赤豆粽等素粽为主,这也是对穆斯林习俗的尊重。

今日喀什,斋月中的端午,共处相容,宁静平和。

最后的集体生日

2016—06—30 00:06:28

这一批上海对口四县的援疆老师服务期届满了。明天他们就要启程回上海与家人团聚了。今天下午召开欢送会,晚上在前指餐厅聚餐,一则欢送援疆教师凯旋,二则举行前指援疆干部上半年集体生日仪式,双喜临门,盛大隆重地办一场援疆兄弟聚会。

难得的是,地委书记今天特地抽空来参加了今晚在前指的聚会,给予了上海援疆老师高度评价。最难得的是,书记今晚为表达深深送别之情,和总指挥一起为每位过生日的援友亲手戴上一顶维吾尔族小花帽,还特地送上两首歌曲:永远、朋友,感谢和祝福溢于言表。

援疆老师和医生,属于援疆专业人才,服务期限为一年半。这些年来,他们已经成为上海援疆的品牌,在喀什各族群众中树立了优良的口碑。许多老师和医生兄弟都已经在喀什与我结下了深厚的情谊。临别之际,敬上一杯小老窖,就差洒泪相别了,依依惜别,上海相会。

我的生日是五月,恰巧也是今年上半年过生日的。突然想起,这是援疆三年中在喀什过的最后一个自己做寿星的集体生日了。顿感珍惜。

借着酒劲,与产业组的兄弟们高歌一曲《精忠报国》:"狼烟起,江山北望,龙旗卷,马长嘶,剑气如霜,……我愿守土复开疆,堂堂中国要让四方来贺",畅抒爱国情怀,铿锵有力。

今日喀交会正式闭幕。为期五天,顺顺利利,颇为不易。明天上海经贸代表团最后一批也要启程回沪了。援疆三年,至此上海代表团参加喀交会的组织筹备工作任务顺利完成了。

此时此刻,居然心中莫名生出一丝惆怅。每年的喀交会都是我在喀什的重点工作,在这个工作平台上结识了许多朋友,讲起来还要真心地感谢这个南疆最大的展会。明年此时,喀交会已经与我无涉了,但缘于这段喀什缘分,我会继续关注这个展会,关注喀什。

还有半年呢,怎么现在就开始怀念了……

国庆长假尾声

2016—10—05　22:49:31

今年金秋的第二个长假,国庆七天,临近尾声。南疆的长假,悠长而休闲。读书，赏玉，逛街，品茗，会友，聚餐，踏青，不一而足，日子倒是过得充实、丰满。

悠闲久了，就会想家。离家这么远，牵记挂念时时念兹在兹。高温预警了，台风又来了，卫生间漏水了，孩子要考试了，爸妈去医院看病配药了，老婆加班了，车子出问题了……，琐事种种，一家人在一起时倒不觉得，不时还会有些心头烦躁，如今身在喀什噶尔之时，却发现了其中满满的幸福、深深的快乐。

只要在一起，就是快乐的。相隔万里，心有牵挂，也是幸福的。

沐浴在窗边温暖的秋日阳光下，泡上一壶普洱老茶头，翻开新一期的中国国家地理，沉浸在南海永兴岛的龙宫蓝洞、挪威海岸神秘深邃峡湾的美景中，暂把牵挂放在一旁。一书一世界，一图一境界，世界这么大，真想去看看……

6. 杂项琐事篇

满月之日

2014—03—22 00:15:19

今天,是我们进疆整四周的日子。组里的兄弟们去大院里的地委宾馆汉餐厅定了菜点,买了伊犁老窖,凑了份子,感谢组长的慷慨,带来了楼下多出的菜点,兄弟们畅谈了一番心得体会。感谢兄弟们,相互的理解和支持,36 周还余 35 周。剩下的时间要兄弟们相互支撑着度过……

时间会过得飞快的,特别是任务接踵而来的时候。你没有时间想念远方的亲人。所以,无比渴望领导能多给任务、多给工作,使你根本没有时间想念父母、妻女。阿布基,如果爸爸说不想你,那一定是善良的谎言。

又到周六

2014—03—29 23:57:41

又是一个周六。在上海,这是一个无比期望的日子,意味着放松和休息,意味着一天可以陪着父母、老婆和女儿,还有机会见见妹妹一家,特别是可爱、搞笑的小侄女。

但是这里,周六意味着一个人忍受孤独,寂寞,无聊,无所事事……

忙的时候来不及想家,闲的时候无法制止地想念 5000 公里之外的亲人……

还好有同病相怜的兄弟们。每个人都有自己的故事。感谢栋林兄弟,真看不出还有这么好的厨艺,酱烧鸡爪和干煎带鱼真是得了大师真传,得到大家的交口称赞。

菜过五味,酒过三巡,每个兄弟都敞开了心扉,讲了自己的故事,噢,原来每人都不容易啊……

上午本要去大巴扎的,但领导考虑到安全因素,最终还是没去成,改去了超市,仍是上周去过的那家超市,在喀什步行街,买了个台灯、喷水壶,还买了点水果……

步行街路口,深圳援疆的社工义工项目在做宣传和招募志愿者,大幅宣传画板下稀拉地站着几个人,有汉族、有维族,发放宣传单……

晚饭时间,组里的兄弟们匆匆们在一楼食堂露个脸,吃点东西垫垫底,然后就直奔5楼栋林兄弟的宿舍。一到5楼,嗬,满楼道的油烟气味,哥儿们起油锅太狠了……

进了房间,看到满满一桌菜,荤素搭配,不禁感慨:原来组里还有一大师傅……

喝了点伊犁老窖,感觉正好,有点飘飘然,不多不少,只是更想家了、更想在上海的兄弟姐妹们了……

纷繁的一天

2014—04—26 01:19:44

今天,浮尘依旧。上海来的规划专家团昨天已经在喀什耽搁了一天的返程,今天终于无法忍受这漫天的黄沙了。在得知阿克苏地区机场天气晴好的消息后,决定乘车从喀什远程奔赴阿克苏,搭机转道乌鲁木齐回上海。这个专家团队的成员都是上海已经退休的城市规划专家,大部分年近70。他们为新疆、为喀什的规划建设奉献着自己的知识和热量,又因直言不讳而广受尊敬。每年都会来喀什几次,为当地政府提供有价值的咨询意见。向这些老专家致敬!

李平今天上午终于从帕米尔高原上的塔县回来了。昨天下午,参加完地区旅游局调研从塔县返回，不知是否壮丽的雪山和湖泊实在太美，留人哪，他们的车子刚离开县城就抛锚了，结果只能再次等待县里派车接他们返回县城，再住一晚，今天上午再回喀什。回来后，听他讲，塔县的帕米尔高原风光真令人神往……而且塔县治安奇好，塔吉克族非常爱国，据说前些年县城监狱一个关押对象都没有，近年开始有了，但也都是外来户。

陈杰下周要回沪了。今天去地委农办按要求办了请假。

宇飞陪领导去了县里，今天中午才风尘仆仆赶回来。晚上，还当了一回电影放映员，在大会议室给大伙儿放了个大片《华尔街之狼》，很精彩，就是时间长了点，要近 3 个小时……

上午我和老戴找师院的援疆教师聊了聊，启发很大。看来，以后有机会一定要和师院的援疆老师们多交流，能碰撞出很多思想火花。下午，和肖处、卫峰去了趟喀什开发区招商中心，咨询了一下有关股权投资企业入驻的优惠政策……

最高兴的是栋林。晚上 9 点去二院做了复查，CT 显示原先在膀胱里的一颗结石已经掉下来了。真是“一块石头落了地”……

理　发

2014—04—27　23∶19∶07

午饭后，和几个兄弟相约外出理发。

老规矩，综合组派了辆别克商务车，我们一共四人。上了车，大家开始商量去哪里找理发店……

圈在大院里的时间太多了，还真没人熟悉周边的理发店情况。于是，司机师傅向我们推荐了他家小区对面的一家店。大伙一致同意，直奔城南而去。

在慕士塔格路上，我们找到了名为“流影”的理发店。不大的门面，有三个理发师，都是汉族。

上次理发还是在上海，临出发到新疆之前。已经有 2 个月了，头发是真长了。理发师是个小伙，陕西人，来喀什已经好几年了，手法很熟练。

这里是喀什汉族居住最集中的区域。站在这里的街道上，马路、小区、绿化、各色门面小店，有饺子、烤串、快餐，甚至还有小笼包子，来来往往的人基本是汉族，偶尔有几个维吾尔族。感觉跟内地三线城市没啥两样。

栋林对理发师的手艺不太满意。他拿出手机，找出以前的自拍照片，要求理发师照此修剪。也许要求高了点，那个理发师小伙子修来剪去，不是这里薄了，就是那里厚了，于是，只听见栋林不停地指导：这里、这里、这里……

进疆以来第一次理发。

买干果

2014—05—04　01:08:03

下午，随大家一道去了趟超市。本没什么要买的，但还是去了，一则是出大院透透气，二则想去看看有什么合适的南疆特产干果，买些快递回上海，毕竟6日要出差回家了，第一次从喀什出差回家，总得带点什么回去送送家里、朋友、同事。

在超市路口的干果摊位前，栋林如老马识途般立即找到了曾经买过一次的摊位，是三个维族兄弟摆的摊。看了看货品，不错。我挑了葡萄干、核桃、大枣三种干果，每种2公斤，按1公斤包装，共6袋6公斤，用小纸箱装入，封好，填好快递单，直接寄回家。的确方便。总共装了4箱，总价1120元，另有快递运费265元。三个维族小伙子动作麻利，盛袋、装箱、封包，算账、收款、找零，叫快递，装运。对于他们来说，今天真是个好日子，我们总共在他们摊位上买了7000多元的干果，栋林一人就大手一挥购进13箱，5000多元。小伙子们乐呵呵的，旁边的几个摊主无比羡慕地看着这里火热的生意……

这不是很好吗？维汉之间，这样和睦共处，大家生活在同一块土地上、同一片蓝天下，共同进步，共同发展，一起过好日子，难道不好吗？

这两天放假，正在看哈佛教授马丁诺瓦克的书《超级合作者》，他是当前世界研究进化动力学的权威，从研究博弈论中著名的囚徒困境入手，推论出合作是继突变和自然选择之后的第三个进化原则。无论个人、民族、国家，乃至世界万物生灵，无不如此。在万物生生灭灭的往复循环中，背叛和合作始终是面临的抉择，而在大多数的时候，合作总比背叛能带来更大的成本效益比。

那么，在新疆，何时才能验证这条进化规律呢？盼望那一天早点到来，真的……

在喀什的第一个生日

2014—05—18　22:04:53

今天是 5 月 18 日。我的生日。42 周岁。这是第一个在喀什度过的生日。以后还有 2 个。

昨天刚从上海返喀，今天就过生日。开始时颇觉遗憾，只差一天就可以在上海和家里人一道过个生日。但今天从清早起来，生日祝贺的微信和话语就没停止过，感觉在上海时似乎也没有收到过这么多祝福，使我感到虽然远在万里之遥，家人、同学、朋友，还有我们的援友兄弟和喀什地委援疆办，都用自己的方式表示了生日祝贺。

虽然不在家，但是家里还是准备了蛋糕，吃了寿面。当我在喀什对着视频连线中的蛋糕吹蜡烛时，女儿在上海家中代表我同时吹气，看着生日蜡烛熄灭，心里真是……甘苦自知。

地委援疆办打来电话，表示了生日祝贺，还送来了鲜花和蛋糕。晚饭后在餐厅和兄弟们一道分享了蛋糕，同样的热闹和温馨。令我意外的是，在前指实习的喀什师院的杨欢和她的同学，特地从学校赶来，就为了对我说一声生日快乐，淳朴得令我无比感动。这些新疆的孩子啊，个个都是重情重义……

在微信群里，上海的兄弟们、大学和高中的同学们、还有目前尚在上海家中的栋林和老戴，都纷纷发来了生日祝福……

栋林和我同是今天生日。可惜他今天没在喀什……

夜了。今天这个生日，在喀什度过，感觉别有意味。当自己又一个人回到宿舍时，仔细回味，忽然感觉也挺有价值……

大院里的聚会

2014—05—24　23:39:21

今天，航天机电的王晨带老婆及两个在喀什工作的朋友来了。在一级响应无法外出的时候，有朋友来聚会是件很令人高兴的事。

王晨去年被公司派到喀什，负责莎车的光伏电站项目。小伙子30岁出头，在喀什认识了现在的老婆，上月刚回上海办婚礼，老婆已有孕。今天来前指，是请大家一道吃个饭，也算祝贺。同来的两个朋友，一个是在本地电力公司工作，江西人，也在喀什成了家，另一个是在中冶公司工作，广义上大家都是援疆的，甚至扎根边疆。

午餐在大院里的地委宾馆清餐厅吃的，缸子羊肉果然好吃。晚餐在汉餐厅，味道也不错，更适合我们习惯的口味。席间讲起近日的安全形势，就连这些本地人都不太外出了。提心吊胆过日子。苦中作乐……

院里院外

2014—05—25　22:14:29

这是一个无人外出的周末。没去超市，没去大巴扎，没去打羽毛球。一日三餐后，早上十点、下午二点、晚上八点，如果你来大院，你就会看到在指挥部楼前有一群百无聊赖的汉子，三三两两，抽根烟，说些没啥营养的废话，时而干笑几声，甚至有人还会把吃完的杏核、杨梅核、樱桃核，悉心地址种在花坛里，盼望来年能开花结果……

这就是我们院里的日子。有吃有喝，有跑步机，有影视厅，有功夫茶，有种花养草，有溜达散步……

除了外出，别的都有了。

院外，公安部门强力打击暴恐分子的消息接踵传来。全疆展开了打击暴恐分子的专项整治，强力部门全力出击，荡涤尘埃……

不禁奇怪，这些极端分子，怎么就像韭菜，割了一茬又一茬，没完没了呢？

我相信，这个问题拷问着我们所有人，上到中央领导，下到平民百姓……

静心养性

2014—05—27　22:05:37

这几日，组里兄弟们有的寄情栽植瓜果，有的放声高歌，直抒胸臆，还有的渴望外出，放风透气……众生万象，各有表现。

其实这是排遣压力和寂寞的方式。闲暇时给自己找些事情做做，帮自己转移注意力，寻找生活的乐趣，给无味的比白开水还无味的生活加点调料。

也许我也该为自己找些什么事情做做……

看一本书，听一首歌，燃一根烟，泡一杯茶，发一会儿呆……

但愿能让自己的心沉静……

伸缩警棍

2014—06—04　00:34:40

上午，指挥部给每个人配发了一根伸缩警棍，共三节，作为防身器具。收起时握在手中，感觉似乎拿着的是星球大战中绝地武士的激光剑……

可惜没有教授我们使用的招式。有人认为砸有效果，有人觉得捅有威胁，还有人感到摇有实效……反正怎么用着顺手就怎么用，只要达到防身效果就行。

配发的这根棍子，甩出容易，收起却困难，往地上直直地顶了几次，也顶不回去，不知问题出在哪里。看来，武器的威力主要还是体现在使用者的身上啊……

下午，家里来了个电话，报喜了。女儿参加全国小学生英语竞赛得了二等奖，着实让我高兴了好一阵子。这个奖还是含金量挺高的，不容易。对孩子以后学习英语的积极性和自信心都是很大的促进。真是好样的！

晚上，研究琢磨了老半天暑假的旅游度假路线，看得头都晕了。虽说我在喀什无法和老婆、女儿一起去，但出游的预备功课还可以做一做，帮她们出出主意。甚至特地去问了旅游专家平平同志，还是拿不定主意……

全国援友是一家

2014—06—15　00:44:05

晚上，卫峰请了深圳援疆前指的四个援友来聚会。地点就在地委宾馆的汉餐厅。我们组里兄弟全体出席。按照现在的八项规定，好像我们陪同人员多了些。不管了，在喀什，业余时间跟援友们吃个饭，交流交流，不属于大吃大喝。

深圳援友中两个在喀什开发区经济发展局挂职，一个在开发区金融办挂职，还有一个是指挥部综合处的。到喀什的，都是援友，都是性情中人。虽然之前并不相识，但因着援疆的缘分，见面聊上几句，就立刻找到了共同语言。

其中一个在开发区经济发展局挂局长职务的援友，是属于中组部选派的深圳援疆干部，2011 年来喀，1 个多月后就要回深圳了，从时间上算，应该属于第七批，老大哥了。在开发区工作了 3 年多，感情很深，坚信开发区的明天一定会更好。但也流露出一种难掩的惆怅，毕竟喀什跟深圳的区位条件、周边环境、时代特征都不一样，从某种意义上讲，挑战更大、难度更高、形势更复杂、任务更艰巨……

深圳前指距东湖不远。他们往往在晚饭后三五结伴去东湖散步，呼吸新鲜空气,活动活动身体,体会体会喀什美丽的夜色风情。可自从上次东湖边出事以后,他们也不敢去散步了。基本上每天和我们一样,在院子里工作生活……

深圳兄弟说,他们在东湖边那个形似悉尼歌剧院的建筑里有一个喀什市规划展示馆,做得非常好。一般深圳考察团组来,考察线路安排“一市一城一区”,即:喀什市城市规划馆、喀什深圳新城展示中心和喀什开发区综合保税区。据说这样看下来,基本上大家就感到喀什的未来完全可以比肩全球闻名的迪拜了。

真心盼望那一天到来。

停水日

2014—06—17　22:13:08

早上起床,发现宿舍楼停水了。只能稍稍洗漱之后就去吃早饭。

本以为可能就是一次短暂停水,清洗水箱或检修管道什么的。可是到了午饭前,想洗洗手,拧开水龙头,发现还是停水。感觉事情可能严重了。后来,听综合组兄弟说昨晚给我们这里供水的管道破裂了,正在维修,估计恢复供水可能要有段时间。

想想无论怎样,晚上也总该恢复供水了。这点抢修能力对于一个地区的首府之公共服务提供商来说,应该不是太高的要求。

可是到了晚饭后,仍然没有自来水。

更坏的消息是,水电工专门去维修现场查看了,抢修队伍进展缓慢,今晚肯定是修不好了,估计要明早才能修好。

于是,大家突然发现,今晚不能洗澡了,忍忍吧。那上厕所呢?这个貌似无法靠“忍”解决问题……

习惯了大城市的生活方式。这样的停水日,多年未曾遇到了。突然撞上停水的日子,猛然间发现原来我们习以为常的生活是多么幸福……

办法总比困难多。群众的智慧果然深似海。大楼门前出现了难得一见的情形:大家纷纷抄起各种盛水器具,到楼下灌溉白杨的水龙头下接水,拎回宿舍。宿舍里缺少大型储水设施,于是有人想到了洗衣机,可以把拎回的水倒入洗衣机的滚筒里,借作水箱,随取随用。

好主意。幸好我留着 3 个空的 4 升装农夫山泉桶,本想用来浇花的。拎三个桶上下楼一次接水,共 12 升,跑了三次,洗衣机滚筒满了。望着滚筒中自己的倒影,仿佛回到了小时候在农村自家的水缸边……

最后,今天上午又去了二院。前些日子做了 OFD 翻龈术,术后缝合了上牙龈。今日去拆线。拆完线后,牙口自我感觉很好。但超伦兄弟说我的牙需要先矫正上下齿咬合关系,之后在看是否需要做烤瓷牙。他这次回沪期间帮我定做了一个牙平托,就像拳击运动员含的护齿套。

从二院回来后,在整理医疗费用发票时,发现报销的医药费已经超额度了,每人每年 3000 元,我已经超 1000 多了,全是看牙的……

诸事不顺的一天

2014—06—29 01:26:44

上午,跟家里视频联系时得知净水器的滤芯没有了,于是就上京东买了两个。如同以往一样照例使用快捷支付,结果始终无法成功支付。见鬼了,以往一直这么操作的,怎么今天就不行了? 下了单,没法付款,只能稍后再试。晚上,忙碌一天,回到宿舍,再试,问题依然,真不知是哪里出了毛病。

中午,跟馨哥去机场接市工商联的一个企业家代表团。安排好了走贵宾通道,但到了机场 5 号贵宾通道口,大门紧闭,无人应答,只能从机场出发处绕道进入贵宾通道。到了贵宾休息室,服务员提出要我们的身份证或工作证,办理临时通行证。见鬼,之前也没人说过要带身份证啊,于是又费了一番口舌,总算凭名片顺利拿到临时通行证,站到了廊桥口接机。

客人出来了。从贵宾通道口出来,但托运行李迟迟没出来,等了足有半个多小时,才拿到托运行李。这是我到喀什以来取托运行李最慢的一次。

到了酒店。得知明天去塔县办理边防证的系统出了问题,原本只需姓名与身份证号码就能办，但现在必须凭身份证原件现场办理。收齐了客人的身份证。但我和馨哥的身份证没有随身携带，于是只能回指挥部再取。

客人休息了一个小时，再次准备出发前往指挥部时，原本安排好的考斯特面包车迟迟未来。原本约好6点出发的，结果多等了一刻钟，6点一刻才到。期间，也不知打了多少电话寻找驾驶员，催促赶快过来。

到了指挥部，计财组夏红军处长领着客人参观一楼展示厅。我赶紧回宿舍找身份证。可是，翻箱倒柜几遍后，突然发现身份证找不到了。这下完蛋了！回不了上海了……

项目对接会时间到了，来不及仔细寻找。只好匆忙冲到二楼会议室参加会议。但是又出妖怪了……

原本上午已经安排好的投影仪开不出了，怎么着也不亮。没有投影仪，PPT放不了，我该怎么宣讲喀什产业投资环境呢？……

情急之下，灵机一动，跑回宿舍拿来了PAD，中午我恰巧从PAD上下载了那个PPT。准备手里拿个PAD就空口宣讲了。

此时，馨哥找到了投影仪开不出的原因，是一个开关未全部开启的问题。终于开出来了……

晚上，频频举杯应酬时，心里一直挂念着我的身份证……

送走客人，赶紧回到宿舍。细细寻找，仍无踪影。冷汗开始一阵一阵往外冒……

绝望之中，再次拿起皮夹子，再次检查，终于从一个平时不使用的横向夹层中发现了身份证……

太高兴了！……

断　网

2014—07—30　00:27:35

今晚断网了。只能用手机流量写两句。7.28莎车案件发生后，这里又恢复了一级响应机制。取消一切不必要外出，连来探亲的家属外出观光也暂停了。喀交会也因此提前结束了。今天下午,上海经贸代表团170余人提前返沪。我终于松了一口气。昨晚在撤展现场,与来喀参展的上海企业聊了几句,大部分企业交易惨淡,连差旅费也没赚回……只有上海手表厂签了几个订单,价值也就几十万、湖羊研究所签了近一千头羊的供货单……暴恐之祸啊……

惴惴不安

2014—07—30 23:18:33

早餐时,就感到指挥部的气氛有些紧张。

回到办公室,就听说今天凌晨在大清真寺那边又出大事了。不多时,耳中就听到了直升机的轰鸣,站到窗口向天空张望,居然看到两架黑色涂装的直升机一前一后盘旋在市区上空。因为29日肉孜节,教众聚集,如被别有用心之人煽动,后果不堪设想。所以,进疆以来,我第一次开始有些惴惴不安了……

几分钟后,断网了,然后移动数据服务和短信服务也中断了。只剩下打电话这唯一的基础电信服务仍保留着,作为我们在这个孤岛中唯一与外界联系的方式了……

28日凌晨莎车艾利西湖镇的事件尚未完全平息,大清真寺又发生刺杀事件。一波未平,一波又起,目的就是搞乱喀什、搞乱南疆。为此,本届喀交会提前闭幕,市区已经交通管制……

下午,指挥部领导开了紧急会议,会后发布了几条加强管理的规定,其中要求干部家属近期不要来喀探亲,所有援疆干部都应该严守岗位,不允许离喀。原本我们已经组织了7家援友兄弟家庭下周同赴北疆旅游,现在也无法成行了……

机票退票损失在所难免,但想想真冤啊:哪儿都没去、啥事都没办,还要承受几千元的退团退票损失……

一级响应下的聚餐

2014—07—31　23:42:33

一级响应已经持续 2 天了。外面的情势正在逐步缓解,但我们还是不能出去,只能圈在这个大院子里。

下周陪家属去北疆旅游的计划肯定无法成行了,共涉及我们援友兄弟家庭 7 家,17 人。旅行社方面还算充分体谅,反复与北疆地接方和航空公司协商,把我们的损失降到了最低。航空公司的机票是最大的难题。由于买的都是特价票,买得便宜,退票则麻烦了。几经协商,每人还是有近 500 元的退票损失。哪里都没去,家人也没见着,算下来我们家就损失了近 2000 元的退票费,都是暴恐闹的啊……

晚上,指挥部安排了聚餐,安慰无法外出的家属和家属无法来喀的我们。杯酒下肚,思念似乎更加强烈了……

无法多说了。这两天,外面道路封锁、盘查严密,里面气氛压抑、情绪低落,原有的旅行计划泡汤了,留下的只有抱怨天意和无可奈何,好在还有兄弟们相互安慰、抱团取暖……

院子里的孩子们

2014—08—04　22:42:13

晚饭后,习惯性地到楼前大门口透气聊天。这已经是大院生活的惯常节奏了。

今天的楼前热闹非凡,不同的是这次再也不是我们这些援友兄弟的自娱自乐,而是出现了一群孩子,大的十多岁,小的才三岁,有男孩、有女孩,旁观者有男有女,男的是援友兄弟,女的是来探亲的家属……

数了数,一共有七个孩子。在一起快乐地追逐着一个篮球嬉闹,丝毫不感到无聊、憋气。孩子们的世界是单纯而直接的,这几天,他们在这个院子里已经发现了太多的乐趣。比如，前面清餐厅散养在院子的一群鹅，种在绿化地里的无花果树、杏树，大楼门前的单杠、双杠……

最喜欢的还是楼前台阶两旁的护坡围栏，表面宽大，大理石覆盖，随着台阶形成一个天然的倾斜度，不知是哪家的孩子，最先发现这个护坡，可以当成滑梯，坐在上面就像滑滑梯一样，可以一滑而下。于是，一帮孩子，在两旁的大理石“滑梯”上面上上下下，玩得不亦乐乎……

可以设想，当这些孩子回到上海以后，他们的记忆中，喀什之行虽然只能待在那个院子里，但院子里还是有很多好玩的东西的，还是很开心的，除了见到了老爸，还认识了别的也来看老爸的小朋友……

于是，想起了百草园、想起了三味书屋、想起了百草园里“那短短的围墙根一带”……

探亲高峰

2014—08—07 01:23:58

这两天，继续有家属来喀什探亲。今天，宇飞的家属也来了，三岁的女儿非常可爱。

于是，每餐后的大楼门前，愈加热闹了。大人们三三两两站立台阶上，看着孩子们快乐地游戏，聊着天，透透气……这应该是一年中这个院子、这座指挥部大楼门前最热闹、最快乐、最温馨、最有人气的时候了。

一级响应据说明天可以解除了。苦等多日的家属们终于可以外出观光了。大多数家属迄今对喀什的印象只有这个院子和这栋大楼，她们基本都是到达后就乘坐指挥部的丰田越野车从机场直抵地委宾馆大院指挥部大楼……

这几日，伴随她们的还有一级响应和严格的外出限制、纪律要求。孩子们或许不觉得，他们在这里找到了新的小伙伴，即使一块儿玩玩篮球、挖挖沙子、吊吊单双杠，都有无限的乐趣，等到他们厌倦之时，估计也要回上海了……

戴老师是个有心人，今天特地拿着单反相机，在晚饭后散步放松嬉戏的时间里，留下了珍贵的记忆。等到家属们返沪后，这些影像将伴随我们继续坚守在西域南疆之地……

习　惯

2014—08—09　02:40:13

似乎越来越习惯一个人的日子了。

晚上，组里在清餐厅聚餐，来探亲的家属济济一堂。只有我和孙馨、栋林孤身出席。在孩子们的笑声和每个家庭的轮番敬酒中，也没有感到有多么孤独。

也许想念是藏在心底的，谁知道呢……

也许今后回到家里，会猛然发现自己是个多余之人，谁知道呢……

喀什的天气已经开始转凉，还没有经历上海那般高温高湿的熏蒸，这个夏天就已经慢慢离开了，还真有点不适应，有点不敢相信。今后习惯了喀什的四季，回到上海估计要不适应了……

一切都在慢慢改变中逐步习惯……

上海牌手表

2014—08—10　23:51:09

这两天我换了块手表。

老表是一年多前在京东上网购的，精工 5 号，入门机械表，人工微动能，适合中学生戴，600 元。也许是自己每天运动不够，走时总是偏慢，一周下来总会慢几分钟，经常要校准时间。不过，到喀什后运动多了，似乎好了一些。

新表是上海牌机械表，日历、周历、月历齐全，表盘六点钟位置还有一个裸露的圆窗，可以观察到表芯内部的钟摆运动，有个专业名词叫做“飞轮海”。这是 7 月中旬市领导来喀什慰问时送的慰问品，据说价值 1888 元，款式是南京军区的定制款。

请指挥部的司机师傅帮忙到外面截了 5 节，钢制表带才适合我的手腕。手腕太细了……

戴上上海牌，不由想起了上初中时家里给我买的第一块手表，也是上海牌，单日历，机械表，每天睡觉前要手动上弦，伴随着发愤读书的那些日子，似乎有些遥远了……

一块手表，一段经历。但是日子长了，也记不清这是自己的第几块手表了。可是，这次的上海牌，一定不会忘却，因为伴随它的是在新疆、在喀什噶尔的那些日日夜夜，因为这是书记、市长慰问第八批援疆干部的慰问品……

视频终于恢复了

2014—08—17 00:38:09

自六月底开始，不知为何，在喀什，所有使用苹果设备的用户突然发现无法登录苹果商店，也无法更新已下载的应用程序，同样无法使用 facetime。

互联网、手机已经逐渐成为黑暗势力传播极端思想的平台。在网络上浩如烟海的信息面前，这些隐藏的敌对分子如病毒一般无孔不入，难以完全拦截清除。那么，最有效、同时也是最简单的办法就是隔离隔断这个传播平台。

事实上，至今为止，巴楚和莎车的互联网服务、移动数据服务、短信服务都还没有恢复，只有最基本的语音电信服务可以使用。也就是说，这两个县现在还是只能通过打电话传递信息。

又见家人

2014—08—17 11:52:04

昨天，有兄弟突然发现，苹果设备可以更新了，facetime 也恢复使用了。这真是个盼望已久的好消息。终于可以和家里视频连线了。已经有将近一个半月没有在屏幕上实时对话了，今天又看到了爸妈、妻女。据说看上去我长胖了，事实上体重数据表明七月以来我确实胖了5斤，估计主要原因是因为工作忙，锻炼相对少了，于是人就开始发胖了……

锻炼不能停啊……

家人没啥变化，只是女儿似乎又长高了。特地问了一下，说是现在已经162cm、50kg了，真成大姑娘了！开学上五年级了，但愿大块头有大智慧……

沉静中独处

2014—10—17 21:43:28

下午，指挥部大楼突然一片安静。大部分兄弟都去泽普参加今年的金湖杨旅游节了，只留下了少数几个还有任务在身的留守。往日颇热闹、甚至有些喧嚣，时常有人在回音缭绕的走道里打电话，在大隔间的办公室里讨论问题，偶尔不知从哪儿传出几声大笑……有时会感到有些闹腾、有些吵人。

但当今天下午大部分兄弟都离开大楼以后，安静得有些沉默的四周忽然让人不大习惯。我独自一人坐在组里的大办公室里，忽然感到有些孤独的味道……

想想也奇怪，刚到喀什时其实已经颇为习惯一个人独处。后来，与兄弟们相熟以后，似乎每晚都会三五小聚，或喝茶、或吃瓜、或聊天、或鉴宝……在日复一日的重复中，其实已经习惯了每晚有人聊聊天、谈谈心。当独处重新回来后，反倒感觉有些不习惯了。

独处一室，看书、上网、冥想、听音乐……都可以使人沉静，细细体会宁静，梳理思绪，反省自我……

在喀什网购

2014—11—05 23:43:18

在喀什网购，与内地最大的区别就是物流配送服务。在上海，电商的物流配送服务还是非常到位的，无论是天猫、京东、当当或亚马逊，到货时间最快的一天就可，三天以内基本上肯定可以收到货。在喀什，网购下订单，选货、下单与内地没有区别，但在下单确定物流配送服务时，如果在天猫，一定要用旺旺问一下店小二，新疆喀什是否在物流送货服务区域范围，很多店家由于喀什地处西疆偏远之地，不提供配送服务，或者虽可送货，但要支付高额的运费，还有一些本已承诺由卖方承担运费的店，要求买方也承担一部分运费，因为实在太远了，运费太贵，小店成本高负担不起。没办法，一般情况下只能答应分担运费。

这还不是最痛苦的。更让人难以忍受的是超长的等待收货时间。真是路漫漫其修远兮啊！两周，属于太正常的等待收货时间，长的一个月都有……

比如，今天上当当买了几本书，下单时用 EMS 倒是挺快，一周就行，但费用太贵，运费要书总价的将近 40%，只能选平邮，今天下单，预计 12 月 6 日收货，整整一个月啊！

打靶归来

2014—11—08　23:17:52

今天终于完成了多年的夙愿，亲手使用九二式手枪和九五式自动步枪射击，成绩还不错，自我感觉良好，着实体验了一把当兵的感觉。

上午我们去了喀什特警大队的射击训练场，借了最近在喀什轮值执勤的上海特警队的光，实实在在地过了一把实弹射击瘾。

进了训练场，首先是熟悉枪械。三种：九二式手枪、九五式自动步枪，还有一种与九二式同样使用 9 毫米枪弹的微冲。现在的枪械基本都使用高强度工程塑料，重量轻了许多。乌黑的枪身，舒适的手感，瞄准具也经过了重大改进。微冲使用红外瞄准镜，在镜中可见一个红点，指哪打哪，手枪还是传统准星缺口目标三点一线；九五步枪的瞄准具改进最大，现在是通过近端小瞄准圈套远端大瞄准圈，配合中间的准星，基本也是指哪打哪。

练了一段瞄准，特警战士还传授了一些基本射击要领，诸如两腿站稳，身体稍前倾，平稳压发扳机等等。

终于上射击位了。先打手枪，15 米距离，双手持枪，戴上耳套，举枪瞄准，沉心静气，三点一线，果断击发，一时间场内枪声大作……

九二式射击时还是有些后坐力的，枪口会稍向上抬，所以击发前瞄点要稍向下。射击完毕，查看靶纸，十中九发，成绩不错。旁边有个兄弟只有 2 发中靶，其他全部脱靶，还有个兄弟干脆打个零蛋，全部脱靶，靶纸都不用换就可以换下一波射击……

再打九五式。早就从电视电影里见识了这把名枪。这种小圈套大圈的瞄准方式确实方便，但步枪的后坐力比手枪稍大些……射击完毕，验靶：十发全中，并且弹着点集中在咽喉部，枪枪命中要害啊……

摄影讲座

2014—11—16　21:13:09

上午，援疆办在指挥部举办了又一期摄影讲座，还是由上次的地区摄影协会包主席主讲。上次讲的是民俗风情摄影，这次讲的是风光摄影。

喀什地区是民族聚居区，摄影的题材异常丰富，无论是民俗还是风光，真是处处有景，时时有感，关键是要有一双发现美的眼睛和勤快的手脚，随时做好抓拍准备。

讲座上最吸引人的是包主席展示他拍摄的海量风光照片。从帕米尔高原的雪山、塔吉克民族的原生态生活到喀什市区的美丽夜景、维吾尔族的骡马巴扎，还有可遇不可求的壮观的雪崩瞬间、炊烟袅袅的高原草甸牧场……

原来喀什还有这么多好地方！本来以为自己该去过的都去过了，也就这些美景了。却没想到在摄影师的镜头下，有这么多纯天然的天堂之地深藏于山水之间、街镇之中……

DIY 乐趣

2014—12—18 23:47:56

这几天办公室换电脑，换下的旧电脑仍然允许自己使用，可以放在办公室，也可以配到宿舍里。根据办公室电脑管理的有关规定，今后办公室电脑连接内网，不允许上外网。这就给工作带来不便，比如经常要收发电子邮件，有的资料数据量非常大，需要使用云盘上传下载，有时还经常要上网查资料信息……所以，将来每人办公桌上除了内网办公电脑，还需一台可以使用 Wi-Fi 上外网的电脑，方便信息传递。旧电脑是台式机，体积大，没有无线网卡，并排放在桌上太拥挤了。于是，就想把旧电脑搬到楼上宿舍里，把宿舍里自己从上海带来的笔记本电脑放到办公室里，无线上网也方便。

办理好续用手续，就把旧电脑搬回了宿舍。自己动手 DIY，接线是熟练工，再把上半年网购的漫步者外接音响接上主机，家庭影院系统就小有模样了。最大的问题出在上网线路上。因为我的宿舍没有书房，网络口设在客厅里，如果用网线连接，估计起码要做一根 5 米以上的网线。或者可以采用无线网卡方式，但无线方式速度上要慢一些，且由于隔了一堵墙，信号衰减还是有影响的。思前想后，今天上午去大十字南面的百脑汇电脑城买了一个网线双通接口，在办公室找到了两根旧网线，用双通接口连接成一根长网线，再沿客厅和卧室墙角踢脚线用封箱带固定好网线，为防止房门闭合干扰，还特地把房门下脚边缘用小刀削薄，使网线紧贴房门与门框缝隙穿过而不受影响……

一切搞定。打开电脑下几个大片，斯大林格勒保卫战、重返地球，爽极了……

归去来兮

2014—12—28 22:29:28

这两天大家都忙着确定自己的回沪和返喀行程、航班。根据指挥部的规定，每年年底回沪休年假的往返机票需要上海选派单位承担，只有年中往返工作对接的机票才由指挥部承担。因此，年底往返机票需要各人自订。

今天接到通知，1 月 23 日起就可以回去了，最晚不迟于 30 日，还有其他几个援疆省市的基本上 25 日就都回去了。所以，今天通知原来安排在 30 日回去的可以根据具体情况提前几天走，总的假期天数不变，早去早回。

我已经订好了 23 日回沪、3 月 8 日返喀的票。春节前在上海农展馆还有个迎新春农产品大联展，喀什这里也有些企业要去参加，组里安排我协助来自农委的陈杰组织筹备此事。

回来就有任务，事随人转。归去来兮，往返东西，总之都是在路上……

虽然还在喀什，但我似乎已经预计到回到上海以后会无比怀念在喀什的日子，我的小小水族箱和里面欢快的小鱼儿、我的花花草草、我的宿舍、和兄弟们一起吃饭上班喝茶聊天的日子……

青葱岁月如烟

2015—01—05　22:36:57

疆办的兄弟们回来了。宇飞也回来了。晚上哥儿几个一起在指挥部边上的尚善小厨小聚一番。

席间，过总说起今天是他进疆 4 周年纪念日。四年修一路，弹指一挥间。

藏于心底某处的人与事，重新翻出面对、解读，然后唏嘘不已……

岁月如烟，往事如歌。今日喀什噶尔怀旧往昔，明日何处追忆叶尔羌河畔的援疆岁月……

楼上楼下

2015—01—06　22:02:09

自从一楼的视听室重新装修好之后，受到了大伙儿的热烈响应。几乎是夜夜歌声不断，久久回荡。

巧合的是，一楼视听室楼上的楼上就是我和文悦的宿舍。虽然隔了一层二楼办公室，但声音还是阵阵冒头。坐在宿舍里看书，耳边常回响歌声阵阵。文悦就更辛苦了，楼下的低音炮位置正对他的床头，震撼时甚至可以感到地板与心脏一起沉沉跳动……

当时只想到做了四周的隔音，视听室房顶没有布设隔音棉之类设备，声波通过各种干涉、衍射向我们这里汇总散射……

大巴扎的买买提干果店

2015—01—18 01:58:52

上午去了趟大巴扎的买买提干果店。老客户了，不过入冬以后上海来的客人少了，去的次数也明显少了。想到下周要回上海，今天抽空去买些红枣之类干果，回去送人尝尝吧。

买买提干果店的老板是买买提兄弟两人，在援疆干部人才中颇有名气，经常能遇到来这里选购的来自县里分指或山东、广东的援友们。这还是得说人家买买提，货色好，价格也算公道，嘴皮子利索，称分量足足的，开开玩笑乐一乐，还还价钱爽一爽，有着维吾尔族兄弟特有的精明、诚实、友善。

虽然是周六，又临近农历春节，但大巴扎里客人并不多。大巴扎是个加了露天顶棚的场地，四周有围墙，但不是一个封闭的建筑体。呆久了，终于切身感受到了喀什严冬刺骨的寒冷。前前后后近 2 小时，却成为进疆以来感受到的最寒冷的时段。今天室外温度在零下 5 度左右，太阳还算好。看来平时窝在指挥部大楼里，享受着地暖的滋润，偶尔外出，也是车接车送，时间长了还真以为喀什冬天就这么回事了，其实真正的喀什之冬远远不是这样的……想想住在村里的普通群众和驻村干部，他们可没有我们这样的条件，还是要直面寒冷的考验。

选了一箱灰枣，寄回处里，算是过年回去的小礼品。看到有小瓶的伊犁薰衣草香精油，价格比百货店里便宜许多，也捎了两瓶，小区里和妈一道打拳锻炼的阿姨叫带的。

漫漫囧途

2015—01—20　22:39:02

已是回家过年的时候了。广东、深圳、山东、上海四个在喀什对口援疆前指的兄弟们已经归心似箭，早盼夜盼，回家团圆……

偏生天公不作美，连续一周冻雾笼罩乌鲁木齐地窝堡机场上空，大量航班取消或延误。由于管制的原因，几乎所有新疆的进出航班，都必须经停乌鲁木齐后才能转场去往疆内其他地方。于是，诞生了许多人在囧途的各种囧事……

深圳有个援友兄弟，从喀什回深圳，居然花了整整6天，期间延误、改签、等待已经像喝水吃饭一样稀松平常了。今天，深圳前指在喀什开发区挂职的兰青回深，也是一路奔波，居然在机场偶遇一熟人的小女儿，在办理无成人陪伴手续，于是自告奋勇带孩子同回。好人好报啊，本来行李超重的，结果带个孩子增加了托运份额，顺利过关，真是人品大爆发啊……

昨夜，我们这里有两个兄弟，好不容易飞离喀什直奔乌鲁木齐了，结果被告知因天气原因一人备降伊宁机场，另一人备降吐鲁番机场……

这些天，在指挥部大楼里，大家碰面后第一句话是：几号走啊？第二句话是：不知道还走得成吗？……

就在近日，喀什机场新开了一条航线，从喀什直飞郑州的，中间不经停乌鲁木齐，火啊……还得说喀什河南人多啊，人家都直飞的，到北上广深的都没这待遇……

晚上送栋林去喀什机场。他计划先去乌鲁木齐，休息两天后再回上海。本来是今天一早的南航航班，已经连改了几次起飞时间。到机场后，满眼的等候人群。从没看到过喀什机场有那么多的人哪……

一问，那班飞机的前序航班还没从乌鲁木齐起飞呢。怎么办？等吧。

运气来了。另一个南航航班终于可以办票登机了，挤到值机柜台亮明援疆干部身份，人家很帮忙地给调换航班，并且还给办了个头等舱！原来这班航班尚有少许空位，本意是先照顾一下其他航班的老人、孕妇和带孩子的乘客改签的。不经意间，栋栋享受了一把老弱病残优惠照顾待遇……

收拾行装

2015—01—21　21:07:24

今天又送走了一批兄弟。

后天我们也要离开了，今天开始准备收拾行装……

援疆一年级结束

2015—01—23　02:00:29

明天要回上海了。一眨眼，援疆一年级就结束了。

今天收拾行装。最后一天，还开了一个办公系统信息化评标会，修改并套红打印了产业组最后一份文件，转发喀什地委组织部文件给上海自贸区管委会，请求协调双方互派挂职干部的事宜。

最后，还被爱国兄召唤在指挥部小餐厅与地区发改委援疆办的同志们共进晚餐。

今天的南航 6997 航班终于整点了。这真是令人振奋的好消息。但愿明天也能延续好天气。

兄弟姐妹们，咱们 3 月 8 日回喀什再见！

二年级新学期开始

2015—03—09　00:27:01

今天搭乘南航 CZ6998 离沪返喀，援疆二年级开始了。兄弟们都是一大早出门，告别家人，从上海的四面八方汇集到虹桥机场，候机大厅南航办票处热闹非凡，满眼都是熟悉的面孔。过完了一个春节长假，大家都意气风发，仿佛充满了能量的电池，个个都满血复活了。

今天注定是个奔波的节奏。离开虹桥机场时就已经晚点了 1 个小时。到达乌鲁木齐机场中转后突然通知飞机要更换零部件，需继续等待，原本只需等待 30 分钟的中转时间又拖了近 1 个小时。飞机在空中紧赶慢赶，最终到达喀什机场时还是晚点了近 2 个小时。

先期到达的戴老师、李平、陈杰、永昌等几个兄弟来机场接机。分指的兄弟们更加辛苦，下了飞机还要马不停蹄转乘考斯特中巴车下县，最远的巴楚县起码还需要 2 个半小时的车程。

终于风尘仆仆地回到了指挥部大楼。刚进房间，放下行李就急着查看我那些花草鱼儿……悲催的时刻：花儿都谢了，鱼儿都死了……

于是再次深切地感受到喀什亦我家，心有千千挂……

开始动手清理。突然又听到隔壁的文悦兄疾声大呼：快！发大水了！

开门一看，只见一条黄龙水流沿着墙角直冲我这边而来，赶紧找来拖把，严防死守，周围几户也赶紧帮忙，一阵兵荒马乱之后，水电工及时赶来，终于止住了。原来是文悦房间的地暖水阀门被冲开了……

二年级就从抗洪抢险开始，是否预示将是一段风起云涌、波澜壮阔、跌宕起伏的难忘岁月？

Radisson 们的喀什之困

2015—03—30　02:11:04

光头馨弟的朋友从上海空运了一箱长江刀鱼来喀什。这可是时鲜水产品，清明前的刀鱼，巡游在长江口一带，过了清明就游向大海了。此时正是刀鱼味美鲜嫩的季节。于是，晚上约了几个兄弟到上海厨师水平较高的喀什深业丽笙酒店去尝鲜。酒店是深业集团投资建造，委托全球著名酒店管理品牌 Radisson 管理的，按五星级标准建造，矗立在喀什市区的西南大门，已经成为市区的地标建筑之一,据说这也是当时地委领导的要求。而酒店旁边就是深圳援疆前方指挥部驻地。

接待我们的李峰,原来是喀什月星锦江酒店的办公室主任,一位在喀什打拼 20 多年的老上海。去年年底,被丽笙酒店挖了过来。都是老熟人了。进入酒店大堂,一路走来,就没看到几个住店客人,门可罗雀、冷冷清清。穿过偌大的餐厅,只看到一个包房有客人用餐,还有就是我们了。

刀鱼味美,采用了两吃法,先吃清蒸,后吃油炸鱼骨。清蒸的鲜嫩,油炸的香脆。感谢馨弟的一片心意,居然在遥远的喀什吃到了来自长江口的时鲜刀鱼……

席间聊起了喀什酒店的情况。老李大叹苦水。目前,喀什市档次最高的两家酒店就是深业丽笙和上海月星锦江,都是五星标准、不挂牌,房间每家都在 300 多间,入住率月星稍高,约 30%,丽笙只有大约 20%。算下来,不计固定资产折旧,每天的费用开支都在 7 万多,一个月成本开支在 200 万左右,但客人太少,两家都亏损得非常厉害。月星那边甚至已经拖欠了六级以上员工两三个月的工资了。据说,Radisson 集团年初曾委托了一家第三方市场评估机构对喀什丽笙的经营前景做了评估,结论是负面。所以现在集团已经萌生退意,不想继续经营了。上周在地区重点项目推进会上,深圳前指的副总指挥也说到了此事,还恳请与会的喀什各县市领导能把客人、会议多介绍到丽笙酒店,说是深圳领导也知道了此事,要求一定要千方百计挽留 Radisson,不能撤……

但问题明显摆着面前。因为社会不稳定,所以没有客人;因为没有客人,所以没有营收;因为没有营收,所以就要亏损;因为亏损,所以就会抹黑 Radisson 的金字招牌。而自砸招牌,是 Radisson 这类爱惜羽毛的全球知名品牌最忌讳的。锦江在喀什其实也面临同样的问题,不同的是锦江是上海国企,肩负着政治责任、社会责任,有苦难言。而 Radisson 则没有义务承担这种责任……

稳定、稳定、稳定,在内地的朋友们一定无法体会这个词语在喀什是多么具体、多么实在、多么深刻、多么无奈……

再回喀什

2015—05—19 23:21:11

一晃十二天，今日终又再回喀什。不知不觉之间，在心中早已把喀什噶尔当作第二故乡了。凌晨五点半从家里出发时，少了些去年同期的伤感离别，多了点从一个家到另一个家的习以为常。距离的遥远，已经不再是个问题，心安便是家。

晚上五点半，历经整整 12 个小时的奔波，终于回到了前方指挥部。文悦和亮到机场接机，宇飞代我去行署开了喀交会筹备工作汇报会。兄弟们各自忙碌，这一周来留守喀什的只有他们几人了。为了纪念这小小的回归，文悦和亮两个人特地去市场买了只活鸡，说是今晚小聚。配上我从上海带来的新鲜竹笋和蚕豆，晚餐荤素平衡，味道鲜美。打开了一瓶新疆本地特产的阿瓦提穆斯莱斯葡萄酒，感觉即刻融入了快乐的喀什噶尔日子。

宿舍里的花儿、鱼儿一切安好。鱼儿们的胃口似乎又大了，居然把我临走之时投入缸中的五颗水草啃食殆尽，只余下三两段光秃秃的草杆儿漂荡在水中。花儿们更加新鲜翠绿了，从从嫩绿的新叶冒出头来，生机勃勃。感谢李平和文悦，把花儿、鱼儿照顾得这么好，比我自己都照顾得好。

今年的忙碌季节就要开始。吃完晚饭，马上去办公室加班。明天上午要拜访喀什经济开发区和地区经信委，商量对接下周举办开发区运营管理和招商引资人员培训班的事情，之后就要全力筹办今年的喀交会了。由于喀交会举办时间与喀什上海周活动时间相隔只有 5 天，比起去年我需要投入更多的精力、时间，身边能帮忙的几个兄弟也都去忙上海周活动了，我只能孤军奋战在喀什……

喀什的酒店

2015—06—04　23:39:28

对于旅客来说,离家来到一个陌生的地方,酒店就是他在此地的家。所以,观察一个城市的酒店行业运营情况,基本就可以了解这个地方旅游业的冷热,可以管中窥豹了解此地的经济社会发展情况。

喀什的酒店,从街面上看,招牌林立,大大小小,随处可见。仅仅地委大院外面的解放南路一段,约两三百米的路段上就聚集了四五家宾馆酒店。基本类似内地的三星、两星、青年旅社这些经济型酒店,没有大的连锁品牌,没有十分高档豪华的装修门面。

在"一带一路"的感召下,锦江集团有意在喀什布局旗下品牌连锁企业"锦江之星"。这两天锦江西北区的经理来到喀什,选择合适的地点洽谈租房开店。意向中的楼宇就在地委对面的解放南路上。谈判是颇为艰苦的,但还算顺利,业主方和锦江都有诚意,业主方看中锦江的品牌价值带来的对楼宇出租的溢价效应,锦江方则看中楼宇地段和临近地委、上海援疆指挥部的便利。锦江之星这样的知名品牌连锁酒店,正是喀什地面上缺少的。如果能够落户,可以为当地的众多经济型酒店树立行业标杆,从而提升带动当地酒店行业的发展。

在锦江之前,喀什已有四五家五星级高档酒店,比如近年新开的上海月星锦江、深圳深业丽笙、银瑞林等,还有一家天缘国际也即将开张。但无一例外都处于惨淡经营的困境之中。客房销售率基本在20%—30%左右,比较好的是当地开张较早的五星酒店银瑞林,采用了低价策略,最便宜标房价格甚至卖到了每晚不到200元。由于市场不景气,丽笙酒店的管理方Radisson甚至打起了退堂鼓,准备撤出喀什,真真急煞了深圳援疆前指的领导和兄弟们……

月星情况稍好些,但亏损依然每月在不断产生,还在咬牙坚持……

锦江之星应当符合当地市场定位。标准化的优质服务,亲民的价格，响当当的品牌，如果再选择一个黄金的地段，没有理由在喀什站不住脚。

祝愿谈判顺利，在喀什纯净的天空中增添一块亮丽的来自浦江之畔的金字招牌……

静谧的援疆楼

2015—06—12 22:24:09

晚饭后，回到宿舍，坐在小客厅沙发上，看着沙发边矮柜上水族箱里欢快畅游嬉戏的锦鲤，突然醒悟：今晚在喀什地委大院援疆楼里的微信群兄弟们只有我一人了。

想着以往漫漫长夜大伙儿一起喝茶聊天看大片的日子，真的无比怀念。从没想过在巍峨险峻的帕米尔高原西昆仑雪峰群山之下，在远离家人万里之外的喀什噶尔，援疆的日子可以过得如此有滋有味。忘记是哪位先贤说过：人的本性是一种群居动物。

无论多艰苦，无论多难捱，只要身边有挚爱的家人、有相投的兄弟相伴，就没有过不去的沟沟坎坎，正是有一路不畏风雨相伴而行的同伴，抚慰了孤单的心灵，充实了前进的勇气，鼓舞和促使我们向着未知的未来勇敢前行。所谓"风雨同舟、"同舟共济"，一路走来，每个人都需要一份呵护和一个可以倚靠的肩膀。女人如此，男人也是如此。

北京时间十点一刻，喀什开始进入黄昏，上海已经天黑。今晚的援疆楼，在默默落入西部帕米尔群山之间的夕阳余晖中，格外静谧和萧瑟。为了即将开幕的喀什上海周活动，指挥部三分之二的兄弟返回了上海，忙于各项活动的组织筹备，把来自遥远沙漠戈壁和雪山群峰的气息，带给我们家乡浦江之畔的父老乡亲。

静谧的喀什，热闹的上海……

回到正常轨道

2015—07—04　22:55:25

今天周六，终于可以有个回归平静的周末了。原本打算静静地看看书、上上网、想想事，早上睡个懒觉，晚上去院子里快走几圈，恢复原有的锻炼节奏。自进入 6 月以来，忙于喀交会筹备的各种事务，已经无法维持每晚的快走锻炼习惯了。现在终于告一段落，应该恢复原先的工作生活节奏了。

但中午时被叫去开了一个小会，商量下周组织部领导来考察的几个汇报材料撰写的事情。下午去办公室又坐在电脑前冥思苦想撰写了文稿材料的部分内容，交综合组汇总整理。晚上，应李平邀请陪上海市旅游局来喀什看望他的领导吃晚饭。一天下来，想想看，事情还真不少。

好在精神上已经不那么紧绷绷，事情也不像前阵子那样劈头盖脸而来。应对起来还是比较从容不迫的。逐步逐步回归到 6 月之前的正常节奏。

有时我在想，如果今后回到上海，调整作息时间一定是件很痛苦的事情。在喀什，每天下午 3 点到 4 点，回到宿舍，拉上窗帘，躺在床上舒服地睡一觉。回到上海以后，这样的待遇肯定是享受不到了，办公室也没条件放张床啊，如果有人在下午 3 点到 4 点之间跟我说件什么事情，我肯定脑子转不过来、跟不上，处于一种半梦半醒的困倦朦胧状态，还不知会怎样难熬。5 月份回沪联系工作时，已经深刻体会到了这种状态。需要多久才能找回上海的节奏，还真是心里没底呢。

暴跌中看海的日子

2015—08—24　21:16:44

上海自昨日起普降暴雨，再一次开启了看海模式。大街小巷一片汪洋，虹桥机场变成了虹桥码头，国家会展中心变成了“水立方”，大面积航班延误……今年以来，这已经不知是第几次了。

以上景象来自微信圈实时发布。感谢当代信息科技的飞速发展，我虽身在万里之外天山之南的喀什，亦可体会上海人民今日出门上班的心情与无奈。无他，往年类似的看海日子经历过多次了，深知行车、走路、地铁、公交、打的各种出行方式都是一样的辛苦。有一年，在同样的日子里，我早上八点出门开车上班，一路把车当船用，直到中午十一点半才到13公里之外的单位，期间还忍不住临时停车路边，找了个公共绿地放松了一把，违反了市民文明准则，很内疚，但实在没办法，憋不住啊。

看海的日子已然悲催。未曾想更加悲催的还在后头……

上午九点半，股市准点开盘。就如昨日暴雨，倾盆狂泻，跳空低开，瞬间暴跌200多点，真真应了李太白那句诗：飞流之下三千尺。眼见自己手里的股票个个直奔跌停板而去，我果断地作出了斩仓止损的艰难抉择，快速清盘，带着一往无前、壮士断腕的悲壮和勇气。损失惨重啊……

在暴跌的日子看海，我的上海父老乡亲们，今天的日子该怎么过哟！

战机在高空飞速掠过

2015—09—10　22:53:42

今天亮要从喀什回乌鲁木齐，原定的航班是下午1:30的南航CZ6997，结果航班晚点到下午3点才起飞。抬头看看天空，秋高气爽，云淡风轻，纯净的蔚蓝天空，白云静静地飘浮在高高的天上，很高很高。天气很好啊，怎么就流量管制了呢？

突然从远处的天空中传来隆隆的轰鸣，抬头仰望，不一会儿，只见两个黑点在高空白云间飞速掠过，隐约轮廓可分辨出应该是两架战机，只是无法看出是哪一型号的战机，一前一后，前者是长机，后者是僚机。战机已经掠过，空气中才传来隆隆的音爆。

战机飞行在喀什上空，这可是进疆以来第一次见到。听隔壁宿舍的兄弟讲，今天一早还躺在床上时就听到了飞机发动机的隆隆轰鸣。我倒是睡得很好，丝毫没有听到。不过上午这次两架战机飞过，我是亲眼所见。

于是猛然意识到喀什其实是祖国西北边陲的边防重镇，与印巴阿富汗接壤，这里是前线哪！战机出现在喀什，似乎总有一种别样的意味，引人联想。

下午上网浏览时，看到了一则中巴两国空军联合军演的消息。据说，今日中国、巴基斯坦两国空军在举行联合军演，双方出动了包括预警机、歼轰七飞豹在内的空军战队，编为红蓝编队对抗。喀什，临近克什米尔地区，周边还有印度空军在虎视眈眈。中巴军演，剑指何方，耐人寻味……

喀什我最牛

2015—11—29　01:29:03

晚上看电视，不经意间调到了喀什电视台，正在播放一档综艺类节目，叫做"喀什我最牛"，歌舞为主，参赛的也以喀什本地维吾尔族为主。看了几个选手的表演，具有非常浓郁的民族风情，音乐、舞蹈、歌声和选手的舞台风格具有与内地类似选秀节目完全不同的感受体验。两个主持人，一个说普通话，一个说维吾尔语。评委有三个，两个维吾尔族，一个汉族，评点时各自说维吾尔语和普通话。

维吾尔族同胞的歌声真是非常美妙。他们唱歌都是用维吾尔语，虽然听不懂，却可以明显感受到热情澎湃或婉转哀伤。也许这就是音乐的魅力。

这档节目也是上海文化援疆的品牌节目。去年开始，上海电视台选派了两位编导和技术人员来到喀什，帮助喀什电视台组织策划"喀什我最牛"。这是喀什地区历史上首次组织开展面向社会的大型选秀综艺类节目。甫一面世就受到了本地区群众的热烈欢迎，报名参赛的选手踊跃热烈。所以今年加快了更新换季节奏，每季度都做一季新节目。节目一如既往地火爆，看来我们维吾尔族同胞的表演才能和展示意愿真是"最牛"。

这就是世俗生活的魅力。优秀的文化传播具有穿透人心的力量，可以在不知不觉中以润物细无声的方式，对思想观念产生潜移默化的影响。

在南疆，在喀什，需要这样的正能量传播载体。

漫长囧途

2015—12—15 21:26:59

传军终于回到了喀什。这次从上海返回喀什，整整用了6天，创下了我们援疆兄弟沪喀单程的全新纪录。哦，他当然是乘飞机，不是自驾或乘火车，更不是骑马或骑毛驴。

问题出在乌鲁木齐的大雪和雾霾。6天前离开上海后，因乌市大雪，航班居然备降到了甘肃敦煌。第二天再飞临乌鲁木齐时，依然大雪封城，只得备降乌市西北的克拉玛依机场。悲催的是，著名的石油城克拉玛依的机场却缺乏基本的服务保障能力，在航班滞留克市的3天时间里居然都无法补给食品和饮用水。机场餐厅的一碗面水涨船高，竟然要60元，堪称天价。好不容易离开克拉玛依，终于降落在乌鲁木齐"地窝堡"机场。大雪依然继续，苦苦等了2天之后，终于在今天一早离开乌鲁木齐回到了喀什。掐指算来，整整6天时间，辗转途经3个城市，才终于返回。实在是：雪漫天山，囧途漫漫。

无独有偶。来自上海城投集团的冯凯兄弟，今年来指挥部短期帮忙工作，为期一年。老婆的预产期就在眼前，恰好服务期也届满了，早就算着日子要赶回上海等待孩子出生一刻的喜悦。由于乌鲁木齐大雪，原定的返程航班已经数次延误改签，差不多也要快一周了。百般无奈之下，另辟蹊径，绕开乌鲁木齐，改乘川航航班从喀什直飞成都，再从成都直飞上海。明天就可以成行。喀什机场目前大部分航班都要经停乌鲁木齐，再飞赴其他各地，只有直飞成都、郑州、西安的少量航班无需经停乌鲁木齐，可直达目的地。看来，今年的喀什春运繁忙季，直飞此三地的航班将备受追捧。

不知下个月的天气情况怎样。根据今年1月回家的经验看，估计好不了多少。天意如此，只能顺之而行。

交流交往交融

2015—12—25 23:03:20

中央的治疆政策中有非常重要的一条:促进各族群众交流交往交融。因此大力提倡房产商开发建设“嵌入式社区”,即各族群众共居一隅,和谐共处。在日常生活中加强相互交流,促进相互交往,深化相互理解,夯实社会稳定和长治久安的社会基础。

而目前南疆社会各族群交流交往交融的实际情况是怎样的呢?

今天下午,我从人民路的开发区管委会开完会后步行回前指,途中要横穿一个开放式的中心绿地花园。天气虽寒冷,健步行走在公园参天的白杨树林间亦是一种难得的体验。下午五点,正值南疆下午冬日阳光最温暖的时刻,林间步道上行人开始增多,迎来了一天中人气最旺的热闹时分。各族群众都有,汉族的,维吾尔族的,还有纱巾罩在高高的帽子上的塔吉克族大妈姑娘们,三三两两沐浴在这和煦的阳光下。

走出白杨林,就来到了一大片开阔的广场空地。晒太阳的人很多,广场正中有 20 多位大妈随着强烈的音乐节奏跳着快乐的广场舞,领舞者高亢卖力的“一二三四”的号子声响彻天际,一派热火朝天的景象。三三两两的人群围绕在广场周边,有的旁观,有的围坐一圈打牌,每个牌桌边都围了诸多的观牌者。东一摊,西一坨,形成了数个人圈,散布于广场周边,围绕着广场舞跳得兴高采烈的大妈们。

猛一看,好一副各族群众交流交往交融的和谐景象。大家共处一个公园广场,跳舞打牌,观看闲聊,好不温馨温暖。

细观之下,品出端倪。奥妙在于:跳广场舞的,全是汉族大妈,没有一个维吾尔族大婶;牌桌周边的,清一色维吾尔族青壮年汉子,没有一个汉族青年,也没有一个维吾尔族古丽或大婶。

透过现象看本质。这才是当今南疆社会民族关系的真实写照。同一屋檐下,却依然有一条看不见的界限,你玩你的,我过我的,你不惹我,我不睬你。如此就算和谐了吗?

听指挥部的驾驶员闲聊时说起小时候在喀什生活的情形,隔壁邻居、学校同学、孩提玩伴,有汉族孩子,有维吾尔族孩子,大家一起玩,一起乐,一起捣蛋,在共同度过的那些艰苦的日子里,家里有好吃的,拿出来共同分享,遇到困难了,四方相助,没有民族之分,没有穆斯林和非穆斯林。时至今日,我们那些年过半百的驾驶员,依然可以操一口流利的维吾尔语,与当地群众讨价还价、玩笑聊天。说起来,谁小时候没几个一起玩的维吾尔族铁哥儿们!

如今这样的情况已经不多见了,实在不多见了。甚至那些小时候光屁股一起玩耍的玩伴,近年都断了联系,街上偶遇,亦稍点头致意,再无哪怕只言片语的寒暄交流。

怎么就变成这样了呢?

我不知道。因为原因太复杂了,复杂到可以做一篇论文,主题是南疆地区民族交流交往交融的历史辨析。

唯愿往日那种真心真情真性交流交往交融的日子能重回南疆大地。

凌乱的心境

2016—05—05 22:15:49

这几日,援疆楼里明显清静了许多。趁着工作空档,兄弟们纷纷请假回沪,联系工作,处理家事。每天在食堂用餐的人忽然间少了将近一半,入夜后的宿舍走廊里静悄悄的,安静得甚至令人感到些许窒息。

今天尤其安静。产业组办公室全天就老肖和我、实习生小胡三人,电话也明显少了许多。宇飞陪企业去叶城了,农民伯伯回沪了,洪江去综保区上班了,李平下午也出去开会了,加上已回到上海的卫峰、金勇,全组9人就这样拆零分散在沪喀两地的各个地方。

贤话群(注:微信群名“贤话”寓意“各方贤才聚喀什,共话援疆”)里的兄弟们也凌乱了。国锋重新去了乌鲁木齐,独守疆办空楼;文悦和亮也陪同下县去了;胡炜、栋林还在上海;留在指挥部的也只有卫建、李平和我了。卫建终于有时间可以临帖习字了。前几日他还在抱怨今年如此忙乱,甚至连周末都没时间写字画画。

安静,却掩饰不了心境的凌乱。援疆第三年的五月,在还余7个月服务期的时刻,未曾想竟然如此茫然。

工作任务仍是按部就班。已经进入了喀交会的节奏,反正前两年也都是这样过来的。凌乱的根由不在工作层面,不在生活层面。没有理由。

在上海,有个委里兄弟即将远赴贵州遵义对口支援。今天跟他打电话聊了许多,颇为唏嘘。两年半之前,我来援疆,他是少数几个能够完全理解我的同事,如今他去遵义,我是仅有的能够完全理解他的人。在这个唯一不变的只有变化本身的年代里,我们是如此渺小无助,缺乏一双能够看深看透的慧眼,只能跟着多年累积而成的本能选择自己的道路,或趋利避害,或追逐光明,但结局如何谁又能知道呢?

重要的或许不是结果,而是过程。努力了,奋斗了,付出了,也就无悔了。

真的很凌乱。越安静,心境越如此。

回到远方的家

2016—05—27　00:00:39

从上海再次回到喀什。

中央四套有个足迹遍及大江南北的纪实节目,名为“远方的家”,我很喜欢,经常看。今日在跨越沪喀两地的航班上,我忽然感到,于我们这些援疆兄弟而言,喀什不正是我们远方的家吗?远离东海之滨、浦江之畔,偏居大漠之西、天山之南的亚欧大陆腹地,两年半以来,这里早已成为我们在祖国西陲的家,真正的“远方的家”。

航班从上海到喀什,一路上相遇熟人多批,往返于沪喀双城之间的旅客们,相互总能找多许多渊源。12天前一道从喀什到上海的援疆兄弟们自不必说,按照规定今天就是返疆的日子,在机场相遇是必然的。但是,能在候机室巧遇喀什地区旅游局者副局长，那就不能不说是巧合了。者局到上海参加完国际旅游博览会，需要比大部队提早两天赶回乌鲁木齐参加自治区旅游局的工作会议。刚在机上落座，系好安全带，听到同排另一侧一位客人说话的声音，抬头一看，非常面熟，却忘记了姓名，于是多看了几眼。巧的是人家也正朝我张望不停，甚至喊出了我的名字。实在不好意思，我只好硬着头皮问：您是……原来是喀什大学上海援疆教师工作队的援疆老师，来自上海海洋大学的施教授，在前指开会时遇到过几次，但因平时接触不多，所以面熟陌生。

这样的经历，在东航和南航往返沪喀的航班上司空见惯。许多人都有类似的体验。有一次，在喀什机场等候托运行李时，有上海来的客人主动跟我打招呼："您是上海援疆指挥部的陆老师吗？""是啊，你怎么知道的？""不好意思，我看到你背包上的姓名吊牌了，我们是上海来的记者，是指挥部邀请来喀什的"。原来，为便于记认，我一直将当初首次进疆时指挥部统一制作的姓名吊牌挂在背包上，清清楚楚表明着自己的身份：上海援疆指挥部(二)产业组陆屹。说起来，这个航班上许多都是受指挥部邀请来喀什的客人，各个条线、区里发出的邀请，汇聚成推动沪喀交流合作的力量，架起了空中连接的友谊之桥。

上海是我家，喀什亦是我家，位于祖国西北边陲远方的家。

月星酒店轶事

2016—05—31　00:15:20

今天忙了一整天，晚上还加了个班。但是工作效率还是很高的，上午开组内碰头会，然后抓紧时间梳理了两个项目的推进情况汇报稿，午休之后立即着手起草了本周指挥长办公会上要汇报的今年喀交会组织筹备情况汇报稿。晚上还抽空到月星锦江酒店参加一个聚会，聊聊喀交会月星分会场和月星锦江来喀什之后的那些事，其中不乏奇闻轶事。

比如，月星锦江酒店是按照内地五星级标准建造和管理运营的，但在喀什单间销售价格每晚也就 320 元(给指挥部的协议价)。为了适合民族地区的特点,专设了两个层面为民族同胞服务,以避免因生活习惯不同而带来的不便。但这两层的客房损毁率很高,远高于其他楼层。如果以酒店一般标准 6—10 年重新装修的频率,这两层估计 5 年内就要重新装修。

有一次,酒店客人结账,客房查房。一进房间,客房经理吓了一大跳,房间里如同遭了抢劫,镜子玻璃都碎了,卫生间浴缸里竟然存了半缸殷红之水,地毯、墙壁、甚至天花板上都有点点血迹。第一反应是发生命案的现场,赶紧打 110 报警,同时通知前台扣住结账之人。不一会儿,警察到了,勘查现场,询问客人,终于真相大白:原来结账的是住店客人的朋友,住店的是一对维吾尔族夫妻,晚上因琐事发生口角激烈争吵,最终竟发展成全武行对打。据说老婆人高马大,魁梧威风,丈夫明显瘦小体弱,激烈对抗之下丈夫惨遭家暴,血洒酒店。看看事情闹大了,老婆打完也后悔了,赶紧送丈夫去医院看急诊,包扎挂水,人在医院回不来,只能请朋友来代为结账。

类似打架斗殴之事,在这两层住店客人中发生率还挺高。所以客房损毁率也远远高于其他楼层。熟悉这家酒店的一些民族同志,有些知识文化或身份地位的,都会主动要求避开这两层客房。

南疆民风剽悍呐。

有缘万里来相会

2016—06—28 02:47:49

又到子夜,依然无睡意。电视上欧洲杯淘汰赛正在激烈进行,缺乏超级球星的意大利队居然凭借严明的组织纪律和灵光闪现的毒蛇吐信,毫无悬念地以 2:0战胜了卫冕冠军西班牙队。长江后浪推前浪,前浪必定死在沙滩上。这是前浪的宿命。国际足坛风云变幻,少有一种风格、一支球队可以长盛不衰、独领风骚,哪怕是桑巴舞步热情奔放的巴西、探戈曲调激情澎湃的阿根廷,或是纪律严明的、坚韧不拔的德国队、防守滴水不漏、进攻一剑封喉的意大利队,都各领风骚数年、数十年,终归花飘花落的宿命。

今晚，邀请此次上海经贸代表团组织赴喀什参展的牵头单位上海市国内合作交流服务中心的朋友们与援疆兄弟们共进晚餐，热烈畅聊，情深意切。

文悦下午刚结束上海党政代表团的车辆保障工作，回到宿舍还没来得及休息几个小时，就被我拖起来赴会了。

于是，在上海不曾相识的两拨人，却在喀什东湖边相识相聚。缘分呐，真正叫做：有缘万里来相会。我订座的这家饭店名称也很切合主题，名为"忆江南"，共进晚餐，同忆江南，别有意味。

这几日，在喀什参加喀交会的上海人创下历届新高，超过了300人。在老城景区、艾提尕尔清真寺、香妃墓，遍布喀什的各家大小玉石店里，都能听到熟悉的沪语乡音。而月星锦江酒店，更是成了上海人在喀什的大本营。住宿、吃饭、喝茶，到处都能见到熟人，仿佛置身黄浦江畔的哪家饭店，霎时穿越了空间，上海喀什已经不分彼此了。

这一切都缘起喀交会。今年的这场展会，已经成为上海人相聚喀什的大 Party。

喀什如此火热么

2016—07—05　00:05:38

中午小睡时忽然惊醒，心血来潮，想起老婆和女儿暑假来喀什探亲的机票还没敲定，实在有些忐忑。只怕夜长梦多，还是赶紧把票订了罢。于是拿起手机，打开携程APP，找到7月23日东航MU5633航班的信息，还好，经济舱打折票还有呢，输入乘客信息，准备下单了。说时迟、那时快，就在即将输入完毕之时屏幕刷新，然后所有的经济舱各种折扣票瞬间蒸发了，只留下了头等舱全价票，每张9840元！

晕了。还以为是眼发花，或是手机APP程序运行出问题了，关闭重启，仍然如此。7月23日的MU5633只有4张头等舱全价票，1分钟之前还存在的经济舱折扣票忽然全没有了。

进疆两年半，第一次遇到这样的情况。23日又不是什么大日子，也没听说有什么大型活动或重要领导要来喀什访问，怎么忽然间机票就售完了呢？实在无法理解。

立刻意识到事情麻烦了。今年暑假，妹妹一家和我们家已经约好一同来新疆，立志要走遍天山南北。为此，我已经做了多日的功课，精心安排了游览线路，囊括了北疆所有绝美的景点，而行程的起点就是从23日到喀什开始。妹妹家已经订好了23日的上海到喀什东航航班，而我们家却因为要请假填单子以及我自喀交会结束至今依然无法停止忙忙碌碌，始终没有早些动手，今日想入手了，却没票了。更要命的是，总工会每年给援疆干部家属探亲的赠票只能是东航的。除了这班，当日再没有别的东航航班从上海到喀什了。

想想事有蹊跷，不太可能发生啊。去喀什在上海竟然已经如此火热了吗？也没听我们的旅游局领导小平平同学提起啊，真要如此爆满，身为喀什地区旅游局领导的小平平同学还不得笑得晚上做梦都闭不上嘴巴了吗？

请卫建帮忙确认一下，是否真的没票了。卫建是指挥部后勤大管家，订机票的操作都是从他一个口子联系的。问下来，的确是没票了，确实只有全价头等舱票！

没辙了。怎么办？要说这几年在喀什，别的能力不一定有长进，应变能力真是提高了许多。立刻就想到几个办法：订当日南航的机票，把总工会给援疆干部的东航赠票让给别的有需要的兄弟，然后请他按照实际购票价格支付给我，这样也就没有浪费这张赠票；或者把出发日期提早或推后一天，东航机票倒都是有的。

给老婆打了个电话，她倒爽快，说早出来一天也没关系，跟领导说明一下情况就行。好在她的分管领导是我们指挥部纪委副书记老戴的爱人，也是援疆家属，很能理解共鸣的。于是，决定就提早一天，订22日的东航票，总算搞定。

真不易啊。不过，依然不敢相信，23日究竟是什么好日子，居然那一天有那么多上海人要飞来喀什？

当新疆人说“快了快了”

2016—07—20　22:02:35

上周在莎车分指，参加完座谈会后就在分指餐厅用工作午餐，与会的当地发改委等几个部门领导也一道用餐。即将结束午餐时，县发改委主任想起一件事，请我们稍等几分钟，说是有一份文件需请我们带回喀什转交前指领导。于是一桌人开始边侃大山边等待，等啊等，半小时过去了，文件还没送来。问发改委主任，他说“快了快了，可能是要盖章，要找人，正好中午休息，人不好找”。等啊等，等啊等，又是十几分钟过去了，还没来。主任也不好意思，自己打电话去问“到哪啦”，那边回答“快了，就要到门口了”。啊哟，那应该是真“快了”。又是十几分钟过去了，怎么还没从门口进来呢？再打电话去问，那边回答“快了快了，已经到路口红绿灯了”。嗯？怎么又从门口退回去了？又等了近 20 分钟，终于把文件送过来了。一看手表，好嘛，稍等几分钟，结果是等了一个半小时。

本地有个笑话，说在喀什市的饭店请人吃饭，说好晚上八点。八点半了，还有人没到，打电话过去问“到哪儿了”，那边说“快了快了”，其实他可能才从 200 公里外的莎车县城出来，起码要再等两个小时才能到。

新疆地方大，几十公里、上百公里的距离就如家常便饭一般，所以当新疆人说“快了快了”的时候，基本上他还在几十公里之外呢。

新疆人都很朴实，都很热情。我认为他们在说“快了快了”的时候，自己真是这么想的，倒不是说随口敷衍、骗骗人的。要怪就怪新疆实在太大了，太大了……

援疆楼之夏

2016—07—21　21:49:55

一帮大男人住在喀什市区一个院子的一栋五层楼里。每天上班、吃饭、睡觉、聊天、锻炼，楼上楼下，屋里屋外，两年半以来，天天周而复始，除下县和外出开会，我们工作生活的圈子就全在这个院子里了。每天中午、晚上两顿饭后，就是大楼门口最热闹的时候。大家会出来透透气，聊聊天，甚至到隔壁地委院子小树林里散散步。

又到暑假。惯例的餐后放风透气和散步，开始出现明显变化：女性和孩子多了起来。趁着假期，家属们来喀什探亲休假的日益增多。两年来，年年如此。这段日子，也是援疆楼一年中最热闹的季节。很多在新疆、在喀什结下友谊的孩子们时隔一年又在喀什碰头了。在上海时大家天各一方，难得遇见，缘分却是落在了喀什。不仅是我们这些援疆兄弟，我们的家属、孩子们之间，也结下了喀什缘。

卫峰家里来得最早，陈杰家里也来了，明天我家里也要来了。卫峰女儿和陈杰儿子明显长高许多。相比之下，陈杰儿子，那个去年跟我们一起北疆旅游的性格很外向的男孩，今年已经开始有了小伙子的腼腆了。当我们在喀什时，远在上海的孩子们都在悄悄地长大。

只不知当老爸的又错过了多少孩子们成长中的精彩？……

当一切重归平静

2016—08—18　22:48:02

暑期已近尾声。这几日，已经热热闹闹一个多月的指挥部大楼开始逐渐平静，来探亲的家属们陆续踏上了返沪的归途。

食堂用餐冷清了许多，饭后在大楼前嘻哈玩耍的孩子也见不到几个。一切开始重归平静。两年多来，这样的循环往复已经是第三次了。与往年不同的是，今年离喀返沪的家属们临走时，少了些惆怅不舍，多了点兴奋期盼，每家都会留下一句相同的告别赠言：上海见！

还有最后的四个月了。行百里者半九十，或许这最后的日子是最难熬的。当希望就在眼前、伸手便可触及之时，强烈的渴望中总会带着些许难以置信，似乎幸福来得太突然了，只怕即将得到之时却又忽然失去。希望与失望总是相伴而来。

仔细盘算了一下,这最后的四个月中要做的事情还真不少,甚至比往年更多一些。与原本设想的总结、交接、告别的轻松场景相比,明显对不上节奏。或许真要忙忙碌碌到离开喀什的最后一分钟了。想想如果能为喀什当地多留下些什么,多做点、多累点也认了。关键是累中要有快乐,忙得要有价值,心情开朗愉快。

当一切重归平静,援疆的日子恢复了以往的节奏。只是这次,鼓点开始加快,节奏开始提升,因为终点已经在前方不远处招手了。

时　差

2016—09—05　22:35:33

北京时间 13:30,在喀什,是我们午饭的时间。两年多来,已经习惯了按照北京时间过喀什日子。毫不夸张地说,比在上海的日子过得要放松多了,特别是两个小时的午休时间,完全可以美美地躺倒在宿舍的床上睡一觉,适意啊。

最怕的只有一件事。就是上海后方通知要开电视电话会议,上午的会一般 9:30 开始,还好,只要稍微早起些就行。只怕上海的会是下午开的,一般是 14:00 或 14:30 开始,正是属于喀什节奏午睡的时候,需要强撑着惺松睡眼,在会议室里昏头昏脑地安坐,瞌睡一会儿,清醒片刻,再打个盹儿,再睁眼看看周围,啊哟,兄弟们也都差不多……

今天中午就接到通知,14:30 召开电视电话会议,是个党员教育活动的交流会,要求指挥部每个支部的支委参加。时间到了,视频会议室里人倒是来得挺全,入座后基本上每个人都找了个自己感觉最舒服的姿势,躺坐在座位上,开始瞌睡,除了两位老总,没办法,正襟危坐于会议室桌边,正对着前方的摄像头……

上海与喀什,如果按照经度计算,基本上存在两个半小时的时差。虽然都用北京时间,但在同一个时点两地人们往往处于完全不同的状态。时差真实存在。

结束援疆任务返回上海后,真有些担心该如何重新回到紧绷绷的东部时间、上海节奏。这也算是喀什留给我们每个援疆兄弟的一点烙印吧。

第三编

人 物

1. 援疆兄弟篇

分指的兄弟们

2014—09—21　21:45:02

我们这一批上海援疆干部，除了在喀什的前方指挥部近40人，还在对口支援四县设立了分指挥部。这次，根据前指领导的要求，老戴、国剑和我作为前指人事工作小组成员，分别去了叶城、泽普、巴楚三个分指，与分指的兄弟们面对面个别访谈，谈进疆以来的工作、生活，谈上海后方家庭的理解和支持……本来也要去莎车分指的，但由于张总指挥恰好前几日在莎车检查工作，已经亲自找莎车分指兄弟们谈话，这次我们就没去莎车。自周五一早从喀什出发，至今晚18:45回到指挥部，一路而来行程超过1000公里。与分指兄弟们的交心访谈，拉近了各自的距离，更觉援疆兄弟情的可贵，也更深入走近了各位兄弟的世界，感受到了各人、各个家庭为援疆事业大局作出的牺牲与忍耐，于平凡之中的伟大，于点滴之中的真情。

各人都有自己的故事，一个个都是那么感人。无法一一赘述……

每个家庭都是付出了巨大的牺牲。只有身在其中的我们自己，才能真切地体会到这种牺牲的伟大、无私，沉默平静中蕴含的力量。那是一种具有巨大心灵冲击力、亘古不变的亲情与挂念。

这次有机会深入到分指兄弟们的宿舍、食堂，与他们聊工作、聊生活、聊家庭。终于发现，其实他们的活动圈子比在喀什前指的我们更小，8小时之外更单调、枯燥，特别是巴楚全县目前仍然断网，无法上网，与家里视频……

泽普分指的兄弟们更是基本被圈在单元楼门洞里，由于好厨师难找，有的分指伙食单调、一成不变，有的分指自己动手、丰衣足食……

几个分指挥长为调节气氛，动了不少脑筋，比如每周聚餐、比如组织娱乐锻炼活动、比如努力寻找更好的厨师……

向所有分指的援疆兄弟们致敬！

二　院

2014—10—11　00:03:49

上午去了地区第二人民医院，不是去看病，是去和援疆医疗队的援友兄弟们谈心。这也是我们指挥部群教活动的整改措施之一，多与援疆干部人才谈心，关心他们的工作生活，及时了解队伍的思想动态，帮助解决遇到的具体困难和问题，为援疆工作创造一个良好的工作环境。

二院今年要创三甲医院，这也将是南疆第二家三甲医院，第一家是地区第一人民医院，广东援建，地区在财政、人才等各方面多年来都给予了大力扶持，终于创三甲成功。二院由上海对口援建，本身基础极其薄弱，基建、设备、技术水平等各方面都欠账很多，创三甲的难度可想而知，甚至被医生援友兄弟们戏称为：Mission Impossible。

就是在这样的背景下，这一批的上海援疆医疗队 24 名兄弟，来自上海各家三甲医院，年龄在三十五、四十上下，都是各自医院的绝对业务骨干、管理能手，是上海医院和医生的优秀代表。他们言传身教，为南疆地区打造一支带不走的医疗队呕心沥血。短短半年以来，二院面貌大变样：新大楼已竣工并投入使用，医院的各项制度初步建立，各个科室的诊疗水平稳步提升，医疗设备逐步配备升级……现在，二院上海医生的口碑在喀什地区已经是一块高高飘扬的金字招牌，许多地区领导看病都会选择到二院找上海医生……

上周，喜讯传来，二院通过了自治区卫计委组织的三甲医院初评。虽然评审组在各项评审核查中还是提出了不少问题，但所有专家都对于二院在短期内发生的面貌一新的巨大变化表示肯定和钦佩。

在成绩的背后，是医生援友兄弟们付出的巨大努力。在今天的谈话中，又听到了许多感人的故事：父亲长期卧病，临去时却未能见到身为医疗队领队、二院院长的儿子最后一面；抱病坚持工作在重症抢救、业务授课第一线，晕倒在讲台上的年轻博导；援疆后上海家中亲人迭遇不幸，2 位老人和妻子相继被确诊罹患癌症的麻醉科骨干；满腔热情为患者服务，精心带教当地医生，在喀什已小有名气的口腔科名医……

为创三甲，为了打造南疆医院高地，很多医生放弃了受邀参加各类全国重要学术会议的机会，不惜因此而影响自己的职业发展和行业地位，集中时间和精力投入二院的改天换地之中，所为只是要让喀什各族群众享受到高质高效的医疗服务……

向这些可爱的医生援友兄弟们致敬！

兄弟情深

2014—11—16　02:05:29

住我隔壁 317 房间的文悦兄，是个喜欢热闹的人。每晚都会有一帮兄弟来他这里喝茶吃干果，聊聊天，谈谈工作体会，说说喀什地面上的趣闻轶事，交流一下各自家里老婆孩子的情况，一起叹叹孩子上学择校的苦经，其乐无穷哪……

文悦上周回上海了，其他几个谈天说地的兄弟，有的去了乌鲁木齐，有的回了上海。于是，三楼南端开始冷清了……

今天，文悦打电话过来，说回到上海仅仅几天，就开始想念在喀什的日子，想念指挥部的兄弟们，真的想啊……

在喀什的又何尝不是如此呢？在这个特殊的时期，兄弟们走到一起，共同战斗生活在喀什，结下了战友间的深情厚谊。共同的经历，使我们心灵相通，不同的背景，又使我们可以相互学习、取长补短、相互借鉴。大家在这里，守望相助，还有师院的教师兄弟、二院的医生兄弟、留守对口四县的分指兄弟们……

套用一句老话:肝胆相照,荣辱与共。

三年援疆路,一世兄弟情。

馨弟:为企业服务的典范

2015—04—21 23:20:54

馨弟大名叫孙馨,是上海工商联选派的短期援疆干部(一年期)。自去年5月来到喀什后,充分发挥主观能动性,广交朋友,广开门路,在援疆企业和深圳、广东等援疆指挥部都是鼎鼎大名。一方面固然由于本人交游广阔、广结善缘,另一方面其直率开朗的性格和具有极高辨识度的光头形象实在令人印象深刻,打过交道后想忘记都难。在他的牵线搭桥下,上海纺织服装商会的副会长企业东霞实业决定在喀什经济技术开发区投资开办一家做出口成衣的服装工厂。自去年年底邀请企业老总来喀什实地考察,到作出投资决策,开始着手工商登记、厂房租赁、设备安装、员工招聘等等事宜,馨弟帮助企业一项项跑下来,堪称“真心为企业服务的典范”。

前些天,公司终于派来了4名喀什企业管理团队成员。原本以为可以松口气了,在企业没有往喀什派人的时候,馨弟一个人基本就承担了喀什东霞筹备办的所有职能,拳打脚踢,终于等到了专业企业管理团队的到来。此时,正值生产设备已经运到喀什,马上要开始安装调试;员工招聘和培训也需马上启动了。

未曾想问题还是很多。首先是设备运输安装遇到了问题。生产线设备既长又重,无法使用电梯,只能在四楼的厂房外墙上凿开一个大洞,然后从当地租了两台起重机吊住设备两端,一点点吊运顶进位于四楼的车间。可是进入车间后技术员发现设备放置的方向反了,于是又花了一整天时间用四个千斤顶慢慢把设备顶转了个。然后是员工招聘情况不甚理想。前些天馨弟带着几个上海来的管理人员专程上塔县招聘当地塔吉克族员工,据说现场很热闹,问的很多,就是签意向的很少,大部分小伙子和姑娘都无比眷恋帕米尔高原的雪山草甸,不愿意背井离乡下山去打工,于是和当地的县干部、乡干部一起苦口婆心做工作，描绘山下美好的生活……

馨弟马不停蹄，四处奔波。毕竟上海来的管理团队初来乍到，人生地不熟，有点风吹草动的小事，都要找馨弟解决。常常是那边一个电话来，这边马上就行动帮忙找人找关系解决问题。我跟他开玩笑说，如果开发区企业服务中心的员工都像你这样，那喀什就一定能够成为投资的热土。

天色已经擦黑，馨弟一大早就到工厂车间，这才刚刚回来。在喀什噶尔夕阳余晖的照耀下，光头四周仿佛隐隐生出了一圈光晕，竟散发出丝丝不凡的光辉……

送战友

2015—07—29　22:49:04

今晚，在指挥部与上海代表团的聚餐高潮迭起。我们准备了三个小节目，第一个是二院维吾尔族医生护士组成的"石榴花歌舞团"的民族歌舞表演，惊艳全场；第二个是暑期来喀什探亲的十个孩子唱起了《父亲》，表达自己对远离上海家乡奔赴边疆工作的爸爸们的思念和依恋，天籁般的童声唱出心曲，引来现场爸爸们的无数潸然泪下；第三个是光辉兄的麦西热甫舞蹈，欢快热烈，在往常这时引来全场喝彩；但在今天，压轴的是杨峥总领衔的全体援疆兄弟共歌一曲《驼铃》，送给我们即将完成援疆使命回沪的仁良总指挥，荡气回肠，热泪盈眶。曲罢，栋林已经躲到一边去抹眼泪了……

告别的时刻，我们产业组每人都与仁良老总来了一个热烈的拥抱。一世援疆兄弟情谊尽在这紧紧拥抱中……

送　别

2015—08—02　02:03:32

今晚是真正的送别。送别仁良老总回上海履新。

只有指挥部自己的兄弟和家属。气氛热烈，觥筹交错。菜式已经不重要，酒水才是主角。大家一波一波地前去向仁良老总敬酒，唱了一首又一首告别歌曲。有缅怀有展望，有泪水有欢笑。

援疆路，一世情，淋漓尽致，无法用文字表达。仁良老总在疆 1328 天，将近三年半时间，在上海援疆历史上书写了属于自己的浓墨重彩一笔。

向仁良老总致敬！

组长肖健

2016—02—29　23:30:51

今天是春节后回到喀什的第一个工作日。我很忙，从早到晚几乎没停过。事情很多，头绪繁杂，一件件、一桩桩，都要逐一处理。这是援疆三年来最忙碌的一个春节后开工日。于是开始惦念一个人，我们的组长——肖健。

肖健因爱人临产在即请假在沪，临时由我负责组里的工作。类似情况以前也曾偶尔有过，但都没有这次令我感慨。皆因自去年下半年以来，产业援疆工作任务陡然加重，作为组长，他承受了很大的压力。组长在岗时我们并无特别感受，暂时离开岗位了，却让我这个临时代办真切感受到了他这个岗位所承受的压力，真真是“负重前行”。

栋林和肖健都是来自市经信委的，栋林喜欢喊他“老肖”。不是说他年龄最大，而是他工作兢兢业业、亲力亲为、勤奋认真的精神和责任心，一种在当今机关干部身上已经非常罕见的“老黄牛”作风。对于这一点，全组乃至全指挥部的兄弟们都是一致高度认可的。这种肖氏“老黄牛”精神和作风，引领和凝聚了我们组里和谐团结的氛围和工作中协作补位意识，形成了务实、低调的朴素风气。一个部门，领头羊的性格和作风，往往对部门整体作风和氛围的形成有着潜移默化的影响。

老肖是 75 年出生，今年四十出头，也不算小了。祖籍山东济南，出生于书香门第，读书极好，上海光机所电子工程博士。爱人石老师是上海戏剧学院民乐老师，祖传技艺，二胡世家。14 年暑假爱人来喀探亲，恰逢韩正书记和杨雄市长来喀考察，在指挥部聚餐时，石老师即席二胡演奏，博得满堂彩。

听说当时喜爱音乐的书记非常惊讶于在喀什居然见到了如此专业级水平的二胡演奏。老肖平时也喜欢K歌，尤其在参加完一些需要酒水应酬的接待任务后，基本就要到指挥部一楼的多功能厅唱两首直抒胸臆。歌艺水平还挺高，在去年指挥部K歌大赛获得了指挥部“十大歌手”称号。当时唱一首《木鱼石的传说》，声情并茂，震撼全场。后来有人说，老肖爱人姓石，难怪他唱“有一个美丽的传说，神奇的石头会唱歌……”这么充满感情。

除了唱歌，老肖还是运动健将，合了他名字中的“健”字。尤其擅长乒乓，水平极高，是指挥部乒乓赛的单打冠军。

石老师怀孕了，预产期就在这几天。老肖终于要升级当爸爸了。这可是人生大事，孩子出生时当爹的如不能陪在身边，那将是终生的遗憾。所以，在老肖还犹豫着是否要请假时，组里兄弟们都劝他一定要请假，喀什这边的事情有我们顶着就行。

即使如此，今天一天下来，我们还是没少给他打电话，商量事情。没办法，因为只有他最清楚各方情况，平时诸事很多都是他亲力亲为、亲自处理的。所以，在组里，跟喀什当地各部门、企业等方方面面打交道最多、交往领域最广的，应该就是他了。我们其他人都是每人各管一块，只有他是全面覆盖。

老肖脾气好，从来不会跟人急，也从来不轻易讲狠话批评人。一些工作，即使不属于我们的职责，只要人家好商好量地提出来，他总会很爽快地应承下来。组里有些兄弟有意见，他还会反过来做思想工作，大家都是援疆兄弟，分工不分家，多做些就多熟悉些平时不太接触的工作领域，也是对自己的锻炼，机会还难得呢。老肖讲这话时，往往是一脸真诚地看着你，使你无从抗拒或埋怨。

组长肖健，一个好人，一个好领导。

贤话群兄弟众生相：文悦

2016—03—19　21:48:18

当初我们刚来喀什时，逐步习惯当地生活节奏的同时，遇到了另一个普遍问题:南疆纬度高,冬日日短夜长,长夜漫漫,孤独寂寥,最是难捱。兄弟们之间相处日久,脾气秉性有了了解,就自然会凑在一块,抱团取暖,以茶会友,谈天说地,让日子过得更有乐趣。于是,贤话群应运而生。贤话,取“贤聚喀什、共话援疆”之意。每晚相聚一室,品茶畅聊,说说笑笑,即使有什么烦恼之事,也可以和盘托出,其他兄弟会帮你平心顺气、出谋划策,颇有一番心理疗法的神奇之效。

文悦来自上海市房管局,住我隔壁,我 315,他 317,恰是三楼朝南端的房间,客厅有南窗,光亮暖和。室内的花花草草得了这阳光滋润,都长得枝繁叶茂、绿意盎然。更有进门隔断鞋架上的一缸金鱼,水草茂盛,鱼翔浅底,生机勃勃。茶几上、沙发上、橱柜上、水槽里,四处都有形状各异、大小不一的玉石。稍不注意,往往就会一屁股坐在沙发的某块原石上,硌一下,生疼生疼的。

玉石古玩是这兄弟的最爱。如果有机会再深入到他宿舍里的床铺,你将大吃一惊。无他,皆因各种玉料铺满床,这哥们平时就是赤膊睡在这些玉料之上。据说这是滋养美玉的有效之法,还对人体有按摩养生的功效,可谓相得益彰。我曾仔细观察过这些被他千万次滚过的和田玉小籽料,确是颗颗油润温和,品相极佳。来喀什两年多了,四处收集玉石,在他这里喝茶聊天,常会不时有惊艳之物如变戏法一样出现在眼前,这是莎车巴扎上收的,那是塔县县城遇上的,都是有故事的。觅玉、买玉、养玉、赏玉、聊玉,最终归结到藏玉,是文悦最爱之事,“玉”之所至,神采飞扬,乐此不疲。

如果论年龄,文悦是我们这群兄弟中的老大,但若论心态,估计他就要降级为小弟了。少年不识愁滋味。每天都是那样快乐,嘻嘻哈哈。抽烟,总要找几个烟友一起吞云吐雾;入夜喝茶,总要四处出击寻找那茶香最浓之处;说笑,也总要拉上几个兄弟一起哈哈,你若稍有心不在焉,便会被其直接点名呼叫:哎哟,怎么这么深沉哪?

这还是一个热心之人。进疆第一年,有次闲聊之间偶然讲起我岳父母家春天斗白蚁的故事,他立刻主动请缨,帮我联系了他认识的上海知名灭白蚁专家,专程上门查看灭蚁。进疆第二年,爸妈的老房子浴缸下水道堵塞,那天我知道后就请文悦帮忙找人处理，同样二话不说就打电话给上海做装修的朋友，上门处置，又快又好，老人家都很满意。还有其他兄弟家里遇到类似之事，都是找文悦帮忙，他来者不拒，能帮则帮，毫不含糊。不要小看这些家里遇到的琐碎之事，那是兄弟们的上海大后方，时时刻刻牵挂在大家的心上啊。

文悦在指挥部规建组，主要负责在莎车的交钥匙项目，那是一个总投资1.8亿的体育中心，是我们这批援疆四个交钥匙项目中规模、体量、投资最大的一个，也是施工难度最大的一个。两年多来，时时往返奔波于喀什和莎车之间，风尘仆仆，辛苦付出，换来的就是地处莎车浦莎大道旁那个硕大巴旦木花朵造型的体育中心逐渐露出真容。

有时想想挺有意思的，这个在上海主管拆房的哥儿们，到喀什要做的居然是建房，并且要造的还是那个莎车的地标——巨大无比的体育中心。颇有些天意如此的感叹。

贤话群兄弟众生相：卫建

2016—03—20 23∶11∶23

卫建出身公安特警，来到喀什却干起了指挥部综合保障的活儿。倒也不算专业不对口，因他原在金山分局时就是负责警务保障的大管家，在喀什也算是异地操旧业，当起了指挥部的后勤保障大管家。从食堂餐饮到宿舍清洁，从车辆管理到机场接送，从日用品采购到捐赠物资管理，兄弟们看到的都是他忙碌的身影。

卫建并不是那种体型健硕的壮汉，但给人感觉就透出一股精神、精干、精细的气质。管后勤的，每日琐事极多，援疆第一年时甚至多到指挥部给大家办的每月1300分钟的电话套餐居然都不够，每月还要超限补缴费用。行走如风，站立如松，说话简明扼要，做事干脆利落，绝不拖泥带水。行就行，不行就不行，不捣糨糊，不打哈哈。最难得是，这样爽快的性格，却始终脾气温和，和颜悦色，从未见到他跟谁急，更从未见过他气急败坏、脸红脖子粗跟人吵，连说话提高音量都很稀少。遇到实在走投无路之时，就会自嘲，让对方发不出火，往往也给自己巧妙地找到了台阶。群里兄弟都很佩服，一致认为这就是做人的修养、涵养。

援疆两年来，每到指挥部有重要接待任务，卫建就会承担大量的保障任务，从接送机、宾馆住宿、餐饮安排、车辆保障、行李管理、安保措施等各个环节，都少不了他。此时，贤话群的兄弟们就会主动请缨，分担任务，共挑重担。两年以来，居然也熟能生巧，打造出了一支综合组之外的指挥部接待保障生力军，兄弟们戏称为“综合三组“，组长陆卫建。

最爱是书法。习练多年，自拜入名师门下后造诣日益深厚。在宿舍里，闲暇之余，必会挥毫泼墨，既习书、亦绘画。宿舍墙上挂着的、书房摆着的，都是自己的作品。墨迹纵横，书香满屋。有意思的是如当面称赞他书法功力不凡，他定会过于自谦，连连摆手说：“哪里哪里，一塌糊涂，差的还远呢”。

这位亦是玉石文玩爱好者。贤话群里这样的兄弟还真不少。如果周末有空，总会约上几个同道者去步行街的玉石巴扎淘宝，每次淘上个三五粒和田小籽。回到指挥部就会摆茶品石，一番指点品评，以茶乡友，以玉会友，常有冷面滑稽、惊人之语，言语不多，却入木三分、惟妙惟肖，嘻嘻哈哈，其乐融融。除却玉石，还有胡杨根雕、青金、玛瑙、南红、海黄、菩提，及字画、印章、茗茶，凡此诸类，都是其兴致盎然的宝物。

警察，管家，文人，兄弟，集于一人之身，此人便是陆卫建。

贤话群兄弟众生相：栋林

2016—03—23　00:26:15

真是无巧不成书。刚到喀什那会儿，我就发现栋林居然与我生日是同一天，当然年份不一样，但跟我妹同年。上一次遇到类似情形还是在大学时代。缘分呐。

后来聊起各自成长经历，又发现我们的人生道路亦有相似之处：都是部队大院子女，从小生长在部队那个特殊的环境中，都经历过那个特殊的年代，都有那个环境、那个时代烙下的特殊印痕，隐藏在各自性格气质的深处，遇到同类之人即可感知，但于外人而言，可能迥然相异。

栋林形象多变，“横看成岭侧成峰，远近高低各不同”，视场合、对象、时机等因素而不同。比如，在正式接待场合，必定是一身剪裁得体的黑色修身西装，一副秀气的边框眼镜，发型整齐酷炫，身形挺拔，帅气逼人，是指挥部有名的“小鲜肉”。但如在晚上兄弟们相聚喝茶之时，褪去正装，换上一身宽松的运动衫裤，一路摇摇晃晃走来，疲疲沓沓的样子，就是一个玩世不恭的公子哥儿。如今兄弟们都习惯了，刚来时还真不习惯这哥儿们反差如此之大的形象。

年纪虽然不算大，人生经历却算得丰富了。读书、当兵、上军校，军校毕业又到总参隐蔽战线工作，再转业，干干这个，做做那个，职业生涯真真多姿多彩。

或许是总参隐蔽战线工作久了形成的职业本能，栋林跟任何人聊任何事都能轻轻松松上手，使你感觉找到了一个知音，愿意跟他交谈。古今中外，天上地下，天文史地，貌似没他不熟悉的，啥都知道一点，啥都能滔滔不绝。但当他跟你深入探讨某个问题时，那种一本正经、真诚坦率、孜孜不倦、刨根问底、不知疲倦的态度和精神，往往能使你接近崩溃。

栋林做事情很有毅力。最典型的例子就是进疆第一年减肥的故事。那时他认为自己体重超了，需要锻炼减肥，于是每天在指挥部一楼健身房跑步机上慢跑 8 公里，并且不吃晚饭，就这样坚持了一年，终成正果，肚腩彻底消失，原本有些滚圆的脸型居然也瘦长了。唯一的问题是，脂肪燃烧掉了，原本绷紧的皮肤却松弛了。

这也是一个感性之人。厨艺高明，常给兄弟们烹饪美食，炒菜、做饭、包饺子，调剂一下这单调的援疆日子。但有一条，需他心情大好、兴之所至时，趁机提出美食需求，往往就能得偿所愿；如若心情低落，兴致皆无之时，还是不提为妙，省得碰一鼻子灰。也有例外，有时虽然心情不好，但他会主动提出给兄弟们煮菜做饭，估计是需要转移一下自己的注意力，调节心境。那种情况下各位兄弟是一定要出席这顿大餐的，一方面是因为调调口味，因为此时他一般都会勇于尝试一些烹饪创新技法，会有些新奇的味道；另一方面也算是帮助兄弟早些调节情绪，走出艰难的心境。

真正投入到工作中时，栋林非常认真负责。今年进疆以来没多久，上海后方就有市领导带队，组织了一个庞大的百人代表团来喀什访问考察，领导把牵头接待安排的重任压在了栋林身上。于是，兄弟们见到了一个与平日完全不同的栋林，接待工作千头万绪、千丝万缕、丝丝缕缕，最后都系到他的身上。每日忙得团团转，像只勤劳的小蜜蜂，永不停歇，有时甚至顾不上吃饭休息，加班到午夜。几天下来，胡子拉碴，明显因睡眠不足而精神不济，但还在那里一步一步地往前推进。令我想起了中学里跑 1500 米时面对最后 100 米直道，已经精疲力竭却又咬牙坚持、坚持、再坚持的情形……

贤话群兄弟众生相：李平

2016—04—02　22:28:33

李平来自市旅游局，在喀什任职地区旅游局副局长。做旅游的，到哪里都会非常受欢迎。兄弟们谁家里要安排旅游度假的，总要请他出主意、打招呼。如果哪家家属来喀什，也总会请他帮忙客串导游，安排线路，讲解喀什噶尔的历史地理文化，贯通中西，各种典故轶事信手拈来，既有一派学者官员风范，又颇具余秋雨式文人之气质神韵。每次凡有市领导来访喀什，指挥部一般都会安排李平亲自做导游讲解，故被兄弟们尊称为“喀什地区独一无二的局长导游”。

其实私底下我们都喜欢叫他小平平，倒不是因为他年纪最小，而是这位名声在外的“局长导游”在兄弟们日常相处之时偶尔会表露出些孩子气，嗲嗲的，跟他的宝贝女儿小名唤作“毛琪琪”极其神似。去年年底有段日子，兄弟们有时外出聚餐，他总会一脸期盼地问店家：你们这里有糍粑吗？就是那种糯米做的。而回答往往令他失望。于是脸上那种可望不可即的失望之色，与孩子们得不到自己心爱美食的表现如出一辙。

毛琪琪正在上小学三年级，每年暑假都会来喀什看爸爸。女儿是平平到喀什后最牵肠挂肚的，每天的视频连线必不可少。女儿经常会给远在万里之外祖国西陲的老爸出题目，比如帮着做个数学题、编辑一个竞选班干部的 PPT、作文写不出老爸给出个主意等等，题目可多呢。平平是个好老爸，够耐心、够细致，给女儿做题目比给自己做还用心。兄弟们初识之时，我曾经好奇地问他为何对孩子如此耐心细致。未料却引出平平一番关于女儿的往事，尽在他博客娓娓道来，父女情深，其间坎坷，唏嘘不已。

相处久了，兄弟们一致认为：平平骨子里就是个文人。他的博客文笔优美，感情真挚。但凡看过他在女儿幼时抱着孩子四处求医经历博文的，无不动容。都是做爸爸的，将心比心，深深为之钦佩感动。还有一些游记、感想之类的散文，清新阳光，感受新奇，完全可以作为经典的旅游攻略或是推介美文收藏。比如刚到喀什之时，第一次上塔县，亲身经历了慕士塔格峰和喀拉库勒湖的神奇壮美，回来之后一篇文章作得气势磅礴，塔县旅游局真该以之作为本县美景的经典推介。

文艺不分家。一般而言，文人都有"绝技"在身。平平的绝技就是唱歌。他演绎林志炫、熊天平等类型的歌手名曲极见功力，几可乱真。演唱之中闭眼陶醉之倾情投入，细微之处吐气发声，那叫一个"专业"。他还有做主持人的"绝技"，曾主持过一次指挥部集体生日聚会，之前活动方案做得细致周到，当晚主持风格鲜明、气氛调动老到，精彩闪亮之处，得到大家的高度认可。不过，想到那晚平平的表现，我总会不由自主地想起当年的少先队时期……

工作上，平平亦是这样的一丝不苟。由于在上海旅游局的工作积累，他对于大型活动的组织和实施极有经验，这在许多次喀什上海两地的旅游推介会、宣传活动中得到充分证明。我见到过他做的喀什旅游上海宣传推介会现场活动方案，时间安排精确到秒，抠细节如此极致的，还是第一次见到。后来才知这是他参与上海旅游节活动组织时从电视台的现场组织方案中"偷师"学来的。到了喀什以后，局里比较重要的文件、方案基本就都由他起草了。私下里也有过怨言，但牢骚发过了，还是一样认真和全情投入去完成。这兄弟就是这么心里放不下事情，事无巨细，总要力求完美。所以很累，然而也很有成就感。

其实讲起来，平平和我还是云南老乡。他是地地道道的昆明人，家里就在昆明火车站旁边，而我随父母部队驻防之时也曾在昆明生活两年多，部队工作站也离火车站不远。那个年代，那些熟悉的路名和曾经熟悉的昆明口音、街边美食，是我们共同的记忆。回到上海以后，我依然无比怀念那时云南米线的味道、昆明的味道。

如今在喀什，我似乎重又感受到了那种久违的味道，或许因为这里有个平平兄弟。

贤话群兄弟众生相：胡炜

2016—04—03　21:54:27

自 2014 年 7 月以来，根据市领导的要求，上海市政府驻疆办与上海援疆指挥部合署办公。为此，疆办把牌子从乌鲁木齐上海大厦挂到了喀什解放南路 264 号上海援疆指挥部，疆办的兄弟们于是也都从省城来到了喀什，与我们同住一栋楼、同吃一锅饭。贤话群里就有 3 名疆办的兄弟。

胡炜是疆办业务处处长，来自静安区综治办。稍显瘦高，戴眼镜，看上去很斯文。接触多了，才发现这哥儿们原来并非仅仅表面斯文，骨子里还透出阵阵奔放不羁的味道。

最体现性格的便是他爽朗奔放甚至有些放肆的大笑，极具穿透力和感染力，仿佛一道阳光刺透层层云雾，瞬间照亮了整个楼层，顿时使援疆楼内增加了许多蓬勃生气。

不说不知道。凭其外表印象，无论如何不会联想到他居然是北京体育学院毕业的，专业是围棋。毕业以后在静安区体育局工作，负责静安游泳馆的基建，后来又辗转到了检察院工作，当过公诉人，最后又到了区政法委综治办，职业经历跨度之大，在群里兄弟们中绝无仅有。

如同他的职业经历，胡炜擅长的运动项目一样跨度很大，不仅仅局限于围棋，羽毛球、乒乓球、斯诺克、自行车、游泳等等，样样精通，是上海援疆指挥部的独孤求败。我总结出一条：但凡对技巧性要求较高的运动项目，他都能玩得滴溜转，要不是膝盖曾受过伤，估计玩起足球、篮球、排球也是高手。今年清明假期，指挥部组织美式九球桌球赛，组织者明确表示谁都可报名参赛，唯独不接受胡炜同志参赛，如果他参赛人家就只能争第二，没悬念了。在上海，他最喜欢的运动是自行车，有一辆专业级的公路赛车，从头盔到骑行服全套装备，价值不菲，经常参加自行车运动俱乐部的骑行活动，时常发些照片在微信群里，引来阵阵艳羡，倒不是装备如何，而是极其羡慕向往这种健康休闲的生活。

胡炜同时还是旅游和摄影爱好者。今年春节假期，胡炜和吴亮两家人举家出游，远赴澳大利亚自由行。行前，他在网上查询信息，预订酒店机票，津津有味，乐此不疲。两家人租车自驾出游，蓝天大洋，畅游南澳，一路留下美图无数，同样引来朋友圈垂涎无数。去年春节亦是如此，约了几个朋友，举家往大洋彼岸的美国西海岸自驾出游，一样的美图处处、快意人生。

这样的人，想不到生活中也会有伤心时刻。他的那只来自莎车工地的小黑狗得到兄弟们各种喜爱，前不久在乌鲁木齐出车祸不幸身亡。那几天，他心情明显很糟糕，连标志性的大笑也消失了，吃饭没胃口，晚上睡不着，蔫了。差不多一周以后，才逐步缓过来。经此一事，我发现原来这位兄弟开朗直爽的性格之下，竟还隐藏着如此细腻敏感的神经。

运动基因活跃的人士，工作中一般都带有鲜明的体育风格，特点就是战略清晰、想做就做，不拖泥带水，不黏黏糊糊，干脆利落，我尽我力，胜败由天。挑战自己，尽力拼搏，在他们看来，很多时候比取得某个好成绩更重要。胡炜的这种工作风格，在去年我们合作组织的喀交会上海招商推介会活动中，已有领教。

突然想起明天是清明节。说着胡炜的故事，禁不住又想起了小黑。愿小黑一路走好，天堂里没有车祸。

贤话群兄弟众生相:国锋

2016—04—04 22:12:21

国锋和胡炜是驻疆办的两个处长,胡炜是业务处处长,国锋是秘书处处长,他们两个处撑起了驻疆办主体架构。国锋来自宝山,原是从事农业经济工作的,属于那种一步一个脚印从农村基层做起的实干型干部。典型的瘦高个,是兄弟们中个子最高的一个,一副金丝边眼镜,小平头,说起话来四平八稳,如同胡炜的标志性“哈哈”大笑,国锋的笑声却内敛克制,笑容满面时往往只能听到几声“嘿嘿、呵呵”。

初识国锋,便感受到这兄弟做事情的认真与细致。去年暑假,俺家全体出动,来新疆探亲旅游,四老两大一小,七口人,需要疆办帮忙安排在乌鲁木齐的行程住宿等。国锋是秘书处长,接待工作驾轻就熟,事前就早早问好了抵达和离开时间、想去哪里、需几间怎样的房间、车辆如何安排、景点是否要打招呼联系,然后一件件落实到位。但有一条,兄弟归兄弟,规矩是规矩,按规矩,疆办在乌鲁木齐接待援疆干部家属,需要本人填写接待表,说明需求及时间档期,然后按程序逐一报批,最后领导批转到国锋处落实。这张形式意义多于实质意义的表格,国锋还是坚持非常认真地请我完整填写,然后报批,并没有因为是自家兄弟就省了程序。其实早在我填报表格、领导批复之前,他已经在帮我实际联系安排住宿等事宜了。

后来又听说了他的一些故事,对这种极其认真、甚至到了耿直的为人处事风格有了深刻的认识。比如,在疆办所在的乌鲁木齐上海大厦,他加强后勤保障人员管理,建立了许多制度,针对的就是当时办事处乌鲁木齐留守人员中逐渐弥漫的懒散作风,对于不听招呼、不守纪律的现象,毫不留情当场批评,甚至在办事处领导出面打圆场时也坚持己见,绝不唯唯诺诺。说实话,我是很佩服国锋这种“强项”性格的,在如今的官场上已经很少见了。

其实相处久了,发现国锋是个很有意思的人。一般人总会觉得从事农业工作的干部,可能会“土”一些。如果认识国锋,就足以颠覆这种看法。他着装非常讲究，衬衫、长裤、皮带、手表、皮鞋、眼镜，一应俱全，都是品牌，但不是那种暴发户式的奢侈炫耀，而是带着自己独特观感的个性选择。

这种观感同样体现在对玉石的喜爱。无论在乌鲁木齐或喀什，以我观之，国锋的业余时间大部分都花在玉石寻觅、谈价、鉴赏、收藏、交流心得体会上了。凡看中之物，必下手果断，得之而后快。偶有稍一犹豫而未能如愿之时，便常常记挂心间，懊恼不已。群里兄弟同好此道者甚多，文悦、卫建、亮亮等人都痴迷于此。每夜品茗之余，各自拿出新进之宝物，切磋赏玩，谈行论市，其乐融融。

去年下半年，因工作需要，国锋曾长期留守在乌鲁木齐上海大厦。那是一段漫长的日子，尤其难熬的是漫漫长夜，没有伙伴一起喝茶聊天，一人独守一栋楼，陪伴的只有电视和网络。有时我到乌鲁木齐出差，晚住疆办，听他讲起一人一楼的夜晚，顿感孤独凄凉之意。今年进疆以来，国锋在喀什，这回轮到了亮亮值守乌市。这几日，看到亮发在微信圈的照片，除了展示收藏的玉石宝物，便是自己动手制作的美食，隐藏在背后的是深刻的孤独寂寞，一人一楼的夜晚，长夜漫漫啊。

无论在喀什或乌鲁木齐，只要兄弟们在一起，日子就过得有滋有味、充满阳光。

贤话群兄弟众生相：吴亮

2016—04—05　21:39:20

我们都习惯唤他“亮”或“亮亮”。亮也是驻疆办的兄弟，和国锋一个处，在喀什援疆楼里同住一套宿舍。两人一胖一瘦，一高一矮，看上去倒像是说相声的一副好架子。

亮体型偏胖，颇为魁梧，其实个子也不矮，只是与国锋站在一起时显得矮。肤色白皙，刮得发青的两鬓及下颌，估计几天不刮就能长成一把浓密的络腮胡。咧嘴笑起来时，一口雪白的牙齿显得特别整齐。这副卖相，在喀什，常被误认为是俺们的维吾尔族兄弟。有一回，这哥儿们去喀什近郊的疏附县广州新城家具店买电视柜，在进城治安检查点（喀什四面进城主干道都设有治安检查点，逐一检查进城车辆，有的还要求乘客下车查验身份证）被当成了“巴郎”（维语：小伙子），要求他下车查验身份证。最有名的一次，亮陪同一个上海来的代表团去泽普，在考察金湖杨景区时，负责接待的当地“古丽”（维语：姑娘）惊讶地表示：你真像维吾尔族，送你个维吾尔族名字，就叫买买提吧。

于是，从那以后，兄弟们又开始有些戏谑地在背后唤他：买买提。

亮是兄弟们的大厨，有一手烹饪美食的绝活儿。兄弟们 DIY 聚餐，就属他和栋林两名大厨辛苦。栋林做菜讲究心情，亮则以此为乐，乐此不疲，做菜于他是生活的乐趣。只要有人提出需求，一般有求必应。凡见识过亮烹饪技艺的兄弟，无不为之心折：采买、切配、起锅、翻炒、煎炸、炖煮、调味、出锅，动作麻利干脆，台面清清爽爽，一会儿工夫，就能把那些食材整成一大桌足以勾引馋虫的佳肴。

亮的这一手绝活，终于显山露水，现在已经成了疆办在乌鲁木齐上海大厦的招牌。在亮的悉心指导和言传身教下，乌鲁木齐上海大厦的厨师技艺不断提高，尤其可以做一些地道的上海菜了，比如红烧肉，那个味道真是“赞”，引得我们克拉玛依分指挥部的副总指挥特别点名邀请亮去克拉玛依指导他们分指的厨师。

说来也有意思，亮的本职工作其实与做菜毫不相干。亮来自闵行，当过警察，做过团干部，后来又到古美街道当综治办主任，然后来到了疆办。原来说疆办在乌鲁木齐，后来市领导要求疆办迁到喀什，与援疆指挥部合署办公，所以疆办这些兄弟又风尘仆仆地从乌鲁木齐来到了喀什。比起援疆指挥部的兄弟，疆办的兄弟经常要往返乌市和喀什，天山南北飞越无数，且都有两个“远方的家”，一个在乌鲁木齐，一个在喀什。

或许因为做过警察，亮的性格也是干脆利落，说一不二，从不吞吞吐吐，含含糊糊，而且极讲义气。去年年初回沪过年之时，我偶尔跟亮说起女儿小升初的烦恼，亮立即就说他认识那个学校的领导，可以联系帮忙。没几天，果真安排了一个饭局，拉我一道参加。后来，幸得贵人帮助，女儿自己也争气，终于如愿以偿。现在回想起来，真是不易啊。

援疆的日子，与亮同行，有滋有味。

贤话群兄弟众生相：过总

2016—04—06　22:46:59

过震文，我们敬称为过总的，是上海建交委选派的跨届援疆干部，担任上海援疆巴莎高速公路指挥部总指挥，负责这条从巴楚直达莎车的南疆高速公路的工程代建工作。跨届的意思，就是这条公路整整修了 4 年，从第七批援疆一直干到第八批援疆，跨越了两批援疆干部换届期。在兄弟们之中，过总是最受尊敬的老大哥，一方面固然是因为最年长，其实更多还是在于他身上蕴含的那股子精气神，不畏艰难，迎难而上，拼搏奋斗，团结一心，精研技术，苦干巧干，亦唯有如此，才能带着手下一班兄弟在南疆沙漠戈壁奋战四年，造出了新疆历史上最棒的一条高速公路(自治区交通厅领导在工程验收后发出的赞叹)。

过总体型魁梧，步伐沉稳有力，格外扎实，讲话语音低沉、言简意赅。初见之时，便猜测这位老大定是做工程的，如同军人一样，浑身散发出一种铁血气概。后来熟识之后，才知道其实老大哥还远不止"做工程"，更是少有的教授级高工，是"研发工程"的。上海那条已成为景观的崇启桥隧工程，就凝结着过总的心血。

在修建巴莎高速时，过总带着他的团队，因地制宜，在南疆首创采用风积沙筑路基的新技术，大大加快了工程进度，又节省了大量建设资金。这条南北穿越塔克拉玛干大沙漠西缘的 233 公里高速公路，成为了上海援疆优质工程的标志。

在即将离开喀什返回上海的最后几个月里，过总终于从莎车搬回了位于喀什的指挥部援疆楼。这几个月也成了我们兄弟与他接触最多、相知更深的难忘日子。老大哥丝毫没有官架子，每次周末宿舍 DIY 火锅聚会，每晚茶叙闲聊，与我们同处一室，嬉笑怒骂，其乐融融。聊多了，才发现原来老大哥骨子里是个深具幽默感的人,喜欢开开玩笑,段子百出,比起平日讲起工作来的严肃认真、一本正经,简直无法相信这是同一人。

过总极重兄弟情谊。返沪后,他回到了市政工程设计院工作,担任主要负责人,日常工作非常繁忙。但如得知有兄弟从喀什回上海联系工作或休假,他一定会挤出时间小聚。每逢年底回沪过年,他一定会请群里兄弟们一道聚会,年前接风,年后壮行,畅聊那些在喀什噶尔共同度过的日子,相互支持,相互鼓励。曾有一名与他共同战斗在巴莎高速指挥部的得力年轻部下不幸因病猝死,留下寡妻幼子,老大哥痛彻心扉、伤心不已,每次说起总要忍不住潸然泪下,以至兄弟们即便闲聊也总要小心翼翼避开此事,以免徒增伤感。

在喀什待久了,兄弟们都是爱玉之人,过总也不例外。不过,老大哥觅玉购玉也带着一股浓重的老大风格。比如,我们周末去玉石巴扎淘小籽料,那是一粒一粒地挑拣,过总则是直接一个电话打给认识的玉石商人,说明要求,送一大饭盒小籽料过来,如果看着中意,就谈个价钱,一股脑全部收下。这气概,真是“气吞万里如虎”!

援疆的日子,有这样的老大哥同行,缘分呐。

贤话群兄弟众生相:宇飞

2016—04—07　22:40:51

宇飞大名叫做丁宇飞,来自市国资委,法学博士,是群里兄弟中学历最高的一个(当然,过总那个教授级高工除外),与我是校友,都是出自上海苏州河边那个前身曾是圣约翰大学的菁菁华政园,只是我稍早几届,并且只念到硕士,没有再去读博士。

刚认识他时,是在上海市委党校参加第一年进疆之前的培训班,他的宿舍恰好在我对面,于是自然就聊了起来。一番自我介绍之后,这才发现原来我们竟然还是校友、同行。再到后来,又发现了我们之间更多的共同点,比如我们的家庭组成:老婆都是华政校友,都是学法律的同行,并且还都是法律从业者，只不过一位是检察官、另一位是法官，而我们两人如今却都离开了法律圈，都在市级机关部门当个小苦逼公务员；我们两家都生女儿，不过我家孩子大了几岁；我们还都住闵行，隔外环相望……世界就是如此之巧。

也许并非纯粹的巧合。学法律的人，思想和行为都会在长期的职业训练的潜移默化中受到一些法律思维方式的影响，当面对人生和社会这个大课堂时，往往会作出一些相同或类似的判断或选择。相识久了，在宇飞身上，我仿佛能够看到自己的影子。

宇飞祖籍福建，老家在武夷山。到了喀什以后，不禁感慨“跟福建人同行，不愁没好茶喝”。福建产茶，各种茗茶，各类茶具，他居然全套带到了援疆楼的宿舍里，一应俱全。于是，他的 306 宿舍，成为群里兄弟们每晚茶叙的常聚之地。

平日里戴着眼镜，一脸微笑，斯斯文文的模样，若是见到喜欢的玉石，顿时双眼发亮、果断出手。在不声不响之间，往往就把宝物纳入囊中。两年下来，宿舍里的好东西可是攒了不少，有大有小，有零有整。最重要的一条经验，就是宇飞极其擅长“跟跑”战术，跟着几个鉴宝眼光不俗的家伙，一般不发声音，若有好东西现世，只要人家稍有犹疑，必果断出手、一击即中。这位是绝对的行动主义者。

工作中也延续了这种风格。极认真，且不喜欢长篇大论，总是很明白地清楚自己该做什么，总能在关键的时候出现关键的地方。去年喀交会，组委会要求四个援疆指挥部每家办一个分论坛，当时我正忙着应付主会场那些事情，无暇分身，这样上海援疆指挥部的分论坛筹办工作就主要落到了宇飞身上，我知道交给他就可以完全放心。事实果然如此，后来那次的分论坛办得非常成功。

来到喀什两年多来，于我而言，最惊心动魄的日子就是 2014 年 9 月的那个凌晨，在泽普金湖杨宾馆。宇飞和我陪同指挥部领导下县考察调研，翌日凌晨领导突发疾病，宇飞敲响我的房门，拉着我一起应急处理，呼唤救援。后来终于得到及时救治，人员平安，算是有惊无险。直至今天，若是入住金湖杨宾馆，我仍免不了心有余悸的感觉。

命运有时真会捉弄人。时间过了一年，又到了 2015 年 9 月。某一天，宇飞在宿舍里不小心扭伤了膝盖，很严重。那天清晨，当我在接到他的电话时，顿时睡意全无，赶紧跑过去看发生了什么。那种强忍痛苦的表情，真是让人揪心。我赶紧又叫了几个群里的兄弟，还有我们工会的老戴主席，过来一道帮忙送医院检查。那天上午我还要参加当地一个重要会议，结果脑子里就一直在翻腾这件事，也不知会议开了些啥内容。回来后直接去他宿舍，他已经从医院回来了，倒是很平静，告诉我膝盖有条韧带断了，讲得轻描淡写，我听得倒是冷气嗖嗖。当天，领导决定，由栋林陪同宇飞回上海手术医治。等到我 11 月回沪再去看他时，他膝盖上套着一个支撑具，每天要按医嘱做法康复训练。他依然很平静地告诉我，这种伤病，手术的结束才是痛苦的开始，康复训练的痛苦远远超出手术的痛苦。听得我又一次冷气嗖嗖。

宇飞真有毅力。当年底回沪再一次见到他时，已经脱掉护具正常行走了，但上下楼梯还是明显不便，这样的康复程度已经很不错了。真不敢想象这段艰苦的康复日子是怎么熬过来的。

今年春节过后，宇飞和我们一道回到了喀什地委宾馆的那个院子里。归队了。兄弟们都很高兴，又可以一道茶聊品玉了。

援疆的日子，兄弟们共同度过。

老　陆

2016—04—04　17:45:56

按：今年入疆以来，陆兄最近写了一系列短文，通过平日细致入微的观察，以朴实、生动、真实的文风把几位援疆兄弟刻画得极其传神。近日，我把老陆写的一篇关于我的文字分享给了曾经援过藏的老师，老师评曰："主人公形象生动，故事感人。但未经分离，不经历练者，未必感动。作者写战友也写自己，娓娓道来如山间清泉。辞不求丽，语不追奇，平实质朴，方显真情。如有时间，随行随记，说不定又是一部西域记。"关于老陆，也有颇多情感，诸多故事，由他自己讲来似有不妥，于是有了我的这篇《老陆》，并以此自勉。

老陆出身军人家庭，地道的上海人，自小随父母驻守在云南边防，初中才回到上海，算是我半个昆明老乡。也正是缘于此，我们在平常的工作和生活中也会比别人多些关于昆明的话题、共同的记忆。

老陆叫陆屹，华东政法的硕士，是市商务委选派的干部，72 年的，在组里年纪最大，头发稍许有点白，我们都唤他老大哥。或许是一直搞干部人事工作的原因，老陆思维缜密、说话严谨、做事干练，大家伙有个什么事情，总爱找他商量商量，出出主意。特别是给兄弟们考核或鉴定的那张重要的 A4 纸，经老陆一手，规范严谨、措辞到位，必能让兄弟们满意称道，左谢右谢的。这哥们爱读书、爱看电影，知识面广得很，在一起聊天，常听他谈今论古，无所不知，多解多能，事事皆晓。关于丝路古道的历史文化、聚散离合、亘古变迁，老陆也能讲得头头是道，让人颇为感佩。

老陆性格上和我有些相似，是个典型的劳碌命。对工作生活抑或父母妻儿，总是身体力行，牵萦于心。女儿佳茗，亦是老陆在万里之遥最为牵挂的，时常听到他在电话中和女儿谈学习、聊为人，给这个刚念初中的孩子排忧解难，当听到女儿的点滴进步、看到佳茗的骄人成绩，这老兄则是神清气爽、心情大悦。每每于此，也很是触我生情，更为念想小女李祺。在工作上，老陆也是尽心尽力，虽偶有抱怨，却丝毫不敢懈怠。去年 8 月。老陆任职喀什经济开发区管委会副主任，上任的第一单大活就是让他参照上海自贸区的经验做法，拿出喀什开发区的负面清单。尽管有些不同意见，老陆那几天还是天天熬夜加班，翻文查据，愣是把不可能的事情给干成了。文悦是房管局的兄弟，性格洒脱开朗，办事干净利索，整天乐呵呵的，看我和老陆在工作或家事上一脸严肃时，常开玩笑地“批评”我和老陆：“太严肃啦，放轻松点，别那么拼。”不过这似乎有点难，那么多年的性格了，很难改变，且“听之任之”吧。我们今年 2 月 28 日回来的，组里今年的工作压力很大，产业带动就业的事几乎没个停歇，我感觉这哥们的头发又少了些，又白了些……

2014 年进疆以来，老陆开了个博，把在疆期间的情感百态、工作学习、见闻目睹都一一记录了下来，笔耕不辍，每天一篇，几未断过，洋洋洒洒数百篇，这会儿约摸也快30万字了。几次和他聊起来，他都说："我就随便记记，给家里人每天看看我的工作生活动态，也给三年的援疆留个记忆，给将来留个念想。"老陆这种坚持，着实让我敬佩，并也时常地提醒自己。坚持，知天命、尽己力，顺势而为、随遇而安，坚持着那份真挚友善的情感，那群肝胆相照的朋友，那份永恒追求的事业！

注：这是贤话群兄弟众生相的收官之作。我们共有10人，感谢平平为我写了一篇。记录兄弟们在喀什噶尔援疆的日子，留下一溜足迹，留下一段记忆，留下一段情谊。

洪江和金勇

2016—07—14　23:13:07

连续两晚，送别周末即将启程返沪的上海自贸区顾洪江、金勇两兄弟。昨晚是喀什开发区送别，今夜是上海援疆指挥部饯行。

洪江和金勇，是去年7月底来到喀什援疆的。讲起来这事还是我一力促成的。2014年7月，韩正书记和杨雄市长带队来喀什考察访问，与喀什地区签署了一份沪喀合作会议纪要，其中一条就是加强上海自贸区与喀什开发区的对口合作。我作为该条协议的具体落实人，几经联络协调，终于盼来了自贸区管委会选派来喀什的这两位短期援疆干部。他们和我是上海前指在喀什经济开发区的代表，我在开发区管委会任副主任，他们在开发区下属的综保区任职，洪江是综保区管委会副主任，金勇是综保区开发公司副总经理。

一年以来，我们在开发区共事，共同为喀什开发区的发展尽心竭力。他俩都是工作十分顶真和投入的人，每天早上九点四十分就会准时去综保区上班。周六、周日还要时常加班。洪江是综保区管委会副主任，几乎掌管了综保区各大主要业务部门；金勇是开发公司副总，几乎包揽了综保区所有的后勤保障工作。在去年年底我受命牵头起草喀什开发区第一份负面清单时，洪江和金勇给了我极大的支持，很多难题都是在跟他们的深夜讨论中获得启发,从而得以破题的。有了这两个兄弟在开发区,我在开发区管委会开展工作也有了底气,有了坚决的支持。我们这个上海援疆团队,在开发区开展的各项工作,得到了管委会领导和同事们的一致肯定。正因如此,当他俩服务期满即将返沪之际,我感到格外依依不舍,颇有一种形单影只的落寞之意。

洪江年龄比我大,是组里的老大哥。在他来之前,组里数我年龄最大。他以前曾做过多年的警察,在他身上烙下了浓厚的印记。性格直爽,心直口快,说一不二,说干就干,是个典型的实干主义者。老黄牛类型,干活不怕累,但是需要认可,领导的认可,同事们的认可,就是最大的褒奖。

金勇比我小一岁,很聪明。上海交大毕业,做过交大管院的学生会主席,巧的是他的前任主席和后任主席都跟我有渊源,尤其是后任主席,还是我在外经贸委时的老同事。我们之间还有一个共同点:都是做人事工作的。只不过,他做的是国企的人事工作,我干的是机关的人事工作。金勇看问题、看矛盾非常准,平常话不多,但点评几句往往都在点子上。如同在综保区开发公司的工作,他往往能选择在最恰当的时机做最恰当的事,抓住关键,利用各种矛盾之间的关系,寻求助力,开展自己的工作。

洪江有很深的援疆情结。在第七批援疆干部选派时,他就积极报名参加,可惜未能成行。这次终于有机会来到喀什,投身上海援疆工作,一年时间,他甚至觉得时间太短了,还有很多壮志未酬呢。他说,回上海以后,如果第九批上海援疆干部有需求,他还会积极报名来喀什。真是太佩服他了。

兄弟们,祝你们回沪一路平安!一年援疆路,一世兄弟情。上海见!

2. 同行伙伴篇

师院实习生

2014—04—15　23:47:06

指挥部里有一些来自喀什师范学院的实习生，分在各个组里，帮忙工作。今天，纪委副书记老戴和我召集这些喀什地区唯一一所高校的大学生们开了一个座谈会，征求他们对我们在四风方面存在的问题和意见建议。

在此之前，从没近距离接触过新疆的大学生。他们和内地的那些孩子们有什么不一样？他们怎么看自己的家乡呢？

会议伊始，大家都很拘谨，气氛有些沉闷。老戴同志不愧是老政工，哲学博士，好一通开场白，慢慢打消了他们的顾虑，大家开始讲起了自己实习的体会和看到的问题……

这些孩子大多是新疆本地学生，只有一个是来自河南农村。其中有一个姑娘还就是喀什本地的。他们讲话有着特有的新疆普通话的音调和节奏，只从口音就能分辨出这是来自新疆的同学。相比我们熟悉的那些从小生活在东部沿海地区的大学生，他们更纯朴、更直接、更简朴，更懂得生活的艰辛，更愿意为改变家乡的面貌奉献才智和青春。他们给我们提的意见都很中肯，有的还很尖锐。比如，他们会觉得我们每天早饭吃鸡蛋时只吃蛋白，不吃蛋黄（为了降低胆固醇），看到那一整个蛋黄被扔掉，他们无法理解以健康的名义所为行浪费。还有，他们会真诚地告诉我们，援疆资金应当着重用于真正改善老百姓的生活，比如净化当地硬化的水质，开展职业培训要结合就业推荐才能吸引群众参加，鼓励就业政策应当更关注那些家里无就业的农村家庭，鼓励教师下乡应该有更倾斜的政策……甚至他们对当地官员中存在的官僚主义深恶痛绝，觉得我们应当直接深入到乡村和农民中开展援疆工作……

从他们身上，我感受到了来自胡杨和红柳的坚强、来自草原和大漠的宽广、来自雪山和冰峰的纯净。这些孩子，是喀什的未来，是南疆的希望。

真诚地祝愿他们和他们美丽的家乡，明天会更好。

浙商精神

2014—06—24　00:46:41

上个月，宁波援疆前指来喀什拜访我们时，有机会认识了随同前来的喀什浙江商会的两位老板。他们到喀什经商已经多年，闲聊之下，发觉很有心得体会，特别是在南疆喀什这个特殊的地方，尤其各有独特的经营心得。当时就萌发了有机会去拜访一下喀什浙江商会的念头，深入接触一下这些早年就背井离乡、来到这个与江南水乡迥异的西域城市经商的人们。

今天下午，机会终于来了。上次见过的李总从江西出差回喀什了，热情邀请我们去聊聊。我和来自市工商联的孙馨(人称馨哥)一道去了在色满路的浙商会。这一路过去可不容易，因为广东省委领导来喀访问，市里部分路段封路，七绕八绕，好不容易到达目的地。

喀什浙商会的会长是南疆喀什地区发展最好的企业南达新农业的总裁，姓林，温州人。经历颇多传奇色彩。他们兄弟三人，早年从老家温州不远万里来到遥远的喀什打工，在当地的牧场、乳制品企业都当过工人，逐渐积累了对市场的认识和当地的人脉关系。凭借浙商的精明头脑和吃苦耐劳，兄弟三人开始了在喀什的艰苦创业，从收购农牧民的鲜奶进行简单加工开始，一步一步扩大规模，延伸产业链，现在已经是喀什发展最好的民营企业(注:本地的国企很弱)，目前正在积极申请上新三板。尤为可贵的是，南达的产业链上集成了大量农民合作社，企业员工中也有大量的维族员工，为当地群众就业增收作出了突出的贡献。在喀什，林氏三兄弟的创业史，已经成为激励年轻人创业发展的财富传奇故事。

林总很低调。介绍了在喀什的浙商会情况，约有 100 多家企业，连带家属共有近 3 万人，最早的有 80 年代初就来喀什创业的企业，经营行业主要以棉花、商业零售、服装等为主，尤其是南疆棉纺行业，基本都是浙商的天下。

邀请我们前来的李总也讲了他的故事。他在喀什西北的克州地区有个牦牛肉加工厂，每年加工量不大，就几千吨，但绝对不添加任何添加剂，采用最纯天然的炖煮方式加工，然后供给北京、上海、杭州的高档会所，价高质优，走高端精品的经营路线。另外，他还在疏勒县买了 1 万亩地，雇了 700 多内地来喀打工的工人种棉花，明年准备改种西梅，收益更高。

还有个商会秘书长，姓陈，是个小伙子，年纪不大。但他们家族在喀什经营最高档的百货商场……

我有些纳闷，为什么上海企业来喀什就没有像这些浙商那样风生水起的成功案例呢？看到的、听到的，都是水土不服，甚至撤出喀什的例子。

回来后总算理出了一些头绪。其实原因很简单，浙商遍布全球，在非洲、在美洲、在地球的每个角落，号称只要有人的地方，就有温州人做生意。其实在上海滩开埠至今，那些呼风唤雨的商界大佬，有多少浙商啊！即使现在，很多上海企业，其投资者、控股方就是浙商。所以在这个意义上，浙商和沪商是血脉相通的，一脉相承的。上海滩，从来就是浙商们叱咤风云的舞台。那么，在喀什，我们产业援疆工作，是不是也可以扩大视野，把服务对象、招商对象也透过上海、辐射江浙呢？通过发挥喀什浙商会的作用，现身说法，吸引江浙企业，特别是民营企业来喀什寻找财富的故事呢？……

这些浙商民企，是最有市场感觉、最有开拓意识、最有冒险精神的群体。如果他们看准了某个行业投资某个项目，一定是首先为了赚钱，所以投资成功的概率也最高，最能适应当地。就像一颗种子，在当地生根发芽，乃至开枝散叶，形成对南疆经济发展最重要的产业造血功能。

临走时，林总说了一句感慨之言，实在令我印象深刻。他说，在喀什这么多年，这里的自然禀赋最适合发展农业，只要在这里的土地里能种出来，无论什么，品质都比疆外同类高出许多……

年轻的上海民营企业家

2014—07—10　11:39:54

馨哥邀请了一批上海民企来喀什考察投资环境。这几日跟喀什当地的几家企业对接洽谈，颇具成果。晚上，在深喀大道边的大漠生态园宴请，招待来自远方的客人。

这批上海民营企业家，都是清一色的年轻人。乍一眼看去，还以为是一帮学生，但每人都身家不菲，各人都有自己的生意经，在商场上也实战了多年。他们的父辈都是上海老一批的民营企业家，如今将接力棒交到了他们的手里，传承家族的事业与未来……

这些孩子们都很低调、谦逊，远没有网络、媒体上那些富二代的嚣张、奢侈。能在这个时候来喀什，也体现出了他们的眼光和魄力。馨哥和这些孩子很熟，在上海时就经常相互走动，交情很深。这次他们来喀什考察投资环境，也有冲着馨哥的面子给援疆兄弟捧场的意思。从这几日考察洽谈情况看，他们都是做好了考察准备的，想要了解哪方面内容，对当地什么行业、项目感兴趣，每人都有一本账。所以，考察日程也安排得较紧，今天刚从塔县高原下来，明天就要赶去叶城。

愿这些年轻一代的上海民营企业家，在喀什噶尔开辟出一片全新的市场天地，成为新丝绸之路经济带上颗颗闪亮的明珠，就如同已在这里生根发芽、成长迅速的浙商、川商……

云南老乡

2015—08—04　23:53:57

李平的母亲和老婆女儿来喀什了。晚上兄弟们请李平的家人吃了顿饭。席间聊起家常，才发现自1985年随同父母部队转业离开昆明以后，已经有整整30年没有回去过了。而李平家，正是在昆明的。跟李平母亲聊起昆明的北京路、塘子巷、螺蛳湾，仿佛相隔了数个世纪那么遥远的回忆重上心头。

老人家是地道的昆明人。家里就在昆明火车站附近，离我们原来住的部队工作站不远。讲起小时候在昆明念的盘龙区小学，老人家说知道那所学校，是所很好的小学。当年从北京路到火车站，路边的农田早已被开发为高楼大厦的城区。昆明新城选址在呈贡，也已经建设得规模宏大了。唯一不变的估计就剩下那一池碧波万顷的滇池（虽然也面临着填湖造地和水体营养化的严峻问题），险峻的龙门石窟，太华寺和华亭寺的香火依然旺盛，圆通山的樱花更加纯美，翠湖的花鸟池鱼不减幽静……

令人难忘的还有米线和汽锅鸡，鸡汤浇淋，再来上一大勺肉末辣子，不行了，口水滴下来了……

今晚，一个来自长江口的江南子弟，在遥远的西北帕米尔高原脚下，深深怀念30年前那些在大西南滇池之畔的如烟往事，他乡遇故知啊……

来到喀什的银行家和创业者

2014—11—01　23:18:42

石磊是浦发银行喀什分行行长，乌鲁木齐人，自2012年来喀什负责喀什分行运作已有近三年，前些日子奉调回乌鲁木齐工作。喀什分行属于二级分行，归属乌鲁木齐分行管理。大半年以来，石磊和我们上海前指的援友兄弟们处得非常好。我们来到喀什后，由于初来乍到，情况不熟，石磊成了我们在当地的向导，经常向我们介绍当地的情况，一起外出品尝当地美食。大家都成了好朋友。这次他被调回乌鲁木齐分行工作，一方面为他庆祝，一方面也有些不舍，毕竟大家相处一场，都成了朋友。

晚上组里在地委宾馆门口的金长城酒店送石磊。一起来的还有今年第二届喀什创业大赛的一等奖得主、来自上海的一家海归创业企业的老总。

顺便提一句，前些天提到的这个创业大赛，今天终于落下帷幕。企业创新类项目中，这家来自上海的文化创意企业拔得头筹，主要是做电商业务的，创办了一个类似天猫的网站，但可以提供由消费者参与创意设计或提出产品个性要求的DIY电商平台，集成了一些工艺美术大师、设计咨询工作室等资源，可以为消费者提供原材料、DIY设计创意、量身定制服务的销售服务，大师们可以根据消费者的个性化要求进行材料选择、设计、加工。目前业务主要以玉石为主。

老板姓高，美国海归，南京人，在上海创业。是资深玉石玩家。看了他淘到的一串和田玉青花籽料手串，果然罕见，价值不菲。黑白分明，玉质油润，是好东西。

前晚与栋林讨论过的创业类项目中，养鸽项目一等奖，养殖蘑菇项目二等奖。果不其然。

临别时，与石磊约定，今后到乌鲁木齐，凡属私事，定找他联系安排……

买买提

2014—11—11　00:16:56

到了喀什以后认识的第一个买买提是大巴扎的干果老板，一个留着一撇小胡子、脸上时常挂着微笑的维吾尔族小伙子。他和他弟弟（也叫买买提）经营大巴扎的一个干果摊。买买提是指挥部的驾驶员带着认识的，据说上一批援友兄弟们很多都是在他这里拿货的。小伙子讲话有趣，口音带着浓浓的新疆普通话味儿，也肯让价，而且从不短斤缺两，一公斤装的干果袋，他都会装上1.05、1.08公斤的货品，临走时还会热情地给客人装上一大袋核桃、红枣、巴旦木，算是他送客人的。小伙子的生意还是不错的，似乎这一批的很多援友兄弟和山东、广东的援友兄弟也常常来他这采购。主要还是看中他经商的诚信。

今天下午，抽空和栋林、光头去了一趟买买提那里。买买提现在也用上了微信，经常在朋友圈里发些干果图片价格之类的信息，还有两个可爱的孩子的生活照片，很有意思。我也加了他微信，经常可以了解货物的情况。今天就是看到他又进了些今年的红枣，就想去他那里看看。最终，没多买，帮两个打电话来要新疆红枣的上海朋友买了一些快递回去。

毕竟要快递回上海运费太贵了，一公斤要 8 元。前些天听泽普兄弟说他们补贴的一家开在莘庄莘谭路上的新疆农产品专卖店开张了，今后回家送干果可以直接去那里进货，老板答应给我们进货价，优先供应……

大院里的孩子们

2015—07—27 01:27:57

暑假了，来喀什探亲的孩子们逐渐多了起来，大的十一二岁，小的三四岁，男孩女孩都有，从上海各个区县汇聚到喀什解放南路 264 号的大院里。都是来看爸爸的，孩子们在一起很快就相互熟悉了，有些去年就来过的，今年一到喀什就开始寻找去年曾经一起玩耍的小伙伴。在上海时基本碰不到的，在喀什却能天天碰到。现在的孩子都是独生子女，生活成长中缺少同龄的小伙伴，也没有兄弟姐妹，在喀什地委宾馆的援疆楼里他们却可以找到一起玩儿的伙伴，所以即使没法自由地外出，在大院里也能生活得很快乐。

孩子们的表现生动地诠释了一个社会学的基本命题：人是具有社会性的生物。即使外部条件有欠缺，在内部具有共同特征的群体中也可以找到快乐。其实我们也何尝不是如此。在当地发布一级响应的日子里，虽然形势紧张，但我们只要兄弟们都聚在一起，就感到安全、可靠，心理可以得到安慰，紧张可以得到疏解。很难想象在这里工作生活，个人独来独往，没有朋友，这日子是没法过的。

看着在院子里兴高采烈玩耍的孩子们，自己也感到由衷的高兴。家庭的气息、亲情的温暖，如同和煦的阳光，照耀在援疆楼的天空中……

喀什市的乡镇书记们

2015—10—12　23:42:02

上午喀什市召开了10月例会。这是我第二次参加月例会，已经对这种在上海碰不到的会议形式有所了解。这种有全市10个乡镇街道办事处书记和市直各部门、开发区班子及各主要职能部门负责人参加的大型会议，本质就是市领导班子的现场办公会，汇报、检查、部署各项工作，全面而细致，深入而繁琐。每次基本从上午10:30开始，下午14点结束，中间休息10分钟。

愈加钦佩这些在乡镇工作的党委书记们了。他们依次上台发言，汇报上月主要工作进展、存在问题及下一步工作计划，全都是脱稿，无一人用讲稿，各种数字、情况、问题、对策都在他们脑子里，信手拈来，驾轻就熟。汇报中还需要随时回答市委书记的插话提问。虽然他们的职级算起来只是正科级，但这份对工作的熟稔、辛苦、责任感，比我们这些来自东部地区政府大机关的处长们丝毫不差，甚至压力更大、担子更重，因为他们这里是反恐维稳斗争的第一线，常常面临尖锐、激烈的冲突矛盾，有时甚至是你死我活的斗争。真是太不容易了！

甚至其中有一位乡党委书记是个女同志，年纪估计不超过四十，担子却一点不比她的那些男同事们轻。每次汇报工作，女书记的口齿清楚、条理分明，一气呵成，流利顺畅。这个乡是位于喀什市西北的近郊乡，各方面情况还是挺复杂的，在这里做党委书记，没点魄力、魅力、勇气是很难做好的。

书记们的工作重心还是在维稳上。主要是排摸情况、加强防范，同时加强三支队伍建设、加强流动人口管理、加强基层组织建设、加强上门走访和谈心……今年九月底十月初，多个节日假期碰头，他们全部都在一线乡村加强值守、确保安稳，没有休息一天。

南疆的稳定，来之不易、来之不易啊……

辛苦的大师傅们

2015—12—05　22:03:56

今天有口福。中午吃完饭外出到院子里溜达一会儿，回来时巧遇栋林，受食堂厨师领班老周师傅的邀请，中午一块儿吃个火锅。既然都遇上了，那肯定是不能错过的。于是我也一道参加了大师傅们的火锅饕餮大餐了。

指挥部的午饭已经结束。大师傅们的火锅就可以开始了。牛肉、羊肉、毛肚、虾丸、鱼丸，还有各种蔬菜，摆了满满一桌。锅子用的是鸳鸯锅，一半辣汤一半白汤。家伙事一应俱全。厨师自己摆的火锅宴，果然与我们在自己宿舍小天地里的火锅小吃不一样，手笔、场面就是高大上！

栋林经常和老周师傅切磋厨艺，出主意，想点子，把食堂的伙食搞好、对胃口。他自己在宿舍里做菜时也经常到厨房借厨具或锅灶，包点饺子啥的，若说指挥部援疆干部里有人跟大师傅最熟、关系最好，那一定就是他了。

正好还有旁边地委宾馆的两位大厨送食材过来，一道坐下，加入宴席。说实话，由于已经吃了午饭，再吃火锅已经没啥胃口了，主要还是大家坐一起聊聊天。

这也是第一次跟厨师们坐一起吃饭。从上海来的厨师团队共有 4 人，都是机管局选派的。他们没有休息日，每天都要做饭，没办法，休息日大家也要吃饭哪。每天早上七点半起床开始做早饭(喀什时间七点半，相当于上海凌晨五点左右)，九点半早饭开饭，十点一刻左右可以结束。十一点半就要开始准备午饭，一点半开饭，二点半左右结束。下午五点半开始又要忙活晚饭，七点半开饭，结束时间不确定，因为晚上经常会有接待宴请，需要等到宴请结束，厨师们才能回房休息。一般都要到二十二点左右。

他们的劳动强度非常大。每天还要琢磨菜单，食材采购由当地一家单位承包了，但有时为了掌握一手信息和食材新鲜情况，总厨老周师傅还是会带上一个助手到市场转转，领领行情。

厨师团队每半年一轮换。俗话说，众口难调。有人喜欢味重的，有人喜欢清淡的，有人喜面食，有人好米饭，整个前指每天在食堂用餐的有五十多号人，让大家吃饱吃好可不是一件简单的任务。

老周师傅工作非常用心。这次轮换从上海来时，专门还征求了卫建的意见，卫建负责后勤保障的，与周师傅相熟，甚至还跟栋林都交换过意见。来喀什时随身携带了大量的小砂锅、小鱼盘等器具，花样翻新，让大家吃好。

跟他们聊过，才知道厨师的辛苦。他们也是援疆人，在喀什挥洒自己的汗水和奉献。

开发区发促局的同志们

2015—12—31 00:12:59

虽然到开发区任职已经快半年了，但跟开发区各个部门的同志接触并不多，日常还是在前指办公室处理事务居多。但此次接了这个制定喀什地区首张负面清单的任务后，近日天天都要到管委会大楼，跟发促局的同志们开会商量，群策群力，出主意，想点子。没办法，时间紧，任务重，大家必须拧成一股绳，形成合力，才能完成这个艰巨的任务。

发促局是管委会里负责发展改革促进的部门，也有招商的任务，平日任务就很重。人员不多，就三五个，但很精干。其中有个小伙子名叫王世显，今年曾选派去上海自贸区保税区管理局挂职锻炼了半年，文笔相当不错，工作思路也很清晰，是发促局的业务骨干。还有深圳援疆的副局长兰青，去年我就认识他了，都是援疆兄弟，还一起吃过几次饭。兰局同时还兼任开发区深喀科技创业园区主任，工作任务也很重，经常在任职单位加班加点。非常辛苦的。发促局局长徐红斌，是个干练爽快的女同志，领导能力、协调能力都很强，在开发区是出了名的“女将”，许多重大的产业项目、政策制定都与她有关。

这次与他们一起奋战，也逐渐熟悉了这里的工作风格。真的与上海很不一样，从领导风格到议事习惯，猛然扎进这个圈子，还真有些不习惯。相信有过这次经历，应该会慢慢适应习惯的。

这种风格的不同，谈不上哪个更好，只是文化习惯不同，当然也有思想观念的不同。个别情况下，思想观念的差异带来的困扰会更大。如果对当地没有一定的了解，是难以很快适应这种差异的。某些时候，适应当地真不是一件容易的事情。

胡杨根雕大师

2016—01—09　01:49:44

下午卫建带着我和卫峰、栋林去了月星上海城后边的一个根雕基地，是一对来自东北吉林的夫妻开的。他们来喀什已经快二十年了，丈夫王仪有是新疆胡杨根雕工艺美术大师。长发飘逸，白髯仙骨，一副艺术家的风范。

他家的大院里摆满了各色的胡杨原木，都是从南疆各地走村串乡收集来的原料。根据每块料子的特点形状，大师进行构思创作，形成作品。尤以天然生成，不经任何人工刀削斧凿为珍品。有作品名为“一帆风顺”和“丹凤朝阳”的，卫峰喜爱非常。在另一工作室内，见一胡杨块根天然而成的茶壶，仅在壶嘴处稍有人工，我一见便钟情之。无他，盖因女儿佳茗之名，佳茗者，应与天然而成的壶具相得益彰，茗自壶来。取此寓意，喜爱非凡。

大师开价3500，软磨硬泡之下减去500，3000成交。欣喜异常。唯愿以此胡杨块根天然而成之壶，护佑女儿佳茗一生平安幸福，吾心足矣。须知，胡杨乃大漠生命力最顽强之生灵，千年生命，千年不朽。

大师嗜酒，还价之余，大师终出一语：价格不是问题，如汝等有好酒，皆好商榷。在喀什，酒却不是问题，满口答应之下，顺利砍下价格，皆大欢喜。

大师心喜之，慨叹近年来受局势所限，难以亲身下乡收购胡杨，原料日渐稀少。作品卖掉一件，便少一件。故每件作品都是独一无二之孤品。谁知下次去村里还是否能收到这样的原料呢？

大师不易。俺亦不易。据一同前往的指挥部驾驶员讲，这样的胡杨根雕作品前些年比比皆是，如今却成珍品，实在是物是人非啊。

没办法。看到就喜欢，是为有缘。想到沪上家中摆上如此胡杨根雕物件，西域风情点缀满室，以为援疆岁月之难忘记忆，寄托情怀，情牵沪喀，意义深重。

真心喜爱之。

宿舍服务员

2016—01—09 22:08:22

听说我们三楼的宿舍服务员罗霞春节过后就要调换回旁边的地委宾馆工作，三楼的兄弟们都很诧异。小罗已经为我们服务两年，对我们每个人的生活作息习惯都非常熟悉了。比如哪些人要睡懒觉，哪些人的房间要求早些打扫，还有哪些房间的花要适时地浇水，鱼儿要适时地喂食，诸如此类。

小罗是早年随亲戚从河南来喀什打工的，然后在这里一住就是十几年，在喀什成了家，丈夫也是河南老乡。有个女儿现在在喀什上高中。类似经历的内地汉族人来喀什的还有很多。河南、四川、陕西、浙江，来自全国各地。他们在这块土地上，和本地的维吾尔族一起，工作生活，打造自己的家园。

小罗在地委宾馆也已经服务多年了。自我们进疆以后，她就一直是三楼的宿舍服务员。兄弟们一致评论她是所有服务员中工作最认真、最仔细、最和善的一个。我们时常会自己动手烧饭做菜，几个人聚餐，饕餮过后，杯盘碗筷、餐厨垃圾的清理打扫经常麻烦她。有时候洗衣机里洗好的衣物忘了晾，她也会帮忙挂上晾衣竿。她打扫过的房间，总是清清爽爽、干干净净。

真还挺舍不得小罗离开援疆楼的。

克州边防

2016—04—16 22:28:15

克州全称是克孜勒苏柯尔克孜族自治州，位于喀什西北，属于边境地区，与吉尔吉斯斯坦、塔吉克斯坦接壤，也是我国唯一的柯尔克孜族民族自治地区。喀什对外介绍时必讲“五口通八国”，其实其中有两个主要口岸是属于克州的，都是对吉尔吉斯斯坦的，一个是伊尔克什坦，一个是吐尔尕特。前者还有10平方公里划进了喀什经济开发区所属的边境区域，是目前喀什开发区最主要的通商口岸。

柯尔克孜族，是新疆的十三个世居民族之一，和临近的吉尔吉斯斯坦主体民族是同族。克族亦是穆斯林，语言同属突厥语族，与维吾尔语类似相通。他们与维吾尔族最明显的区别，就是帽子不同，柯尔克孜族男人的帽子是那种两边翘起的高毡帽，维吾尔族则喜欢四方直角帽，以绿色居多。

介绍这么多关于克州的地理人文，盖因今天去了趟克州首府阿图什市，与江苏昆山援疆的援友兄弟姐妹和克州边防支队的张支队长结识，对此地有了更深的认识。

张队是卫建认识的一位克州边防支队的领导，原是通过上海公安边防支队的兄弟介绍认识的。两年多来，每次我们有上海来的领导需要上塔县的，都要路过克州边防管辖的盖孜检查站，一般都会安排上海领导慰问看望战斗在穷山恶水间的边防官兵，然后在盖孜检查站稍作停留休息后，再继续赶路。这些联络协调，都是卫建请张队安排的。

张队其实是江苏人，当兵来到了新疆。原来在新疆的东大门哈密，后调来克州，戍边已两年有余，此次据说又要调回哈密。跟卫建约好今天碰头，其实也有惜别的意思。

陪同在座的还有来自江苏昆山的援疆医生们。昆山虽说属于苏州，但毗邻上海嘉定，在万里之外的祖国西陲之地，我们就算是江浙老乡了。昆山的援友们都很谦虚，自称是“上海的后花园”。这话倒是事实，很多上海人都在昆山花桥买房置业，上海地铁也已直通花桥。在经济血脉上，昆山与上海更近，昆山开发区外出招商时，总是说：我们离上海虹桥机场在一小时城市交通圈内，却从不会讲昆山离南京距离多少公里。

他乡遇故知。人生幸事也。觥筹交错之间，流淌的是浓浓的战友情、援友情。

月星锦江维吾尔族员工的故事

2016—04—24　00:46:31

下午去了一趟喀什月星锦江国际酒店,联系明天上海企业代表团来访住宿。巧遇酒店业主方代表张宁,也是在喀什有过多次合作的老朋友了。聊起酒店的经营情况,依然是一如既往地艰难。一家软硬件都按照五星级标准打造的豪华酒店,每晚单间房价只有 320 元,在上海,同等价位只能住经济型酒店。一句话,经营惨淡。

习大大说了,新疆的事情,算经济账,更要算政治账、社会账。实在是太精辟了。

喀什月星锦江酒店开张至今已四年有余,现有员工 200 余人,其中维吾尔族占 50%,都是喀什市周边乡镇的本地职工。这些古丽和巴郎们,在这家喀什地区最高档豪华的大酒店打工,感受现代化和世俗化的巨大冲击,为来自天南海北的客人提供锦江标准的服务,同时享受自身辛苦劳动而获得的不菲报酬,使自己和家庭的生活水平不断提高,对未来的向往不断延伸,对极端宗教的抵御能力更是大大提高。据说,在这些民族员工中,有很多生动的小故事,折射出这座带着浓重的海派风味儿、矗立在喀什西郊的大酒店给当地这些普通民族群众和他们的家庭带来的巨大变化。

张总给我讲了一个维吾尔族小伙子在酒店从门童做起、自学成才的励志故事。这个小伙子就是喀什本地人,家境贫穷,曾听过村里的地下经文学校讲经,也曾迷惘、迷惑。后来,为生存所迫,抱着试试看的心态来到月星酒店打工。刚来时,普通话既听不懂、也不会讲,更不用说读写了,所以工作岗位就是大门口迎宾的门童。大酒店迎来送往的活儿干得久了,眼界开阔了许多,对社会的认识更加全面,对更高标准的生活水平愈加渴望。为此,小伙子首先下功夫学习普通话,参加培训班,很快就可以在工作中熟练使用普通话。干活勤快,反应灵活,服务周到,赢得了良好的口碑。于是,酒店管理方就调他去销售部当服务专员,先从简单的客户服务做起,逐步到独当一面,策划组织实施一些比较复杂的大型活动,如今已经升到了销售部经理,成长为月星酒店的中层骨干。在这两年,小伙子甚至还利用业余时间自学了英语,遇到外宾甚至都可以使用英语进行交流。

最关键的是,小伙子参加工作以后,再回想起当初在村里听讲经的情形,已经认识到那些曲解经文的言辞是如此荒谬。随着自己和家庭生活水平的不断提高,更加不会去相信那些教唆言论了。

这样的例子,还有很多。

所以,到南疆投资,一定要算大账,政治账、社会账、战略账。

张总和他的厨师长

2016—05—02　01:07:11

喀什月星锦江酒店新来一位总经理张德辉,是锦江集团派到月星酒店的高管,巧了,这位张总与我在委里同一个办公室的徐处长熟识。三言两语之下,发现竟有许多认识的共同朋友。近日恰逢五一,张总盛情邀请,我约了群里的几个兄弟一道去月星相聚。在这远离浦江之畔上海家乡的老乡们,同聚一室,共庆佳节。

张总也是走南闯北的职业经理人。海南、马来西亚、山东,诸多地域,都留下了他的足迹。如今,又来到了祖国西陲的喀什,真是有缘千里来相会。喀什三年,回去之后,张总也就要退休了。从这个意义上,他把职业生涯的最后一站留给了喀什。向张总致敬。

月星的厨师长是位四川人,也曾走南闯北,甚至曾在北京钓鱼台主持过国宴。这次,他来到喀什月星,带来的看家菜品是国宴豆腐。据称是这位陈厨师长费尽了八年时光精心琢磨而成的。一盅晶莹透明的靓汤,盛开着一朵怒放的牡丹,豆腐制成,柔韧而洁白,配以鲜红的枸杞和纯黑的松露,辅以吊味一整天的土鸡汤,无论口感抑或造型,已臻极致。据称,这道名菜,是该厨师长独创,在北京钓鱼台曾得中央首长的高度肯定,赞不绝口,为中华美食之极品。取调羹品尝之,果然,汤味鲜美,豆腐嫩滑,松露淳朴,如上九天揽月，下四海捞星，毛孔顿开，通体舒泰，腾云驾雾，神仙亦不过如此矣。

美食的魅力竟至如斯！

在上海，未品过国宴。在喀什，因缘际会，见识了如此中华美食。幸甚幸甚。

来到喀什读大学

2016—06—05　19:38:12

昨晚指挥部安排欢送这两年在这里实习的喀什大学实习生们。这些大学生帮我们处理一些办公室事务，基本上文件收发、归档、接听电话、发通知、会议席卡、议程等等内勤事务都由她们承担了。有她们(以姑娘居多，只有少数几个小伙儿)在，我们就可以摆脱许多日常琐事，专心处理一些更重要的工作。

这些姑娘小伙儿大都二十刚出头，读大三，由学校统一安排社会实习。上海援疆在喀什大学本就有一支十多人的教师工作队，借此双方建立了合作关系，指挥部得到了帮手，学生们也接触了我们的援疆工作，有利于更深刻地理解国家的西部战略和建设新疆的决心，也有利于东西部相互之间的交往交流。

学生们仍然住在大学宿舍里，每天早晚由指挥部安排班车接送。三餐就在指挥部食堂搭伙，跟我们一起用餐。

每轮实习一般安排在三个月左右。从刚进办公室时的拘谨甚至不知所措，到逐渐得心应手、驾轻就熟。这些大孩子们工作努力、认真，有很强的求知欲。她们喜欢听我们讲述上海这座城市以及关于上海的各种故事，她们也乐于与我们探讨新疆喀什与“一带一路”的发展机遇，甚至她们也非常高兴与我们聊聊当今的全球时尚潮流、经济社会发展新趋势、新模式，谈谈乔布斯的创业，说说马云的成功。

跟她们聊天是一件很愉快的事情。可以重温久违的青春热情与梦想激情，经常回想起自己的大学时代以及那个火热的改革开放年代。

很多孩子并不是喀什本地人，甚至不是新疆人，而是从内地高考过来的学生。西北省区就不必说了，甚至还有来自江苏、山东、福建等东部沿海的，来自河南、安徽、江西、湖北等中部省区的，来自四川、云南、贵州等大西南的，五湖四海，相聚喀什来圆大学梦，缘分呐！

我们组里这两年来过四个实习生，都是姑娘。杨欢、陈怡心都来自北疆，张云迪来自库尔勒，胡娟娟是唯一的喀什本地人，来自麦盖提县，但老家是四川的。

跟她们接触久了，就发现跟内地大学生相比，这些来到祖国国土最西端求学的孩子们更自立、更现实、更坚韧，目标更明确。毕竟在喀什，远离内地家乡，一切都靠自己，打工挣钱、努力考研，所有一切都靠自己统筹安排。比如，杨欢非常有经营头脑，小姑娘竟然自己组建了一个家教培训机构，安排自己的同学为喀什市有需要的中小学家庭补习各类课程，充分发挥师范生的优势，既赚了钱，还积累了教学经验，两不误啊。

有时我甚至感到，这些孩子在喀什念大学，其实不也是另一种意义上的留学吗？只不过不是去欧美，而是一路向西来喀什，同样面临一个陌生的环境，同样需要自己的拼搏奋斗，同样不得不自主自立，应对生活、大学随时给出的各类难题……

喀什大学的这些孩子们，是建设祖国西部的真正栋梁，是喀什抓住“一带一路”战略机遇的骨干力量。勇气、梦想、责任，是他们身上最熠熠闪光的品质。从他们身上，我们看到了南疆的明天、喀什的梦想。

银龄行动

2015—06—13 20:53:36

今天指挥部食堂里突然热闹了起来。一下子多出好多位头发花白的老伯伯老阿姨，打听之下才得知他们是今年来喀什发挥余热的上海老年志愿者，以医生和老师居多，上海市民政局为这个面向广大已经退休的专业人才来西部服务的志愿者项目起了个好听的名字：银龄行动。

他们的服务期限一般在 3 个月左右，有到当地医院的，有到当地学校的，也有到当地别的技术部门的。共同的特点是年纪大，热心公益，专业经验丰富，工作认真负责。记得去年在这个时期也有一批上海银龄行动的志愿者，就住在援疆楼旁边的地委宾馆，每天和我们一起在食堂吃饭，一起在院子里散步，还一起在多功能厅看电影聊天。这些老伯伯老阿姨们对生活的热爱，对工作的认真执著，对公益事业的奉献，令指挥部的兄弟们十分敬佩，肃然起敬。

在上海时曾听说日本有个退休工程师计划，主要是组织日本国内已经退休的工程师来中国指导帮助企业提高生产技术，也算发挥余热。这个项目在改革开放初期日资大举进入中国市场的时候，曾经发挥了巨大的作用，上万名退休日本工程师往返于中日之间，对于当时的中国企业尤其是中日合资企业提高技术水平起到了很大的作用。通过这样的项目，也增进了中日两国企业和普通民众之间的交流和理解。

两国之间尚可如此，同属祖国大家庭的沪喀两地之间更有理由增进相互了解和交流。作为东部沿海先发展地区的龙头上海，更应帮助西部开发开放的新兴城市喀什快速发展起来。上海的优势在人才，门类齐全，水平较高，而喀什发展最需要的就是人才，基本各种类型都缺，正好可以互补。上海的退休老专家来喀什指导帮助工作，是上海的责任，也是喀什的需要。这些老专家通过在喀什生活工作 3 个月，都对喀什这块土地产生了深厚的感情，对生活在这里的各族群众加深了了解，亲身体验了不同的文化习俗，与当地干部群众结下深厚的友谊，收获的不仅仅是专业领域的成果，还有各民族之间交往交流的硕果。

向这些来自我们浦江之畔家乡的“银龄”老专家们致敬！他们不仅是专业知识和技能的教授者，更是民族交流友谊的传播者！

第四编

思　念

1. 2014 思念篇

出差回家

2014—04—10 23:43:16

这几天,陆续开始有兄弟出差,出差回家。这是所有援友最盼望的事情。也是只有在这里才会有的专有名词。

不是为了回家而出差,而是为了联络对口支援工作回沪出差,顺便短暂回家。我们有严格的出差制度,出差不能超过 12 天,含往返在途时间。有很多工作,真的需要回来与当事方、对接方面对面谈才能有结果,光靠打电话、发邮件、发传真,实在推动缓慢。

我们组里目前还没有出差回家的。不过 4 月底 5 月初有两个兄弟有工作任务需要回沪。

不过有时心里也挺矛盾的。出来一个半月了,已经逐渐熟悉了这里的工作、生活,新的行为习惯也基本形成,心理上也慢慢从当初的强烈思念中走出来,开始坦然面对东西分隔的现实。而家里也在逐渐适应你不在上海的日子。当出差回家的机会突然来临时,会感到莫名的担忧,害怕回家后家人反而不适应,自己反而不适应,更害怕经过短暂相聚回疆后会更加想家……

也许是杞人忧天。也许是离家久了,返乡情更怯,不管怎样,能回家总是一件值得高兴和期待的喜事。

晚上,李平同学的女儿偷偷告诉老爸:我想你了,就一个人在等学校班车的时候偷偷地哭……

一封家书

2014—04—13 22:44:32

下午,终于动笔给女儿写了一封承诺已久的书信。在信息科技电子时代的社会里,套着信封、装着信笺的书信似乎已经是发生在遥远年代的故事。借助以电波或光纤信号传播的电子数据,已经成为异地联络通讯的主流。但我始终觉得,现代的通讯方式,无论怎样先进,如何实时传播,都无法取代写在清香信笺上亲笔手写所传递的浓浓情意。女儿十岁了,惭愧的是作为爸爸这次居然是第一次给她写信,而且是在远隔5000公里之外的天山脚下给她写信。要知道,在离家的最后一天,我可是答应她会给她写信的。

本来只想表达一下想念的,结果啰哩啰嗦讲了一大堆,也不知她能不能理解。不管了,相信总有一天她会理解的。因为,孩子总会长大,总会懂事的。

掐指算来,估计下个周末她就可以收到信了。我特地关照她妈和爷爷奶奶,先不要告诉她,为的是给她一个惊喜。我真的很期待看到她收到信时的表情……

附:给女儿佳茗的一封信

亲爱的女儿佳茗同学:

你好吗? 想爸爸吗?

这是爸爸在5000公里之外的西部边疆喀什写给你的信。离开上海已经有一个半月了,感觉却像离开了一年多。虽然每天都和家里视频联系,看见熟悉的面孔和场景,但毕竟身处两地,远隔千山万水,有种水中花、镜中月的虚幻感,看得见,听得到,却摸不着,碰不到。你也有这种感受吗? 虽如此,还是要感谢乔布斯和苹果,毕竟现代信息科技可以使我们共享同一时间的声音和图像，尽管还无法解决物理空间上的隔绝。也许将来有一天，通过扭曲时空能够自由地进行时空旅行时，从上海到喀什只是一瞬间的事，但现在，那样的场景只存在于科幻大片之中。

我不在家，你听话吗？说心里话，喀什三年，心里最放不下的就是你这个阿布基。自2004年你出生至今，没有哪次像这次离开你这么久。在你小的时候，也曾有过几次出差，有一次甚至是环球旅行，但最长也不过两周，总能熬到回家的时刻。而这次，时间真的有点长了，有点慢了。

看到你在屏幕上的样子，是我每天最放松、最开心的时刻。即便由于时间关系，每天连线的时间只能是晚上八点以后，基本上你就是在做作业、做作业、做作业，偶尔还跟你妈"嗯呃"几声表示不满，有时还跺脚发泄，有没有？我可是都听到了声音的。

孩子，不要这样。你答应过我，在我离开上海的日子里，会管好自己的学习、生活。我可都记着呢，你要说话算话哦。妈妈一个人忙里忙外已经很辛苦了，你要体谅、理解。有时多问两句、多说两句，你就好好回答，或者可以有礼貌地说：我在做作业呢，等会儿跟你说话好吗？孩儿啊，千万要记住：与人讲话，内容和语气同样重要，内容合理，但语气生硬，也会让人反感。很多时候，你讲话时那种不耐烦的语气真的很让人受不了，相信你外公外婆、爷爷奶奶也有同感。这不是批评，而是必要的提醒。作为一个十岁的女孩子，你在许多方面都做得很好，甚至是出色，比老爸我十岁时出色太多了（关于这一点你可以向爷爷奶奶求证）。有些缺点也是正常的，但要注意改正。人的一生，其实就是一个不断反省、不断改正缺点、不断追求自我价值实现的过程。我想，等三年以后我回到家，在我面前的将是一个焕然一新、青春逼人的佳茗孩儿。

孩子，不要怪我狠心，要离家三年去一个那么那么遥远的地方。喀什，中国地图的最西端，一个古时称作"疏勒"的地方，生活着勤劳的维吾尔族（或许用"能歌善舞"描述更合适）。北面是巍峨的天山，西面是高耸的帕米尔高原，南面是险峻的昆仑山，东面则是广袤无垠的塔克拉玛干大沙漠。喀什，是散落在整个塔里木盆地西部边缘的绿洲之一。这里自汉朝以来就是国家的一部分，曾经是古代丝绸之路上的重要驿站，充满了异域风情。但这里现在还很落后，经济不发达。当你在上海吃肯德基时，这里的孩子只能吃馕；当你在为暑假去哪儿旅游烦恼的时候，这里的孩子大多连县城都没去过；当你坐着家里的轿车去上课、去踏青、去散心的时候，这里的孩子可能只乘过毛驴车……所以，国家要求全国其他地方帮助他们，让他们也能分享改革开放的成果，不要让他们成为时代遗忘的角落。所以，我报名援疆来到这里，因为我感觉自己有责任帮助他们，因为他们都是祖国同胞，因为他们都是祖国民族大家庭的兄弟姐妹。虽然近年来他们之中有些人并不这样认为，甚至制造了一些暴恐事件，但那不是他们的主流。你可以去看看在我博客的相册中那些维吾尔族孩子的笑脸和眼神，就会明白其实他们和我们一样纯真、爱美，追求美好的生活。孩子，人生就是一场历练，一场磨炼，一场体验，一场追求。当一切重归平静，就能真心体会到人生的意义和价值。

希望你能理解我。也希望你能拥有自己感到有意义的人生，快乐充实、平静祥和。

最后，要向你的妈妈、还有辛勤操心一辈子的爷爷奶奶、外公外婆，还有搞怪可爱的佳茼妹妹、娘娘和姑父问候一声：辛苦了！多保重！

学习一下灰太狼的经典台词：我会回来的……

祝

身体健康、幸福平安！

爸爸

2014.4.13 于喀什

出差回家的日子

2014—04—27 00:56:53

这两天，心里颇不宁静。

隔三差五，三三两两，陆续有兄弟出差回家了。早期出发的几个，已经回到喀什多日了。近日，大家相互之间聊天时，常常会问一句：你打算何时回去？……

我们组里目前还没有人回去，但周一或周二马上要有第一个回去的了，一周以后第二个，再一周以后第三个……

我本打算晚些回，一则是眼下没有太急的事情，二则是怕自己刚刚适应在喀什的日子，家里刚刚适应我不在家的日子，回去没几天还是要回疆的，然后自己和家里又要重新适应相隔东西万里之遥的生活……

但是，看着人家陆续回家，想想距离自己回家的日子还有些时日，心下不禁惴惴然，似乎也有些迫不及待……

明天出差回家

2014—05—05　23:41:55

明天可以出差回家了。

从 2 月 22 日离家，至今两月有余了。这是第一次出差回家。从 4 月初开始，就有兄弟陆续回沪了，都是带着对接援建工作任务回去的。陈杰是我们组里第一个回去的，昨天通了电话，发现回去以后真的很忙，每一天都安排得很满，有时晚上回到家都要八点多了。新疆时间 8 点是下班时间，但是在上海，那就是劳模加班的时间点了。

很高兴民生组的李明兄弟和我一道回沪。从 10 点离开指挥部，估计晚上 10 点进家门，整整 12 个小时，其中在乌鲁木齐转机就要 3 个小时。有个说话的伴儿，对于漫长的旅途真是太需要了。

掐着手指一算，回沪以后工作任务还真不少，一桩桩、一项项，都要去联系、对接、落实……

再算算，家里也有很多事情要赶紧处理，车子要保养、要年检、要购买保险、门窗老化需要更新、孩子的暑期安排要确定……

12 天的时间里，只有一个双休日能够多陪陪家人。

多珍惜相聚的时间吧!

喀什亦我家

2014—05—17 23:45:05

12 天真快。眨眼间,又回到了喀什地委大院,回到了前方指挥部的宿舍。

12 天前离开指挥部回上海的情形还历历在目。真是要感叹一句:时间都去哪儿啦?家里还有那么多牵扯不开的挂念……

喀什也有。组里的兄弟们早就在念叨,今天谁回来,明天谁回来,后天谁回来,咱们组里的餐桌孤零零地已经多少天了……

起了个大早,赶赴虹桥机场,搭乘东航航班经停乌鲁木齐后到喀什。凌晨 5 点半出上海的家门,下午 17 点终于踏进了喀什的家门。飞机在喀什机场落地,当我拉着行李走出候机楼时,一眼就看到了老肖、陈杰和宇飞的笑脸,他们来机场迎接我回家。是啊,正是有了这些兄弟们的陪伴,一路走来,在喀什我也有了一个始终让我牵挂和牵挂我的家。

同机抵达的还有来自上海东海学院的几位老师,他们是社会民生组邀请来喀的,一同来机场迎接的还有 2 个维吾尔小伙子,看到自己的老师,热情而尊敬。东海学院开过新疆班,这些孩子在上海上过学,看到老师来了自己家乡,高兴而自豪。

宿舍里还是离开时的模样。在进门的一刻,恍惚间我想起了 12 天前踏进上海家门的情形……

宿舍服务员更换了部分绿化,多了一盆大型绿色植物,郁郁葱葱。

晚饭后,一个人回到宿舍,重又回到了孤单的喀什之夜。只是这次,比起上次刚到喀什时,少了些陌生,多了些熟悉,少了些忐忑,多了些稳重,少了些抑制不住的思念,多了些习以为常的孤独……

一封家书

2014—05—19 23:45:06

上午,我还在办公室里跟几个兄弟说起女儿前段时间写给我的信,掐指算来快有一个月了,怎么还没收到。半小时后,这封姗姗来迟的家书居然就摆在了我的桌上。问起实习生小杨,说这信还真是今天才到的。于是我很好奇,如果我早些抱怨,是否就能收到信呢?

只能^_^一笑。看着这封盼望已久的家书,掂在手里沉甸甸的,心下窃喜,女儿居然给我写了这么多!……

急切、小心翼翼地打开信封,取出一沓信纸,折得方方正正,打开一看,信纸折页上写着:信在最里面喔!于是再次层层打开信纸,一共四张,三张空白,只有一张信文……

忽然让我想到了日本人送礼时层层包装的精致,结果发现里面包的就是两块饼干糕点……

但这不是还有一页信文吗?说不定写得很感人呢……

期盼中赶紧读信,第一段果然很让我打心里感动:每天晚上和你 Facetime,可我还是很想你。这话让我心里酸酸的……

赶紧再往下看……

没了,啥都没了,下面就是给我报了一遍在社会实践基地上课的流账,昨天上了啥课,今天上了啥课,明天又要上啥课,在寝室里睡上铺,梯子不方便,伙食也不好吃,还看过一场电影……

然后就祝我身体健康,拜拜了……

于是我有些发懵了……

到了晚上,我再次拿出信,又反复品味,终于咂摸出了点意思。孩子在信里给我拉家常,讲她在实践基地的事情,宿舍和食堂……这是给远在喀什的老爸讲述她自己的故事,她的感受,在她看来,如果老爸在家里,这些话就可以当面告诉他了,可是现在老爸在那么那么远的地方,这些她自己最真实的感受就只能在信中告诉老爸了……

进疆 90 天

2014—05—22 00:19:49

今天是我们进疆第 90 天，整整三个月。

三个月了，回想起当初进疆刚满月时，浓烈得无法化开的思念，只能借着伊利老窖的酒精燃烧，在兄弟们抱团取暖的潸然泪下中沉沉睡去……

而今天，与往日并无不同，甚至大家相互之间都没人提起，仿佛这根本不是个话题。

安全局势还是持续严峻。我们的活动空间已经被压缩得越来越小了，为了不知何时何地会发生的“万一”……

习惯了。我如此，大家亦如此。

晚饭后和两个兄弟到大院里散步。在行行笔直挺立直插天空的白杨林小道间，不禁感到有些迷惘、有些空旷，仿佛荡在半空中，不上不下，无所适从……

意外之事

2014—08—02 23:17:47

这些天，上海家里意外之事不断，每次事后告诉我时，都有一种心惊肉跳的惊悸感觉，只恨鞭长莫及，远隔万里，使不上劲儿……

周四下午，佳茗和几个同学返校结束后，小伙伴们高兴地相约到家里玩。不知哪位小朋友不小心洒了水在地上，结果妈去接孩子们回家时，一不小心滑了一跤，头磕在了门框上，起了个大包，好一阵子都没站起来……孩子们估计都吓傻了，个个站在旁边，既不知赶紧打电话找爷爷，也不知快去外面找邻居大人……

妈已经七十岁了，这个年纪可不敢摔跤，尤其是仰面滑倒，想想都后怕……

身在喀什，急也没用，也只有多打几个电话问问情况，幸好无甚大碍。此事提了个醒，孩子的教育中缺失了一门紧急情况应对的内容，发生了这种事情，四个十来岁的半大孩子，居然没人想到打电话或赶紧外出找大人！

所以，今天赶紧给老婆打电话，要求她一定要借这次发生的事情给女儿讲讲遇到怎样的紧急情况应该怎么应对，如果我在家，这事情原本更适合我做……

今天上午，送完女儿去上小五班，回家上楼时老婆被关在电梯里了。好在物业维修人员很快赶到，没几分钟就来了，把人放了出来。楼里的电梯是上半年刚大修的，居然又出这种事情。如果女儿一个人遇到这种情况，她知道怎么应对吗？于是，赶紧再补个电话给老婆，要她在紧急情况应对教育中加上被关电梯这种意外情况……

不怕一万，只怕万一啊……

今天也有意外之喜。中午散步时，领导同意组里几个兄弟的家属可以来喀什，但近期不能外出，只能在院子里。即使条件如此苛刻，也足使兄弟们欣喜若狂了，这可真是意外之喜，要知道，现在仍是一级响应时期啊……

李平家的小姑娘也要来了，他的心情格外晴朗，笑脸不断……

算来也只有我家老婆女儿今年来不了了，没办法，暑假就这么两个月，7月我忙，8月又碰上一级响应，完全打乱了原有的北疆旅游计划，往后要开学了，也没时间了……

就把思念的种子小心藏在心里，让它慢慢发酵，慢慢品味吧……

等明年

2014—08—04　00:04:30

今天，组里卫峰、陈杰、李平三个兄弟的家属到喀什了。从昨天中午散步时领导表态家属可以来喀什，到今天下午抵达，效率真是很高。毕竟，现在还在一级响应期内。

大家也劝我请家属过来。估计这几天一级响应就会结束，下半周应该就可以安排家属外出观光了。于是，我也给家里打了电话，但是她们已经安排了下周去苏州。再往后，我又要开始忙 9 月 1 日开幕的亚欧博览会了。早知如此，当初北疆旅行计划退票决定作出得太早了，其实可以再观察几天再作决定的，但也没办法，当时气氛紧张，指挥部又下了明确的规定，没办法啊……

看来，今年她们来不了了。等明年吧……

鞭长莫及

2014—12—07　01∶14∶02

今天上午有佳茗上的小五班安排的一次测验，成绩是要记入最终小五班选送上宝中学预备班选拔依据的。已经有两次了，今天是第三次了。从早上起床开始，我就惦记着这件事情……

算算时间，差不多测验应该结束了，赶紧打电话，结果被告知情况不太理想，特别是数学，有几道大题没做出来，其中有一道是几何题，要求棱长、表面积什么的，佳茗不懂什么是表面积，这个概念老师上课没讲过，不知道。没办法，这种测验本就是选拔测验，都是超纲的内容，除非孩子提前自学，又得到了有经验的老师指点诀窍，或者孩子属于智商超高的天才，估计即使家长们去做，也未必好多少，就像奥数的题目，都是些搞脑子的东西……

想起了我自己上学，特别是上高中时的情况。考试时，遇到那纠结无比的数理化最后几个大题目，真真是无从下手，想破头也做不出。于是乎，到后来终于找了个好办法来应对这种情况：对做不出的最后一题，能做多少做多少，就算设几个未知数，方程先列出来，解不出就不解了呗，能解到第几步算第几步，说不定有些步骤是对的，可以得上几分。但是对于前面基础部分的题目，凡会做的题目则一定要保证做对的正确率。不会的打死也不会，但会的一定要做对。

于是，凭着这条经过凝结着无数场考试斑斑血泪的经验教训，在最艰难的高中阶段，本不擅长的数理化科目，居然也学得有模有样，虽然不拔尖，却也不算差，一直保持在中等偏上水平，好在文科不错，还有些优势，所以总体成绩还是不错的。

佳茗从一年级到今天的五年级，成绩一直很好，各科都是。但另一方面，遇到的挫折也不多，题目做不出的情况也有，但很少，偶尔有两次，所以估计这方面的心理承受能力还不够强大。虽然我其实一直都在向她灌输自己的这套方法论。

上宝的小五班竞争激烈，特别像数学这种科目，老师讲的、考试考的，基本都是超出现在五年级正常教学大纲的内容，选拔的就是尖子生。所以，有题目做不出也属正常，毕竟不是每个孩子都是智商 170 的牛娃。

只是，远在喀什，这番心思却没法跟佳茗当面说，电话里也不想老刺激她，如果在上海家里，那么我就可以寻找一个合适的机会、用合适的方式跟她谈谈，毕竟孩子慢慢长大了，开始形成自己的思想……

佳茗的书法

2014—12—09 00:09:43

佳茗已经开始在舅舅老师的指导下习练行书了。几年来，从楷书到隶书，再到行书，这一段习练书法的经历定会让她受益终生。书法，凝聚着中华文化的精粹，不仅是一笔一画，还有字形字体、间架结构，诗书文章，无不闪现着先人的智慧之美……

佳茗已经是我们家书法最好的了，用毛笔的。初学行书，开始临帖王羲之《兰亭序》，居然也像模像样，能看出点行云流水的意思了，只是有些笔画处理明显还有些稚嫩。现在观看她的习作，已经可以带着欣赏的眼光和心情来细细品味了，并且我知道起码我和她妈都写不出这样的作品……

书法能够陶冶情操，充实精神世界，还可锻炼身体和精气神，但愿这能成为伴随孩子一生的爱好，在笔墨挥洒间找到自信、乐趣……

冬　至

2014—12—23　01∶16∶05

今天冬至。

晚上得知姑父已于下午2点多过世。一个非常淳朴、可爱，有时有些倔强的老人，姑母过世后就一直一个人住在松江乡下的老宅里，前些日子刚被查出肝癌晚期，没想到这么快就去了。据说今天下午临走时神智非常清楚，午饭后在门前水门汀场地晒太阳，当时还一本正经对同住一村的大女儿说今天下午2点到4点我要去了，你妈来找我了，如果没有去，那就还可以过些日子。当时以为是戏言，没想到真应验了，午睡后到2点多就安静地去了……

今天是冬至……

想起姑父的样子，还是很伤心的。虽然跟他从小待在一起的时间不多，但每次去松江老宅，都记得那个笑眯眯、喜欢喝老酒、讲话挺激动，一口松江本地乡音的老人，感觉很亲切。姑父今年82岁，终于没能熬过这个冬至。愿老人安静地离去，在另一个世界里和早已等待的姑母重逢相聚……

远在喀什，无法参加追悼会，且在心里默默为姑父祈祷祝福吧……

2. 2015 思念篇

孩子的作文

2015—01—02　20:55:23

前些天,忽然心血来潮,想起女儿参加的一个全市小学生作文竞赛应该有结果了,于是立刻上网百度查询,顿时喜出望外:一等奖!

这已是本学期以来女儿参加全市作文竞赛得到的第二个一等奖了。看来,孩子似乎已经找到了一些写作的门道,实在可喜可贺,令人欣慰。

女儿从小喜欢看书。想当初,在上小学一年级之前的那个暑假,她居然自己抱着本《哈利波特与魔法石》的全文字版小说看了数遍。当我发现她在看这么一本大书时,很是惊诧。于是试着问了她几个问题,全部回答得清清楚楚,说明她的确是看懂了。对阅读的兴趣和对书本的喜爱,与生俱来啊。

女儿上小学以后,我每天送她去学校。春夏秋冬,天气环境、行人交通,我时常会跟她闲聊,有时说起写作文,也会讲讲自己的一些心得体会,记得反复对她讲,要写好作文,首要是观察,用自己的眼睛观察生活中身边的一切人物和事件;其次是体验,用自己的头脑体会喜怒哀乐一切世间最美好的情感;最后是表达,用自己的话语把自己所见、所感、所想表达出来。

当时并不知道孩子是否听懂了,现在想来起码是有些懂了。

这次得奖的文章,她写的是去年我们全家去塞班度假的故事。那个位于西太平洋的美丽小岛,风光旖旎,体验独特,珊瑚礁中浮潜看鱼,搭乘潜艇下海观看二战遗迹,自驾穿行在郁郁葱葱的热带雨林山地间,还有鲜花怒放的凤凰花林荫路、沙滩上赤足捕捉行动倏忽的寄居蟹。

看来,孩子的生活需要丰富多彩的各种体验,读万卷书,行万里路,而这,正是我们应该为孩子们创造的。

清明杂记

2015—04—04 17:46:07

明天是清明节。今天,则是清明三天假期的第一天。

天空依然充斥着来自大漠的尘埃,漫漫沙尘,云遮日罩,仿佛进了太上老君的混元乾坤袋,天地失色,无处可逃。空气依然干燥,依然夹杂着黄土的味道,嘴里始终有着沙沙的感觉。或许喀什的清明就是如此……

今明两天是上海清明扫墓的高峰。每年此时,公安部门都要加强警力调配、发布出行预告,环线上满是外出扫墓的私家车。以往每年都是我驾车送爸妈去嘉定、松江老家的墓地陵园,按规矩祭扫后与几位阿姨、叔伯约好相聚。年复一年,不变的是对爷爷奶奶、外公外婆的思念和沉浸着文化传统的祭扫习俗,变的是爸妈和阿姨、叔伯们头上明显的白发和眼角堆积的皱纹,还有我自己对清明、对祖先、对祭扫习俗愈加深刻的体会与认知。

自去年来了喀什,我就无法驾车送爸妈去扫墓了。老婆要开车送女儿上各种兴趣班,于是爸妈只能自己搭乘公交往返祭扫了,路途还是挺远的。他们在上海,而我在喀什,却也始终牵挂着上海的清明,想起已经过世的外公外婆、爷爷奶奶……

或许远离家乡,就会分外敏感。这种感觉只有身在离家千里之外时才有深刻体会。

每逢佳节倍思亲。

鞭长莫及

2015—04—10 02:03:54

今天总是心神不定,无法静心处理工作或是生活中的各类事情。总是不停地抬手看表,不停地看手机刷微信。总是牵挂着 5000 公里之外的家里正在发生的事情:佳茗同学今天晚上 18 点要去参加第一场小升初面试。所有为人父母者,特别是已经经历或即将经历此洗礼的爸爸妈妈们,一定对此感同身受。都是第一次,孩子是第一次参加面试,家长也是第一次陪同去面试。据说是学校要求孩子父母与孩子同去面试的。看来此类面试不仅仅是考学生,还要考家长。当爹当妈真心不易啊。别家的孩子都是父母陪同、全家上场,我家就只有老婆与女儿两人结伴而行了。而我坚守在帕米尔之西的丝路重镇喀什,只有默默牵挂、默默遥祝面试顺利的份儿,有心无力的感觉真不好受,鞭长莫及啊……

午休也躺不住、睡不着,索性独自坐在宿舍客厅的沙发上,点上一支久违的香烟,强迫自己静下心来,想些别的事情,这样可以让时间过得更快一些。但总是不知不觉就回到了孩子升学择校的问题上去,考虑可能出现的各种情况以及应对措施;面试会问什么问题,应该怎么回答;孩子可能会犯哪些错误、在哪些问题上栽跟头,要提醒她注意;还有什么遗漏的情况信息么……

其实该想到的问题、可能会出的纰漏,早已反复梳理了多遍。昨晚通电话时都已经反复跟孩子妈交待了,特别强调的是对孩子教育理念的认识和对学校特点的了解。可能说得太多了,有些话反复说了几遍,生怕漏掉,结果老婆直接回我一句:干脆你还是请个假明天回来吧……

请假回来也来不及了。就算搭乘明天最早的航班从喀什出发,比如南航那班直飞航班,也要晚上 20:30 抵达虹桥机场,赶不上面试了。于是,我反复要求老婆一定要以某种方式告诉老师孩子爸为了祖国安定受组织选派援疆去了……

18:00。估计她们已经到学校了,正在候考吧……

18:30。估计轮到了吧……

19:00。估计正在回答问题吧,不知回答得怎样……

19:30。估计该结束了吧,怎么没有电话、微信也没有刷新呢……

19:40。刚到食堂开始吃晚饭,电话响了,一看是家里来的,赶紧接听……

19:45。刚接听了5分钟……可恶的中国移动,关键时刻掉链子,信号不佳,断断续续,听不清楚。于是赶紧扒了几口饭,急急忙忙回宿舍用固定电话拨打家里的电话……

20:00。终于得到了全面的信息。面试,或者更准确地说是面谈,没有考文化课做题目,只是有一位老师与家长和孩子聊天交谈,谈学习、谈兴趣、谈家庭、谈学校,佳茗同学自我感觉还不错,孩子妈在一旁的补台也挺及时……最后,老师结束了与佳茗同学愉快的交谈,并握手预祝今后在校园中再次相见……

嗯?最后一句话什么意思?是暗示吗?还是客气话?看来又要仔细揣摩一番了……

等待与读书

2015—04—11　19:27:37

昨晚接到电话通知,佳茗同学今晚5点要参加第二场小升初面试。前天刚刚完成文莱中学的面谈,今天马不停蹄地就要参加上宝中学的面试。这是发扬我军优良传统、连续作战、攻坚克难的节奏啊……自昨晚起心中就一直牵挂此事。在喀什,我所有能做的也只有打打电话,关照关照,其余只能枯坐干等、听天由命了。

今天早上起床后,脑海中亦不断萦绕,真是"放不开、剪不断、理还乱"。昨晚与同病相怜的阿包兄弟通了将近1个小时的电话,相互打听、相互打气、相互安慰。可怜天下父母心啊。

喀什天气不错，沙尘似乎也少了许多，天空露出丝丝晴朗的意味。阳光开始灿烂。坐在宿舍窗前的书桌前，开始看书，期望以此度过时间分秒流逝的煎熬。接连翻了几本书，看了开头就无法继续。没有沉心静气的心境，如何能浸入书本的世界？……

重新拿起一本书，名曰《先生》，讲述的是民国时期中国教育界10位开风气之先、彪炳后世的教育大家。以教育为主题，循时代为线索，将蔡元培、胡适、陈寅恪等诸位先生的理念、事迹逐一道来，对照现今国家教育之现状，顿感兴趣……

时间开始加快了。看了一下午，心中装满了对这些大家学问人品的滔滔敬仰……

再看看时间，已经晚上7点半了。佳茗同学的面试要到8点十分结束，也不知进行得怎样……

只有等待，等待，等待，等待到难以忍受之时，看书、看书、看书……

继续在等待中煎熬

2015—04—12　20:54:18

今天周日。中心词就是“等待”，继续昨日，在等待中煎熬。

上午去了趟花鸟市场，买了几颗水草。我水族箱中的锦鲤似乎非常喜欢这种水草的味道，已经把上次投入的四颗水草啃咬得精光，只剩一根根光秃秃的草杆儿。水族箱里没有了绿油油的水草飘荡，似乎单调了些。

下午从微信得知与佳茗一同上小五班的两个小朋友已经分别得到了上宝和文莱的预录取通知，我们却音讯杳杳。虽心中默念要沉住气，但还是忍不住地心焦。等待的煎熬，真是残酷啊！

午睡也睡不着。索性看书、上网、喝茶、聊天……

该做的都做了，现在能做的也只有等待，沉住气等待……

我一直坚信佳茗同学的实力，成绩稳定，一直名列前茅，上课认真，注意力集中，还热心公益，能帮助老师做事，参加竞赛几乎每赛必奖，学习书法又已颇具心得。这样的孩子,居然还需要做父母的如此操心煎熬,真不知如何讲起。即使不是大牛娃,中小牛娃应该还是排得上的吧?……

等吧,继续等吧……

如释重负

2015—04—13 23:19:41

终于如释重负了。中午接到老婆电话,说是文莱中学刚刚来电话通知下午可以去签约了。顿时感到心头一松,胸口一直荡着的一块大石头落地了……自去年 9 月进入五年级开始,就开始为小升初择校而操心。找人托关系、精心做简历、四处打听消息,该想到的、能做到的,一样也不敢落下,宁多勿滥,终于等到了今天这个无比重要的电话,虽然这个电话简短得无以复加,一两分钟,但家里所有人、包括佳茗孩儿为此已经等待了许久了……

高兴过后,终于开始感觉丝丝疲倦与憔悴了。这事,累心啊!……

孩儿大了,也懂事了。听老婆说,女儿昨晚也一直在纠结和忐忑,问妈妈为什么一道去面谈的同学接到通知了她却没有……

想想也许过于谨慎,抑或太不自信了。平心而论,佳茗各方面表现在同龄群体中都是比较优秀的,自身就很有竞争力,即使不去托关系找人,仅凭自身条件获得文莱的青睐也是应有之意。东托关系西找人的,也许是当家长的不自信,只想多一重保险、多一块砝码。如果不这样,总感觉当老爸老妈的没有尽到自己的责任,对不起女儿、对不起家庭,特别当老爸身在万里之外、不能陪在孩子身边共渡难关之时,这种歉疚感会更加强烈。孩子,老爸自己的事情可以吃苦受累、委曲求全,却不敢、也不能对不起你啊……

今天,是个值得纪念的日子。如同红军长征,今天我们终于攻克了腊子口,打开了北上的胜利通途。

谢天、谢地、谢人。

尘埃落定

2015—04—14　22:03:21

孩子小升初大事件今天终于尘埃落定。继拿到文莱中学预录取通知书之后,上午我在喀什接到了上宝中学电话,请家长下午三点到学校面谈沟通。上宝是我们家今年的主攻方向,当接到上宝老师电话的那一刻,终于感到家里今年最大的一件事终于可以尘埃落定了。

下午老婆去了学校,和另外三十余名家长一起参加了见面会。校方介绍了今年的招生政策和流程,提醒各位家长注意几个关键的时间节点,甚至连今年暑假的考虑安排都和盘托出。看得出校方的工作是非常细致的。

午间小憩后来到二楼办公室,兄弟们说我走路的脚步都显得无比轻快,脸上挂着灿烂的笑容,仿佛喀什大地前些日子盛开的杏花……似乎没这么夸张吧?呵呵!

还是那句话:谢天、谢地、谢人!

屋漏偏逢连夜雨

2015—04—28　23:40:20

今天起得特别早,八点多就起床。没办法,这是今年小升初民办初中网上报名系统开通的第一天,意向校方要求在今天下午五点前完成网上申报。老婆单位电脑内外隔离,上外网的不连打印机,内网的倒连打印机,但不能上外网。昨晚纠结了许久,一会儿叫我在喀什这边上网报名,打印出报名表后传真给她,一会儿又说算了还是她自己想办法解决。生怕在网报过程中出什么幺蛾子。我决定起个早,看情况随时准备当替补队员上阵。

前期挺顺利的,孩子妈顺利上网完成申报,程序非常简单,填的信息也不是很多。但是要打印的报名表需要晚上下班回家用家里的电脑登录后再打印,家里在过年时新买了台打印机。

之后就遇到问题了:家里电脑开机后无法正常进入 Windows 系统！电话打来,孩子妈先劈头盖脸发了通脾气,主要责怪我过年在家时没把系统清理好……

怎么这么沉不住气呢？遇到问题就要想办法解决问题,要冷静。我感觉自己还是很冷静的。通过视频了解了开机界面的主要信息后,我感到这个其实是系统崩溃了,崩溃的原因或许是病毒,或许是软件自身的 Bug,微软的产品,崩溃也是正常的,但怎么就偏偏在这关键时刻掉链子呢？看来即使是比尔·盖茨,也不值得无条件信任。

如果是系统崩溃,那今天无论如何是解决不了了。何况我身在喀什,有劲儿也使不上,通过视频指导那娘俩系统救援或重装,实在是太困难的任务了。

那就想办法换台电脑上网,对了,家里还有台笔记本电脑。于是叫她们用笔记本电脑上网,连上打印机,重启装驱动……OK 了！在 PAD 的视频中听到了打印机开始工作的熟悉噪音,搞定了!

不容易。想想也挺有意思,经此一事,对比尔·盖茨和微软实在是观感坏了许多,但对乔布斯和苹果却又亲近了不少,感谢苹果的 Facetime,万里之遥使我可以遥控指挥……

儿童节随想

2015—06—02　02:05:01

今天是六一儿童节,孩子们的节日。刚刚才想起,忘了给孩儿准备儿童节礼物了。本来想得挺好,网购一样她喜欢的东东,作为节日礼物快递到家里,送个惊喜。可惜上周忙于组织培训,然后又有几个会议密集召开,当地的、指挥部的,还要起草几个材料,转眼之间就错过了这个儿童节,对于已经十一岁的女儿来讲,这是她儿童时代为数不多的几个儿童节了。远在喀什天山脚下的老爸没能送上一份关心爱护,甚至连电话也没打一个,不知她会否失落埋怨,反正老爸自己想起来以后是颇后悔遗憾的。

很羡慕孩子们纯真的童年。很怀念自己纯真的童年。

转眼已年过不惑,女儿都即将告别儿童成为青春少年。镜中人发丝已经斑白,据说目前全世界都流行这种灰白的大叔发型,典型形象是美国的乔治·克鲁尼和中国的吴秀波。看看镜子里的自己,似乎已经有些深沉的沧桑。

人生每个阶段都是一段不同的乐章,有的青涩,有的激情,有的华彩,有的沧桑。每个乐章都各有自己的韵味和亮色,在时光的轻弹慢拢中,溢出丝丝淡淡的回味,留下片片浓浓的回忆。相聚或是别离,欢喜或是悲伤,幼稚或是成熟,都是情感处处的寄托,都是人生种种的体验。

儿童节,孩子们的节日。而我们,也曾经是孩子。

天涯共此时

2015—06—06　01:39:26

现在是午夜1点半了。刚回到指挥部的宿舍里。别误会,我可没违反纪律,在指挥部规定的晚上十点半之前回到了援疆楼。然后又去了亮的房间,兄弟们小聚了一会,吃了些亮刚从上海带回的新鲜三文鱼,味道鲜美……

今天正是我们大学毕业20周年的聚会日。天算不如人算,我终究没有回上海赶上这次十年一遇的团圆聚会。心里的失落就无需再表了……

但是仍然很高兴。峥宇伉俪安排的20周年聚会非常周到,且内容丰富多彩,有聚会餐叙,有松江新校区体味,有苏州河畔的老校园怀旧,还有师生重聚,真是无比向往之……

身在5000公里之外的喀什,无法身临其境参加聚会,心却与同学们紧紧相连。特地委托国全兄代敬全班同学一杯酒,诉说一段感怀致辞。

天涯共此时。此时的喀什,也已是明月高悬,柔和的光辉照耀着祖国的大地。喀什也好,上海也罢,都沐浴在这一轮明亮的月光下。不禁默念李白《关山月》:明月出天山,苍茫云海间,长风几万里,吹度玉门关。正是当前心境的真实写照。

愿天下太平!

怀念国梁处长

2015—08—17 22:58:32

谁能想象生命居然可以如此脆弱。今天中午13:30,我委市场运行处的吴国梁处长猝然离世,年仅54周岁。当委里的兄弟打电话告诉身在喀什的我这个消息时,真是难以置信。在我的印象中,国梁处长笑呵呵的样子一直是那样亲切,虽然我认识他时间并不算长。自来到喀什援疆以后,我与他的联系比在委里上班时更加多了,他主管的市场运行调控处负责全市农产品、菜篮子、米袋子的市场保障供应。新疆的农特产品进入上海市场,农批市场、商超百货,他帮忙做了大量协调工作。每次我回沪联系工作,到委里就一定会去他办公室坐坐,聊聊新疆农产品在上海市场的销售情况,顺便感谢他对我工作的支持。这样一个性格直爽、笑容可掬的老大哥,居然就这样在一夜之间离开了我们。

委里的微信群充满了对他早逝的震惊、哀悼和怀念。即使远在万里之外的西部边陲,我也能够清晰地感受到大家的悲伤。喀什人民也会怀念他,他用自己的行动帮助了这里的农产品企业、种植户,帮助他们提高生活水平。

据说昨晚他在家里不小心摔了一跤,当时并未感到不适。今天上午感到身体不适后即刻就被送进了瑞金医院,不久就陷入昏迷,医院组织力量全力抢救也无力回天,终于逝去。听说胸腔有积血,可能是跌跤导致胸腔内某根血管破裂,没有及时发现,等到感觉异样时已经回天乏术了。

原来生命是如此脆弱的。跌一跤就可能发生致命后果。委里兄弟打电话给我时,电话那头是满满的哀痛惋惜和对生命脆弱的敬畏。

在遥远的天山脚下,深切缅怀国梁处长。唯愿天下所有善良的人们健康、平安。

家事牵万里

2015—08—28　21:30:52

时值月底,万里之外的家中即将迎来孩子的开学季。如果说迄今为止今年最让我们全家高兴的事情,莫过于女儿如愿以偿进入了理想的初中上宝中学。下周一,学校就要开学了,先去报到发书,周二9月1日正式开学,当天下午就要进行摸底考。对女儿而言,这是她初中求学征程的起点。

暑假里,举家出行游新疆,饱览了南北疆美景。森林草原,雪峰冰湖,戈壁沙漠,老城小巷,异域风情,与内地迥然相异的风光体验,既是一次令人印象深刻的旅行,也是一次真正的爱国主义教育,尤其是对孩子而言。相信对她来说,这次新疆之行一定会在她的成长道路上留下深刻烙印。

如今即将开学,而上宝是全市顶尖的中学名校,能进上宝的孩子个个都是牛娃,学业压力肯定大大增加。毕竟还只是十一岁的孩子,半懂不懂的,只怕压力太大,孩子无法承受,反而影响健康成长。所以,期待与忧心同在啊!

昨天通电话,爸这两天牙疼又犯了,估计有颗蛀牙要拔。牙疼不是病,疼起来真要命。吃饭、睡觉都受影响。我帮忙联系最近刚回上海的援疆医生超伦兄弟,约个时间请他帮忙给爸看病。

家事虽小,牵挂心头,万里亦然。

开学的牵挂

2015—09—02　23:32:33

进入九月,孩子们都开学了。女儿佳茗的初中求学之路正式开启。上宝的学风果然严谨,暑假作业的检查上交、文具的准备、做作业和记笔记的格式等各方面要求细致入微、一丝不苟。想想自己也是念了这么多年书过来的,却还从来没遇到过要求这么全面细致的学校,难怪上宝在近年来一直保持着上海市中考排名前三位的水准。

佳茗同学昨天的摸底考,今天成绩出来了,有喜有忧,既在情理之中,又在意料之外。语文和英语两门课一如既往地保持着优秀水准,均名列全班第三名,高出班级平均分 15 分以上,而数学果然不出所料地成为围住木桶的最短板,但低于平均分 15 分以上的分数,却大大出乎意料,正常水平应该是在平均线上下 5 分左右。总分排名班级第 14 名,倒是好于预期。

摸底考只是表明以往的学习情况,不代表今后四年求学成绩可以达到的水平。如同马拉松赛跑,只是刚刚起步的瞬间,之后漫长的赛程中还会充满各种变数。知道了自己在班级中所处的位置,可以更清醒地明确努力的方向,也是好事。体育竞赛的经验告诉我们,起步阶段要跟上,加速阶段要确保不被甩开,发力冲刺阶段要全力以赴、一往无前、狂飙突进。

有些遗憾,也有些自豪。遗憾的是我认为数学本可以考得更好一些的,如果更加细致一些的话,这个分数并不是她真实水平的体现;自豪的是看来女儿的语文和英语确实学得很扎实,即使在牛娃遍地、竞争如此激烈的学校里也是拔尖的。

不禁想起我自己,当我在女儿这么大的时候,成绩可没有她这么出色。相同的是,那时的我也是偏科的,语文、英语得心应手,数学总是磕磕绊绊。但是后来,通过自己的不断努力,数理化三科学得都还不差,虽然算不上拔尖,总还是属于中等偏上水平。

所以,不必苛求。相隔万里,我请孩子妈转告女儿:风物长宜放眼量。

来自遥远喀什的读后感

2015—09—14 00:35:45

佳茗同学本周末的家庭作业中,有一项要求家长和孩子一样写一段语文课本第四课的读后感。据班主任老师在班级 QQ 群里讲,孩子们非常、非常高兴且愉快地接受了这项作业。于他们而言,能够有机会看到平时吆五喝六的爸爸妈妈们，要和他们一样拿起笔绞尽脑汁地写读后感，真是惬意无比的快事。也许孩子们的潜台词就是：哼，终于也能让你们尝尝写作的痛苦，有本事你也写一段给我瞧瞧……

从小学一年级开始，但凡遇到这类需要动笔写作的任务，譬如写成长手册中的家长感言之类，即使在上海家里，也是爸爸我的事情。如今虽然我仍在喀什，真真与上海相隔万里之遥，但拜万能的互联网所赐，这类作业仍然是我无法推辞的任务。孩子妈在电话里说得很清楚：文章你来写，誊写在预习作业本上我负责。

貌似佳茗同学的语文老师对家长们的作文水平不敢提出太高要求，只是说要不少于四行文字即可。并非托大，这个标准于我而言简直可以视若无睹，只有如此之低的篇幅要求，却无文字质量、表现感染力之类的要求，实在是宽松至极了。

只有一个问题，即我无法看到需要写读后感的那篇课文，毕竟没有生活在同一空间，相隔万里。再次感谢万能的互联网，请孩儿妈从手机微信上将课文拍照发来，实时传输，空间距离已经可以忽略不计，唯一共同拥有的只有永恒的时间。

浏览了传来的课文，这是一篇讲述一个家庭外出散步的短文，文笔清新，含义隽永，亲人间深沉的爱意化在平凡的一言一行之中，非常具有感染力。很快，提笔一蹴而就，完成了读后感。

最后一个字落罢键盘，不禁抚案长叹，想起托尔斯泰那一句著名的论断：幸福的家庭都是相似的，不幸的家庭各有各的不幸。课文中描写的那种母慈子孝、夫妻相濡、祖孙舐犊的幸福，是世间多少美满家庭的缩影，是世间多少不幸家庭的向往，是世间多少美好情感的寄托……

跨越万里的育儿经

2015—09—25　19:27:50

进了初中以后，学校里有很多新规矩，不仅是对孩子的，还有对爹妈的。

上宝是名校，抓得紧，规矩细，考得多，结果就是压力大。除了极少数大牛娃，大部分孩子进校以后都在经受艰苦的磨炼，从心理到身体，从校内到校外。而在每个孩子的背后，都有一个从爸爸妈妈到爷爷奶奶、外公外婆的大家庭在同样艰苦地支撑前行。

比如，上学时间比小学时早了一个小时，因为离家远要乘校车，每天六点不到就要起床，如行军打仗般完成洗漱、早餐后就必须背上书包急忙去乘校车，我们这一站是六点四十分的，要求早到 3 分钟，算上路程时间，也就是六点二十五分必须要出门。而在小学，每天七点半出门，七点四十五分前到校。早上整整少睡了 1 个小时呐！

再比如，语数英三门课，预习、作业、课默、错题整理、试卷订正、阅读摘抄等等，各类作业都有各自的格式要求，甚至细致到该用什么颜色的笔，留多大的空边等等。此外，自从上了初中，学校、班级里建了很多 QQ 群、微信群，有的是校方官方群，有的是家长自发建的。起码我新参加的各类上宝预初的群就有四五个之多，每天要不停地刷屏，因为老师经常会通过班级 QQ 群发通知、发学习资料、提作业要求，有时还会提出某方面表扬或批评的学生学号。而在家长自己的群里，则有很多诸如：这道题该怎么做、今天英语作业后两项是什么等问题，是爹妈们发挥集体力量、采用众筹机制答疑解惑的所在。其中亦常见当家长不易的感叹。孩儿妈上班忙，我虽然相隔万里，时间却是充裕的，且喀什与上海又有实际时差，所以基本上我需要博览各群，然后要挑出其中重要的信息、资料转发孩儿妈，有些学习笔记 PPT、知识点整理之类的资料，我还需要通过 QQ 群电脑端或微信网络版转化文件，用电邮发回家里，请孩儿妈收邮件后再打印出来。没办法，孩儿妈对这套技术不熟练呐。

最令人惊奇的是爸爸妈妈们也需要经常参加作业过程。每天签字，以示监督检查是必需的；每次考试，如果低于班级均分，则需要写反思，总结教训，明确今后的努力方向，孩子写，爹妈也要写，并且有字数要求(不得少于150 字)。如果孩子平时作业完成不好，预习格式不对或者忘记了某项作业，当然就更要当爹妈的和孩子一起反思、各自作一篇不少于 150 字的反思了……

我家女儿还算乖巧，开学迄今将近一月，昨日终于金身被破，本周语文测验马失前蹄，得分低于均分 1.9 分，于是就被要求写反思了。因孩儿妈出差在外，外公在家实在不知这类反思该当如何，于是这任务辗转万里交到了天山脚下的我手中。感谢万能的互联网，感谢微信的无处不在，孩子拍下试卷照片在微信上传给我，仔细研究之后，我很认真地总结了几条教训，顺便发表了一番自己关于语文学习的心得体会，微信传给女儿，请外公誊抄在考卷上。据说外公嫌篇幅稍长，做了节选……

与佳茗书

2015—10—31　01:59:34

佳茗吾儿：

时近深秋，临近大考，作业繁重，身心俱疲。凡此种种，若有所感。沪喀万里，牵挂一线。子夜时分，心有所悟。

升学迄今，犹若长征伊始，万里之行，始于足下。风云变幻，上下激荡，冲波逆折，亦如逆水行舟，击流中水，不进则退。唯坚忍不拔，奋勇前行，攻坚克难，甚或悬梁刺股，凿壁偷光，铁杵成针，方迎旭日东升，彩云朝霞，硕果累累。

汝今困苦，心倦神疲，愁眉紧锁，负重前行，乃天降大任，苦其心志，劳其筋骨，饿其体肤，空乏其身，行拂乱其所为，动心忍性，增益所不能也。一时之苦，未来之甘，有可为也。

先贤有云，学问之道，境界有三：一曰“昨夜西风凋碧树，独上高楼，望尽天涯路”，二曰“衣带渐宽终不悔，为伊消得人憔悴”，三曰“众里寻他千百度，蓦然回首，那人却在灯火阑珊处”。求学之路，古来艰辛，漫漫求索，终有柳暗花明，苦尽甘来，如释重负，融会贯通，价值升华。如此，则臻化境，举重若轻，随心所欲，微笑拈花，皆成文章。

天行健，君子以自强不息，地势坤，君子以厚德载物。此为乾坤万象，人间正道。见微知著，明辨奥义。汝虽年幼，亦应铭记。

老爸与汝共勉之。

老 爸

乙未年十月于西域喀什

Some Day 有一天

2015—11—01 22:31:04

今天在微信朋友圈里看到一篇文章，名为《Some Day》（有一天），是美国纽约时报畅销书榜首绘本，讲述了父母与孩子之间的亲情牵挂，令人动容。读后深有感触，心弦拂动。特抄录如下，唯愿未来某日孩儿体悟共鸣：

One day I counted your fingers and kissed each one

曾经，我亲吻着你的每根小指头。

One day the first snowflakes fell, and I held you up and watched them melt on your baby skin

曾经，在某个清朗的冬日，我把你高高举起，看着你红润的笑脸。

One day, we crossed the street, and you held my hand tight

曾经，你的小手紧抓着我，一同穿越都市的车水马龙。

Then, you were my baby, and now you are my child

曾经，你是我的小宝宝，现在你是我的大宝贝。

Sometims, when you sleep, I watch your dream, and I dream too...

有时，凝视沉睡的你，我也沉浸梦乡……

That someday you will dive into the cool, clear water of a lake

有一天，你会潜入冷冽清澈的湖水。

Someday you will walk into a deep wood

独自走进苍郁的森林。

Someday your eyes will be filled with a joy so deep that they shine

初见新奇，眼中充溢光彩。

Someday you will run so fast and so far your heart will feel like fire

有一天,你会为了心中的渴求,如火如荼。

Someday you will swing high so high, higher than you ever dared to swing

有一天,你会发现自己可以飞得更高、更高。

Someday you will hear something so sad that you will fold up with sorrow

有一天,你会因为种种不顺,感到哀伤环绕。

Someday you will call a song to the wind ,and the wind will carry your song away

有一天,你会站在风中浅唱,传遍四方。

Someday you will stand on this porch and watch your arms waving to me untill I no longer see you

有一天,我会倚在门前,挥手惜别,身影渐逝。

Someday you will look at this house and wonder how something that feels so big can look so small

有一天,你会望着我们家,诧异记忆中它的巨大,为何此刻看起如此渺小。

Someday you will feel a small weight against your strong back

有一天,你会发现,自己坚强的臂弯也承托着一个小小的重量。

Someday I will watch you brushing your child's hair

有一天,你会慢慢地梳理孩子柔软的细发。

Someday, a long time from now, your own hair will glow silver in the sun

有一天,很久很久以后的一天,你的银发也会在阳光下闪耀。

And when that day comes, love, you will remember me.

当那天来临时,亲爱的,你会想起我。

Attitude Is Everything

2015—11—05　21:21:08

佳茗进入初中以来的第一次重要考试(期中)成绩揭晓,没有超常,没有失常,只有正常。就如中国经济经历了改革开放30年来的高速增长后,逐步进入调结构、练内功的中速增长阶段,从小学时的领跑者,到进入上宝预初之后的跟跑者,佳茗的学习生涯也进入了新常态。在这种新常态下,首要的就是摆正位置、寻找新的定位。不能好高骛远,不能自暴自弃,恰如其分、客观冷静地看到自己的优势和不足,正确对待、扬长补短,找准关键、精准发力,重点突破、全面提升。在这个过程中,态度决定一切,只要以认真、努力的态度对待学业,则无论成绩可以达到何等高度,都是值得肯定和可以接受的。相比于成绩高分,思想品质的磨砺和成长,对孩子人生的影响更加具有决定性。

开学以来,在上宝这样牛娃遍地的校园里,班级氛围、同学个性、课业压力等各个方面都与小学迥然不同,尤其是数学科目,难度的跃升简直可以形容为断崖攀登、拔地而起,班级同学个个都学习努力、各有擅长,在各自原来的小学里那都是顶呱呱的尖子。在这样的环境里,还可以始终保持一份淡然和清醒,认真、努力,使自己尽快融入新常态的校园、新常态的学业、新常态的压力,真是非常不易。

想起了我自己当初求学的日子,从普通初中直升进入重点高中,在一个充满高水平竞争的环境里,找准定位,努力跟进,其中甘苦自知。

孩子,迄今为止,你在上宝做得很好,老爸老妈为你通过自己艰苦付出而取得的学业成果表示高兴、满意。只要认真、努力、踏实,尽力把自己可做的、能做的事情做到最好、做到极致,无论结果如何,都是可以接受的。到了这个境界,结果已经不重要,重要的是过程。在这个过程中,磨砺培养而成的坚韧、冷静、自信的性格品质和认真、努力、踏实的人生态度,是受用终生的宝贵财富。

继续努力！Attitude is everything！

震惊总在出乎意料中来临

2015—12—14　22∶33∶46

一大早，还没起床，宿舍床头的电话就响了。铃声让人心惊肉跳，还在迷蒙睡意中的我条件反射地迅速伸手接听。委里兄弟打来的，说委里有位现职领导近日过世了，距离退休之日已不足半年。不是因病，不是意外，而居然是——溺水，初步判断是自杀。

除了震惊，其他无以言表。

今年不知是怎么了，委里从委领导到处长，生病猝死的、健康亮红灯的、不幸遇上小概率意外事故的，为何如此之多？

国梁处长猝死之日仿佛仍在昨天，如今竟然又有现职委领导自杀发生，看来 2015 注定是委里几十年来最不平静的一年。

接了许多来自上海的电话，都是说此事的。唏嘘之余，兄弟们之间更加祝愿各自珍重。身体健康是人生所有一切追求、成就、幸福、快乐之本，无此之本，一切均如无本之木、无源之水，只能落得个灰飞烟灭的结局，什么意义都不存在了。

公务员如今真心不好做。级别越高，压力就越大。如果无法寻找到可以合理有效调节自身心理的方法，很容易走向极端。身体健康包括生理和心理两方面，原来不只是生理上的健康问题会致命，心理上无法排解的忧郁和痛苦也同样会致人死命。

据说，领导一直有神经衰弱，耳鸣严重，已经有忧郁症状出现。此次估计就是忧郁症发作时的极端之举。

这是一位为人非常良善、经历丰富的领导，长年工作在商业内贸领域。在工作中，我也与之多有接触，印象很好，没有架子，讲话慢条斯理、温和可敬，我到喀什援疆以后她还曾代表委里到我家里慰问过。虽然是分管党组纪检工作，但给人依然是春风拂面、和煦温暖的感觉，并无严打高压、上纲上线的咄咄逼人。

愿她一路走好。天堂里没有病痛。

3. 2016 思念篇

相隔万里的牵挂

2016—04—21　21:25:21

女儿本学期期中考试结束了。吃晚饭时接到家里来电，听筒里传来的是一声懒懒的"老爸"，顿时明白一定是来报告成绩了，能主动打过来估计考得还行，自己还比较满意。果然，在做了一个"语文没考好"的自我批评开场白之后，报了一遍三门主课流水账。其实所谓"语文没考好"，是相对于平时的语文成绩而言，只高出班级平均分 2 分，而没有像以往那样高出更多。英语仍然是最强项，但不知均分，无法比较，但估计还是高出均分不少；最让人提心吊胆的数学，稍超均分，属于发挥不错应当表扬。综合下来，估计班级排名在中等稍偏上，年级排名依然维持在平均线水平。

对于这个结果，当老爸的能说什么呢？毕竟这里是全市顶尖的民办初中，牛娃遍地，竞争激烈，1 分的差距可能就拥挤隐藏着几十个孩子。去年初进本校时，老爸老妈跟孩子是怎么说的？只要自己努力，跟上年级大部队，不落下、不垫底，就可以了。如今看来，女儿的表现完全达到了当时设定的目标，甚至还稍有超出。

或许她老妈还能再提出一些更高的要求，但老爸我却无法提出更多了。原因很简单，取得今天这样的学业成绩，主要靠孩儿自己的努力和付出。她老妈在身边的督促和帮助必不可少，是化学反应的催化剂。爷爷奶奶、外公外婆全力做好后勤保障，每天动脑筋、花心思做些可口的饭菜伙食，也是功不可没。

唯一例外的是老爸我，隔着雄鸡版图上东西两端的千山万水，女儿在东海之滨，老爸在大漠之西，除却视频、电话，匆匆几句问候，不敢多说，每天的作业量还是挺大的，不允许煲电话粥。就这样，日复一日，她忙她的，我忙我的，不能帮她一起解难题、做小报，也不能跟她当面聊聊天、说说话，缓解紧张的学业压力。实在愧对她了！

所以每次给女儿打电话，我都会小心翼翼地避开“考试”“分数”这样的话题，尽管其实心里非常想知道，但也是真怕给她凭空增添压力。只好默默地给老婆发个微信，私下里偷偷问一句：“考试了吗？考得咋样？”完了再补充一句“可以可以，鼓励为主”。

当初刚上小学时，我就反复告诉孩子：考试不是学习的目的而是检验学习成果的手段，过程比结果更重要，只要自己认真努力，全力付出，那么无论怎样的结果都是可以接受的。

这话其实不只是说给孩子听的，也是说给我自己听的。但要真的做到，很难很难。

纵使远隔万里，心中依然放不下牵挂。

穿越万里的喜报

2016—04—22　22:24:05

近日指挥部工作极忙。市领导即将率领一个庞大的上海代表团来访，座谈、签约、考察、慰问，短短的三天行程排得满满的。原来平静的办公室忽然热闹起来，各方人员如流水般川流不息，组里所有的兄弟都忙得脚不沾地，如一只只辛勤忙碌的小蜜蜂，拼命扇动着已经疲惫的翅膀，打电话、做方案，一刻不停。

于我而言，此次接待的主要任务就是安排好委里打前站来喀什的签约企业家代表团。可是这边还没忙完，那边又接到电话通知，叫下午 4 点到行署二楼会议室开会，讨论今年喀交会的筹办事宜。

下午匆匆赶到行署会议室，刚刚坐下，电话响了，一看是老婆打来的，心里不禁咯噔一下，家里出啥事了吗？赶紧起身走出室外接听。

“老爸”，听筒那头传来的仍然是那个有些懒懒的嗲声，不过似乎听上去多了些兴高采烈的振奋味道。

”我进了年级80多名，今天老师在班上公布名次了。”

噢耶，原来是报喜的。心头一松，立刻为孩儿进入本校以来的学业取得的最大突破感到欢欣鼓舞。在本校，进入年级100名以内，就意味着中考自招进七宝高中可基本无虞。有些不敢相信是真的。昨天还告诉我语文没考好呢，数学也不过是稍超均分而已。看来主要还是英语发挥出色，帮助拉回了不少分数，估计远远超过了均分线。

上届学生家长中有精研本校教育特点者，曾感叹：在上宝，其实是得英语者得天下。如今看来，有些道理。因为本校的数学课具有平时考试难、期中期末大考易的特点，所以到了大考反而拉不开太大差距；语文大家相差不多，分差极小，亦拉不开差距；唯有英语，大考小考总是一如既往的艰难，成为分差的主要来源。

巧合的是，俺家女儿偏就英语最强，语文次之，数学最末，暗合本校特点。上学期两次大考，其实差距都在数学上，被拉开分数太多，靠语文拉不回多少，英语优势用来填数学坑洼将将拉平。于是乎，总分就一直在年级均分徘徊。此次则数学平了，英语升了，所以总分向上突进了。

真心为她感到高兴。看来昨天俺这个当老爸的分析不靠谱，相当不靠谱。不知今天的分析靠不靠谱，但俺坚信情况一定如此。

虽然身在万里之外的西域喀什，却始终关注着女儿的学业，在学校里的一点一滴。感谢万能的互联网，有了微信和QQ，在班级群里可以随时了解孩子们在青青上宝校园里成长的坚实脚印。毫不夸张地说，班级群里的每一条信息，我都没有漏掉，还生怕老婆会因工作忙来不及看而错过，看到重要的信息赶紧挑选出来转发给她备忘。次数多了，就嫌我太烦、太啰嗦。

没办法。别的我做不了，这个总算属于我可以做的。在喀什，我能为孩子操心学业的方法实在不多。太远了，都远到了只有战略武器才能发挥远程威慑的距离了……

母亲节

2016—05—09　00:16:29

今天5月8日,母亲节。微信朋友圈里赞美伟大母亲的各种文章、音乐、视频、图片已经爆棚。古典的,现代的,中国的,外国的,各种风格的赞美和感叹竞相绽放。这是世界共同的情感,是文明相通的主题,是连接历史与现实永恒的情怀与关切。

孤身远在西陲喀什,想着要给上海家里打个电话,陪已经年届七旬的妈说说话,聊聊天,问问好。没啥大事,就讲些援疆楼里的日常琐事,有趣的,平淡的,讲什么已经不重要,重要的是话筒里传来的熟悉声音,听着让人安心、安静、安慰。

已经打了两次了,家里的电话始终无人接听。怎么了？周日这个时间点爸妈应该在家啊,不会有什么事吧？但是刚才打电话给老婆时,一切很正常,没啥不对啊。突然想起前几日妈的血压不太好,有两次在凌晨突然升高,主要是高压比较高,高低压压差增大,有头晕的感觉,还到医院挂水治疗。难道又是血压高了去医院看急诊了？

心里开始打鼓。赶紧拨了爸的手机,铃响几声后终于听到了爸的声音,来不及问别的,先没头没脑问了一句:你们在哪儿呢？没在家吗？怎么家里电话没人接呢？爸说家里来了一位江苏的老战友,中午住得较近的几个老战友外出聚会吃饭,大家都很高兴,说说当年,谈谈现在,结束后回到家已经下午三点多了。

原来如此啊。心里一块石头终于落了地。一看时间,要马上从指挥部出发去机场接机了。今天上海电子商务培训专家组要到喀什,这个培训项目已经列入今年援疆培训计划,我是项目联系人。专家们分两批从北京、上海来喀什,我要赶紧去接机了。送到酒店后还要带客人参观指挥部,并共进工作晚餐,安排好明天的培训课程。

忙碌的节奏一旦启动，就很难停下来。等到一切安排就绪，回到指挥部宿舍，已经晚上23点多了。这个时候爸妈已经入睡休息了。今日母亲节，给妈打个电话的想法始终没有落实到行动上，歉疚如潮，涌上心头。

谁言寸草心，报得三春晖。

喀什的儿童节

2016—06—02　01:57:54

上午开会，向指挥部领导汇报近期重点产业项目的推进工作情况。中午接机，上海自贸区领导带领的培训团组来到喀什，下午陪同参观考察喀什综合保税区和位于开发区内的上海援疆企业东霞制衣。晚上，与自贸区客人共进晚餐。

回到指挥部办公室已是晚上10点半了。上海委里的兄弟即将远赴贵州对口支援，明天要到市委党校培训，于是又与我通了一个多小时电话，仔细询问交流了远离家乡、孤身在外的工作生活体会和经验教训。也算现身说法吧，把能想到的各种局面推演一番，逐一提出建议对策，期望兄弟能尽快度过到贵州遵义后最难熬的三个月。只有同样经历过这一切的对口支援干部，才能深刻理解和体会这样的心情和忐忑。

然后想起了今天是儿童节。还没给家里打电话，时针已经过了午夜12点。颇有些内疚，忘了送礼物，竟然还忘了打电话，不知孩子是否会失望，是否曾经有过期待。亏欠她了。没办法，距离如此之远，鞭长莫及。或许有些话留在心里比说出来更加意味深重，孩儿知道我的心思，我也始终牵挂她万里之外的一举一动。亲情并不会因千山万水而阻隔。神秘时空中天意昭昭，我心戚戚。

翻阅今晚的微信朋友圈。看到老婆晒了两张图，一张是女儿书法作品参加比赛的获奖证书，另一张是习练王羲之《兰亭序》的作业，求朋友圈点赞，说是没有准备儿童节礼物，就将收集的点赞鼓励作为礼物送给孩子吧。一时间引来点赞无数，心有所憾的老爸我也发了一条小小的祝福，就算给孩儿的一朵小浪花吧,虽然小,却是老爸的一片关爱心意。

喀什的儿童节,街上格外热闹。拖家带口外出游览夜景的极多,较之以往多出数倍。甚至可说是我到喀什两年来亲身经历过的晚上市区道路最拥挤的一夜。虽然拥挤,心下却是温暖和高兴的。温暖来自洋溢的浓浓亲情,高兴来自本地区呈现的一片和平安宁的景象。

因为我们深知如此局面是多么可贵,多么不易。付出如此之多,为的不就是此情此景吗?

佳茗孩儿

2016—06—10 23:34:23

今天,组里几个兄弟或有家属或有朋友从上海来,晚上在地委宾馆汉餐厅聚餐。心有所感,以文记之。

佳茗孩儿,吾甚记之。入喀三载,魂牵梦萦。进疆之初,犹是孩儿。今时今日,已成少女。静夜暗想,孩提之时,历历在目。童真笑貌,铭刻脑海。

小手小脚,温馨无限。牙牙学语,阿不机够。怀抱小女,幸福满怀。溜溜眼珠,灵动飞翔,埋首蹭面,亲昵心弦。

聪慧明理,学有所长。为父甚傲,亦有不甘。千辛万苦,终入上宝。学无止境,天外有天。终明事理,各有所长。分数非标准,健康方为上。人格需健全,心理应健康。

相隔万里,心有牵挂。梦里萦绕,女儿笑貌。

有女长成,心喜甚高。唯愿此情,穿越万里,孩儿知晓。

无他,健康成长,万事皆好。

父亲节的思念

2016—06—19 23:26:08

真没概念。如果没有援疆兄弟的提醒,没有微信朋友圈里铺天盖地的父亲节祝福，真没想到今天居然是父亲节。

自然，就想到了远在上海的老父和女儿。一个是自己的父亲，一个是自己的女儿。

因近日忙于喀交会组织筹备工作，晚上又应约与二院的医生兄弟们碰头聚会，没有给老爸和女儿打电话，颇感遗憾。

在喀什东湖边的忆江南饭店，一桌援疆兄弟，除两人外，其余均是父亲，只有两位有儿子，其余均为女儿。说起今日父亲节，不禁都心有牵挂，感慨万千。

我在喀什，女儿在上海，相隔万里，心系一线。手机上微信闪灯提示，打开一看，女儿发来信息：老爸，父亲节快乐！顿时心飞万里，感想无穷。

忆江南的员工深谙其道，及时送上一曲筷子兄弟的父亲，虽走调连连，却一往情深，引得在座援疆兄弟潸然泪下。

想孩儿了。想爸爸了。真的。只有远在喀什，恰逢父亲节，兄弟们团聚一堂，畅叙心事，才有如此真挚的感受。

今日手机 UC 浏览器的首页界面令我崩溃。一个梳着两条小辫的女孩儿，伸出双手，喊着：爸爸，抱抱！那渴望的神情、纯真的面容，瞬间击垮我内心的防线，暗自流泪，只因勾起女儿二三岁外出散步时那种神似的渴求：爸爸，抱！

真正的瞬间崩溃。无论平时自己表现得如何强大。

老爸，儿子心里永远有你。孩儿，老爸心里永远有你。即使身在喀什，此情不改。你们和老妈、老婆，永远是我内心的牵挂，无论身在世界哪个角落，心属家园永远不变。根之所系，情之所牵。

临战之即

2016—06—20　22:50:39

女儿与我都已完全进入临战状态。她要参加期末考试，周三结束；我则迎来援疆三年中的最后一次的喀交会，周四起上海代表团开始逐步抵达，周五上海党政代表团抵达，周六正式开幕，下周三结束。

大考之前，忐忑、惴惴之类心理总是少不了的，即使已经年届四五，依然如此。所不同者，随着年岁增长、阅历增加，更加了解自己，也更加善于控制情绪、心理的波动，更淡定，也更冷静了。

晚上跟孩儿通电话，据称她已经完成复习功课的任务了，听话音似乎也很淡定，倒是颇有些大将风度。本以为面临大考，她会不会思想压力过重、包袱太重，生怕这次大考不能保持上次期中考试的出色发挥，成绩、名次双双下降，而当话筒中传来那个一如既往有些慵懒的“老爸”声音时，我却感到无话可说了。

想来老爸不在身边的日子已有如此之多，这两年又有哪次大考时老爸在家的呢？临考心理已被锤炼得无比坚强了，她一定已经明白，求学之路，终要靠自己去面对，老爸、老妈只能做个呐喊加油的旁观者，却无法代替她上场比赛。

今夜，在喀什的援疆楼里，老爸默默祝愿孩儿常保一颗平常心，淡定面对，步履坚实，坚韧不拔，宠辱不惊，稳步前行。积跬步以至千里，积小溪以成江海。

唯愿成真。老爸和孩儿跟共勉之。

纠 结

2016—06—21 23:35:58

纠结是一种心态。思前想后，左顾右盼，反复推演，仔细盘算，这也不妥，那也不行，进退维谷，上下不得。犹豫，矛盾，之后就是折腾，反悔，多变，无措。

纠结的人，一般多具有心思细腻、多愁善感的黏液质性格特征。相处无需很久，就能看出是否纠结。

还有些人，平时并不纠结，但遇到一些特定的人或事时就会纠结。我称之为：特定纠结。

比如李平和我。我们共同的罩门是女儿。只要关乎女儿的事情，无论大小，都会无比纠结。女儿是我们心底最柔软之处，说得却碰不得。既想孩子学习成绩好，又怕她苦着、累着，压力太大；既想多锻炼身体，又怕她摔倒受伤；既想她自立、自主，又不愿她自我独立、太有主见。

全世界当老爸的，估计都这样。

今天，女儿期末考试，上午语文下午数学。昨晚通电话时，虽然老爸话说得轻描淡写，什么“放松点”“正常发挥就行”“别太在意”，其实心底里怎么能不在意，肯定在意啊。嘴上说着言不由衷的话，心里却是盼着好好发挥、更进一步。

晚饭时实在忍不住给老婆打了个电话，悄悄问起孩儿考得怎样。回答说是问上去没反应，情绪不太好，就没追问了，明天还有英语一门课要考。顿时心里七上八下，颇感失落。据老爸一般观察，一般女儿回答“就那样”“还行吧”，那意思就是“不错”“挺好的”；如果问而不答，那就多半心有不甘、心烦意乱，发挥不佳、情况不妙了。所以老爸老妈们最好请你闭嘴别问了，触心境的事，多问烦不烦啊……

可是不问，心里总忍不住想啊，干啥啦，怎么啦，怎么办啊……

纠结。典型的老爸症候特定纠结。在上海时倒不觉得什么，在喀什却感触万分、难以自拔……

轻松了，高兴了

2016—06—28　23∶03∶06

晚上六点老婆去开家长会。今天一整天都在挂念和纠结这事儿，因为家长会上要公布期末考试成绩，真不知孩儿这次能考成啥样。当老爸的，口头上不好说啥，还反复告诫老婆真要成绩不佳，千万不要责怪孩儿，她已经挺努力了。但心里总是吊着一桩心事，荡啊荡，没着没落的。想私下里问问认识的学校老师，帮忙查一下分数，又怕万一成绩不好，多没面子。真真纠结。

19:05 分,微信群里有消息了,老婆在家长会现场即时播报:班级第 9,年级第 104。

心跳瞬间加速。高兴,真高兴。期中考试是班级第 10,年级第 85,当时属于取得重大突破,首次进入班级前十、年级前 100,甚至老婆私下里说担心孩儿这种超水平发挥不能持久、昙花一现,下次成绩再掉下来别经受不住,上上下下如坐过山车一般,太折磨人。

当时虽说安慰老婆不用考虑太多,考得好还要担心,心思太重了,但其实自己心里也是这么想的。而最好的调整对策就是不去想了,踏踏实实地一天一天过吧,坚持每天都把自己该做的事情做好,相信最后就会得到一个好的结果,起码是可以接受的结果。天道酬勤嘛。

今晚来自万里之外的喜报,真让我高兴,更让我感到松了口气。虽说年级名次下降了,但依然保持在了这个水平档次,没有大幅度下降,说明孩儿上次大考的好成绩属于有效突破,已经稳定在这个水平了。在上宝这样的沪上顶级初中,如能始终保持这个水平,中考可无忧矣。

高兴,还是高兴。孩儿的佳绩,加上今儿在喀交会展馆里还淘到了一块品相不错的青金石,价格还算实惠,俺今天双喜临门哪。如果算上上海党政代表团今天顺利返沪,对我们这次的参展组织、接待服务工作非常满意,那么今天可算三喜盈门。

高兴在心里,疲惫却是在脸上。慢慢放松下来,开始感到累了,真累。不过,累并快乐着,也是一种难得的人生境界,值得细品体验。

她们来了

2016—07—22 21:16:23

凌晨 4:45 从上海出家门,6:45 东航 MU5633 起飞,15:25 抵达喀什机场,16 点进入指挥部大门。航空出行往返沪喀之间,也是这 12 小时的节奏。时隔一年,她们又来到了位于喀什的上海援疆指挥部。妻子和女儿,就这样来了。

我和李平一起去机场接机，小平平说好久没看见俺家女儿了，所以也要去接机，看看女儿见到老爸时会有怎样的表情。

我倒是很了解佳茗孩儿，随着年龄的增长，这孩子的性格越来越内向，感情虽然很细腻，但不善表达，心里明明很想念，但表面却是平静如水的。平日里给家里打电话，如果是她接的，一般就是我问一个问题，她简短回答几句，我不停地问问题，她跳跃着回答问题，实在答不过来了，就干脆不说了，然后找个借口说还有好多作业呢，于是老爸就只好“拜拜”挂电话了。

所以，可以预想，女儿即使在机场见到我，也不会如何激动。她很善于控制自己的情绪。

果然，娘俩从机场出口出来，见到我都是一脸云淡风轻，我还未感觉到什么，却让一旁的小平平有些失望了。

援疆的最后一个暑假，她们来到了喀什。亦因如此，援疆指挥部大楼315宿舍成为真正的“远方的家”。

万里之外的道路救援

2016—08—26　22:40:00

下午五点，我在喀什午睡刚醒。电话响了，老婆打过来的。听上去很着急，语速很快，倒是吓了我一跳。仔细一听，是车子出问题了。她正开车下班，开始时没注意，后来觉得发动机声音巨响，放下车窗，宛如跑车轰油门的隆隆声，甚至把自己都吓着了。赶紧打双跳灯，慢慢开。然后就一个电话打给我，束手无策了。

我还算冷静。先问仪表盘有什么灯亮着的，如果有什么问题，一般仪表盘上都会有相应的故障灯的。回答说没有。再问有没有闻到汽油味、机油味或是塑料、电线焦煳的臭味，因为一般如果油路、电路出大问题，会有这些异味的。回答说也没有。接着问发动机怠速是否稳定、行驶中有没有明显的顿挫，因为如果发动机发生丢缸或变速箱故障，行驶肯定会有顿挫。回答说也没有。

稍微有些心定了。这些现象没有，就说明应该不是什么严重到可以影响行车安全的致命故障。告诉她小心翼翼地先把车开回小区停好再说。我来想办法找人帮忙。

过了大约一刻钟，打电话过去，车子终于安全停回车位了。松了一口气。开始盘算下一步该怎么办。老婆虽然是个老司机，开车没问题，排除故障修车那是一窍不通的。这个时间点，基本都下班了，找人也不容易。想了一下，还是要找个老司机问问，经验丰富，或许能知道是怎么回事。

于是立刻想到了原来在机关里给老干部开车的龚师傅，他是真正的老师傅，几十年的行车经验，原来也经常请教他一些有关车子的问题，人也很热心的。打电话过去，龚师傅已经下班到家了。听我描述故障现象，立刻判断可能是排气管出问题了，估计是排气管消声器前端破损漏气了，所以才会有跑车那样的“突突”气浪。听他分析，我也觉得很像，只可惜我人在喀什，未能亲见亲闻故障现象，只是觉得很合逻辑、有道理。

问题是明天怎么把车子送到离家里 10 多公里外的 4S 店去修理呢？这个故障是否影响安全行车？突然想到购买的太平洋车险附赠服务中似乎有道路救援服务，可以要个拖车把车子拖过去。立刻拨打 95500 太保热线，一番询问下来，的确，一年内可以有两次 100 公里以内的道路救援服务，还从来没用过呢。然后再打电话给 4S 店，预约明天修车。

再一琢磨，从家里去修车店，拖车不能走高架，地面绕行时间会很长。如果故障不影响行车，还是凑合着把车自行开到店里为好，方便省时。但是老婆自己开，实在是不放心。万一路上又有什么新情况冒出来，没有应变能力，还是一样的手足无措。所以只好仍然请龚师傅帮忙，让他明天上午帮忙把车开到店里去修理。

龚师傅够意思。二话不说就答应了。有他帮忙，明天送车修车应该没问题了。下次一定要好好谢谢他。

援疆的日子，最怕的就是这类事。如果是家里的灯坏了、电脑出问题什么的，晚些时候修理也没问题。上海家里电话过来后，至少我有时间找人帮忙处理。而这种刻不容缓、急急如律令之类的紧急状况，需要即刻处理的，身在万里之外的喀什，我除了打电话四处托人，双脚直跳，别的什么都做不了。没办法，太远了……

第五编

行 游

第七章

旅行

1. 南疆行游篇

叶尔羌风情

2014—04—06　00:00:59

清明。指挥部统一组织去踏青。今天去莎车县，古时叶尔羌汗国所在地，名称源于自昆仑山奔腾而下的叶尔羌河。大河从高山奔流，一路经过叶城、泽普，来到莎车，滋养哺育了两岸的万物生灵。独特的地理环境，孕育了独特的叶尔羌风情……

我觉得，最能代表叶尔羌文化风情的应该是“两姆”：巴旦姆和十二木卡姆。

巴旦姆是古波斯语，其实就是一种大杏仁，花期盛开时满树淡粉，幽香暗浮，一大片一大片的巴旦姆树林，仿若天边飘浮的朵朵彩云。巴旦姆果富含各种微量元素，乃养生之果。莎车种植巴旦姆已有近千年的历史，最早是通过丝绸之路从原产地伊朗传入的。这两年，县里确定以巴旦姆作为当地的支柱产业，帮助农民脱贫致富，全县已种植 100 万亩。一般每亩有 33 棵树，每棵树能产 10 公斤左右的果子，按市价每公斤 30 元算，每亩能带来收益近万元，这还不算树林间套种的小麦、油菜花、放养蜜蜂的收入。所以，巴旦姆成了莎车的标志，每年清明前县里都办巴旦姆花节，今年的花节刚办过。

今天到了县里最有代表性的一片巴旦姆林，总体有 1000 多亩。一眼望去，云团锦簇，或飘浮或点缀在沙漠绿洲中，宛如仙境，不禁怀疑是否天上落下的彩霞祥云。

十二木卡姆，则是维吾尔族传统的歌舞、音乐、诗词、服装、乐器等融为一体的大型套曲表演形式，是维吾尔最重要的文化传承。由叶尔羌汗国的著名王妃阿曼尼莎汗收集整理集大成。莎车是十二木卡姆的发源地。今天，有机会看到原汁原味的十二木卡姆表演，表演者都是农民，都是从师傅、家族长辈口耳相传学习的技艺，需要表演时临时凑在一起。全套表演看完要 27 小时，我们只看了一部分。虽然听不懂维语，但那种古朴的音韵流淌还是很震撼人心的。

在木卡姆表演剧院里，还安排了维吾尔传统的达瓦孜表演，这个已为大家熟悉了，就是走钢丝。有两个男孩，大的估计 7 岁，小的只有 3 岁，走在离地 3 米多高的钢丝绳上，还要随着音乐节奏表演，颇有些惊心动魄的。

拍了些照片，选了几张放在相册里，让大家可以看看。

噢，今天还抽空去了叶尔羌河边，感受了一回大河的壮美，但因为还不到融雪的季节，水不大，据说在盛夏的日子里，叶尔羌河河水汹涌、奔腾咆哮，甚至还会漫出堤岸……

英吉沙

2014—04—06　22:02:41

今天，去了英吉沙县，位于喀什去莎车的半途。早就听说英吉沙最有名的是春天的杏林和精美的工艺小刀。今天可以见识见识了。

好大一片的杏树林。据说这片也有 1000 多亩。杏树整齐地排成行列，种植在麦田的田埂上。远远望去，绿油油的麦田中，间列行行盛开的杏花树，仿佛在绿色画布上涂抹粉色的点缀，点点片片，清风吹拂，粉色花瓣纷纷飘落，花瓣雨下，落英缤纷，人间美景。

除了我们，林间没什么游人，田间偶尔有几个劳作的维吾尔老农。在一片静谧中，似乎能听到最轻微的风语和花瓣从枝头轻轻飘落的叹息。走在落英缤纷的花间小道上，沐浴着春的气息，沉静间忽然一只羽色黑白相杂的小鸟快速地从身前低空掠过，隐入远处的麦田杏树间消失不见。一时间，万物生灵，和谐自然，天人一体，物我相忘。

下午，走访了几个传统工艺特色的当地村庄。有木雕村、工艺小刀村、土陶村。总算见识了维吾尔人家的样子，挺像北京四合院。高大的院门，进门后就是一个院落，周边房舍围绕，有木雕的廊柱连成一圈的围廊坐台，有的在廊柱间还高挂几个大大的葫芦。院中种些果树，比如木雕那家就种了一棵无花果树。在工艺小刀村参观了手工打造小刀的作坊，在土陶村参观了土陶制品的展示，还亲眼看到了国家级非物质文化遗产的传承人，一个维吾尔大叔，在自家作坊里亲手表演制作土陶的过程。在旋转中变幻线条和形体的艺术，一切功夫都在一双粗糙却灵巧的大手中……

院里院外

2014—04—07　23:28:14

上午，当地领导邀请我们上海援疆干部去市郊踏青采风。车行至喀什西郊，逐渐转入乡村田野，拐入一条田间小路后不久即到一户田庄。进院门首先见到的是错落在高低地势间开垦出的几块田地，绿油油的麦苗，还有几畦油菜苗刚刚冒头，道路两旁、田埂小道栽满杏树、梨树，杏花刚落不久，梨花开得正盛。一树一树白色的梨花掩映在路边、田间，点缀得春意盎然。热情的主人邀请我们上了高地杏花树下的露天坐台，铺上民族风情浓郁的地毯，摆上长条桌，大家围桌而坐，品尝了手抓羊肉、馕、酸奶、各式水果、各种干果，享受美食，感受春天自然的气息，偶尔有杏花从树上飘落，轻轻落在发梢上。惬意啊！

晚饭后，和哥儿几个在院里散步。边聊边走，不觉间天已擦黑，看时间，已是近 22 点了。顺道去大院门口的值班室跟值班的地区档案局的几个同志聊了几句。那三个档案局的大姐听说我们是上海来的，就很深切地怀念起上一批来自上海档案局的援疆的同志……，然后很关心地问我们来喀什后都去过哪里了，我们说我们有纪律，除工作任务外不得随便外出。于是大姐们很遗憾地看着我们……

院里院外的世界，不仅仅是那一道围墙的分隔那么简单。这是今天最深的体会。

高高的帕米尔

2014—06—30 00:21:00

今天，有机会随来访的企业代表团上了高高的帕米尔高原。

早上九点从喀什出发，晚上八点回到酒店。期间停留用餐、摄影、感受的时间不超过 2 个小时。且一路均是架桥修路的工地，颠簸不定，我和馨哥坐在考斯特最后一排，着实做了一回过山车。

但是，高高的帕米尔，雄浑的气魄，纯净的天空，苍茫的山势，深深刻在了我的脑海里。

从喀什出发，转道克孜勒苏柯尔克孜自治州进入塔什库尔干塔吉克自治县，一路充分领略了帕米尔高原的雄浑苍凉。这里是古丝绸之路的咽喉，驼铃响彻千年，烽火一路伴随。这里属于昆仑山脉，不同于蜀山的郁郁葱葱，西域昆仑的莽莽苍苍，别有一种雄奇、浑厚、苍茫、圣洁的体验。

公路在山谷间伴着从雪峰奔流而下的大河崎岖前行。夹谷耸立两旁的高山直冲云霄，接天而立，裸露的岩石和风化崩塌的冰碛地貌，无言地展示着悲凉和力量。大块大块的塌方遗迹，依偎在刀切斧削的山崖边，伴随着在大片裸露河床间蜿蜒流淌的河流，混浊而奔流不息的河水，默默述说着大自然重造天地的力量。

偶尔有一片绿色胡杨、白杨，间杂着顽强生长的红柳，点缀着灰黄色、黑色的山谷。

这里是延续千年的古丝绸之路驿道。山腰处仿若腰带一般的山路，路边简单的石垒小屋，是丝路历史的遗迹。

白沙湖，广阔而平静的水面，远处阳光下闪闪发亮的白沙山，劲吹的湖边山风，远处隐隐皑皑的雪峰……

终于到了。看见了慕士塔格峰，看见了雪峰下一湾狭长黑黑湖水的卡拉库里湖。隔湖而立气势更加逼人的公格尔雪峰……

冰山之父的慕士塔格，峰顶缭绕着朵朵白云，在纯净得令人心碎的蓝天下，矗立在黑水平静的卡拉库里湖边，等腰的山形和峰顶白玉闪耀的冰雪，映衬在高天流云的帕米尔高原上，透射出神圣、威严，足以令人猛然间感受自身的渺小、造物的神奇，不自禁顶礼膜拜，荡涤灵魂。

静谧的湖水，映衬着神圣的雪峰，微微吹过的清凉山风，头顶是纯净蓝天。独自伫立在湖边，感受着帕米尔独特的气质，仿佛来到了神的世界……

宗朗灵泉

2014—07—01　00:27:02

今天，陪同上海来的企业家代表团去了叶城。

叶城是新藏公路的零公里起点，从这里出发，沿着 315 国道蜿蜒向上，翻越横亘东西的昆仑山脉，进入广阔无人的青藏高原，沿中印克什米尔国境线一路向南，可以到达后藏阿里地区。驻扎在喀喇昆仑上中印边境哨所的解放军部队，都是以叶城为后勤补给和轮换休养基地，阿里地区的蔬菜也都是从叶城供应上去的。

考察完位于新藏零公里处的工业园区后，我们去了当地近年重点开发的一个景点宗朗灵泉。因其位于宗朗乡的茫茫戈壁上，矗立着一列山崖，崖壁处居然汩汩潺潺地冒着清冽的泉水，滋润着周边山谷，形成了在茫茫戈壁中一线绿洲谷地。绿谷中有湿地，有芦苇，有草原，有湖泊。有千年古树盘根错节，有世代守墓忠诚卫士。两边光秃秃的山崖，夹峙着一片翠绿，强烈的视觉冲击无以言表，只能感叹造物主的伟大。

神奇的崖壁。灵性的泉水。

山崖顶端有棵树。那是一个在公元十世纪南疆宗教战争中战死的伊拉克将军的麻扎（陵墓），在那个年代，来自中亚西亚的伊斯兰教力量与传自印度逐渐本土化的佛教力量之间相互较量，陆续打了 98 年的宗教战争。大量来自西亚、中亚的穆斯林，从帕米尔高原西部翻越葱岭来到喀什助战。这个伊拉克将军就是其中一员。战死后，随他一道从伊拉克来到遥远东方的马童，把他埋葬在这列山崖顶上，并在这片神奇的灵泉崖壁上凿洞为屋，默默为将军守陵终生，并将守陵任务传给了后代，世世代代，传承至今已经到了第15代……

阿凡提乐园的演出

2014—08—21 00:51:26

晚上，李平联系了疏附县广州新城旁的阿凡提乐园，去看演出“你好，阿凡提”。

剧场挺大的，还供应自助餐。场内依次排开数排餐桌，先用餐再观演。场内基本满座，观众基本为维吾尔族，放眼望去，都是绿帽子白帽子、头巾纱巾。整台演出融合了音乐、舞蹈、杂技、魔术等多种要素，配以壮美的西域风光，还是不错的。特别是顶碗、顶灯、飞人、走钢丝、跷跷板等，甚至还有蹦床……

美中不足的是主题不突出，缺少一根主线把各部分表演串联起来，本来阿凡提主题很鲜明，但挖掘不够，看不出这些表演跟大家耳熟能详的阿凡提故事有多大关系，这是今后可以改进的。

塔什库尔干

2014—09—13 23:16:19

今天终于上到了国土最西端、位于帕米尔高原之上的塔什库尔干塔吉克自治县。

这里是古丝绸之路的要冲，是通往巴基斯坦、阿富汗、塔吉克斯坦三国的十字路口，是亚欧大陆真正的心腹之地。

从喀什出发，沿着盖孜河谷一路蜿蜒南上，两旁壁立千仞的昆仑山脉裸露着遒劲的胸膛，斧削刀切的石山，没有一丝绿色。只有在河谷滩地平缓处，依稀分布片片绿洲，石头垒成的塔吉克村庄掩藏其中。牛羊悠闲漫步草原湿地中，一幅绝美画卷。

白沙湖之沙水相映、慕士塔格峰之纯洁高贵、卡拉库里湖之深沉静谧，依然如故。而金草滩之牛羊遍地、开阔无垠，石头城之历史沧桑、耸立高台，令人印象深刻。漫步在县城街道，微笑与安宁充满心间。

塔县县城是全中国民风最淳朴、社会最安全的县城，据说县里的看守所常年都是空关的。全县 2 万平方公里的土地上居住着 3 万多人，其中绝大部分为塔吉克族。高鼻深目，身材高挑，具有典型的欧洲人特征。晚饭在一户塔吉克人家家访，风情浓郁，菜肴丰盛，惜乎胃口有限……

红其拉甫

2014—09—15　01:05:36

终于站在了红其拉甫口岸国门的界碑处。

这里是帕米尔高原克什米尔的高原口岸，四周环绕千年积雪的群峰，一条穿行蜿蜒于山谷雪峰之间的公路连接中国、巴基斯坦，在雪峰深谷矗立的雄伟国门，中式古典城门建筑风格，横跨公路，稍远处刻有鲜红“中国”的界碑挺立公路两旁。

在 5100 米海拔的高原垭口，公安边防和戍边部队前哨站设在路边，年轻勇敢的战士忠诚守护着祖国神圣的领土，融化在帕米尔高原壮美的高原雪峰之中……

清真寺、高台民居

2014—09—16　01:17:18

今天陪同代表团在喀什市内参观。

上午去了香妃墓、高台民居喀什老城、艾提尕尔清真寺。香妃墓已去过多次,数这次逗留时间最长。仔细听导游介绍了阿帕克霍加家族的历史和香妃的传说。乾隆果然不简单,纳香妃之举成为促进民族交流交融、维护祖国统一的典范。

老城与清真寺却都是第一次去。老城正在改造,以砖混结构代替原来的土坯干打垒,外墙涂抹泥浆,保持原有外观,修旧如旧。老城狭窄的街道中依然居住着大量的维吾尔族居民。清真寺肃穆幽静,长长的围廊,大块的地毯,想象做礼拜时人头攒动的景象,感慨不已。

穆斯林的虔诚,是一种来自于信仰的力量,令人钦佩,而一旦被别有用心者利用、挑拨、教唆,则令人痛恨。站在清真寺中,真切体验穆斯林的精神世界,希望得到一双慧眼,看穿这个神秘的世界……

金湖杨

2014—09—17　23:41:30

金湖杨国家森林公园是南疆现今唯一的国家 5A 级景区,也是上海旅游援疆的重大成果。在南疆茫茫的沙漠戈壁中,在叶尔羌河的滋养抚育下,保有这样一大片由金杨湖、胡杨、湿地组成的绿洲,实在是上苍对于南疆的恩赐。

湖水、胡杨,静谧的森林,悠闲的村庄,怀旧的知青大院,伴随着胡杨森林中微寒的凉风,呼吸着清新湿润的空气,看着当地村庄中的维吾尔族村民在核桃树下拿着长长的竹竿打核桃,落下遍地的核桃青果,洋溢着收获的幸福气息……

来自上海的企业家们,吃惯了核桃干果,看到刚从树上打下的新鲜核桃青果,带着微潮的手感,恍然大悟:原来核桃长在树上时是这样的!……

一路走来,静谧的森林公园里,只有我们一个团队,除了遇到打核桃的村民外,就没有看到过其他的游客。如此充满魅力的水乡胡杨,却无法吸引更多的内地群众来体验,真是遗憾之极!等到 10 月下旬,胡杨林金黄变色,倒影在平静的湖面,那真是天堂才有的胜景。

美丽泽普

2014—10—23 23:27:03

随同上海商贸培训专家团，今天在泽普算是真正做了一次深度走访考察。胡杨风景如画，人物朴实无华，令人印象深刻。

昨天下午到泽普后，即在金湖杨国家森林公园深度游览。不乘电动车，漫步在胡杨林中，仿佛身处仙境，金色胡杨、清澈湖水、静谧倒影，掩映在碧蓝天空、明媚阳光照耀之下，微风吹来，略带些清冷香甜的气息，令人沉醉不能自拔。

如此人间美景，深藏南疆沙漠戈壁、叶尔羌大河之旁的泽普……

今天上午，驱车一个小时，到了古勒巴格乡科克墩村。这里是闻名全国的最美村官刘国忠生活工作的地方。刘国忠是甘肃人，8 岁随父母迁到村里，一辈子扎根边疆，当了 30 多年的村支书，带领全村脱贫致富、修路盖房、通水通电、兴办教育，真正做到了“先天下之忧而忧，后天下之乐而乐”，把村子建成了南疆少有的 30 年来没有暴恐、没有地下讲经、没有非法朝觐，甚至没有发生过一起刑事案件的净土……可惜的是，这样的干部，却由于过于疲惫，在从县城返回村里的路上因交通意外伤重去世……

他们家，是全村唯一的一户汉族人家。

如果全疆乃至全国的村官们，都具有这样的品德，国家还有什么困难不能克服、还有什么发展目标不能实现呢！……

喀什老城

2014—10—25 01:17:06

每次车行路过吐曼桥，望着桥边土台高地上鳞次栉比的土墙土屋民居，总能感受到一股扑面而来的历史沧桑。这里是喀什噶尔老城，始建于公元 10 世纪初的喀喇汗王朝，历经千年风雨，矗立在吐曼河边。这里是维吾尔族的老根之地，是喀什噶尔最神秘、最厚重、最沧桑、最具风情之地。

老城平时不对游客开放。幸而有地区旅游局李平副局长带着，今天终于有机会近距离走进这块神秘之地，感受历史沧桑的民族风情。

沿着河边的台阶拾级而上，低矮的民居土屋，狭长、曲折、蜿蜒的巷道，斑驳的黄粘土外墙，诉说着千年沧桑。世代居于其中的维吾尔族群众，至今仍然不愿离开此地，即使这些土屋有的已经属于危房，需要加固改造。这里是他们的家，他们的城，有他们祖先的足迹，有他们世代辛劳的心血，还有凝聚着无数智慧世代传承的民族工艺，土陶、小花帽、小吃、铜壶等等。孩子们在长巷中玩要嬉戏，快乐成长，对着游客害羞地微笑，大方地合影。一路穿行，心有所感，仔细体味喀什噶尔的味道、历史、风情、智慧、典雅、沧桑、无奈、希望……

诗人郭小川如此赞美喀什老城：不进天山，不知新疆如此人强马壮；不走南疆，不知新疆如此天高地广；不到喀什，不知新疆如此源远流长；而不上这条街呢？上述的一切似乎还不知端详……

疏　勒

2015—01—12　22:30:47

疏勒是喀什地区下属的一个县，位于喀什市东南，是喀什的南大门，距离喀什市区很近。在喀什市区的发展规划中，疏勒和疏附两个县与喀什市区形成一体两翼的格局。

疏勒也是喀什最具知名度的古称，在很长一段历史长河中，疏勒就是喀什的代名词。在班超平定西域36国的东汉时期，首先平定的就是疏勒，主要就是看中了这里南连莎车、和田，北通喀什、阿克苏的重要交通位置。平定之后，班定远深谋远虑，步步推进，将疏勒打造为南疆戍边重镇，驻军屯兵，安抚群众，守卫边防。之后历朝历代，继续发扬了这一传统，时至今日，疏勒仍旧是南疆著名的驻军之城，南疆军区机关就设在疏勒县城，全城各类兵站、军营密集，商业繁华，交通繁忙，远比喀什地区那些地理位置偏远的县城热闹发达。

去年2月底刚进疆时，我们在地委组织部安排下，还曾在县城南郊的疏勒县委党校集中培训1周，期间参观了疏勒县新开发的张骞公园和县博物馆，对疏勒的悠久历史和历来亲近中原政权的习惯传统深有体会。

克州阿图什天门洞

2015—04—05　22∶36∶45

克州，就是克孜勒苏柯尔克孜自治州，这是个位于喀什西北部、地处天山南麓与吉尔吉斯斯坦接壤的边境地区，居民主要以维吾尔族、柯尔克孜族为主。阿图什市，是克州首府。天门洞，是阿图什今年重点打造的旅游景区。据说曾入围美国探险杂志选出的全球20个最值得探险的景区。今天，指挥部组织清明踏青活动，地点就选在了这里。

上午十点半，从喀什出发，一路向西、向北，走吐伊高速在临近吐尔尕特口岸下高速改走地面公路，蜿蜒前行，约一小时后抵达天门洞景区入口。这里也是这条简易公路的尽头，路边建有游客中心，空空荡荡，停车场上有几辆大巴、几辆轿车，同样空空荡荡。

门票倒是不便宜，每人45元，不打折。据导游说，从这里要步行进山，到天门洞大约5公里，单程在1小时左右，原路进原路出。车子开不进去，也没有骑马进去的，只能靠自己两条腿走进去。

于是开始山地行军。公路尽头便没有路了，只能沿着雨季泄洪形成的山谷通道前进。两边高崖绝壁夹峙，没有绿色，没有植被，没有步行便道，满眼都是风化的崖壁、遍布的砾石，映衬在克州今日湛蓝的天空之下，竟隐隐透出一种荒凉、沧桑、雄伟、神奇、原始、悠远的意味，行走在砾石遍野的山谷间，仿佛穿越回到了洪荒上古的年代。

一路向上，险要处还需攀爬简易栈道。在山崖背阴处和部分栈道深处，残雪和冰冻仍有遗存。已经没有明显的道路了，四处都是洪水冲散洒落的砾石，只能在石间小心地寻找落脚之处，一步一步向上。海拔逐渐升高，气息越来越急促。貌似踏青不应如此,倒更像是一次野战拉练。

终于望见了远处山壁显现的巨大空洞,仿佛被狠狠锤击,连绵的山峦在此处被硬生生砸出一个硕大无比的巨洞。这就是传说中的天门洞了。

望山跑死马。尽管看到了天门洞,然而向上的最后一段路途脚步却无比沉重,似乎体力已经透支到极点。需要凭借意志和勇气,艰难而坚定地前进。

终于站在了天门洞下。山风呼呼,寒意袭人。巨大的空洞横亘于两峰之间,上窄下宽,高度约 500 米,上宽 100 米,下宽 300 米。形状却类似张家界的天门洞。不同的是,张家界是青山绿水,苍松翠柏,此地却是秃山石谷,寸草不生,苍凉伟岸。

不虚此行。体会另一番踏青,回味另一种境界。

塔什库尔干:神奇秘境

2015—04—11 00:35:51

塔什库尔干塔吉克自治县是我国唯一一个塔吉克族自治县,也是我国位于西帕米尔高原、国土最西端的县城。县域面积有 2 万多平方公里,常住人口只有 3 万多人,以塔吉克族和柯尔克孜族为主。塔吉克族是我国 56 个民族中唯一的白种民族,塔吉克语源自古波斯语,只有口语却无文字,所以他们也用维吾尔语写作记事。他们人口虽少,但文化独特,并具有强烈的爱国主义精神,无比热爱伟大祖国,痛恨民族分裂主义,许多塔吉克边民都自愿帮助当地驻军和武警固守边防,真正军民一心守边关。他们民风淳朴,热情好客,喜跳鹰舞、吹鹰笛,以游牧方式谋生。

自古以来,塔县帕米尔高原山谷地区就是丝绸之路通往南亚、中亚的交通要道。沿途自然风光险峻,人文历史遗存丰富,旅游资源得天独厚。

上午参加了一个塔县旅游项目的规划评审会议,听了规划专家和塔县分管旅游的副县长的详细介绍后,只能感慨造物主对这块净土仙境的厚爱。

塔县要在冰山之父慕士塔格雪峰之北建造一个冰川公园,起因是近年来自驾前往慕士塔格冰山脚下游览探险的游客日益增多,已经对周围的冰川生态环境构成危害。为了保护脆弱的冰川生态,不得不在此地设立冰川公园,对旅游活动统一管理,进行保护性开发。今天就是评审这个冰川公园的详细规划方案。方案很全面,从规划区域范围、空间布局、配套设施、市场营销、投资效益分析等各个方面进行论证,指导思想是尽量不破坏原生态,充分考虑生态环境承载量,实行游客总量控制。对需要在慕士塔格雪山开展高山登山训练的团队,收取高额环保费用。据说这里是绝佳的攀登雪山训练营,如要攀登 8000 米以上的雪山,往往都要先到慕士塔格雪山进行适应性训练,因为这里的雪峰坡缓,海拔亦有 7000 多米,适合高山登山技巧训练。每年来这里登山的爱好者团体有五六十个。

除了慕士塔格雪山,世界第二高峰乔戈里峰(K2)的登山大本营也设在塔县境内,登山手续需要到塔县县城办理。去年塔县县城往返 K2 大本营的公路已经开通。看来今后要攀登乔戈里峰的登山者,可以不必从叶城出发,而可选择从喀什上塔县直奔大本营了。

塔县旅游机场已经确定选址,年内将开工建设,明年可以投入使用。

214 国道(中巴友谊公路)的改扩建也将逐步完成,今年年内第一段可以投入使用。在巴基斯坦境内因泥石流塌方形成的堰塞湖阻断了原来的公路,但在我国的帮助下,已经在当地山中打通了一条长达 40 公里的高山隧道,正在进行最后的路面铺设和灯光设备安装,通车后将极大方便车辆通行。同时,从巴基斯坦瓜达尔港北上穿越千山万水抵达喀什的油气管道和铁路项目也在加强推进,中巴战略通道的设想已经可以看见未来。

同时,在塔县提孜那甫乡出土的 100 多件文物,有力证明了历史上的拜火教(祆教)发源地就在塔什库尔干帕米尔高原地区,正在积极申报人类文化遗产项目。

塔什库尔干,神奇秘境。

山水一体的伽依大峡谷

2015—05—01 23:40:20

今天指挥部组织大家集体外出徒步活动，地点选在喀什西北的克州阿图什伽依大峡谷。

从喀什沿314国道北上，半小时即可抵达克州阿图什市。转入乡间小路，途经两个边防检查站后，只能行驶在戈壁滩的碎石路上，颠簸起伏不断。在翻过一座南疆常见的雅丹地貌特征的砾石沙土大山后，就到了大峡谷景区车辆换乘处。换乘高底盘的依维柯客车后，再向前需趟水穿越两山间平坦的砂石河床，进入山谷深处，抵达峡谷入口的徒步起点处。

带上食品矿泉水，背上背包，开始了徒步之旅。与前些日子去过的天门大峡谷不同，行进在峡谷中，一路有溪水潺潺相伴，时左时右，忽高忽低。不时可见两旁山崖壁间有泉水涌出，或奔涌而出，或沿崖壁静静流淌，汇入峡谷溪流，哗哗而下。这里的山崖是砂石泥土夹杂岩石的，风蚀水蚀痕迹处处可见，甚至这个山谷本身估计也是雨季山洪爆发后的水流切割而成。

水声潺潺，回响在静谧的山谷中，更显幽静。因着泉水的滋润，山谷崖壁随处可见绿色，或是崖上几株花草，或是谷中数棵树木，或是溪间两三青苔，生机勃勃，春意盎然。

涉水前行，时而跳跃溪间，时而攀爬巨岩，时而趟水直行。徒步野外的乐趣尽皆于此。而代价是鞋袜全湿，感受着泉水的冷冽，别有一种归真的质朴。

终于来到经文山。一片巨大的山崖仿若一堵巨大的山墙，仔细观察，可以看到崖壁上似有类似蝌蚪文的符号，据说那是古突厥文字，内容尚无人解读。传说此地就是公元9世纪左右横跨西域中亚的喀喇汗王朝一代雄主布格拉汗祈福祭天之地。站立在这千年崖壁古迹之前，回想喀喇汗王朝的一时辉煌，大汗雄才伟略，东征西讨，江山似锦，风光如画，俱往矣，千年以下，此地只余崖壁空文。

继续前行。峡谷仍然蜿蜒延伸，不知通往何处。此时，山溪已渐渐消失不见，只剩一条砂石路在谷间穿行。约20分钟后，终于到了峡谷出口，山谷陡然开阔，谷地平坦，通向远方。

小憩片刻后即返回。待回到峡谷入口出发处时，已经下午三点。往返约8公里，用时3小时。

安排出行的旅行社已经支起了架子，开始烧烤羊肉串。孜然调料的香味随风飘来，诱人食指大动。吃了四串烤肉，喝了一碗羊肉汤，再来一盘凉拌黄瓜椒圈，吃几口馕，真真仙山仙水、仙味仙人呐……

高原秘境

2015—05—28　22:37:21

昨天一早即从喀什出发，陪同开发区培训项目的专家组前往塔什库尔干塔吉克自治县。沿314国道顺克孜河而上，两边高山夹峙，山高谷深，石壁耸立。从奥依塔克到布伦口一线仍然正在进行道路、水电施工，碎石子铺成的通行便道忽上忽下，宛若乘坐过山车一般。直至白沙湖过后，道路才回到水泥柏油路面。

我已是进疆来第三次上塔县帕米尔高原。白沙湖、慕士塔格、卡拉库里依然美丽神秘，散发着诱人的魅力。帕米尔高原秘境，最后的净土世界，每次都会给人带来不一样的体会和感受。这一次，终于有机会来到慕士塔格雪山冰川的脚下，亲身体会自然的伟岸和造物主的伟大。

在蜿蜒翻越苏巴什达坂后，即可见到路边新建的慕士塔格冰川公园大门。这个公园目前正在建设过程中，前个月我还有幸参加了它的项目评审会。作为一个冰川生态公园，此地拥有得天独厚、唯一稀缺的自然禀赋资源。当时就想着有机会要实地去看一看。这次机会终于来了。我们的越野车一直前行，到达了雪峰冰川脚下。下车后踩在泥泞的尚余积雪的地面上，缓步爬上一座低矮的山丘，慕士塔格庞大的山体披着雪白的银装，挟带着磅礴伟岸的气势扑面而来，顿觉个人的渺小与卑微，神圣膜拜的心境油然而生。站在这帕米尔雪域秘境，随着自己“咚咚”的心跳，冰雪寒意透衣而入，身体与灵魂仿佛都在接受造物主纯净透彻的洗礼、升华……

今天上午，从塔县县城前往红其拉甫口岸的途中，我们顺道弯进了通往瓦罕走廊的简易公路，来到了瓦罕走廊山口处。这里立有三块石碑，分别是古代高僧法显、玄奘、安世高西去印度、东来中原取经传法行经之地。他们分属不同的朝代，相同的是都曾徒步穿过这人迹罕至、环境恶劣的瓦罕走廊，西去东来，促进东西方文化的交流交往。山口罡风凛冽，呼呼而至，甚至比慕士塔格雪山脚下更加寒意袭人，我不由得赶紧穿上羽绒服。遥想玄奘当年，僧衣布衫，随行数人，穿越这罡风烈烈的山谷走廊，那份艰苦、忍耐、执著、思念，如何不令人动容！

三上塔县，领略帕米尔的自然与人文，秘境依然。

喀什噶尔老城春秋

2015—05—30　00:42:46

“不进天山，不知新疆如此人强马壮；不走南疆，不知新疆如此天高地广；不到喀什，不知新疆如此源远流长；而不上这条街啊，上述一切似乎还不知端详”。这是诗人郭小川发出的感慨之言。

今天我终于走上了喀什噶尔老城的这条街。从吐曼河边的高台民居拾级而上，慢慢徜徉于喀喇汗王朝时期的南城老区，感受着历史的沧桑与时代的变迁。在土陶工艺传承人家中见识维吾尔族古朴的传统手工艺，那简单朴素的纹饰浸透着历史。品尝了美味的龙须酥，来到高台边开阔的民居观景台，吐曼河两岸鳞次栉比的建筑一览无遗。沿着六角石砖铺就的道路一路前行，清真寺、民居、手工艺匠人商铺，骑墙而建的过街楼，阳光下悠闲散步的老人和欢快的孩童，仿佛千年时空凝固在这一刻，喀喇汗王朝的回声依然飘荡在老城的上空。一座依然活着的老城，古朴沧桑，沉淀厚重。

从高台民居背面主街出口出来后，穿过一条马路，就进入了花盆巴扎。路边堆满了采用传统工艺制作的土陶花盆。这里是喀什噶尔老城完成改造的区域。街道更宽了，两边的房屋更新了结构，从夯土房屋改为砖木结构，外墙糊上泥土，仍然修旧如旧，抗震性、安全性改善许多。一路北上，商铺相连，香料巴扎、帽子巴扎，一个接着一个，还有传统的维吾尔族美食，烤肉、烤馕，孜然香料的味道飘香阵阵。人越来越多，人群中时时需要擦身而过。在喀什，也许这里是人群最集中之地了。

走出此地，便是喀什南北大通道解放路，对面就是闻名遐迩的艾提尕尔清真寺。旁边有条吾斯塘博依路，是著名的铁器巴扎。从铁器巴扎转入阿图什巷，这是新近完成改建的老城区域。街巷宽阔，房屋美观，绿色藤蔓植物爬满墙面。时尚与传统并存，历史与现实同在。

喀什噶尔老城，那条街、那条巷、那处高台密集的民居……

安萨尔

2015—08—02　23:08:46

安萨尔，是位于喀什东湖彩虹桥边的一家很有名的民族餐厅。和其他的民族餐厅一样，安萨尔的外部装修以具有浓郁维吾尔族传统风格的廊柱木雕和圆形拱窗图案为主要特征，内部装潢也大量使用木材贴面，护墙及天花吊顶都大量使用图案花纹繁复的传统式样。一进大厅，夹杂着烤肉、香料的诱人香味就透鼻而入。在喀什，这家餐厅是颇有名气的。

今天终于有空去亲身体验了一次。最近接待工作任务很重，今天终于可以告一段落喘口气了。哥儿几个约好去安萨尔尝个鲜。盛名之下果然不虚，老酸奶、烤鱼、烤肉，还有土耳其茶和藏红花茶，味道非常不错。烤鱼烤肉具有一种烧烤食品特有的肉香，茶则带着丝丝甜甜的气息。老酸奶很醇厚，加了砂糖后酸甜相宜。

就是服务员巴郎们普通话都不太好，点菜交流挺费劲。只有一个维吾尔族小伙子普通话很好，反应很快，记忆也好。每次叫服务员，他们都会把这个小伙子找来跟我们交流。看来，普通话普及教育在南疆真的还有很长的路要走啊。好在今天店里的内地顾客不多，如果旅游重新兴旺，那么不能熟练使用普通话交流将成为安萨尔经营的障碍。

吃完饭，正好沿着东湖边散散步，消消食。湖边铺有木栈道，散步快走的人很多，有汉族有维吾尔族，有老人有孩子。隔着一大片夕阳下波光粼粼的湖面，对面就是如同悉尼歌剧院外形的喀什市规划馆，红蓝色的景色灯光已经点亮，一片璀璨繁荣的盛世夜景。即使与外滩的夜景相比，也不遑多让了。

佳茗的作文

2015—08—18　22:09:05

女儿佳茗暑假中足迹遍布天山南北，回沪以后写了几篇新疆游记。昨晚发邮件给我，谦虚地请我帮她修改润色。说实话，孩子的观察很细致，体验很细微，文笔很优美。可当老爸的我还是忍不住动笔修改颇多，加入了一些属于成年人视界的东西。或许丧失了一些孩子的童真，却也可以看作是老爸和女儿合作谱写的文章。特录如下，仅供欣赏：

静静的欣赏

——金草滩

老爸援疆去了，到了万里之遥的天山脚下。一直听他说起新疆有多大、有多美。终于盼来了暑假，可以有机会去祖国西部那片神奇的土地亲眼看看、亲身体会。神秘的喀纳斯、湛蓝的赛里木湖、秀美的天山天池、雄峻的慕士塔格雪峰……可给我留下最深印象的是静谧的金草滩。

从喀什出发，沿着颠簸的214国道中巴公路穿行在西昆仑帕米尔高原怪石嶙峋的莽莽群山中，车行5个多小时终于抵达了祖国领土最西端的塔什库尔干县城。阿拉尔金草滩，就位于县城东侧，占地约20平方公里，是帕米尔高原上的一块湿地。蓝天白云下，高山夹峙，河道纵横，青草遍野，牛羊成群，炊烟袅袅，构成一幅极美的图画。

帕米尔的早晨原来如此令人着迷。爸妈和我一早就来到了金草滩。远远望去，山谷间一大片绿油油的草地上，成群的牛羊悠闲地漫步、吃草，远处点缀着白色、咖啡色等颜色各异的蒙古包毡房，笼罩在轻烟薄雾中。高原的蓝天纯净得如同无瑕的水晶，谷地两边蜿蜒起伏的巍峨群山，山顶覆盖皑皑白雪。碧蓝如洗的天空上浮动着大朵的白云，偎依着高耸的冰川雪峰。缕缕金色的阳光从白云中穿射出来，挥洒在草地上，仿佛母亲温柔的抚摸。一片安详、静谧。

走进金草滩，步行在游览木栈道上。脚下就是一道道或细或粗、或急或缓的溪流，穿插其间，潺潺水声不绝于耳，红的、绿的、一小株、一大团水生植物点缀溪间，给宁静的湿地平添了几分情趣。在木栈道的尽头，还有两个大大的木头水车，一边转动，一边发出“嘎吱嘎吱”的声音，像是在与时不时叫上两声的牛羊对话。

一头健硕的大黑牛，在离木栈道很近的地方悠闲地吃着草。我靠近它，它也丝毫不理会，照常用餐。侧着牛头，把嘴凑到草边，用舌头卷住草，轻微一甩头就把草给卷进嘴了。我和它那么近，甚至都听到了小草根茎扯断的清脆声音啦！

一个塔吉克少年，不过八、九岁的样子，骑着一头栗色的高头大马，趟着水，手里摇动着鞭子，在金草滩上神气地踱步。如果有不听话的牛羊，少年就赶马过去吆喝两声。塔吉克族世代生活在这片土地上，勇敢、善良，这里就是他们纯净美丽的家园。

走在木栈道上，风中飘来青草的气息，不由自主地放轻了脚步，也放慢了脚步，不忍破坏这份美好的宁静。这一刻，感受着自己“砰砰”的心跳，呼吸着清新而甜美的空气，耳边偶尔传来牛羊“哞、咩”悠闲的叹息，灵魂仿佛摆脱了躯体，自由徜徉在天地之间，人与自然和谐融为一体。这一刻，我似乎可以触摸到悠远的永恒……

对于我们这些一直生活在喧嚣大都市的人来说，这份宁静是多么的难得。在上海的家里，每天听到的都是汽车的喇叭声、小区里装修的电钻及敲击声、公园里晨练的广播声……而现在，在金草滩，静静地倾听大自然的声音，静静地感受人与自然的和谐统一，静静地放飞自己的灵魂与天地对话，醍醐灌顶、沐浴重生，放眼世界，多么美好、多么惬意啊。

在高高的帕米尔高原上,我站在美丽的金草滩,这里就是我梦中的香格里拉,是大自然赐予祖国的秘境仙域。自然静谧之美将永远镌刻我心。

岳普湖风味馕

2015—08—20 23:49:36

在文化路步行街后门路边,有一间门面极小的烤馕店,招牌上风尘仆仆的,名曰“岳普湖风味馕”。一个胖乎乎的维吾尔族小伙子乐呵呵地站在门口,熟练地在生馕饼上撒芝麻、刷蛋黄液,用衬垫快速地贴到馕坑内壁。片刻之后,再用铁钩子从馕坑里钩出已经烤得金黄的熟馕,两块钱一个。热气腾腾,烫得都上不了手,要垫上一张食品袋才行。

每天晚上六点多的时候,是馕店生意最红火的时候,可以时常见到排着长队等着买馕的人们,最有意思的是其中大部分还是汉族群众。听指挥部的驾驶员师傅讲,这家的馕可以算是喀什最好吃的,他们也经常光顾的。

下午我去超市出来时正好路过,看到长长的买馕队伍,于是决定加入。足足排了将近半个小时才买到了四个馕,不容易啊。在喀什,买东西还需要这样排队的,进疆以来这可是第一次。

回来后掰了一块放到嘴里,香甜焦脆,芝麻的香气四溢,面饼筋道,果然美味。

喀什美食都隐藏在那些不起眼的路边小店,只有长期生活在当地的人们,才会知道哪条路那家店的啥东西最好吃。如今看来,我也渐渐加入了喀什人的行列了。

东湖漫步

2015—09—05 01:08:40

这几天上海建科院的工程技术团队来喀什对指挥部大楼进行质量检测。明天他们的领队就要回上海了,为了感谢他们的辛勤劳动,文悦邀请我们几个兄弟一道与他们到彩虹桥边的安萨尔民族餐厅吃晚饭，也让来自内地的小伙子们领略体会一番民族风情与风味。

这是第二次来安萨尔了，我还是喜欢他们家的老酸奶、藏红花茶、烤肉串、大盘鸡、烤鱼，滋味独特，风情浓郁。

晚饭后，时间尚早。大家就沿着东湖岸边的步行栈道漫步湖畔。晚霞映红了天边，在一片霞光绚烂的黄昏天空中，灯光璀璨的湖岸与不远处在泛光照射下愈加斑驳沧桑的喀什老城高台民居，繁荣的渴望梦想交织着无以言表的古老神秘，这就是喀什噶尔最迷人的魅力所在。

湖边涟漪微泛，晚风轻拂，九月初的喀什黄昏，秋高气爽，风中吹来那种湿润的气息，在这样的沙漠边缘绿洲是那么宝贵，却又是那么熟悉，仿佛间回到了我们那位于东海之滨、江南之地的家乡故里。

一路走来，尽情呼吸，尽情张望，尽情体验。原来喀什的夜晚如此美妙。

过了吐曼桥，穿行在一条芦苇丛中的便道上，难以想象居然在喀什噶尔体会到了白洋淀的感觉，时空似乎错乱了。直至走出这片芦苇荡，看到那片熟悉的老城民居，终于重新确认这里就是神奇的喀什噶尔。

夕阳已经完全落下，夜色降临这片伟大祖国的西极之地。灯光依然璀璨，湖岸、桥梁和周边建筑的轮廓勾勒得如此清晰。居住在老城中的维吾尔族人家，结束他们一天忙碌的劳作，静谧祥和。几个居住在附近小区的汉族大妈，悠闲地散步在高台下的道路上，轻声交谈着什么。放养在湖边草地上的羊群，依然在抓紧时间啃食鲜嫩多汁的青草。几个维吾尔族孩子在不远处嬉闹，从高处的土台民居中奔上跑下，快乐无忧。

在这一刻，我忽觉神光闪现，揭开了笼罩在这喀什噶尔灵魂之地的面纱，如此之近，如此真实，如此厚重。

疏勒乡村的上海路

2015—09—06　23:49:53

下午陪领导去疏勒县阿拉力乡自治区办公厅的驻村点看望新疆驻上海

办事处凯撒尔副主任带领的工作队。虽然到喀什一年半多了,但由于种种原因,如此深入南疆乡村的次数却屈指可数。有机会可以近距离观察农村基层面貌,感到十分难得。

疏勒县是紧邻喀什市区东南的一个县,在全地区的经济社会发展水平中属于中上等,由山东对口援建。自治区办公厅的驻村点在疏勒县西南边缘靠近英吉沙县的两个乡,共有十几个村。凯撒尔主任的驻村点在离乡政府不远的马木克村。

这是一个典型的南疆维吾尔族村庄。一条水泥路直直地贯通全村,道路两旁种植着成片的白杨树林,一条水渠在树林中相伴着道路向远处延伸,林子边就是村民的民居房屋,大部分是南疆风格的干打垒土屋,小部分是砖瓦房。如果是安居富民工程改造过的村庄,那么两边就都是砖瓦房,一般是两层小楼带个小庭院,统一的风格,统一的色彩。在南疆乡村,道路、白杨林、水渠、土墙围起的民居,三三两两聊天或劳作的农民,玩耍的光屁股孩子,都是极具代表性的乡村元素。

马木克村也不例外。凯撒尔副主任来到村里以后,带领大家整修了道路,把原来村委会对面的路边垃圾场改造成一个村民大舞台和农资化肥中心,大舞台用来组织村民过年过节唱歌跳舞、欢庆贺喜,农资化肥中心为村民提供赊购服务,施肥时可以赊账,待收获以后再还账。村委会大门旁边还搭建了一个小巴扎,有便民商店、烤馕摊、烤肉摊、助动车、机动车维修等等。热闹了许多,也方便了村民的日常生活。村委会是个四方院子,办公楼有两层,一楼是食堂和党员活动室,二楼是办公室和宿舍。还建了一所平房,作为多功能活动室,主要作为村民举行婚丧喜事宴请活动的场地。院子里绿树成荫,拉满了小彩旗,各色标语等等,还是很有些文化气息的。令人惊奇的是,跟随凯主任驻村的一位维吾尔族大姐,见到我们欣喜异常,一开口居然说一口相当标准的上海话,在这遥远的疏勒乡村,听到熟悉的家乡方言,颇有种“老乡见老乡”的惊异和感动。原来这位大姐在新疆上海办事处工作近三十年了,早已把自己也当成上海人了。

马木克村村头还有一条路,通往村里另一边的几十户居民聚居点。原来是条土路，天晴一身土，下雨一身泥。这次借着上海新疆商会组织了一些企业来村里看凯主任的机会，有家企业捐款重新整修道路，主要是硬化路面的工程。为了纪念上海企业的善举，村委会决定把这条路命名为“上海路”，还立了路牌和石碑。这条上海路，也许是全中国最简陋、最偏远的一条以上海为名的道路了，但却是沪喀两地人民手拉手、心连心的见证。

走在村里的主路上，两旁的村民时而会停下手里的活计，好奇地打量我们，然后友好地朝我们笑笑。我们也报以同样真诚和善的笑脸。虽然语言不同，但感情的交流在此时却并无障碍，笑容满面就是最好的语言，全球通用的友好语言。

骑士大观园

2016—03—17　23:02:46

今天居然在喀什最有名的民族餐厅骑士大观园连续吃了两顿。属于到喀什以来前所未有之事。充分领略了喀什各类新疆美食的滋味，足够足够了。

事情就是如此凑巧。昨天开始接待的上海道路交运部门代表团，今天受到了新疆自治区交通厅在喀什岳普湖县驻村工作组组长的热烈欢迎。人家专门从驻村点赶到喀什城里，就为了请上海同行在喀什品尝本地美食。硬是把原本已经预订午餐的新跃物流当地合作伙伴的订餐推到了晚上，哪知新跃当地伙伴企业负责人权总已经预订了一只烤全羊，没法退的，所以预订午餐只能改为预订晚餐。不曾想，交通厅驻村组长中午选择的特色餐居然和权总预订的是一家，就是这家喀什最有名的骑士大观园。于是乎，就有了一店连续吃两顿的故事。

拉条子、烤肉串、烤包子、薄皮包子、手抓饭、大盘鸡，还有各种瓜果、老酸奶，在主人热情的招呼之下，不吃都不好意思。等到饭毕，方才觉得撑着了。想想晚上还要在此用餐，并且还有一只烤全羊，顿时亚历山大啦。

晚上的烤全羊看上去喷香喷香的。可惜胃口已经被中午的各种肉食和面食基本塞满，还没完全消化呢。尝下小块烤羊肉吧，还是挺好吃的，香料用得很足，味道很给力。只是多吃实在是吃不下了。

晚餐的精彩之处在于有民族歌舞表演观看。三个维吾尔姑娘一台戏，三个单人舞，既有维吾尔族的，也有乌兹别克族的，还有塔吉克族、柯尔克孜族的，最后来个三人舞，跳的维吾尔族的传统歌舞“十二木卡姆”选段。兴之所至，还有客人主动加入舞团，翩然起舞，和谐而快乐。

很有趣的经历。晚上回到宿舍，居然还能想到那句俗话：吃饱了撑的。

揭开历史的迷雾：香妃

2016—04—13　22∶17∶29

喀什近郊的浩罕乡有座远近闻名的香妃墓，是喀什旅游的热点景区之一。据说那里埋葬着乾隆皇帝的一位来自西域喀什的妃子——香妃，故称之为香妃墓。

陪同上海来的客人去过几次之后，发现其实所谓的香妃墓，并非香妃一人之墓，而是其家族的墓葬群，声名远扬的香妃只是这个庞大家族一个分支的成员。这个家族名为阿帕克霍加家族，据说是有伊斯兰教先知穆罕默德血统的圣人后裔，在喀什曾经权倾一时。在政治上，这个家族曾经有过不光彩的发动参加叛乱的劣迹，也有主动帮助清军平叛维护西域稳定的功绩。尤其在帮助清军平定准噶尔部叛乱后，乾隆特地召见了有功之臣，亦因结缘这位号称“美如天仙、体有异香”的西域女子，收入后宫，封为容妃。

在清宫正史中，乾隆一朝共册封妃子 16 人，来自西域的仅此一位。因此可以断定，容妃即香妃。

据记载，容妃在北京富丽堂皇的皇宫中生活了 28 年，未留子嗣，卒于圆明园，终年 55 岁。生前极得乾隆宠爱，为解其思乡之愁，乾隆特下恩旨，招募来自西域的穆斯林大厨为其烹饪，在宫中修建精致小清真寺供其祷告，甚至亲自教其官话、书画、诗词，更有传说乾隆以皇帝之尊，请容妃教授维吾尔语言，咨询西域风土人情、山川地貌。容妃故去，留下遗言，希望叶落归根，回到喀什老家，因有违清宫祖制，未能如愿。

到香妃墓游览的内地客人，看着陵寝群后部那座覆盖着鲜艳艾德莱斯绸盖巾的棺椁，几乎都会问一句：这里真的埋葬着香妃吗？

其实答案已经很清楚了。这里并没有埋葬香妃（即容妃）的遗体，充其量是一座衣冠冢而已。真正的容妃陵寝，掩映在万里之外的河北清东陵森森苍柏之中。

游客一般还会紧接着问第二个问题：香妃真的是香的吗？

估计现在无法考证了，毕竟佳人已去，乃成古人了。但有些零星见于史料的记载，称容妃喜用西域特产之沙枣花提炼的香料，故体有异香，其实就是沙枣花香。到喀什久了，也曾亲身体会过沙枣花香，确实香型独特、沁人心脾。

以己度人，遥想乾隆当年，后宫佳丽无数，何以如此看中一西域女子？以我猜想，貌美体香固然重要，更重要的恐怕还是其身后的家族在西域势力庞大，又具伊斯兰先知圣人血统，在穆斯林群众中极具影响力，如能臣服大清，则西域可保稳定无忧。当皇上的，美人再重要，也及不上江山社稷哪。册封妃子，垂青宠爱，只可得一时之荣光，唯有政治利益图谋交换才能确保一世之荣华。

由是观之，作为九五之尊，乾隆还真是煞费苦心、呕心沥血、身体力行，为我中华民族之交流、交往、交融作出贡献，应当发一张大大的民族团结工作先进个人的奖状。

借光借光，于是有了如今喀什香妃墓前的人来人往。

南疆乡间野趣

2016—05—07　23:41:56

地区旅游局有位副局长，姓者，是喀什本地土生土长的回族，原在喀什西郊的疏附县萨伊巴格乡当了多年的书记，去年初才调到地区旅游局当副局长。者局与李平关系极好，在旅游局班子里共事非常融洽。平日里，者局也会邀请李平叫上几个援疆兄弟到他原来任职的乡里踏青散心，放松放松。

去年五六月间桑葚成熟时，者局就曾请我们到乡里的农家乐采桑葚、钓鱼、烧烤、喝酒、聊天，非常尽兴。

今天者局再次热情邀请我们去乡里呼吸呼吸新鲜空气，放松放松。地点依然是萨伊巴格乡的那家农家乐，距离喀什市很近。

今天天气真好，空气非常纯净，远处帕米尔高原群山聚集的皑皑雪峰清晰可见，几絮洁白的云朵零星点缀在喀什蓝的天空中，阳光灿烂，微风习习。一扫前几日的雾霾尘土，空气中似乎都带着花香果香。南疆的初夏，展露出了最明媚、最光亮的美丽。

依旧是那个院子。桑葚还未成熟，只是将将结果，青涩的果实明显未到采摘时节。那就钓鱼吧。下饵、抛线、静候，一次次重复。收获还真快，往往下钩不到几分钟浮子就上上下下浮沉，可以想像水下的鱼儿们是如何引诱触碰饵料的，在浮标忽然快速下沉时需要猛然提杆，一条寸许长的小鱼就跃出水面。太小了，于是就摘去钩子，放生了。但这些小鱼仿佛不会吸取教训，每次放了它们，再次下钩之后不到几分钟它们就又咬钩了，再放，再咬。太频繁了，已经不是人钓鱼，而是鱼要人了。甚至有几次我懒得再下新饵料，只是光钩下线，居然还有三条小鱼儿咬了光光的鱼钩！

午餐就在院里几棵桑葚树和葡萄架下的凉亭里，在树木绿荫的掩映下，享受着凉爽的穿堂风，围坐一处，摆上水果、酸奶、拉条子、烤鱼，最后竟上了一只烤羊羔，这是维吾尔族欢迎尊贵客人的最高礼仪。者局在这个乡里工作多年，跟当地的干部群众结下了深厚的感情。他可以说一口流利的维吾尔语，跟老乡聊天，笑声不断。如果南疆农村的基层干群关系，都是这个样子，那有多好。

酒当然是少不了的。按维吾尔族的礼仪，一个托盘，摆上四个小碗，斟上酒，司酒就要挨个敬酒，不能不喝，这是主人的心意。还好，这次喝得不算多。

酒足饭饱之后，自然需要动一动，消消食。院子里有几匹马儿，李平率先上马，在一片跑马场地里小小地溜了一圈。看得心里痒痒的，俺也来一个吧，于是在维吾尔兄弟的帮助下，翻身上马，扳鞍牵缰，让马夫引着缓步溜了几圈，还是很惬意的。原来骑马是个技术活儿，即便缓步行进，马背颠簸还是挺折腾人的，尤其是骑行时身体重心的掌握，要特别小心。

下马，继续漫步前进。发现小路的尽头有一大片水面，四周竟有芦苇荡密布。一时间还以为到了沙家浜。这片湿地生态原是自然生成、稍经修饰，非常天然。上了一只小船，荡桨水中，鸟儿时时低空急速掠过水面，穿入芦苇丛中消失不见。

上岸了。跑马场那边有十来个维吾尔族小伙子聚在一起，原来他们准备要来一场叼羊比赛。赶紧去看热闹。捆好羊蹄，几个小伙子按住羊儿，看准羊喉处一刀下去，放血，斩下羊头，开膛取出羊肚、羊肠、羊肝等内脏，再将羊腹缝合，削去四只羊蹄，这个就是叼羊了。几个骑手开始纵马奔行，练习起来，陆续有人不断加入，最多时有 6 人 5 马参与竞争。竞争激烈，马儿奔跑之中骑手之间撕扯叼羊，马力、人力纠缠一处，比赛中骑手还可以抽打驱赶对手的马儿。有时几匹马缠绕一处，骑手举鞭相互抽打对手的马儿，那场景真是难得一见。

南疆的乡间，原来竟有这许多的野趣。有意思。

东湖漫步

2016—06—16　22:11:38

近日艳阳稍歇，往常强烈的阳光辐射透过云层遮蔽后已经失去了威力。傍晚时分，日头开始西落，微风习习，更加凉爽。喀什的夏天白日悠长，晚饭后到入睡前还有近三个小时的白昼，散散步、吹吹风，是很惬意的享受。在南疆，无论白天有多热，一旦进入黄昏，就立刻清凉透爽，仿佛开了个大空调，与上海此时正在煎熬中的黄梅天气相比，真是休假放松的天堂了。

忙了一天，颇感吃力。晚饭后突然心血来潮，渴望着出去走一走。憧憬想像着东湖湖滨仲夏美景，再也按捺不住，换上一身散步休闲的宽松服装，约上驻疆办同样喜欢健步的小鲁，朝着喀什市区的绿肺——东湖边走去。

指挥部到东湖，大约步行一刻钟。东湖是位于喀什市区中心的一大片水面，水源来自穿城而过的吐曼河，经过多年的精心规划和整治，如今的东湖已经韵味十足，甚至颇有些杭州西湖、南京玄武湖、扬州小西湖之类江南湖滨的味道。从东湖西岸延伸到湖中的喀什市规划展示馆，造型神似悉尼歌剧院，已经成为喀什的地标。

沿湖岸铺设的步行道，或水泥平铺，或木栈蜿蜒。水边卵石护岸，清澈见底。东岸边芦苇丛生，东湖的碧波与吐曼河黄浊的河水仅有一岸之隔，令人称奇。

湖边健步而行的行者真多。男女老少，维吾尔族、汉族，人流穿梭，快慢有序，颇有一股浩浩荡荡的气势。

行者如风。甩开胳膊，迈开脚步，汇入环湖步行的人流之中。天空中依然白亮亮，湖面吹来的习习细风带来了湿润的气息，深吸一口，身心俱爽。在干燥的南疆，这样的湿润气息太难得了，总感觉带着一股浓浓的江南味道。

即将完成环湖一圈之际，夜色终于降临了。湖边各处景观灯终于开启，红蓝主色的水上长廊、规划馆、岸线、桥梁，远处建筑的蓝色灯光轮廓，吐曼河边高台民居的土黄泛光，游乐场大转盘宛如伦敦眼的缤纷色彩，交织汇聚，仿佛一曲进入主旋律的交响乐，同奏共鸣，气势宏大，极尽人间之娱，令人忘怀烦恼、沉浸其中、神游物外、感慨由衷。

突然想到，从喀什一路向南，到叶城，再一路向南，走新藏公路翻越昆仑山进入西藏阿里，那里有藏传佛教的著名神山冈仁波齐。信徒常年环山步行，虔诚祈福，称为“转山”，据说可积累功德无限。

在西藏转山以祈福，在喀什环湖以休憩。都是美景之地，都是环绕而行。虽景色不同，艰苦更不可同日而语，却同样可以抚慰人心、寄托理想。西藏新疆，心有戚戚啊。

“环塔”之路

2016—08—25　22:08:16

环塔，说的是环绕塔克拉玛干大沙漠的意思。环塔之路，就是环绕大沙漠的公路网络。塔克拉玛干大沙漠，是我国最大的沙漠，号称“死亡之海”。古丝绸之路的漫漫黄沙，基本就在这一段行程了。这是一条由累累白骨散落堆积而成的古道，在历史长河的缓缓流淌中，逐渐湮灭了。浩渺荡荡的罗布泊，早已枯尽干涸，化身沙漠戈壁，而曾经车水马龙的楼兰古国，也沉入漫漫黄沙之下。近代以来出土的各类遗址，吸引了全世界的目光。塔克拉玛干，就是神秘、诱惑、探险、勇气、甚至死亡的代名词。

自进疆第一年起，兄弟们就策划要找机会组织一次环塔巡游。可惜时至今日，仍未成行。指挥部有严格的安全纪律，对于外出考察交流有严密的制度规定。如此广袤的大沙漠，环绕一圈要途经喀什、和田、巴州、阿克苏四个南疆地州，全程超过 3000 公里，且途中需要数次穿越沙漠公路。

南北横穿大沙漠的公路有三条，一条是西路，从和田到阿克苏库车；一条是中路，从和田民丰到巴州轮台；一条是东路，从巴州且末经若羌到巴州首府库尔勒。

俺一条也没走过。甚为遗憾。

不过，这次由前指领导带队，前指各组组长及各分指指挥长随同，从喀什出发，经和田、民丰、且末、若羌、库尔勒、阿克苏、库车，最后返回喀什，真正的环塔之路，全程为时 6 天。可惜俺这批赶不上，有接待任务，要留守，只能等下一批了。

如果环塔成行，援疆三年中俺的足迹就真正踏遍了天山南北，嵌入了新疆之行的最后一块拼图。

无比期待。

喀什半日游

2016—09—01　23∶45∶48

泽普县副县长、援疆兄弟唐为群兄的堂姐、姐夫来喀什观光旅游，但因近期县里正在召开党委换届党代会，无法请假陪同，所以托我今日接机，并陪着在喀什市内半日游。

下午三点多，赶到喀什机场接机。不多时，四位精神饱满、健步如飞的老人身影就出现在机场出口处。两位大姐是姐妹俩，两位姐夫陪着一道来喀什。通了电话，接上了头，先送她们去酒店办入住、放行李。说来也巧，在酒店遇到莎车援疆兄弟带领的一个来自浦东的代表团，下午也要游喀什，并且办理了参观喀什老城改造纪念馆的申请，预约了参观时间（目前纪念馆还未对公众开放）。正好搭便车去参观。四位老人都是首次进疆、初到喀什，对喀什、对新疆独特的民族风情有着强烈的好奇。从艾提尕尔清真寺到老城改造纪念馆，再到老城大街小巷四处游走探幽，一路走来，一路说来，兴致勃勃，毫无倦怠。须知，她们可都是六十五出头的老人，今早又是凌晨四点起床赶赴机场。乍下飞机，喘息未定，却依然精神焕发、四处游览。可见，喀什噶尔之神秘风情魅力无可抵挡。

又去了香妃墓，老城景区入口等处。晚上我特地找了一家维吾尔民族特色浓郁的清餐厅，请四位大姐、姐夫体会喀什噶尔旅游的另一妙处——民族美食。位于艾提尕尔清真寺广场南侧的海尔巴格美食餐厅，装修精美，服务周到，美食独特，更有维吾尔族服务员古丽，个个高鼻深目、五官精致、皮肤白皙，一派异域风情。

各色水果、老酸奶、烤肉串、烤包子、烤乳鸽、馕，诸多美味，一样样如流水般端上。席间，还有四五个维吾尔族小伙子唱起了高亢的刀郎歌曲，伴随着密集的手鼓鼓点，南疆民族风情韵味充满了餐厅的每一寸空间。

喀什老城的旅游，如今已颇具魅力。至少从今日情况来看，初到喀什的大姐们，对新疆、对喀什有了全然不同的感觉，甚至赞不绝口。旅游的品牌和口碑，就是这样日积月累、口耳相传而成的。

喀什，古老的丝路重驿，正在焕发出日益璀璨的光芒。

特给乃奇克达坂上的国庆节

2016—10—01 23:59:20

在喀什噶尔度过的最后一个国庆，竟然如此精彩难忘。没有以往公式化的仪式、会议，没有惯常的人声鼎沸、人头攒动，孤车行驶在西昆仑山巉岩险峻的深山峡谷间，沿着蜿蜒崎岖的盘山路翻越雪顶依然的达坂，一路相伴的只有三五成群的牧羊和零星点缀散布的村庄。在祖国领土极西之地的群山峻岭中穿行,感受莽莽昆仑和广阔国土,这个特别的国庆节,具象为雄伟的高山和登云的天路,深深刻印在脑海之中。

这是喀什英吉沙县去往莎车县大同乡,并可一路深入帕米尔高原直抵塔什库尔干县的老路。大同乡是莎车县西部位于昆仑山区的偏远乡,以每年 4 月灿若云锦的杏花著称。这条路原是沿着从喀什噶尔出发西向进入帕米尔高原的丝路古道而修建,当北方的进山新路修建后,这条老路已经逐渐废弃。除了沿途依然分布的几个山区乡,极少有去塔县的客人选择这条路进山。据考证,当年玄奘取经东归返回长安时,就是走的这条古道从瓦罕走廊下山来到莎车绿洲。

取经人的脚步空谷余音,沉默的大山达坂千年不语。劈山而建的公路,沿着河谷曲曲折折,深入腹地,最终在一座身形宏伟的达坂脚下开始如龙盘旋,蜿蜒上升,在烈烈罡风的吹拂中翻越特给乃奇克达坂,继续通往昆仑深山中的杏花之乡大同。

站在达坂山口,罡风撕扯,寒意凛冽。西昆仑裸露山岩巨石的庞大山体,仿若一堵身形伟岸的巨大城墙,横亘在蓝天之下,只有一条九曲盘绕的天路,自山脚飘然穿梭于山间,如腰带般轻灵挥洒,直入云间。偶有车辆行经,扬起阵阵飞扬尘土,慢慢散去。

今年暑假,带着家人车行天山南北,终于走了号称中国最美山区公路的独库公路。一路美景。而今日所行之路,较之大名鼎鼎的独库公路,其雄伟险峻、气势逼人竟不遑多让。相差的唯有独库公路穿行于天山腹地的绿意森森和潺潺流水。但此路的沉默、孤独、威势、荒芜、艰险,更有过之。

进疆快三年了,如今才得以走进此路。相见恨晚,终于还是遇见了。

那些人迹罕至的秘境荒野

2016—10—04　23:06:27

国庆假日,上海来了三位女同事到南疆旅游。三人中两人属于资深驴友,不走惯常的成熟旅游线路,专挑冷门、人少、偏远的区域行走。这样的区域,在藏疆地区却是随处可得。比如,她们这次来喀什,行走在塔县帕米尔高原的崇山峻岭之间,对慕士塔格冰山情有独钟,徒步、骑马,甚至在冰川之下冲泡咖啡品尝,提神醒脑,体能之好、精神之旺、兴趣之广,令吾辈须眉亦心悦诚服。

由此思之,南疆喀什,还有多少深藏高原荒漠的奇景未曾得见呢?那些人迹罕至的秘境荒野,究竟如何得知、如何前往?

今日陪着她们游览喀什老城,闲来与旅行社越野车驾驶员聊到了新藏线上的奇景险峻,司机师傅说现在从新藏线麻扎达坂去往喀喇昆仑著名的K2(乔戈里峰)的行车道路已经开通,往返 80 公里左右,有机会真该去亲眼看看,见识那种天地间无可言表的雄伟和苍凉。还有从莎车县城艰难行进5 个多小时,深入昆仑山中的僻远山乡大同乡,四月的杏花若锦和五月的山花烂漫,真真“此景只应天上有”……

进疆近三年了,这些秘境仙境一直有耳闻,却从未想到要身体力行、欣然前往。时间就在一声声的叹息、感慨、犹豫、徘徊中流逝,终于发现心向远方、身却始终圈于一隅,如何心有不甘,亦只能留下满心遗憾。

甚憾、甚憾。

2. 北疆行游篇

摩托骑行者

2014—08—21　23:22:43

一个上海小伙,约了几个同伴,骑着两辆两轮、三辆三轮摩托车,历经一个多月,骑行四千多公里,从上海一路向西,最终到达乌鲁木齐。旅途中,有一辆摩托车甚至被骑爆了发动机,亏得当地车友会的兄弟,及时快递了一台发动机……

到了乌鲁木齐,大部队继续骑行返沪。其中一人则乘火车来了喀什,专程探望他的援疆朋友李平。今晚,李平约组里兄弟为他朋友接风。听着万里骑行的故事,穿越青海无人区,夜宿荒野,风餐露宿,在蒙古包中聆听野狼嚎叫,在穿越天山的独库公路时因贪看美景而骑车失控撞山……

令人神往啊！到了南疆,却不敢骑行了,原因众所周知。但愿有一天,小伙子们可以无忧无虑地自由骑行在戈壁沙漠、雪峰冰山之间……

亲属团新疆行

2015—07—25　22:14:18

两周,整整两周,今年暑假的家庭亲属团从上海来到新疆,体验与内地迥然不同的大美新疆、壮丽风光、民族风情、特色美食。北疆的喀纳斯、天山天池、赛里木湖、喀拉峻高山草原,南疆的喀什老城、清真寺、香妃墓、达瓦昆沙漠、泽普金湖杨、巍峨雄峻帕米尔冰山雪峰、高原口岸,品尝了烤羊肉串、拉条子、老酸奶、白煮羊肉，还有新鲜的杏子、葡萄、各种甜瓜……

两周中先后飞行8次，足迹踏遍天山南北，行程数万公里，在新疆、在祖国的版图上画了一个大大的圈。

最担心几位老人的身体，毕竟爸妈已经年过七十了。多次航空、长途行车、跋山涉水，有的还是海拔较高的高原景点，新疆水土干燥，正在经受高温的炙烤，似乎今年的气候比往年更加炎热。爸妈原本在上海已经习惯了清淡的饮食口味，到了新疆地界，也只能吃羊肉、品辣味。妈的嘴角起了一串大泡，上火了。

女儿佳茗倒是非常享受新疆美食。羊肉，无论白煮或烧烤；老酸奶；牦牛肉火锅；鲜杏；油桃；葡萄；老汉瓜……样样都好吃的很哪……就是在红其拉甫口岸国门时高原反应强烈，憋气，只好吸氧。只要海拔稍降，回到塔什库尔干县城就立刻生龙活虎，胃口大开。在回喀什返程途中顺路去了慕士塔格冰川公园，在近在咫尺的庞大慕士塔格冰川山坡前，海拔超过了4000米，于是小朋友立刻又有了高原反应，开始晕、憋……

终于到了返程时刻。上午，送爸妈们乘南航航班回上海，晚点1个小时。下午，送老婆女儿乘东航航班回上海，晚点2个小时。他们离沪时，恰逢台风过境，总算有惊无险地顺利起飞抵达乌鲁木齐；他们要返沪了，又遇到了上海发布暴雨雷电黄色预警，在惴惴不安中等待航班信息……

大美天山

2015—10—07　23:50:28

国庆长假，终于有机会真正环游天山，一条真正的环绕天山顺时针路线。一路走来，一边拜访当地的援疆兄弟，增进交流和感情，一边饱览天山壮美的秋色。

10月1日从喀什飞赴乌鲁木齐后，就乘车直奔吐鲁番，再从吐鲁番南下到达库尔勒，库尔勒沿218国道西进抵达巴音布鲁克草原，之后沿著名的独库公路217国道北上，途经那拉提草原，再折回218国道一路向西抵达伊宁，最后从伊宁沿G30国道长途奔波700公里返回乌鲁木齐，由乌鲁木齐乘飞机返回喀什起点。整整七天，天天在路上，处处有美景，时时有惊喜。身体虽累，心灵却是极放松且享受的。

一路故事插曲不断，难以尽言。如同饮茶，香气缭绕，一番回味与品尝过后，只余淡淡齿颊留香，隽永无穷。天山山脉是横亘新疆东西的雄伟山系，以天山为界，分为北疆、南疆。地理差别，人文迥异。当喀什还是气温20度时，巴音布鲁克已经降至零下4度，而乌鲁木齐也只有12度。

吐鲁番是我们北疆行程的第一站。坎儿井的奇思妙想、因地制宜使我们印象深刻，与都江堰一样，都是各族人民充分利用当地自然条件、发挥聪明才智、历经千辛万苦而成的人间工程奇迹。而林则徐当初贬谪新疆在吐鲁番大力推广坎儿井之举，为当地各族人民牢记，甚至命名坎儿井为林公井。林公之所作所为，应作为所有援疆干部造福当地、建设边疆，思考“援疆为什么、援疆干什么、援疆留什么“的标准解答。

离开吐鲁番，南下穿过南北天山之间山隘口抵达巴音郭楞蒙古族自治州首府库尔勒。真是一个美丽的城市，与内地的大城市一般无二。高楼林立，街道整洁，树木成荫，霓虹闪烁，商业繁荣，车水马龙。与乌鲁木齐的繁华相比亦不遑多让，生态和谐、河道纵横，比乌鲁木齐更干净、更湿润、更秀美。如果说乌鲁木齐的繁荣如若浓妆艳抹，那么库尔勒的繁华则如若清水芙蓉。在壮阔的博斯腾湖和孔雀河的滋润下，这里竟然拥有了一份江南特有的清秀婉约。

巴州是全国面积最大的地级行政区域，面积约42万平方公里，占新疆的四分之一。塔克拉玛干大沙漠超过一半的面积属于巴州管辖。库尔勒在巴州东部，我们从这里沿218国道一路向西，穿行在天山腹地崇山峻岭间的山谷平原中，抵达天鹅故乡巴音布鲁克草原湿地。这里是清朝时从沙俄伏尔加河流域艰难东归的蒙古土尔扈特部族回到祖国后的定居地，乾隆下旨，将这片丰美的草场赐予历经苦难、忠诚故国的土尔扈特部落。四周雪山环抱，中间大片草原湿地，河流蜿蜒流淌，形成九曲十八弯，牧民、牛羊与迁徙的天鹅等水鸟和谐相处，构成一副绝美的人与自然和谐图景。

由巴音布鲁克北上，走217国道，就是被国家地理杂志评为全国最美山区公路的独库公路。山路百转千回，忽入云端，辄下深谷，山坡林谷层林尽染，各种各样、深浅不一的红、黄、绿间杂掩映在云雾缭绕的山间，或浓或淡，时有潺潺水声，河溪清泉流淌于岩石之间。车行天山腹地，意蕴乐趣尽在此间。

巴音布鲁克草原北上即可抵达又一天山美景之地——那拉提草原。这是一个名副其实的高山草甸，翻过一座高耸的山隘口，处于山顶高原之地的一大片地形微微起伏的草原就映入眼帘，空中草原之称名副其实。与巴音布鲁克相比，那拉提更高、更开阔，缺少的是那种河道百转千回的魅力。

离开那拉提，重新回到218国道一路向西，到达伊宁，一座位于祖国西北之地伊犁河谷的美丽城市。途中经过巩乃斯湿地，才知道原来那种"上帝打翻调色板"的深秋红黄色彩之美，绝不只是喀纳斯专有。伊宁地处伊犁河边，比库尔勒多了几分壮丽，却少了几分秀美。不奇怪，伊犁河的奔腾咆哮，与孔雀河的绿水清流本就是两种风格。

伊宁之美，最美在于赛里木湖。往乌鲁木齐方向，经过雄伟的果子沟大桥和隧道，扑面而来的就是那一大片一大片湛蓝的湖水，带着微咸的湿润气息，沁入脑海心间。来自大西洋地中海的水汽抵达这里时，已是强弩之末，这里距离地中海比太平洋更近，所以被称为"大西洋的最后一滴眼泪"。四周山顶皑皑白雪，环抱怀中的一汪清澈平静的湛蓝湖水，草滩牧场一片耀眼的金黄，透出一种心醉神迷的纯净：白雪、蓝湖、金滩……

大美天山。

暑假已至

2016—07—07　21:32:12

已经有家属来喀什探亲休假了。于是忽然意识到今年的暑假已经不期而至。援疆最后一年的暑假，注定将更加热闹和难忘。天山南北，这几年未踏足过的美景仙境，都想去走走、看看，也不枉当了三年喀什人。

这几日一直在对照地图,琢磨暑假里如何跑遍天山南北的合理行程。去年爸妈和岳父母都来过了,北疆、南疆去了乌鲁木齐、喀纳斯、伊宁等几个主要景区,飞机乘了一程又一程。今年,我们家和妹妹一家准备车行新疆,踏遍天山南北。为此,在汲取去年几位兄弟车游北疆的行程基础上,拟了一条从乌鲁木齐出发,顺时针兜转北疆的旅游线路,囊括了几乎所有北疆美景之地。特别是行驶217国道独库公路的行程,更是令人期待。这条纵向穿越天山南北、从北疆独山子到南疆阿克苏库车的国防公路,沿途雪山、森林、溪流、草甸、峡谷、湿地,美景连绵不断,号称"中国最美山区公路"。不走一遭独库公路,那就太遗憾了。

我设计的这条线路,从乌鲁木齐出发,一路向西到奎屯,转向南下走独库公路,经乔尔玛到达那拉提大草原。继续南下深入天山腹地进入巴音布鲁克大草原,然后回到那拉提转向西,走218国道经新源县到伊宁、霍尔果斯。随即北上过赛里木湖向东再向北到克拉玛依,继续北上到喀纳斯景区附近的禾木,进喀纳斯游览。出喀纳斯后走东线南返到富蕴县可可托海风景区。再从可可托海继续南下到奇台县江布拉克,最后从江布拉克向西返回乌鲁木齐。全部行程为期两周,共14天。

车行天山南北,饱览大美新疆。只为把这美景印入脑海、刻入记忆,只为把自己的足迹留在西域之地,确然无悔这三年在天山南北的默默付出和耕耘。

行走在天山南北

2016—07—09　21:35:02

前些日乌鲁木齐天矢投资的张总送了两本书《天山之上》《昆仑秘道》,说的是关于一群新疆户外探险爱好者行走天山南北、登雪山、探秘道的种种经历。纪实风格,文风简朴,辅以大量的实景照片,读起来有一种身临其境的感觉,亦能体会到户外运动特有的惊心动魄。

身在喀什的指挥部宿舍里,泡上一壶茶,捧上一本讲述探险经历的奇书，思想穿越时空随探险队的曲折跌宕而上下起伏。《天山之上》说的是攀登新疆境内的各座雪峰，从天山博格达峰、天格尔峰、托木尔峰到昆仑山慕士塔格峰、喀喇昆仑山 K2 乔戈里峰，还有穿越天山南北的夏特古道、狼塔之路，或攀登或穿越，其间生死瞬间、各种考验、危机四伏、精疲力竭、口干舌燥，不一而足。《昆仑秘道》讲的则是循着古书或各种探险记载摸索穿越昆仑山、喀喇昆仑山的克里雅山口古道、桑株古道以及解放军进军西藏道路的经历，在人迹罕至、荒凉广阔的高原山区，以自身的坚韧意志，与严酷的自然环境搏斗，生命力顽强地绽放在无人区的羌塘高原。

感叹之际，自问没有这群驴友那样的决心、意志和体能，那样坦然面对未知前路隐藏的未知险境。只能通过阅读，拓展眼界，增加体验。

新疆如此之大，天山、昆仑山如此之美，苍凉、雄壮、宏伟、博大，带着未知的神秘，竟有如此致命的诱惑，引无数英雄竞折腰。

踏遍天山南北

2016—08—15　23:37:58

2016 年的这个暑假注定精彩而难忘。援疆第三年，妹妹和我两家人结伴而行，车行天山南北，足迹踏遍南疆北疆。整整两周，从乌鲁木齐出发，走独库公路 217 国道过乔尔玛深入天山腹地的那拉提大草原和巴音布鲁克大草原，再沿 218 国道赶赴伊宁，夏日的天山，一路美景如画。

在霍尔果斯口岸感受新丝路经济带的蓬勃生机，在惠远古城的伊犁将军府遥想大清龙旗猎猎飘扬在巴尔喀什湖岸，在果子沟目睹蜿蜒曲折的大桥雄姿，在赛里木湖饱览"大西洋最后一滴眼泪"的深邃湛蓝、光影变幻，那穷尽了各种浓淡、深浅的或绿或蓝，也只有上帝的调色板才调配得出来。纯净，只有纯净，纯净的蓝或绿，纯净的水或草。只有在赛里木湖，才能感受到天人合一的纯净。

沿 312 国道东行到奎屯，折向北，行至全国著名的石油城克拉玛依。克拉玛依的夜景竟如此美丽。市民广场气势宏伟的音乐喷泉，在音乐、光彩和水影交织中演绎出世界名曲的可视之美,听觉与视觉融为一体。在原是戈壁的油城见识如此之美,实在是出乎意料。

离开克拉玛依直奔喀纳斯。先去禾木乡,看看藏在阿尔泰深山之中的世外桃源,究竟是如何情境。木屋、炊烟、晨霭、霞光、河流、森林、大山,祖辈生活在这里的蒙古图瓦人部落。骑马观景,牛羊遍地。遗憾的是商业氛围太浓了,破坏了深山牧村应有的恬静和安宁。再去喀纳斯,景区爆棚,游客如织。最爱却是午夜星空,横亘的银河,闪亮的北极和北斗七星,甚至还见到了一颗转瞬即逝的流星,在漆黑天幕上如此清晰,感觉竟然如此不真实,仿佛徜徉梦中。

从喀纳斯出山,继续向东向南,来到额尔齐斯河上游的富蕴县可可托海。颠簸、失修的山路和指向不明的路牌,实在令人无所适从,但却无损可可托海地质公园和三号矿坑的瑰丽。正是可可托海三号矿坑的多种有色金属,托起了共和国“两弹一星”的辉煌。想当初,在新疆偏远之地的如此一个有色矿,受到了从中南海到莫斯科的密切注视。如今,可可托海小镇随处可见的俄罗斯风情,默默诉说着那个火红年代的故事。

从可可托海到江布拉克,一路南行,穿越古尔班通古特大沙漠。本应是戈壁的地貌,却在今年较往年更多的雨水滋润下,竟然变脸为草原。

从江布拉克终于返回乌鲁木齐,环绕着北疆顺时针转了如此之大的一个圈。

不虚此行。令人难忘的,还有在巴音布鲁克草原上快乐地采蘑菇、在那拉提见证了落日晚霞的最后绽放,还有一路相伴而行的额尔齐斯河……

第六编

随想

1. 时政评论篇

新疆 20 万干部下基层

2014—03—30 23:19:07

聊聊自治区 20 万干部下基层的事情。

今年以来,自治区在全疆推出的最重要的举措就是自治区各级机关 20 万干部下基层,分三批,每批一年,以驻村工作队形式,统统下到最基层的乡、村,访民情、惠民生、聚民心(简称访惠聚活动)。3 月,第一批工作队已经全部下村,重点是南疆地州。

喀什地委、行署的各个部门也抽调了大量干部下村去了,留守的干部也很辛苦,要把部门原来所有的工作都接下来,所以加班加点是常态。比如地委农办,一共 11 人,下去了 6 个,剩下 5 个要把原来 11 个人的工作全部做下去,几乎天天加班加点。看来,这三年,新疆的干部会辛苦、很辛苦,无论是下村的,还是留守的。

不过话又说回来,如果一个单位下村干部走了三分之一,剩下的虽然辛苦,但毕竟工作还是正常推进,难道真如鲁迅先生所说:潜力"就像海绵里的水,只要你愿意挤,总是有的"?

通过各种渠道,听到下村的工作组真的很辛苦。住的也是和村民一样的土房,没有食堂,没有浴室,没有厕所,饭基本要自己做,有条件的地方在村委会食堂搭伙,洗澡是没有条件的,上厕所跟村民一样,要去村里的公厕,就是那种南疆最常见的旱厕,没有冲水的……

工作队里也有很多女干部，一样的条件，没有特殊化。干部和群众，真的打成一片了。

工作队的任务，主要是上门走访，帮助村民解决实际困难。在村委的统一领导下，工作队和村警署形成三位一体的农村基层政权组织。这样，村级政权得到了大大加强，并通过惠民、凝聚民心，确保和谐和长治久安。

只是最终效果怎样，还需要时间观察评价。这三年，正好和我们援疆三年的期限同期。三年以后会怎样呢？拭目以待吧。

最后一个问题，三年以后，没有了驻村工作组，村委会真能填补空白吗？所以，我看驻村工作队应该还有一个重要任务，甚至可以说是最重要的，就是要培养村里自己的干部，三年以后要留下一支本村的、带不走的工作队。这支基层力量，是长治久安的必要条件。

习大大来了

2014—04—29 23:53:52

习大大来了，到喀什来了。

今天的报纸、网站上都有报道。大大去了军营、农村，跟战士、农民、干部座谈，甚至还戴上了维吾尔群众的小花帽。

听外出的兄弟说，市区街上局部地段偶尔有封路，大部分地方还是一切如常……

地委大院里也很一如既往地平静。今天，在微信上有好几个上海的朋友问：大大来看你们了？我回答：人家大大是来看南疆各族群众和当地干部的，他们才是主角，那轮得到咱哪。咱是配角。

这次是大大上任以来第一次来新疆，特地来了南疆。从媒体上看，大大对喀什的稳定和发展是非常重视的。喀什稳，则南疆稳；南疆稳，则全疆稳；新疆稳，则西北稳；西北稳，则国家稳。这是一条互为因果的关系链。所以，喀什的局势，事关国家全局的稳定。任务艰巨啊。

进疆 2 月有余，也去了对口的四县，看了一些当地的企业，深刻地感受到社会稳定、民族和谐对社会经济发展的重要意义，没有稳定和谐这个必要的前提，一切蓝图、规划、设想、战略都是空中楼阁，无法实现的。这一条，只有在这里工作生活，才会有切身的体会。最明显的例子就是文化旅游产业，按理这是喀什最具特色、最有潜力、最适合本地实情的产业，文化旅游产业的消费者是来自各地的游客，但有谁会愿意不远万里来一个暴恐频发、民族对立的地区呢？即使那里有再好的自然风光、人文风情，又有谁会不顾自身的生命安全来呢？游客纷至沓来、万商汇聚云集，必须以安全为必要条件。

所以，要发展，必须先稳定。但在方法上，应当通过发展促进稳定，这就要求发展的成果要让各族人民分享，让民族群众也汇入改革开放的大潮，激发他们创造美好生活的积极性，让他们也有自己的中国梦。帮助他们实现梦想，就能促进社会稳定与民族和谐，而这正是我们肩上沉甸甸的责任。

相信这也是习大大的所思所想。

又起波澜

2014—05—30　22:48:44

上午，又闻噩耗，昨晚有2名公安干警在执行任务中牺牲，一名是喀什的，一名是阿克苏的。

喀什的干警是个老同志，即将退休了，喜爱摄影。且在当地颇有名气，喀什日报的主编还特地在微信朋友圈里发了悼文。

真是很可惜。

随着重拳出击的力度不断加大，那些漏网之鱼和狂热分子近日不断闹事，以一种歇斯底里的最后疯狂妄图扰乱社会秩序……

兄弟们再没人提要外出去超市购物、去大巴扎买核桃了。

读书小组的兄弟们今天每人发了两本书：《古兰经》和《李光耀论中国与世界》。翻了翻后一本书，有专门章节论述伊斯兰世界。看了一下，感觉颇有道理。李认为，当今世界与伊斯兰极端主义的斗争，一定需要联合支持温和的伊斯兰主义勇敢地走进清真寺、走进神学院，与极端主义争夺教众,传播正确的教义,争取广大穆斯林的支持,方能取得最终的胜利。想到中央第二次新疆工作会议上提到的,要鼓励爱国爱疆的宗教人士,扶持帮助他们传播真正的伊斯兰教义,使广大群众摆脱极端主义的蛊惑。思路是一脉相通的。

看来,宗教的问题,最终还是需要用宗教的手段去解决。信仰的力量,可以如此强大……

震 惊

2014—07—18 23:17:14

马航,注定是今年全球最悲剧的名称。先是 MH370 失联,偌大的飞机,居然在遍布全球严密的卫星和防空雷达系统的众目睽睽之下不知所终,亚太各国海空力量联合大搜索也没找到半点痕迹。如今,居然更有航班在正常飞行中被防空导弹击落!

马航,问天无语啊……

今后还有何人,胆敢搭乘 MH 打头的航班?

悲剧的原因,我看还是源于美国全球战略的调整。正是在克里米亚问题上的措手不及和应对无策,鼓励了乌克兰东部邻近俄罗斯地区的独立主义倾向,问题愈演愈烈,终于失控。这一事件,也意味着美国战略东移的破产,因为这一战略调整的暗含前提是欧洲平稳,俄美默契,形成战略平衡。事实证明,欧洲,特别是东欧原苏联地区,俄罗斯正在逐步恢复战略影响,而美国由于战略资源转投亚太,对俄罗斯战略影响的西扩已无法有效应对。如此下去,东欧地区,迟早会中东化,局势会逐步脱离美国的控制。

如果东欧陷于中东式乱局,则必然会影响邻近的西亚、中亚地区。因为一个混乱和中央政府软弱的国家,无法遏制全球宗教极端组织和恐怖主义的滋生蔓延。特别是在欧亚腹地。如果宗教极端组织在这一地区取得个别点上的胜利,将会极大鼓舞本地区和邻近地区极端主义的发展。

最终，这些影响将传播到新疆、传播到喀什。几乎必然如此。

所以，我们的南疆政策，需要争分夺秒，与极端主义争取南疆信教群众，真正地做到访民情、惠民生、聚民心，牢牢守住国家的西北防线，将极端主义、原教旨主义力拒于帕米尔高原以西。

所以，新疆的事情，要算大账，算政治账、战略账，不能只算经济账、市场账。这也是第二次新疆工作座谈会上中央领导提出的要求。

此刻，真正对这一论断有了更深刻的认识……

光棍节和电商

2014—11—12　23:45:23

昨天是11月11日，一个纯粹地以淘宝疯狂网购特色而著称于世的人造购物节。原本只是一个简单地打折促销的噱头，现在居然成为国内甚至全球最大的购物狂欢日，真真不可思议。或许马云在当初策划光棍节购物时也没有想到有朝一日这个促销购物可以如此疯狂。

偶然中却又必然。基于互联网的电商销售模式，正在疯狂蚕食传统零售批发购物阵地。国人对于折扣价、优惠价、血拼价……总之是可以少花钱多买东西的机会永远充满了高昂的乐趣，为此甚至可以不吃不喝、不眠不休。近年来出国旅行团的购物经历已经证明了这一点。

在经济结构正在转型的当前，或许这正是拉动内需、消费驱动的契机。

淘宝模式如日中天，但一定不会长盛不衰，任何商业模式都有其发生、发展、巅峰、下滑、淘汰的过程，在互联网时代这个过程将被更加缩短，因为一切都处在飞速的变化之中……

我们已经创造了互联网商业零售批发购物的全球奇迹，但互联网对于我们的生活难道仅仅只是网购、淘宝吗？

如果有一天，我们能够发展出基于互联网的先进“智”造模式，以个性化、少批量、多批次的生产模式，提供符合消费者各自个性需求的商品，那将是生产技术的革命，并对社会消费模式、社会组织形式形成深远的影响。这也就是今年工博会上热议的工业革命 4.0 时代。

我们已经有了互联网商业的标杆马云，但现在，更需要呼唤互联网“智”造行业的标杆……

心系上海

2015—01—01　21∶42∶25

2015 年的第一天，早上醒来照常打开手机，查看微信、浏览新闻，才得知在 2014 年的最后一天的最后一个小时内，上海外滩发生了多么可怕的事情，踩踏事故，36 死……

心情忽然无比沉重。虽然身体还在喀什，心思确已飞到了万里之外的上海家乡。自 2010 年 11.15 大火之后，这次是上海发生的最重大的安全事故。逝去的生命都是风华正茂的年轻人，其中 25 人是女生，人生旅程正要扬帆起航，却沉舸水底，再也无法破浪前行……

原来生命是这样脆弱。在瞬息之间可以灰飞烟灭，无论在南疆还是在上海……

事故的善后、调查都在进行，在电视上看到的市领导和有关人员个个表情严峻。一直以来，我都认为上海各级政府对社会的管控治理是国内最棒的，甚至在理念、方法、官员素质等各方面还要领先于一些中央政府部门。然而，作为国内乃至全球罕有的特大型城市，在方圆 600 平方公里的范围内集聚工作生活着 2000 多万人口，如果算上流动人口可能要近 3000 万了，这样的人口规模，这样的密集人口，对政府有效管制的要求和挑战不言而喻。

困难再大也不是可以疏忽懈怠的理由，在上海，就需要承担这样的压力和责任。现在反思，关于社会治理和安全防范，是个永不过时的命题，是个无论怎样强调重视都不为过的任务，也是个容不得丝毫差错懈怠的领域，短短的几秒钟，眨眼的一瞬间，悲剧就可能发生，生命就可能阴阳两隔。为了这黑色的瞬间永不出现，需要付出的是几十倍、上百倍、成千倍的艰辛努力！

愿那些逝去的年轻生命安息，天堂里没有拥挤、没有踩踏……

最热的话题：一带一路

2015—03—28　22:34:46

博鳌亚洲论坛2015年会这两天正在海南博鳌拉开大幕。一带一路和亚洲基础设施投资银行成为会上最热的话题。习大大在开幕式上的演讲，充分阐述了国家一带一路战略的内涵与意义，而除美日以外的其他全球各国纷纷群起响应，申请加入亚投行。和平和发展，始终是世界的主流。

远在西北边陲的喀什，大家也都在密切关注来自海南的信息。喀什，是古丝路的璀璨明珠，是曾经商旅云集、牵手东西的节点枢纽，如今，还能重现古道辉煌吗？……

喀什的区位优势，也许就是发展最大的依托。这里是亚欧大陆的十字路口，是古代四大文明的交汇之城，承载着太多的历史、文化价值沉淀。当前，历史的机遇已经摆在眼前，如何传承历史、面向未来，找准自身的优势所在，找到打造丝绸之路经济带南道的重要节点和区域性中心的关键抓手，全力以赴，精准发力，聚精会神谋发展，是喀什干部和我们援疆干部需要尽快解答的问题。

我想，只要喀什各族群众安居乐业、团结稳定，就能实现重现辉煌的喀什噶尔之梦；只有喀什各族群众安居乐业、团结稳定，才能实现重新辉煌的喀什噶尔之梦。

喀什：中巴经济走廊廊桥

2015—04—20　22:44:53

习大大携彭麻麻今天开始了对巴基斯坦的国事访问。这次访问的重头戏是签署中巴一系列合作协议，涉及项目总金额460亿美元，旨在打造一条从巴基斯坦西南部的瓜达尔港直通中国新疆喀什的战略经济走廊。所谓“走廊”，主要包含四条主要通道：公路、铁路、油气管道、信息光缆。从瓜达尔港到喀什,全长约3000公里。喀什已经把自己定位为:中巴经济走廊的廊桥。廊桥者,就是往来巴基斯坦的货物流、资金流、信息流、人流应当在这里集聚,梳理汇总后循着最经济、最便捷、最快速的方式收发。

突然发现虽然身在喀什,但其实我们对于巴基斯坦的市场特点、产业结构、文化传统所知甚少。于我而言,与巴基斯坦相关的最深刻印象恐怕就是帕米尔高原上海拔5000米的红其拉甫口岸中巴边境:雄伟的国门、友善的巴方士兵、皑皑白雪、蜿蜒前行的中巴公路,还有气喘吁吁的辛苦……

巴基斯坦虽然目前经济发展还较落后,但地理位置优越,瓜达尔港毗邻伊朗,侧立于霍尔木兹海峡东北端,面朝浩瀚的印度洋阿拉伯海。中巴战略通道修建完成后,瓜达尔港就将成为中国的印度洋出海口,而喀什就是中国国内的起始点。届时,喀什必将迎来大发展的大时代。

喀什需要放眼长远,主动牵手巴铁兄弟。在周边中亚、南亚地区,以喀什今日的经济社会发展水平完全有条件可以发展为地区经济、贸易、物流、信息、金融中心,成为带动本地区和周边地区经济发展的引擎,打造成为中亚、南亚周边地区级的经济中心节点城市。为此,现在就需要我们进一步认识、了解、研究巴基斯坦的市场和文化,引进来、走出去,以重点项目、重点区域为抓手,开展产业布局、经济合作,共同发展。

千载机遇已在喀什的面前……

喀什:一带与一路的结合点

2015—04—22 23:11:39

晚上陪着接待了上海发展改革研究院来喀什帮助编制喀什自贸区申报方案的几位专家,席间聊起正如火如荼席卷全球的"一带一路"热潮。在各种观点和看法的相互印证启发之下,突然有了一个全新的发现:原来喀什竟然是一带与一路在我国境内深具战略意义的结合点。

丝绸之路经济带布局中,新疆的定位是核心区,而喀什地处南疆要冲,长期以来一直是南疆政治、经济核心区域,影响辐射面极大,历史上甚至远至周边五国。所以，喀什在丝绸之路经济带布局中应当属于核心区内的南疆核心点，是一带南道最重要的枢纽节点。从喀什一路向西，可以经过塔吉克斯坦、乌兹别克斯坦抵达里海东岸，之后向北可以行经哈萨克斯坦绕过里海进入俄罗斯，从而进入俄罗斯—欧洲大通道；从乌兹别克斯坦向南可以行经土库曼斯坦进入伊朗、土耳其，从而进入地中海东海岸通道。

海上丝绸之路布局中，目前尚无新疆的位置，主要涉及的是福建、广东、广西等几个沿海省区，下南海、绕马六甲、进入印度洋，一路向西，沿途有孟加拉、印度、斯里兰卡、巴基斯坦，然后可北上波斯湾、南下非洲东海岸，或者西北行经红海通过苏伊士运河进入地中海。海丝的这条通道似乎与位于亚欧大陆腹地的喀什并无交集。

关键在于巴基斯坦。巴铁与喀什的渊源太深了。中巴经济走廊的建设已经拉开帷幕，公路、铁路、油气管道、信息光缆四位一体的通道若干年后就将蜿蜒穿梭在从巴国印度洋之滨直至帕米尔高原巴控克什米尔的崇山峻岭、雪山冰峰之间，最终抵达亚州腹地新疆喀什。届时，巴基斯坦沿海的瓜达尔港、卡拉奇港都将与喀什一线相牵，成为喀什的印度洋出海口，而这也将是中国唯一的印度洋出海口，喀什就将成为位于中国国内直通印度洋的无水港口岸。来自巴基斯坦沿岸登陆进口集装箱、油气，一路北上，来到喀什入境；而来自内地中西部地区的出口集装箱可以在喀什集散、报关，出境后一路南下，直抵巴基斯坦港口，转海运通往中东、西亚、欧洲、非洲。

喀什，欧亚大陆腹地的中心十字路口，位于这一带一路两大通道在中国境内交汇的节点位置。区位之优越，再无质疑。

天津港……

2015—08—17　01:30:25

这些天，天津港危险品堆场爆炸事故已经成为全世界瞩目的焦点。实在太悲惨了，死亡人数已经上百，其中许多是第一时间冲进火场的消防战士……

虽然身在西部边城喀什，却无法不将目光投注到东部沿海的天津。没去过天津，但在那里还是有很多的同学和朋友的，同一片蓝天国土连接东西，注定了全体国民共同的情感命运：悲伤、牵挂、祈祷或是愤怒、哀伤。

不同于四川大地震，这次是彻底的人祸。国家对于危险化学品生产运输储存的管理出了严重的问题，监管部门失职是肯定的，受伤的却是那些无辜的消防战士和居住在周边的天津市民。别的姑且不说，居然连那个危险品堆场究竟存了哪些货物、多少数量都说不清楚，真可谓糊涂之极！企业如此，监管部门更是如此！对于这场重大责任事故，需要查清的不仅仅是直接导致事故的原因，更重要的是引发这一系列事故的制度缺陷、监管缺陷，否则这样的事故今天已然发生在天津港，明天却不知还会在哪里突然爆发。长此以往，全国都将没有一块安全的国土了。

对于危险品的管理，必须实行最严格的标准。从生产、封装、销售、运输、储存、使用，应当是全产业链的严格监管，每个环节都要有完整的记录、审查。所有品名、产量、储存、运输、销售、使用的数据信息都应当完整采集、异地备份。一旦事有不测，相关部门可以随时调取查阅，以便快速应对处置。进入危险品产业链的所有企业及员工，都应当通过最严格的企业资质审查和上岗培训。总而言之，就是要把危险品当作军火商品一样，纳入最严格的监管体系。如有私相授受的，严惩不贷。血淋淋的现实就在我们眼前，对于这样一头猛兽，必须心怀敬畏，严格纪律，严密监管，时刻提防，方能确保万无一失。

向英勇的消防战士敬礼！

动荡的世界

2015—11—14　21∶10∶47

早上醒来，如往常一样先浏览一遍手机新闻网站，震惊、无比地震惊！发生在巴黎的多起恐怖袭击事件，造成大量人员伤亡，堪称法国版 9・11。欧洲震惊，全球震惊。一直讲，和平与发展是世界的主流，却没想到在不经意间,IS 已经从癣疥之疾悄悄成为蔓延人类世界的恶疾之源。发生在巴黎的事件,不是战争,而是屠杀,已经打破了人类社会一切道德底线和斗争规则。在一片腥风血雨中,欧洲已经陷入了一场不同以往传统模式的战争。法兰西在擦干血迹后,必将在马赛曲的高昂旋律中义无反顾地投入战斗,寻求正义,告慰逝者。这一事件的发生,以鲜血凝聚世界同仇敌忾,将大大促进各国共同打击 IS 毒瘤的国际合作。也许它的末日已经不远了。种种反人类的倒行逆施,已经助其自掘坟墓。

几乎同时,国内网站也有一条重要消息发布。新疆警方通过艰苦奋战,终于全歼今年 9 月底在阿克苏制造恐怖袭击的罪犯。铁拳出击,碾碎一切魑魅魍魉。

动荡的世界。祈祷和平与安宁,重临世间。

第三只眼看巴黎事件

2015—11—15　19:20:35

世界依然沉浸于巴黎恐怖袭击带来的震惊与悲伤中。甚至有消息称,美军空袭 IS 的制导炸弹弹体上写"带着巴黎的问候",呼啸直奔袭击目标。欧洲国家领导发表联合声明,坚决站在法国身边,宣誓共同应对安全挑战。全世界几乎所有国家和人民都通过种种途径,坚决站在法国身边,表示悼念、慰问和支持。当然,除了那个一心要恢复中世纪哈里发国版图和秩序的 ISIS"伊拉克和黎凡特伊斯兰国"外。

法国全国人口只有 6000 多万,其中穆斯林就有 600 万,所以有人忧心忡忡地说,也许再过二三十年,法兰西共和国就将变为法兰西伊斯兰共和国。法国是欧洲对穆斯林最为宽容的国家,此次依然未能幸免。所有人都看到巴黎的血腥,所有人都可以得出最直接的结论:第一,伊斯兰极端分子已经不可理喻;第二,在 ISIS 的威胁下,全世界没有一个地方可以宣称绝对安全,隐蔽、残忍、无差别的恐怖袭击阴影笼罩;第三,全世界面临共同的难题:伊斯兰教究竟是什么?该如何对待日益庞大的穆斯林群体?

在保持理性和冷静思考的前提之下，我感到，妖魔化伊斯兰教或将全体穆斯林都划入邪教异端乃至人类机体毒瘤的思想和观点都是不可取的。《古兰经》的本意是要人向善的，其中不乏人类智慧的闪光。诚实、谦逊、好客等等良善人性，才应是虔诚的穆斯林应当具备的品格。从一己私利出发，对《古兰经》断章取义，别有用心地重新诠释先知的本意，借用伊斯兰的名义蛊惑人心，本来很难做大的，但在波谲云诡的现实世界中，在大国政治的无底线博弈中，慢慢失控，慢慢坐大，终成人类社会之殇。

所以，就如李光耀先生所讲，对于与伊斯兰极端势力的斗争，我们需要鼓励仍然良善的温和穆斯林勇敢站出来，在清真寺里，在社区里，在学校里，在公园里，在社会各个方面，与极端势力辩论、斗争，大声告诉穆斯林群众什么才是真主安拉真正的意愿，什么才是真正的穆斯林品格。只有回归《古兰经》本义的教诲，穆斯林世界才有明天，才能和其他族群共同生活在同一个地球上。

毕竟，这个世界上生活着超过 10 亿人口的穆斯林。他们不是好莱坞大片里的异形，不是残忍嗜杀的恶魔，也不是仇恨不共戴天的死敌。不同的文明、不同的宗教信仰、不同的生活方式，不应该成为相互之间兵戎相向的理由。宽容与平等，是各个族群和谐相处的终极法则。否则，等待我们所有人的，只能是毁灭，相互毁灭。没有胜利者。

穆斯林世界需要改变，我们也需要改变。我们都需要改变，需要携手维护家园的和平安宁，需要并肩肩负人类社会稳定发展的重任。

大阅兵的感动与反思

2015—09—03　22:43:39

今天是中国抗战胜利暨世界反法西斯战争胜利 70 周年纪念日，我国在北京举行了盛大的阅兵式。各国元首聚集北京天安门城楼，检阅了我国各色海陆空现代化装备、各支具有光荣抗战传统的英雄部队，还有始终与我们站在一起和钦佩抗战精神的友好国家部队代表。不怕牺牲、勇往直前的爱国主义英雄气概气贯长虹。今天,是全球华人共同的胜利日,是当代中国繁荣强盛的宣告日,是彰显维护世界和平稳定的坚定意志、震慑宵小觊觎之心的立威日。骄傲和自豪、欢笑和泪水交织回荡在每个中国人的心中。

从小到大,这样的大阅兵场面也看过数次了。一次比一次震撼,一次比一次感动。随着年龄的增长,感动过后的反思、沉淀越来越多,对于战争与和平、历史与现实、大陆与台湾、中国与美日等等问题的思考也越来越深了。

今天的阅兵式,令人印象最深刻的是几大首次亮相的国防装备,这才是真正的国之重器。比如,东风系列导弹:短程的东风15、16,中程的东风26,远程的东风31B,区域拒止战略的强力武器东风21D;还有最新型的歼11B,空警2000、500、200系列的预警机,轰六K远程战略轰炸机……和平的意志需要强大力量的维护,而这些装备,正是和平与国家利益的最后保障。

受阅战士志气昂扬、精神饱满,动作整齐划一、坚强有力。而最令人印象深刻的是那些乘坐车辆驶过广场的抗战老兵代表,平均年龄92岁,他们中有国共两党抗战战士,有美国飞虎队飞行员,有日本士兵反战联盟的日本八路军战士。深深的皱纹、当年的军装、颤抖的军礼、潸然而下的热泪,令人动容。他们才是今天阅兵真正的主角,是最值得尊敬的英雄,是历史的见证,是人类良知和勇于牺牲、追求自由精神的化身。

时间已经进入21世纪,而每个中国人对于发生在上个世纪的这场战争依然记忆犹新。奇怪的是,为什么日本这个国家及其国民整体对此发生了选择性失忆?在对待自身不光彩历史的态度上,日本与德国真是有天壤之别。正是有这样的邻居在侧,我们更应该牢记这段历史,以警惕的眼光看住这个永远不缺战争冲动、极易陷入集体狭隘情绪的岛国,绝不允许历史重演。或许要感谢正是有这样的邻居存在,正是他们对于历史真相的掩盖和歪曲,敲响了我们耳边不停响起的警钟,告诫我们必须奋发图强、团结一致,保持强大的国防力量,以力量维护和平,以力量保护人民。和平之盾需要力量之剑维护。

世事难料。美国投到日本的两颗原子弹,最终摧毁了日本最后的抵抗意志。但战后，为了遏制席卷世界的共产主义浪潮，美国为一己之私袒护了日本，没有彻底清算日本的国家战争罪行，由此种下了今日日本奇怪的战争史观。直至今日，日本仍无法正视那段历史，没有任何日本现任政府官员出席今日的阅兵式，就是这种偏执的体现。与去年盟军纪念诺曼底登陆日活动中德国总理默克尔的言行形成鲜明对比。不彻底清算历史，日本这个国家及其国民，将永远背负沉重的枷锁，休想随着时间的流逝而被遗忘。而那个绥靖的国家，也终将如二战之前的大英帝国，自食其果，毕竟全世界目前为止扔过原子弹的只有他们家。就如我们无法忘却南京大屠杀，日本国民也永远无法忘却原子弹爆炸。

天下一家，天下大同，是遥不可及的梦想吗？和平共处，携手共进，为何如此艰难？

朱　鹮

2016—04—20　23:58:34

1981 年，我国科学家在秦岭山区进行科考时，意外发现了 7 只原以为已经物种灭绝的朱鹮。当年的这一发现，引发世界无数欢呼。这种体态优雅、气质高贵、羽毛洁白的鸟儿，居然是比大熊猫更加珍惜的濒临灭绝物种，在东亚尤其是日本广受推崇。

那一年，我已上小学，喜欢看《我们爱科学》。至今仍记忆犹新的是，当年这本少儿科普杂志专门有一期讲述了朱鹮的故事。从此，开始关注这种美丽的水禽。

三十多年过去了，一直关注着朱鹮。在东亚各国的齐心协力和共同努力下，朱鹮种群终于从 7 只开枝散叶、重重繁衍到如今的 2000 多只，在我国境内就有 1500 多只。行走在灭绝种群的边缘，如履薄冰、如临深渊。朱鹮的命运，折射的是关于人与自然和谐相处的永恒命题。

今天，这只美丽的鸟儿飞越千山万水，来到了天山之南的喀什。上海歌舞团精英尽出，为喀什各族群众奉献的文化大餐——舞剧《朱鹮》在喀什噶尔影剧院闪亮上演。

唯美。纯净。永恒。这就是观赏之后的真切感受。

舞蹈和表演、舞美与服装，无一不是精雕细琢。朱鹮独有的高贵气质和优雅体态，表现得淋漓尽致。人类的肢体语言竟然可以如此丰富，无需语言，在缓缓流淌的音乐中徐徐展开，讲述生存、挣扎、死亡、复活、回归的故事。对蓝天净水的眷恋，对雾霾恶水的无奈，对纯净自然的向往，对美丽生灵的祈祷，在人与自然永恒主题的反复变奏之下，升腾在脑海之中。

主题旋律纯净优雅，带着一丝无奈和凄美，在管弦乐的缓缓演绎之下，具有穿透心灵的力量。不禁想起了经典影片《神话》的主题曲，穿越千年而矢志不渝的爱恋，描绘的是永恒的情感。原来在人与自然、人与鸟儿之间，也可以如此相约千年而不见不散，述说的是同样永恒的梦想。

太美了。这个因朱鹮而春风沉醉的喀什噶尔之夜。

中亚局势与南疆稳定

2016—05—31　21:38:30

上海政法学院的两位专家近日来到喀什，参加一个在喀什举办的塔吉克斯坦国家安全人员业务培训班。两位教授，一位研究中亚地区政治经济社会情况，一位使用大数据分析研究反恐信息处理，对于中亚以及 ISIS、东伊运等均有深入的研究。今天下午，指挥部邀请他们二位来给大家做了一堂讲座，分析中亚局势，关注南疆稳定，从另一个角度为我们打开了观察思考的窗口。

印象最深刻的有这样几点：

一是周边中亚国家都面临较严重的经济社会难题。阿富汗自不必讲了，即使中亚最大、相对最发达的国家哈萨克斯坦的经济形势也非常严峻，已经爆发了金融货币危机，塔吉克斯坦、吉尔吉斯斯坦、乌兹别克斯坦等国的日子都不好过，非常艰难。经济出问题后，社会稳定也必然受到影响。塔吉克斯坦的高级军方官员叛逃 ISIS 已经不是新闻。这样的中亚局势，对于我们推进新丝路经济带是非常不利的。资本的本质都是趋利避害的,寻求的是可以躲避风险的安全港湾。

二是境外组织对境内的意识形态渗透造成的影响。主要有两个源头:ISIS 和东伊运。据专家分析,在影响渗透的力度和手段方面,ISIS 更加影响广泛,通过互联网手段传播扩散,防不胜防。东伊运活动的主要区域已经从阿富汗转移到了叙利亚境内的 ISIS 控制地区。但两者相比,ISIS 目前尚未将中国作为主要敌人看待,只是宣称要建立一个纯粹的穆斯林世界,完全按照伊斯兰教法构建的国家;而东伊运则赤裸裸地要分裂南疆,目标是将南疆地区巴勒斯坦化。所以,东伊运已经被列入我国认定的恐怖组织,予以严厉打击。

三是阿富汗的苦难历史。小小的阿富汗山区,竟然使世界三大强权国家或铩羽或黯然而归。19 世纪的大英帝国,20 世纪的苏联,21 世纪的美国,都没能征服这个亚欧腹地的山地蕞尔小国。可怜的阿富汗人民,怎么始终无法摆脱这无穷无尽的战争苦难?同样的山地国家,欧洲的瑞士、列支敦士登,那又是何等的富足与安宁呢?

愿和平与安宁回到这亚欧大陆的中心腹地。若这里局势继续恶化,则中亚地区逐步滑入巴尔干化泥潭的灰色前景是几乎没有疑问的。

在喀什看欧洲杯

2016—06—13　01:20:01

今年的欧洲杯又开始了。想起 2014 年 6 月间,刚到喀什,恰遇巴西世界杯,与上海两个半小时的时差,注定在喀什看如此全球瞩目的球赛,必定与在上海有所不同,起码在适应时差上要便利许多。看第一场是毫无问题的,第二场则稍显艰苦,第三场就要早做准备,先小睡一会儿,再奋起迎战。

又一届欧洲杯开始了。较之世界杯,欧洲杯更激烈、更具不确定性,还是那句老话:欧洲无弱旅,任何一支强队都有可能阴沟翻船,任何一支弱队都有机会爆冷。这才是足球。

今年在指挥部看欧洲杯，与两年前看世界杯相比，更安静了。没有了啤酒，没有了黄瓜，没有了鸡爪，没有了鸭脖，唯一不变的是对足球运动的痴迷和热爱，虽然俺这种纯属看客，却少有亲自下场去踢两脚的。毕竟年龄不饶人，老胳膊、老腿儿，跑也跑不动，更遑论冲刺，空有满脑子对比赛的阅读感，却没有办法亲身实践。在年轻的时候踢球，却少了对足球运动如此深刻的理解。体能与头脑，貌似两者难以兼得。

我会选择当晚最喜欢的球队的一场比赛观看。连续看两场、三场，那是大学时代的故事，如今已经年逾四五，不比当年啦。看一场的激情还是有的。

我是德国队的忠实拥趸。从 1990 年意大利世界杯开始。说实话，德国队的技巧乏善可陈，而我最心折的是德国队在球场上的纪律、战术、心理，钢丝般的神经，坚韧不拔，永不言败，不到最后一秒，难言奇迹不再。付出百分百的努力，只为那哪怕只有百分之一、千分之一的希望。德国队，在球场上从不言放弃，只要终场哨声没有响起，就必定战斗不息、向前不止。

这何尝不是人生呢？

又何尝不是战场呢？

为德国队加油呐喊。

激情已逝

2016—06—14　00:03:25

真是年纪大了。四十五岁，记忆力已经明显不如三十五岁、二十五岁。甚至都记不起上次世界杯在哪里举办、谁最终夺冠，冠军决赛的精彩进球也毫无印象了。这在四十岁之前是不可想象的，至今我仍然可以清晰地记得 1990 年意大利世界杯、1994 年美国世界杯、1998 年法国世界杯、2002 年日韩世界杯、2006 年德国世界杯的所有精彩进球和那些叱咤风云的超级球星，却难以回忆起 2010 年南非世界杯、2014 年巴西世界杯的那些经典对决。2010 年，时值三十八岁；2014 年，已经 42 岁。感慨者，只有岁月不饶人。

欧洲杯的举办恰与世界杯差两年。比赛其实比世界杯更加激烈。而留存我记忆中者只余 1996 年英格兰欧洲杯决赛，首次在大赛中采用金球决胜，德国队中锋比埃尔霍夫一锤定音，在伤病满员、哀鸿遍野的状态下勇夺冠军。德国军团的不屈不挠、奋战至最后一刻的顽强坚韧和胜利渴望，深深震撼了刚刚大学毕业、踏入社会的我。仿佛从球场上汲取了人生的真谛，对面临的新生活、新局面顿时拥有了无限的勇气和毅力，感觉没有不可能完成的任务。

今年欧洲杯，虽每晚都精选一场比赛观看，却总没有当年那种激情澎湃、气吞山河的感觉。或许是真的成熟了，再也不会轻易被一些东西感动、激发，年轮沉淀的结局就是深沉和波澜不惊。潮起潮落、花开花谢，真是见多了。看着那些在球场上光芒四射的球星和灵光乍现的进球时，总是不合时宜地联想到下届还能如此么、十年之后还能如此么。

花无百日红。只有不断新陈代谢的球队，才能永远保持激情澎湃的动力。可惜，作为球迷，俺已经见惯世事浮云，江山代有才人出，一代新人换旧人。基本上，长江后浪推前浪，前浪死在沙滩上。铭刻脑海最深者，无疑是 1994 年美国世界杯的意大利队队长巴乔，虽垂垂老矣，仍力挽狂澜，救意大利队于濒死之境，却在冠军决赛的点球大战中轰飞点球，泪洒洛杉矶玫瑰碗球场。观看现场直播的我，顿悟人生无常、尽人事、知天命的终极哲理。那晚，巴乔飞扬的小辫和眼泪，深深铭刻在记忆里，难以忘怀。

年过四旬，看球时已经不再惑于帅不帅、猛不猛，更关注的是有没有故事、有没有情境，悲剧总是比喜剧更具感染人心的力量。

也许这就意味着：激情已逝，睿智初现。

能者何须多劳

2016—06—17　23：00：48

屏幕上意大利与瑞典队的欧洲杯小组赛激战正酣。激烈有余，精彩不足。已经进入下半场了，灵光闪现的场面却乏善可陈。身体冲撞、人仰马翻随处可见，轻巧过人、精妙传切近乎绝迹。依然身着蓝白球衣的意大利队，蓝色还是如同地中海海水那般湛蓝，白色还是如同南欧阿尔卑斯雪山那般纯净，惜乎球队精气神已经没有了当年那种隐忍不发、一击致命的绝代剑客风采。令人唏嘘。

即使面对这样的蓝衣军团，黄蓝球衣的瑞典队仍然束手无策。印象深刻的那支20世纪90年代的瑞典队，在欧洲足坛刮起强劲的青春风暴，尤其是那个一头金发的娃娃脸前锋布罗林，速度、技术、意识俱佳，每次进球后都会高兴地举起单臂、跳起腾空转身180度。北欧海盗出色的身体素质，辅以灵活的脚下技术和多变的战术配合，令任何一支冠军球队都不敢掉以轻心。惜乎今日这支瑞典队亦无前辈睥睨群雄的海盗气质，面对暮气沉沉的蓝色意大利，只有懒洋洋的跑位和不知所谓的心不在焉。

物是人非。昨是今非。俱往矣，数风流人物，还看哪朝？

风流人物其实很苦。球场上的绿茵英雄更是如此。比如今天这支瑞典队，头号球星10号伊布拉西莫维奇，当年还是毛头小伙儿时就已崭露头角，十年征战，青涩已然褪去，气质逐渐深沉，唯一不变的是脑后那个挽起的发髻。作为球队头牌，他要负责进攻组织、战术呼应、抢点射门，当队友不知如何处理球时，就把球交给他。他始终都面对着各种难题，有的来自对手，有的则来自队友。作为10号队长，他没有选择，只能自己扛起。

进球了！第88分钟！进球的是意大利。可怜的瑞典队，可怜的伊布。虽然这支意大利队没有耀眼的球星顶梁柱，却分工合理、相互支撑，以集体之力周旋战斗，终于盼到了胜利的曙光。

能者何须多劳。集体项目的竞赛中，比拼的是整体，个人能力再强，若无队友协助，仍将败走麦城。伊布很强，可瑞典队其他队员呢？他们尽全力了吗？他们帮助他们的队长分担了多少呢？瑞典队的教练应该明白，永远不能把所有的重任都交给一个队员，哪怕这个队员是伊布，是叱咤绿茵的超级球星。足球运动数百年来，还没有出现过无所不能的超级巨星。哪怕是如日中天的马拉多纳、贝肯鲍尔、齐达内之流的巨星，也不能一人面对对方

11 人。一个超级球星的背后,永远站着那些甘为绿叶、默默奉献的亲密队友。

绿茵场上如此,人生职场又何尝不是如此?

葡萄牙队

2016—06—23 01:39:29

号称欧洲顶级强队,号称拥有皇马头牌 C 罗,防守却如筛子般千疮百孔,进攻也不见了预想中的犀利。唯一的意外是意志力似乎强了些,跟匈牙利这样的阔别欧洲杯几十年的球队比赛,居然还能不断丢球,而且一丢就丢三个,更神奇的是每丢一球后居然还能追平,从 0:1到 1:1、1:2、2:2、2:3、3:3,目前比赛还剩 20 分钟,不知还能不能再倒霉到 3:4,或者打鸡血走运到 4:3。

刚刚回到宿舍,忙活了一天,累了。才打开电视机,就看到了葡萄牙队如此奇葩的表演,简直无语。微信群里李平帝还在继续他的神奇预言:3:2,葡萄牙赢。可惜这次葡萄牙让神奇的预言帝失准了,进球算准了,却没算准失球。现在,预言帝再次发出预言:4:3,葡萄牙胜。这下明白了,原来预言帝是葡萄牙球迷。

不过每次都在落后 1 球的情况下奋勇追平,球队的心理素质和永不言败的精神却是值得称道的。但这似乎是德国队的特质、传统,并不是葡萄牙这种激情球队的。

当激情不再时,葡萄牙就不再拥有尖牙利齿,沦落到与匈牙利同等的水准了。

刚刚 C 罗又丧失了一个进球良机。这哥儿们,在国家队,关键时刻靠不住。葡萄牙国家队不是西甲豪门皇马,没有那么多超级中场和锋线搭档给他喂球。

喀交会还有两天开幕。正是最忙碌之时,忙里偷闲,看半场欧洲杯球赛,写几段球评文字。换换频道,乐呵乐呵。生活中本就应该丰富多彩,工作不应是全部。体育比赛是最好的休息调剂。

拭目以待李平帝的神奇预言是否成真。

不忘初心

2016—07—02 23:27:46

昨日七一，建党95周年。习大大做了重要讲话，名为“不忘初心，继续前进”。当时并未感觉有何不同，但今天以来，网络、电视各类媒体上“不忘初心”一词频频出现，成为当日最热的词语。

下午，指挥部党委召开七一表彰暨党课会，总指挥的讲话中也反复提到“不忘初心”，尤其要求我们不要忘记当初进疆为什么、干什么、留什么的初衷，珍惜在疆的最后半年，奋发努力，只争朝夕，为喀什多做些什么，多留下些什么。

不忘初心，方得始终。语句源出对《华严经》卷十九“如菩萨初心，不与后心俱”的解释，意谓人之初始之心最为真诚质朴，最可贵，最稳定，在纷繁复杂的世界中，需要坚守这份初心，才能有始有终、有所成就。

习大大说“不忘初心”，是告诫全党同志要继续保持和发扬优良传统，谦虚、谨慎、不骄不躁，前进路上依然关山重重，需要勇气和智慧去迎难而上、负重前行。

总指挥讲“不忘初心”，是在提醒我们2014年2月进疆之初如何踌躇满志、志气满怀，如今援疆之路还剩下最后半年，回想当初，勿留遗憾。

在喀什噶尔的日子里，一天又一天，时间过得飞快，如白驹过隙。呐喊过，彷徨过，伤逝过，已经过去的就不谈了，而如今还有半年，怎么着也要朝花夕拾一阵子吧？

若是不忘初心，便应砥砺前行。

德意大战

2016—07—04 00:25:02

即使身在喀什，要看凌晨三点的比赛还是挺辛苦的。这个点儿一般喀什人也都睡了。但为了今天凌晨的欧洲杯八强淘汰赛强强碰撞的德意大战，我特意睡得比以往都早，设了闹铃三点叫醒，估计比赛五点结束后还可以再睡个回笼觉。今天周日，自己炖了养生粥，起晚些也不打紧。小算盘打得劈啪响。

三点，醒了，打开电视机。曾经无比熟悉的两支球队已经步入球场，德国队服依旧黑白分明，而意大利队则一如既往上蓝下白，蓝色如同亚得里亚海纯净的蔚蓝，白色如同亚平宁半岛上空飘浮的白云，映衬着意大利小伙子们的高颜值，还是那样令人心醉呐。

比赛开始了。双方相互知根知底，历史恩怨交织复杂。放眼全球，德国队谁都不怵，唯有对意大利时，总会遭遇种种不利、饮恨绿茵。每次大赛交手，仿佛上帝都更偏爱意大利。

球场上双方进攻都小心翼翼，防守却坚韧无比。无疑，这是本届欧洲杯两支防守最好的球队。而德国队传控更娴熟，意大利队奔跑更积极，尤其是快速反击时两三名队员之间快速的一脚出球，三传两递就到了对方禁区附近，完成射门。这种高质量的意大利式反击，是蓝衣军团的杀手锏，宛若毒蛇吐信，一击致命。相比之下，德国队的层层传递和组织进攻，就像一把大锤，一下、一下、又一下，不断加力，雷霆万钧，猛然砸下。

厄齐尔进球了。博努奇扳平了。进入加时赛，还是平局。

终极考验，点球大战。五轮罚点球下来，两队居然各自罚失 3 个！双方的门将都是当今世界顶级，德国队诺伊尔年纪尚轻，意大利队布冯已经是 38 岁高龄。在球场上，这个年龄已经成精了，布冯这样的老球皮早已在欧洲足坛熬成了老妖精。

这次上帝没有站在意大利这边，即使他们有布冯这个老妖精。德国队的小鲜肉们终于苦尽甘来。

两支球队都是我的最爱。大学时代，喜欢意大利队。1994 年美国世界杯时的那支意大利队，巴乔飞舞的小辫和泪水，数次单骑救主，却踢飞了决赛最关键的一粒点球。我喜欢这样有故事的球队和球星。球场如人生，奋斗与命运，成功与得失，如何能说得清、道得明！正应了《三国演义》前言开篇:是非成败转头空!

如今,我最爱德国队。战术、体能、纪律、意志这些德国队传统依然强大,技术和全队整体传控这些以往不擅长的领域也补上了短板。他们的控球能力甚至对上传控风格的鼻祖西班牙队也不遑多让,而意志力、战术执行力、体力更强悍。这样的球队,就是一支绿茵场上的无敌军团,轰隆隆一往无前,足以碾压一切对手的抵抗。

如果力量与智慧居然结合在一支球队身上,那就是同时代其他球队的梦魇。

别了,意大利!

加油,德国队!

站在喀什望南海

2016—07—10　22:15:17

喀什与南海,万里之遥,看起来怎么也扯不上关系。进入七月,南海局势急剧升温,由菲律宾单方提起的南海仲裁案即将宣布裁决结果,在老美的推波助澜下,局势波谲云诡。同时,美韩又宣布就在韩国部署萨德系统达成一致。

今日今时之东亚,守成大国美国同时从东北和东南两个方向朝新兴大国中国出大招了。我们在国土的海洋方向面临着巨大的挑战,必须做好随时摊牌的各项准备,保护国家利益。所以,在南海,解放军海军举行了战役规模的大型演习,三大舰队的主力舰艇齐聚西沙,防空反潜、导弹齐射。即使在喀什,只能在电视上看到这些场景,已经足够令我等军迷振奋提气了。

解放军早该秀肌肉了,有实力固然重要,更重要的是要展示国家在某些特定情况下敢于使用力量的坚定决心,必须要清晰地画出红线,让各方明白,什么事情可以谈,什么事情没得谈。外交必须以实力为基础。前中国驻英国大使傅莹说过一句非常经典的话:军方在战场拿不回来的,不要指望外交官从谈判桌上拿回来。老美可以秀航母战斗群,我们就必须秀东风 26、鹰击12这样的大杀器，来而不往非礼也。

南美的一只蝴蝶轻轻扇动翅膀，在地球另一端的北极可能就会刮起强劲的风暴。蝴蝶效应广泛存在于自然和社会领域。同理，南海局势的紧张升级，必然会对地处亚欧大陆腹心的喀什及其周边局势产生深刻影响。

可以想像的是，美日必将加紧对中亚、南亚的渗透，纠集勾结境内外各方反华势力，搞事闹事，破坏稳定。这简直是一定的。老美在反恐斗争中的双重标准已经将这种意图暴露无遗。所以，南海上空的风云变幻，必将扯动喀什噶尔城头飘扬的旗帜。如在东南、东北、西北几个方向同时向中国发力，挤压我们的生存和发展空间。依此逻辑，地处西北门户的新疆、尤其是南疆，必须要保持外松内紧、沉着冷静的应对态势，把自己的事情一件件做扎实，扎紧篱笆，让别有用心者无机可乘，使国家可以集中精力应对南海挑战。

确保喀什当前大局的稳定，就是为国家作出贡献。这就是讲政治、讲大局。

C罗和他的葡萄牙队

2016—07—11 22:33:39

他们终于登顶了。举起了德劳内杯，成为了历史上第十支欧洲杯冠军球队。北京时间今天凌晨，C罗经历了他这一生迄今为止最为跌宕起伏、峰回路转、泪水与欢笑齐飞、沮丧和狂喜相伴的130分钟。

我不喜欢C罗和他的葡萄牙队，即使在当他崭露头角的那届葡萄牙黄金一代如日中天之际。菲戈、鲁伊·科斯塔，都是大师，而那时的C罗就是个愣头青，唯一令人有点印象的就是带球突破的速度是真快，但是喜欢卖弄脚法玩个穿花绕步之类花招，结果常常在老辣的顶级后卫面前出丑露乖。当时，认定此人就是个花拳绣腿的草包，昙花一现的穷小子。这样的例子在国际足坛多了去了。

自菲戈退役之后，我就再也没关心过葡萄牙队。主要是觉得这支球队缺乏代代相传的核心气质，偶尔能踢出几场漂亮的比赛，更多地依靠个人的人来疯超常发挥。典型的暴发户风格，张扬、炫耀，是非不断。比起德国队的坚强意志和严明纪律、意大利队的金汤防守和一剑封喉反击，甚至英格兰队的血性和激情，西班牙队的传控和技术，葡萄牙队有什么？技术还不错，战术不怎样，意志和纪律更不敢恭维。运气？貌似绿茵上帝也没有青睐过他们。每次大赛，都是牛皮哄哄地来，夹着尾巴灰溜溜地走。

本届欧洲杯，在决赛之前，我只看过一场葡萄牙队的比赛，跟克罗地亚队的八分之一比赛。克罗地亚狠着劲儿虐了葡萄牙大半场，却被自家球迷捣蛋扔进球场的焰火搅了局，打乱了节奏，让葡萄牙队逮着机会喘了口气，偷了把鸡，大意失荆州，饮恨而归。那个比赛场面，站在葡萄牙这边，那可真是被动挨打、欲哭无泪。

葡萄牙队小组赛居然四战皆平，仅以成绩最好第三名晋级。然后在淘汰赛中又遇到了克罗地亚球迷这个神一样的同盟军，令我不禁开始相信是否上帝开始垂青这些欧洲足坛的苦人儿了。

C 罗在这些无比受虐的比赛中，成为了球队的定海神针和中流砥柱，数次凭一己之力把球队从悬崖边上拉回来。在曼联和皇马厮杀这么多年，看来终于还是把这个当初的绣花枕头打磨成了拳击沙袋，足够有韧性，足够抗击打，足够稳重。看着这家伙头发上依旧耍酷而涂抹的厚厚发胶，看着他在战胜威尔士之后跟威尔士头牌、皇马队友贝尔的严肃私语，毫无胜利者的得意洋洋和沾沾自喜，忽然开始觉得这个当初从摩洛哥西海岸马留斯群岛来到欧洲踢球的穷小子，开始有点“气质”了。

与法国队的决赛才开始 20 多分钟，他就膝盖受伤撑不住了，不能责怪法国队那位同样来自海外领地的留尼汪岛中场妖星帕耶下脚狠，只能说是 C 罗自己时运不济。已经 31 岁的不再年轻的这位主儿，居然泪眼婆娑，然后有一只法兰西球场的蝴蝶迎面飞舞，停留在他痛苦流泪不止的睫毛之上……

那一刻，我猛然醒悟：今天上帝开始怜悯葡萄牙队了，开始抚慰 C 罗那颗脆弱而又伤痕遍布的“小心灵”了。

果然，葡萄牙队延续了本届比赛一直以来的受虐传统，开场就被法国队那些同样来自非洲马里、几内亚、安哥拉的黑哥儿们打得满地找牙，直到C罗受伤下场。之后风云开始变幻，上帝开始轻轻挥动无形之手，尽管法国队的西索科吃了枪药一般狂飙突进、强突猛进，尽管赛前普遍看好的格妖刀前后串联奔跑不止，甚至有一脚大力射门抽在门柱上弹出，就差那区区2公分……法国队始终无法进球，葡萄牙队开始有了毒蛇吐信般的快速反击，这本是意大利队的看家本领。那时，我彻底看懂了：这次葡萄牙必胜，C罗这个苦逼熬出头了。

进入加时赛，葡萄牙队偷鸡式快速反击终于奏效，法国队彻底耷拉了公鸡脑袋。终场前最后几分钟，C罗瘸着腿重新回到球场，站在主教练身边，一样的指手画脚，一样的喋喋不休，甚至还时不时一手指着球场，一手拍拍老头儿教练的肩膀，一副指点江山、气吞万里的统帅气势，靠！这还是那个苦逼么！

终于捧杯了。苦逼逆袭了。我却无语了。

我依然不喜欢这支葡萄牙队，不喜欢带领他们的苦逼C罗。已经过了不惑之年的岁数，作为球迷我也终于开始学会欣赏自己不喜欢的球队和球员。我可以不喜欢葡萄牙队和C罗，但我必须尊重敬佩新科欧洲冠军和高举德劳内杯的C罗，不为别的，只为他们一路走来的苦虐和心中始终不灭的冠军之火。

国际法的悲哀

2016—07—13　00:05:53

喧嚣已久的南海仲裁案终于宣布裁决。不出所料，由于我国政府不参与、不承认、不接受，裁决书几乎全盘认定菲律宾单方提出的诉讼请求，并断然否定了我国对南海九段线的历史性权利，彻底否定了我国基于南海岛礁的海洋权益，无端指责我方的护权行动侵犯了菲律宾的利益，甚至指鹿为马、视若无睹地认定太平岛是礁而不是岛。

无语了。想了许久,除了“无耻”,想不出还有什么词可以评价这个裁决。

朋友圈里铺天盖地都是对仲裁裁决的声讨,有情绪激烈的,也有冷静分析的。但观点却是高度一致:无效裁决,不承认、不接受,南海权益寸土不让。

我在政法学院求学时攻读的专业就是国际法。尽管毕业以后没有从事国际法领域的研究或事务,但对于国际法的历史经纬和基本原则还是下过功夫的。对于南海仲裁案的这个结果,作为曾经的业内同行,虽早在预料之中,但内心深处依然感觉一丝悲凉和悲哀。自此案往后,海牙国际海洋法庭的权威和公正性已经荡然无存,沦为大国政治争斗的工具,而诸多国际法先贤殚精竭虑、终生追求的国际法原则基石已经被别有用心者无视,人类社会期望以法律程序和共同规则调处纠纷的美好愿望被击得粉碎。

不知组成此次仲裁法庭的五名仲裁员是怎么想的。事实是,这些所谓的海洋法专家,让全世界的人们丧失了对联合国国际海洋法公约的美好期待,从而成为国际海洋法制建设的破坏者,开了危险的恶劣先例。至于那个背后推手、前任海牙国际法庭庭长日本人柳井俊二就更不必说了,他已经以自已的实际行动证明了日本民族是如何狭隘以及不适合担任任一国际组织的负责人。

今天还在跟身边的兄弟们感叹,当年在政法学院求学时,对联合国国际海洋法公约可是认真研习了一番,对海牙国际海洋法庭的诸多判例仔细研读。当时就感觉诸多似是而非、相互矛盾之处,同样的情形这个案例这么解释,那个案例那么解释,看得一头雾水,究竟哪个才是准确恰当的? 课程都要结束了,自已才终于醒悟:其实怎么说都行,只要自圆其说,逻辑上行得通,这么说、那么说存乎一心,就看需要怎么说。

今日宣布裁决的南海仲裁案,不幸又成为上述观点的又一佐证。终于搞明白了:国际法的实质就是国际政治,是国际政治斗争的延伸,国际法判决或裁决无法对以国家实力为基础的国际政治现实形成有效约束,在此意义上,国际法就是国际政治的一块遮羞布,只不过抹上了一层文明的色彩,掩盖了的国际政治基本规则实力决定秩序的赤裸裸。

2016 年 7 月 12 日，为国际法悲哀。

奥运时间

2016—08—16 23:25:18

里约奥运如火如荼。在喀什收看奥运直播，有生以来还是第一次，估计也是仅有的一次、最后一次了。急，着急，真着急。本届奥运多的是段子手、口水仗，少的是实打实的运动成绩。中国军团表现乏善可陈。自问并不是一个冠军至上的金牌主义者，但对运动精神、奥运气质其实有着自己的标准。总感觉此次奥运，我们这些令人尊敬的运动员们比起以往历届奥运，似乎少了些精气神，至于金牌榜的排名反而已经不太看重了。

难，都难，真的难。运动员在赛场上都拼尽全力，但往往由于种种内因外因，或者心有余而力不足，想拼却拼不出，或者囿于实力水平有限，即便豁出命去也就这些斤两，或者未战先怯，未及接战心里已经崩溃，乃至正常水平都发挥不出。

比如体操、射击项目，本是中国的强项，却兵败里约。体操一溃千里，一金未得，我们的运动员们已经拼尽全力，无奈频遇场内场外黑招、昏招，实力下滑明显，有心无力，徒呼奈何，反射出的是国内体操界对世界体操运动发展趋势的把握失准，在国际体操界公关乏力乃至孤立无援，与中国体操的影响和地位严重不相匹配。射击仅斩获一金，所有的所谓“双保险”全部失灵，运动员有实力想拼却拼不出，或是拼不到点子上，心理压力扛不住，关键时刻顶不上，正常水平都难以发挥，反射出的是国内射击界的故步自封、刻舟求剑，不进则退。

奥运已经过半，中国军团颓势明显。准备回国好好总结吧。快乐一些，人性化一些，敞开心扉，多交流多比赛，体制机制该改的就要改，该变的就要变，但体育的精神气质不能变。永远争第一，并不意味着狂妄自大，贬低对手，信口开河。少些口水仗，多点高峰对决。赛场上，对手是永远存在的，对于真正一辈子的对手，何不多些尊重、多些惺惺相惜，如同西门吹雪和叶孤城，如同福尔摩斯和莫里亚蒂，即便叶孤城野心勃勃，莫里亚蒂恶贯满盈，气质却是高傲而尊严的。

体育的精神

2016—08—20　21:34:10

里约奥运渐入尾声。如果说本届奥运有何特别之处，我认为就是国人对于体育精神的理解不再仅仅局限于金牌，而开始更加关注体育本身快乐、激励、审美的价值。典型就是傅园慧。这位古灵精怪、表情夸张的杭州姑娘，虽然只获得了女子100米仰泳铜牌，但她的表情包瞬间红遍全球。在她身上，人们见识到了体育最纯粹的快乐。

国内已有声音开始反思，从运动精神到举国体制。从成绩上看，这次体操、羽球、射击三大传统金牌大户遭遇滑铁卢，体操甚至一金未得、全军覆没。射击队的所谓“双保险”项目全部失手，唯一金牌还是来自事前并不看好的选手。羽球亦是如此。在体育竞赛中，创新、突破永远是主旋律。不进则退，小进亦输。在这方面，国乒的那个“胖子”(主教练刘国梁)做得极好，未雨绸缪、居安思危，中国乒乓球队一直引领国际乒坛技术进步的大潮，始终居于领潮者之位。

郎平带领的中国女排是本届奥运中国军团精神力最强的团队。技战术水平相差不多时，精神力量就是胜负关键。老女排的拼搏精神依然为今天这支中国女排传承发扬。无论女排是否能夺冠，姑娘们表现出的精神足以交上一张令国人满意的答卷。

在喀什看奥运。这是第一次，也是最后一次。

精神的力量

2016—08—21　19:09:15

中国女排逆袭上位、登顶夺冠！

这是里约奥运开赛以来全中国最激情迸射的一天。并没有看低其他项目为国夺金运动员的意思，但是，一个输了三场最后却能最终登上冠军领奖台的球队，较之项目优势明显、顺风顺水、顺理成章夺冠的球队，更具有惊心动魄、直入人心的感染力。

一路逆袭，先输而后赢。一分一分地咬，一球一球地扳，先后踩着巴西、荷兰、塞尔维亚这些超级强队的肩膀，成就自己的辉煌。论技战术，论体能素质，中国女排从来就没有绝对的优势和实力，每一步都是如履薄冰，每一场都是全力以赴，支撑这些姑娘的，就是中国女排的精神力量、拼搏传统。不同于“洪荒之力”，这是沛然无可阻挡、激励国人斗志的精神之力。中华大地如今太需要这股强大的精神力量，激励人心，奋发前行。这才是体育反馈社会真正的价值，才是女排精神之于国人的精髓所在。

在战场上，我们管这种精神叫“亮剑”；在赛场上，我们管这种精神叫“拼搏”。亮剑只为拼搏，拼搏必须亮剑。

让天下没有难做的生意

2016—09—03　22:30:19

与 G20 峰会同步的 B20 商业领导人峰会在杭州吸引了全世界的目光。马云、李彦宏等新一代中国商业领袖集体亮相，分享经验，发出倡议。在世界经济徘徊在低谷迟迟无法突破的今天，今年 G20 峰会将议题更多聚焦如何推动全球经济持续稳定增长、培育新的增长点上。这一刻，全世界都在倾听来自杭州的声音。

我在喀什，屏息凝神，聆听思考。

央视的面对面栏目正在播出马云和李彦宏的访谈节目。马云说的是自己在 B20 工商峰会上的提议：EWTP（全球电子贸易协议），本质就是跨境电商，鼓励、便利各国年轻人通过互联网开展贸易。用马云的话，就是：全球卖、全球买。WTO 没能解决的贸易商业问题，EWTP 尝试给出解决方案。让天下没有难做的生意，这是阿里巴巴的创建宗旨，至今依然坚守。

南疆的农民做生意不容易。卖自家种的农产品不易。淘宝天猫来到喀什，提过一些建议，诸如设立网上特色商品馆等，却未能真正掀起农村电商的大潮。内地的淘宝村现象，在喀什却不见踪影。可见，让天下没有难做的生意，话好说，事不好做啊。莫说全球，即便在全国，也没有真正做到。比如喀什，生意还是难做。

不过，我很关注马云的倡议会引起与会各国领袖怎样的回应。喀什地处西部边陲，贸易还是以传统的边境贸易为主，发展跨境电商有很大的潜力。商品、渠道、人脉、文化、交通，无论从哪个方面来讲，喀什与周边中亚、南亚国家具有天然的联系。但囿于传统贸易方式的局限，规模、范围始终无法再行突破，但借助跨境电商，完全有可能激发喀什和周边国家地区青年人的创业热情，吸引更多人参与商业，不断扩大贸易规模。从这个意义上，借助马云的力量，撬动跨境电商，对于喀什这样的边贸城市，那是千载良机。

让天下没有难做的生意，先要做到让全国没有难做的生意。喀什期盼着这一天的到来。

2. 读书思考篇

兄弟们辛苦

2014—04—12　22:18:05

今天是周六,本是个休息日。但这个周六组里的几个兄弟真的很忙。陈杰陪上海孙桥的一个农业专家去了巴楚看温室大棚,其他几个都要陪上海来的大企业老总。我这两天有些感冒,状态不佳,组长照顾我,没给安排任务。所以,兄弟们今天辛苦了。

我在宿舍里看韩国总统朴槿惠的自传,是朴本人亲笔写的。文风朴实无华,在简简单单叙事中饱含对父母、对人民、对国家的深情,很值得一读。小时候家境优越,但家教严格,崇尚简朴不张扬,住进青瓦台后仍然保持低调。当一切都那么顺利美好的时候,突然在她22岁那年母亲被暗杀,然后在27岁那年父亲又被暗杀。姐弟3人相依为命,本已远离政治,但在1997年金融危机时,看到国民的苦难,毅然重入政坛,连选连胜,最终当选总统,甚至在当选后也遇到家族宿命般的暗杀,但这次上帝站在了她的一边,暗杀未成。这样的人生,足够跌宕起伏,也足够使人崩溃。所以,书名叫做:《绝望锻炼了我》。

绝望能够锻炼人,那么希望呢?

我认为,希望能够激励人。人生的境遇各有不同,有的人多绝望,有的人多希望,但无论绝望或是希望,只要有一颗大爱包容、善良淳朴之心,就永远不会迷失人生的方向。

李光耀论中国与世界

2014—06—01 00:27:25

三天假期第一天。今天在宿舍里认真阅读《李光耀论中国与世界》。李在世界政坛一直是个特立独行之人,他的政治理念、行为方式、价值观等介于东西方之间。观察李光耀,对于思考中国如何融入世界,如何与西方打交道大有裨益。

李的观点带有自己人生经历的深深烙印。比如他对中国、日本和英国的态度。他认为,学习汉语的困难和中国传统文化的固有封闭性,阻碍了全球各地其他国家和地区的优秀人才汇集到中国,与美国相比,与英语的开放体系相比,这是最大的劣势。

李的观点有一定道理。但有一点,中国幅员广阔,东西部发展差异极大。东部沿海地区年轻一代的英语教育和英语能力,有极大的提升。一个不会汉语的西方人,在上海的马路上、酒吧里、写字楼里,可以方便地使用英语交流。相信在不远的将来,东部沿海地区就业人口的英语能力不会比新加坡差多少。而汉语自身也在不断地发展,大陆使用的普通话、拼音和简体字,已经大大简化了西方人学习汉语的难度。但当今的世界,仍然是英语的世界,国际通用语言仍是英语。这一点,许多中国父母都十分清楚,英语热已经席卷全国,会对中国融入全球、汉语进化发展产生深远影响。

李对于秩序和法制的坚持,充分体现了他思想中的儒家痕迹和现代西方法制思想的融合,强调集体利益,但重视充分调动个人积极能动性;强调社会秩序,但重视法制保障的公民自由。

新加坡的模式,可供借鉴,但无法复制。因为新加坡太小了,中国太大了。

李还有一个很有意思的观点,他认为,当今世界要战胜伊斯兰世界的极端主义的扩散,关键还是要组织和团结、帮助温和的穆斯林勇敢站出来,走进清真寺、神学院,传播真正的伊斯兰教义,争取广大穆斯林群众的支持。

联想起中央第二次新疆工作会议中提出的，要鼓励爱国爱疆的宗教人士发挥积极作用，这与李的观点不谋而合。

也许这是解决目前新疆民族宗教问题的一把钥匙。

关山月

2014—07—04 02:11:24

今天，终于等来了剑良兄的书法作品。辛苦天华了，好不容易回家探亲一趟，还顺便帮我当了一回快递。

李白的《关山月》，在新疆、在喀什，在天山之南、在帕米尔之东、在大沙漠之西、在昆仑之北吟诵，格外有味。尤其是起首四句：明月出天山，苍茫云海间。长风几万里，吹度玉门关……

身临其境，感同身受，莫过于此了。

剑良的书法也别具一格。每周日送佳茗去他家里学习书法，看多了他的作品，也稍有些感觉了，虽然说不出什么明显的特点，但可以比较容易地从一堆作品中辨认出他的字，点划勾连、横折撇捺之间，仿若其人，个性特点是很明显的。

这幅字，他写的是行书。爸妈还特地找人做了装裱，装了卷轴。

琢磨半天，决定把字挂在客厅迎面墙上。这样只要有人进门，第一眼看到的就是这幅笔走龙蛇的行书《关山月》。天山明月，云海苍茫，长风万里，玉门雄关，金戈铁马，血染沙场，庞大的气势和透骨的悲凉即刻扑面而来……

我以为，这就是西域的真味。

谈修养

2014—10—16 22:44:58

这两天在看朱光潜先生的《谈修养》，光潜先生是我国著名美学家，这本小册子收集了他若干篇谈修养的文章，短小精悍，意味隽永。虽然成文时间早在上世纪抗战时期，但文章对当时人生、社会、青年心态、流行思潮等诸多问题的描述和分析，与当下的中国社会颇多相似之处。细细读之，很有以史为镜、借古喻今、豁然开朗的意境。

比如，先生当时在学校任教，送走了一届又一届学生，又亲眼目睹了这些青年们走向各自不同的人生路途，然则大多数青年多年后都沉沦于社会，泯然众人矣，青年们前赴后继地沿着一条“追求”、“彷徨”、“堕落”的道路燃烧尽自己理想的热火，在理想破灭的失落中不知所措，在不知所措的迷失中麻痹堕落……

当代青年中这样的例子不是也有很多吗？那些“占中”的香港青年，大部分都是抱着单纯的理想、对民主自由公正的简单追求上了街，但当现实将“占中”的丑陋交易和本质揭露得鲜血淋漓时，相信这些孩子们定会不可避免陷入彷徨中，如果没有正确的引导，几乎可以肯定这是一代失去的香港青年。他们父辈付出多少辛勤汗水和心血打造的东方之珠，终将随着这些失落的香港青年一代步入夕阳……

南疆那些接受极端宗教思想蛊惑的维吾尔族青年不也是如此吗？当无法接受极端宗教思想与社会现实的差距时，就极易被煽动参加暴恐活动，毁了自己家庭，伤害了无辜群众，破坏了社会和谐。

对青年的教育，为的是社会的未来。

先生给出解决这一问题的答案：觉悟。青年们一定要觉悟——彻底的觉悟！觉悟的前提是必须要有几个基本的认识：对时代的认识——人类社会进化自然规律的认识，要求个人应当拥有本领，可以适合社会发展、推动社会进步的能力；对国家民族现在地位的认识——当初是抗战即将胜利，国家需要百废待兴搞建设，现在则是民族复兴、社会繁荣进入发展关键期；个人对于国家民族的关系的认识——国家没有出路，个人也不会有出路、个人在社会中要成为有用之才，必须有德有学……

如能如此，则国家之幸、民族之幸、民众之幸……

读　书

2014—10—18　22:50:56

今天再次细细读王时祥著的《喀什噶尔历史文化》。此书是今年刚到喀什参加地委组织部统一培训时，主讲喀什历史的喀什日报主编推荐的。早些时候也曾翻过几页，未觉有何突出之处。今日闲暇之余，忽然心有所感，重又翻阅。坐在窗前，泡上一杯清茶，在温煦暖阳中细细品读，始有回味，继而意趣盎然，孜孜不倦……

进疆半年多，走遍了对口四县，上了两回塔什库尔干，见识了帕米尔高原的巍巍昆仑、皑皑雪峰。再看书中所述历史往事，仿若云烟，幕幕展示眼前，历史不再是一纸冰冰古文，而是鲜活动人地跳跃在脑海中……

周穆王八骏万里访春山、班定远智勇定西域、高仙芝远征小勃律、憾负怛罗斯退出中亚、疏勒国君民忠勇守土心怀故国……

身在喀什噶尔，如果不了解此地的历史文化，实在可惜可惜，有如过金山而不入、下龙宫而空归……

让历史告诉未来……

喀喇汗王朝

2014—10—25　22:34:16

今日周六，宅在宿舍细读《喀什噶尔历史文化》，终于厘清了在维吾尔族形成史和伊斯兰教传入史上具有重要节点意义的喀喇汗王朝的前世今生。

喀喇汗王朝存在于大约公元 10 世纪前后的 300 多年间。这是一个由中原北方部落回鹘西迁中亚地区后建立的帝国，横跨中亚、南亚地区和天山南北，实行双汗制，主汗定都今天乌兹别克斯坦的撒马尔罕，副汗定陪都在今天吉尔吉斯坦的托克马克。这时的王朝还是一个笃信佛教的帝国，与西边位于今天伊朗的萨曼王朝激战不已，当副汗所在的陪都被萨曼王朝攻破后，副汗奥古勒恰克转而定副都于喀什噶尔。在撒马尔罕的主都终于陷落后，主汗之子萨图克投奔喀什噶尔的叔父副汗。为了争夺汗位，萨图克主动引入了伊斯兰教，组建自身的支持力量。此时正是公元10世纪后期，从此，伊斯兰力量就进入了天山南北，第一个据点便是喀什噶尔。喀喇汗王朝的历任大汗与西域仍旧信奉佛教的高昌（今吐鲁番）、于阗等地的政权展开了常年的宗教战争，有几次甚至面临灭亡的危险，为此还特地从今天的伊朗、伊拉克、阿富汗等地组织了伊斯兰支援军团，由四名伊玛目（伊斯兰宗教领袖）带领，赴喀什噶尔参战，最终都战死在南疆大地。至今在叶城等南疆各地，还能看到宗教遗迹。叶城的宗朗灵泉，崖顶上埋葬的伊兰克将军，正是丧身南疆的伊拉克将军加拉满丁。当中原政权割据、进入五代十国之后，中原政权无力西顾，无法对于阗、高昌等地提供足够支持，终于使伊斯兰教席卷南疆。

但有个有趣的现象，即使在喀喇汗王朝时期，历任大汗都在自己的汗位名称中加一个“桃花石汗”的封号，意思是中国之王，桃花石可能是转自当时北魏政权拓跋氏的发音，可见当时中原政权在中亚地区和天山南北的影响之深。

中华文化源远流长，兼收并蓄，不仅是汉族，也是各族人民共同创造、交融、汇聚的人类文明。在喀喇汗王朝建立之前的公元751年，唐朝大将高仙芝兵败怛罗斯，阿拉伯帝国的伊斯兰势力就要经由中亚、进入天山之际，来自青藏高原的吐蕃政权坚决将其阻止于中亚地区，代替大唐守护了祖国的西域边疆。喀喇汗王朝时期，也是维吾尔族形成的关键时期，在这时逐步形成了自身的文字、文化、习俗，而在王朝初期，信奉的也是当时流行的佛教，采取的是包容政策，还有祆教、景教（基督教的聂斯脱里派）、萨满教等。著名的《突厥语大辞典》、《福乐智慧》等文化典籍也是出自这个时代。

穿过重重历史云烟，透过各个王朝更迭兴衰，可以发现：南疆这块土地，从来就与祖国内地血脉相连，离不开，割不断……

看书与思考

2014—12—13 22:26:54

进疆之前就给自己定了个指标，要把这两年想看而由于忙忙碌碌没看的那些书都看一遍。不是为看书而看书，而是真的在这个号称“唯一不变的就是变化本身”的互联网时代工作生活感到能力不足，感知未来的眼光不够，感受飞速变化的适应能力欠缺。

补足短板的有效办法就是学习，不断地学习，不断地更新知识结构，就如同苹果 APP 中的程序软件，需要不断地更新、更新、更新……

为此，离开上海时，专门带了一大箱子的书，从大数据到美国宪法，不为别的，只希望能跨越经典和现代，磨练出锐利的目光，可以穿越浮生万象直透本质……

转眼一年了，盘点一番，似乎进度很不如意，距离当初宏伟的雄心壮志相差甚远哪！……真正有所收获的似乎就是认真细读了几本关于新疆和喀什历史文化的书，对于西域史、喀什的历史和文化，确实了解了许多，与亲身经历和所见所闻相印证，感想还是很多的……

喀什的冬天，长夜漫漫。从八点晚饭结束，到凌晨 1 点半左右入睡，每晚有 5—6 个小时属于自己的时间。这是多奢侈的事情！回顾这一年，在这段时间里，似乎看大片、上网、喝茶聊天多了些……

时间过得很快。于是，时间都去哪儿啦……

古丝路上的商贸传统

2014—12—14 23:25:53

今天在宿舍里继续阅读《喀什噶尔历史文化》一书。重点是喀什噶尔的民族演变和古丝绸之路道路走向以及商贸历史。关山重重，大漠戈壁，雪山高原，崇山峻岭，驼铃声声，人影幢幢……

喀什及邻近的莎车，一直是古丝绸之路中国境内的两大重镇，从万里行商的驼队马帮穿行而过，逐步发展出垄断东西重要商品贸易的坐商市场，历史上的粟特人，就是古丝路上以精于经商贸易闻名的民族。古丝绸之路分北中南三道，一路驼铃，一路行商，一路传播……

纵观历史，喀什噶尔之所以在古丝路中处于重要的节点，第一是由于地处亚欧大陆腹地的优越地理位置，这在海运不发达的古代是最具决定性的因素，喀什噶尔，就是大陆的十字路口。第二则是由于东去的西方客商，刚翻越了高耸的帕米尔冰川高原，这里是他们到达的第一个城市，可作休整，而西往的东方客商，却是刚刚穿越浩瀚沙海塔克拉玛干，亦是精疲力竭，喀什噶尔是他们走出生天到达的第一个休整城市……

据说，在古时，从长安出发行商，沿丝路古道出河西走廊，穿塔克拉玛干大沙漠，在喀什休整后翻越帕米尔高原西去中亚、西亚，到达地中海东岸，再乘船去埃及、罗马……这样往返一趟，费时 8—9 年！

区位和市场，是喀什噶尔闪亮于丝路古道的关键。这两样，在当今推行新丝绸之路的今天，还有优势吗？喀什如今还有哪些独特的自然禀赋可以支撑其重新闪亮在新丝路上呢？值得深思……

喀什噶尔的魅力

2015—01—03　22:50:42

这几日正读到《喀什噶尔历史文化》下册中有关历朝历代以来对外交流交往的部分，从马可波罗的记载到沙俄觊觎、大英帝国虎视眈眈，大量的传教士、探险者前赴后继地来到南疆，如同扑蜜的蜂儿、闻香的虫儿……

原来喀什噶尔的魅力如此巨大！那些来自莫斯科、伦敦等当时繁华之地的高鼻深目，居然能在此地一住就十几、二十几年。当然，他们不是援疆，他们为掠夺而来……

但在客观上他们也带来了西方的文化、宗教、思想乃至西方的生活方式，他们在喀什老城修建体育场，打网球、踢足球，建公馆、造花园，至今这些风格鲜明的建筑、园林已成为喀什的亮色。沙俄领馆现为色满宾馆，曾有机会吃过一次火锅，在饭店大堂里赫然见到了画在墙上的油画作品，那雄伟的罗马宫殿和强壮的帝国士兵，在斑驳疏离之间浸透沧桑……而原来的大英帝国驻喀什噶尔总领馆，现在已经成为其尼瓦克宾馆，其中西式风格浓郁的大花园，已成为喀什一景……

在19世纪末期，飘扬在喀什噶尔英国领事馆的米字旗，是从印度到北极之间广袤亚洲腹地之间唯一的大英帝国标志……

还有更令人惊奇的猜想，有学者提出当今的北欧瑞典民族的祖源之一便是来自喀什噶尔的一支迁移群体。据说在13世纪时，位于喀什噶尔的喀喇汗王朝为成吉思汗所灭，喀喇汗王族有一支不愿臣服，带领族人一路向西，直至今日斯堪的纳维亚半岛，定居下来并与其他来自欧洲的族群不断融合，融合而成今日之瑞典民族。据说瑞典语与古突厥语有很多相似之处，可为考证……瑞典人称祖先之一的“奥古都”，在古突厥语中就是“王室”之意……

大英帝国驻喀什噶尔外交官夫人在此地常驻二十多年，还写了本书，名为《一个外交官夫人在喀什噶尔的岁月》，现已成为研究喀什噶尔历史文化的重要文献。

喀喇汗王朝的文化大师

2015—03—14 20:47:48

今天，在宿舍里继续看《喀什噶尔历史文化》，两位喀喇汗王朝的文化大师令人印象深刻。以前虽知道有玉素甫·哈斯·哈吉甫和马哈茂德·喀什噶里两位大师，却对他们的生平不甚了了。

这两位大师，都与喀什噶尔血脉相连，基本处于同时代，但一个从中亚他乡回到喀什噶尔故乡，一个从喀什噶尔故乡远赴巴格达求学，相向而行的两人，或许曾在古丝绸之路的某个驿站擦肩而过，却都留下了同样伟大的著作。前者的《福乐智慧》，后者的《突厥语大辞典》，使用的都是喀喇汗王朝时以喀什噶尔方言为基础而形成的“王朝哈卡尼亚语”，奠定了维吾尔语言的基础并发扬光大。在那个公元14—16世纪的年代里，在中亚西亚，学术语言以阿拉伯语为尊，官方语言则推波斯语，而这两位文化大师都有深厚的阿拉伯语和波斯语造诣，却坚持使用家乡喀什噶尔方言为标准的回鹘文写作，对家乡、对故土、对民族的感情何其深厚、何其忠诚！

《福乐智慧》是采用诗歌体形式写成的，主角有四个：国王日出、大臣月圆、宰相贤明、隐士觉醒四人之间的对话和故事情节展开，阐释了君主治理国家的理念、方式、方法。与同时期中原王朝北宋的《资治通鉴》异曲同工。也可以认为这就是维吾尔语版本的《资治通鉴》。

《突厥语大辞典》是采用词典编撰体例方式编写的，主要是为了加强当时帝国广袤疆土上阿拉伯语地区与使用突厥回鹘文字地区互相交流，收集众多的词条，是当时喀什噶尔喀喇汗王朝的社会百科全书，为促进东西方文化交流融合发挥了巨大作用。

两部著作迄今还有大量学者在深入研究、解析。

向文化大师致敬！向文化大师的家国情怀致敬！

容忍比自由更重要

2015—04—18　23:41:35

今天周六。早上睡个懒觉，起床已是11点多了。吃了两口昨晚用定时焖锅煮好的杂粮粥，终于可以安安静静坐在阳光明媚的窗前认真读书。自女儿升初中的事情尘埃落定后，自我感觉已经可以重新找回从前那种平心静气、从容不迫的心境了。回想一周之前的今天，那种心态和心境仿佛是两个世界。

今天在看《先生》，讲述民国时期中国学术界、教育界十位继往开来、堪称宗师大匠级别的人物故事。

正在看的一篇是胡适先生的传记。新文化运动的发起人和领路人，终因与陈独秀、鲁迅等人观点理念不合而分道扬镳，黯然离开北大远赴美国，开始了颠沛流离的学术生涯。这篇传记的名称很有意思:容忍比自由更重要。

胡适先生是蜚声中外的国学大师,又在美国哥伦比亚大学师从实用主义哲学大师杜威教授,所以在胡适思想中,最反对的便是陈独秀的“必以吾辈所主张者为绝对之是”,提倡世上不存在“绝对之是”,任何事物都应谨慎探知、摸索前行,取得经验后逐步推广。所以,他反对将新文化运动引导为五四革命,在他的概念中,新文化运动就应该是一场纯粹的改造中国几千年旧有文化的改良运动,应循着和平、渐进的路径进行。显然,这样的主张在当时革命热情高涨的国内是没有市场的,所以他只能选择离开。

理念依然不改。在美国,他总结了自己的思想,在《容忍与自由》一文中提出:容忍比自由更重要。他所谓的容忍,包含四层意思:第一自由,第二民主,第三容忍反对党,第四和平的渐进的改革。当时先生提出的“容忍反对党”,其实指的是国民党政府应当容忍中共、九三、民进等在野党派。

民国以来将近100年过去了,实践证明胡适先生的思想自有其深刻的社会意义和文化价值。比如,事实证明,仅靠一腔革命热情和暴风骤雨的革命运动,忽略真正的文化传承和教育滋养,是无法达到真正改良社会目的的。十年文革的教训已经足够鲜血淋漓和痛心疾首。以现在的眼光审视,先生提倡的“和平的渐进的改革”又何尝不是当今中国国家软实力提升的有效方式呢?

在喀什读胡适先生的文章,感觉更有意义和富于启发。是啊,容忍比自由更重要,说得太对了,如果各个民族之间都秉持这个思想,则国家幸甚、中华幸甚。

掩卷遐想,不禁感叹造化弄人。胡适先生如果生在推行改革开放、民族开启复兴大门的今天,他的主张会不会成为一面旗帜(就如五四之后的鲁迅),从而搭起一座沟通古今、交往中外的和平交流、文化交融之桥呢?

我们仨

2015—05—23　21:21:54

一个安静的周六。正是静心读书的时候。手里捧着杨绛先生的《我们仨》,平平淡淡的字里行间寄托着对丈夫钱锺书先生、女儿钱瑗的深切怀念。锺书先生是学贯中西的国学大师,太太杨绛先生精通英、法、西班牙多国语言,翻译的《唐·吉诃德》仍是目前公认的最佳汉语译本,女儿钱瑗亦是北京师范大学外语系教授,精通俄语。《我们仨》是杨先生在93岁高龄时写作出版的一本小册子,浸透了这个学者家庭历经风霜后洗练出的一份淡然、一袭高雅、一种境界。

杨先生使用了一种类似梦幻寓言的叙事方式,先讲述了一个古驿道万里送别的故事,将女儿生前最后一段日子化成了江南常见的霏霏细雨,填满于天地之间。对时事的无奈无助交织着亲人之间相守相助、相聚相失的痛与哀愁,折射出的是平凡的中真挚性情与纯洁品格。读完这一段,就仿佛先生在书中得知女儿病情复发消息时所说的:心中被针扎了一下,绽出一个血疤,仿佛饱含热泪的眼睛(钱瑗教授于1997年因病去世,一年之后锺书先生过世)。

之后,书中以纪实手法将与锺书先生一道留学英法、女儿诞生、回国任教等等人生旅程娓娓道来,语言仍是那样云淡风轻,即使在回忆那不堪回首的文革岁月时,仍不失从容高雅。深切思念仅在轻轻述说与淡淡回忆之中。

一个伟大的学者家庭,三个伟大的平凡之人。

高考作文

2015—06—07　19:15:08

高考首日,上午考语文。今天刚起床一上网,满是今年各地高考卷的作文题。粗略浏览一遍,真是"万紫千红、各领风骚",哲理思辨、见微知著、发散思维、准确表达,对孩子们的要求很高,在短短的一段时间内要写出一篇思想表达俱佳的文章,需要常年读书、思考、写作训练的积累,殊为不易。自隋唐以来的科举制,看的就是文章,用的就是能写文章的读书人,站在现代的立场观察,弊端不少,好处其实也有不少。能写一篇好文章的读书人,其思想内容、思维思辨、分析表达等方面都受过长期的训练,分析问题、解决问题的能力较之常人还是高出一筹的。当然,总也有一些人迂腐、品行不端,或是书呆子,或是贪污犯,坏了读书人的名声。

上海卷的题目是一篇材料作文,要求谈谈人心中坚硬和柔软的部分,如何正确处理两者关系以营造和谐自我。此题思辨性极强,要写好还是需要动脑筋、花功夫的。如果是我写,就想以"刚柔并济,心怀天下"为题展开,主要从家国天下、忠孝两全、铁汉柔情角度切入,纵论古今,讲述爱国与爱家的关系,爱国为心中坚硬部分,爱家则为心中柔软部分,中外莫不如此,国有危难时必须挺身而出,甚至抛妻弃子亦在所不惜,而国泰民安时,则与家人共享天伦。中国传统文人士子的人生格言:修身齐家治国平天下。家国情怀,尽在其中。为国为家,至刚至柔;爱国爱家,刚柔相济。以此观之,和谐心安,可为天下表率。

大意如此,但写出来不易。引经据典,层层递进,逻辑严密,紧扣主题,需要花费一番功夫的。

还有个问题,如今我已年过四十,思想阅历与今日作文的学子们差距遥远,且身处祖国最西端的天山脚下,然能发此感慨,而对于那些时年不过十七八的青春少年,如何能有这般感想感怀?经历就是财富,没有这近30年的人生经历积累,这些孩子们该怎么去理解这个命题的深刻呢?他们应该有他们这个年龄观察世界和人生的角度,有他们的观点或是憧憬,无比美好绚烂,也许是我们这些过来人曾经有过的。

王蒙与新疆

2015—07—02　21:08:18

终于有时间可以坐下来看看书了。

前些日子综合组新进了一批书,我挑了一本王蒙先生的文集,收集了他从 29 岁到 45 岁在新疆度过的 16 年间所撰写的文章、随笔。虽然讲述的都是那些稍显遥远的日子,但字里行间洋溢的深情与温暖却历久弥新。

以前我曾看过老先生的自传和专著,很惊讶并钦佩他居然那样地精通维吾尔语,可以在日常生活中熟练地使用维吾尔语交谈、读书。原来只是觉得这样很不容易,直到自己也来到了新疆,接触到了仿若天书蝌蚪的维吾尔语言文字,才真正体会到学习这样一门语言是多么困难,与汉语、英语等等我们熟悉的文字相比,这门语言实在是差别太大了。

指挥部里能够熟练使用维吾尔语的,只有我们在喀什本地招聘的数名驾驶员。他们从小就在这里长大,和维吾尔族孩子一起玩闹、上学,所以听说都没有问题,但还是不会读写。可是王老居然除了听说,还能熟练地读写,实在是令人钦佩。

王老在新疆一待就是 16 年,对这块土地充满了感情。据他自己在书中所讲,在北京街头遇上维吾尔族同胞卖馕或烤羊肉串儿的,他都会不自禁上去用维语跟人家聊几句。16 年间,他的足迹遍及天山南北,彼时交通不便,尤为不易。从麦盖提到喀什噶尔,居然车子要开 3 天,现在走麦喀高速,一个半小时就到了。在吐鲁番,在伊犁,在乌鲁木齐,王老与各族干部群众交朋友,一起交谈聊天,一起吃饭喝酒,一起唱歌跳舞,从不用担心什么安全问题、稳定问题,维吾尔族的大爷大妈、古丽巴郎,都把他当成自己人,发自内心地欢笑迎送。这样的场景,在今天的南疆,是多么宝贵和稀有。

如果有条件,我们也期望能像王老这样深入各族群众之中,向他们学习维吾尔语,帮他们劳动致富、改善生活,一起喝酒,一起聊天……

遥想王蒙当年

2015—08—23　00:26:21

今日周六,睡个懒觉,起床后坐在阳光明媚的窗边写字台前,喝着自个儿熬的小米粥,掰两块馕,翻着王蒙的文集《你好,新疆》。窗外就是喀什碧蓝的天空，偶有鸟儿飞过，微风拂过，白杨树发出“哗哗”声。正是静心阅读的好时光。

王蒙这本书主要收录他在新疆插队落户、工作生活16年的随笔文集。文笔质朴，感情真挚，生活气息浓厚，宛如一位老者抚须长谈，将自己的新疆故事娓娓道来。

那是个已经过去许久的年代，遥远得已经有些模糊了。王老当年插队的伊犁毛拉圩子公社早已几经变迁，但讲述中那些村里的维吾尔族群众，个个性格鲜明，令人印象深刻。或聪明、或憨厚、或谨小慎微、或冒失莽撞、或老成持重、或年少轻狂，描绘了一幅那个年代活生生的北疆伊犁农村的生活画卷，栩栩如生。

比如他的房东，穆敏老爹和阿依纳罕大娘，对北京知青的关心和爱护，对外面世界的好奇和渴望，源自《古兰经》和自身丰富生活经历的淳朴智慧，老夫妻之间真正的相濡以沫的感情，面对生活现实苦难的乐观和风趣，一切一切，都在对当时那个北京知青产生着潜移默化的影响。王老自己也承认，和老爹和大娘共同生活的6年时光，从他们身上看到了、学到了许多生活的智慧、人生的哲理，使他受益终生。

那个年代，北京知青在伊犁农村的生活无疑十分艰苦，但收获也是极为丰富的。付出的汗水和泪水，总能收到相应的回报。比如王老，在如此艰难的世道中，他与维吾尔族群众共同劳动、生活，吃住一起，学会了维吾尔语，结交了维吾尔兄弟，见识了蕴藏在当地民间的伟大智慧，在那片土地上留下了自己深切的依恋和怀念。几十年后，即使在北京，遇到来自新疆的维吾尔族老乡，他都会自觉或不自觉地上前用维语问候聊天。他已经把自己生命的一部分永远留在了伊犁农村。

很羡慕、很敬佩王老当年的那些经历。如今，我们来喀什援疆，种种原因，没法再像以前那样与当地群众同吃同住，共同生活在一个院子、一个村子里。我们打交道最多的维吾尔族是当地的民族干部，深入乡村的机会微乎其微，与群众直接交谈的机会就更少了。日常不使用，就无法有效学习维语；语言不通，就没法直接交流；没有直接交流，就无法了解掌握南疆基层的真实情况，无法真正触摸到这片土地的脉动。所以，这是一种遗憾，也是一种无奈，更是一种悲哀。

遥想王老当年，寄居老爹屋下，同吃抓饭羊肉，共挥坎土曼耕田，与这些淳朴的维吾尔族群众悲喜与共、心手相连，笑声与泪水同在，悲伤与欢喜俱生，真正做到了交流、交往、交融。

心有所感，只能慨叹：Yesterday Once More...

文明的冲突

2015—11—16　21：47：12

想起去年曾经买过哈佛大学教授亨廷顿的《文明的冲突与世界秩序的重建》一书，可惜始终束之高阁，未曾研读。仰观今日之世界，枪声四起，冲突不断，穆斯林的扩张和东亚秩序的重构，似乎都印证了亨氏所谓的“文明的冲突”(the clash of civilizations)。虽然国内学者对此持批评态度的多于赞同，但近年来发生在世界各地的桩桩件件冲突与矛盾，却大都与亨氏之理论脉络暗暗契合，也许，“文明的冲突”真是解释和理解这个纷乱世界的一把钥匙，特别在伊斯兰文明与西方文明的冲突方面，道出了其中必然规律。

于是从宿舍书柜大堆藏书中翻找出来，仔细研读。

感觉中文译者汉语水平不高，许多句子仍然按照英文习惯翻译成汉语后，长而无当，语意表达冗长繁琐。估计还是不适应亨氏原文学术性极强的表达方式吧。虽然是汉语，却看得无比费劲。

亨氏在书中全面梳理了世界文明体系及相互作用影响。现存的世界文明共有八大文明：中华文明、日本文明、印度文明、穆斯林文明、东正教文明、西方文明、拉丁美洲文明、非洲文明。伴随着工业化的发展，西方文明开始拥有强大的影响力，并逐渐成为现代化的代名词。非西方文明对于西方文明及其代表的现代化心态复杂，有全盘拒绝的，有全盘接受的，还有拒绝西方化而接受现代化的。很明显，中国属于最后一种。

问题在于，西方化是不是现代化的唯一有效路径。这一点已经很清楚了，如今多元化的世界，尤其是东亚经济的崛起，已经充分证明，现代化的路径选择可以有多种，西方化并不能确保一定可以实现现代化，比如亚非拉一些国家，政治上全盘照抄西方，经济社会发展却离现代化越来越远。那么，穆斯林国家是否也可以在不改变自身伊斯兰文明特质的情况下实现现代化呢？

我感觉，在国际政治的实例中，土耳其是个样板。其国父凯末尔为这个国家选择的是一条全盘西化的道路，在政治社会层面全面引入西方文明，以此作为引领现代化进程的明灯。从目前来看，取得了不错的效果，但最终如何仍需观察。这两年来，土耳其社会出现了明显的传统回归思潮，值得高度关注。或许有一天，土耳其重新回归传统伊斯兰文化，则将预示伊斯兰世界以西方世俗化实现现代化试验的失败。反之，则开创出了一条成功的道路，足以为后来的伊斯兰国家示范引领。

伊斯兰世界需要一个成功的样板。不是回归中世纪的哈里发国时代，而是可以融合现代化、符合全人类基本道德判断价值观的升级版穆斯林世界。

文明冲突无处不在？

2015—11—21　21:04:54

一个在安静悠闲地阅读中度过的周六。

很惬意。

继续细细品读亨廷顿的书。边读边想，不知不觉中天色已晚，暗夜降临。

亨氏的观点立论粗看不无偏颇，细思之下却觉有道理，不乏真知灼见。比如，由于穆斯林人口的剧增，在15—30岁年龄段的青少年成长时期，往往就是那个穆斯林国家社会动荡、原教旨主义和极端思想盛行的时期。从突尼斯开始，席卷北非、西亚、东欧等地的“茉莉花”革命，可为佐证。

竟有些不寒而栗。因为联想到了南疆地区的人口结构和人口比例问题……

如果按照亨氏的观点，在新疆，当前面临的社会矛盾的根源，就是以汉族为主体的中华文明与以维吾尔族为主体的伊斯兰文明之间的冲突。穆斯林与非穆斯林的冲突，遍布全球穆斯林世界的各个边界。在巴尔干半岛、在高加索地区、在西亚、在东南亚……亨氏认为，伊斯兰教是宗教信仰与生活方式、政权组织高度合一的宗教，具有鲜明的排斥性和斗争性，与其他文明的相容性很差。看看当今的世界，似乎暗合了这一观点。

若果真如此，则南疆社会的稳定几乎是无解的难题。因为这里的汉族不可能成为穆斯林，维吾尔族也不可能不是穆斯林。只要有穆斯林和非穆斯林存在，冲突就将长期存在。那么，问题就转化为如何把这种冲突有效控制在一定的范围和烈度内呢？

在全球穆斯林世界原教旨主义和极端思想兴起的时代潮流中，由于交通的便捷和全球传播媒体的无孔不入，国内的穆斯林无法不受波及。近年来新疆发生的种种事件，已经证明了这一点。切断境内外穆斯林世界的联系，如今几乎是不可能的。

症结之处仍在于人口结构。提倡优生优育，而不是多子多福，引导民族群众追求高质量的生活水准和世俗化的生活方式，少生优生，就可以有效提高人口素质，使穆斯林社会人口结构渐趋合理化，就可以实现穆斯林世界更温和、更世俗的目标。比如上世纪土耳其共和国立国之初的状态，政教分离，追求现代化。

于是，老戴的观点开始凸显重点：应当从引导开展维吾尔族妇女解放入手，鼓励她们关注自己的幸福，而不是作为丈夫的附庸和生育工具，勇敢追求自己的基本权利，追求更美丽、更美好的世俗化生活。当妇女的自我意识开始觉醒，穆斯林世界就将变得温和、相容。母亲对孩子的影响是任何其他人无法比拟的，即使在穆斯林世界，亦是如此。

但是，要真正在当今的穆斯林社会推进妇女解放，谈何容易！

宗教与人口

2015—11—23　21:20:56

终于读完了亨廷顿的大作。文明冲突与世界秩序重建,在巴黎暴恐袭击和 ISIS 甚嚣尘上的当今世界,亨氏的著作为我们提供了一个观察和思考的窗口和角度。

文明,作为文化的最高层次,意识形态特征以宗教为核心,演化为自己的价值观以及相关的道德、法律、政治、习惯、行为模式等。观察某个文明,以其宗教核心为切入点,可以把握其精神实质。比如,西方文明的核心就是基督教,伊斯兰文明的核心就是伊斯兰教,而中华文明的核心则是儒教。

人口,是传承文明的载体,人口结构往往决定文明的兴衰。很难想像一个人口了了、垂垂老矣的社会,可以拥有一个兴盛的文明形态。反之,一个人丁兴旺、青少年为群体年龄中段线的社会,往往充满生气,推动文明的扩张和上升。如果由于种种原因,这个庞大的青少年群体无法在现实社会中得到认同、实现自我价值,则几乎可以预言一场大规模的社会动乱的来临,伴随着的一定是各种极端思潮的泛滥。

宗教以人口为基石,人口以宗教为指向。20 世纪末起始于突尼斯进而席卷阿拉伯世界的"茉莉花"革命,已经提供了实证。这些穆斯林社会的人口结构特点,其年龄中线均在 15—25 岁的区间内。青少年群体的庞大规模,在经济下滑和失业增加的催化下,极易滑向伊斯兰极端主义、原教旨主义。信奉者众多的优势,促使极端伊斯兰势力逐步掌握了穆斯林世界的宗教话语权,温和世俗化的穆斯林势力被排挤甚至被攻击,于是整个穆斯林世界开始进入极端主义的危险道路。人口与宗教的互动作用,可见一斑。

穆斯林世界的有识之士已经看到了这一点,并开始发声。现任埃及总统塞西,大声疾呼:当前最重要的,我们应当夺回对于伊斯兰经典的解释权,不能任由极端原教旨主义分子占据清真寺,把控穆斯林世界的头脑。

由是观之,实现新疆社会稳定和长治久安的总目标,亦要从夺回宗教传播解释权力和引导控制合理人口结构为基本着力点，培育扶持温和世俗的穆斯林力量，不断增加就业人口，共享经济发展成果，同时提倡优生优育，提高穆斯林妇女在家庭和社会中的地位（这一点是老戴同志特别强调的），久久为功，方可见效。

喜马拉雅 FM

2015—12—20　20:41:09

佳茗学校的语文老师要求孩子们手机下载一个名为“喜马拉雅 FM”的APP，每天睡前要用它听一段美文。我很好奇，究竟这是怎样一个东西呢？于是自己也下载了一个，体会体会。原来这是一个汇聚各类美文、相声、讲座、音乐、评书等等素材的互联网广播平台，内容范围极广，每人都可以按照自己的喜好选择爱听的节目。老师要求孩子们听的那档节目叫“十点读书”，每晚十点更新。一个富有磁性的女中音会诵读一篇经典美文，配以静雅悠远的背景音乐，娓娓道来，浓浓书卷气氤氲在电波中。

午睡醒后照例外出，到隔壁的地委大院小林子快走。打开喜马拉雅，插上耳机，选了一个“百家讲坛”讲述秦始皇的节目，就外出健走。虽然室外较之前几日更加寒冷了，但健步快走却完全抵御住了寒意侵袭。今天听的这段讲的是昭襄王称霸的故事，重点说了范雎的远交近攻，千年烽火传递着古老的中华智慧，受益匪浅。

一个讲座听完，不知不觉间已经完成了 3 公里路程。以往要走 5 公里的，但今天出来稍晚了些，就减少了 2 公里。回到宿舍，意犹未尽，又选了一档“十点读书”中的文章诵读“当夜来香开花的时候”，作者是季羡林老先生，当代中国最后的国学大师。仔细聆听，不禁深深感叹人生与命运的无常。季先生以朴实而饱含深情的文字，怀念小时候家里的一位佣人王妈，她的善良、勤劳，她的希望、苦难，归结到她的人生和命运，平凡却不平坦，寻常却不平常。一位挣扎生活在社会底层，顽强与生活抗争，最终却依然只能无奈接受命运安排的小人物，跃然纸上。

大师的文章之所以高明，在于总能引发读者情不自禁地思考，通过思考又引发强烈的共鸣。听了王妈的故事，仔细想想，其实我们自己何尝又不是如此呢？谁又能抗拒命运的安排主动去改变自己的人生呢？命运可以抗拒吗？人生为何充斥着被安排？苦难为何总是伴随着人生？如何才能从苦难的人生中寻找生活的意义？……

打住，不能多想了。想多了，就只有两种可能，或是成为圣人，或是沦为疯子。而我不想做圣人，更不想成疯子，只想做个平常人、普通人。

河西走廊

2016—03—13 21:30:22

终于迎来了今年入疆以来的第一个休息日。不容易啊。虽然还有很多的事情要处理，但今天先给自己放个假，做点自己喜欢的事，暂时离开各种现实的纷纷扰扰，放松身体和心灵，只当是为下一轮的冲刺积蓄能量吧。

干点什么呢？突然看到宿舍床头放着的《国家地理杂志》，讲述的是河西走廊的故事，前些日子从办公室报刊架上拿回来看的，迄今还没翻过呢。就看这个吧。

泡了一杯苦荞茶，坐在外面依然沙尘漫天的窗前，开始了心灵放飞之旅，完全沉浸在那些壮美景色和历史变迁的沧桑之中。

中学地理课上学过河西走廊这一段，而在记忆中留下的却只是这个专有名词。随着年龄的增长，阅历的增加，逐步有了些理性的认识。今天却是从地形地貌、气候特征、城市分布、民族迁徙、历史变迁等多个角度观察河西走廊，算是真正了解了这条神奇的大通道。

新疆古称“西域”，古时西域与内地的往来都要通过河西走廊，地形使然。从这个意义上，河西走廊就是中原连接西域的脐带，贸易、文化、宗教、技术等等人类创造的文明精华，慢慢流淌其中，形成了大碰撞、大交融、大融合。

地形上，河西走廊位于黄河以西，夹峙在南面的祁连山和北面的巴丹吉林沙漠、毛乌素沙漠之间的一条狭长的绿洲地带，呈东南—西北方向排列。拜祁连山雪山融雪的恩赐，形成了三条内陆大河，由东向西依次是：石羊河、黑河、疏勒河。在河水的滋润哺育下，沿大河流域出现了一块块绿洲，水草丰美，沃土千里，草原、森林分布其上，农耕、游牧各得其所。

中原政权打通河西走廊，敞开自己的大门，迎接来自西域乃至更遥远西方国度的商人、僧侣、探险家，是在西汉时期。雄才伟略的汉武帝，派张骞凿空西域在前，遣霍去病率军击退匈奴在后，最终在走廊沿线设武威、张掖、酒泉、敦煌四郡，彻底打通了中原向西的大通道。在航海技术无法支撑远洋航行的时代，被海洋、高原、高山、沙漠阻隔在亚欧大陆东端的中原华夏政权，终于找到并掌控了一条可以连接西方世界的通道。到了唐朝，河西走廊更是驼铃阵阵，商队络绎不绝，东来西去，为大唐盛世抹上重彩。那个时代，这里就是大唐对外开放的最前沿，就是大唐的贸易文化特区，就是大唐强盛国力的缩影和象征。在这个意义上，可以说，在汉唐时期，开放，就是河西走廊的魅力之源。难怪乎李白、王维、王昌龄、岑参、高适、王翰、李贺等一大批才子，远离长安，奔波在河西走廊之间，留下千百首脍炙人口的诗词名篇。

比如凉州，就是今天的武威，名为凉州词的七绝就传下多首。最有名者，当然是王翰的“葡萄美酒夜光杯”。那时的青年士子，想必都是很热血的，在这大唐开放的最前沿，才能找到他们最期待的价值，激发创作的灵感。

还有个很有意思的现象。河西走廊上的每座名城，必伴有相应的大河母亲养育。武威有石羊河，张掖有黑河，酒泉、玉门有疏勒河，敦煌有党河。大河文明的地理分布特点，在这条狭长的通道上尽显无遗。

外甥女佳葫去年暑假随她妈妈游览了一回河西走廊，走访了几处代表景点，比如敦煌。回来后就时常会对我讲起河西走廊种种历史变迁的故事，特别是霍去病气吞山河、远击匈奴的故事，讲得头头是道。小小丫头，却也对河西走廊如此着迷，可见此地确有种神秘的气质魅力，融化蕴含在这雪峰连绵的祁连山脉、茫茫黄沙的戈壁大漠，以及如珍珠项链般散步其间的片片绿洲之中。

读书札记：鲁冰花

2016—04—09 21:08:22

又是一个周六。上午，窗外是南疆明媚的阳光，临窗而坐，品茗阅读。最近尤其喜欢看《国家地理杂志》，不出门便可感知世界，思绪随着精美的地理照片和历史沧桑变迁飞扬。尽享阅读之美。

先是仔细地看了一篇讲述北美大陆五大湖区地址变迁与冰川遗迹关系的文章，深为震撼。配图中有一张 NASA 宇航员从太空中拍摄的安大略湖和伊利湖的照片，水面因凌晨阳光照射的镜面效应而反射出大片明亮，庞大的水体静静沉默于北美大陆的怀抱中，这是地球地质纪元第四纪时北美劳伦冰原的冰川遗迹，令人不得不惊叹大自然造物的神奇伟力。

还有一篇讲述鲁冰花的奇文，读完令人感慨唏嘘。中国人大约都听过“鲁冰花”这首来自台湾的歌曲，却很少有人知道这种色彩鲜艳的花卉的前世今生。鲁冰花有着高大的塔形花序，色彩绚丽，浓紫、淡粉、宝蓝、明黄，大片大片地开放，极美极壮观。18 世纪时被优选培育后，因其根系发达，可以固氮，增加土地肥力而被作为绿肥植物广泛引种栽植，遍布全球。这种“化作春泥更护花”的品质恰如母爱般无私伟大，因此在世界多地，都被称为“母亲花”。更因其色彩的绚烂缤纷，被世人喜爱，从而当作美化植物传播。如今最为有名的鲁冰花观赏圣地在新西兰南岛中部，每年圣诞前后，在南阿尔卑斯山的冰河、雪峰与湖泊间，盛开着大片大片的鲁冰花，将冷冽的湖水和夜晚璀璨的银河星空渲染得热烈妩媚，使这片平日里人迹罕至的原野真正成为上帝的“调色板”。

难以想象的是，如此美丽的花卉，如今却列入了新西兰有害动植物名录。原因无他，皆因鲁冰花生存能力极强，作为外来物种，如狼之掠夺，抢天夺地，开疆辟土，已经对本地生态环境造成破坏，是贪婪而顽强的荒野霸主。故有学者将其形容为“水妖的诱惑”，意谓足够迷人，也足够致命。

真是不可思议的神奇物种。

突然想到，如果将鲁冰花引进到南疆大地，当荒凉的沙漠戈壁和巉岩裸露的帕米尔高原开满姹紫嫣红的鲁冰花，那该是怎样的景象？……

评价他人

2016—06—07　22:32:34

今天高考首日。一如往年，作文题引发全国热议，成为众所瞩目的焦点。上海卷今年的题目是要求考生自拟题目，写一篇关于在当今时代如何看待“评价他人生活”的文章。这样的开放式主题模式，已成为近年来高考作文的主流。

这样的题目，考察的是每个学生的思辨能力。而这种能力的培养依赖于日常生活的点滴积累、观察、思考、比较、分析，要有自己的观点，有理有据，思维周密，不是那么容易的。

仔细想想，评价他人的生活，这个题目出得真好。人是社会生物，社会性就意味着每个人要为自己的行为负责，其他人亦有权作出评价。这是维持社会正常运转必不可少的元素，也是社会道德传承、弘扬的基础。如果不允许评价他人行为，那么人与人之间就会被割裂，社会不成其社会，人类也无法凝聚出灿烂的思想文化。每个社会个体相互之间的评价，构成了建构人类文明社会的基本价值观。

但是，这种评价有边界吗？可以无所限制吗？

显然不是。在评价他人与保护各人隐私之间存在一条红线，红线之内受到法律保护，而红线之外则应接受社会公众监督。无所限制地评价他人，将使人的个性被抹杀，自由被遏制，那不是人们所期望的。

问题在于红线画在哪里。随着技术的发展，我们感知他人、观察他人、评价他人的手段和能力不断扩展，人们能够自我保有的隐私领域越来越少。所以这条红线也是在不断变化的，但究其本质而言，凡不会影响到社会公共利益、不违反当前时代主流伦理价值、并不产生社会危害的行为，都应位于红线之内，他人无权干涉。反之，则应接受他人监督，置身公共评价的目标之中。

相互评价真是一个复杂的命题。不同民族之间的，不同国家之间的，不同信仰之间的，不同地域之间的，评价偏差导致行为偏差，而有时这种偏差甚至是致命的。

在南疆，我们所做的一切，不都是为了从心底里改变、强化当地民族群众对我们的正向评价吗？而这种评价，就是社会稳定和长治久安的思想基础。

漂着金子的河

2016—09—04 21:22:55

“泽普”名称的维吾尔语本意，就是漂着金子的河。泽普县古勒巴格乡科克墩村的村长刘国忠，曾被评上中国十大最美村官，几十年如一日为村民全心付出，因车祸不幸遇难。全村悲痛欲绝，集体为老村长送行。这是一曲新时代南疆干群关系、民族团结的赞歌，是所有基层党员干部的楷模。为此，上海援疆指挥部会同有关制作方，筹划拍摄了以刘国忠真实故事改编的主旋律影片《漂着金子的河》，在上海国际电影节首映后受到广泛好评。

今天指挥部组织大家在喀什观看了这部电影。贯穿始终的纪实风格，真实勾勒出刘国忠这位南疆喀什乡村基层干部的形象，尽管全片从头到尾始终没有出现过本人，仅仅在最后送行的场面中出现了本人的遗像。所有维吾尔族村民、刘国忠的子女、当地村干部等均是人物原型本色出演，只有刘国忠的哥哥、老伴是专业演员。刘国忠过世后，哥哥从甘肃武威老家来到泽普，要带弟弟回老家下葬，但全村百姓和刘国忠家人都不同意，坚持一定要把老村长安葬在泽普这块土地上。以此为线索，通过全村百姓各自诉说自己眼中、个人心中的老村长，逐步描绘出一个真正做到“先天下之忧而忧，后天下之乐而乐”的人民公仆的形象。叙事的纪实风格，使得电影更像纪录片，更突出了真实性。多角度的述说，立体地再现了人物的性格，更突出了人格的高尚。有影评人观后评论，这部电影就是讲述中国新疆乡村故事的

《罗生门》。

我曾去过位于科克墩村的刘国忠纪念馆。他的墓就在纪念馆旁边,全体村民一致要求把村长留在这里。电影里再现的那些小故事和点点滴滴,在纪念馆里都有记载。而隐藏在那一件件实物、一幅幅照片之后的,是一颗高尚的心灵和伟大的人格,具有无比的感染力。如果每个南疆的基层干部都能如刘国忠这样,何愁新疆不稳定、不和谐、不发展。

漂着金子的河,河中漂流的不是黄金,而是比黄金更加珍贵的精神和人格。

人与自然:罗布悲歌

2016—09—28　21:40:46

自九月中旬环塔行以来,忽然对塔里木盆地东缘罗布泊地区的历史地理变迁有了浓厚的兴趣。想起进疆后曾买过一本讲述失落的西域文明的书,找出翻阅。书写得很好,以历史为经、地理为纬,循着历代西域探险家的足迹,将罗布泊地区的兴衰变迁娓娓道来。既非严谨的考古专著,也有别于捕风捉影、东拼西抄、肆意穿越的通俗演义,具有很强的可读性。这一切,源于作者十几次深入罗布荒原考察探险的亲身经历。

掩卷深思,唏嘘不已。汉时茂密昌盛的罗布绿洲,滋养抚育了灿烂的楼兰文明,而随着罗布泊的盈缩变迁,楼兰古国逐渐湮没于层层黄沙之下,画出谜样的问号。据记载,位于丝绸之路要冲的楼兰,水草丰美、万商云集,却长期在匈奴与大汉的夹缝之间求生存,终亡于南北朝时北凉遗民之手,居民四散,或逐水草远去北方库尔勒地区,或避祸西行直至今日和田民丰,不复故国昌盛景象,只在茫茫荒原留下土台古城、坟茔墓地、村寨民居,伴随漫漫黄沙,日复一日、年复一年,借风声低吟诉说故国往事。

罗布荒原地区的楼兰文明,是亚欧大陆内陆文明演变的典型案例。塔里木盆地北缘的两条大河:塔里木河与孔雀河,自西向东流淌奔腾,最终在罗布地区汇聚成浩渺无垠的罗布泊。彼时的罗布泊,大泽无边,生机勃勃。

楼兰文明因此而生。罗布泊，就是楼兰之母。历史沧桑，地理变迁，随着塔里木河、孔雀河的不断改道迁移，流入罗布泊的水源逐步减少，使罗布泊的实际位置在漫长的历史上始终不断迁移，面积不断缩减，直至孔雀河与其上游的开都河之间在库尔勒地区形成了又一个浩荡大泽博斯腾湖，而塔里木河尾闾修建大西海子水库，罗布泊终于在20世纪中期彻底干涸，成为生命禁区、千里荒原。

进疆越久，就越发感到自然的伟力。河流就是大自然手中的刻刀，在巍峨雄峻的帕米尔高山中劈出峡谷河道，在茫茫无际的戈壁荒漠中点缀绿洲沃土，而只需轻轻截流或改道，那些依存河流而生的峡谷、绿洲将不复生机。人类文明在此时，竟然如此脆弱。

更可悲的是，渺小柔弱的人类，对手握生杀大权的自然竟毫无敬畏。楼兰遗址中有一处著名的古墓沟墓地，遗存6座楼兰先民古墓，形制奇特：每个墓有里外共7圈环形木桩，而7圈之外是向外呈放射状的木桩排列，层层叠叠，每个墓竟有上千根木桩。可想而知，当年如此丧葬习俗，对罗布绿洲的树木森林造成何等摧残破坏！当树木伐尽、河流改道、大泽不再之时，楼兰文明何以依凭？

罗布地区楼兰文明兴衰沧桑史，奏响的是人与自然恩怨情仇的一曲悲歌。

荒原低吟的千年情书

2016—09—29　22:02:05

羌女白：

取别之后，便尔西迈。相见无缘，书问疏简。每兹念对，不舍心怀，情用劳结。仓促复致消息，不能别有书裁，因数字值信复表。马羌。

这是一封私信情书。原文使用的是早已失传的古文字——佉卢文，一种盛行于距今约1500余年前古印度北部、相当于今日巴基斯坦与阿富汗地区的古老文字，不知为何竟然于20世纪初英国人斯坦因在楼兰古城遗址发现，重见天日。而这封信出自古城的“三间房”遗址，据推断可能是当时设在楼兰的西域长史府的书房，被斯坦因带回欧洲后经数位语言学家解读破译。

了了百字，情真意切。千年以往，心怀依然。按照当时的书信格式，抬头“羌女”指的是写信人是位羌女，而不是收信人。落款“马羌”，应该是此信的收信人。可惜一同出土的其他文牍中再无其他相应书信，无法探知这位羌女才女与那位名为马羌的男子之间究竟发生了什么故事。唯一留传后世的，只有这封言简意赅、隽永无穷的书简。

无法确知此信成于何时，仅从使用佉卢文推断，至少距今千年以上。当年熙熙攘攘的丝路商道、楼兰故国，早已湮没在漫漫黄沙之下。各种相思苦念、生离死别、念兹在兹，风化于塔里木东端的沙山瀚海和沧桑变迁中，只在罗布荒原千年轮回的漫天风沙中沉沉低吟。

思念，是人类永恒的情感，是文学亘古的主题。反复诵念这千年之前的情书私信，仍能真切感受到多情羌女的斐然文采。这佉卢文的情书，竟然如此真情动人。

西域考古史上的奇案：阿洪文书

2016—10—02　22:15:48

今天在书上看到一桩奇事，堪称西域考古史上最令人难以置信的闹剧。剧情之扑朔迷离、情节之离奇曲折，无需润色即为一部精彩的悬疑剧、犯罪剧。

19 世纪末，随着沉睡大漠的楼兰遗迹被发现，瑞典人斯文·赫定和英国人斯坦因的考察报告吸引了西方社会的眼球，震惊全球。欧洲兴起了一股亚洲腹地西域考古热潮，一时间，无数探险家纷纷前往克什米尔、喀喇昆仑、塔里木盆地，或为名利，或为搜宝。

当时有位著名的德裔英国考古学家霍恩勒，在西域考古界久负盛名，长期在印度通过各种渠道收集来自塔里木地区的经文、手卷等文物。霍恩勒主要通过英国驻喀什噶尔领馆的外交官马继业，将触角伸向塔里木盆地的各个角落。霍本人是一位严谨的考古学家，而马也是一名敬业的外交官。他们收进文物时，都要求寻宝人说明发现文物的时间、地点、周围环境等等要素。多年来，他们在南疆收集到了大量的羊皮古卷手稿，各种失传的西域古文字，比如佉卢文、吐火罗文之类，并且几乎都由一名和田的当地寻宝人斯拉木阿洪提供。西域三十六国，国国不同文，所以当数量和种类如此之多、如此繁杂的手稿文献出土后，并未有人感觉不妥。甚至每次发现一批古卷，送到欧洲后，都会有大量的语言学家倾力解读翻译，一大批专业论文充斥各类专业期刊杂志。

一个偶然的机会，一位瑞典驻喀什噶尔传教团的教士贝克伦德，其仆人无意发现主人收购的古卷其实是假的，因为这个仆人就是和田本地人，原本亦是一名寻宝人，并与制假售假始作俑者的儿子相熟，在其家中见到过类似的古卷。贝克伦德告诉了霍恩勒，却被权威学者呵斥，遭到断然否认。

还是斯坦因最终解开了谜团。斯氏本人其实也对一段时期内忽然大量的古卷文献被发现心存疑惑，但他是严谨的考古学家，更是严谨的探险家，所以亲自组队再次前往塔里木盆地南缘的和田，也就是号称发现这些古卷的地区，一探究竟。斯氏的探险队在和田以北的大漠里辗转数月，发现了尼雅遗址，也发现了其他一些佉卢文古卷，却没有找到哪怕一块与阿洪文书类似的文物。蹊跷的是，听闻斯氏来到和田，斯拉木阿洪居然一反常态没有主动献宝，而是早几日就远走他乡了。

斯坦因在当地政府的帮助下，探寻了阿洪在沙漠绿洲中的家。结果大吃一惊：竟然发现了大量尚未完成的那种特殊古文字的手卷文书！

当地政府通缉阿洪，最终在昆仑山区的一个偏远山村中抓住了他。几经反复，阿洪供认：他提供的那些古卷文书，都是他伪造的。他使用当地产的桑皮纸，经过烘烤、沙洗等数道工序，再书写一种自创的所谓古文字于其上。而这种古文字，竟然是阿洪偶尔见到了一份瑞典文报纸后灵机一动，稍加改动变造而成。可笑的是，那些欧洲语言学大师竭心尽力，居然研究得出结论：这是一种类似古吐火罗语 A 类的西域古文字！

至此，真相大白。

我太佩服这位和田的巴郎斯拉木阿洪了。不过，联想起我们去喀什的玉石巴扎淘玉石，那些“假作真时真亦假”的和田玉原石籽料的皮孔、沁色，不禁暗想：原来此种技艺也是有传承的啊……

3. 杂想偶得篇

恍如隔世

2014—04—01 23:03:16

感谢小李子同学，今天又如约发来了上周的委里工作动态简报。

细细浏览一遍，竟有种恍如隔世的感觉。上海的工作很热闹，里里外外，上上下下，左左右右，好戏连场。但是在这里，看着这些简报，好像梦中影子，影影绰绰，模模糊糊，总也抓不住的感觉。虽然其实离开上海只不过才1个月多一点，但心理上的距离似乎比物理上的距离还要遥远。

真不知是为什么。

昨晚在大院里跑步锻炼时，卡卡同学打来电话，跟我说了今年上交会的事情，我边跑边接电话，当时感觉倒还没有像今天这样遥远，仿佛只是说着一件上周发生的事情。甚至还有些亲切，并且很期待看到第二届上交会会办成什么样子……

同样相隔万里，但是每天晚饭后和家里视频联系，却是每天最期待和放松、时间过得最快的时候，不仅没有恍如隔世，反而有种重回人间的欣喜和解脱。

也许上海的兄弟姐妹们难以理解我究竟要表达什么，但住在喀什地委大院的兄弟们(注：没有姐妹)一定知道我想说什么。

文化讲座

2014—04—29　00:55:21

下午去喀什噶尔会堂听了地委宣传部组织的喀什文化大讲堂系列讲座,请了山东社科院一位专研文化发展的副院长讲讲文化发展与喀什的题目。

山东是文化底蕴深厚的大省,传统文化传承数千年。因此,对讲座寄予了厚望,特别是在四大古文明交会的十字路口喀什讲文化这个题目,更令人期待。

收获还是有的。特别是引用费孝通老先生80岁生日时说出的一句经典话语,令人回味无穷,说出了世界文化发展与冲突的理想境界:美其各美、美人之美、美美与共、天下大同。

美其各美,就是尊重文化多样性,各地有各地的文化,不分优劣高下。美人之美,就是要欣赏他人文化之美,不要居高临下。美美与共,就是在多样的文化中求同共荣。最终达到天下大同的境界。

喀什噶尔的历史文化演变,不正从正反两面对此作出了绝妙的诠释吗?

看电影

2014—05—03　01:19:55

今天,指挥部发布了一级预警,估计是由于前几日乌鲁木齐火车站暴恐案件的影响。一级预警,就意味着取消一切非必要外出。比如去超市等。

于是,上午在宿舍里看书。下午去跑步机上慢跑4公里,快走1公里。

晚上看了两部电影。一部《一代宗师》,一部《机械战警4》。迥异的风格,从故事情节到镜头语言、社会文化背景,完全不同。前者是典型的王家卫风格,带着淡淡的忧郁,光影变化的慢横摇镜头,提琴轻轻拉起的怀旧乐曲，犹如舞蹈般优雅旋转的打斗交手，处处浸透着哲理的语言对白。后者是标准的好莱坞大片，火爆激烈的枪战、金钱与政治的交结、恩怨分明的硬汉，再加点温馨的夫妻情、父子情、搭档情，一个可以引人思考的主题：人与机器的区别究竟在哪里？

两部片子都不错。看完后，我突然发现，这两种电影的风格，不正体现了中国文化背景与美国文化背景的差异吗？无所谓优劣、无所谓好坏、无所谓高低，文化本就应该是多元的，只有在相互交流中彰显自身的特色、体现自身的价值，从而继续发展、进化、融合。

又想起了费孝通大师的精彩概括：美其各美、美人之美、美美与共、天下大同。

五　四

2014—05—04　23:53:27

今天是五四，青年的节日。

这是这些年过得最平静的一个五四青年节了。没有团委，没有会议，没有活动，也没有放假，甚至半天也没有。

想想也是，我应该不是青年了。五四，于我，于我们这些70后，是一个逐渐远去的节日，一段往日如风的岁月。时间磨平了棱角，经历了太多的跌宕起伏，遇到许多人，看到许多事，听到许多声音，有成功的喜悦，有失败的痛苦……

站在街上，看着身边来去匆匆、青春洋溢的男孩女孩们，仿佛看到了10年、20年前自己的影子……

当一切喧嚣归于平静，历经沧桑淡看云卷云舒，年华沉淀出一坛隽永醇厚的美酒，人生进入了新的阶段。

而青春终于不在。

致我们终将逝去的青春。

基层政权建设

2014—06—08　22:26:52

平静的周日。

早饭后与老戴在大院的白杨林里兜圈子散步。感谢昨晚的暴雨。雨后的白杨林,空气清新湿润,绿叶洗去浮尘,难得一身清爽,高高的白杨树身材更加挺拔,树梢笔直向上,直插蓝得纯净得令人心折的天空。时而有小鸟在林间清脆地啼鸣。和谐的境界溢于言表。

我们谈论的话题是新疆问题的根源在哪里。老戴是研究哲学和社会学的,看问题一针见血。他认为,南疆目前存在问题的根源,在于广大南疆农村的基层政权建设不得力,甚至可以说是出问题了。村长、书记不掌握村里的实际情况,跟村民不贴心。在民族地区,如果村长是汉族,村民是维族,就容易被别有用心之人利用,挑起民族矛盾。而援疆资金、项目用到县城的多,真正用到村里给村民的实惠少,所以,钱花了不少,当地民族群众却没啥感觉……

想想看确实如此。其实何止是在南疆,在内地很多地方,农村基层政权建设是个普遍性问题。要从根本上突破这个问题,恐怕要先解决农村基层建设的一些根本制度设计的问题,如公推直选,村民自治,民主监督等等。或许,中国特色的民主政治道路就隐藏在广大农村基层政权改革试点的探索之中……

基层的创新往往最有价值,因为深深植根于实践。但愿有一天,在民主政治改革道路上,我们也可以找到一个像凤阳小岗村那样的先行者,如果那个村子在南疆就更好了……

我的 2014

2014—12—31　20:58:08

今天是 2014 年 12 月 31 日,2014 年的最后一天。在喀什。

我的 2014，从东海之滨到天山之南，从国际都市到沙漠绿洲，远离家庭，远离亲人，远离上海的兄弟朋友们，生活工作在帕米尔高原脚下……

我的 2014，多姿多彩，波澜起伏，曲曲折折，环境变化之剧烈，遭遇事件之离奇，纵情大漠雪山之壮美，无不令人久久难忘。

从喀什到莎车、泽普、叶城、巴楚，到塔什库尔干帕米尔高原，到省会乌鲁木齐，2014，我的足迹遍及天山南北……

在喀什一年，经历了 7.28、7.30 事件，应急处置、紧急应变，虽无硝烟，却步步惊心……

在喀什一年，两上塔县，一上红其拉甫，慕士塔格冰山之纯洁壮美、红其拉甫国门之神圣庄严，永远镌刻在热血沸腾的胸膛……

在喀什一年，尝过了馕、烤羊肉、拉皮子、老酸奶、鸽子汤、黄羊肉……

在喀什一年，结识了众多的援友兄弟，市府各部门的、各对口区县的、各三甲医院的、各高等院校的……

难忘的 2014，难忘的援疆岁月……

环境之殇

2015—03—12　22:37:20

今天喀什的天空终于露出了久违的一抹淡蓝，灿烂的阳光重回树梢草间，而空气中尘土的气息依然浓厚。冰冻三尺，非一日之寒。前些日飞扬的尘土如今依然游荡在四周，尘埃落定尚需时日。

微信圈里方城主任每日都发布一条包括喀什、乌鲁木齐、上海等城市在内的空气质量监测报告。喀什已经是连续 3 日 PM2.5 爆表了，今日的数据是 PM2.5 超过 500，PM10 则超过 1000，远远高于上海。

如果说大气污染是环境之殇，是大工业大发展付出的代价，那么在南疆、在喀什，几乎没有大工业，却也在为同一个地球村其他地区的掠夺式发展付出代价，没有享受到发展的好处，却与其他地区一样承受发展的代价，无疑是非常不公平的。在穹顶之下，在一个地球之上，大家都是同呼吸、共命运的命运共同体，难分彼此。从这个意义上讲，援疆应当是内地发达地区承担的义务和责任，这种道义责任不应仅仅是来自中央的要求，还有更多是来自同一片蓝天、同一块土地决定的同一种命运的要求。

树欲静却往往风不止。就在这样一个阳光明媚、蓝天白云的日子里，总有些角落泛起的尘土，妄图遮蔽温暖与光明。晚上在食堂晚餐时，接到指挥部通知，要求晚上不得外出，实行晚点名。联想到近日地委领导在北京开两会时接受记者采访时的发言表态，于是就明白了有些平日隐藏在阴暗犄角旮旯里的“小强”们又要冒泡了。

做家长的学问

2015—05—02　22:31:56

冯唐易老，李广难封。岁月如梭。昨日在峡谷徒步涉水、攀岩跳跃，当晚没觉得什么，今晨一觉醒来，却感到颇为疲惫，腿脚有些酸麻。四十岁之前，这根本算不上什么，现在却有了“年岁不饶人”的感觉了。

在宿舍平心静气休养一天。也是一种难得的放松享受。

在上宝的QQ家长群里看到了一个视频，是华东师范大学心理学系一位老师在徐汇某中学的讲课实况，名字叫做“如何做好初中生的家长”，于是特地学习了一下，很有收获。推荐给老婆看，再推荐给几个家里的孩子差不多这个年龄段的兄弟看。感觉这个老师讲得很到位，举了很多例子、场景，教会爸爸妈妈们如何跟这些半大的孩子交流。很多时候，父母无意中的一句话，可能就毁的孩子的自尊。孩子的很多心理问题、情绪问题，根子都在父母身上。

以前读书的时候，我和妹妹都喜欢看美剧“成长的烦恼”，我们的同学也是如此。大家都很羡慕剧中杰森一家人，家庭教育宽松，父母之间平等地交流谈话，相互地信任和关心。如果在中国，谁家孩子像杰森家的老大迈克那样调皮捣蛋、成绩差劲，估计这孩子早被爹妈骂得狗血淋头、棍棒伺候了。居然他爹还有耐心跟他平等谈话，实在难以想像。

时光荏苒，如今我也是当爸爸的人。越来越感到爸爸不好当，家长不好当。爱孩子是一定的，但怎么爱却是一门学问，有讲究的。女儿从小就是乖孩子，听话聪明，但这并不等于她没有自己的想法。特别是孩子上学以后，仔细想想似乎除了学习，其他方面的谈话交流并不多。今天从华师大的陈教授讲课中，我学到的最重要的教育理念就是：真正从心里信任自己的孩子，听听她怎么说，充分尊重孩子的选择，多商量，少命令。简而言之，教育孩子的原则首重平等与信任。

平等、信任，愿与天下的爸爸妈妈们共勉。

群的力量

2015—06—17　22:38:17

这些日子每天拿着手机，隔一段时间就要刷屏，各种群，微信群、QQ群，一会儿不看就积累了几十条信息。爬楼去看群里的信息，真心辛苦啊！

互联网对生活方式和工作方式的改变是如此的深刻，已经渗透到社会生活的方方面面。而智能手机作为移动互联的终端，早已成为每个现代人不可或缺的工具。

群，只有在移动互联网的时代，才迸发出如此惊人的能量。通过微信和QQ，具有某些方面共同特征的个体突破了空间的隔阂，在同一时间可以天南地北讨论交流，不必面对面，不必跨越万水千山同处一地，就可以自由地交流。

比如，自孩子进了上宝中学，作为家长我就一下加入了N多个群，有微信群，有QQ群。有校方老师组织的官方家长群，有家长自发组织的民间家长群，家长群中又分年级群和班级群，班级群还分按原来毕业小学的和按现在上宝分班情况的。家长群里还分关心公益的、共享优惠商品福利的……各种群，眼花缭乱，有时一不小心就把消息发错了群，赶紧撤回或者重发。甚至有的家长，凡是有“上宝”字样的群，索性先加入再说，进了群再赶紧问一句：各位，这个群干嘛的？

有了这些群，家校联系真是快捷便利，完全实现了实时互联互通。孩子们在学校里做了什么、考试成绩怎样、老师布置了什么作业、有什么要求……只要在群里发个公告，家长们就都看到了。特别是成绩，只要老师贴出公告，一切都清清楚楚，考得不好的孩子们再也休想遮遮掩掩了。

各种群，海量的信息，也是大数据啊，于是就催生了热心的爸爸妈妈，尤其是妈妈们。我们的家长群里，每个群都有一批公益心超强的专职妈妈，隔一段时间就会总结大家讨论的话题，汇总成提纲，发在群公告栏里，让那些上班实在忙碌没有时间刷屏的爸爸妈妈们只要看公告就知道今天在讨论什么、老师又有什么要求、有什么值得分享的课外书或者兴趣班报名之类信息。在这个移动互联的空间里，我感到非常有秩序、很民主、很温暖，充分体现了互联网精神的实质：开放、透明、民主、共享，人人参与，人人都是主人翁。

于是，对互联网时代的中国社会演化充满了信心和期待。

西域双城记

2015—08—15　23:02:50

9日离开喀什去了乌鲁木齐，参加2015亚欧商品贸易博览会，15日从乌鲁木齐返回喀什，回到了离开一周的指挥部大楼。

乌鲁木齐和喀什，一北一南，隔天山遥遥相望。一对西域姊妹城市，携手从丝路驼队的悠远铃声中走来，行进在21世纪丝路经济带的美好蓝图中。

援疆以来，往返乌喀两地的次数多了，对这两个城市的观察和体验也逐渐新鲜起来。乌鲁木齐，地处天山中段要冲之地，沟通天山东西南北的十字路口，是新疆自治区的核心之地。原名为迪化，意谓启迪教化之意。喀什，偏于天山南麓大沙漠西部边缘的绿洲地区，古丝路中道和南道的交汇点，古时往返天竺、中亚之地最重要的驿站。

乌喀两城，分属天山南北，分别是各自区域的中心城市。乌市更似光芒四射的太阳，温暖的阳光普照西域大地，喀什却像一轮皎洁的明月，依然保持着一份远古的神秘。乌鲁木齐已经是一个时尚的现代都市，在全球化浪潮中努力寻找自己的位置。喀什还徘徊在丝路历史和现实的十字路口，亦步亦趋跟在乌鲁木齐大哥的身后。西域双城，乌鲁木齐是众所瞩目的带头大哥，喀什是家中最出挑、最迫切、最受宠的小弟。

走在乌鲁木齐的大街上，感觉与走在内地大城市没有区别，繁华喧闹，交通拥挤，想吃点啥总可以找到地方，想买点啥也总可以找到地方。走在喀什的马路上，擦肩而过的多是高鼻深目的维吾尔族同胞，听到的也多是语速飞快音节打转的维吾尔语，远处建在土台上的高台民居，鳞次栉比，在夕阳下诉说着千年沧桑……

While there is life, there is hope

2015—08—23　22:12:11

周日看一部优秀的电影，是种非常好的享受。今天看了今年奥斯卡最佳影片《万物理论》，讲述的是著名物理学家霍金教授青年时代的故事，是近年来最成功的人物传记片。没有惊心动魄的大场面，没有扣人心弦的情节，平静地述说故事的原本，将霍金教授青年时代的求学、恋爱、发病、治疗、婚姻、学术、家庭方方面面展示，朴素而真实，没有过度的修饰，没有火爆的冲突，却具有无比的感染力。这种感动源自于教授面对苦难时仍然孜孜不倦上下求索的内心世界，与恋人（后来成为他妻子）相互之间蒙上一层悲剧色彩的真挚爱情。这是人世间最宝贵的东西，触动了灵魂深处的高尚，即使简洁，亦为动人。

教授在美国接受奖项荣誉回答提问时，有句经典台词：While there is life, there is hope. 生活在继续，希望就在继续。在罹患运动神经元疾病、全身逐步丧失运动机能，甚至无法走路、吃饭、说话的情况下，仍然坚持研究，探索宇宙的奥秘，执著地寻找适用宇宙万物的理论，真正践行了“生命不息、战斗不止”。一个简单的故事，折射出的却是在羸弱身躯中一颗伟大、高尚灵魂的坚持与顽强。

有了这样的精神，这世上就没有克服不了的困难，没有攀登不了的高山，没有坚持不住的苦难。

难题难题，到处都有难题

2015—10—26　22:09:47

今天回到喀什。飞机落地刚从机场返回指挥部的路上，就听说刚刚地震了，有挺强的震感，所幸我在车子上也没感觉到什么。后来上网一查，得知是在阿富汗和巴基斯坦北部交界的兴都库什山区发生了7.7级地震。那本就是个帕米尔高原西部人烟稀少、交通不便的地方，发生地震等自然灾害，抢险、物资输送等都是很大的难题。别的不说，仅仅抢通山区公路一项，就是世界级的难题。中巴公路出红其拉甫口岸后往巴基斯坦方向的公路堰塞湖，就是上次喀喇昆仑山区大地震造成的。

原来这个世界，无论是谁，在哪里，在何时，大家都时刻面对着各自的难题。阿富汗、巴基斯坦如此，我们也一样。比如，女儿现在上了初中预备班，她面临的难题就是那一张张的考卷、一本本的作业。上周在家的每天夜里，我几乎都是陪着她做数学题度过的。那些初中的数学题，真的不容易，无论哪道总要兜几个圈子弯弯绕，就如一团糨糊，本来已经够黏糊了，还要搅和几下，仿佛那样更有味道。

回到喀什后，我又需要马上面对自己的难题了。沪喀两地开发区合作共建工作究竟要如何破题？从哪里寻找切入点？他们要什么、我们能做什么、我们该做什么？现在做什么、将来做什么？……这些问题从进疆那天起就是我和兄弟们面临的共同问题，思考、讨论，反反复复，已经时间过半了，却还是没有找到令人满意的答案。

这个世界到处都充斥各类难题，从小到大，无处不在，无时不在。人生也许就是从一个难题破解中冲出来，进入另一个难题，一个接着一个，一个套着一个。人生就在各种难题的破解中不断突破、不断升华、不断实现自我的价值。

健康原来如此奢侈

2015—11—12 23:09:01

今天上网看到一条新闻,广东江门一家做灯饰的上市公司董事长过劳猝死,43岁,他的公司股票刚刚经历了四个涨停,身家总价值30亿元。近年来,类似的消息时有听闻,逝者都是一些事业有成、风华正茂、处于人生事业顶峰或已经无限接近顶峰的风云人物,凭借才智与奋斗,收获财富与名誉。然而,他们真的是人生赢家吗?

健康原来如此奢侈。即使拥有富可敌国的巨额财富,失去了健康又能如何?财富可以买来健康吗?

仔细一想,甚至有些心惊肉跳。今年以来,援疆兄弟中因病因伤回上海治疗休养的可不少,有心梗装支架的,有膝盖受伤或韧带撕裂的,有跌倒骨折的,有肺部感染咳血的,还有湿疹严重的。前几天跟上海单位里的同事通电话,更加感慨健康的奢侈,据说委领导班子里有好几位健康亮起了红灯,罹患癌症动手术的有之,神经衰弱失眠耳鸣的有之,痛风严重膝盖积水的有之,甚至还有外出被狗咬的。最可惜的是,今年还有一位处长因重感冒感染未及时治疗而突然离世,仅仅五十出头的年龄,就撒手人寰了。还有多位同事今年年内因各种原因接受手术的……

财富、权位,在健康面前竟然如此脆弱,如此渺小。在健康面前,真真做到了人人平等。仿佛上帝掷骰子、转轮盘,无法预知,无法预防,无法抗拒。这是强大的不可抗力,在它的威权之下,被点中的只能选择面对与接受,无处可逃。

不要以为现在拥有就可以永远拥有,不要等到失去才知道可贵。珍惜现在,爱护健康。健康原来如此奢侈。

又到冬至

2015—12—22　21:44:21

今天冬至。北半球白天最短，黑夜最长。

在上海，冬至的夜晚都要尽早回家的，少出门，少应酬。据说冬至夜是各路鬼神纷纷外出的时间，常会发生惊异、不可思议的事件。

在喀什，不知道维吾尔族有没有这样的说法。估计没有，因为穆斯林的世界里只有一个真神安拉，安拉主宰一切。除安拉外，没有其他需要敬仰或信服的鬼神。

人在喀什，心系上海。东西遥望，相隔万里。月照九州，共祝婵娟。

今年的喀什冬至夜很冷，很静。前些日落下的积雪开始融化，天空依然灰色迷蒙。已经许久未见微笑的冬日暖阳了，在这静默漆黑的暗夜中，格外想念沐浴在午后阳光下那种温暖和开朗的感觉。

指挥部领导和几位组长今天又下县调研去了。四个县转一圈，要四天时间，行程超过1000公里。今晚他们住在巴楚县，那是喀什最靠近天山南麓脚下的县城，是北接阿克苏、南连喀什的交通要道。巴楚羊肉和羊杂汤是南疆地界最负盛名的美食。前些年巴楚县的色力布亚镇的警署曾多次受到极端分子的冲击，但这两年形势大有好转。扶贫脱贫、稳定发展的任务还是非常重的。

他们下县以后，2015年冬至夜的援疆楼就更加安静了。

冬天已经来临，春天还会远吗？

为了春天的来临，我们这些在喀什的上海人，都愿做那在冬日寒夜中傲立风雪的寒梅，送上浮动的暗香，给这个冰雪的世界以希望和期盼，开朗心情，增添力量，迎接明日那轮必将升起的朝阳。

元旦杂想

2016—01—01　21:13:30

2016年元旦，身在喀什，心有所想，思虑万千。援疆岁月，收官之年。

给自己,给家人,给援疆兄弟们,祝福新年,祈愿安康。

今年的援疆工作任务已经非常明确,我们迎来了三年来担子最重的一年。产业援疆,促进就业,任重道远。我自去年 8 月起在喀什开发区任职管委会副主任,而指挥部产业组的本职工作和其他兼职工作如人事、工会等事务,一样都没少。不仅没少,还增加了一个分量很重的任务:产业促进就业工作泽普联络组组长。分管领导每周听一次进展汇报,主要领导每两周听一次情况汇总。开发区也开始压担子、派任务。总之,可以预见,我的 2016,一定是三年援疆岁月里任务最多、担子最重的一年。不怕工作繁忙,唯愿工作有成效,对当地发展有帮助。若能如此,一切辛苦和劳心费力,都是值得的。

家里也迎来 2016。回首已经走过的 2014、2015 两年,其实为援疆事业付出代价最大的并不是我,而是家里的爸妈、妻女。爸妈都已年届七旬,正是需要儿女照顾他们晚年幸福生活的时候,如今却反而需要他们帮忙照顾妻女。本应反哺,却成啃老。妻女也非常不易。每次出差回沪短暂停留的几天,我就成了物业维修经理,各种水、电问题要逐一设法解决。以至于女儿说,老爸每次回家,家里的灯就出问题,总在修理更换的节奏。淋浴房的下水要经常疏通,不然就会堵塞。家里的宽带网络套餐到期了,需要赶紧去延期;电脑打印机出问题,要去赶紧修理,经常要用到的。还有经常会遇到的楼上渗水、楼下反映我们家漏水……各种问题,如今只能老婆一个人扛起来了,而她自己单位里的工作任务也很重。这两年,女儿快速成长,个子猛蹿,已经比她老妈都高了,但心性还是孩子心性,童心依旧,正是需要爸妈给予重点关心和疏导的时候。老爸远在喀什,没法像以前上小学那样,每天送她上学,一路上聊天,谈天气,谈景色,谈写作,谈学习习惯……如今疏远了、隔阂了,有话也不太愿意讲给老爸听了。在那么远的地方,实在鞭长莫及。亏欠了!

2016,援疆最后一年,对援疆兄弟们而言,也是共同相处的最后一年。珍惜缘分,努力工作,意气风发而来,留下满满成果而归。平平安安,健健康康。一个也不能少,全数平安而回。

老炮儿

2016—01—03　02:46:42

晚上看了个电影，最近非常火。冯小刚终于不当导演当主演，本色演绎老北京胡同里的“老炮儿”，意思是无正当职业、但在某个区域范围内说一不二、获得广泛认可和威信的人，其实就是痞子头儿。

两个小时的电影，时间长了点。讲述了老炮儿与鲜肉儿的冲突，“规矩”是核心词语。老一辈儿干啥都讲规矩，北京话叫做“一码归一码”。抢了别人女朋友，该挨揍；划了别人的跑车，该赔钱；被别人打伤了，该去揍回来；说好了不报警，就不报警，但举报不是报警。诸如此类，都是“规矩”。有人的地方就是江湖，在江湖就要讲“规矩”。偏偏那些有钱有势、处于青春期躁动的小屁孩们就不讲规矩，不仗义，看不惯。终于爆发冲突。片尾一场颐和园后面野湖冰面上的大规模“茬架”，意思就是约打群架，气势恢弘，老炮儿就像北京冬天的唐·吉诃德，一个人挥着日本战刀勇往直前，可惜因心梗终于倒下。

感觉总基调太灰色了。各种矛盾冲突充满了时代断层的无奈，北京的市井生活如此不堪吗？冯小刚的表演非常到位，落寞的无奈和不甘，时而迸发的血性和霸气，折射的是内心的抗争和痛苦。对自己的儿子，对老哥儿们，对不懂规矩的小屁孩们，对自己身边不离不弃的女人，他始终用自己的“规矩”作为指针，毫不含糊。

作为电影，角色很鲜活，性格很鲜明。作为反映北京现实生活的电影，这片子有些过了。北京是首都，有自己独特的京味儿，形成了韵味十足的京城文化。痞气并不是京城文化特征符号的全部。现实的北京城，庞大而繁杂，老北京、新北京，中国人、外国人，每个人都力争在这里找到自己的位置。有人奋斗成功，有人黯然离去。有人从小成长于斯，有人北漂至此，汇聚在这里因为共同的追求和梦想，或携手，或争斗。这里有许多可以挖掘的故事，折射这个因改革开放而重新焕发生机、城市面貌飞速变化、思想观念日益多元的首都之城。

混迹街头的江湖大哥，不应成为当代北京人的代表。同样，那些“规矩”，也不应成为北京城的共同价值观。

什么是幸福

2016—03—19 01:27:44

今天周五，晚上组里兄弟们全体聚会，为组长肖健喜得千金祝贺，同时也接待锦江集团西北西南事业部的几位老总，他们是来喀什考察锦江之星连锁店加盟洽谈的。项目进展挺顺利，在喀什市和叶城县已经找到了比较合适的当地合作伙伴，是一个老板，准备同时开两家加盟店。所以，也算是为了庆祝锦江之星这个上海味道浓郁的品牌即将落户南疆喀什，共同祝贺吧。谈项目真心不容易，跟生孩子也差不多了，甚至更艰难，尤其在喀什，跟踪许久的项目，如同怀胎数月的孩子，不同的是，五六个月后胎儿已经长大，不大会流产，但项目的谈判别说五六个月，跟踪十多个月甚至一年多的项目，在最后关头夭折的事例比比皆是。

不容易啊。老肖不容易，锦江之星项目不容易，我们都不容易。

回到宿舍，兄弟们聚在410李平宿舍品茗畅聊。李平有云南好茶，白茶、纤毫碧螺，香气四溢，好极。许是晚餐聚会时喝了几杯红酒的缘故，说话的声音不免大了些。于是，不一会儿，响起了轻而有力的敲门声，开门一看，却是总指挥站在了门前。

杨峥总指挥刚参加完地区领导的一档接待，回到指挥部。他的宿舍也在四楼，从电梯出来时听到了话语声和笑声，于是循声而来，一探究竟。

赶紧起身把领导让到沙发上坐好。小平平重新换上新茶，开始新一轮畅聊。

领导今晚兴致颇高。首先说明今晚不谈工作，大家聊天谈心，有啥说啥。然后出了一道题：什么是幸福，要求大家每人用一句话说明。

一个简单却深刻、有意思的问题。大家的答案五花八门，各不相同，每人的理解和表述充满了各自鲜明的个性。比如小平平，第一个回答问题，文艺范儿十足“一段刻骨铭心的爱情，一个幸福团圆的家庭，一项值得奋斗的事业”。再比如卫峰，首先便是“老婆对援疆的理解和支持”，上海男人顾家、爱家的牵挂典范。栋林则认为“父母健康就是最大的幸福”，肺腑之言。宇飞去年下半年因膝盖受伤手术治疗吃足苦头，因此说出“健健康康、平平安安就是幸福”。我的观点与宇飞类似，我感觉“健康、平安、快乐就是最大的幸福”，其实这个问题我曾经反复思考过，结论就是无论是工作或是生活，如果能做到以上三条，那就一定会幸福常伴左右，而许多失去的幸福，就是缺少了三条中的一条或两条甚至三条都缺。

在大家的一致要求下，领导终于谈了自己对幸福的理解，就是三个字“有牵挂”。生活中有亲人、朋友牵挂，你就是幸福的；工作中有事业、奋斗的牵挂，你也是幸福的。生活的意义和生命的价值，都体现在“有牵挂”三个字上。如果一个人了无牵挂，那与行尸走肉就并无区别了。即使是出家为僧，看破红尘，就真的放下了所有牵挂了吗？未必。虔诚向佛、勤修苦炼、慈悲为怀、弘扬佛法、惩恶扬善也是牵挂。

细品之下，真是这样。够深刻。

忽又想起，今日是女儿佳茗12周岁生日。从前一晚便开始惦念，想着要如何给她送上一份祝福的礼物。思前想后，或许孩子最需要的并非什么奢侈之物，而只是老爸始终把她放在心上的一份“牵挂”。给她一个电话，轻轻祝福她生日快乐，表明老爸即使身在万里之遥，也没有忘记她，或许就是给她最好的礼物。“有牵挂”，就是幸福的。

品茗夜话，谈人生，聊工作。援疆的日子，每晚如果不加班便是如此度过。

种下一粒豆

2016—06—11　21:16:43

今年春节过后返回喀什，带了两罐艺福堂出品的苦荞茶，清火降脂。最有意思的是，茶罐里还附送了一粒健康豆种子。据说当茶叶喝完后，茶罐就可以当作花盆，填入泥土，植下种子，静静地等待它发芽、长大。

种下一粒种子，收获一片希望。多么美好的事情。果真如此简单吗？

半信半疑之间，我在空茶罐中种下了种子。浇透水，小心翼翼地把茶罐花盆放在光线散射的室内。每日里总要仔细查看一番，等待着不知是怎样的芽儿顶破泥土，伸出枝叶。

一天、两天、三天、四天，静悄悄地，没动静。第五天，我终于发现种子在长胖变大，体形膨胀了数倍，仿佛十月怀胎的母亲，正在努力孕育着新生命的希望。第六天一早，豆芽儿终于开始伸展肢体，蓄力向上，突破在即。

生命如此可爱。亲手种植，亲身打理，亲眼观察，劳作乐趣，沛然于心。

生命需要呵护。土壤、阳光、空气、清水，缺一不可。种子如此脆弱，阳光强烈了不行，光照不足也不行，浇水多了会烂根，浇水少了就干结。过犹不及，恰到好处，方能释放种子孕育的生命。一旦破壳而出、横空出世，生命的力量便沛然迸发、势不可当、顽强坚韧、蓬勃绽放，为这个世界奉献自己的美丽和力量。即便今后光阴流淌、生命流逝、韶华不再，曾经的美丽已经留给了世界，再无所憾。

天空未留痕迹，鸟儿却已飞过。

不知这棵初露头角的豆芽会长出怎样的叶片，不知它能长到多高、多壮，这一切已经不重要了。重要的是它正在生长、正在努力、正在奋斗。

伴随而来的，就是希望。

喀什行

2016—06—30　23:39:44

今天早上醒得颇早。拉开窗帘，初升的阳光透过窗户洒进卧室。忽然心有所动，有感而发，作诗一首，题为《喀什行》：

喀什行

晨起，大早，日照窗棂。忽觉光阴飞逝，三年将近，心有所感，以记之。

援喀三载一世情，
疆南风景未曾谙。
路遥何需知马力，
尚存玉壶沁冰心。

四句首字连起来就是：援疆路尚（上）。

三年喀什行，心系西域地。只为一片玉壶冰心，一路赤诚西行。

中秋中秋

2016—09—15　21∶44∶10

今日中秋。佳节已至，思绪难平。中秋中秋，忘不了的是万里之遥东海之滨的父母妻儿，放不下的是丝丝缕缕浸透于芋艿月饼中的思乡情愁。

刚刚结束穿越塔克拉玛干大沙漠的一路奔波，终又回到喀什的指挥部援疆楼。2500公里的风尘仆仆，行经阿克苏、巴音郭楞、和田三个南疆地州，亲睹克孜尔石窟的千年沧桑，见证塔里木胡杨的坚强不朽，漫步塔克拉玛干的万年黄沙，惊诧维系于滴灌管道延伸天边的红柳绿廊，终于醒悟：这个世界，古往今来，奇迹无处不在。

创造奇迹的力量是信念。在位于浩瀚沙海腹地中心的塔中小镇，那条南北长仅百米、穿城而过的塔中公路正中，坐落着一架钢铁跨梁，左右两边悬挂大字标语：只有荒凉的沙漠，没有荒凉的人生。信念的力量就是如此巨大。塔中公路南北500多公里，贯穿大沙漠腹地正中，随着两侧的红柳丛林一路延伸。这些红柳都是人工种植，依靠每隔数公里就设立的水房泵站供水滴灌维系，共有108座水房，每座水房都有一对夫妻值守看护。日复一日，年复一年，他们的生命就挥洒在这死亡之海中生命走廊的每个节点。奇迹，就是这样创造出来的。

信念具有如此改天换地的伟力，沛然不可阻挡。

中秋时节，信念却展现出伟力的另一面，于不知不觉间占据了心灵，同样不可阻挡，却柔和亲切、无声无息、润物无声，不可触摸、无法言语，却铭刻心灵、难以自抑。

思念。深刻的思念。漫长的思念。汇聚在中秋之夜那一轮高悬帕米尔高原雪山之巅的明月，汇聚在中秋之夜那一盘杏花楼圆圆的月饼，汇聚在中秋之夜那一声“快回家了”的电话问候。

此时此刻，信念系于思念，思念溢于心间。无可阻挡，无处不在。想起远方的亲人，想起家乡的月夜，想起援疆日子一路走来的点点滴滴……

中秋中秋，喀什噶尔的月夜，如此明亮，如此纠结，如此难忘。

思念思念，家国信念的力量，如此深沉，如此明白，如此有力。

明月出天山

2016—09—17　00:48:45

今晚夜归，与两位兄弟在大院内闲谈散步。援疆的日子里，院中散步已经成为兄弟们生活中每日必做的功课。仿佛修行的僧侣，偏居一隅，依然不忘初心、砥砺言行。谈行之间，敞开心扉，嬉笑怒骂，言谈无忌，酣畅淋漓。既可修身健体，还能加强交流、增进友情，一举两得。

偶一抬头，猛见树梢屋顶之上圆月如盘，皎如白玉，柔辉轻洒，悄悄然跃于茫茫云海，月华淡抹云间，在白杨垂柳夜色婆娑的枝梢暗影间袅袅婷婷。离得那么远，却又这么近，心底慢慢升起宁静，就如这满月的光辉，于不知不觉间照亮了脑海心灵。这一刻，月在心中，心寄明月，我心向月，月照我心，心月交融，月心无间。

喀什噶尔之月，如此直透人心。喀什噶尔之月，月出天山，照耀冰山高原、戈壁大漠，照耀绿洲田间、大河奔流，照耀万家灯火、门前草木，慢慢、满满沁入人心，浸入灵魂。

想起进疆之初，心有所系，特请剑良兄手书李白名篇《关山月》，装裱挂轴，悬于援疆楼内宿舍客厅，进门即见，颇有一番以书明志、直抒情怀之意。闲时常常念诵“明月出天山，苍茫云海间。长风几万里，吹度玉门关”，别有一股壮怀满志却踯躅踌躇、心意徘徊却无以言表之情。

天山明月，云海苍茫。今夜美景如斯。

天涯明月，独守孤灯。今夜我心如此。

尾　声

2016—10—27　01:06:24

指挥部党委会已经开始研究部署收尾和压茬交接工作，兄弟们在喀什噶尔的日子已经临近尾声。若说原来总是盘算着离家有多久了，现在则是默数还有几天可以回家了。

今年的项目审计已经完成，最后一批援疆项目资金也陆续拨付，意味着三年中最后一年的援疆项目终于画上了句号，我们在喀什噶尔的援疆历程即将到达终点。

虽然盼着回家，却愈加珍惜在喀什噶尔的日子。三年来，我们已经把这一方边陲绿洲作为自己的第二故乡。在这充满浓郁西域风情的丝路古城，援疆兄弟朝夕相处，相互扶持，与当地干部群众一起，凝心聚力，共同建设美丽家园，让美丽的喀什噶尔重新焕发迷人的魅力，闪亮在亚欧大陆的腹心之地。

从喀什走出的诗人周涛有过一段评语，对喀什噶尔作出了精彩的点评，三年来时常为我向内地初到此处的朋友们引述：喀什是不可解的。你可以看透乌鲁木齐可怜的五脏六腑，但你看不透喀什那双迷蒙的双眼。喀什有一种更深厚的东西，一种更典雅、更高贵、更悠久的东西，那种东西不能确指，却时时处处存在着，弥漫着，让你感觉着，仿佛浸透在空气里。

三年援疆的日子，足够渐渐深刻感受、领悟这种“更深厚的东西”。

如今，接待内地来投资考察的客商，当被问起家乡何处时，我会脱口而出:我是喀什人,来自上海。

感谢三年来携手度过 1049 个日日夜夜的援疆兄弟。

感谢三年来于万里之外默默付出、给予我力量的父母妻儿。

援疆无悔。

图书在版编目(CIP)数据

在喀什噶尔的日子/陆屹著. —上海:上海三联书店,2017.

ISBN 978－7－5426－5946－0

Ⅰ.①在…　Ⅱ.①陆…　Ⅲ.①随笔—作品集—中国—当代

Ⅳ.①I267.1

中国版本图书馆 CIP 数据核字(2017)第 146689 号

在喀什噶尔的日子

著　　者　陆　屹

责任编辑　钱震华

装帧设计　汪要军

出版发行　上海三联书店

(201199)中国上海市都市路 4855 号

http://www.sjpc1932.com

E-mail:shsanlian@yahoo.com.cn

印　　刷　上海昌鑫龙印务有限公司

版　　次　2017 年 7 月第 1 版

印　　次　2017 年 7 月第 1 次印刷

开　　本　640×960　1/16

字　　数　580 千字

印　　张　40

书　　号　ISBN 978－7－5426－5946－0/I・1246

定　　价　98.00 元